馮保善　注譯

新譯古詩源（上）

三民書局

刊印古籍今注新譯叢書緣起

劉振強

人類歷史發展，每至偏執一端，往而不返的關頭，總有一股新興的反本運動繼起，要求回顧過往的源頭，從中汲取新生的創造力量。孔子所謂的述而不作，溫故知新，以及西方文藝復興所強調的再生精神，都體現了創造源頭這股日新不竭的力量。古典之所以重要，古籍之所以不可不讀，正在這層尋本與啟示的意義上。處於現代世界而倡言讀古書，並不是迷信傳統，更不是故步自封；而是當我們愈懂得聆聽來自根源的聲音，我們就愈懂得如何向歷史追問，也就愈能夠清醒正對當世的苦厄。要擴大心量，冥契古今心靈，會通宇宙精神，不能不由學會讀古書這一層根本的工夫做起。

基於這樣的想法，本局自草創以來，即懷著注譯傳統重要典籍的理想，由第一部的四書做起，希望藉由文字障礙的掃除，幫助有心的讀者，打開禁錮於古老話語中的豐沛寶藏。我們工作的原則是「兼取諸家，直注明解」。一方面熔鑄眾說，擇善而從；一方面也力求明白可喻，達到學術普及化的要求。叢書自陸續出刊以來，頗受各界的喜愛，使我們得到很大的鼓勵，也有信心繼續推廣這項工作。隨著海峽兩岸的交流，我們注譯的成員，也由臺灣各大學的教授，擴及大陸各有專長的學者。陣容的充實，使我們有更多的資源，整理更多樣化的古籍。兼採經、史、子、集四部的要典，重拾對通才器識的重視，將是我們進一步工作的目標。

古籍的注譯，固然是一件繁難的工作，但其實也只是整個工作的開端而已，最後的完成與意義的賦予，全賴讀者的閱讀與自得自證。我們期望這項工作能有助於為世界文化的未來匯流，注入一股源頭活水；也希望各界博雅君子不吝指正，讓我們的步伐能夠更堅穩地走下去。

新譯古詩源 目次

卷二

漢詩

卷 三

漢 詩

卷四

漢詩

卷五

魏詩

武帝

文帝

甄后

明帝

曹植

卷六

魏詩

王粲

陳琳

劉楨

徐幹

應瑒

應璩

繆襲

下冊

卷八

晉詩

卷九

晉詩

陶潛

謝混

吳隱之

廬山諸道人

卷十

宋詩

卷十一

宋詩

卷十二

齊　詩

梁詩

卷十三

梁詩

江淹

范雲

任昉

邱遲

柳惲

卷十四

陳詩

導讀

《古詩源》十四卷，收錄「隋、陳而上，極乎黃軒，凡《三百篇》、《楚騷》而外，自郊廟樂章，訖童謠里諺」（沈德潛〈序〉），計古詩約七百餘首，其中古逸一卷，漢詩三卷，魏詩二卷，晉詩三卷，南朝宋詩二卷，齊、梁、陳以及北朝、隋詩共三卷，為「唐詩之發源」（同上），故名《古詩源》。因其選目精當，選量適中，且有出之心會、簡明而能中肯綮的評注，與同類選本較，最為流行，深受讀者的喜愛，遂成為古詩選本中的經典名選。

一、沈德潛的生平及其詩學著述

沈德潛（西元一六七三年—一七六九年），字確士，後更字歸愚，江南長洲（今江蘇蘇州）人。自遷長洲始祖沈壽，至沈德潛之父沈鍾彥，歷十又二世，而所取得的最大功名，不過貢生、廩貢生而已。舉其近世，祖父沈欽圻為秀才，父沈鍾彥無功名，坐館為生，可謂道地的寒素讀書之家。

清朝康熙十二年農曆十一月十七日，褚氏生德潛。週歲日，祖父沈欽圻購圖章二方，一

「沈潛之印」，一「玉堂學士」，以卜愛孫之志，德潛抓了前印，於是「潛」字前增一「德」字，遂名德潛。

據沈德潛自訂《年譜》，其「五歲初識字，先祖教以平上去入之聲，及一切諧聲、會意、轉注」，「六歲初讀書，先祖問以平上去入，及某平聲下有入，某平聲下無入，一一應對。又問何以無入，曰：『去聲下不能有聲也。』先祖曰：『是兒他日可成詩人。』賜五言一律」。祖父的詩學啟蒙，為後來沈德潛的喜好做詩，並最終以詩名家，產生了重要影響。

康熙二十二年，在家設帳授徒的父親受託為人理家，而他留下的塾師空缺，則由年方十一虛齡的兒子沈德潛頂替。此為沈德潛教書之始。其課徒餘暇，讀《左傳》、唐人韓愈文章，夜則讀唐人律、絕詩。

康熙二十五年四月，母親去世，父親為人理家，早出晚歸，年僅十四歲的沈德潛「與幼妹二人衣食不周，伶仃萬狀」，「眼淚中度日」（自訂《年譜》）。

康熙二十七年，沈德潛因讀《孫子》、《吳子》、《尉繚子》，作古文〈戰守論〉、〈樂毅論〉。沈鍾彥察覺到兒子已偏離了八股舉業之路，意識到八股教育的緊迫，於是聘同縣人施燦為師，來家設帳，專教沈德潛八股文章。約有二年，因家貧，辭去施燦。德潛再就讀宋家私塾，師從同縣蔣濟選，繼續攻讀八股制藝。本年應縣府試，次年應長、吳二縣院試，未中。康熙三十三年，縣、府、院三試通過，成秀才。三十四年八月，赴省試，此沈德潛應舉人考試之始。其後，德潛累次應試，屢試均鎩羽敗北，直到乾隆三年六十六歲，始以第二名考中舉人。暮

年中舉，感慨良多，自云：「至是共踏省門一十七回矣。」（自訂《年譜》）

乾隆四年，沈德潛赴京會試。二月應春官試，中六十五名。殿試二甲第八，因大司寇尹繼善與大學士張文和之稱道提攜，選入一等內。點庶吉士，得與館選。乾隆七年散館，弘曆帝親臨考試，見德潛老邁，問其姓名籍貫，德潛以第四名留館。輪班引見，共十人。弘曆上諭：「沈德潛係老名士，命和〈消夏十詠〉五律。餘原和者和。」此沈德潛與乾隆皇帝君臣唱和的開始。老名士從此吉星高照，時來運轉。

乾隆八年，沈德潛七十一歲。三月御試翰詹，考二等九名，晉左春坊左中允；五月晉翰林院侍讀；六月晉左庶子掌坊；九月晉侍講學士；十二月授日講起居注官，所謂「一歲之中，君恩稠疊，不知何以報稱」（自訂《年譜》），沈德潛發自肺腑地感激涕零。乾隆九年六月，沈德潛晉詹事府少詹事，欽點湖北主考；十年五月，晉詹事府詹事；十一年三月，授內閣學士，誥封曾祖父三代；十二年，命入上書房輔導諸皇子，授禮部侍郎；十四年，因患噎未愈，弘曆帝命其歸里，享林泉之樂，賜扁額「詩壇耆碩」等，並叮囑：「我五十壽時，一定來京拜祝。」又云：「有摺子於巡撫處進。」二十二年，致仕家中，再加禮部尚書職銜。二十七年十月，晉贈四代。三十年，加太子太傅。三十四年卒，贈太子太師，祀賢良祠，謚文愨，弘曆親為製作輓詩。

沈德潛的一生，以六十七歲取進士為分水嶺：前期舉業坎坷，蹉跎不遇，以坐館授徒為生；後期出入宮廷，君臣唱和，升官晉爵，大紅大紫。顧詒祿在序沈德潛自訂《年譜》中云：

「而論者遂謂公前否後泰，霄壤相懸，不知公六十年以前固未嘗以為否，六十年以後亦未嘗以為泰也。」借用顧氏的說法，我們可作如是概括：前期的人生淹蹇，成就了詩人沈德潛，他的詩學成就，主要創建於出仕之前；後期雖備受朝廷榮寵賞賜，君臣唱和不輟，為君王審改詩作，實不過文學侍弄之臣而已。

前期，研治詩學，詩歌創作，是沈德潛生活中重要的方面。他常常與同道結社集會，切磋詩藝，如曾先後參與城南詩社、北郭詩社等。康熙三十七年四月，正是在友人組織的詩文會上，沈德潛有幸結識著名詩論家葉燮。至康熙四十二年秋葉燮病逝，五年中，沈德潛得列門牆，受其熏陶，成為及門弟子。而葉門之中，如王漁洋所評，沈德潛「不止得皮得骨，直已得髓」(自訂《年譜》)，深得葉燮的理論嫡傳。葉燮的詩論主張，在沈德潛的詩學理論中，也留下了深刻鮮明的印記。

康熙五十四年，沈德潛開始了他的詩學著述，《唐詩別裁集》初稿十卷，選於此年。五十六年十月，由陳樹滋為其刻成。乾隆二十八年重訂，多作增補，卷數達二十卷，收詩一千九百餘首，以體分類，有評注，是一部在後世極負盛名的唐詩選本。

《古詩源》編選始於康熙五十六年十月，五十八年三月編選完畢，雍正三年歲末刻成。此本編選宗旨，一在探唐詩之源頭，所謂：「詩至有唐為極盛，然詩之盛非詩之源也。……則唐詩者宋、元之上流，而古詩又唐人之發源也。」「予前與樹滋陳子輯唐詩成帙，窺其盛矣。茲復溯隋、陳而上，極乎黃軒，……書成，得一十四卷。」(《古詩源・序》)二在以詩論世，見風雅餘響遺音，闡發詩教，所謂：「既以編詩，亦以論世，使覽者窮本知變，以漸窺風雅之遺意，猶觀海者由逆河上之以溯崑崙之源，於詩教未必無少助也夫。」

雍正三年歲末，開始選《明詩別裁集》。十二年八月，《明詩別裁集》選畢。是選凡十二卷，起於劉基、宋濂，訖陳子龍、張溥等，共收詩千餘首。於前後七子多所揄揚，排斥公安、竟陵。取捨定奪亦稱嚴謹。

《說詩晬語》二卷，乃雍正九年正月，詩人讀書小白楊山古龍庵僧舍，答僧人鳴灊上人問詩之作。是書為我國詩學理論史上一部重要的著作。其論述了《詩經》訖明朝末年主要的作家作品，探源討流，發其正變。所主張的託物連類、比興互陳、言淺情深、性情面目、襟抱學識、詩當有法等，都頗見精闢深刻，能切中詩歌的本質。

沈德潛最後一部有影響的詩學著作《國朝詩別裁集》，乃乾隆十九年五月，已致仕賦閒在家數年後，著手編選。二十二年冬選畢。因為身分的變化，又接觸的是一個敏感的當朝題目，沈德潛對此選頗為謹慎。二十四年九月蔣子宣初刻告成，沈德潛認為「刻本訛字太多也」（自訂《年譜》），乃重新增訂，交其子沈松於二十五年三月重刻。二十六年二月刻成，十一月進呈弘曆。儘管戰戰兢兢，仍未獲得皇帝的滿意，諭旨云：「《國朝詩選》不應以錢謙益冠籍，又錢名世詩不應入選，慎君王詩不應稱名。今已命南書房諸臣刪改重付鐫刻，外人自不議論汝也。」此選收錄清初訖乾隆朝詩人二百七十五家，初為三十六卷，刪訂後剩三十二卷。乾隆四十三年，沈德潛已經死去多年，因文字獄案被牽，「命戮其屍，將其官爵、諡銜並祭葬碑文、鄉賢祠木主，一並廢除」（《清稗類鈔・獄訟類》）。表面看，此事因徐述夔《一柱樓集》沈氏為其序傳引發，實際上，又與《國朝詩別裁集》不無關係。今故宮博物院藏《清代文字獄檔》中《沈德潛選輯國朝詩別裁集》載查毀此書原版並翻刻板，已很能說明問題。

沈德潛的詩文創作，有《沈歸愚詩文全集》傳世。

對沈德潛的詩學成就，前人多有評論，如鄭方坤《國朝名家詩鈔小傳・竹嘯軒詩鈔小傳》云：「所選有《古詩源》、唐明詩《別裁》行世，橫截眾流，獨標心印，誠談藝家之金丹大藥也。」王豫《群雅集》云：「文慤為諸生，品端行完。論詩上溯《三百》、屈〈騷〉、漢晉三唐，下迄明代，以和平敦厚得性情之正為宗，截斷眾流，別裁偽體，如老鶴一鳴，喧啾俱寂，瑤琴一鼓，瓦缶無聲。」朱庭珍《筱園詩話》云：「所選諸集，今並盛行，惟《古詩源》一集，矜慎平允，可云公當，蓋平生得力所自，用心良苦。」大多給予了極高評價。

二、《古詩源》的選詩標準

《古詩源》的編選，既取決於選者的編選宗旨，更受其詩學理論主張的左右，或者說竟是其詩學主張的具體實踐。從《古詩源・序》、〈例言〉及所選作家作品的點評，大略可以總結出如下原則。

㈠追求雅正。所謂雅正，首先指詩歌的宗旨，要當中正和平。《說詩晬語》云：「詩之為道，可以理性情，善倫物，感鬼神，設教邦國，應對諸侯，用如此其重也。」應該說，沈德潛詩學理論的本質，不出於儒家詩教的樊籬。而詩之六藝、風雅傳統、比興寄託、溫柔敦厚等，在沈德潛看來，都屬於雅正的實際內涵。所謂「上以風化下，下以風刺上，主文而譎諫」之「風」，及「言王政之所由廢興」的「雅」（見〈詩大序〉），備受他的推崇讚賞。

《古詩源・例言》中，談及樂府，有云：「〈安世房中歌〉，詩中之雅也。漢武郊祀等歌，詩中之頌也。〈廬江小吏妻〉、〈羽林郎〉、〈陌上桑〉等篇，詩中之國風也。」由此我們洞悉，沈德潛的補《昭明文選》所未及，選錄大量樂府之作，不獨因「措辭敘事，樂府為長」，還在於它合乎風、雅、頌的範圍，能承襲《詩經》「遺意」。而歌謠之選，也在其「可以知治忽驗盛衰也」。對於選篇中「於漢京得其詳，於魏晉獵其華」，所以如此看重漢、魏詩篇，《古詩源・序》中透露，因其「去風雅未遠」，合乎雅正的準則。而不收晉人〈子夜歌〉及齊、梁人之〈讀曲〉等歌，在於其「雅音既遠，鄭、衛雜興，君子弗尚也」（〈例言〉）。

在具體作品的評論中，沈德潛更多次闡發了他的這些主張。〈安世房中歌〉評：「郊廟歌近頌，房中歌近雅，古奧中帶和平之音，不膚不庸，有典有則，是西京極大文字。」韋孟〈諷諫詩〉評：「肅肅穆穆，漢詩中有此拙重之作，去風雅未遠。後張華、二陸、潘岳輩四言，懨懨欲息矣，故悉汰之。」辛延年〈羽林郎〉評：「駢儷之詞，歸宿卻極貞正，風之變而不失其正者也。」蘇伯玉妻〈盤中詩〉評：「似歌謠，似樂府，雜亂成文，而用意忠厚，千秋絕調。」曹植〈朔風詩〉評：「結意和平夷愉，詩中正則。」〈聖皇篇〉評：「處猜嫌疑貳之際，以執法歸臣下，以恩賜歸君上，此立言最得體處。」徐幹〈室思〉評：「此託言閨人之詞也。自處於厚，而望君不薄，情極深至。」束晳〈補亡詩六章〉評：「六章不類周雅，然清和潤澤，自是有德之言。」郭璞〈遊仙詩〉評：「〈遊仙詩〉本有託而言，坎壈詠懷，其本旨也。」評陶淵明〈歸鳥四章〉：「他人學《三百篇》，痴而重，與風雅日遠；此不學《三百篇》，清而腴，與風雅日近。」贊晉人〈作蠶絲〉：「纏綿溫厚，不同〈子夜〉、〈讀曲〉等歌。」評隋煬帝：「能作雅正語，比陳後主勝之。」

(二)注重襟懷抱負。《說詩晬語》中云：「有第一等襟抱，第一等學識，斯有第一等真詩。如太空之中，不著一點；如星宿之海，萬源湧出；如土膏既厚，春雷一動，萬物發生。古來可語此者，屈大夫以下，數人而已。」這裡講出了胸襟懷抱、氣度修養對於創作詩歌所具有的影響。在選詩論詩中，沈德潛也每每以此為標尺，評定詩人詩作的高下。

具體評論，見諸《古詩源》中，如說曹植：「子建詩五色相宣，八音朗暢，使才而不矜才，用博而不逞博，蘇、李以下，故推大家，仲宣、公幹烏可執金鼓而抗顏行也！」評阮籍：「阮公〈詠懷〉，反覆零亂，興寄無端，和愉哀怨，雜集於中，令讀者莫求歸趣，此其為阮公之詩也。必求時事以實之，則鑿矣。」又評：「其原自〈離騷〉來。」評左思：「太沖胸次高曠，而筆力又復雄邁，陶冶漢魏，自製偉詞，故是一代作手，豈潘、陸輩所能比埒？」評陶潛：「淵明以名臣之後，際易代之時，欲言難言，時時寄託，不獨〈詠荊軻〉一章也。六朝第一流人物，其詩有不獨步千古者耶？」又評：「清遠閒放，是其本色，而其中自有一段淵深樸茂，不可幾及處。」評〈飲酒〉（「結廬在人境」）：「胸有元氣，自然流出，稍著痕跡便失之。」評謝脁：「玄暉靈心繡口，每誦名句，淵然泠然，覺筆墨之中，筆墨之外，別有一段深情妙理。」

㈢推崇至性真情。《文心雕龍・明志》云：「人稟七情，應物斯感，感物吟志，莫非自然。」《說詩晬語》中云：「古人意中有不得不言之隱，借有韻語以傳之。如屈原江潭、伯牙海上、李陵河梁、明妃遠嫁，或忼慨吐臆，或沉結含淒，長言短歌，俱成絕調。若胸無感觸，漫爾抒詞，縱辦風華，枵然無有。」這裡談到詩歌創作應當有感而發，出自至性真情，不作無病呻吟的問題。「捨至情無以成詩」（《清詩別裁集》卷十八），真情至性之於詩歌，是生命，也是靈魂。性情有無，為《古詩源》選詩另一個標準。

以沈氏的具體評點為證，如評蘇武〈詩四首〉：「寫情款款，淡而彌悲。」評蔡琰〈悲憤詩〉：「激昂酸楚，讀去如驚蓬坐振，沙礫自飛。在東漢人中，力量最大。」又評：「使人忘其失節，而只覺可憐，由情真，亦由情深也。」評漢樂府〈有所思〉：「怨而怒矣。然怒之切，正望之深。末段餘情無盡。」評漢樂府〈孤兒行〉：「極瑣碎，極古奧，斷續無端，起落無跡，淚痕血點，結綴而成，樂府中有此一種筆墨。」評「古詩十九首」：「『十九首』大率逐臣棄妻朋友闊絕死生新故之感。中間或寓言，或顯言，反覆低徊，抑揚不盡，使讀者悲感無端，油然善入，此國風之遺也。」評曹丕〈善哉行〉：「此詩客遊之感，憂來無方，寫憂劇深。」評曹植〈七哀詩〉：「此種大抵思君之辭，絕無華飾，性情結撰。」評潘岳〈悼亡詩〉：「格調不高，其情自深也。」評左思〈詠史八首〉：「詠古人而已之性情俱見，此千秋絕唱也，後惟明遠、太白能之。」評劉琨：「越石英雄失路，萬緒悲涼，故其詩隨筆傾吐，哀音無次，讀者烏得於語詞間求之？」評顏延之〈北使洛〉：「黍離之感，行役之悲，情旨暢越。」評謝朓〈金谷聚〉：「別離情事，以澹澹語出之，其情自深。」評北朝〈咸陽王歌〉：「深情出以婉節，自能動人。一時文人詩，淺率無味，愧宮中女子多矣。」

(四)展示源流新變。沈德潛論詩，頗注重探討詩之源流升降，其編選《古詩源》及歷代詩別裁集，用心即在此點，所謂「窮本知變」（《古詩源・序》），說的也是這個意思。《古詩源・例言》，便是一篇評述唐前詩歌發展的小史。在作為唐詩之源的《古詩源》中，史的眼光，著眼於發展新變，同樣也是沈德潛選錄詩歌的標準。

結合《古詩源》評點來看，如評〈禹玉牒辭〉：「竟似歌行中名語，開後人奇警一派。」評〈柏梁詩〉：「此七言古權輿，亦後人聯句之祖也。」評李陵〈與蘇武詩三首〉：「此五言詩之祖也。」評漢樂府〈陌上桑〉：「此樂府體別於古詩者在此。」評曹操：「孟德詩猶是漢音，子桓以下，純乎魏響。」評曹操〈龜雖壽〉：「曹公四言，於《三百篇》外，自開奇響。」評曹操〈蒿里行〉：「借古樂府寫時事，始於曹公。」評應瑒〈侍五官中郎將建章臺集詩一首〉：「魏人公讌，俱極平庸，後人應酬詩從此開出。篇中代雁為詞，音調悲切，異於眾作，存此以備一格。」評阮籍〈詠懷〉：「『十九首』後，復有此種筆墨，文章一轉關也。」評嵇康：「叔夜四言，時多俊語，不摹仿《三百篇》，允為晉人先聲。」評傅玄〈車遙遙篇〉：「樂府中極聰明語，開張、王一派，然出於張、王手，語極恬熟。」評陸機：「士衡詩亦推大家，然意欲逞博，而胸少慧珠，筆又不足以舉之，遂開出排偶一家，西京以來空靈矯健之氣，不復存矣。降自梁、陳，專攻對仗，邊幅復狹，令閱者白日欲臥，未必非士衡為之濫觴也。」又評：「謝康樂詩，亦多用排，然能造意，便與潘、陸輩迥別。」又評：「蘇、李、『十九首』，每近於風，士衡輩以作賦體行之，所以未能感人。」評南朝宋孝武帝：「宋人詩，日流於弱，古之終而律之始也。無鮑、謝二公，恐風雅無色。」評南平王鑠〈白紵曲〉：「晉曲似拙，然氣味極厚，此但覺其鮮秀矣。風氣升降，作者不能自主。」

三、《古詩源》所選詩篇的價值

作為一部名選，當然取決於其所選作品的價值。換言之，正因為其所選詩作的價值，也纔成就了其名選的聲名。

首先，在《詩經》、《楚辭》以外，《古詩源》所錄作品，比較完整清晰地為我們展示了唐前詩歌發展嬗變的軌跡，比較全面充分地展現了唐前詩歌創作的具體成就。

中國詩歌起源於上古歌謠，與起於民間，這在今天，已成常識。《古詩源》第一卷〈古逸〉所收〈擊壤歌〉、〈伊耆氏蜡辭〉、〈彈歌〉、〈卿雲歌〉、〈南風歌〉等，便是產生於上古，為百姓歌吟，而經後世文人修飾後，流傳下來的作品，這也是中國詩歌史上的最初創作。而先秦一批見諸正史或諸子的各色銘文韻語，以及歌謠逸詩，是對《詩經》、《楚辭》的補充豐富，讓讀者看到了一個更接近原生態的先秦詩歌創作狀貌。

兩漢時期，詩分文人之作與樂府詩歌兩類。《古詩源》既收錄了漢高祖、項羽、漢武帝、韋孟、東方朔、梁鴻、班固、張衡、蔡邕、秦嘉、辛延年等文人詩作，及佚名古詩，還收錄了相當篇幅的樂府民歌。名篇佳什，如〈大風歌〉、〈垓下歌〉、〈秋風辭〉、蘇武詩、李陵詩、〈五噫歌〉、〈四愁詩〉、〈飲馬長城窟行〉、〈翠鳥〉、〈留郡贈婦詩〉、〈羽林郎〉、〈董嬌嬈〉、〈盤中詩〉、〈悲憤詩〉、「古詩十九首」、〈戰城南〉、〈有所思〉、〈上邪〉、〈箜篌引〉、〈江南〉、〈陌上桑〉、〈東門行〉、〈孤兒行〉、〈猛虎行〉等，無不入選，兩漢詩歌的主體精華已備。

魏晉之世，詩人雲集，大家輩出，三曹父子、建安七子、阮籍、嵇康、張華、陸機、陸雲、潘岳、張協、左思、劉琨，以及陶淵明，群星璀璨，建安風骨、正始之音、太康之體、玄言詩、田園詩，多姿多彩。而三曹、阮籍、嵇康、左思、陶淵明，更是彪炳史冊、影響深遠的詩壇巨擘。

南北朝訖隋，由多年的動盪分裂到全國統一，就詩歌發展而言，主要集中於南方。南朝樂府民歌繼續發展，〈吳聲歌曲〉、〈西曲歌〉勃興，名篇有〈西洲曲〉這樣的絕唱產生；北朝民歌，則有千古名篇〈木蘭詩〉問世。文人作者，南朝宋有顏延之、謝靈運、鮑照，齊有謝朓、王融，梁有蕭家父子、沈約、江淹、范雲、劉惲、吳均、何遜，陳有陰鏗、徐陵、江總。北朝有庾信、王褒。隋有煬帝、楊素、盧思道、薛道衡。詩體有元嘉體、齊梁體、宮體等。

詩體的演進，四言詩仍不絕如縷，不斷有新的作品問世，如韋孟、曹操、嵇康等人的創作；五言詩起於西漢初，至東漢定型，「古詩十九首」是其成熟的標誌，並體現了卓越的藝術成就。七言起於傳說中的〈柏梁詩〉，張衡〈四愁詩〉、曹丕〈燕歌行〉也用七言，鮑照〈代白紵舞歌辭四首〉、〈擬行路難〉集中使用，至南朝梁，已在文人創作中大量出現。而永明聲律，則開近體詩之先河。

重視探源溯流的沈德潛，在其《古詩源》編選中，以史的眼光，通過所選作品，給我們展示了詩歌發展遞嬗演進的脈絡軌跡。

其次，《古詩源》所選作品，反映了不同時代的風雲變幻，記錄了社會風尚的變遷，是讀者了解歷史胎變，認識時代發展的形象史料。

〈擊壤歌〉的「日出而作，日入而息。鑿井而飲，耕田而食。帝力於我何有哉」，真實記錄了先民們原始簡樸，沒有剝削壓迫，與自然和諧共處的生活狀貌。「斷竹，續竹；飛土，逐宍」，〈彈歌〉為我們展示的是進入新石器時代以後，先民製作工具進行狩獵的過程。「土反其宅，水歸其壑，昆蟲毋作，草木歸其澤」，〈伊耆氏蜡辭〉是匍匐在大自然腳下的先民們的祈禱，更是無奈的詛咒。這些歌謠對我們認識上古社會，有著彌足珍貴的史料價值。

蔡琰的〈悲憤詩〉，曹操的〈薤露〉、〈蒿里行〉，王粲的〈七哀詩〉，繆襲的〈克官渡〉、〈定武功〉、〈屠柳城〉、〈戰滎陽〉，簡直就是東漢末年社會板蕩，天下戰亂，軍閥混戰的歷史寫實。「古詩十九首」是亂世之中沒有出路的一幫文人茫然困惑徬徨苦悶心態的具體表現。樂府民歌〈出東門〉、〈孤兒行〉反映了百姓生活的貧困，水深火熱，或家庭倫理的淪喪；〈有所思〉、〈上邪〉或是對薄倖者的譴責，或者是深摯愛情的吶喊。

其他作品，無論敘事寫實，還是抒情議論，也都從不同側面，表現了詩人的人生遭遇，見聞觀感，記錄了他們各自所處社會在其心靈上的投影。

其三，《古詩源》集中了唐以前在《詩經》、《楚辭》以外古詩的精華，是對本階段古詩的一次美的巡禮。

打開《古詩源》，有輕鬆歡快或神祕肅穆的上古歌謠，有敢愛敢恨、恩怨分明的漢樂府民歌，有沉鬱蒼涼、梗概多氣的建安風骨，有感傷濃郁、格古調高的「古詩十九首」，有沖淡靜穆、恬靜淳樸的田園詩篇，有精雕細刻、窮形盡貌的山水工筆，有清俊秀美、音調和諧的永明小詩……錦心繡口，巧奪天工，令人如行山陰道上，美不勝收，陶醉其中。

讀漢高祖〈大風歌〉：「大風起兮雲飛揚，威加海內兮歸故鄉，安得猛士兮守四方？」是勝利者的得意張揚，也見出大政治家的深謀遠慮，憂患於未然。

讀項羽的〈垓下歌〉：「力拔山兮氣蓋世，時不利兮騅不逝。騅不逝兮可奈何，虞兮虞兮奈若何！」感受到的是英雄末路、造化弄人，以及鋼鐵漢子的兒女情長，對愛情的執著留戀。

讀李延年〈歌一首〉：「北方有佳人，絕世而獨立。一顧傾人城，再顧傾人國。寧不知傾城與傾國，佳人難再得！」渲染描寫中的佳人之美，令人意亂神迷，為之神往傾慕。

讀陶淵明的田園詩，那是一種精神的昇華與洗禮，令人塵滓俱去，神清氣爽，忘懷所有人間的得失。

讀謝靈運的山水之篇，深深感歎造化的神奇無比，祖國大好河山的壯美秀麗，自然美景的婀娜多姿。

在大批美輪美奐的文人詩以外，還有樂府民歌如〈陌上桑〉、〈孔雀東南飛〉、〈西洲曲〉、〈木蘭詩〉、〈敕勒歌〉等等，都是文學史上的瑰寶，是優秀的精神文化遺產，是我們先輩對世界人類藝術寶庫卓越的貢獻，是值得我們永遠自豪驕傲的寶貴財富。

四、《古詩源》的歷史局限

《古詩源》當然有它的局限。封建老儒沈德潛不可能超越他的時代。儒家詩教的束縛，在《古詩源》的編選中，烙下了鮮明的印痕。

(一)過分追求雅正，選錄了一些藝術上並沒有多少價值的郊廟祭祀朝廷讌射之歌，如〈安世房中歌〉、〈練時日〉、〈朱明〉、〈西顥〉、〈玄冥〉、〈惟太元〉、〈天馬〉、〈郊祀歌〉、〈商調曲〉等，這些作品不僅內容空洞，多歌功頌德，形式上也往往直木無文，鮮有新意創造。

(二)儒家詩教的束縛，對東晉南北朝勃興的〈子夜歌〉、〈讀曲歌〉，因其多言男女之情，進犯封建禮教，以詩乃「以之觀民風、考得失，非為艷情發也」，不可悖「好色不淫之旨」，而擯棄不取，對其在詩歌史上的影響，在所不顧，此有悖其探源溯流的宗旨，也割裂了詩歌史的發展。

(三)在評點中，也往往以儒家詩教，歪曲詩歌的本意，對讀者難免造成誤導。如漢樂府〈東門行〉，一首歌頌造反者的歌曲，沈評：「始勸其安貧賤，繼恐其觸法網，餔糜之婦，豈在詠雄雉者下哉？」刻意歪曲，完全顛倒了人物主次。如〈孔雀東南飛〉，一首堪稱千古絕唱的愛情悲劇，沈評不忘強調其：「別小姑一段悲愴之中，復極溫厚，風人之旨。」宣揚溫柔敦厚的詩教。類此等等，不乏其例，讀者當認真辨析。

此外，根據目今的研究成果，舊題蘇武〈詩四首〉、李陵〈與蘇武詩三首〉皆後人擬作；梁武帝〈西洲曲〉，實為南朝樂府民歌；第十四卷列在隋朝的詩人呂讓，更為唐朝文宗時期作者。然白璧微瑕，並不影響《古詩源》依然稱為名選。《古詩源》為唐前詩歌選本中的經典，實為不爭之論。

最後談一下本書的整理。《古詩源》初刻為康熙五十八年的竹嘯軒本，此外又有康熙芥子園本、嘉慶八年酉山堂本、道光二十六年文德堂本、光緒十四年步月山房本、十七年思賢書局本、十八年文章書局本、清藜照山館本，民國大一統圖書局本、鴻章書局本、商務印書館本、會文堂書局本，另有民國間《古詩源釋音》抄本、王蒓父箋注《古詩源箋注》本等。本次整理，以初刊本為底本，校以有關總集、別集，注釋翻譯力求簡潔暢達，評點賞析盡力得之會心。限於水平，謬誤在所難免，敬請讀者不吝賜正。

馮保善　謹識

序

詩至有唐為極盛，然詩之盛非詩之源也。今夫觀水者至觀海止矣，然由海而溯之，近于海為九河❶，其上為洚水❷，為孟津❸，又其上由積石❹以至崑崙之源。《記》曰：「祭川者先河後海。」重其源也。唐以前之詩，崑崙以降之水也。漢京魏氏❺，去風雅未遠，無異辭矣。即齊、梁之綺縟，陳、隋之輕豔，風標品格❻，未必不遜於唐。然緣此遂謂非唐詩所由出，將四海之水非孟津以下所由注，有是理哉？有明之初，承宋、元遺習，自李獻吉❼以唐詩振，天下靡然從風，前後七子❽，互相羽翼，彬彬稱盛。然其敝也，株守太過，冠裳土偶❾，學者咎之。由守乎唐而不能上窮其源，故分門立戶者得從而為之辭❿。則唐詩者宋、元之上流，而古詩又唐人之發源也。

予前與樹滋陳子⓫輯唐詩成帙，窺其盛矣。茲復溯隋、陳而上，極乎黃軒⓬，凡《三百篇》、《楚騷》而外，自郊廟樂章訖童謠里諺，無不備采。書成，得一十四卷。不敢謂已盡古詩，而古詩之雅者略盡於此，凡為學詩者導之源也。昔河汾王氏⓭，刪漢魏以下詩，繼孔子《三百篇》後，謂之續經，天下後世群起攻之曰僭⓮。夫王氏之僭，以其擬聖人之經，非謂其錄刪後詩也。使誤用其說，謂漢魏以下學者不當蒐輯，是懲熱羹而吹虀⓯，見人噎而廢食，其亦翦翦拘拘⓰之見爾矣。予之成是編也，於古逸存其概，於漢京得其詳，於魏晉獵其華，而亦不廢夫宋、齊後之作者。既以編詩，亦以論世，使覽者窮本知變，以漸窺風雅之遺意，猶觀海者由逆河上之以溯崑崙之源，於詩教未必無少助也夫。

康熙己亥夏五長洲沈德潛書於南徐⓱之見山樓

【注釋】❶九河　古代黃河下游眾支流的統稱。❷洚水　水名，即淇水，源出河南林州市東南臨淇鎮，東北流經淇陽合淅河，折東南流經湯陰至淇縣，入衛河。❸孟津　古黃河渡口名，在今河南孟津東北。❹積

石　山名，在青海省東南部，延伸到甘肅南部，乃崑崙山山脈中支，黃河在其東南側流過。❺漢京魏氏　漢京，漢朝都城，指漢朝。魏氏，指三國曹魏。❻風標品格　風致品格。❼李獻吉　明代文學家李夢陽（西元一四七三年—一五三〇年），字天錫，又字獻吉，文學主張倡導「文必秦漢，詩必盛唐」，明代「前七子」代表人物。❽前後七子　前七子指明代弘治、正德年間，由李夢陽、何景明、徐禎卿、邊貢、康海、王九思、王廷相組成的一個文學復古流派。後七子是明代嘉靖、隆慶年間由李攀龍、王世貞、謝榛、宗臣、梁有譽、徐中行、吳國倫所組成的文學復古流派，繼承前七子復古主張，相互標榜，聲勢極大。❾冠裳土偶　冠裳，官吏的全套禮服，這裡作動詞。土偶，泥塑的人像。❿辭　藉口。⓫樹滋陳子　即陳樹滋，《唐詩別裁集》由他初刻，大約參加了增訂工作。⓬黃軒　黃帝軒轅氏，代指上古社會。⓭河汾王氏　指隋末王通，絳州龍門人，曾在河汾間設帳授徒，仿照作六經，今佚。⓮僭　僭據；超出本分。⓯懲熱羹而吹齏　指被熱湯所燙而見冷菜也要先吹，比喻矯枉過正。齏，細切後淹漬的冷菜。⓰翦翦拘拘　翦翦，狹隘淺薄。拘拘，拘泥貌。⓱南徐　今江蘇鎮江。

【語譯】詩歌發展到唐朝為鼎盛，但詩的鼎盛，不是詩的源頭。今觀水之人，到了看海便終止了，然而由海上溯，近海為九河，九河上是淇水，是孟津，再往上由積石而到崑崙源頭。《記》中說：「祭祀川水的人先祭祀河流後祭祀大海。」是推重它的源頭。唐朝以前的詩，如崑崙以下的河水。漢朝曹魏，距離風雅時代不遠，無須辯說。就是齊、梁的綺縟，陳、隋的輕豔，風致品格，未必不遜色於唐朝，但因此就說它非唐詩所來源，將四海之水說是非孟津以下所注入，有這道理嗎？明朝初年，承繼宋、元遺風。自李夢陽以學盛唐振響天下，靡然風從，前後七子互相標榜，彬彬大盛。然而他們的弊端，在於太過株守，如衣冠楚楚的泥塑，故學者對其進行指責。由恪守唐人卻不能上探其源頭，所以分門立戶的人，得進而有其藉口。唐詩，是宋、元詩的上流，而古詩又是唐詩的發源。

我前此與陳樹滋選輯唐詩成書，窺見其繁盛。此再溯隋、陳往上，到黃帝之世，大凡《詩經》、《楚辭》以外，自郊廟樂府，到童謠諺語，無不備採，書成，得到十四卷。不敢說已經窮盡古詩，但古詩中雅正之作品，大略盡在這裡，總為學詩的人導引源頭。從前河汾人王通刪訂漢、魏以來詩歌，承繼孔子《三百篇》後，稱其「續經」，天下後世的人們群起攻之為僭越。王氏的僭越，是因他比擬聖人經書，不是說他刪錄以後之詩。假使誤用其說，說漢、魏以下，學者不當收輯，這是被熱湯所燙而見冷菜先吹，見人被噎而拒絕吃飯，這也是淺陋拘泥的見識。我編選此書，古逸存其大概，漢朝得其詳備，魏、晉擇取精華，也不偏廢宋、齊以後的作者。既來編詩，也用以論世，使讀者探根本知悉演變，以逐漸看到風雅遺風，如看海的人逆黃河上溯崑崙源頭，對於詩教未必無些微的補益！

康熙五十八年夏五月，長洲人沈德潛書於南徐見山樓

例言

〈康衢〉、〈擊壤〉，肇開聲詩❶。上自陶唐❷，下暨秦代，韵語可采者，或取正史，或裁諸子，雜錄古逸，冠於漢京，窮詩之源也。《詩紀》❸備詳，茲擇其尤雅者。

風騷既息，漢人代興，五言為標準矣。就五言中，較然兩體，蘇李贈答、無名氏「十九首」，古詩體也。〈廬江小吏妻〉、〈羽林郎〉、〈陌上桑〉之類，樂府體也。昭明❹獨尚雅音，略於樂府。然措詞敘事，樂府為長，茲特補昭明《選》未及。後之作者，知所區別焉。

〈安世房中歌〉，詩中之雅也。漢武郊祀等歌，詩中之頌也。〈廬江小吏妻〉、〈羽林郎〉、〈陌上桑〉等篇，詩中之國風也。樂府中亦具三體，當分別觀之。

曹子建云：「漢曲訛不可辨。」魏人且然，況今日耶？凡不能句讀及無韻不成誦者均不錄。

蘇、李❺以後，陳思❻繼起，父兄多才，渠❼尤獨步，故應為一大宗。鄴下諸子❽，各自成家，未能方埒❾也。嗣宗❿觸緒興懷，無端哀樂，當塗⓫之世，又成別調矣。

壯武⓬之世，茂先、休奕⓭，莫能軒輊⓮。二陸、潘、張⓯，亦稱魯、衛⓰。太沖⓱拔出於眾流之中，丰骨峻上，盡掩諸家。鍾記室季孟於潘、陸之間⓲，非篤論也。後此越石、景純⓳，聯鑣接軫⓴。過江末季㉑，挺生陶公㉒，無意為詩，斯臻至詣㉓，不第於典午㉔中屈一指云。

詩至於宋，體製漸變，聲色㉕大開。康樂㉖神工默運，明遠㉗廉儁無前，允稱二妙。延年㉘聲價雖高，雕鏤太甚，未宜鼎足矣。齊人寥寥，玄暉㉙獨有一代，元長㉚以下，無能為役。

蕭梁之代，風格日卑。隱侯㉛短章，猶存古體。文通、仲言㉜，辭藻斐然。雖非出群之雄，亦稱一時作者。陳之視梁，抑又降焉。子堅、孝穆[33]，並以總持[34]，略其體裁，專求名句，所云差強人意者耶。

梁時〈横吹曲〉，武人之詞居多。北音鏗鏘，鉦鐃競奏，〈企喻歌〉、〈折楊柳歌詞〉、〈木蘭詩〉等篇，猶漢魏人遺響也。北齊〈敕勒歌〉，亦復相似。

北朝詞人，時流清響。庾子山[35]才華富有，悲感之篇，常見風骨，所長不專在造句也。徐、庾並名，恐孝穆華詞，瞠乎其後[36]。

隋煬帝豔情篇什，同符後主[37]，而邊塞諸作，矯然獨異，風氣將轉之候也。楊處道[38]清思健筆，詞氣蒼然。後此射洪、曲江[39]，起衰中立，此為之勝、廣[40]矣。

漢武立樂府采歌謠，郭茂倩編《樂府詩集》，雜謠歌詞，亦俱收錄，謂觀此可以知治忽驗盛衰也。愚於各代詩人後嗣以歌謠，猶前人志云。

漢以前歌詞，後人擬作甚夥，如夏禹〈玉牒詞〉，漢武帝〈落葉哀蟬曲〉類是也，詞旨可取，不妨並登，真偽自可存而不論。然如〈皇娥〉、〈白帝歌〉，事近於誣；虞姬〈答歌〉、蘇武妻〈答詩〉，詞近於時，類此者不敢從俗采入。

詩非談理，亦烏可悖理也？仲長統[41]〈述志〉云：「畔散五經，滅棄風雅。」放恣不可問矣。類此者概所屏卻。

晉人〈子夜歌〉，齊梁人〈讀曲〉等歌，俚語俱趣，拙語俱巧，自是詩中別調。然雅音既遠，鄭、衛雜興[42]，君子弗尚也。愚於唐詩選本中，不收西崑、香奩諸體[43]，亦是此意。

新城王尚書[44]向有古詩選本，抒文載實，極工裁擇，因五言七言分立界限，故三四言及長短雜句均在屏卻。茲特采錄各體，補所未備。又王選五言兼取唐人，七言下及元代，茲從陶唐氏起，南北朝止，探其源不暇沿其流也。

詩之為用甚廣，范宣討貳，爰賦〈摽梅〉[45]；宗國無鳩，乃歌〈圻父〉㊻，斷章取義，原無達詁㊼也。箋釋評點，俱可無庸，為學人啟塗徑，未能免俗耳。

書中徵引，宜錄全文，緣疏通大義，匪同箋註，凡經史子集，時從刪節，近於因陋就簡，識者諒諸。

德潛學識淺尠㊽，於剬詩緝頌㊾，略無所得。此書援據典實，通達奧義，得三益㊿之功居多，參訂姓氏，詳列于簡。

歸愚沈德潛識

【注釋】❶聲詩　樂歌。❷陶唐　古帝名，即堯。❸詩紀　即《古詩紀》，明人馮惟訥編，收唐前古詩凡一百五十六卷。❹昭明　指《昭明文選》的編者。❺蘇李　蘇武、李陵。❻陳思　即曹植，封陳王，諡思，世稱陳思王。❼渠　他。❽鄴下諸子　指圍繞曹操父子周圍的建安文人。❾方埒　比肩等同。❿嗣宗　阮籍字。⓫當塗　三國魏的代稱。⓬壯武　指晉武帝司馬炎。⓭茂先休奕　分別為張華、傅玄的表字。⓮軒輊　分出高下。⓯二陸潘張　分別指陸機、陸雲、潘岳、張協。⓰魯衛　均春秋時期大國名，指旗鼓相當。⓱太沖　左思字。⓲鍾記室季孟於潘陸之間　鍾記室，指鍾嶸，南朝梁為衡陽王、晉安王記室。其《詩品》評左思在潘岳、陸機間。⓳越石景純　即劉琨、郭璞。⓴聯鑣接軫　比喻十分接近。鑣，馬嚼口鐵。軫，車後橫木。㉑過江末季　指東晉末年。㉒陶公　指陶潛。㉓至詣　最高的程度。㉔典午　司馬的隱語，代指晉朝。㉕聲色　指詩歌的聲律文彩。㉖康樂　指謝靈運，封康樂公。㉗明遠　鮑照字。㉘延年　顏延之字。㉙玄暉　謝朓字。㉚元長　王融字。㉛隱侯　指沈約，諡隱。㉜文通仲言　分別為江淹、何遜字。㉝子堅孝穆　分別為陰鏗、徐陵字。㉞總持　江總字。㉟庾子山　庾信。㊱瞠乎其後　本《莊子・田子方》，謂乾瞪眼睛，在後面無法趕上。㊲後主　指南朝陳後主陳叔寶。㊳楊處道　楊素。㊴射洪曲江　陳子昂，梓州射洪（今屬四川）人。張九齡，韶州曲江（今屬廣東）人。㊵勝廣　陳勝、吳廣，比喻為之先驅。㊶仲長統　東漢人，字公理，著有《昌言》。㊷鄭衛雜興　指春秋戰國時期鄭、衛兩國的民間音樂，被儒家正統稱為亂世靡靡之音。㊸西崑香奩諸體　指五代宋初詞壇香豔之作，有《西崑集》、《香奩集》。㊹新城王尚書　指清人王士禛，山東新城人，順治朝官刑部尚書，詩人、詩論家。㊺范宣討貳二句　本《左傳》襄公八年，載晉國范宣子拜見魯襄公，吟《詩經・召南・摽有梅》，催魯國當及時出兵，共討鄭國。㊻宗國無鳩二句　本《左傳》襄公十六年，載齊國伐魯，魯大夫穆叔赴晉國請求援兵，見中行獻子，詠《詩經・小雅・圻父》，表達對晉國不肯出兵的不滿。鳩，安定。㊼達詁　確切的注解。㊽淺尠　細小；微少。㊾刪詩緝頌　指刪訂整理詩歌典籍。刪，刪削。緝，收輯；編輯。㊿三益　指友人。本《論語》：「益者三友，損者三友。友直、友諒、友多聞，益矣。」

【語　譯】〈康衢〉、〈擊壤〉，樂歌的開始。上自唐堯時代，下及秦朝，可以採錄的韻語，或者取於正史，或者裁自諸子，雜錄古逸之作，放置漢朝以前，盡採詩歌源頭。《詩紀》詳備，這裡選擇其特別雅正的。

《詩經》、《楚辭》時代結束之後，漢人詩作代之興起，五言詩為標準。就五言詩中，判然兩種體式：蘇、李贈答之詩，無名氏「十九首」，古詩體式；〈廬江小吏妻〉、〈羽林郎〉、〈陌上桑〉一類，樂府體式。昭明太子獨崇雅正之歌，樂府從略。但措辭敘事，樂府勝長，這裡特意補充《昭明文選》未顧及的作品。後來作者，應當知道這一區別。〈安世房中歌〉，詩中雅體。漢武帝郊廟祭祀等歌，詩中頌體。〈廬江小吏妻〉、〈羽林郎〉、〈陌上桑〉等篇，詩中國風體。樂府中也具有三種體式，應當分別看待。

曹子建說：「漢朝曲子訛誤不能辨析。」魏人尚且如此，何況今天呢？凡是無法斷句，以及沒有韻腳，不成誦讀的，均不選錄。

蘇武、李陵以後，陳思王繼之崛起，父兄多有才情，彼尤其獨領風騷，所以應當為一大宗。鄴下文人，各自成為一家，沒有能夠和他比肩者。阮籍感觸抒懷，哀樂沒有端緒，在三國魏朝，又成另一格調。

司馬晉朝，張華、傅玄，難分高下；陸機、陸雲、潘岳、張協，也稱得上相當。左太沖挺出於眾人中，風骨高峻，掩蓋所有之人，鍾嶸比列於潘岳、陸機間，不能算是確切之評。此後劉琨、郭璞，彼此接近。東晉末年，陶淵明突兀而起，不刻意做詩，而臻於極致，不僅是在晉朝首屈一指。

詩發展到南朝宋，體制漸出現變化，音律文采大盛。謝康樂天工巧運，鮑明遠剛健清新無比，確稱雙妙。顏延年聲價雖高，雕鑿太過，不宜與二人三足鼎立。齊朝詩人寥寥無幾，謝玄暉獨盛一代，王元長以下，沒有能為他役使的人。

蕭梁時代，風格日益卑靡。沈約短篇，尚存古人體格。江文通、何仲言，辭藻斐然華美，儘管不是出類拔萃的雄才，也可稱一時作家。陳朝比梁，又下一等。陰子堅、徐孝穆，加上江總持，忽略體式，專門追求名句，只能說是差強人意罷了。

梁朝〈橫吹曲〉，武夫之作居多。北方音調鏗鏘，如鉦鐃競響，〈企喻歌〉、〈折楊柳歌詞〉、〈木蘭詩〉等篇，尚是漢魏詩的餘響。北齊〈敕勒歌〉，也與此近似。

北朝詩人，時有清剛之音。庾子山富有才華，他悲感交集的作品，常能見出風骨，所擅長者，不專門在鍛造名句。徐、庾並稱齊名，恐怕徐孝穆華麗的詞章，是乾瞪眼睛而無法追上庾子山的。

隋煬帝豔情篇什，與陳後主一樣，但他的邊塞作品，高標獨異，是風氣將要轉變的徵兆。楊處道清思健筆，氣韻蒼勁，以後的陳子昂、張九齡，振衰而起，此為其先驅。

漢武帝設樂府機關收採歌謠，郭茂倩編《樂府詩集》，雜謠歌詞也都收錄，稱觀此可以了解治亂興衰。我在各代詩人後續以歌謠，也有如前人一樣的志尚。

漢朝以前歌詞，屬後人擬作的很多，如夏禹〈玉牒詞〉、漢武帝〈落葉哀蟬曲〉類於此。旨趣有可取者，不妨一齊登載，真偽自可以存疑不談。但如〈皇娥〉、〈白帝歌〉，事近於荒誕；虞姬〈答歌〉、蘇武妻〈答詩〉，語詞近於眼下，像這一類不敢從俗收錄。

詩不用來談理，又怎能悖於情理？仲長統〈述志〉說：「背叛五經，廢棄風雅。」放肆不可理喻。像這一類，一概摒棄。

晉人〈子夜歌〉、齊梁人〈讀曲〉等歌，俚俗語言都有趣味，粗樸語言也都巧妙，自然為詩中另一格調。但離雅正之音已遠，鄭衛俗調紛起，君子所不崇尚。我在唐詩選本中，不收西崑、香奩之體，也是這種用意。

之前新城王士禎有古詩選本，運用文辭來表達情志，極工於取捨。以五言、七言作分類的界限，因而三、四言以及長短雜言都在摒棄之列。這裡特意採錄各體，補所不備。又王選五言詩兼選唐人之作，七言下選到元代，這裡從唐堯開始，到南北朝止，探源頭而無暇順流而下。

詩的作用很廣，范宣子討伐貳心，吟詠〈摽梅〉；祖國不寧，乃詠〈圻父〉，斷章取義，原本沒有確切的解釋。箋注評點，都可以不用，只是為學詩之人開啟途徑，不能夠免俗而已。

書中徵引文字，應當抄錄全文，因為疏通大意，不等於箋注，大凡經史子集，時有刪節，近於因陋就簡，通識之人鑒諒。

德潛學識淺薄，對刪訂詩歌典籍，沒有任何心得。此書引經據典，疏通深奧之義，得力於朋友幫助很多。參訂姓氏，詳細開列書上。

歸愚沈德潛記

卷一

古逸

擊壤❶歌

《帝王世紀》：帝堯之世，天下太和，百姓無事。有老人擊壤而歌。

日出而作❷，日入而息。鑿井而飲，耕田而食。帝力❸於我何有哉！

帝堯以前，近於荒渺。雖有〈皇娥〉、〈白帝〉二歌，係王嘉偽撰，其事近誣，故以〈擊壤歌〉為始。

【注釋】❶壤　古代的一種遊戲器具，用三四寸長木片製成。遊戲方式為：放置一木片於地，距三四十步，持另一木片投擲，擊中為勝。❷作　起；做工。❸帝力　堯帝的恩惠、權力。

【語譯】太陽出來耕作去，太陽落山便休息。開鑿水井汲水喝，耕種田地有飯吃。堯帝的權力與我有啥關係！

【研析】這首歌謠初見於東漢王充《論衡・感虛》：「堯時，五十之民擊壤於途。觀者曰：『大哉，堯之德也！』擊壤者曰：『吾日出而作，日入而息，鑿井而飲，耕田而食，堯何等力？』」今傳文本，乃西晉皇甫謐《帝王世紀》改定。歌謠前四句為一層，講帝堯時代先民自給自足，自耕自食，沒有剝削，沒有壓迫，取之於自然，依賴自然，與自然和諧共存的生活狀態。結尾一句，承上而來，與「帝力」無關，也正強調前四句所講和自然的依存。歌詞五句，直質簡約，又形象具體地反映了先民們原始質樸的生存狀貌。它在後世盛傳不衰，成為人們狀摹初民生活模式的成句。沈德潛把它和〈康衢〉並列，稱之為中國韻文之祖。今之學人，多懷疑它是偽作，是後世想像中的原始理想社會，並非堯時作品，這其實只是因理解上的歧異所致。而它主要的變化，倒是在於由口頭傳播到文字記錄的過程中，經由文化人的修飾或竄改，纔偏離了原本的面貌。儘管如此，〈擊壤歌〉還是依稀令我們看到了詩歌的萌芽形態。

康衢❶謠

《列子》：帝治天下五十年，不知天下治與，不治與？億兆願戴己與？乃微服遊於康衢，聞兒童謠云。

立我蒸民❷，莫匪爾極❸。不識不知，順帝之則❹。

【注釋】❶康衢　康莊大道；四通八達的道路。❷立我蒸民　立，通「粒」。活用作動詞，謂養活。蒸，眾。蒸民即黎民百姓。❸爾極　爾，你，指堯帝。極，極至；大恩大德。❹順帝之則　帝，天地，即自然。則，法則；規律。

【語譯】養活我們黎民百姓，全仗堯的大恩大德。凡事依靠無為而治，一切遵循自然法則。

【研析】這首古歌見於《列子・仲尼》。堯帝治天下五十年，為了解民情，微服私訪，歌謠即其在閭巷聞兒童所唱，這也是標題「康衢謠」的由來。這是一首堯帝的頌歌，頌美堯帝順從自然，不行苛政，無為而治，而黎民百姓得以溫飽、安居樂業。民以食為天，故首句即言養活我萬民。三、四兩句，則歌頌其理想政治。詩歌語言古樸，敘述質直中亦富婉曲。其前兩句又見《詩經・周頌・思文》，後兩句則見《詩經・大雅・皇矣》。《列子》又載，在聽到這首歌謠後，「堯喜問曰：『誰教爾為此言？』童兒曰：『我聞之大夫。』問大夫，大夫曰：『古詩也。』堯還宮，召舜，因禪以天下，舜不辭而受之。」堯舜之治，為傳說中的上古理想政治，然而，在原始社會，生產力低下，所謂順從自然，是種無奈；溫飽，更不可能實現。該古歌顯然是進入階級社會後，人們不滿猛於虎之暴政，而編造出的懷舊幻想。

伊耆氏蜡辭❶

《禮記・郊特牲》云：伊耆氏始為蜡。蜡者，索也。歲十二月，合聚萬物而索饗之也。祝辭曰。

土反其宅❷，水歸其壑❸。昆蟲毋作❹，草木歸其澤❺。

末句言草木歸根於藪澤，不生於耕稼之土也。

【注釋】❶伊耆氏蜡辭 《古詩紀》注：「炎帝神農氏，其初國伊，繼國耆，合而稱之，故又號曰伊耆氏。或曰堯也。」蜡，通「臘」，臘月祭祀名目。❷宅 居所。❸壑 溝壑。❹作 興。❺澤 藪澤；沼澤地。

【語 譯】土返回它的原處，水回到它的溝渠。螟蝗害蟲不要繁殖，榛莽雜草回到它的池沼蓄息。

【研 析】這首歌謠應該是一首比較原始的上古作品，其內容，反映出遠古農耕社會先民們面對洪水氾濫、土壤流失、蝗蟲成災、雜草叢生的恐懼厭惡，以及對風調雨順的嚮往渴慕。由於原始先民的生產力極為低下，大自然既是他們賴以生存、並為他們提供衣食住行的寶藏，同時，對自然變化，他們又缺乏科學的認識和應對的辦法，自然崇拜便由此產生。而祭祀天地，匍匐在大自然的腳下，向他們想像中的天地神祇祈禱保佑，對天災人禍進行詛咒，祈禱豐收，便是他們能做的，也是他們認為將會行之有效的途徑與辦法。蜡祭，往往是在一年將終的時候，先民們舉行的慶祝豐收、感謝上蒼，並祈禱來年繼續能有好的收成的祭祀儀式。這首歌便是祭祀時的禱詞，其所涉及之水、土、昆蟲、草木，則均與先民們的生存息息相關。先民們希望通過他們的祭祀、祈禱與詛咒，在來年能夠太太平平、豐衣足食。祭祀活動是神祕莊嚴的，這首古歌把我們帶回到了遠古，我們彷彿看到了先民們一遍又一遍唱著這首歌，以及那莊嚴肅穆的一幕。

堯戒

《淮南子·人間訓》

戰戰慄慄，日謹一日。人莫蹪❶于山，而蹪于垤❷。

大聖人憂勤惕厲語。

【注釋】❶蹪 跌倒。❷垤 小丘。

【語譯】戰戰兢兢格外小心，一天更比一天謹慎。人未跌倒大山之前，反而栽在小小土丘邊。

【研析】這首謠諺出自《淮南子·人間訓》，意謂大處固然應當謹慎，細微處亦不可以掉以輕心，所謂「千里之堤，以螻蟻之穴漏；百尋之屋，以突隙之煙焚」，以此來告誡那些「輕小害易微事以多悔，患至而後憂之」者。諺語前兩句直陳謹小慎微，後兩句則用比喻，點出謹慎小心的內容。採用比喻來說明事不論大小，均當謹慎，較之直言，既富有形象性，也更具有說服的力量。

卿雲歌

《尚書大傳》：舜將禪禹，於是俊乂百工，相和而歌〈卿雲〉。帝倡之，八伯咸稽首而和。帝乃載歌。

卿雲爛兮❶，糺（同糾）縵縵兮❷。日月光華，旦❸復旦兮。

「旦復旦」隱寓禪代之旨。

【注釋】❶卿雲爛兮 卿雲，即慶雲，彩雲，古時認為是一種祥瑞的象徵。《史記・天官書》：「若煙非煙，若雲非雲，鬱鬱紛紛，蕭索輪囷，是謂慶雲。」爛，燦爛。❷糺縵縵兮 糺，同「糾」，糾結；聚集。縵縵，縈迴舒緩貌。❸旦 明亮。

【語譯】五色的雲彩多麼燦爛，團團飄蕩多麼舒緩。日月輝耀大地光華，璀璨明亮呵明亮璀璨。

【研析】這首詩及下文〈八伯歌〉、〈帝載歌〉俱出於西漢伏生《尚書大傳・虞夏》，據說是帝舜將禪位於禹時，舜與群臣唱和之作。本首為帝舜所唱。張玉穀《古詩賞析》評曰：「上二比臣德已彰，下二比君位當代。」其稱頌清明政治之意昭著。就寫景言，亦足可稱道。彩雲悠悠飄蕩，或淡或濃，或薄或厚，或大或小，若雪，若絮；日月之輝，如金，如銀，灑滿大地山川。而在日月的光華照耀下，雲顯五彩，金碧輝煌。這是何等漂亮的寫景文字！華美的語言，恢弘廓大的意境，堪稱一首完美的寫景佳什。由此，也可反證其正如《古文尚書》之屬於偽作，它也並非為舜禹時代的作品，同樣是後世偽託。

八伯❶歌

明明上天，爛然星陳。日月光華，弘於一人。

【注　釋】❶八伯　堯舜時代分別掌管天下四方的諸侯。伯，官名。

【語　譯】明朗清湛的天空，佈滿了璀璨的群星。日月輝耀著光華，是由此一人發揚廣大。

【研　析】本首是繼上首帝舜首唱後，由群臣唱和。前兩句是興是比，既有起興的作用，也有比喻的意圖。上天清湛，亦比況舜的明察秋毫，政治清明；群星雖然璀璨，然畢竟羅於天空，天為大，星則為小。三、四句既歌頌舜的偉大，也兼指其選擇接班人的英明，謂其能夠將大任再賦予聖人，同時，還頌揚了他繼承弘揚堯帝以來自覺禪讓的美德。

帝載歌❶

日月有常❷，星辰有行❸。四時從經❹，萬姓允誠❺。於予論樂❻，配❼天之靈。遷❽於賢善，莫不咸❾聽。鼚❿乎鼓之，軒⓫乎舞之。菁華已竭，褰裳⓬去之。

【注　釋】❶載歌　再歌。載，通「再」。❷常　恆久。❸行　道，即軌道。❹從經　遵從常道。❺允誠　信誠。❻於予論樂　於，助詞，無義。論，通「倫」，有次序。全句謂樂器演奏和諧有序。❼配　祭祀中的配享之禮。❽遷　指禪讓。❾咸　都。❿鼚　鼓聲。⓫軒　舞貌。⓬褰裳　撩起下衣。

【語　譯】日月恆久運轉不停，星辰也按軌道運行。四季常規變化分明，黎民百姓恭敬信誠。鼓樂演奏和諧不亂，祭祀配享上天神靈。帝位禪讓傳給賢聖，天下人都額手稱慶。鼓聲冬冬悅耳動聽，舞姿翩翩那般輕盈。精力才華既已用盡，撩起下衣踏上去程。

【研　析】本首是舜帝繼群臣唱和後再唱。前四句講日月運轉、星辰運行、四季變化更替，均為自然規律；百姓信誠，遵循天道，合自然之道，也得自然之樂。此又暗示新舊交替、朝代易換、帝位禪讓，亦屬自然常情，並且惟有選賢舉能、賢人治世，天下纔能繁盛，人民纔能安居樂業。中四句正寫禪讓賢人，上合天意，下符民心，所以百姓歡欣，天下融融。後四句稱頌帝舜美德，在鐘鼓鳴奏聲中，在人們載歌載舞歡慶夏禹即位的時刻，帝舜既知才華已盡，自己已經殫精竭慮，便思悄然「褰裳去之」，不居功，不自傲，功成身退。歡慶氣氛的渲染，也是對帝舜之治的一種充分肯定。通過描寫，偉人舜帝的謙讓、大度、無私、愛民等種種崇高品德，便躍然紙上。而通觀〈卿雲歌〉、〈八伯歌〉、〈帝載歌〉，它們表現的主題、描寫的內容，顯然應當是生活在戰國以來亂世中的人們，在看慣了爭權奪利、爾虞我詐、血腥屠殺、生靈塗炭後，為寄託他們對社會安定、賢人政治理想的景慕所作。其形式上，無論是華美典雅的語言，還是音節句型的參差錯落，都與《詩》、〈騷〉庶幾近之，達到了極高的境界。

南風歌

《家語》：舜彈五絃之琴，歌〈南風〉之詩。其詩曰。

南風之薰❶兮，可以解吾民之慍❷叶平。兮。南風之時❸兮，可以阜❹吾民之財兮。

【注　釋】❶薰　暖。❷慍　鬱結。❸時　適時。❹阜　厚；豐富。

【語　譯】輕柔的南風溫暖和煦，能夠解除百姓的悶鬱。輕柔的南風適時吹來，能夠豐富百姓的錢財。

【研　析】本首詩見於三國魏王肅編輯的《孔子家語・辯樂解》，然其創作，則當在戰國或稍前。理由是：一、成書於戰國時期的《尸子・綽子》已引錄其前二句，此可證其存在於戰國時；二、太史公《史記》言歌〈南風〉之詩，馮衍〈顯志賦〉、步騭〈上疏〉亦言詠〈南風〉之詩，此可證其流行於戰國後。詩中內容，無論是溫暖的南風能解民之鬱結，抑或能夠富民之財，均著眼於百姓民生，的是帝王聲口。也惟此，後世詩人，遂以之為帝王體恤黎民的意象，或用以歌頌帝王的仁政愛民。詩歌格調輕曼婉轉，柔美抒情，詩節對稱，語句錯落，重章複踏，顯得十分優美。

禹玉牒辭❶

祝融司方發其英❷，沐日浴月百寶生。　竟似歌行中名語，開後人奇警一派。

【注釋】❶禹玉牒辭　夏禹時代的封禪玉牒之辭。玉牒，古代帝王封禪、郊祀的玉簡文書。《大唐新語・郊禪》引賀知章語：「玉牒本通神明之意，前代帝王所求各異，或禱年算，或求神仙，其事微密，故外人莫知之。」❷祝融司方發其英　祝融，帝嚳時代的火官，後世尊為火神。司方，司職一方。英，光華。

【語譯】祝融司職一方煥發他的光華，百寶生成沐浴在日月光輝之下。

【研析】這首〈玉牒辭〉初見於明人馮惟訥輯錄的《古詩紀》，其何以晚出，又不明出處？或許當與玉牒之功能特性有關，此在注文中所引賀知章語已經說明。清張玉穀《古詩賞析》評謂：「國號之取乎夏，與時令之取乎夏，其義一也。故只以夏德發英，實生百寶，為子孫神聖繼繩作一影子。」所言不無道理。而夏禹之禱辭，言火神祝融，言光華沐浴百寶生成，正比況誇美夏朝之德化，養育萬物。同時，又有通神明、祈福佑之意圖在。在藝術上，沈德潛評其「竟似歌行中名語，開後人奇警一派」，張玉穀評其「既空靈，亦奇警」，都頗能中其肯綮。

夏后鑄鼎繇❶

《困學記聞》云：太卜三兆，其頌皆千有二百，〈夏后鑄鼎繇〉云云。

逢逢❷白雲，一南一北，一西一東。九鼎❸既成，遷于三國。　「北」與「國」為韻，而以「一西一東」句間之，章法甚奇。

【注釋】❶夏后鑄鼎繇　夏后，又稱夏后氏，即禹夏王朝。繇，通「籀」。占卜的文辭。❷逢逢　盛多貌。❸九鼎　據史載，夏禹鑄九鼎以象九州，夏、商、周三代均以之為國家政權的象徵。

【語譯】白雲朵朵升騰飄蕩，一朵飄南一朵飄北，一朵飄西一朵飄東。九鼎在夏既已鑄成，夏、商、周三代輪替使用。

【研析】這首鼎文見於《墨子・耕柱》，繼鼎文之後又曰：「夏后氏失之，殷人受之；殷人失之，周人受之。夏后殷周之相受也，數百歲矣。」鼎文之義在此已經昭然若揭。鼎乃夏朝所鑄，夏滅，商用之；商滅，周復用之。鼎之主人的變易，代表了朝代的更替。鼎文最後兩句，即是此義。前三句寫雲：白雲之升騰，湧出，飄散，聚合，以「一南一北，一西一東」形容之，貼切而形象，生動而具體，既活脫別緻，又意象鮮明，將雲之飄忽及形態，刻畫得淋漓盡致，與後世民歌〈江南〉「魚戲蓮葉東，魚戲蓮葉西，魚戲蓮葉南，魚戲蓮葉北」有異曲同工之妙。

商銘　見《國語》

嗛嗛❶之德，不足就❷也，不可以矜，而祇取憂也。嗛嗛之食，不足狃❸也，不能為膏❹，而祗離❺咎也。嗛嗛，小貌。○轉以德居食先，此古人章法。

【注釋】❶嗛嗛 微小。❷就 憑藉。❸狃 貪圖。❹膏 肥肉。❺離 遭逢。

【語譯】些微恩德，不足以憑藉，不可以誇耀，而只會招致憂患。些微食物，不足以貪圖，不能夠肥潤，而只會遭逢禍害。

【研析】這首銘文初見於《國語・晉語》。文云：「商之衰也，其銘有之。」此後便接銘文。其既可以作為商朝衰亡的教訓總結，亦可為人生經驗之結晶，直可以作為人生處世的座右銘言。小德不足以伐，不可以津津自道，更不可以居功自傲，這樣會適得其反，讓人反感，使人厭惡，最終給自己招來不必要的麻煩。些微的食物，既不是肥肉美食，也不能夠使自己豐衣足食，貪圖小利，也終將為自己造成禍患。八句分兩節，前四句為主，為中心；後四句為輔，為比喻。後四句顯然是為說明前四句表達的中心主題而設置，而作解。而這種結構方法，顯得別出心裁，匠心獨運。

麥秀歌

《史記》：箕子朝周，過故殷墟，感宮室毀壞，生禾黍，箕子傷之，欲哭則不可，欲泣為其近婦人，乃作〈麥秀〉之詩以歌之。

麥秀漸漸兮❶，禾黍油油❷。彼狡童❸兮，不與我好兮。

【注釋】❶麥秀漸漸兮　麥秀，麥子秀穗。漸漸，麥芒之狀。❷油油　光潤，形容莊稼茂盛茁壯。❸狡童　原指美貌少年，此處乃貶稱商紂之昏庸。

【語譯】麥子秀穗麥芒尖尖，莊稼茁壯枝葉光鮮。昏庸紂王那渾小子，不和我交好親密無間。

【研析】這首詩出於《史記‧宋微子世家》，又見《尚書大傳》，然有區別。後者稱微子作，而末句作「不我好兮」，首句「漸漸」作「蠅蠅」。箕子乃紂王叔父，因封於箕，稱箕子。紂王暴虐，他以苦諫無果，披髮佯狂，並被紂王囚禁。武王滅商，獲釋。本詩是他過殷朝廢墟時所作。首兩句是詩人實見親睹。莊稼長勢喜人，麥子吐穗，枝葉油綠，極為肥壯。許是莊稼旺盛的生命，令詩人想起了覆亡的故國；或者是經歷了改朝換代，物是人非，商朝皇室箕子，免不了要感傷興歎：全怪紂王那渾小子、敗家子不聽良言，導致敗亡。三、四句，正為全詩中心所在。而前兩句的景物描寫，對後兩句，亦有起興之功用。這首詩所表達的故國情思，在後世產生了深遠的影響，其與《詩經》中的〈黍離〉齊名，黍離麥秀之悲，則成為人們悲歎亡國之痛的重要意象、常用典故。大詩人陶淵明在其《讀史述九章‧箕子》中說：「狡童之歌，淒矣其悲。」正道出該詩藝術上一大特點，即平實的敘述中，潛藏著深深的悲愴潛流。

采薇歌

《史記》：武王已平殷亂，天下宗周，伯夷、叔齊恥之，義不食周粟，采薇首陽山，餓且死，作歌。

登彼西山❶兮，采其薇❷矣。以暴易暴兮，不知其非矣。神農虞夏❸，忽焉沒❹兮，吾適❺安歸矣？吁嗟徂兮❻，命之衰❼矣。

【注釋】❶西山　指首陽山，又名雷首山，在山西永濟南，因位於周之都城西北，故名。❷薇　即野豌豆，蔓生，莖葉均小似豆，可以生食。❸神農虞夏　均古帝王名。神農或說即炎帝；虞指舜，有虞氏；夏指禹，夏后氏。❹沒　消失。❺適　往；去。❻吁嗟徂兮　吁嗟，感歎詞。徂，往。❼衰　衰微。

【語譯】登上那座西山，採摘能充饑的野豌豆。用暴力來取代暴力，不知那同樣是一種荒謬。上古賢君神農及舜、禹，匆匆逝去無蹤跡，哪裡纔是我要去的安樂地？哀歎聲命將歸西，一切都怪命運不濟。

【研析】這首詩見於《史記・伯夷列傳》。伯夷、叔齊為商末孤竹君二子。為避讓君位，兩人同奔西伯姬昌。及姬昌卒，其子武王伐紂王，伯夷、叔齊苦諫不從，乃隱居首陽山，誓不食周粟，靠採薇充饑，終於餓死。仁讓、氣節，使伯夷、叔齊在當時乃至後世，被奉為賢人楷模，名垂青史，千古流芳。詩歌敘議結合，以議為主，情理交融，感人至深。「以暴易暴兮，不知其非矣」，何等鮮明激烈，何等透徹深邃！末四句感慨神農舜禹的逝去不再，感歎命運的衰微、生命之將終，又透露出深切的悲愴、無奈之情。在結構上，詩歌流轉自如；在形式上，則為騷體導引先路。

盥盤❶銘

以下銘辭見《大戴禮》。

與其溺❷于人也，寧溺于淵。溺于淵猶可游也，溺于人不可救也。諸銘中有切者，有不必切者，無非借器自儆。若句句黏著，便類後人詠物。

【注釋】❶盥盤　古時承接盥洗棄水所用之器皿。❷溺　被水淹。

【語譯】與其被人水淹，寧願溺於深淵。淹沒深淵還可游動，被人水淹不可拯救。

【研析】這首銘文見於《大戴禮記》卷六〈武王踐阼〉，凡四句二十四字，卻頗顯精警。前兩句直接切入：與其遭人水淹，不如沉沒深潭。後兩句承上而來，作進一步闡釋，解說其根據。沒於深潭，有廣闊的空間，可自在游動；用來承接廢水，被人手持，其功用也僅限於此。這只是其表層義。深層裡，則謂遭人唾棄，被人議論貶斥，便了無是處，愧對人生。唾沫可以淹死人，人言可畏，為人自不能不講究周圍輿論及口碑。

帶銘

火滅修容❶，慎戒❷必恭，恭必壽❸。語極古奧。恭則壽，所謂威儀定命也。

【注釋】❶火滅修容　火，燈燭。修容，修飾儀容。❷慎戒　謹慎戒懼。❸壽　久遠。

【語譯】滅燈就寢前修飾儀容，謹慎戒懼一定恭敬，恭恭敬敬定然久永。

【研　析】本篇〈帶銘〉也見《大戴禮記》卷六〈武王踐阼〉。就寢前必解帶更衣，銘文即由此說起。睡前仍不忘修飾儀容，醒來當更加注意形象。再由此生發，作者極自然引申出一個道理：慎戒必恭，恭則壽。凡事謹慎戒懼，其能經久以至永遠，便成為必然。帶為束衣之用，銘文講謹慎戒懼，亦步步切題。本銘文字古奧精煉，言簡意賅，命意深邃。

杖銘

惡乎❶危，於忿懥❷。惡乎失道❸，於嗜欲。惡乎相忘，於富貴。

【注　釋】❶惡乎　疑問代詞，猶何所。❷於忿懥　發怒。於，發語詞。❸失道　失去準則。

【語　譯】什麼地方危險，憤怒失去心態平衡。什麼地方失去準則，心中有了過多嗜欲。什麼地方應該忘卻，功名利祿富貴。

【研　析】這篇杖銘同出於《大戴禮記》卷六〈武王踐阼〉。杖乃平衡之物，可以助人站穩不倒，故銘文便由此生發。憤怒使人失常，不能客觀冷靜處事，所以發怒最為危險；多欲必貪，且生命的負荷有限，貪婪財物或者超負荷地追求享樂，既違背道義，也傷及身心，危及性命，所以嗜欲則為失道；而應該淡泊的，則是功名富貴，此於養生延壽有益。銘文以排比句式，一氣貫注，如行雲流水，又句句精警，直可作座右銘言。

衣銘

桑蠶苦，女工❶難，得新捐故後必寒❷。

【注釋】❶女工　指從事紡織、縫紉、刺繡等工作的女子。❷得新捐故後必寒　捐，捨棄。故，舊。

【語譯】種桑養蠶艱辛，女工工作艱難，獲取新的拋棄舊的，而後必定挨冬受寒。

【研析】這首〈衣銘〉出處同上。銘文講的是衣物來之不易，稼穡艱難，人們當知道愛惜節儉。「誰知盤中飧，粒粒皆辛苦」，養蠶結繭，抽絲加工，養蠶女難，紡織、裁剪、製成衣服，每一道工序都不容易。知其難，便當珍惜，切莫得新棄舊。暴殄天物，終將自毀。結末一句自然而然，生發出一個令人警醒的深刻道理。

筆銘

豪毛茂茂❶，陷水可脫❷，陷文不活❸。起句不入韻。

【注釋】❶毫毛茂茂　豪，通「毫」。茂茂，豐盛貌。❷脫　鬆開；放開。❸陷文不活　文，指文詞字句。不活，無生氣；沒有出路。

【語譯】毛筆毫毛豐盛，沒入水中鬆散，拘泥文辭難生鮮。

【研析】本篇銘文出處同上。為筆之銘，自然從筆說起。茂茂，用詞貼切形象，將毛筆寫活，帶上了生機，具有了生命。「陷水可脫」是實寫，毛筆浸水，筆頭必然鬆開；又有過渡之用，「脫」已包含了開放、活力、自由諸多意蘊在，正可引發出末句「陷文不活」這一哲理。不能成竹在胸，自然流淌，僅拘泥於文詞字句，當然不會寫出錦繡文章；而拘泥小節，斤斤計較，心胸狹隘，在為人處世，也必然沒有出路。

矛銘

造矛造矛，少間❶弗忍，終身之羞❷。余一人所聞，以戒後世子孫。

末二句忽轉一韻，疊用兩句韻作結，唐人古體每每用之，其原蓋出於此，〈葛覃〉第三章、〈飯牛歌〉二章亦同。

【注釋】❶少間　一會兒；不多久。❷羞　恥辱。

【語譯】製造矛啊製造矛，頃刻不能忍讓，留下終身愧辱。這是我個人聽聞，寫下來警戒後世子孫。

【研　析】本篇銘文出處同上，文字也扣題目說起。矛為利器，保家衛國必須，防身健體有用，但不能正確把握，一時小忿，操戈相向，又會鑄成大錯，或傷及自身，或傷害他人，終身後悔，無法挽回。此可為座右銘言，為造矛者戒，為操戈者戒，所以詩人聽到，再形諸文字，以傳之永久，為後世子孫戒。而銘文的轉韻、疊韻，在唐人古體中屢用，所以沈德潛注中特意點明，以醒讀者。

書車

《太平御覽》引《太公金匱》：武王曰：吾隨師尚父之言，因為書銘。

自致❶者急，載人者緩。取欲❷無度，自致而反❸。

聖賢反己之學，不肯自恕。

【注　釋】❶自致　猶自給，這裡指自己用車。❷取欲　收受索取的欲望。❸反　通「翻」。傾覆。

【語　譯】自用己車小心，借乘別人懈慢。私心沒有限度，自己造成車翻。

【研　析】本篇銘文出於《太平御覽》卷五九〇引《太公金匱》。文字依例從車說起，說的是生活中一個常見的現象，也是人性中一個普遍的弱點，並由此引申出一個令人警醒的教訓。自用己車，格外小心謹慎，若借他人之車使用，便懈怠而不放在心上，以此亦每每車翻人傷。事非大事，卻牽涉到利人還是利己的原則性問題。又由利己之私心而及私欲，私欲過多，足以使人毀滅，正如車之顛覆，車毀人亡，故小事亦不可不慎。

書戶

出畏之，入懼之。

【語譯】出門敬畏，進門戒懼。

【研析】本篇銘文出處同上。所謂出門敬畏，進門戒懼，其大旨仍指人生修養功夫，即無論外出交遊在眾人中周旋，還是獨處一室個人居於家中，都不可忘記自我約束，三省吾身。在外謹慎，注意形象，固然能夠贏得美名；但要成為賢人，要追求實現人格的完善，又顯然不是演戲為旁人看，而須切實對自己有所提高。〈書戶〉言簡意約，其旨遙深。

書履

行必履正❶，無懷僥倖。

【注釋】❶履正　躬行正道。

【語譯】行路一定堂堂正正，心中不可存有任何僥倖。

【研　析】本篇銘文出處同上。穿鞋乃為行路，故銘文由行路說起。所謂行不由徑，走路要走大路，光明正大，堂堂正正，而邪路切不可行。常言道：雁過留聲，人過留名；若要人不知，除非己莫為；黑能汙白，白不能汙黑。一失足而成千古恨，一旦掉入泥淖，汙點將伴隨終身。由履而言及人生歷程，妙不可言，也包蘊無窮。

書硯

石墨相著❶而黑，邪心❷讒言，無得汙白。

【注　釋】❶相著　互相接觸。❷邪心　不正當的念頭。

【語　譯】石與墨相互接觸色變黑，邪惡譭謗之言，不得玷汙潔白。

【研　析】本篇銘文出於《太公金匱》，《藝文類聚》卷五八、《太平御覽》卷六〇五引錄。硯臺乃石頭所製，或青或白，而研墨則變成黑色，白不敵黑，黑能汙白。由此自然現象，作者引申而及社會人事，好人被拉下水，或好人遭小人誣陷詆毀，亦屬屢見不鮮。小人工於害人，鬼蜮伎倆，君子防不勝防，其見於史乘，所在多有。銘文作者憤激於此，故云「無得汙白」，有如咒語，對小人惡行，作有力鞭笞。文字由硯臺研墨比人間情事，堪稱妙想。

書鋒

忍之須臾，乃全汝軀。與〈矛銘〉意同。

【語譯】片刻間的忍讓，於是保全了你的身軀。

【研析】本銘文出於《意林》卷一所引《太公金匱》。八字兩句，用語雙關，言簡意賅，包蘊無窮。首先就鋒刃講，殺人見血，也必損及其鋒；其次就擁有使用者言，殺人亦自殺，非正義的殺人，不僅道義上要受到譴責，還必然受到法律的制裁與嚴懲。而能夠忍讓，不逞一時之勇，不被小忿支使，是對鋒刃的保全，也是對使用者的保全。

書杖

輔人無苟❶，扶人無咎❷。

【注釋】❶輔人無苟　輔，輔助。苟，馬虎。❷扶人無咎　扶，扶持；護持。咎，過失；過錯。

【語譯】輔助人不曾馬虎，護持人沒有失誤。

【研　析】本銘文見《後漢書・崔駰傳》李賢注引《太公金匱》。杖乃助人之物，腿腳殘疾者憑杖可以站直走路，體衰者憑杖可以節省體力，登山涉水者憑杖可以平衡身體，杖之功用大矣哉！銘文作者則別具慧眼，體認到其態度上不馬虎，行為上沒過錯，且用語雙關，寓意助人者亦必自助。張玉穀《古詩賞析》評其「句排意轉，味最深厚」，頗中肯綮。

書井

原泉滑滑❶，連旱則絕。取事❷有常，賦斂有節❸。

書井忽然觸到賦斂，古人隨事寄託，不工肖物。

【注　釋】❶原泉滑滑　原泉，即源泉。滑滑，湧流貌。❷取事　行事。❸節　適度。

【語　譯】汩汩湧動井水清澈，長期乾旱便要枯竭。日常行事有它的規則，徵收賦稅要講究適可。

【研　析】這篇銘文也見於《太平御覽》引《太公金匱》。銘題井，即由井說起。井水來源於泉湧，汩汩湧出，似乎很難用盡；但大旱連月，天不降雨，這看似不會枯竭的源泉則會乾涸，此在生活中也並不鮮見。銘文之可貴與值得稱道處，更在其由此自然引申，言及行事當守規律，與賦斂應該適度，這與周武王身分切合，無論其是否武王所作，都反映了一種清明的政治理念。

白雲謠

《穆天子傳》：乙丑，天子觴西王母於瑤池之上，西王母為天子謠曰。

白雲在天，丘陵（古陵字。）自出。道里❶悠遠，山川間之。將子❷無死，尚復❸能來。

【注釋】❶道里 路途；道路。❷將子 請您。將，請。❸尚復 尚，也許可以。復，再；還。

【語譯】天上朵朵白雲飄蕩，縈繞在高聳的山間。路途漫長遙遠，又被山嶽河流隔斷。請您保重身體康健，或許可以再來相見。

【研析】這首歌謠見於《穆天子傳》卷三〈周穆王賓於西王母〉，為西王母所歌。白雲飄蕩在群山萬壑叢中，山河間隔，道路迂曲漫長，穆王與西王母在這深邃、神祕的地方晤面了。這開頭四句，便繪出一幅鮮明別緻的意境，令人神往。末兩句是西王母的希冀，她向周穆王傾訴著繾綣之情，希望穆王能夠再來相會。這裡的西王母已不同於《山海經》中的「豹尾虎齒」、「蓬髮帶勝」，而是那樣的情深意摯、纏綿悱惻。情景交融，又構成這首歌謠一個很重要的特色。《穆天子傳》約成書於戰國時期，其所敘事則在西周春秋，這也是本首歌謠的大致創作時期。

祈招❶

《左傳》：楚子革云：周穆王欲肆其心，周行天下，將皆必有車轍馬跡焉，祭公謀父作〈祈招〉之詩，以止王心。

祈招之愔愔❷，式昭德音❸。思我王度❹，式如玉，式如金。形民之力❺，而無醉飽之心。

【注　釋】❶祈招　即祈父招。祈父，古代官名，司馬之別稱，職掌王畿內軍隊，常從王行。招，人名。❷愔愔　安和貌。❸式昭德音　式，語助詞，無義，或作「用」。昭，昭明；彰明。德音，德言；恩詔。❹王度　帝王的德行氣度。❺形民之力　猶量民力而用之。形，同「刑」。

【語　譯】祈招您安詳溫和，應該宣揚我王的德言恩赦。想著我們國王浩浩恩德，如玉般溫暖，如金子般真切。愛惜百姓量力使用，自己卻從不縱欲驕奢。

【研　析】這首歌謠見於《左傳》昭公十二年，乃祭公謀父為諫阻穆王出遊，贈其近臣祈招的作品。首兩句照應題目，「愔愔」是誇美，然褒中寓貶，表層謂祈招身為近臣，宣揚帝德，匡正帝王之失，是其職責；深層說而今帝王出遊，縱欲擾民，不見勸阻，這豈非尸位失職？繼之五句，句句是對穆王的頌美，亦句句是對穆王的譏刺，這都是聖主所應當有的作為，但現實中的穆王卻恰與之相反，如此便巧妙地形成一種反諷。愔、音、金、心押韻，讀來琅琅上口。

懿氏繇❶

《左傳》：陳大夫懿氏卜妻敬仲，其妻占之曰吉，詞曰。

鳳凰于飛❷，和鳴鏘鏘❸。有媯之後❹，將育于姜❺。五世其昌，並于正卿❻。八世之後，莫之與京❼。

【注　釋】❶懿氏繇　即陳大夫懿氏占卜的卦辭。❷鳳凰于飛　鳳凰，古稱神鳥，雄曰鳳，雌曰凰。于飛，偕飛。于，助詞，無義。❸和鳴鏘鏘　和鳴，應和鳴囀。鏘鏘，象聲詞。❹有媯之後　媯，陳國之姓。有，用於名詞前湊足音節，無實際意義。後，後人，指陳公子完。❺姜　齊國之姓。❻正卿　即上卿之執政者，又稱冢卿。❼京　大。

【語　譯】鳳凰結伴偕飛，高高低低鳴唱。陳國媯姓後人，將在齊地生長。五世開始盛昌，位與正卿等行。到了八世後代，沒誰和他比強。

【研　析】這首歌謠見於《左傳》莊公二十二年。陳大夫懿氏將嫁女給公子陳完，其妻占卜，本歌即其卦辭。龜甲占卜，用來測知後事，於周朝為甚。然其可信度，在今天科學昌明之時代，已無庸贅言。史載陳完後五世陳無宇為齊上大夫，八世篡位為侯，與卜辭一一吻合，益明證其乃後人偽託。就歌謠本身言，用語節約，語句整飭，起興鋪敘，自然換韻，均水到渠成，一氣呵成，極其流暢。

鼎銘❶

《左傳》：宋正考父佐戴、武、宣，三命滋益恭。其鼎銘云：

一命而僂❷，再命而傴，三命而俯。循牆而走❸，亦莫余敢侮❹。饘於是，鬻於是，以餬余口❺。

人有卑屈而召侮者。莫余敢侮，方是主敬之驗。孔子亦云恭近於禮，遠恥辱也。

【注釋】❶鼎銘　乃宋正考父廟鼎銘文。正考父，孔子先人，孔父嘉之父，歷佐宋國戴、武、宣三公，為上卿。❷一命而僂三句　僂、傴、俯，原義均指身背彎曲，在古代多用來表示恭敬，俯恭於傴，傴恭於僂。❸循牆而走　循，沿著；貼著。走，小步快跑。均表示恭敬的動作。❹莫余敢侮　即莫敢侮余，代詞前置。❺饘於是三句　饘、鬻，糊類。饘，稠粥。鬻，淖粥；稀粥。

【語譯】一次受命謙恭，二次受命恭敬，三次受命誠惶誠恐。行路貼牆小跑，卻無人敢將我辱淩。吃稠粥，吃稀粥，頓頓都以粥糊口。

【研析】這首銘文見於《左傳》昭公七年。正考父歷佐宋國戴、武、宣三公，位至上卿，愈見恭敬謙遜，簡樸節約，謹慎小心，而無纖毫驕縱之志，托大之態，其聖人之稱，當之無愧。銘文簡短八句三十一個字，為其作簡潔精準的畫像，蓋棺論定，殊非易易。謙恭不同於卑躬屈膝，其間存在著守志與失節的本質區別，正考父謙恭而受人敬重，若卑躬屈膝，則不僅為人所侮，亦自侮也。此足以令人警醒。

虞箴❶

《左傳》：魏莊子謂晉侯曰：昔辛甲之為太史，命百官箴王之闕，於虞人之箴曰。

芒芒禹跡❷，畫為九州❸，經啟九道❹。民有寢廟❺，獸有茂草。各有攸處❻，德用不擾❼。在帝夷羿❽，冒于原獸❾。忘其國恤❿，而思其麀牡⓫。武不可重⓬，用不恢于夏家⓭。叶姑。獸臣司原⓮，敢告僕夫⓯。起第三句入韻。

【注　釋】❶虞箴　虞，古代為掌管山澤田獵之官。箴，文體名，《文心雕龍・銘箴》謂：「箴者，所以攻疾防患，喻針石也。」❷芒芒禹跡　芒芒，遠貌。禹跡，夏禹走過的蹤跡。❸畫為九州　畫，畫分。九州，指冀、豫、雍、揚、兗、徐、梁、荊、青。❹經啟九道　經理開啟九州的道路。❺寢廟　寢，生者所居。廟，祭祀亡者的地方。❻攸處　處所。❼德用不擾　用，因。擾，反亂。❽夷羿　即后羿，夏代部落首領。❾冒于原獸　冒，貪。原獸，打獵。❿恤　憂。⓫麀牡　麀，母鹿。牡，公獸。⓬重　猶數，累次。⓭用不恢于夏家　恢，光大；擴大。夏家，夏朝。⓮獸臣司原　獸臣，虞人自稱，掌管田獵之官。原，即原獸，打獵。⓯僕夫　僕人。不敢斥尊，故言告訴僕夫。

【語　譯】大禹走過的蹤跡窅遠無際，區劃天下分成九州，開啟縱橫交錯大道。生者亡靈各得場所，各色野獸擁有豐茂嫩草。安居樂業各得其所，倫常道德因此不被攪擾。到了帝王后羿統治，貪婪放縱捕殺野味。忘掉了國家的殷憂，卻沉湎在射殺母鹿雄獸。武力不可以一味濫用，因而也不能光大夏家。主管山澤田獵的小臣，只敢將這句僕夫訴陳。

【研　析】該箴見於《左傳》襄公四年。周武王太史辛甲命百官箴王之闕，虞人以田獵為箴。前七句說夏禹之功，頌美在其治下，畫九州，啟九道，開疆拓土，擁有幅員遼闊之版圖，創下不世之基業，百姓安居樂業，鳥獸亦得其所，其樂融融，一派歌舞昇平氣象。繼六句說同樣為夏王的后羿之過，其濫用武力，肆意捕殺鳥獸，不事國本，不修民事，一片殺伐之聲，只知敗壞祖業，卻不能光大夏朝，既與夏禹成鮮明對比，也足可為後世帝王之戒。結末兩句說虞人職責攸關，講所當講。三部分環環相扣，結構周密，紋絲不亂。

飯牛❶歌

《淮南子》：甯戚欲干齊桓公，困窮無以自達，於是為商旅，將任車以商於齊。暮宿於郭門外，桓公迎郊客，夜開門，辟任車，爝火甚眾，甯戚飯牛車下，擊牛角而疾商歌。桓公聞之曰：異哉，非常人也。命後車載之。因授以政。

南山矸❷（音岸。），白石爛❸，生不逢堯與舜禪❹。短布單衣適至骭❺（音幹。），從昏飯牛薄❻夜半，長夜漫漫何時旦❼？（長夜句感慨。）滄浪之水白石粲❽，中有鯉魚長尺半。敝布單衣裁❾至骭，清朝飯牛至夜半。黃犢上坂❿且休息，吾將捨汝相齊國。

出東門兮厲石班⓫，上有松柏青且闌⓬。麤布衣兮緼縷⓭，時不遇兮堯舜主。牛兮努力食細草⓮，大臣在爾側，吾當與汝適楚國。

自命大臣，何等自負！適楚國，即後世北走胡南走越意。戰國策士之習，已萌於此。

【注　釋】❶飯牛　餵牛。❷研　石頭白淨貌。❸爛　色彩絢爛。❹禪　禪讓，即以帝位讓人。❺短布單衣適至骭　短布單衣，即短單衣，短衣為古代平民百姓及兵丁著裝。骭，脛骨；膝以下，脛以上，亦指小腿。❻薄　迫近。❼旦　天亮。❽滄浪之水白石粲　滄浪，有漢水、漢水別流、漢水下流、夏水等說法，一般稱漢水。粲，燦爛；鮮明。❾裁　通「纔」。❿坂　山坡；斜坡。⓫厲石班　厲石，砥石。班，通「斑」。斑駁。⓬青且闌　青，發白。闌，稀疏敗落。⓭緼縷　形容衣服破敝。緼，麻絮。縷，殘破成縷。⓮細草　小草。

【語　譯】南山一片白燦，白石光亮燦爛，生不逢時，沒能遇上堯、舜聖君明賢。單薄的短衣剛到小腿，暮色黃昏餵牛餵到夜已半，漫漫長夜什麼時候纔達旦。

滄浪水中白石光燦，裡邊游弋著鯉魚一尺有半。破布單衣剛到小腿，早晨餵牛餵到深更夜闌。小黃牛上了山坡暫且休息，我要丟下你去為齊輔弼。

出了東門砥石斑駁，山上松柏凋殘稀落。粗布衣服破爛成縷，生不逢時沒遇堯、舜。牛呵你要多吃嫩草，大臣在你旁邊，我應當和你同到楚國。

【研　析】本詩三章，首兩章見《樂府詩集》卷八三，末章見《文選》卷一九唐李善注引。本事見《淮南子・道應訓》。詩三章，分別由南山石、滄浪水、出東門興起，以白石燦、尺半鯉魚、砥石斑駁以及松柏凋零為比，講自己精金美玉、飽學詩書、滿腹經綸而不遇明主，年華老大無所作為，衣食無著，落魄潦倒，然並不沉淪，積極進取，決意相齊適楚，求取功名建樹。生活益趨貧寒艱苦，環境益趨惡劣艱難，作者志向卻不少衰，而益發堅定。三章內容層層推進，又妙能變化而不板滯，故可以打動君王。桓公聞歌知其非尋常流輩，車載而歸，拜為上卿。

琴歌

《風俗通》：百里奚為秦相，堂上樂作，所賃浣婦自言知音，因撫弦而歌，問之，乃故妻也。

百里奚，五羊皮❶。憶別時，烹伏雌，炊扊扅❷。今日富貴忘我為？

【注釋】❶百里奚二句 《史記・秦本紀》載：百里奚原本虞國大夫，晉國滅虞，被俘。秦晉交好，作為繆公夫人之僕人陪嫁至秦。亡秦走宛，為楚人所執。繆公聞其賢，以五張羊皮贖之。時百里奚年七十餘，繆公授以國政。人稱五羖大夫。❷憶別時三句 伏雌，抱窩的母雞。扊扅，門栓。

【語譯】百里奚，換你用了五張公羊皮。回想當初分別時，我煮了下蛋的雞，門栓當柴燒了去。今天你富貴忘舊是啥道理？

【研析】本歌見《風俗通》。百里奚為秦相，其婦傭浣入宮，聞樂作，言知音，撫琴而歌，夫妻遂相認。歌詞簡潔明快，開門見山，要言不煩，冤有頭，債有主，首句即直奔百里奚。次句「五羊皮」揭其老底，說別看你百里奚現在錦玉輝煌，趾高氣揚，當初將你從楚國換回，也不過用了區區五張公羊皮，你也有作奴的歷史。所謂愛之深恨之切，對百里奚忘掉自己，故妻出於抱怨，罵得痛切。三、四、五句復以舊情感召收攏，說當初為了你外出創業，我煮了家裡維持生計的下蛋母雞，燒了閂門的門栓，義無返顧，支持你的決定，這份感情，你忍心忘得掉嗎？由此發展，自然有結末的逼問：今天你富貴忘舊是為啥的？整篇詩歌，唱得有理有節、剛柔並舉，由不得百里奚不當堂相認。

暇豫歌

《國語》：晉優施通於驪姬，姬欲害申生而難里克，乃飲里克酒，中飲，優施起舞曰。

暇豫之吾吾❶，不如鳥烏❷。人皆集于菀❸，己獨集于枯❹。

【注　釋】❶暇豫之吾吾　暇，閒暇。豫，樂。吾吾，不敢親近，疏遠貌。❷鳥烏　烏鴉。❸菀　木盛貌。❹己獨集於枯　己，指里克。集，止。

【語　譯】本想閒樂事君反顯得拘謹生疏，還不如像烏鴉呱呱自如。一般人都站在榮盛一邊，惟獨你選擇勢單力孤。

【研　析】這首歌見載《國語・晉語二》。晉獻公夫人驪姬偏愛奚齊而厭惡太子申生，欲廢太子而立奚齊，懼里克阻攔，商之於優施，優施在宴席上歌此以勸里克。首兩句抓住里克性格中的弱點，說你要閒樂事君，大可不必扭捏拘謹，也不必太過較真，你看烏鴉雖然腹中空空，但其呱呱鳴叫自如，一點都不慚愧。三、四句點明中心，說人家都喜歡站在旺的一邊，你又何必與勢單力孤的申生為伍，影響了自己的前程呢？烏鴉比里克，榮枯比得勢失勢，善於設比，為本首詩歌中突出的特點。

宋城者謳

《左傳》：鄭公子受命於楚，伐宋。宋師敗績，囚華元。宋人以兵車百乘，文馬四駟，贖華元於鄭，半入，華元逃歸。後宋城，華元為植，巡功，城者謳以譏之。華元使驂乘者答之，役人又復歌之。

睅❶其目，皤❷其腹，棄甲而復❸。于思❹讀腮。于思，棄甲復來。

【注釋】❶睅　目大凸出貌。❷皤　腹大貌。❸棄甲而復　棄甲，喪師；打敗仗。復，歸。❹于思　于，語助詞，無義。思，多鬚貌。

【語譯】眼睛凸出似銅鈴，肚大腰圓鼓鼓，丟盔撇甲逃回。鬍鬚濃黑密佈，丟盔撇甲逃回。

【研析】這首及以下〈驂乘答歌〉、〈役人又歌〉同出《左傳》宣公二年。華元即宋戴公子考父，以食采於華，故稱華氏，其累世為宋卿。華元在與鄭公子作戰中被俘，後逃出。宋築城，其為督工，築城者歌此以譏之。首三句述往，末二句言今。眼大、腹大、多鬚，寫其儀表偉岸、堂堂正正，此與丟盔撇甲正成鮮明對照，所謂金玉其外，敗絮其中者是也。詩的用語極機智詼諧、形象生動，的是民歌聲口。

驂乘❶答歌

牛則有皮，犀兕❷尚多，棄甲則那❸？「那」猶言何害也。

【注釋】❶驂乘　陪乘的人。❷犀兕　犀，犀牛。兕，雌犀牛。❸那　何；何害。

【語譯】是牛便有皮，犀牛亦更多，拋棄盔甲又如何？

【研析】這首歌是華元聽到築城民工之歌後的對答。答詞採取狡辯的方法，避實就虛，只就「甲」字作答：有牛就有皮，有皮就有甲，犀牛多得很，撇棄盔甲算什麼？然其狡辯，雖不失幽默，卻也像在自嘲自諷，讓人分明感受到他的尷尬，讓人如同在看一齣小丑表演，充滿諧趣。

役人又歌

從❶其有皮，丹漆❷若何？答語亦滑稽。而役人之歌，滑稽更甚。

【注釋】❶從　同「縱」。❷丹漆　紅漆，用來塗飾鎧甲的顏料。

【語譯】縱然牠有皮，比丹漆又如何？

【研析】這兩句歌，是築城民工在聽到華元的陪乘那一番可笑滑稽的狡辯後，所做出的有力回擊。有皮怎麼樣？最終要漆來塗飾，皮厚厚不過油漆，在此也一語雙關，譏諷了華元的臉皮較漆還厚，厚顏無恥。在手法上，以其人之道反治其人之身，你既偷梁換柱，偷換概念，我也將計就計，由皮到漆，暗寓褒貶，最終請君入甕。

鸜鵒❶歌

《左傳》：魯文公之世童謠也。至昭公時，有鸜鵒來巢。公攻季氏，敗，出奔齊外野，次乾侯。八年，死於外，歸葬。昭公名稠。公子宋立，是為定公。

鸜之鵒之，公出辱之。鸜鵒之羽，公在外野❷，往饋❸之馬。鸜鵒跦跦，公在乾侯❹，徵❺褰與襦。鸜鵒之巢，遠哉遙遙，稠父❻喪勞，宋父❼以驕。鸜鵒鸜鵒，往歌來哭。

數十年後事，一一皆驗。○跦跦，跳行貌。褰，袴也。襦，在外短衣也。

【注釋】❶鸜鵒　即八哥，能模仿人發某些聲音。❷外野　即野外。❸饋　贈送。❹乾侯　地名。❺徵　徵求；收集。❻稠父　指昭公。稠，昭公名。父，對有才德的男子的美稱。❼宋父　魯定公，名宋。

【語　譯】八哥八哥，昭公出征要受辱。八哥羽毛輕飄，昭公紮營荒郊，前往送他戰馬。八哥蹦蹦跳跳，昭公困守乾侯，急求外衣與褲。八哥的巢呵，距離遙遙，昭公外喪遠涉疲勞，定公即位喜上眉梢。八哥八哥，去時歡欣歸來悲切。

【研　析】這首童謠見於《左傳》昭公二十五年。舊籍記載，八哥不逾濟，魯地見八哥，屬於非常之現象，故歌謠以八哥興起，謂昭公出征，必將蒙羞受辱。以下連用比喻：以八哥之羽比昭公困於荒郊，缺少戰馬不能返程；以八哥跳行比昭公衣食困乏，不能遠行；以八哥巢穴遙遠比昭公遠離故土，客死異鄉。最後以「往歌來哭」收束，點出昭公悲劇的結局。以鸜鵒領起，排比而下，既緊扣標題，也有了一氣呵成的連貫感。複踏比興，也體現了民謠藝術上一大特點。

澤門之晳謳

《左傳》：宋皇國父為太宰，為平公築臺於門，妨於農收。子罕請俟農功之畢，公弗許，築者謳曰。

澤門之晳❶，實❷興我役。邑中之黔❸，實慰我心。

【注　釋】❶澤門之晳　宋皇國父居住在澤門附近，其人貌白晳。澤門，宋東城南門。❷實　通「寔」。相當於「是」。❸邑中之黔　子罕居住邑中，貌黑。

【語　譯】澤門長得白晳的人，是你滋生了我們的差役。城中長得黝黑的人，是你讓我們感受了撫慰。

【研析】這兩句歌謠見於《左傳》襄公十七年。言為心聲，歌謠質樸無華，卻旗幟鮮明地表白了築城民工對不顧農忙、一意孤行的皇國父的聲討譴責，和對重視農事、體恤民情的子罕的誇美。在這裡，皇國父的白皙，美儀容，正與他卑汙的靈魂成反差；子罕的黝黑，也成為忠良賢臣的標誌，以此，黑是人們的所愛，叫得親切，聽著悅耳。

忼慷❶歌

歌見〈孫叔敖碑〉，與《史記・滑稽傳》所載相類，附錄《史記》於此：楚相孫叔敖死，其子窮困負薪。優孟憐之，即為孫叔敖衣冠，抵掌談語。歲餘，像孫叔敖。楚王置酒，優孟前為壽。王大驚，以為孫叔敖復生也。欲以為相，優孟曰：「楚相不足為也。孫叔敖為相，盡忠為廉，王得以伯。今死，其子貧負薪。必如孫叔敖，不如自殺。」因歌云云。王乃召孫叔敖子，封之寢丘。

貪吏而不可為而可為，廉吏而可為而不可為。貪吏而不可為者，當時有汙名；而可為者，子孫以家成。廉吏而可為者，當時有清名；而不可為者，子孫困窮被褐❷而負薪。貪吏常苦富，廉吏常苦貧。獨不見楚相孫叔敖❸，廉潔不受錢！

將廉吏之不可為說透，而主意於末一語綴出，情深語竭，楚王聽之，不覺自入。

【注釋】❶忼慷　感慨；憤激。❷被褐　穿著粗布短衣，指處境貧困。❸孫叔敖　春秋楚國人，字孫叔，名敖，蔿氏，官令尹。

【語譯】貪官汙吏不可以做又可以做，清廉官吏可以做又不可以做。貪官汙吏不可以做，因為活的時候名聲臭；又可以做，因為子孫賴以富家業。清官廉吏可以做，因為活的時候獲得清白聲譽；又不可以做，因為子孫貧困粗布短衣還要把柴背。貪官常常為富發愁，清官時時為貧揪心。偏偏看不見那位孫叔敖，廉潔清白不受金錢買！

【研析】這首歌見《孫叔敖碑》，《史記・滑稽列傳》亦載其大略及本事。優孟為楚國樂人，《史記》說他「長八尺，多辯，常以談笑諷諫」。本首歌便是他以諧語言莊事，在真真假假中，替功臣鳴不平，諷楚王之寡恩。首兩句以「不可為而可為」「可為而不可為」發起，陡峭精警，讓人急欲觀知下文，了解答案。中八句為闡釋，具體說明他那稀奇古怪的發語，「談言微中」，令讀者憤社會不公，為廉吏抱屈，亦激最高統治者反省。末兩句點出楚相孫叔敖清廉不受錢，戛然而止，正可與前文敘述映照，雖不言其子孫貧，而人也盡知，乾淨俐落，收束全篇。

子產❶誦二章

《左傳》：子產從政一年，輿人誦之云云。及三年，又誦之云云。

取我衣冠而褚❷之，取我田疇而伍❸之。孰殺子產，吾其❹與之。

我有子弟，子產誨之。我有田疇，子產殖❺音治。之。子產而死，誰其嗣❻之。

【注釋】❶子產　春秋時期政治家，名僑，字子產，鄭簡公十二年（西元前五五四年）為卿，二十三年（西元前五四三年）執政，實行了系列有利農耕的改革，整頓土地溝洫，為鄭國的發展奠定了基礎。❷褚　儲藏。❸伍　古代民戶編制單位，每五戶為一伍，伍有其長。❹其　副詞，表祈使，猶當。❺殖　生。❻嗣　續。

【語譯】按我人頭收取雜費，編我田地收取耕稅。如果有誰想殺子產，我當前往助他一臂。我有子弟後輩，子產給予教誨。我有可耕土地，子產使它繁殖。子產如果死去，誰來繼他位置。

【研析】這兩章歌謠，見於《左傳》襄公三十年。子產為相，實行系列改革，據《史記・循吏列傳》載：「為相一年，豎子不戲狎，斑白不提挈，童子不犁畔。二年，市不豫賈。三年，門不夜關，道不拾遺。」歌謠則真實地揭示了子產改革初期，百姓並不理解，甚或恨之入骨，所以希望有人殺之以洩恨。三年以後，改革已見成效，百姓則感恩戴德，敬禮有加，遂有世無子產，將會天塌地陷之感。恨之欲其速死，愛之冀其長生，前後兩章成鮮明對比。語言的簡潔質樸，感情表達的明快直白，的是民間黎民聲口。

孔子誦二章

《家語》：孔子始用於魯，魯人鷖誦之云云。及三月，政成，化既行，又誦之云云。

麛裘而韠❶，投之無戾❷。韠之麛裘，投之無郵❸。

袞衣章甫❹，實獲我所。章甫袞衣，惠我無私。

【注　釋】❶麛裘而韠　用幼鹿皮裁製的白色衣服。麛，幼鹿。韠，古代朝覲或祭祀時覆蓋在衣服上的一種服飾。❷戾　罪。❸郵　過失；罪過。❹袞衣章甫　袞衣，古代帝王或上公穿的繪有捲龍的禮服，借指帝王或上公。章甫，仕宦。

【語　譯】那位穿著鹿皮衣佩帶特製服飾的人，把他貶官不為非。那位佩帶特製服飾穿著鹿皮衣的人，把他貶官人歡欣。

這位名公顯宦，實在是我們所愛。這位顯宦名公，替我們造福無私。

【研　析】歌兩章見於三國魏王肅編《孔子家語》。王肅自稱得之孔子二十二世孫猛，後之學人多以其為偽託。就歌謠本身言，前章為孔子始用於魯時魯人所誦，雖不如子產誦寫得那樣恨之入骨，但同樣有無盡怨恨；次章為其任職三月後魯人所誦，歌其為民無私，深得民心。與〈子產誦〉相比，這裡的歌謠語言形式上更典雅整飭，感情的濃度也遠遜於前，正因此，其出於偽託而非黎民之聲，亦彰然可見。

去魯歌

《史記》：孔子相魯，魯大治。齊人歸女樂，季桓子受之，三日不聽政。郊，又不致膰於大夫。孔子遂行，歌曰。

彼婦之口，可以出走。彼婦之謁❶，可以死敗❷。蓋❸優哉游哉，維以卒歲❹。

【注　釋】❶謁　晉見；拜見。❷死敗　覆亡。❸蓋　通「盍」。何不。❹維以卒歲　維，語助詞，無義。卒歲，終歲。

【語　譯】那些女子的靡靡聲音，可因此亡國敗走。那些女子的晉見，可因此導致顛覆失敗。何不悠閒自在，用來打發消磨光陰。

【研　析】這首歌為孔子離開魯國時所作，見《史記・孔子世家》。由於魯國季桓子接受齊國贈送女樂，沉湎聲色，輕藐士子，不理政事，孔子意識到國事不可為，魯國距滅亡之日不遠，於是決意去魯，這正是聖人眼光不凡處。歌詞中心便圍繞此展開。優哉游哉以度歲，反映了孔子的無奈，當然並非他的真實思想。與歌中所反對的荒淫逸樂相對立，勤政愛民，君臣和衷共濟，則無疑是聖人主張的治國理想。

蟪蛄❶歌

《說苑》：孔子歌云云。政尚靜而惡譁也。

違❷山十里，蟪蛄之聲，猶尚在耳。《史記》云：魯之衰也，洙泗之間，齗齗如也。即惡諱之意。

【注釋】❶蟪蛄　蟬的一種。❷違　離開。

【語譯】離去山嶺十里遠，蟪蛄嘶嘶鳴叫聲，尚且縈繞在耳邊。

【研析】這首歌見於《說苑》卷七〈政理〉，據說為孔子歌，實難證成。歌詞在表層上僅僅是描寫了一個意象：蟪蛄噪人的鳴叫，令人煩惱，極想盡快擺脫，惶惶離去，然而離開山嶺十里，仍在耳畔，如影隨形，緊纏人不放，其人的心情，可以想見。《說苑》引錄此歌，自然是用其引申義，所表達的是人們對苛政擾民的厭惡，以及對政簡刑輕、與民休養生息的渴望。而用蟪蛄噪音雖遠仍讓人煩，來比喻為政的勞民傷財、百姓不得安生，足可見出其危害之深之烈。以生活中習見的現象為比，說理也格外透闢精深。

臨河歌

《水經注》：孔子適趙，臨河不濟，歎而作歌。

狄水衍❶兮風揚波，舟楫顛倒更相加❷，歸來歸來胡為斯❸！狄，水名，在臨濟，舊作「秋」，誤。

【注釋】❶衍　水面廣闊。❷舟楫顛倒更相加　舟楫，泛指船隻。顛倒，傾側。❸胡為斯　胡為；為什麼。斯，句末語氣詞。

【語　譯】狄水浩淼啊狂風捲起層層波濤，船隻顛簸傾側越發教人心驚肉跳，回來吧回來吧究竟忙忙碌碌為什麼！

【研　析】這首歌謠見於《琴操》，前兩句又見於《水經注》卷五〈河水〉。歌謠本事在《史記・孔子世家》有具體交代。謂孔子於衛國不被用，擬西去見趙簡子，至河而聞賢臣竇鳴犢、舜華被殺，於是兔死狐悲，歎命運之不濟，臨河而不渡。歌謠以河水波濤洶湧、舟楫傾側難渡為比，喻仕途險惡叵測，個人前途渺茫；以船隻傾側，寓意聽到竇鳴犢被殺消息，如雪上加霜，愁上添愁。既然前景不妙，若不歸來還有什麼好等待呢？所謂孔子歌云云，難以指實，蓋亦後人附會。

楚聘歌

《孔叢子》：楚王使使奉金幣聘夫子。宰予、冉有曰：「夫子之道，至是行矣。」遂請見，問曰：「太公勤身苦志，八十而遇文王，孰與許由之賢？」子曰：「許由獨善其身者也，太公兼利天下者也。然今世無文王，雖有太公，孰能識之？」歌曰。

大道❶隱兮禮為基，賢人竄❷兮將待時，天下如一兮欲何之？

【注　釋】❶大道　正道；常理。舊時稱一種最高的治世原則。❷竄　隱身。

【語　譯】大道隱沒禮儀成為維繫社會的根本，賢德的人們隱居藏身將要等待機會，天下到處一樣去哪兒都不會有所作為。

【研　析】《孔叢子》載楚王請孔子到楚國做官，孔子的學生冉有以為這是老師施展抱負的機會，孔子說世無文王，誰識太公？因作此歌。看來，孔子對其楚地之行並無多少期待，也沒抱太大希望。詩歌正表明了作者對三代不再、難有作為，卻又不甘心沉沒，希望能有聖君出世，使自己一展宏圖的複雜心緒。《孔叢子》三卷，後人多疑其為三國魏王肅或其門徒偽作，而這首歌謠繫於孔子名下，亦終難指實。

獲麟歌

《孔叢子》：叔孫氏之車子鉏商樵於野而獲麟焉，眾莫之識，以為不祥。夫子往觀焉，泣曰：「麟也。麟出而死，吾道窮矣。」歌云云。

唐虞世❶兮麟鳳遊，今非其時來何求？麟兮麟兮我心憂。

和平語入人自深，此聖人之言也。

【注　釋】❶唐虞世　唐堯、虞舜時代，是傳說中的上古理想盛世。

【語　譯】堯舜清明盛世麒麟鳳凰遊走，目今盛世不再麒麟出來有啥求？麒麟啊麒麟我的心中為你愁。

【研　析】這首歌本事見於《春秋左傳》哀公十四年，歌又見《樂府詩集》卷八三。古人以麒麟為仁獸，與鳳凰並視為祥瑞，在盛世方纔出現。傳說黃帝堯舜時代，麟鳳常常出現。身處春秋亂世，麒麟之出，孔子深為牠憂傷。其實，與其說孔子為麒麟憂，不如說他為自己，也為當下所有聖賢輩憂。他為聖賢生不逢時憂愁悲傷。以問發起，以慨歎作結，韻味無窮。

龜山操❶

《琴操》：季桓子受齊女樂，孔子欲諫不得，退而望魯龜山作歌，喻季之蔽魯也。

予欲望魯兮，龜山蔽之。手無斧柯❷，奈龜山何！所以七日誅少正卯也，故知聖人不尚姑息。

【注釋】❶龜山操　琴曲名。龜山，在今山東泗水。❷斧柯　斧柄，喻指權柄。

【語譯】我打算遙望魯地啊，龜山擋住了我的視線。手中缺少斧子啊，又能將龜山如何辦！

【研析】這首歌見《琴操》卷上及《風雅逸篇》卷五。季桓子受女樂事見《史記・孔子世家》。歌詞以遠眺被山所阻，無斧柯不能伐山為比，喻自己欲在魯國有所作為，造福魯人，卻因邪臣蠱惑君王，不得實現，而手無重權，徒喚奈何。歌詞表現了孔子用世思想的熱切，以及對抱負不得施展的苦惱。通篇用比，既意思通透，又不落膚淺。

盤操

《琴操》

乾澤❶而漁，蛟龍不遊。覆巢毀卵，鳳不翔留。慘予心悲，還原息陬❷。

【注　釋】❶乾澤　使水澤乾涸。❷還原息陬　還，歸去。原，鄉原。息，止息。陬，邑名，在山東昌平，為孔子家鄉。

【語　譯】讓水澤乾涸來捕魚，蛟龍不去遊棲。打翻鳥巢毀鳥卵，鳳凰亦不願聚居。悲傷啊我的心情好悲傷，回到家鄉陬邑去歇息。

【研　析】這首歌謠又名〈息陬操〉。《琴操》載：孔子西見趙簡子，至河而返，作〈盤操〉云云。《史記・孔子世家》亦載其事。趙簡子殺賢臣竇鳴犢、舜華，孔子感歎「刳胎殺夭則麒麟不至郊，竭澤涸漁則蛟龍不合陰陽，覆巢毀卵則鳳凰不翔」，「君子諱傷其類」（見《史記》），故不如歸去來。前四句以虛寫實，恥與趙簡子合作，決定還鄉之意已明。末兩句水到渠成，鄭重點出，以示決絕。聖人心思及睿智，在數語中彰然可見。

水仙操

《琴苑要錄》：〈水仙操〉，伯牙所作也。伯牙學琴於成連，三年而成。至於精神寂漠，情之專一，未能得也。成連曰：「吾之學，不能移人之情。吾師有方子春，在東海中。」乃齎糧從之。至蓬萊山，留伯牙曰：「吾將迎吾師。」刺船而去，旬時不返。伯牙心悲，延頸四望，但聞海水汨沒，山林窅冥，群鳥悲號，仰天歎曰：「先生將移我情。」乃援琴而作歌。

繄洞渭兮流澌濩❶，舟楫逝兮仙不還。移形素❷兮蓬萊山，歍欽傷宮仙不還❸。

歍，音烏。「歍欽」未詳。伯姬引亦用「歍欽」字。〇一序已盡琴理，歌辭略見大意。

【注　釋】❶緊洞渭兮流澌濩　緊，發語詞，無義。洞，疾流。渭，水名，入海流經。澌，解凍的冰凌。濩，冰凌溜下的樣子。❷形素　性靈，情愫。❸歙欽傷宮仙不還　歙欽，悲歎。傷宮，望蓬萊宮而傷感。

【語　譯】奔騰湍流的渭水啊擁擠流淌著塊塊浮冰，船隻在遙遠處消逝啊不見仙人歸來。情愫轉移啊遙寄在蓬萊山上，遠望蓬萊仙宮悲歎感傷仙人縹緲不還。

【研　析】這首歌見《琴苑要錄》及《古詩紀》卷四。《要錄》述其本事，歌辭以古奧的語言，揭示了琴曲的極致與真情實感的具體關係。琴之為樂，欲動人感人，要臻於高妙境界，非「精神寂寞，情之專一」不辦，成連既深知伯牙與自己的感情，而以出走不還、生離死別，來引發伯牙的悲切感傷，使之在情感上得到淨化昇華，正深通樂理者所為。

接輿❶歌

事見《莊子》、《論語》所載，大同小異。

鳳兮鳳兮❷，何如德之❸衰也。來世不可待，往世不可追也。天下有道，聖人成焉❹。天下無道，聖人生焉❺。方今之時，僅免刑焉。福輕乎❻羽，莫之知載❼。禍重乎地，莫之知避。已乎已乎❽，臨人以德❾。殆❿乎殆乎，畫地而趨⓫（音促）。迷陽⓬迷陽，無傷吾行⓭。吾行卻曲⓮，無傷吾足。

聖人生焉，謂徒生於世也。○迷陽，草名。其膚多刺，故曰無傷云云。

【注　釋】❶接輿　楚國佯狂避世的隱士。原指迎接孔子坐乘的車輛，《莊子》以為人名。❷鳳兮鳳兮　鳳指代孔子。❸之　這樣。❹成焉　成，成就事業。焉，於此。❺生焉　於此保全生命。❻乎　介詞，相當「於」。❼載　承受。❽已乎已乎　已，罷；止。猶言「罷了罷了」。❾臨人以德　猶言「以道德凌駕於人」。❿殆　危急。⓫趍　即趨。⓬迷陽　一種多刺的草。⓭行　通「胻」，腳脛。⓮吾行卻曲　陳碧虛《莊子闕誤》以為應是「郤曲郤曲」，郤曲即枳榆，一種多刺的小灌木。

【語　譯】鳳凰啊鳳凰啊，為什麼你的德行如此式微！來世無法期待，往世不可追回。天下清明，聖人可以於此成就功勳。天下昏暗，聖人於是將生命保全。當今這個時代，衹能夠指望免受刑憲。福比羽毛還輕，沒有誰能夠承載。禍比大地還重，沒有誰知道避免。罷了罷了，以道德凌駕於人們的做法。危險啊危險，畫定區域讓人邁步行道。迷陽草啊迷陽草，不要傷了我的小腿。枳榆啊枳榆，不要傷了我的腳。

【研　析】這首歌最早見《論語・微子》，又見《史記・孔子世家》，均六句。這裡所引，見於《莊子・人間世》。首兩句乃譏諷孔子的奔趨於列國，謀求功名，說：你既是鳳凰，就應該在清明之世出現，而不該在亂世奔競。三、四句點出人生無常，勸孔子不必去追求生前身後的虛名。五至十句，前兩句乃為後四句鋪墊，重心在說當今亂世，能保全性命、免受刑戮，乃為明智，是為僥倖。「福輕」以下四句，亦說舉世皆昏，福輕卻不知承受，禍重卻無人躲避。

「已乎」以下四句，正告孔子，不要以人生導師的身分去做道德教訓，為眾生引路了，那不僅沒有意思，也很危險。末兩句再申世道多棘，人生道路艱難，寓意隱居是必然的選擇，從而避免直白，給人以空靈之感。這首歌，可說是中國文學史上隱士歌的濫觴，它反映的思想，直接影響了後世的隱居文學。

成人歌

〈檀弓〉：成人有其兄死不為衰者，聞高子皋為成宰，遂為衰。成人歌曰。成，魯邑名。

蠶則績而蟹有匡❶，范則冠而蟬有緌❷，兄則死而子皋為之衰❸。

匡，蟹背殼似匡也。范，蜂也。緌，謂蟬喙，長在腹下。此嗤兄死者，其衰之不為兄也。

【注釋】❶蠶則績而蟹有匡　則，助詞，無實義。匡，即筐。❷范則冠而蟬有緌　范則冠，謂蜂頭部有突起物似冠也。緌，古代帽帶下垂部分。❸衰　古代喪服，用粗麻布製成。

【語譯】蠶紡績而螃蟹背有筐，蜂戴帽子而蟬卻有帽帶，兄長死去卻因子皋製喪服。

【研析】這首歌謠見於《禮記．檀弓下》。歌謠寫成邑人兄亡而不為喪，因孔子弟子子皋為成宰，知其守禮，懼其法度懲處，乃為喪服。歌謠前兩句為比，蠶紡績卻借助蟹之筐，蜂戴帽子卻生在蟬身，由此類推，成人兄死卻因懼子皋始為喪，成人之不知禮節，全無人性，以及歌者嘲諷譏刺之意甚明。民歌之善於類比聯想，諷刺的辛辣生動，亦於此可見一斑。

漁父歌

《吳越春秋》：伍員奔吳，追者在後。至江，江中有漁父，子胥呼之。漁父欲渡，因歌云云。子胥止蘆之漪，漁父又歌云云。既渡，漁父視之有飢色，曰：「為子取餉。」漁父去，子胥疑之，乃潛深葦之中。父來，持麥飯鮑魚羹盎漿，求之不見，因歌而呼之云云。子胥出，飲食畢，解百金之劍以贈，漁父不受。問其姓名，不答。子胥誡漁父曰：「掩子之盎漿，無令其露。」漁父諾。胥行數步，漁者覆船自沉於江。

日月昭昭兮寖已馳❶，與子期乎蘆之漪❷。

日已夕兮，予心憂悲。月已馳兮，何不渡為？事寖急兮，將奈何！

蘆中人，豈非窮士乎？　合上章為韻，其聲愈促。

【注釋】❶日月昭昭兮寖已馳　昭昭，明亮。寖，逐漸。馳，迅速消逝。❷與子期乎蘆之漪　期，約。漪，岸邊。

【語譯】明亮的日月啊漸漸消逝，與您相約在那蘆葦岸邊。天已晚了啊，我的心情憂愁悲傷。月已消隱了啊，為什麼不快點渡河？事體漸漸緊急了啊，將如何是妥！蘆葦中隱身的人，難道不是命運窘迫的那一位？

【研　析】〈漁父歌〉三章，見《吳越春秋》卷三〈王僚使公子光傳〉。三章均漁父所歌，故後人謂之〈漁父歌〉。首章為漁父將要渡伍子胥，恐人知覺，乃與相約，先藏身蘆葦岸邊，無人時我來渡你。次章乃漁父催促伍子胥趕緊現身渡江，別再遲疑。日月既昭示時間已晚，又表明心跡如日月可鑒。末兩句在急迫的催促中，彰顯出漁父急伍子胥所急，救人水火的古道熱腸。第三章係漁父招伍子胥出來飲食，子胥既有饑色，卻隱身蘆葦叢中，不肯出來，實令漁父驚訝，故有此一問。三章轉換三種場景，合觀如戲劇然，活脫欲出。

偕隱歌

《琴清英》云：祝牧與其妻偕隱，乃作歌。

天下有道，我黻子佩❶。天下無道，我負子戴❷。

【注　釋】❶我黻子佩　黻，古代禮服上繡的黑、青相間的亞形花紋，為大夫所穿。佩，繫官印的絲帶。黻佩指達官顯貴。❷我負子戴　負，背負。戴，頭頂。指勞役之事。

【語　譯】天下政治清明，我們共襄國政。天下政治黑暗，你我勞役相伴。

【研　析】這首歌見《古詩紀》卷四，為隱者之歌。天下有道則仕，無道則隱。隱或在山林，或在市井。祝牧之隱，則在勞役農工之間。「道」之有無，成為士人進退出處的分界線。這種思想，影響古代士人達數千年之久。「意高辭煉」，可謂本詩的評。

徐人歌

劉向《新序》：延陵季子將聘晉，帶寶劍。徐君不言，而色欲之。季子未獻也，然其心已許之。使反，而徐君已死，季子於是以劍帶徐君墓樹而去。徐人為之歌。

延陵季子❶兮不忘故，脫千金之劍兮帶丘墓。

【注釋】❶延陵季子　春秋時期吳國貴族，吳王壽夢幼子，諸樊之弟，又稱公子札，因封於延陵，故稱延陵季子。

【語譯】延陵季子啊不忘故舊，解下千金寶劍啊掛於墓木。

【研析】這兩句歌見於劉向《新序・節士》，由本事已可知見其內容。歌詞極簡單淳樸，但卻包容著熱切洋溢的感情，表現了豐富厚重的內容。它體現的是中國幾千年歷史中所謳歌禮贊著的傳統美德：不忘故舊，講究信用。延陵季子因為與徐君相識，徐君羨慕他的寶劍，他曾心許贈與，雖然徐君亡故，生死間隔，但他卻沒有忘懷徐君，以及自己曾有的心許，而到了徐君墓地，弔唁亡友，並掛寶劍於墓地樹木枝上，滿足故人的在天之靈，也兌現其心許的承諾。這則故事能流傳不衰，讓人感動，正在於其所表現內容的懇切真誠。

越人歌

劉向《說苑》：鄂君子晳泛舟於新波之中，乘青翰之舟，張翠蓋，會鐘鼓之音，越人擁楫而歌，於是鄂君乃揄修袂行而擁之，舉繡被而覆之。

今夕何夕兮，搴洲❶中流。今日何日兮，得與王子同舟。蒙羞被好兮，不訾詬恥❷。心幾煩而不絕兮，得知王子。山有木兮木有枝，心說❸君兮君不知。與「思公子兮未敢言」同一婉至。

【注釋】❶搴洲　或作「搴舟」，即蕩舟。搴，拔。❷不訾詬恥　訾，講壞話。詬恥，羞辱；恥辱。❸說　同「悅」。

【語譯】今夜是怎樣的一個夜啊，蕩舟在河中漂流。今天是一個什麼樣的日子啊，能夠和王子同在一舟。若得您的相愛不顧羞澀啊，更不管議論的難入耳。心煩意亂心兒跳動不停啊，結識了王子多榮幸。山上有樹啊樹上生著杈枝，內心喜歡您啊您卻自己不知。

【研析】這首歌見於劉向《說苑》卷一〈善說〉篇，《玉臺新詠》卷九、《樂府詩集》卷八三並收。歌乃船家女所唱，本用越語，《說苑》並錄其越語歌詞。這裡所見，係鄂君子晳請通越語者為其譯辭。由此言之，本歌又是我國文學史上第一首翻譯作品。歌詞凡十句，前四句明知故問，以今夕何夕、今日何日，渲染得為王子駕舟撐船、同處一舟的激動興奮。中四句，具體亮出態度：若能被您錯愛，哪管什麼羞恥！刻畫心情激動之具體狀貌：心緒煩躁，心兒不停地跳動。末兩句以比興出之，山之有木，木之有枝，為自然現象，人人知之；自己對王子的喜愛，男女情愛，本亦自然，卻惟獨自知。詩歌感情濃郁，語詞華美，筆致婉曲，可與

《楚辭》諸篇媲美。

越謠歌

《風土記》：越俗性率朴。初與人交，有禮。封土壇，祭以犬雞，祝曰。

君乘車，我戴笠，他日相逢下車揖。君擔簦❶，我跨馬，他日相逢為君下。

【注釋】❶簦　古時一種帶長柄的笠，猶今之雨傘。

【語譯】您坐乘馬車，我頭戴斗笠，他日相逢下車作個揖。您打著長柄笠，我坐著高頭馬，他日相逢為您把馬下。

【研析】這首歌謠見《風土記》。歌謠表述的是普通百姓所信守並期望的一個道德理想及準則：富貴不忘故舊，貧賤不遺人棄。這一方面固然體現了歌唱者的淳樸率直，另方面，也反映出社會的發展，貧富貴賤的分化，百姓對這種理想的嚮往。歌詞在表述上很有特點，以乘車、跨馬指代富貴，以戴笠、擔簦指代貧賤，以下車、下馬作揖寓意不忘故交，形象詼諧，又真切生動。其形式與內容的完美結合，也使之具有了經典的味道，在後世流傳甚廣。

琴歌

《列女傳》：齊人杞梁殖襲莒戰死，其妻哭於城下，七日而城崩，故《琴操》云：殖死，其妻援琴作歌曰。

樂莫樂兮新相知，悲莫悲兮生別離。

【語譯】快樂莫過於新結識了知己，悲傷莫過於活生生地別離。

【研析】這兩句歌詞最早恐怕是見於屈原〈九歌・少司命〉，其與《列女傳》的區別僅在兩句語序排列上的顛倒。人生得一知己，足矣。能結識新的知己，當然是人生一大快事。而生離死別，或生離就是死別，其悲慘苦痛，令人悲切，亦自不待言。而這兩句話能成為千古名言，正在於其不多的文字，包含了太多的人生體悟，又且兩相對比，天壤反差，議論精策，道天下人所欲道，故而也引起天下人共鳴。

靈寶謠

《靈寶要略》：吳王闔閭出遊包山，見一人，自言姓山名隱居。闔閭扣之，乃入洞庭，取素書一卷呈闔閭，其文不可識。令人齎之問孔子，孔子曰：丘聞童謠云云。

吳王出遊觀震湖[1]，龍威丈人[2]山隱居。北上包山入靈墟[3]，乃入洞庭竊禹書❹。天地大文不可舒❺，此文長傳百六初❻，若強取出喪國廬。

【注釋】❶吳王出遊觀震湖　吳王，指春秋末期吳國國君闔閭，名光，在位期間曾滅徐破楚，後被越王句踐打敗。震湖，即太湖，以古稱震澤得名。❷丈人　古時對老人的尊稱。❸北上包山入靈墟　包山，山名，又稱夫椒山，即太湖中洞庭西山。靈墟，古稱神仙住的洞天福地。❹禹書　傳說《山海經》為禹所撰，故舊稱《山海經》為禹書。❺天地大文不可舒　大文，宏大的文章。舒，展。❻百六初　舊稱四千六百一十七歲為一元，初入元一百零六歲，曰陽九之厄，為前元之餘氣。後指厄運或災年。

【語譯】吳王出遊觀覽太湖去，遇到龍威老人姓山名隱居。曾經北登包山踏入神仙地，進入洞庭偷取禹書言地理。天地間宏篇大製不可輕展視，這份文字歷史悠長傳自入元初時期，如若硬要取出將會因此喪國而失地。

【研析】這首歌謠見於《雲笈七籤》卷三〈靈寶略記〉，云孔子曰，亦道教徒子虛烏有自神其教之一種手段。從歌詞整飭的七言句，便知其決無可能產生在春秋時期。歌謠以樸實無華的語言，講述了一個神話故事。首兩句言吳王闔閭遊太湖邂逅龍威丈人，可謂以奇遇起奇文。三、四句入仙境，竊奇書，景奇，事亦奇。奇書來歷奇，不可展示，尤奇。謠言讖語，惟不知闔閭的身死國破，與其竊取奇書有無關係！可歎可笑。

吳夫差時童謠

《述異記》：吳王有別館在句容，楸梧成林，故名梧宮。或云即館娃宮，宮有梧桐園。

梧宮秋，吳王愁。國家愁慘之狀，盡於六字中，不啻聞雍門之彈矣。秋，隱語也。

【語譯】梧宮蕭瑟深秋，吳王觸景生愁。

【研析】這首童謠見於《廣博物志》卷三六。簡短六個字，寫出了吳王見蕭瑟梧桐所生慘愁，也寓意吳國衰敗，如秋景暮色，去滅亡不遠。融賦、比於一體，言簡意賅，主旨遙深。

烏鵲歌

《彤管集》：韓憑為宋康王舍人。妻何氏美，王欲之，捕舍人築青陵之臺。何氏作〈烏鵲歌〉以見志，遂自縊。

南山有烏，北山張羅❶。烏自高飛，羅當奈何？
烏鵲雙飛，不樂鳳凰。妾是庶人❷，不樂宋王❸。妙在質直。唐孟郊《列女操》：「波瀾誓不起，妾心井中水。」此一種也。

【注釋】❶羅　網羅。❷庶人　平民；百姓。❸宋王　即宋康王，戰國宋人，文公九世孫，名偃，自立為王，嗜酒色，性殘忍，人稱桀宋，為齊湣王所滅。

【語譯】南山有烏鴉，北山張網羅。烏鴉自會飛高，羅網又能怎樣？烏鴉雙雙飛起，不願去做鳳凰。小女只是平民，不喜伺候宋王。

【研　析】這首歌見《古詩紀》卷一，題或作〈青陵臺歌〉。歌詞前八句均用比喻。韓憑妻自比烏鴉。鳳凰、張羅者，俱指康王。歌中表達出，任你康王怎樣設下圈套，擺下陷阱，我自高飛；任你康王如何富貴顯赫，我不稀罕，也不會高攀。結末兩句，正表明了這種決烈的態度。《古詩賞析》曰：「二章比起正結，言心之不可違也，決絕得妙。」可謂的評。

答夫歌

其雨淫淫❶，河大水深，日出當心❷。

王得詩，以問蘇賀，賀曰：「雨淫淫，愁且思也；河水深，不得往來也；日當心，死志也。」○語特奇創。

【注　釋】❶淫淫　雨水連綿不斷貌。❷當心　留意。

【語　譯】淫雨連綿不停歇，大河汪洋泥水深，天晴日出要留心。

【研　析】這首歌乃韓憑妻贈夫書，見《搜神記》卷一一，《風雅逸篇》卷六。詩也通篇用比。雨水連綿，連陰不晴，謂其心情愁苦，鬱結難解。河水深廣，謂夫妻間隔，難以晤面。第三句暗示其將自縊及訣別時間，也以日出為比，謂其心惟日可鑒。詩情淒苦，感人肺腑，是血淚的控訴。

越群臣祝

《吳越春秋》：越王勾踐五年，與大夫種、范蠡入臣於吳，群臣送之浙江之上。臨水祖道，軍陣固陵，大夫前為祝，詞曰。

皇天佑助，前沉後揚。禍為德根，憂為福堂❶。威人者滅，服從者昌。

王離牽致❷，其後無殃。君臣生離，感動上皇❸。眾夫❹悲哀，莫不感傷。

臣請薄脯❺，酒行二觴❻。前沉後揚，吳越初終，盡此四字。

大王德壽❼，無疆無極。乾坤受靈，神祇輔翼❽。我王厚之❾，祉祐❿

在側。德銷百殃，利受其福。去彼吳庭，來歸越國。

【注釋】❶福堂　福德聚集之地。❷王離牽致　離，通「罹」，遭受。牽致，謂牽引而致，即俘獲。❸上皇　即皇天。❹眾夫　百姓。❺薄脯　微薄的臘肉。脯，臘肉。❻觴　盛滿酒的杯。❼德壽　福德久遠。❽輔翼　佑助。❾厚之　厚其德。❿祉祐　福佑。

【語譯】蒼天上帝福佑護助，先前沉抑爾後崛起。災禍成為養德根基，憂愁成為福德源地。威厲震人走向毀滅，順從忍讓終要發跡。大王遭受捆綁繩牽，在此以後定無災罹。君臣飽受離別苦痛，此情感動蒼天上帝。百姓悲切衷心哀傷，此景誰不感歎噓唏。臣下請獻薄薄臘肉，兩杯滿酒共同獻與。

大王福德久遠，沒有邊際能限。天地靈驗無比，神靈護助扶持。我王厚養德性，福佑就在眼前。德能消除百災，可享福分利益。離開那個吳國，歸來越國雄起。

【研 析】這首〈越群臣祝〉見於《吳越春秋》卷七〈勾踐入臣外傳〉，「勾踐五年五月，與大夫種、范蠡入臣吳國」，群臣餞行，文種前祝，是為祝辭。祝辭兩章，首章講禍福相倚，沉揚之理，旨在寬慰。前八句說天道，後六句說人事。天地自然之道，有升有降，有浮有沉，正確處理，即可轉禍為福。群臣眷戀，百姓擁戴，此足以感動上蒼。第二章乃寬慰中存勉勵，說大王仁德，自然得神天保佑。若能進一步修德養性，得道多助，終將滅吳歸越。此亦照應首章餞行分離，而作一完結。

祝越王辭

《吳越春秋》：越王既滅吳，伯諸侯，置酒文臺，群臣為樂，大夫種進祝酒，詞曰。

皇天祐助，我王受福。良臣集謀❶，我王之德。宗廟輔政❷，鬼神承翼❸。君不忘臣，臣盡其力。上天蒼蒼，不可掩塞❹。觴酒二升，萬福無極。

君不忘臣，臣盡其力，恐君臣之不終，故有此語。

我王仁賢，懷道抱德。滅讎破吳，不忘返國。賞無所悋❺，群邪杜塞。

君臣同和，福祐千億。觴酒二升，萬歲難極。

即吝，吝嗇。

【注釋】❶集謀　匯集眾人意見。❷輔政　輔佐治理政事。❸承翼　輔翼；輔助。❹掩塞　蒙蔽。❺慳

【語譯】蒼天上帝保佑護助，我們國王承受大福。群臣賢良集中智慧，全靠我王仁德養護。祖先有靈輔佐政事，鬼神感念亦來幫扶。國君不忘朝中大臣，朝中群臣使出全力。藍藍的天空，不可蒙蔽。滿杯獻上美酒二升，福氣無邊謹致祝福。

我們國王仁德賢明，道德修行讓人羨稱。消滅仇敵破了吳寇，沒有忘記返回家國。行賞功臣決不吝嗇，奸小佞臣徹底杜絕。君臣同心和睦共處，福德保佑億萬生靈。滿杯獻上美酒二升，萬壽無疆福分無量。

【研析】這首〈祝越王辭〉見於《吳越春秋》卷十〈勾踐伐吳外傳〉，乃勾踐臥薪嚐膽滅吳復越後，於宴席上，文種所進祝酒之辭。歌辭兩章。首章前六句，言越王福德，皇天保佑，祖先神靈護助，臣下群策群力。「君不忘臣」四句，寫君臣相得，蒼天賜福。末兩句點明飲宴祝酒。第二章首四句，頌越王仁德，寫破吳復越，點出飲宴緣起。中四句言越王賞罰分明，進賢良，退小人，君臣和睦，造福黎民，於誇美中寓告誡，防微杜漸。結末再點出飲宴祝酒。此與上題兩篇四首祝辭，句式整飭，用語典雅，與《詩三百》雅、頌彷彿。

彈歌

《吳越春秋》：越王欲謀伐吳，范蠡進善射者陳音。王問曰：「孤聞子善射，道何所生？」對曰：「臣聞弩生於弓，弓生於彈，彈起於古之孝子，不忍見父母為禽獸所食，故作彈以守之。」歌曰。

斷竹，續竹；飛土，逐宍。

宍，古肉字。○二字為句。○劉勰云：斷竹黃歌，質之至也。

【語　譯】砍斷竹子，連接竹子；打出彈丸，追逐獵物。

【研　析】這首歌謠初見於《吳越春秋》卷九〈勾踐陰謀外傳〉。歌辭八字，兩字一節，可分四句。四句四個動詞：斷、續、飛、逐，完成四種動作：砍竹、接弦、打彈、追捕獵物，真實完整地再現了從製造打獵工具到剿捕之全過程。製造弓箭這種狩獵工具，是先民們進入新石器時代以後的事情。在藝術上，歌謠具有簡潔明快、質樸、節奏性強等特點。其描寫的內容，反映的生活，以及藝術上的這些特徵，表明它應該是一首比較原始的上古歌謠，是我們了解上古先民生活的富有價值的活化石。

禳田者祝

《史記》：齊威王使淳于髡於趙，請兵禦楚，齎金百斤，車馬十駟。髡仰天大笑，冠纓索絕。王曰：「先生少之乎？」髡曰：「臣從東方來，見道旁禳田者，操豚蹄、酒一盂而祝云云。臣見所持者狹，而所欲者奢，故笑之。」

甌窶音樓。滿篝❶，汙邪❷滿車。五穀蕃熟❸，穰穰❹滿家。甌窶，少意。篝，籠也。言少者猶滿篝也。汙邪，下田也。○詞極古茂。起二語亦可二字成句，《詩》「蝃蝀在東」同此。

【注釋】❶甌窶滿篝　甌窶，高地狹小之區。篝，籠；背簍。❷汙邪　窪地薄田。❸蕃熟　莊稼成熟豐收。❹穰穰　五穀豐收。

【語譯】丘陵旱田收滿背簍，窪地薄田裝滿車駕。五穀豐稔大獲收成，豐收果實擺滿庭院。

【研析】這首歌謠見於《史記・滑稽列傳》，乃滑稽者淳于髡稱引。在淳于髡，其譏嘲齊威王之奢欲，以故事發明道理，明講禳田人而實指齊威王，所謂談言微中、滑稽而言，亦稱妙說。而就業田者言，期盼豐收，祈求神靈保佑，能有好的年景，此在生產力不發達的古代，反映出民眾對大自然的無奈，也並非不能理解。由此頗堪說明，身分立場不同，於看待問題，感受亦自殊異，淳于髡的有閒者身分，其不能理解禳田者，實屬自然。

巴謠歌

《茅盈內傳》：秦始皇三十一年，九月庚子，茅盈高祖濛於華山之中，乘雲駕鶴，白日昇天。先是時，有巴謠歌辭云云。始皇聞謠歌而問其故，父老具對曰：「此仙人之謠歌，勸帝求長生之術。」於是始皇欣然，乃有尋仙之志，因改臘月嘉平。

神仙得者茅初成❶，駕龍上昇入太清❷。時下玄洲戲赤城❸，繼世而往在我盈❹。帝若學之臘嘉平❺。

【注釋】❶茅初成　謂漢咸陽人茅濛，字初成，茅盈高祖，師鬼谷先生入華山修道術。❷太清　道教有玉清、上清、太清三清或三天說，所謂「三清之間，各有正位：聖登玉清，真登上清，仙登太清」（《太真經》），即此。❸時下玄洲戲赤城　玄洲，道教中的神仙居住地，傳說在北海之中。赤城，傳說中的仙境。❹我盈　我家茅盈。盈字叔申，年十八入恆山修道，後隱句曲山。❺臘嘉平　《史記・秦始皇本紀》載：「三十一年十二月，更名臘月嘉平。」即改稱臘月為嘉平。

【語　譯】得道成仙茅初成，騎龍飛昇入太空。常常下界遊了玄洲玩赤城，繼承先人飛升仙界我家有茅盈。如要學他帝王更改臘月為嘉平。

【研　析】這首歌謠見於南朝宋裴駰《史記集解》注〈秦始皇本紀〉稱引《茅盈內傳》。謠諺讖語，在其未卜先知，所以載者也稱秦始皇改臘月為嘉平，即聞聽此歌謠以後事。此顯然亦道教徒自神其教所為。歌謠內容，無非指茅濛率先得道，其後世子孫茅盈踵武，復勸秦始皇修道尋仙，並無太大意義。其所以與秦始皇掛鉤，與始皇好方術、求長生不死術有關。歌謠雖未必成於秦，但亦不至於太晚，這應該是道教早期的詩作。

渡易水歌

《史記》：燕太子丹使荊軻刺秦王。至易水之上，既祖，取道，高漸離擊筑，荊軻和而歌，為變徵之聲。士皆垂淚涕泣。又前而歌曰。

風蕭蕭兮易水❶寒，壯士一去兮不復還。至今讀之，猶存變徵之聲。

【注釋】❶易水　河名，流經今河北定興縣境。

【語譯】北風蕭蕭啊易水冰寒，壯士一去啊不再回還。

【研析】這首歌見於《史記‧刺客列傳》。乃荊軻赴秦行刺秦王嬴政前夕，在易水岸邊，與燕太子丹及其送行賓客訣別時所歌。歌辭凡二句，首句狀景：北風呼嘯，易水嗚咽，刺骨的風，冰冷的河水，似乎讓人窒息。次句唱的毅然決然，慷慨壯烈，明知一去不返，依然義無返顧。而這迴腸盪氣的歌與高漸離鏗鏗的擊筑聲及蕭蕭嗚叫的北風聲應和，在送行人的一片白衣白帽中，在徹骨寒冷的易水河畔，該是何等悲壯蒼涼的情景！一位孤身抗暴、視死如歸、氣貫長虹的英雄形象，凸現眼前，讓人感奮仰慕，熱血沸騰，心生憧憬之情。

三秦記民謠

武功太白❶，去天三百❷。孤雲兩角❸，去天一握❹。山水險阻，黃金子午❺。蛇盤烏櫳，勢與天通。奇奧。

【注釋】❶武功太白　武功，山名，在今陝西武功南。太白，山名，在陝西眉縣東南。❷百　步。❸孤

雲兩角　孤雲，山名，即孤雲山，在陝西南鄭西南。兩角，即兩角山，與孤雲山相連。❹握　量詞，指一手所能執持的量或一拳的長度。❺黃金子午　黃金、子午，均山谷名。黃金谷在陝西洋縣，子午谷在西安南秦嶺山中。

【語　譯】武功、太白山脈，離天僅有三步。孤雲、兩角山頂，離天相隔一拳。山水險要相阻，黃金、子午峽谷。蛇龍蟠曲蔓延，似乎要通蒼天。

【研　析】這首歌謠見《三秦記》以及《風雅逸篇》卷八。歌辭極寫三秦形勝險要壯觀，無論是距天三步，或離天一拳，或蔓延與天相通，都極盡誇張之能事。然其誇而不誕：山高雲霧籠罩，似乎與天相接，或峽谷蜿蜒，遙望與天相連，都極形象傳神，逼真生動。此等豐富的想像力，既滋潤著後世浪漫文學，也開啟了它們的先河。

楚人謠

《史記》：楚懷王為張儀所欺，客死於秦。至王負芻，遂為秦所滅，百姓哀之。哀痛激烈，比〈松柏之歌〉尤甚。

楚雖三戶❶，亡秦必楚。

【注　釋】❶三戶　一說三戶人家，指昭、屈、景三姓；一說地名，即三戶津，當以前說為是。

【語　譯】楚國雖然三戶，滅秦一定在楚。

【研　析】這兩句歌謠見於《史記・項羽本紀》，乃謀士范增遊說項梁假楚國招牌反秦建功時所言。楚懷王為張儀騙入秦國，客死異鄉，楚也被滅，所以當時以為秦滅六國，楚國最冤。在秦末抗秦風暴中，以人們同情的楚王後裔身分，去反抗人民憎惡的暴秦，自會引起世人的同情支持，有意想不到的號召力。應該說，范增的建議是深謀遠慮的。打楚國招牌，也果然使項羽一方在日後的爭戰中迅速壯大，在推翻暴秦中，產生了最重要的作用。就歌謠本身言，簡短八個字，包含了對秦王朝的無限憤怒，以及對滅秦復楚具有著堅定的信念與必勝的信心，極具煽動性與鼓動力，可以想見但凡項羽所部，逢州過縣，到處喊的是這一口號，到處張貼的是這一標語，在社會上，曾發生過熱烈反響。

河圖❶引蜀謠

汶阜之山，江出其腹❷。帝以會昌❸，神以建福❹。

【注釋】❶河圖　讖緯書名，《隋書·經籍志》著錄有二十卷，稱出於西漢。❷汶阜之山二句　汶指汶川，漢武帝元封二年分蜀郡北部設汶川郡，宣帝地節三年併入蜀郡，三國蜀、西晉復置汶山郡。阜，丘陵。江，指岷江，又稱汶江，源出汶川。❸帝以會昌　帝，天帝。會昌，聚合隆昌。❹建福　營建幸福、福地。

【語譯】汶川的山岳，孕育了岷江的源頭。天帝用它來聚會昌隆，神靈用它來營建福地。

【研析】這首歌謠初見《河圖》，《三國志·蜀書·秦宓傳》引述。歌辭四句，寫出了巴蜀汶川天地造化、天府之區的形勝特點。岷江從出，水利發達，沃野千里，百姓富足，這一切似乎是蒼天的設計，鬼神造就。語言古樸，虛實結合，短短四句十六字，寫盡了該處地理優長。

湘中漁歌

帆隨湘❶轉，望衡❷九面。簡而能達，不圖此復遇之。《禹貢》：夾右碣石，入于河。

【注　釋】❶湘　湘江，又稱湘水，湖南最大的一條河流。❷衡　即衡山，五嶽之一的南嶽，在湖南。

【語　譯】船兒順湘水流轉，衡山的多面盡現於眼前。

【研　析】歌為漁歌，非熟稔於湘水行舟，久於其中討生活者，不能有此細膩恰切的描寫。湘江流經湖南，湖南多山，湘江之九曲迴腸可以想見。湘江繞衡山而過，湘江蜿蜒，在其中蕩舟，時東時西，時南時北，衡山不同側面之景致，盡在覽中。兩句八字，簡潔生動，形象傳神，寫泛舟湘江遙望衡山一如畫圖。

太公兵法❶引黃帝語 以下古逸諧語。

日中不彗❷，是謂失時。操刀不割，失利之期。執柯❸不伐，賊人❹

將來。涓涓不塞，將為江河。熒熒❺不救，炎炎奈何！兩葉不去，將用斧柯。為虺弗摧❻，行將為蛇。

「兩葉不去」二句，古人未嘗不造句也。○不必果出黃帝，然其語可錄。

【注釋】❶太公兵法　書名，即《太公六韜》，《隋書・經籍志》著錄五卷，稱姜望作，實漢人偽託。❷彗　曝曬。❸執柯　持斧。❹賊人　盜賊。❺熒熒　小火。❻為虺弗摧　虺，泛稱小蛇。摧，抑制；毀壞。

【語譯】日當正午不曝曬，可謂錯失時機。拿著刀子不宰割，失去有利機會。操著斧頭不砍伐，盜賊將會到來。涓涓細流不堵塞，將會成為江河。熒熒小火不撲滅，炎炎大火將如何。一兩片葉子不除去，待到長大用斧斫。作為小蛇不斬除，將要長成為大蛇。

【研析】所謂「黃帝語」云云，誠如沈德潛所說「不必果出黃帝」，然作為格言，亦自有其價值。日當正午，太陽正烈，是為曝曬的有利時機，錯過機會，可謂失時；操刀在手，這是宰割的機會，手中無刀，良機也就錯失；手持斧頭不砍伐，木已長成，不免為盜賊竊取；細流小水不堵塞，涓涓之水，將匯成江河；豆樣小火不趁早撲滅，終將燃成熊熊火焰。幾片新生葉子易除，長成繁茂大樹非斧柯不辦；小蛇不斬，大蛇難除。這些格言，多為生產、生活中習見，為經驗教訓之總結，蘊含著深刻的哲理，於社會人生，均富有啟迪鏡鑑意義，所謂防微杜漸、機不可失、時不再來，正此之謂也。

天下攘攘❶，皆為利往。天下熙熙❷，皆為利來。

【注　釋】❶攘攘　眾多繁盛貌。❷熙熙　繁盛紛雜貌。

【語　譯】天下擁擠擾攘，所有人都為利奔忙。天下紛雜喧囂，所有人都為利奔波。

【研　析】這首歌謠既見漢人偽書《六韜》，又見《史記・貨殖列傳》。將四句壓縮，即「為利奔忙」四字。這是行商坐賈及其他所有追求財富者的宣言。在這頗具經典意味的十六個字中，顯示出了漢朝社會一種積極進取、蓬勃向上、尋求發展的精神。在日後的中國歷史上，正是太缺乏了這種理念，太強調了義的價值並將義與利尖銳對立，致使中國社會長期裹足不前，使文明古國落後於列強，以致有血淚斑斑的近代恥辱史。斯可謂之教訓。

管　子

牆有耳，伏寇在側。

【語　譯】隔牆有耳被人聽見，潛伏盜匪就在身邊。

【研　析】這兩句話見於《管子》卷一一〈君臣下〉，稱「古者有二言」，可知其年代遠在管子以前。無論是「隔牆有耳」，還是「伏寇在側」，都似格言警句，令人戒懼警醒。言語容易洩露，禍事難於防範，事不密則害成，小心無大錯，為人多些謹慎細心，便自然少點挫折麻煩，古訓如此，不可不牢牢記取。

左傳❶引逸詩

翹翹❷車乘，招我以弓。豈不欲往，畏我友朋。陳敬仲引。○難進之思凜然。

俟河之清❸，人壽幾何？兆云詢多❹，職競作羅❺。鄭子駟引。

雖有絲麻，無棄菅蒯❻。雖有姬姜❼，無棄蕉萃❽。同顦顇。凡百君子，莫不代匱❾。見〈子重伐莒〉篇。

【注釋】❶左傳　書名，又稱《春秋左氏傳》或《左氏春秋》，舊傳春秋時期左丘明撰，我國第一部史學著作，載及魯隱公元年（西元前七二二年）至魯悼公四年（西元前四六四年）間歷史。❷翹翹　高貌。❸俟河之清　俟，等候。河，黃河。❹兆云詢多　兆，古人占卜時燒灼龜甲顯現出的裂紋。云，語助詞。詢，果真；確實。❺職競作羅　職，當。競，語助詞。❻菅蒯　茅草類。❼姬姜　姬，周姓。姜，齊姓。指貴族女子。❽蕉萃　同「憔悴」。猶糟糠之妻也。❾代匱　頂替匱乏。

【語譯】高高的車子，招呼我用弓。難道不想過去？害怕我的友朋。

等待黃河水變清，人的壽命有幾何？占卜占得太多，便是自設網羅。

雖然有了絲麻，不要丟棄茅草。雖然有了美人，不要拋棄黃臉婆。所有大人君子們，無不有時需備缺。

【研析】三首逸詩分別見《左傳》莊公二十二年、襄公八年、成公九年。不學詩，無以言，春秋時代，在社交或政治活動中，引詩以達意，成為一種時尚，這三首詩便都是當時人們在應對交往中所稱引。第一首乃陳國敬仲在謝絕齊桓公聘其為卿時引用。禮聘的車子很高，可謂隆重，然揮弓招呼，令人生畏。這裡敬仲婉轉表達了自己從陳國外逃，寄人籬下，不想樹大招風的真實思想。次首乃楚國攻打鄭國，鄭國子駟輩與子孔輩在順從與否上發生爭執，子駟引詩表達自己的意見。以黃河水變清之難，與人生無多及占卜太多無所適從，比喻當斷不斷反受其亂。第三首乃「君子」就莒國城池簡陋而不修葺，終為楚軍連破三城，引詩發其議論。意在表達儲材以備不時之需的道理。由於引詩，使其表達的意思避免直白，對答則委婉含蓄，辯論可避免火藥味太重，講理有據，從而達到意想不到的效果。

左傳

山有木，工則度❶之。賓有禮，主則擇之。魯羽父引周諺。

心苟無瑕，何恤❷乎無家。晉士蔿引諺。

畏首畏尾，身其餘幾。鄭子家引古言。

雖鞭之長，不及馬腹。晉伯宗引古語。

【注　釋】❶度　測量。❷恤　憂慮。

【語　譯】山上有樹木，工匠便要測量它。賓客有禮貌，主人便要加以選擇。

心中假如沒有疵瑕，為什麼要擔心沒有室家。

擔心了頭再擔心尾，身子剩餘有幾分。

雖然鞭子長，夠不著馬肚上。

【研　析】四首古諺分別選自《左傳》隱公十一年、閔公元年、文公十七年、宣公十五年。「山有木」四句，乃滕侯、薛侯為朝見魯君行禮先後發生爭執時，魯羽父調停，與薛侯談話時稱引。前二句以山有木則被測，言無規矩不成方圓，純是用剛；三、四句則以柔，但奉承中同樣有剛，使對方在享受被捧之娛悅的同時，感到芒刺在背，為先前的不禮貌慚愧，為被戴上「禮貌」的高帽不得不去照辦。「心苟無瑕」兩句，乃晉士蔿勸太子申生效法吳太伯，避地以免獲罪時稱引。意謂只要心中想得開，大丈夫何患無家，哪裡都可以安身立命。「畏首畏尾」兩句，乃晉靈公拒見鄭穆公，鄭國子家致信趙宣子中稱引。意謂既然晉國執意認為鄭國背晉親楚，不肯和睦，畏首畏尾於事無補，鄭國也不會懼怕什麼。「雖鞭之長」兩句，乃宋國到晉國告急求援，晉景公打算援助，伯宗勸阻，引用此語。鞭長莫及，可謂對這兩句話的概括。

引用諺語，含蓄蘊藉，措辭婉轉，且因其約定俗成，人所周知，也有著更強的說服力。

國語❶

獸惡其網，民怨其上。單襄公引諺。

眾心成城，眾口鑠❷金。州鳩對周景王引諺。

從善如登，從惡如崩。衛彪傒引諺。

【注釋】❶國語　書名，傳為春秋時期左丘明撰，主要記載西周末年和春秋時期周魯等國貴族言論，以晉語最詳。❷鑠　銷熔。

【語譯】野獸憎惡那設下的羅網，百姓怨恨他們的國王。
眾人同心堅如城牆，眾口同聲能熔化金屬。
遵從正道像在登山，順從邪惡如同山崩。

【研析】三首諺語分別見《國語》卷二〈周語中〉、卷三〈周語下〉。「獸惡其網」兩句謂百姓憎惡政繁刑苛，猶獸之憎人到處設下羅網，前句為比，後句為鋪，雖未點出，其意已明。「眾心成城」兩句，言人多力量大，眾志可以成城，集體輿論具有強大威懾力。「從善如登」

兩句，謂向善學好，走正道甚難；從惡變壞，走下坡路極易，如此，人豈可不謹慎嗎？善用比喻，為民諺一大特點，這三首民諺，都採用了比喻的方法，且形象具體，令人可以感知。

孔子家語❶

相馬以輿❷，相士❸以居。

英雄短氣。

【注釋】❶孔子家語　書名，《漢書・藝文志》著錄二十七卷，至唐亡佚，今存十卷四十四篇。三國魏王肅偽作。書雜採秦漢諸書所載孔子遺聞逸事而成。❷輿　車子。❸士　成年男子的統稱。

【語譯】察看馬兒看牠拉的車，觀察人要看他住的家。

【研析】這兩句諺語見《孔子家語》。好馬配好車，或從拉車能察知馬的優劣，不無道理。以此為比，了解一個人，亦可由其居住宅院的建築設計、安排佈置，進而看出其資產厚薄、修養品位。馬的拉車，不能自主，但主人會量材使用。人的居住，雖受財力局限，卻更多些個人意志體現。所以，諺語所云識人之法，不失良策。

列子❶

生相憐❷，死相捐。〈楊朱〉篇引諺。

人不婚宦，情欲❸失半。人不衣食，君臣道息❹。古語。

【注釋】❶列子　書名，舊題列禦寇所撰，蓋魏晉時人偽作。《漢書・藝文志》著錄八篇，列入道家。書多取先秦諸子及漢人言論，間雜兩晉佛教思想與神話。❷憐　喜愛；疼愛。❸情欲　欲望；欲念。❹息　滅絕。

【語　譯】活的時候疼愛有加，待到死去便將拋棄。人若不想結婚做官，欲望便要失去一半。人若不求穿衣吃飯，君臣間的講究也要消散。

【研　析】諺語兩條，均見《列子》卷七〈楊朱〉。在楊朱的稱引這兩條諺語，俱持肯定讚賞態度，活著相愛，死了相棄，此為順其自然；不婚不宦，則無太多欲望，無欲望無所求，則不受制於外物。其所論並非全無道理，但嫌絕對。「天長地久有時盡，此恨綿綿無絕期」，真正的愛情是永恆的，並不以生死能夠了結。而不婚不宦，不穿不吃，一無所求，其本身就不符合自然規律，違背人性。

韓非子❶

奔音僨。車之上無仲尼❷，覆舟之下無伯夷❸。

【注　釋】❶韓非子　書名，乃韓非死後，後人輯韓非遺著及他人論述韓非學說之文章而成，二十卷，五十五篇，是戰國時期法家集大成之作。❷奔車之上無仲尼　奔，通「僨」，覆敗。仲尼，即孔子，名丘，字仲尼。春秋末期思想家、教育家。❸伯夷　商末孤竹君長子。與弟叔齊為避讓君位，奔周。周滅商，二人避跡首陽山，不食周粟而死。

【語　譯】覆敗的車子上沒有仲尼，顛覆的小船中沒有伯夷。

【研　析】這兩句歌謠見《韓非子》卷八〈安危第二十五〉。兩句言聖賢愛身，不處險地，在覆敗的車子與翻了的船中，不會有孔子和伯夷的身影。在韓非，則是講安危之道，所謂「治世使人樂生於為是，愛身於為非。小人少而君子多，故社稷常立，國家久安。……故號令者，國之舟車也。安則智廉生，危則爭鄙起」。安定則民樂生，樂生則不履險地，於是社會更加安定。韓非是從國家長治久安的角度立論，太平安定、樂生，實亦黎民百姓所嚮往。

慎子❶

不聰不明❷，不能為王。不瞽❸不聾，不能為公❹。要知聰明聾瞽，並行不悖。冕而前旒，黈纊塞耳，亦不專主聰明也。

【注釋】❶慎子　書名，戰國慎到撰。《漢書・藝文志》列入法家，一卷四十二篇。唐以後散佚多篇，今存《諸子集成》本。❷不聰不明　耳聽為聰，眼視為明，視聽靈敏為聰明。❸瞽　眼瞎；失明。❹公　此處指朝廷重臣。

【語譯】昏庸不明察秋毫，不能做一國之君。眼睛不瞎耳朵不背，不能去做朝廷重臣。

【研析】這兩句諺語見《太平御覽》卷四九六轉引，《諸子集成・慎子逸文》輯錄。斯可見遠在戰國時期，君王獨裁已經養成。為君而不明察秋毫，無遠見卓識，不能用人，則不能保江山守祖業成就霸業。而為臣為屬，若不能裝聾作啞，事事顯得比君比主高明，必遭猜忌而不能容於無能的君主。這在歷朝歷代，多有驗證，毋庸贅言。

魯連子❶

心誠憐，白髮玄❷。情不怡❸，豔色媸❹。

【注釋】❶魯連子　書名，即《魯仲連子》。戰國齊人魯仲連撰。《漢書・藝文志》著錄五卷，後散佚，今有清人輯本行世。❷玄　黑色。❸怡　歡快；快樂。❹媸　醜陋。

【語譯】內心真正充滿愛意，白髮可以變成黑色。心情憂鬱不能喜悅，美麗的容貌會變得醜陋不堪。

【研析】四句諺語乃一部心理醫學大書，告訴我們調適心情的重要以及心理與身體的關係。心理平衡，有顆平常心，笑口常開，知足常樂，對生活及社會多些熱愛，會使人變得年輕。而愁眉不展，心情憂鬱，久而久之，則使人衰老，使青春凋零。這些，在現代心理學上，已經成為常識，不足為奇。但戰國時民諺有此，足見我國心理學成熟之早。

戰國策❶

寧為雞口，無為牛後。蘇秦為趙合從說韓曰：聞之鄙語云云。○一云：雞尸牛從。尸，主也。從，牛子也。

削株❷掘根，無與禍鄰，禍乃不存。張儀說秦：臣聞之云云。

【注釋】❶戰國策　書名，戰國時期遊說之士謀策言論的彙編，記戰國時事。❷株　樹幹。

【語譯】寧願去做雞喙，不要去做牛尾。

砍斷樹幹挖去樹根，不要和禍患結鄰，禍患便也不復存。

【研析】「寧為雞口」兩句，見《戰國策》卷二六〈韓策一〉及《史記・蘇秦列傳》，為策士蘇秦說韓王時引諺語。兩句八字，為有志者言。以雞喙牛尾為比，喻或為王為首，或為僕為從。而表現在事業上，為首者方能建成大業，為尾者至大亦成就他人之業，個人則終為隨從。比喻詼諧有趣，的是民諺聲口。「削株」三句，見《戰國策》卷三〈秦策一〉，為策士張儀說秦王時引民諺。此亦成語「斬草除根」之另一版本。斬草不除根，逢春乃再發，以除草為比，喻禍根不除，終為後患，這也是民間經驗的總結，可謂古訓。比喻形象，確中鵠的。

史記❶

下俱漢以後矣。因眾人稱引，按之時代，未能皆有所屬，故亦入古逸中。

蓬生麻中，不扶自直。白沙在泥❷，與之皆黑。與芝蘭鮑魚同意。
當斷不斷，反受其亂。〈黃歇傳〉贊引語。
長袖善舞，多錢善賈❸。〈蔡澤傳〉太史公引韓非語。
農不如工，工不如商。刺繡文❹，不如倚市門❺。〈貨殖傳〉

【注　釋】❶史記　書名，又稱《太史公書》，西漢司馬遷撰，一百三十篇，是我國第一部紀傳體通史。❷泥　舊時用作黑色染料的礬石。❸善賈　高價錢。❹繡文　彩色繡花的絲織品或衣服。❺倚市門　謂做生意。市門，市場之門。

【語　譯】蓬蒿生長在麻中，不用扶持自然直。白沙混在礬石中，和礬石一同都成黑。
該做決斷不決斷，回頭要受它擾亂。
長長的袖子舞得妙，多多的錢財生意好。

農作比不上做工，做工比不上行商。精耕細作刺繡活，不如擺攤生意昌。

【研析】「蓬生麻中」四句，見《史記・三王世家》稱引。諺語以麻生蓬中自然直，白沙在泥被汙黑為比，形象生動地說明了環境之於人的影響，實不可小覷。「當斷不斷」二句，見《史記・春申君列傳》，謂優柔寡斷者必受其害，為猶豫困擾，終將一事無成。「長袖善舞」二句，見《史記・蔡澤傳》、《韓非子・五蠹》，長袖宜於舞；資金雄厚，愈能生意興隆，基礎條件對於每一個人，俱益處多多，便利多多。「農不如工」四句，見《史記・貨殖列傳》，言商賈厚利，優於農、工、刺繡，此中雖不無感慨，但也反映出漢時商業發展之一斑，乃重要的經濟史料。

漢書❶

狡兔❷死，走狗❸烹。飛鳥盡，良弓藏。敵國破，謀臣亡。〈韓信傳〉

不習為吏，視已成事。賈誼引鄙諺。

水至清則無魚，人至察則無徒❹。東方朔〈客難〉。

千人所指，無病而死。王嘉上封事諫成帝益封董賢，引里諺云。○比高明之家，鬼瞰其室，及美服患人指等語，更為可危可懼。一能勝予，況千人乎！

【注釋】❶漢書　書名，東漢班固撰，一百卷，我國第一部紀傳體斷代史。❷狡兔　狡猾的兔子。❸走狗　獵犬。❹徒　眾。

【語譯】狡猾的兔子死去，獵犬便被煮來吃。天上的飛鳥匿跡，上乘好弓便被收起。敵對國家破滅，便是謀略籌畫者的死期。

不熟悉怎樣做吏，看看過去的事例。

水太清澈便沒了游魚，人過明察就將人緣失去。

千人指斥，不病也死。

【研析】「狡兔死」六句，見《史記・淮陰侯列傳》，惟「走」作「良」，「飛」作「高」。《文子・上德》云「狡兔得而獵犬烹，高鳥盡而良弓藏」；《淮南子・說林訓》云「狡兔得而獵犬烹」；《韓非子・內儲說下》云「狡兔盡則良犬烹，敵國滅則謀臣亡」；《漢書・韓信傳》云「狡兔死，良狗烹」，《蒯通傳》云「野禽殫，走犬烹。敵國破，謀臣亡」。可見，從戰國到漢朝，卸磨殺驢、功臣被害之事，不獨韓信，而比比皆是，所以功成身退，如范蠡者隱跡江湖，便被視為智者。諺語前四句雙比而起，故「敵國破謀臣亡」愈加顯豁明白。「不習為吏」兩句諺語，見《漢書・賈誼傳》稱引。前車之鑑，往事可學，前事不忘，後事之師，於做官如此，別的行當亦無非如是。聰明人總善於學習，汲取別人或歷史的經驗、書本的知識。「水至清」兩句諺語，見《漢書・東方朔傳》，為東方朔〈答客難〉稱引。以水太清無魚為比，揭示人可以明察，卻不能時時事事明察的道理。時時事事明察，絲毫不放過別人的過失，苛刻不近情理，人亦畏與之交，於是孤家寡人，不會有人和他為伍。「千人所指」兩句諺語，見《漢書・王嘉傳》稱引。千夫所指，犯了眾怒，在公眾的唾罵聲中，似過街老鼠，人人喊打，雖生猶死，生不如死。諺語之辣，表現了民間對壞人憎惡的深烈。

列女傳❶引古語

力田❷不如遇豐年，力桑不如見國卿❸，刺繡文不如倚市門。

【注釋】❶列女傳　書名，漢劉向撰，七卷，列舉古代女子事蹟一百零四則。❷力田　努力耕作。❸國卿　諸侯的正卿，即春秋時期諸侯國最高執政大臣，位僅次於國君。

【語譯】勤奮耕作比不上遇到豐收年景，努力蠶桑比不上見到國卿，擺攤商販強於刺繡織縫。

【研析】這三句古語見劉向《列女傳》稱引。三句層層遞進，說明著農耕的艱辛貧寒，商業者的一本萬利。在古代生產力低下，莊稼的豐收與否，更主要依賴氣候是否風調雨順，所以努力耕田，不如遇到順年。「力桑」句顯露出當時賦稅的繁重，遇國卿，能減免稅額，自然強於勤勉蠶桑。最後一句是正題，揭出行商坐賈的優越，這也反映了當時商業發展的一般情況。

說　苑❶

緜緜之葛❷，在于曠野。良工得之，以為絺紵❸。良工不得，枯死于野。

【注　釋】❶說苑　書名，漢劉向撰，二十卷，記錄可以為法的遺聞逸事。❷葛　植物名，多年生蔓草，莖的纖維可製葛布。❸絺紵　麻織物，細葛布。

【語　譯】長長的葛草，生長在曠野。好的工匠得到它，可以製成細葛布。好的工匠見不到，它只能在荒野漸萎枯。

【研　析】這首歌謠見劉向《說苑》。通篇說葛的遇和不遇，遇則為布，不遇則老死荒野。似寓言詩，令人想起伯樂識馬，想起人的窮通貴賤。物是如此，人何嘗不然！得到機遇，才華便有展示的舞臺；不得機遇，任你通天本事，也許終老山林鄉村，默默地從地球上消失。但人的高出於物，在其可以去創造爭取機遇，重在恰當把握機遇，自能有所作為。

劉向別錄❶引古語

脣亡而齒寒，河水崩，其壞在山。

【注　釋】❶別錄　書名，漢劉向撰，《隋書・經籍志》著錄二十卷，已散佚，今存清人輯本。

【語　譯】失去嘴唇牙齒則寒冷，河水崩潰，罪魁在於山洪。

【研　析】這條古諺出於劉向《別錄》。諺語以唇齒相依，唇亡齒寒，以及河水崩潰，起於山洪為比，講了關係密切、利害攸關、榮辱與共這一道理。正因關係密切，所以要團結一致，互幫互扶，相互援助。兩句都從反面說，言其惡果。但首句是順說，唇亡而有齒寒；第二句則逆說，河水崩乃在於山洪，錯落中見妙趣。

新　序❶

蠹喙仆❷柱梁，蚊茫❸走牛羊。

【注　釋】❶新序　書名，漢劉向撰，《隋書・經籍志》著錄《新序》三十卷，錄一卷，今殘存十卷。❷仆　倒。❸蚊茫　蚊嘴如刺。或指蚊虻，一種危害牲畜的飛蟲。

【語　譯】蛀蟲的嘴能蛀倒柱梁，蚊子的刺能趕跑牛羊。

【研　析】這條諺語見劉向《新序》。蛀蟲、蚊子雖小，但一者能蛀蝕毀壞粗大的梁柱，一者能趕跑比之如龐然大物的牛羊，這令人想起蚊子和獅子的寓言（見《伊索寓言》）。不同的是，寓言講的是弱能勝強，這裡所講，則是告誡人們防微杜漸、謹小慎微的道理。上句熟語，人盡皆知；次句生僻，然亦饒有趣味。

風俗通❶

狐欲渡河，無奈尾何。小狐肸濟，濡其尾，更為古奧。

婦死腹悲❷，惟身知之。

縣宮漫漫❸，怨死者半。

金不可作音做。，世不可度。點破秦皇漢武。

【注　釋】❶風俗通　書名，即《風俗通義》，漢應劭撰，原本三十卷，因事立論，辨物類，釋時俗，考典禮，今多散佚。❷腹悲　心中暗悲。❸縣宮漫漫　「縣宮」當為「縣官」，指官府。漫漫，昏瞶顢頇。

【語　譯】狐狸想要渡河，對自己的尾巴卻沒辦法。

妻死心中暗悲，感知惟有自身。

官府昏瞶顢頇，受冤而死者一半。

金子不可以製作，先世不能夠度脫。

【研　析】「狐欲渡河」兩句諺語，見《風俗通・正失》。狐狸渡河，無法保全尾巴不被沾濕，身之為累，不獨狐狸，人也如此。有了身體生命，功名利祿、酒色財氣，一切的一切，讓人倦於應付，身心俱累。「婦死腹悲」二句諺語，見《風俗通・衍禮》，謂妻死丈夫之悲，悲在自心，其悲傷之情，只有自己知道，不寫而寫，包容無限，勝似一長篇誄文。「縣宮漫漫」兩句，見《太平御覽》卷二二六引《風俗通》，官府之昏庸顢頇，草菅人命，在「怨死者半」中披露無遺。前句為論議，次句為例述，滴水不漏。「金不可作」二句，亦見《風俗通》。現實世界，有誰見過煉丹化金、白日飛升？其於世之迷信煉金術及追求長生不老成神仙者，亦一當頭棒喝。此可謂醒世金石之言。

桓子新論❶引諺

人聞長安樂，則出門而西向笑；知肉味美，則對屠門而大嚼。

【注　釋】❶桓子新論　書名，東漢桓譚撰，已經散佚，今有清人輯本行世。

【語　譯】有人聽說長安快樂，便出門向西大笑；知道肉的味道鮮美，便面對屠宰人家大嚼。

【研　析】這條諺語見東漢桓譚《新論》，以望福地長安大笑、對屠門大嚼為比，嘲望梅止渴、過乾癮、乾嚥吐沫者之流。人生活在現實中，自不可能拔著頭髮離開地球，空想於事無補，務實方為本分。喜歡空想者當牢記此諺。

牟子❶引古諺 東漢牟融。

少所見，多所怪，見橐駝❷言馬腫背。諺語使讀者失笑。

【注釋】❶牟子 書名，舊題漢太尉牟融撰，《隋書・經籍志》著錄二卷。❷橐駝 這裡指駱駝。

【語譯】見到的東西太少，多有驚奇詫異的事情，看到駱駝便說是馬背腫了。

【研析】「少所見，多所怪」，即少見多怪，言簡意賅，寓意豐富，此已為成語，人所熟知。接「見橐駝言馬腫背」一句，雖然俚俗之極，卻也恰切有趣之極，幽默諧趣之極，令人捧腹中牢記斯言。

易緯❶引古詩

一夫兩心❷，拔刺不深。可反證同心斷金。

蹪馬❸破車，惡婦破家。

【注釋】❶易緯 書名，舊題漢鄭玄注，是緯書中僅存的一種。❷一夫兩心 夫，成年男子的統稱。兩心，異心；二心。❸蹪馬　劣馬；疲困的馬。

【語　譯】一人懷著二心，刺深也不能拔。劣馬毀壞車駕，刁婦破敗一家。

【研　析】四句均見《易緯》稱引。「一夫兩心」二句，自小而又小之事說起，即如拔手上之刺，倘不專心，亦不能拔淨，三心二意之誤事彰然可見。「蹪馬破車」二句，前句為比，劣馬不僅害群，還要將車子顛壞，以此喻「惡婦破家」，惡婦亦如劣馬，非獨不能相夫教子，且家庭失和，親戚鄰里遠之，孤立了自己，也斷絕了夫婿的各種關係及所有前程。

四民月令❶引農語　東漢崔實撰。

三月昏❷，參星夕❸。杏花盛，桑葉白。

河射角❹，堪夜作。犂星沒，水生骨❺。

【注　釋】❶四民月令　書名，舊題東漢崔實撰。四民，即士、農、工、商。月令，記農曆十二個月內時令、行政及相關事物。❷昏　傍晚；天剛黑的時候。❸參星夕　參星，星座名，即參宿，獵戶座的七顆亮星。夕，西方，偏西方。❹河射角　河，天河；銀河。射角，斜。❺水生骨　謂結冰。

【語　譯】三月的黃昏，參星西掛。杏花盛開，桑葉發白。

銀河天際斜掛，正當夜間勞作。犁星隱沒不現，水裡到處冰結。

【研　析】農諺兩首，俱《四民月令》引述。農諺乃百姓於長期的生產及生活實踐中，對既往經驗的總結，因而有著相當的科學性。就這兩首言，第一首由月份、天象、杏花盛開，而及桑葉發白，提醒蠶農，此為蠶繭之時。第二首復由天象說起，謂銀河斜掛，正宜夜作；「水生骨」，提醒季節不饒人，正當抓緊。煉字造句，均稱奇警。

月令注引里語

蜻蛉❶鳴，衣裘❷成。蟋蟀❸鳴，懶婦驚。

【注　釋】❶蜻蛉　蜻蜓的別稱。❷衣裘　夏衣冬裘。❸蟋蟀　昆蟲名，又名促織，黑褐色，其雄性善鳴，好鬥。

【語　譯】蜻蜓鳴響，應當做成衣裝。促織鳴叫，懶婦心中驚跳。

【研　析】這首農諺為《月令》所引，又見《風雅逸篇》卷八、《古詩紀》卷十。由自然界生物現象，而及日常生活家務安排，此農諺又一特點。該諺語由蜻蜓鳴響及促織鳴叫，提醒家庭主婦，當及時安排服裝縫製，否則一旦天涼，便措手不及。遣辭造句，饒有趣味。

水經注❶引諺

射的白❷，斛❸米百。射的玄❹，斛米千。射的，山名，遠望狀若射侯，土人以驗年之登否。

【注　釋】❶水經注　書名。《水經》舊題漢桑欽撰，記錄水道一百三十七條。北魏酈道元補充記述河流水道至一千二百五十二條，並為作注。❷射的白　射的，山名，在浙江紹興南。白，明。❸斛　量器，古稱十斗為一斛。❹玄　暗。

【語　譯】射的山明亮，一斛米百錢。射的山發暗，一斛米一千。

【研　析】這首謠諺見《水經注》卷四〇稱引。有「年登否，占射的，以為貴賤之準。的明則米賤，暗則米貴」云云。以山之明暗驗米價之貴賤，似乎玄虛，卻也並非沒有道理。莊稼的豐歉及山上草木的榮枯，均與氣候有關，風調雨順，則稻子豐收，山木茂盛；亢旱無雨，莊稼歉收，山木凋零。豐收則價廉，歉收則昂貴。諺語所謂，正是指此。語言凝練，形象傳神。

山經引相冢書❶

山川而能語，葬師❷食無所。肺腑而能語，醫師色如土。

【注　釋】❶山經引相冢書　《山經》、《相冢書》，均書名，記山脈的輿地書。❷葬師　舊時喪葬，為人看地理、選時日的一種職業者。

【語　譯】山川如果會說話，風水先生沒了吃飯的場所。五臟六腑假如會說話，看病的醫生便要面如土色。

【研　析】這首謠諺見《風雅逸篇》卷八、《古詩紀》卷十。所謂想入非非語，異想天開語，構思想像俱稱奇幻，想落天外。然由此亦頗可見出民間對風水先生及醫師滿口胡柴、信口雌黃的怨憤不滿。山川、肺腑雖不能言，明眼人已經代為言之。

文選❶注引古諺

越阡度陌❷，互為主客。

【注　釋】❶文選　書名，即《昭明文選》，南朝梁昭明太子蕭統編，選先秦至梁各體詩文三十卷，乃我國現存最早的文學總集。❷越阡度陌　阡陌，田界，南北為阡，東西為陌。又指田間縱橫的小路。

【語　譯】越過阡度過陌，既為主也為客。

【研　析】這兩句古諺見《昭明文選》注釋稱引。田間小路，縱橫交錯，既互相為主，又其實無主；既相互為客，亦其實無客。主亦客，客亦主。諺語談的是阡陌，深層則寓意社會人事。

芸芸眾生，紛繁社會，正如田間阡陌，既有主客，也不分主客。主客皆相對言之。八字兩句，比喻形象，富於想像，包孕無限豐富。

魏志王昶❶引諺

救寒無若重裘❷，止謗莫若自修。

【注釋】❶魏志王昶〈魏志〉，即晉陳壽編撰《三國志．魏志》。〈王昶傳〉載〈魏志〉卷二八。昶字文舒，明帝時累官司空。❷重裘　厚皮毛衣。

【語譯】解救寒凍好不過厚皮毛衣，杜絕怨謗強不過品質砥礪。

【研析】這兩句諺語見《三國志．魏志．王昶傳》稱引，文字小異。前句為比，次句為中心所在。寒冬臘月，冰天雪地，解決寒冷，最好是加件貂裘皮衣，此顯而易見。修養操守既是人內在精神，表現於外在，亦如著衣。同時，加強自身品德修養，為人方正，也就只有誇譽，而怨謗則失去基礎，所以自修亦解決怨謗的根本辦法。以比喻出之，道理愈見顯豁。

梁史❶

屋漏在上，知之在下。

【注釋】❶梁史　指唐姚思廉撰，五十六卷《梁書》，紀傳體南朝梁代史。

【語譯】破屋漏雨在上頭，感知雨漏在下頭。

【研析】諺語見《梁書》稱引，又見收於《風雅逸篇》卷八及《古詩紀》卷十。兩句在表面僅描述了一個人所習見的自然生活現象，房屋漏雨，知道其漏的，是住在屋中的人。然一「上」一「下」，寓意深邃。從封建朝廷到各級衙門，相對於民，無不為上；封建大廈的腐朽，各級政權的腐敗，受害最深、感知最深、了解最清楚的，亦下層細民也。百姓並非愚氓，民心不可欺。

史照通鑑疏❶引諺

足寒傷心，民怨傷國。

【注釋】❶史照通鑑疏　史照，宋代眉山人，字子熙，博古能文，撰《通鑑釋文》三十卷。

【語譯】腳冷心受損，民怨國家敗。

【研　析】諺語見史照注疏《通鑑》稱引，並見收《風雅逸篇》卷八、《古詩紀》卷十。「足寒傷心」為中醫學術語，亦民間習用語，所謂寒由腳下生，即指此也。在諺語中，此僅為比。由腳之在下，到低層百姓，自然而然，水到渠成。百姓無以聊生，怨聲載道，民怨沸騰，封建朝廷去滅亡已經不遠，國之受傷，勢在必然。《古詩賞析》謂「保身保國者，皆當熟復」，良是。

古諺古語

觸露不掐葵❶，日中不翦韭。

將飛者翼伏❷，將奮者足跼❸。將噬者爪縮，將文者且樸。

上求材，臣殘木。上求魚，臣乾谷❹。

上可以多求乎？造句簡古。

無鄉之社❺，易為黍肉。無國之稷❻，易為求福。

【注　釋】❶觸露不掐葵　觸露，觸到露水；帶著露水，指清晨。葵，蔬菜名，大葉小花，花紫黃色。❷伏　匍匐，指緊裹兩翼。❸跼　捲曲。❹乾谷　乾河；河無水。❺無鄉之社　鄉，鄉飲酒禮的省稱，《禮記・王制》說：「耆老皆朝於庠，元日習射上功，習鄉上齒。」社，祭祀土地神。❻稷　祭祀五穀之神或祭祀五穀之神的場所。

【語　譯】清晨帶露不掐葵菜，日當正午不割韭菜。將要飛的翅膀夾起，將要奮起蹄子捲曲。將要吞咬爪子收縮，將要文采暫時樸直。帝王搜求棟梁之材，臣下原本朽殘木塊。帝王搜求水中游魚，臣下正如河流枯乾。沒有鄉飲酒禮的祭祀，糧食肉類容易備辦。沒有地域的五穀神祀，求神祈福容易兌現。

【研　析】四首古諺，手法各不相同，大旨彼此有別。「觸露」一首乃農諺，清晨不採葵，中午不割韭，以免傷及葵、韭也。此就農諺言之。而在生活中，違背規律，逆時而行，正如違時而掐葵剪韭，亦必傷其根本。此為其寓意。「將飛者」一首，從動物習性說到為人為文特性，其旨即說欲進故退，以退為進的道理，排比聯貫而下，有一氣呵成之勢。而前三句鋪墊，第四句「將文且樸」愈發明晰。「上求材」一首，全用比喻句表出，言自己如殘木，如乾谷，未能中君王求才求魚之意，既是自謙，亦有規諫君王不可過於求全責備之意。「無鄉」一首，在用比中彰示主旨，言欲寡則易滿足，空頭人情容易實現。三、四兩首，雙句排比，想像亦稱奇崛。

卷二

漢詩

高帝

大風歌

《史記》：高祖既定天下，還過沛，留置酒沛宮，悉召故人父老子弟佐酒。發沛中兒，得百二十人，教之歌。酒酣，上擊筑自歌曰。

大風起兮雲飛揚，威加海內兮歸故鄉❶。安得猛士兮守四方❷？

上言掃除群雄，末言守成也。○時帝春秋高，韓、彭已誅，而孝惠仁弱，人心未定，思猛士其有悔心乎？

【注釋】❶威加海內兮歸故鄉　加，淩駕。海內，四海之內，猶言天下。❷安得猛士兮守四方　安得，怎得。猛士，勇武之人。

【語　譯】大風刮起啊白雲飛揚，威震天下啊榮歸故鄉。怎得猛士啊鎮守四方？

【研　析】劉邦（西元前二五六年—前一九五年），西漢王朝的創建者。字季，沛（今江蘇沛縣東）人。秦末起義，克咸陽，敗項羽，建立漢朝。在位十二年。這首〈大風歌〉，作於西元前一九六年，劉邦征討英布叛亂，平定之後，凱旋歸來，途經沛縣老家時。詩首句言秦末四海鼎沸，群雄競起；次句言自己掃蕩群雄，平定天下，建立漢朝，威震海內；第三句寫鑒於前車之鑒，在創下江山，做了帝王後，對坐穩天下，江山永固的殷憂。前兩句躊躇滿志，志得意滿，有吞吐宇宙之氣概；末一句憂心重重，如履薄冰，有謹微慎小之纖細。前者是得天下後的喜悅，後者為坐天下的焦慮。前後正形成鮮明對比，映射出一代雄才的襟懷卓識。詩歌慷慨激昂，氣象雄大，境界開闊，大處著眼，大風起，雲飛揚，威加海內，安得猛士守四方，豪氣干雲衝霄，喜亦帝王之喜，憂亦帝王之憂，用語樸素，不事雕飾，然非一代雄主不能為也。王夫之《古詩評選》謂：「三句三意，不須承轉。一比一數，脫然自致。絕不入文士映帶，豈亦非天授也哉！」可稱的評。

鴻鵠歌❶

《史記》：高帝欲立戚夫人子趙王如意，後不果，戚夫人涕泣，帝曰：為我楚舞，我為若楚歌。其旨言太子得四皓為輔，羽翼成就，不可易也。

鴻鵠高飛，一舉❷千里。羽翼已就，橫絕四海❸。橫絕四海，又可奈何？雖有繒繳❹，將安所施❺？

【注釋】❶鴻鵠歌 《樂府詩集・雜歌謠辭》題作〈楚歌〉。鴻鵠，鳥名，即天鵝，多喻指志向遠大之人。❷舉 飛。❸橫絕四海 橫絕，縱橫馳騁，飛越直渡。四海，天下。❹雖有繒繳 雖，縱然。繒，繫繩的短箭。繳，繫短箭的絲繩。❺將安所施 安，如何。施，用。

【語譯】鴻鵠在藍天翱翔，振翅有千里遙遠。羽毛已經長豐滿，飛越天下視等閒。天下縱橫任翔飛，誰人能夠將牠攔？縱然利箭持在手，無所使用亦徒歎。

【研析】這首歌當作於漢高祖十二年（西元前一九五年）。高祖寵戚氏，又嫌孝惠太子忍弱，有改立戚氏子趙王如意之想。呂后用張良計策，請四皓出山，輔佐太子。高祖遂罷。此歌是其對戚夫人所唱。詩歌通篇用比，以鴻鵠喻太子；以羽翼長成喻其得商山四皓（參〈紫芝歌〉「研析」）輔佐，勢力形成；而橫絕四海，繒繳無用，形象微妙地表現了高祖既感到欣慰，又覺得無可奈何的複雜心理，隱隱透露出幾許悲涼。清人毛先舒評高祖詩謂：「極汪洋自恣，英雄籠罩之度，終不似武帝詞人本色矣。」（《詩辯坻》卷一）於此詩亦稱吻合。宏大的氣象，磅礡的境界，亦高帝英主本色的展示。

項羽

垓下歌❶

《史記》：漢圍項羽垓下。夜聞漢軍皆楚歌，驚曰：漢皆已得楚乎？起飲帳中。有美人虞常從，駿馬名騅常騎之。乃悲歌慷慨。歌數闋，美人和之。

力拔山兮氣蓋世❷，時不利兮騅不逝❸。騅不逝兮可奈何，虞兮虞兮奈若何❹！

可奈何，奈若何，嗚咽纏綿。從古真英雄必非無情者。○虞姬和歌竟似唐絕句矣，故不錄。

【注釋】❶垓下歌　詩題為後人擬定。垓下，地名，位於今安徽靈璧南沱河北岸。❷氣蓋世　氣勢籠蓋天下。❸時不利兮騅不逝　時不利，時運不濟。騅，青白雜毛的馬。逝，行進。❹虞兮虞兮奈若何　虞，即虞姬，項羽的愛姬。奈若何，該把你怎麼處置。若，你。

【語譯】力量能夠拔動山啊氣勢可以震懾全世，時運不濟啊坐下馬兒亦裹足。馬不奔馳啊該如何是好，虞姬啊虞姬啊只有你讓我意亂心掛牽！

【研析】項羽（西元前二三二年—前二〇二年），名籍，一字子羽。下相（今江蘇宿遷西南）人。秦朝末年隨叔父項梁反秦。項梁戰死，為上將軍。秦亡，自立為西楚霸王。後在與劉邦之間的楚漢戰爭中，被劉邦擊敗。由垓下突圍，至烏江自殺。這首歌即作於漢高祖五年（西元前二〇二年）正月，被圍垓下時。詩首句言其英雄蓋世，天下無敵，威震四海，寥寥七字，一個叱吒風雲的巨無霸形象已經活脫而出。次句寫時運不濟，馬兒不前，在不可捉摸的天意面前，縱然如項羽這樣的英雄，也表現出了深深的無奈。馬兒不前，還在其次，而心愛的虞姬，卻最讓項羽心煩意亂，他不知道該怎樣纔能將她做妥善的安置。這結末一句，也使得項羽的精神人格得到了昇華，這是一個有情有義的將軍，一個懂得感情、珍惜感情的將軍，一個終於沒有在政治漩渦裡異化的高尚將軍。豪氣自信與軟弱無奈，在詩中水乳般交融。其軟弱無奈，是因為愛，因為自己所愛的人，並非為了個人苟活於人世，於是，這無奈也就是一種英雄式的無奈，是英雄的悲歎，是襯托渲染，此更彰顯了英雄人格的光輝。

唐山夫人

高帝姬。韋昭曰：唐山，姓也。

安世房中歌❶

《漢書・禮樂志》曰：漢房中祠樂，高祖唐山夫人所作也。

大孝備矣，休德昭明❷。高張四縣❸（同懸。），樂充宮庭。芬樹羽林，雲景杳冥❹。金支秀華，庶旄翠旌❺。（末四句幽光靈響，不專以典重見長。）

〈七始〉〈華始〉，肅倡和聲❻。神來晏娭（同嬉。），庶幾是聽❼。鬻鬻（音竹。）音送，細齊人情❽。忽乘青玄，熙事備成❾。清思眑（音有。）眑，經緯冥冥❿。

「鬻鬻」二語，寫樂音深靜，可補〈樂記〉所缺。

我定曆數，人告其心[11]。敕身齊戒，施教申申[12]。乃立祖廟，敬明尊親。大矣孝熙，四極爰轃[13]。王侯秉德，其鄰翼翼[14]。顯明昭式，清明鬯矣[15]。皇帝孝德，竟[16]全大功，撫安四極。

海內有姦，紛亂東北[17]。詔撫成師，武臣承德[18]。行樂交逆，簫勺群慝[19]。肅為濟哉，蓋定燕國[20]。

大海蕩蕩水所歸，高賢愉愉民所懷[21]。太山崔，百卉殖[22]。民何貴，貴有德。以下忽焉變調，或急或緐，各極音節之妙。

安其所，樂終產[23]。樂終產，世繼緒[24]。飛龍秋[25]，遊上天。高賢愉，樂民人。

豐草葽，女蘿施[26]。善何如，誰能回[27]？大莫大，成教德。長莫長，被無極。此章忽用比興。

雷震震，電耀耀。明德鄉，治本約㉘。治本約，澤弘大。加被寵，咸相保。施德大，世曼壽㉙。

〈都荔〉〈遂芳〉，〈窅窊〉〈桂華〉㉚。孝奏天儀㉛，若日月光。乘玄四龍，回馳北行㉜。羽旄殷盛，芬哉芒芒㉝。孝道隨世，我署文章㉞。孝道隨世，《中庸》所云達孝也。

馮馮翼翼，承天之則㉟。吾易㊱久遠，燭明四極。慈惠所愛，美若休德㊲。杳杳冥冥，克綽㊳永福。

磑音位。磑即即，師象山則㊴。嗚呼孝哉，案撫戎國㊵。蠻夷竭懽，象來致福㊶。兼臨㊷是愛，終無兵革。〈禮樂志〉曰：磑磑，崇積也。即即，充實也。

嘉薦芳矣，告靈饗矣㊸。告靈既饗，德音孔臧㊹。惟德之臧，建侯㊺之常。承保天休，令問㊻不忘。

皇皇鴻明，蕩侯休德㊼。嘉承天和，伊樂厥福㊽。在樂不荒，惟民之則㊾。浚則㊿師德，下民咸殖。令問在舊，孔容翼翼(51)。規語得體。

孔容之常，承帝52之明。下民之樂，子孫保光53。承順溫良，受帝之光。嘉薦令芳，壽考不忘54。

承帝明德，師象山則。雲施稱民55，永受厥福。承容56之常，承帝之明。下民安樂，受福無疆。

郊廟歌近頌，房中歌近雅，古奧中帶和平之音，不膚不庸，有典有則，是西京極大文字。○首言大孝備矣，以下反反覆覆，屢稱孝德，漢朝數百年家法，自此開出，累代廟號，首冠以孝，有以也。

【注釋】❶安世房中歌　《漢書・禮樂志》：「周有房中樂，至秦名曰壽人。凡樂，樂其所生，禮不忘本。高祖樂楚聲，故房中樂楚聲也。孝惠二年，使樂府令夏侯寬備其簫管，更名曰安世樂。」❷大孝備矣二句　備，完備；完善。休，美。昭，光。❸高張四縣　張，施，設置。四縣，四面懸置，如宮之四壁，稱宮懸。❹芬樹羽林二句　芬樹，紛繁樹立。芬，通「紛」。羽林，葆羽，鳥羽為飾的儀仗。景，通「影」。杳冥，曠遠貌。❺金支秀華二句　金支，即金枝，以黃金為枝，所謂「金作華形，莖皆低曲」。支，通「枝」。秀華，其華秀出。庶，眾多。旄，古代在旗杆頭上繫牛尾做裝飾的旗子。翠旌，顏師古注「析五彩羽注翠旄首而為旌耳」。❻七始華始二句　〈七始〉、〈華始〉，古樂名。《漢書・律曆志》：「天地人及四時謂之七始。黃鐘為天始，林鐘為地始，太簇為人始，是為三始。姑洗為春，蕤賓為夏，南呂為秋，應鐘為冬，是為四時。四時三始，是以為七。」肅，敬。倡，首唱。和聲，應和之聲。❼神來晏娭二句　晏，樂。娭，通「嬉」。庶幾，表希望之意。❽鬻鬻音送二句　鬻鬻，謙恭敬懼貌。送，結束；完畢。細，細微。齊，齋戒致敬，表達恭敬之意。❾忽乘青玄二句　乘，登。青玄，青天。熙事，美盛之事。熙，同「禧」。幸福；吉祥。備成，都成。❿清思眑眑二句　眑眑，同「窈窈」。幽遠。經緯，有序的意思。⓫我定曆數二

句 曆數，次序；位次。告，竭誠。⑫敕身齊戒二句 敕，敬謹。齊戒，齋戒。中中，反覆；重複。⑬四極爰轃 四極，四方極遠之地。轃，同「臻」。至；達到。⑭王侯秉德二句 秉，執；操。鄰，近，指近臣。翼翼，恭敬和順貌。⑮顯明昭式二句 式，法。啚，古暢字。⑯竟 終於。⑰海內有姦二句 海內，國內。奸，內亂。東北，指高祖五年臧荼及利幾反叛。⑱詔撫成師二句 成師，已定之民。承德，稟承意旨。⑲行樂交逆二句 行樂，師行和樂。交逆，交相迎接。簫，舜樂。勺，周樂。慝，惡；奸邪。⑳肅為濟哉二句 意謂匈奴服從而燕國安靜無戰亂。肅，肅穆；安靜。燕國，指臧荼。㉑大海蕩蕩水所歸二句 蕩蕩，浩淼廣闊貌。愉愉，和樂貌。懷，思。㉒太山崔二句 崔，崔嵬；高峻。殖，生長。㉓終產 恆產。㉔世繼緒 時代相傳。㉕秋 騰飛貌。㉖豐草葽二句 葽，草盛貌。女蘿，又名松蘿，地衣類植物。施，蔓延。㉗回 違亂。㉘明德鄉二句 鄉，通「向」。方向。約，簡約，指政簡刑輕。㉙曼壽 長壽。曼，延。㉚都荔遂芳二句 〈都荔〉、〈遂芳〉、〈窅窊〉、〈桂華〉，均曲名。㉛孝奏天儀 奏，進。天儀，天顏。天，天帝。㉜乘玄四龍二句 乘玄四龍，猶乘四玄龍。北行，背行。北，古背字。㉝羽旄殷盛二句 殷盛，眾盛。芬，通「紛」。芒芒，廣遠貌。㉞孝道隨世二句 隨世，累世相承。署，職，指撰寫。㉟馮馮翼翼二句 馮，輔。翼，助。承，稟承；遵守。則，法則。㊱易 疆埸。㊲慈惠所愛二句 謂仁慈愛民，百姓皆順其德。若，順。㊳克綽 能夠延長。㊴磑磑即即二句 謂尊崇山一般高大堅實的法則。師象，師法。㊵案撫戎國 安撫邊民。案，同「按」。戎國，西方之國。㊶象來致福 象，通事；翻譯。致福，呈貢；進福。㊷兼臨 兼，並。臨，撫有。㊸嘉薦芳矣二句 嘉，美善。薦，無牲而祭。饗，享用。㊹孔臧 孔，甚。臧，善。㊺建侯 封建諸侯。㊻令問 令，善。問，通「聞」。名。㊼皇皇鴻明二句 皇皇，即煌煌。鴻明，指上天。鴻，大。蕩侯，即蕩兮，廣遠。侯，語助詞。㊽嘉承天和二句 嘉，善。承，受。天和，天之和氣。伊，是。㊾在樂不荒二句 荒，迷亂。惟，為。㊿浚則 大法。浚，深。(51)令問在舊二句 舊，通「久」。孔容，孔德之容。翼翼，盛貌。(52)帝 指天。(53)保光 保有其光榮。(54)壽考不忘 壽考，長壽。

考，老。不忘，謂久長。㊺雲施稱民　雲施，施德如雲，謂其多也。稱，適合。㊻容　威儀。

【語　譯】大孝已然完備，美德光明無量。四面懸掛樂器，樂聲滿溢宮廷。葆羽儀仗林立，雲影一般深廣。金枝披拂秀華，紛繁旄羽旌上。

〈七始〉奏過〈華始〉，虔敬樂聲相和。神靈歡喜來到，敬請垂顧聆聽。恭敬之樂奏了，細緻傳達了人情。飄然登上青天，盛美的祭祀完成。幽深雅致的思緒，有序上達了天庭。

我們排好位次，人人竭盡心誠。敬誠齋戒潔身，施行教化再申。於是建立祖廟，敬祭列祖宗親。孝德之福廣大，邊庭四周皆臻。

王侯秉持孝德，近臣謙恭和讓。光明的法則昭顯，政通人和順暢。皇帝秉行孝德，終於成就大功，邊庭平定安詳。

國內奸人反叛，東北一片騷亂。詔書安撫降民，武臣承旨不悖。師行和樂相迎，教化消弭群凶。燕國匈奴降伏，功成無兵安定。

大海浩淼眾水匯流，和樂的王侯百姓渴求。太山崔嵬高峻，百花競妍成陣。百姓以何為貴，孝德最得民心。

民人安居，喜有家業。喜有家業，世代不謝。飛龍騰躍，翱翔藍天。賢德歡愉，百姓快樂。

綠草豐茂，女蘿蔓延。孝德是何等美善，誰人能將它違背！大沒有比這更大，完成教化的德行。長沒有比這更長，沾溉恩澤的無境。

雷鳴轟轟，閃電烈烈。彰顯道德方向，政治根本簡約。治政簡約為本，恩澤浩瀚廣闊。德澤施行沾溉，室家相保自得。德澤沾溉廣大，世代都可長壽。

〈都荔〉、〈遂芳〉，〈窅窊〉、〈桂華〉。孝德奉獻天神，降神煥發光芒。駕乘四條黑龍，騰飛返回天堂。葆羽盛眾如林，紛繁深邃茫茫。孝道代代承繼，有我撰寫文章。

謹慎羽翼百姓，是上天給我們的法則。我們的疆場遼闊堅久，四面八方光照不滅。仁慈愛護百姓，百姓心服美德。深遠無際無邊，能够延續福澤。

巍峨高峻之山，就是遵循的法則。善美無盡的孝德啊，以此安撫了戎國。邊民竭盡歡樂，通事來獻上貢物。以愛撫有了天下，永遠不再有戰禍。

美盛的祭品芳香飄拂啊，請神靈盡情品嘗。尊敬的神靈已經品享，美好的聲名太讓人嚮往。惟有美好的道德，保佑著封建諸侯的正常。承受上天美好的護佑，諸侯的美名久遠傳揚。

上天煌煌的光明，就像那浩浩的美德操行。承受天帝美好的和氣，享有這吉祥幸福如意。享樂歡快不可迷亂，這是我們奉行的準則。道德是最大的法則，百姓賴以繁衍不絕。美名久傳不衰，大德的容顏令人肅靜。

大德的容顏常在，秉承了天帝的光輝。黎民百姓歡快，子孫保有榮光。百姓馴順溫良，承受了天帝的光芒。盛美的祭品芳香，世代久遠無恙。

秉承天帝光輝的道德，遵循高山一樣的準則。德澤遍灑百姓稱心，久遠享受吉祥快樂。承受大德的威儀，承受天帝的光芒。黎民百姓平安開心，享有福禧沒有界疆。

【研析】本詩初見於《漢書・禮樂志》，稱「又有房中祠樂，高祖唐山夫人所作也」，服虔注：「高帝姬也。」韋昭注：「唐山，姓也。」這大概是我們能夠知道的關於詩歌作者的所有資料了。詩又收入《樂府詩集・郊廟歌辭》。該詩在內容上，顯然已超出周朝〈房中樂〉的純乎頌后妃之德，而是祭天祀祖，稱頌帝德，倡導禮樂，誇美孝德，頗有點皇家宣言書的意味。「大孝備矣」一段，寫富麗堂皇的迎神，首句便炫耀其大孝之德。「七始華始」一段，為送神，由神之愉悅，人神的歡洽，亦寫人間孝德，曠世大典。「我定曆數」一段，由尊親敬祖寫其孝德。「王侯秉德」一段，寫孝德乃治世之本。「海內有姦」一段，寫孝德教化懷柔遠近之功。「大海」一段，以大海、高山為比，喻賢德為民懷思，百姓心悅誠服。「安其所」一段，寫孝德治世的成效，樂賢貴德。「豐草葽」一段，寫恩澤宗親，亦言孝德。「雷震震」一段，寫以德治世，政尚簡約。「都荔」一段，寫禮樂孝德，神來馨享。「馮馮」一段，寫仁德愛民，神靈佑之。「磑磑」一段，寫孝德為法，安撫邊境，天下太平。「嘉薦」一段，寫孝德獲神靈佑護，諸侯美名傳揚。「皇皇」一段，寫師法孝德，樂而不荒，生生不息。「孔容」一段，寫天帝輝光，下民祥和，世代不替。「承帝明德」一段，寫孝德承自天帝，百姓欣樂，福澤無疆。正如沈德潛評曰：「首言大孝備矣，以下反反覆覆，屢稱孝德。」篇中孝德貫穿始終，頌高帝之孝德，以及其孝德治世，推行禮樂教化。句以四言為主，間以七言、三言，以節奏的變化轉換內容，富有音律參差之美。寫法上主要採用賦的鋪陳手法，間採比興，既新人耳目，也深化了主題，活躍了行文。明人鍾惺《名媛詩歸》評謂：「女人詩足帶妖媚，唐山典奧古嚴，專降服文章中一等韻士。郊廟大文，出自閨閣，使人慚服。」頗中肯綮。而從整體講，該詩也古嚴有餘而靈動不足。

朱虛侯章

耕田歌

《史記》：諸呂擅權，章忿劉氏不得職。嘗入侍宴，太后令為酒吏，章曰：「臣將種也，請以軍法行酒。」太后曰：「可。」酒酣，章乃作〈耕田歌〉。頃之，諸呂有一人醉，亡酒。章追，拔劍斬之。太后大驚，業已許其軍法，無以罪也。

深耕溉種❶，立苗欲疏。非其種❷也，鋤而去之。

【注　釋】❶溉種　《史記・齊悼惠王世家》、《漢書・高五王傳》均作「穊種」，意為密播。❷種　種類；族類。

【語　譯】深耕土地密播種，植苗要稀須弄懂。若非同類屬雜種，揮鋤鏟去不留情。

【研　析】劉章（？—西元前一七六年），高祖劉邦庶出長子劉肥的兒子，初封朱虛侯，以平定諸呂之亂建功，文帝朝封漢陽王，卒謚景。這首詩作於劉章早年，呂后當政之時。從表面看，這純是一首農諺，講的是農家耕作的道理。而事實上，它卻類乎政治民謠，宣洩了作者對劉家大權旁落，呂氏用事，鳩占鵲巢的怨憤，表達了鋤去諸呂，恢復劉氏天下的決心。詩的妙處，即在於作者無句不言農事，無不與耕作有關，然又句句關涉政治，句句闡發著自己的政見，表達著對劉家江山的精忠，發洩著對呂氏的不滿。在諸呂用事的背景下，作者也只能作如是表達。而由於作者明言其將作〈耕田歌〉，又獲呂后允准，故諸呂雖聽之有骨鯁在喉之感，卻也惟有「默然」。平淡語蘊激昂慷慨之氣，是本詩藝術上另一個突出的特點。

紫芝歌

《古今樂錄》：四皓隱於商山，作歌。

莫莫❶高山，深谷逶迤❷。曄曄紫芝❸，可以療飢。唐虞❹世遠，吾將何歸？駟馬高蓋❺，其憂甚大。富貴之畏人兮，不若貧賤之肆志❻。

【注釋】❶莫莫　幽深隱蔽貌。❷逶迤　深遠。❸曄曄紫芝　曄曄，明麗盛美貌。紫芝，又稱木芝，菌類的一種，長於山地枯樹之根，入藥，可食。❹唐虞　唐堯、虞舜，傳說中的遠古理想盛世。❺高蓋　車蓋。❻肆志　適意；快意。

【語譯】巍巍幽深的高山，遙遠深邃的巨谷。明豔美麗的紫芝，可以採擷充饑。堯舜盛世遠去，我將歸宿哪裡？駿馬高車招搖，殷憂不可小覷。富貴讓人可怕啊，比不上貧賤適意。

【研析】這首詩傳說為商山四皓所作。商山四皓，秦末高隱之士東園公、角里先生、綺里季、夏黃公的合稱。以其隱於商山，皆八十餘歲老翁，故稱商山四皓。詩歌前四句敘其生存方式及環境，深山巨谷，隔絕人煙，的是隱居妙處。紫芝在古時多喻高賢，紫芝為食，既實寫，也不無高潔之意寓焉。「唐虞」兩句，點明亂世不仕，以隱居而獨善其身。「駟馬」以下四句，為安富尊榮之達官顯貴送一劑清涼散。福兮禍之所伏，身在亂世，冰山轉瞬可成汪洋，政局的板蕩，一切都難以憑仗，而隱居高山叢林者，雖身受貧賤，卻既能保有節操，又可得縱情適志。結末兩句頗為警策。句式的變化，也跌宕古樸。

武帝

瓠子❶歌二首

《史記》：元封二年，帝既封禪，乃發卒萬人，塞瓠子決河。還自臨祭，令群臣從官皆負薪。時東郡燒草薪少，乃下淇園之竹以為楗。上既臨河決，悼其功之不就，為作歌二章。於是卒塞瓠子，築宮名曰宣房。

瓠子決兮將奈何，浩浩洋洋兮慮殫為河❷。殫為河兮地不得寧，功無已時兮吾音魚。山平❸。吾山平兮鉅野❹溢，魚弗鬱兮柏同迫。冬日❺。正道弛兮離常流❻，蛟龍騁兮放遠遊。歸舊川兮神哉沛❼，不封禪❽兮安知外。為我謂河伯❾兮何不仁，泛濫不止兮愁吾人。齧桑浮兮淮泗滿❿，久不返兮水維⑪緩。齧桑，縣名。

【注釋】❶瓠子　地名，又稱瓠子口，在今河南濮陽南。漢武帝元光三年（西元前一三二年），黃河在此決口。其水東注鉅野，達於淮河、泗水。❷浩浩洋洋兮慮殫為河　浩浩洋洋，水盛貌。慮，擔心；恐怕。殫，盡。❸功無已時兮吾山平　功無已時，謂數徵卒治理俱無果。吾山，即魚山，在今山東陽谷東北。❹鉅野　古澤名，在今山東鉅野北。❺魚弗鬱兮柏冬日　弗鬱，憂愁不樂。柏，通「迫」，逼近。❻正道弛兮離常流　正道，指黃河故道，或作「延道」。馳，崩壞。離，失。❼神哉沛　謂神靈保佑，修復河道，水滂沛而流。❽封禪　古代帝王祭祀天地的典禮。❾河伯　傳說中水神名。❿齧桑浮兮淮泗滿　齧桑，城邑名。淮泗，指淮河、泗水。⓫水維　水之綱維，即江河正常航道。

【語譯】瓠子口決了堤啊如何是好，洪水浩淼啊遍地都成了河泊。怕都成為河泊啊大地不得寧靜，治理未果啊魚山也要淹沒。魚山淹沒啊鉅野橫溢，魚兒心焦啊眼看冬至。故道廢馳啊水失常流，蛟龍馳騁啊肆意遨遊。神力保佑啊水歸故道，不去封禪啊外邊的水災哪能知曉。替我向河伯傳話啊為什麼不仁，洪水氾濫不止啊愁殺我民。齧桑漂沒啊淮泗水滿，久不返回故道啊水綱弛緩。

【研析】漢武帝劉徹（西元前一五六年—前八七年），景帝之子，在位五十三年，獨尊儒術，興修水利，抑制豪強富商，發展農業，文治武備，達到全盛，是中國歷史上極有作為的一代帝王。〈瓠子歌〉二首，見於《史記・河渠書》、《漢書・溝渠志》、《樂府詩集・雜歌謠辭》。詩作於元封二年（西元前一〇九年）封禪歸來。首章寫目擊滔天洪水，汪洋氾濫，言災情嚴重，不得不治。首二句點出瓠子決口，及水勢洶洶，總領全篇。「殫為」六句，具體說明洪水情況及洪災之重。地不寧，魚山平，離常流，正面狀寫；蛟龍騁，魚弗鬱，渲染烘托。魚之憂愁，更映射出生靈塗炭，民不聊生。「歸舊川」以下四句，讓水歸故道，敦神靈獻力，責河伯不仁，哀民生愁苦，是帝王口氣，見出明君之關懷民瘼。末兩句再點災情，說明治水之急迫，也照應開篇。

河湯湯兮激潺湲❶，北渡回兮迅流難❷。搴長茭兮湛（音沉）美玉❸，河伯許兮薪不屬❹。薪不屬兮衛人罪❺，燒蕭條兮噫乎何以禦水❻。隤林竹兮楗石菑❼，宣房❽塞兮萬福來。

好大喜功之舉，不無畏天憂世之心。文章古奧，自是西京氣象。

【注　釋】❶河湯湯兮激潺湲　湯湯，疾貌。潺湲，水流緩慢貌。❷北渡回兮迅流難　回，迂迴。迅，疾。❸搴長茭兮湛美玉　搴，拔取。長茭，以細竹片或蘆葦織成的長索。湛，沉。❹屬　繼。❺衛人罪　東郡古衛地，故稱其民曰衛人。以當地人取草燒火，乏草堵決，故稱是其罪過責任。❻燒蕭條兮噫乎何以禦水　燒蕭條，以燒火而草盡，故而一片蕭條。噫乎，語助詞。❼隤林竹兮楗石菑　隤，砍伐。楗，豎立。石菑，石柱。❽宣房　瓠子決口堵塞告竣，修宣房宮紀念。

【語　譯】河水飛湍啊激流滾滾，水歸故道啊迂曲難順。取來長索啊沉下美玉，河伯允諾啊柴草不繼。柴草不繼啊衛人的罪過，大地燒光啊拿什麼防水。砍來竹子啊打下石柱，宣房告竣啊萬福降臨。

【研 析】該首正式寫堵決之事。首兩句緊承上篇而來，寫水歸故道之難，水情之凶，渲染烘托堵決的不易。「搴長茭」以下四句，頗為婉曲。先寫為堵決成功，告神求助。河伯答應，卻柴薪不足。文似看山不喜平，其跌宕而有致，饒有趣味。最後兩句，伐竹代薪，楗石填土，堵決成功而祝福。通觀〈瓠子歌〉二首，漢武帝作為一代英主，其關心民生，關懷民瘼的悲憫情懷，及治理河道的懇切決心，一覽無餘。詩用楚調，韻味豐富。語言文字，古樸沉雄。魯迅譽「武帝詞華，實為獨絕」，良有以也。

秋風辭

《漢武帝故事》：帝行幸河東，祠后土，顧視帝京，忻然中流，與群臣飲讌，自作〈秋風詞〉。

秋風起兮白雲飛，草木黃落兮雁南歸。蘭有秀兮菊有芳❶，懷佳人兮不能忘。汎樓船兮濟汾河❷，橫中流兮揚素波❸。簫鼓鳴兮發棹歌❹，歡樂極兮哀情多，少壯幾時兮奈老何！

〈離騷〉遺響。○文中子謂樂極哀來，其悔心之萌乎？

【注 釋】❶蘭有秀兮菊有芳 蘭、菊比佳人。秀即美，這裡指顏色。芳指香。蘭有秀、菊有芳互文見義，蘭亦芳，菊亦秀。❷汎樓船兮濟汾河 樓船，有層樓的大船。汾河，源出山西寧武，經山西全境，於河津入黃河。❸素波 白色浪花。❹棹歌 搖船時所唱歌，或稱船歌。棹，楫。

【語　譯】秋風刮起啊白雲飄揚，草木枯黃墜落啊大雁南翔。蘭花秀美啊菊芳香，懷念佳人啊心中難忘。樓船飄蕩啊要渡汾河，橫越中流啊紛濺白浪。簫鼓奏響啊唱起船歌，樂到極處啊轉生悲切，少壯無多啊衰老讓人無可奈何。

【研　析】本詩見《昭明文選》卷四五、《太平御覽》五七〇、五七一、《樂府詩集・雜歌謠辭》，當作於元鼎四年（西元前一一三年）左右武帝行幸河東，船行汾河，與群臣宴飲之際。首兩句狀自然物候，秋風起，白雲飛，草木凋謝，大雁南歸，意象真切鮮明。而秋思懷人，自然興起下文。秋蘭金菊，既照應承接前文，其每每比況佳人的喻象，也引發詩人對自己心中那位佳人的懷念。這種對佳人的懷念，在君臣燕樂、鼓簫喧闐聲裡，似乎也被沖淡了。這是歡樂的氛圍，熱鬧、喜慶，人們瘋狂地高興。然而，在歡快至於高潮的時候，漢武帝突然想起，自己已經不再年輕，衰老同樣是如此不留情面地向他逼來，他的情緒，也一下子跌進了深谷。樂極生悲，看似突兀，卻有著十分密切的內在聯繫。詩中有句，與〈九歌・湘夫人〉「嫋嫋兮秋風，洞庭波兮木葉下」，「沅有芷兮澧有蘭，思公子兮未敢言」意境彷彿。然不能否認，在〈秋風辭〉，卻有它的完整性。或謂：「〈秋風〉之作，則婉順秀細，儼然文士之作。」（費錫璜《漢詩評》）倒頗說中了這詩纏綿委曲的特點。

李夫人歌

《漢書・外戚傳》：夫人早卒。方士齊少翁言能致其神，乃夜張燈燭，設帷帳，令帝居帳中。遙望見好女如李夫人之貌，不得就視。帝愈悲感，為作詩。

是耶？非耶？立而望之，翩何姍姍其來遲❶。

【注釋】❶翩何姍姍其來遲　翩，搖動貌。《漢書・外戚傳》作「偏」。姍姍，行走從容貌。

【語譯】是她？不是她？佇立遙望，從容搖擺著，為什麼這麼晚到來。

【研析】李夫人是音樂人李延年的妹妹，知音律，善歌舞，深得武帝寵幸。不幸早卒，武帝思念不置。聞齊少翁能招魂魄，乃請作法。這幾句歌，搖搖擺擺，姍姍來遲，生動傳神地寫出了「好女」扮演李夫人的維妙維肖；將信將疑，望眼欲穿，惟嫌其遲，入木三分地揭示了漢武帝期盼見到李夫人時的焦灼急切的心態。文字極形容刻畫之妙。

柏梁❶詩

元封三年，作柏梁臺。詔群臣二千石，有能為七言詩，乃得上坐。

日月星辰和四時❷。帝。
驂駕駟馬從梁來❸。梁孝王武。
郡國士馬羽林材❹。大司馬。
總領天下誠難治❺。丞相石慶。
和撫四夷不易哉❻。大將軍衛青。
刀筆之吏臣執之❼。御史大夫倪寬。
撞鐘伐鼓聲中詩。太常周建德❽。
宗室廣大日益滋。宗正❾劉安國。
周衛交戟禁不時❿。衛尉路博德。
總領從宗柏梁臺⓫。光祿勳徐自為。
平理清讞決嫌疑⓬。廷尉杜周。
修飾輿馬待駕

來⑬。太僕公孫賀。郡國吏功差次之⑭。大鴻臚壺充國。乘輿御物主治之⑮。少府王溫舒。陳粟萬石揚以箕⑯。大司農張成。徼道宮下隨討治⑰。執金吾中尉豹。三輔盜賊天下危⑱。左馮翊盛宣。盜阻南山為民災⑲。右扶風李成信。外家公主不可治⑳。京兆尹。椒房率更領其材㉑。詹事陳掌。蠻夷朝賀常舍其㉒。典屬國。柱枅欂櫨相枝持㉓。大匠。枇杷橘栗桃李梅。大官令㉔。走狗逐兔張罘罳㉕。上林令。齧妃女脣甘如飴㉖。郭舍人。迫窘詰屈幾窮哉㉗。東方朔。○此七言古權輿，亦後人聯句之祖也。武帝句，帝王氣象，以下難追後塵矣。存之以備一體。○篇中三「之」字，三「治」字，二「哉」字，二「時」字，二「材」字。古人作詩，不忌重複，且如《三百篇‧株林》一詩，四句中連用二「林」字，二「南」字；《采薇》首章連用「玁狁之故」句，此類不可勝數。○《三秦記》謂〈柏梁臺詩〉是元封三年作。然梁孝王薨於孝景之世，又光祿勳、大鴻臚、大司農、執金吾、京兆尹、左馮翊、右扶風皆武帝太初元年所更名，不應預書於元封之時，其為後人擬作無疑也。不然，大君之前，郭舍人敢狂蕩無禮，而東方朔以滑稽語為戲耶？

【注釋】❶柏梁　漢代臺名，故址在今陝西長安故城內。❷日月星辰句　和，調和。帝，指漢武帝。❸驂駕駟馬句　驂駕，三匹馬駕的車。駟馬，四匹馬駕的車。梁孝王武，即劉武，漢文帝次子，立為代王，徙淮陽，又徙梁，卒諡孝。❹郡國士馬句　郡國，郡和國的並稱。郡直屬中央，國分封王、侯。士馬，兵馬，指軍隊。羽林，漢武帝太初元年置建章營騎，掌宿衛侍從，後改稱羽林騎，為皇帝禁衛軍。大司馬，職官名，掌建邦國之九法，以佐王平邦國。❺總領天下句　總領，統領；統管。丞相，職官名，古代總理全國的最高行政長官。石慶，石奮少子，歷官太子太傅、御史大夫，仕至丞相，封牧丘侯。❻和撫四夷句　四夷，古代對周邊少數民族的蔑稱，分稱東夷、西戎、南蠻、北狄。大將軍，古代武官名，武帝時位在三公之上，得以干預朝政。衛青，西漢名將，漢武帝朝官大將軍，封長平侯，率軍屢敗匈奴，鞏固了邊疆。❼刀筆之吏句　刀筆吏，掌文案的官吏。御史大夫，官名，位僅次於丞相，掌管國家檔案圖書，處理奏章，監督官吏，彈劾百官。倪寬，應為兒寬，溫良廉潔，善屬文，累遷至御史大夫。❽太常周建德　太常，掌管宗廟祭祀、禮樂及文化教育的官員，西漢景帝中元六年有此稱。周建德，周亞夫孫，景帝十三年為太子太傅，元鼎五年獲罪。❾宗正　官名，九卿之一，皇族事務機關的長官，多有皇族中人充任。❿周衛交戟句　周衛，禁衛，引申為宮禁。交戟，執戟相交。衛尉，官名，掌宮門警衛。路博德，平州人，以右北平太守從衛青有功，為符離侯，衛青死，以衛尉為伏波將軍。⓫總領從宗句　從宗，堂房宗親。光祿勳，官名，掌領宿衛侍從，在秦稱郎中令，武帝時改稱光祿勳。⓬平理清讞句　平理，評斷。清讞，公平合理的判案。廷尉，官名，景帝時稱大理，武帝時復稱廷尉，掌刑獄，為九卿之一。杜周，初為張湯廷尉史，善稱帝意，為中丞十餘年，仕至御史大夫。⓭修飾輿馬句　輿馬，車馬。駕，帝王乘坐的車馬轎子，借指帝王。太僕，置於春秋，秦漢沿設，為九卿之一，掌皇帝的輿馬與馬政。公孫賀，義渠人，武帝元光二年以太僕為輕車將軍，後為左將軍、丞相，終以子敬聲與陽石公主奸，滅族。⓮郡國吏功句　差次之，為之排次第。大鴻臚，漢武帝改典客為大鴻臚，原掌少數民族事務，後逐漸變為贊襄禮儀之官。⓯乘輿御物句　乘輿，帝王或諸侯所乘車子。御物，朝廷使用器物。少府，始於戰國，秦漢沿設，為九卿之一，掌山海池澤收入及皇室手工業製造，東漢時掌宮中御衣、寶貨、珍膳等。王溫舒，陽陵人，初為吏，以治獄至廷史，事張湯，遷為御史，再遷河內太守、中尉、少府等。⓰大司農　秦置治粟內史，漢景帝時改稱大農令，武帝時改稱大司農，為九卿之一，掌租稅錢穀鹽鐵及國家的財政收支。⓱徼道宮下句　徼道，巡邏警戒禁道。執金吾中尉，漢武帝時改中尉為執金吾，為督巡三輔治安的長官。⓲三輔盜賊句　三輔，西漢治理京畿三個地區的職官的合稱，又指其轄有地區。左馮翊，漢武帝太初元年改左內史置，三輔之一，職掌相當於郡守，轄域約為一郡，以地屬京畿，不稱郡，轄境約為今陝西渭河以北、涇河以東的洛河中下游地區。⑲盜阻南山句　南山，指陝西西安南的終南山。右扶風，漢武帝太初元年改主爵都尉置，三輔之一，治所長安，轄境約當今陝西秦嶺以北，戶縣、咸陽、旬邑以西地區。⑳外家公主句　外家，外戚。京兆尹，漢武帝太初元年改右內史置，三輔之一，治所長安，轄境約當今秦嶺以北、西安以東、渭河以南地區。㉑椒房率更句　椒房，皇后所居宮室。率更，即率更令，詹事屬官，掌知漏刻。詹事，官名，秦始設，職掌皇后、太子家事。陳掌，陳平曾孫。㉒蠻夷朝賀句　舍，安置。典屬國，官名，秦始設，西漢沿置，掌管少數民族事務。㉓柱枅欂櫨句　枅，柱上方木。欂櫨即斗拱，柱上承樑的方形短木。大匠，即將作大匠，秦始設，掌宮室、宗廟、陵寢及其他土木建築。㉔大官令　漢少府屬官，主飲食事務。㉕走狗逐兔句　罘罳，這裡指捕獵用網。上林令，少府屬官，掌管御苑。㉖齧妃女脣句　齧，咬；啃。飴，飴糖。舍人，漢朝皇后、公主的屬官。㉗迫窘詰屈句　詰屈，曲折；文字艱澀。這裡指辭窮無以達意。東方朔，字曼倩，武帝時為太中大夫，以善辭賦、詼諧滑稽著名。

【語　譯】日月星辰調和四季。（漢武帝）高車大馬梁地來朝。（梁孝王劉武）國家地方軍馬齊整。（大司馬）總理全國鞠躬盡瘁。（丞相石慶）安撫邊庭艱難不易。（大將軍衛青）天下文官臣來掌管。（御史大夫兒寬）鐘鼓諧鳴歌舞昇平。（太常周建德）皇室發展日益廣大。（宗正劉安國）宮禁戒嚴時時防備。（衛尉路博德）統領宗室柏梁臺聚。（光祿勳徐自為）清明審判決斷疑案。（廷尉杜周）整備車馬伺候聖上。（太僕公孫賀）次第獎賞官吏勳績。（大鴻臚壺充國）御用器物竭誠經辦。（少府王溫舒）糧倉充裕細心護理。（大司農張成）警戒禁道刻刻整治。（執金吾中尉豹）京畿盜賊危及天下。（左馮翊盛宣）終南盜發為民災害。（右扶風李成信）

皇親國戚不能治罪。（京兆尹）後宮屬吏領受器品。（詹事陳掌）蠻夷朝拜安排接待。（典屬國）房屋拱梁斗榫支撐。（大匠）各色果品樣樣具備。（大官令）跑狗追兔網兒撒好。（上林令）妃子柔唇如糖甜美。（郭舍人）辭窮窘迫幾近黔驢。（東方朔）

【研析】〈柏梁詩〉見收於《藝文類聚・雜文部》、《古文苑》卷八。《世說新語・排調》劉孝標注引《東方朔傳》提及之，《文心雕龍・明詩》、《文章流別論》、《文章緣起》亦嘗論列，然其為偽作無疑，清顧炎武《日知錄》卷二一及已故學者游國恩《〈柏梁臺詩〉考證》辨之甚詳，可參。但〈柏梁詩〉在文學史上仍是一首有重要影響的名篇，劉勰稱「聯句共韻，則〈柏梁〉餘制」，所謂的「柏梁體」，也因此而名。詩歌由武帝首倡，群臣據職位從高到低，次序唱和。武帝首句言日月星辰調和四季，是帝王氣象格局；而以下群臣所唱，亦每每與其身分切合，近乎傳統戲劇中角色亮相的自我介紹，視為表忠心剖肝膽也未嘗不可。詩每句七言，句末皆平聲韻，間有韻字重複，在詩體流變發展的歷史上，具有相當的地位，不應該將其忽視。

落葉哀蟬曲

王子年《拾遺記》：漢武帝思李夫人，不可復得。時穿昆靈之池，泛翔禽之舟，帝自造歌曲，使女伶歌之。時日已西頹，涼風激水，女伶歌聲甚遒，因賦〈落葉哀蟬曲〉。

羅袂❶兮無聲，玉墀❷兮塵生。虛房冷而寂寞，落葉依于重扃❸。望彼美之女兮安得，感余心之未寧。

【注釋】❶羅袂　絲羅衣袖，華麗的衣著。❷玉墀　宮殿前的石階。❸重扃　關閉著的重重門戶。

【語譯】絲羅衣袖啊輕盈無聲，宮殿石階啊塵灰一層。空房冷清寂寞蕭條，黃葉紛紛宮院飄零。望著那美麗的女子啊絕世鮮有，我心中戚戚不得安寧。

【研析】這首歌見於晉人王嘉《拾遺記》卷五，是〈李夫人歌〉之外又一首懷念李夫人的篇什。〈李夫人歌〉從招魂切入，側面寫武帝的相思；這首歌則具體描摹，從宮廷的蕭瑟荒寂，刻畫李夫人病逝後漢武帝的落寞孤獨。整個詩歌即圍繞岑寂孤獨敘寫。前兩句羅袂無聲，玉墀蒙塵，一個孤寂荒涼的氛圍已經突兀而出。人去樓空，黃葉飄零，為李夫人去世後后宮之真實寫照，淒淒慘慘戚戚，武帝的心境，襯托出她對李夫人刻骨銘心的思念。末兩句由絕世美人，想起「傾城與傾國」的李夫人，再寫出其內心深處那不能忘記所帶來的孤獨愁苦。觸景生情，情景交融，在這首詩裡有成功的體現。

蒲梢❶天馬歌

《史記》：武帝伐大宛，得千里馬名蒲梢，作此歌。

天馬徠古來字。兮從西極❷，經萬里兮歸有德。承靈威❸兮降外國，涉流沙兮四夷服。

【注釋】❶蒲梢　古駿馬名。裴駰《集解》引應劭曰：「大宛舊有天馬種，蹋石汗血，汗從肩膊出如血，號一日千里。」❷天馬徠兮從西極　天馬，駿馬的美稱。西極，西方的盡頭，謂西方極遠之地。❸靈威　威靈；威勢。

【語譯】駿馬來自啊遙遠的西方，途徑萬里啊歸附賢德。趁著威勢啊降服外國，跋涉流沙啊邊民順我。

【研析】這首詩見於《史記》卷二四〈樂書第二〉。武帝朝伐西域大宛，得駿馬蒲梢，因而作歌。歌詞四句，炫耀著大漢帝國的聲威，反映了其開疆拓土的勃勃雄心，與武帝朝形勢正相吻合。以德者自居，宣揚有德者來歸，是高帝以來漢家傳統的延續。強調道德，不單以武力加人，故能懷柔遠近，既服其身，又服其心。禮樂教化，加之雄厚的國力，於是有漢朝盛世。由獲駿馬，駿馬來歸，延伸及降外國，四夷臣服，也自然而然，水到渠成。

韋孟

諷諫詩

《漢書》：孟為元王傅。傅子夷王及孫王戊。戊荒淫不遵道，作詩諷諫曰。

肅肅我祖，國自豕韋❶。黼衣朱紱，四牡龍旂❷。彤弓斯征，撫寧遐荒❸。總齊群邦，以翼大商❹。迭彼大彭❺，勳績維光。至于有周，歷世會同❻。王赧聽譖❼，實絕我邦。我邦既絕，厥政斯逸❽。賞罰之行，非由王室。庶尹群后，靡扶靡衛❾。五服❿崩離，宗周以墜。我祖斯微，遷于彭城。在予小子，勤唉音移。厥生⓫。阨此嫚秦⓬，耒耜斯耕。悠悠嫚秦，上天不寧。乃眷南顧，授漢于京⓭。於赫⓮有漢，四方是征。靡適不懷，萬國攸平⓯。乃命厥弟，建侯于楚⓰。俾我小臣，惟傅是輔⓱。矜矜元王，恭儉靜一⓲。惠此黎民，納彼輔弼⓳。享國漸世，垂烈于後⓴。迺及夷王，克奉厥緒㉑。咨命不永，惟王統祀㉒。左右陪臣，斯惟皇士㉓。如何我王，不思守保。不惟履冰㉔，以繼祖考。邦事是廢，逸遊是娛。犬馬悠悠，是放是驅㉕。務此鳥獸，忽此稼苗。蒸民以匱，我王以媮㉖音愉。所弘匪德，所親匪俊。惟囿是恢㉗，惟諛是信。睮睮以朱切。諂夫，諤諤黃髮㉘。如何我王，曾不是察。既藐下臣，追欲縱逸㉙。嫚彼顯祖，輕此削黜。嗟嗟我王，漢之睦親㉚。曾不夙夜，以休令聞㉛。穆穆天子，照臨下土。明明群司，執憲靡顧㉜。正遐由近，殆其茲怙㉝。嗟嗟我王，曷不斯思。匪思匪監，嗣其罔則㉞。彌彌其逸，岌岌其國㉟。致冰匪霜，致墜匪嫚㊱。瞻惟我王，時靡不練㊲。興國救顛，孰違悔過㊳。追思黃髮，秦穆以霸㊴。歲月其徂，年其逮耇㊵。於赫㊶君子，庶顯于後。我王如何，曾不斯覽。黃髮不近㊷，胡不時鑒。

迭彼大彭，迭，互也，言與大彭互為伯于商也。○唉，歎聲。○漸世，沒世也。○惟王統祀以上，歷敘廢興，即寓諷諫之意。○睮睮，目媚貌。○「穆穆天子」六句，言天子之明，群臣之執法，欲正遠人，先從近始，而王怙恃不悛，危殆無日矣。○「致冰匪霜」二句，言致冰豈非由霜乎？致墜豈非由嫚乎？○「瞻惟我王」下，望其改過之詞。○練，習也，言王於上之所言，無不練習也。○肅肅穆穆，漢詩中有此拙重之作，去變雅未遠。後張華、二陸、潘岳輩四言，懨懨欲息矣，故悉汰之。

【注釋】❶肅肅我祖二句　肅肅，嚴正貌。豕韋，孟祖在商朝封韋城，為豕韋氏。❷黼衣朱紱二句　黼衣，畫白黑色斧形花紋的上衣。朱紱，畫亞文的紅色上衣。均上公所服。龍旂，繪有龍的旗幟。❸彤弓斯征二句　彤弓，朱紅色的弓，古代諸侯賜彤弓，得專征伐。遐荒，邊遠荒僻地帶。❹總齊群邦二句　總齊，猶統一。翼，佐助。❺迭彼大彭　迭彼，彼此相互。迭，互。大彭，古國名，位於今江蘇銅山。《國語》韋昭注：「殷衰，二國相繼為商伯。」❻會同　同樣參與會盟，謂繼續為諸侯。❼王赧聽譖　王赧，周赧王，東周國王，慎靚王之子，時周分裂，為東、西二國，赧王居西周。赧王五十九年（西元前二五六年）被秦所滅。譖，讒言。❽逸　放逸；廢弛。❾庶尹群后二句　庶尹，百官。庶，眾。群后，諸侯。扶，扶持。衛，防衛。❿五服　周王朝統轄的所有地區。古代王畿外圍，以距離遠近，劃分為侯服、甸服、綏服、要服、荒服，稱五服。⓫在予小子二句　小子，晚輩。勤唉厥生，謂勤謹嗟歎以謀生計。勤，勤謹。唉，歎聲。⓬阨此嫚秦　阨，困厄。嫚秦，暴秦；暴嫚之秦。⓭乃眷南顧二句　高祖起於沛，在秦之南，故曰南顧。京，指長安。⓮於赫　讚歎詞。赫，光明貌。⓯靡適不懷二句　適，往。懷，思；來。攸，所。⓰乃命厥弟二句　謂高祖六年封同母少弟劉交為楚王，都彭城。⓱俾我小臣二句　謂自己為楚元王劉交傅。⓲矜矜元王二句　矜矜，《漢書・韋賢傳》作「兢兢」，謹戒貌。靜一，鎮定寧靜專一。⓳納彼輔弼　納輔弼之諫。輔弼，輔佐；輔助。⓴享國漸世二句　漸世，沒世。垂烈于後，垂遺業於後嗣。㉑迺及夷王二句　夷王，元王劉交子。克奉，能繼承。㉒咨命不永二句　夷王四年而薨，其子戊承位，故言其不永。咨，嗟。統祀，繼統而祀。㉓左右陪臣二句　陪臣，臣對君自稱。斯惟皇士，此皆皇祖所遺之正士。㉔不惟履冰　惟，思。履冰，謂謹小慎微，兢兢業業。㉕犬馬悠悠二句　悠悠，《漢書》作「繇繇」。是放是驅，謂放犬驅馬。㉖蒸民以匱二句　蒸民，眾民；百姓。匱，匱乏。媮，同「愉」，樂。㉗惟囿是恢　囿，苑囿。恢，擴大。㉘睮睮諂夫二句　睮睮，目媚貌。諂夫，諂媚小人。諤諤，正直貌。黃髮，年老，指老人。㉙既藐下臣二句　藐，疏遠，謂遠賢臣。追欲縱遊，謂追情欲縱逸遊。㉚睦親　近親；密親。㉛以休令聞　休，美。令，善。聞，名。㉜明明群司二句　群司，朝廷百官。憲，法。㉝正遐由近二句　顏師古謂：「欲正遠人，先從近始，而王怙恃與漢戚屬，不自勖慎，以致危殆也。」殆，危。怙，依恃。㉞匪思匪監二句　顏師古謂：「不思鑒戒之義，是令後嗣無所法則也。」監，通「鑒」，鑒戒。嗣，後嗣。罔則，沒有法則。㉟彌彌其逸二句　彌彌，漸漸。逸，放逸。《漢書》作「失」。岌岌，危險。㊱致冰匪霜二句　顏師古注：「言堅冰之成，起於微霜；隕墜之咎，由於怠嫚也。」㊲瞻惟我王二句　沈德潛曰：「言王於上之所言，無不練習也。」時，是。練，練習。㊳興國救顛二句　顏師古注：「言興復邦國，救止顛墜之道，無如能自悔其過。」孰違，誰能不遵。㊴追思黃髮二句　秦穆公伐鄭，為晉所敗，歸而作〈秦誓〉曰：「雖則員然，尚猶詢茲黃髮，則罔所愆。」語本此。㊵歲月其徂二句　徂，往。逮，及。耇，年高。㊶於赫　讚歎詞。《漢書》作「於昔」。㊷黃髮不近 言疏遠黃髮賢者。

【語 譯】嚴正的我家先祖，立國起自豕韋。穿著王公袞衣，旗繡四條牡龍。彤弓能夠專征，安撫邊遠荒僻。統一分散眾邦，輔佐護持殷商。與大彭交替稱霸，燦爛業績輝光。及至周朝天下，世代封侯會盟。赧王偏聽讒言，便與我邦隔絕。既和我邦決絕，周朝政事廢弛。賞功伐過舉措，不經王室定奪。天下百官諸侯，無人肯幫肯扶。政區土崩瓦解，周朝基業墜毀。我家先祖衰微，遷家彭城安居。至於我等晚輩，勤謹操持生計。不幸遭遇暴秦，扶犁揮鋤耕作。黑暗動盪的暴秦，蒼天憂患不寧。於是垂青望南，大漢順天定鼎。新建的漢朝輝煌，討伐四方一統。所到百姓懷思，普天同慶太平。詔令乃帝劉交，楚國為王受封。使我卑微臣下，為傅輔佐朝政。謹慎勤政元王，勤儉戒懼鎮靜。澤被一方百姓，廣開納諫門庭。盡瘁死而後已，大業傳遞後人。夷王繼位執政，很能承繼傳統。歎聲天不假壽，戊王繼統受命。身邊群臣百官，先王留下美士。不知我王因何，不想守成祖業。不思兢兢業業，繼承先祖賢德。國家政事荒廢，逸樂縱遊歡娛。走狗獵馬馳騁，戊王驅逐田獵。專注捕鳥獵獸，農事稼穡拋撇。黎民百姓困窮，我王貪逸尋樂。弘揚並非賢德，親近亦非俊傑。只想擴大苑囿，聽信只有蠱惑。諂媚都是小人，鯁直惟有老臣。不知我王為何，絲毫不能省察。已經疏遠賢臣，追歡放縱淫樂。玷汙堂堂列祖，肆意削官罷黜。感慨我們的國王，漢朝至親血脈。從不夙興夜寐，建立美好聲譽。偉大賢明的皇帝，德澤沐浴才士。百官是非分明，執法不偏無私。正遠由近開始，怙恃不卹危急。感歎我們的國王，為什麼不去反思。失去自省鏡鑒，後來沒了法則。

逸樂不斷繼續，國家岌岌將滅。堅冰微霜所致，墜毀因了輕慢。恭敬地看著我王，聖上的教誨勤練。興國挽救危顛，悔過自察關鍵。反思老臣直言，秦穆霸業終成。歲月流逝不待，年華已到衰邁。君子光明磊落，希望揚名後世。我王不知為何，絲毫不見這端。疏遠忠直老臣，何不常常鏡鑒。

【研　析】韋孟（約西元前二二八年—前一五六年），彭城（今江蘇徐州）人，為楚元王劉交傅，歷相三世。至王戊，荒淫失政，不循王道，孟作〈諷諫詩〉，去位，徙居於鄒（今山東鄒縣）。全詩一百零八句，可分五段。首段起句至「授漢于京」。歷敘先祖發跡之輝煌往史：肇自豕韋，專征討伐，一統天下，佐助大商；與大彭國遞相稱霸，在周朝仍為侯伯。次述赧王昏庸，失道寡助，既絕詩人先祖，亦為王侯臣下共憤，終於滅亡。復說暴秦之世，天怒人怨，自己躬耕田間，當天下無道而隱，秦也二世即亡，大漢定鼎。全段三十二句，其意無非說明自家累世棟樑，以及朝廷有道則興，失道則亡，為後文諫說定基調，作鋪墊。「於赫有漢」至「斯惟皇士」為第二段。揭出楚國歷史，頌美元王、夷王開明賢德及自己得為王傅緣起、臣主相得往事，與下文正成鮮明對照。「如何我王」至「輕此削黜」為第三段。歷數王戊之過：貪圖逸樂，荒淫縱欲，沉湎田獵，朝政廢弛，聽信讒言，疏遠忠臣，正道不行，農事被廢。可謂罄竹難書，十惡不赦，與上述之赧王、暴秦無別。此方為「諷諫」之諷，已為正文。「嗟我王」至「岌岌其國」為第四段。言戊王既為漢朝苗裔，有聖明天子在上，忠直賢臣在下，不應該倚仗出身，荒廢朝綱，一味逸樂，邦國覆亡在所難免。此有諷有諫，痛心疾首。「致冰匪霜」至結末為第五段。面對昏君，仍苦口婆心，語重心長：以微霜致冰為比，說明輕慢導致毀滅的道理；以秦穆公思賢臣稱霸，樹立楷模；以君子思揚名後世，勸其留下美名；言悔過，纔能興國扶危。此又規勸建議，望其改過，半點火氣都無。詩歌在風格上頗顯肅穆嚴正，猶長輩於子侄輩之訓示，曉之大義，辨其是非，陳說利害，望其回頭，語語剴切真誠，然其之於昏君，卻無非對牛彈琴也。

東方朔

誡子詩

《漢書》取前十句，為東方贊。

明者處世，莫尚于中❶。優哉游哉，於道相從❷。首陽為拙，柳下為工❸。飽食安步，以仕代農。依隱翫世，詭時不逢❹。才盡身危，好名得華。有群累生，孤貴失和❺。遺餘❻不匱，自盡無多。聖人之道，一龍一蛇❼。形見神藏，與物變化。隨時之宜，無有常家❽。言有群孤貴皆失，以其有常家也。東方先生一生得力，盡在乎此。

【注　釋】❶明者處世二句　明者，明智、聖明的人。中，中庸；不偏不正。❷於道相從　謂依從天道自然。道，宇宙萬物的本原、本體。❸首陽為拙二句　謂伯夷、叔齊餓死不食周粟為迂拙，柳下惠為士師三黜而不去為工巧。伯夷、叔齊為商末孤竹君子，商亡隱居首陽山，拒不食周粟。柳下惠名展禽，春秋魯國大夫。三為士師遭黜，人問其何以不去，他回答：「直道而事人，焉往而不三黜？枉道而事人，何必去父母之邦？」孔子稱「不降其志，不辱其身，伯夷、叔齊乎」，「柳下惠、少連降志辱身矣」。東方朔一反其意用之。❹依隱翫世二句　依隱，依違朝、隱，於政事有所近，又無為若隱。詭時，違背時宜。❺有群累生二句　群，合群；結夥。孤貴，孤傲清高。❻遺餘　剩餘；遺留。❼一龍一蛇　謂或隱或顯，隨情勢不同而變化。❽常家　常師；固定程式。

【語　譯】聖明的人處世為人，沒有不崇尚中庸折衷。悠閒自得從容自如，合乎天道自然順從。首陽行止實見迂拙，展禽不去卻見工巧。填飽肚子安步當車，入仕為官代替農耕。若即若離雖宦猶隱，不合時宜際會難逢。炫才揚己身陷危境，貪圖虛名早生華髮。結黨群集負累生命，孤傲清高失去友朋。殘餘之物西不能用盡，竭力追求所餘無多。賢德之人有其心得，隱顯變化伸曲自知。形貌顯露神氣潛藏，根據形勢合理調整。時勢流轉無往不適，騰挪變幻沒有拘泥。

【研　析】東方朔（西元前一五四年—前九三年），字曼倩，平原厭次（今山東惠民）人。西漢文學家。漢武帝朝為太中大夫。善辭賦，以詼諧滑稽稱。明人輯其作品，有《東方先生集》。東方朔有歌曰：「陸沉於俗，避世金馬門。宮殿中可以避世全身，何必深山之中、蒿廬之下。」這首〈誡子詩〉，正典型地反映了東方朔以朝廷為隱逸之所，全身避禍的人生哲學。他推崇的是不偏不倚的執中，一龍一蛇的自如，讚賞的是順從自然、形見神藏、與物變化、無有常家，反對的是固執一端、顯才揚己、好名務虛、熱衷結群、孤傲清高。詩裡既散佈著滑頭主義，又充滿了辨證思想，過猶不及，折衷而居，能伸能曲，的確也包含了豐富精深的人生道理。清人王夫之評其：「了無端尾，如孤雲在空。深。」（《古詩評選》）並非完全之虛美。

烏孫公主

悲愁歌

《漢書・西域傳》：元封中，遣江都王建女細君為公主，以妻烏孫昆莫。昆莫年老，言語不通，公主悲，乃自作歌。

吾家嫁我兮天一方，遠託異國兮烏孫王❶。穹廬❷為室兮氈為牆，以肉為食兮酪為漿❸。常思漢土❹兮心內傷，願為黃鵠❺兮還故鄉。

【注釋】❶遠託異國兮烏孫王　託，寄。烏孫，漢朝西域國名，位於今新疆溫宿以北伊寧以南一帶。烏孫王名昆莫。❷穹廬　氈帳，即今之蒙古包。❸以肉為食兮酪為漿　食，飯食。酪，一種以牛羊馬乳製成的飲料。❹常思漢土　《漢書・西域傳》作「居常土思」。❺黃鵠　又稱天鵝。

【語譯】我家嫁我啊天的一方，遠寄異國啊委身烏孫國王。蒙古包為家啊氈毯當牆，以肉為食啊奶酪作飲漿。常常思念漢朝的家鄉啊心中憂傷，希望能化成黃鵠啊飛回故鄉。

【研析】烏孫公主即劉細君，西漢江都王劉建女，漢武帝元封年間（西元前一一〇年—前一〇五年）冊封為公主，為和番，嫁西域烏孫國王昆莫為右夫人。昆莫老，其孫復妻之。這首詩為劉細君到西域後，因昆莫年老，言語不通，孤苦寂寞，思念家鄉，悲切中所作。首二句「天一方」、「遠託異國」，即為思鄉的緣起。穹廬當房，以肉為食，奶酪為漿，不同的生活習慣，迥異的文化差異，使詩人感到格格不入；空前的孤獨感油然而生，令其無法忍受。她更加思念自己的故鄉，想念家中的親人，三、四兩句揭出其思鄉最直接具體的原因。「常思漢土」一句為其悲慘心情的直接傾吐。末一句的「願為黃鵠」飛回故鄉，是思鄉感情的進一步昇華。而其夢想的成為幻想，不可能實現，亦愈增添了悲劇的內蘊。詩歌語句樸素，不假雕飾，然至情之作，亦成千古至文。

司馬相如

封禪頌

《史記》：長卿病甚，武帝使所忠往求其書。及至，已卒。其妻曰：長卿未死時為一卷書，曰：「有使來求書，奏之。」其遺札言封禪事，所忠奏焉。

自我天覆，雲之油油❶。甘露時雨，厥壤可遊。滋液滲漉，何生不育❷。

嘉穀六穗，我穡曷蓄❸。非惟雨之，又潤澤之。非惟徧之，我氾布濩之❹。

萬物熙熙，懷而慕思。名山顯位❺，望君之來。君乎君乎，侯不邁哉❻。

般般❼之獸，樂我君囿。白質黑章，其儀可嘉。旼旼穆穆，君子之能❽。乃平聲。

蓋聞其聲，今觀其來。厥塗靡蹤，天瑞之徵。茲亦于舜，虞氏以興❾。

濯濯之麟，游彼靈畤❿。孟冬十月，君徂郊祀。馳我君輿，帝用享祉⓫。

三代之前，蓋未嘗有。宛宛黃龍，興德而升⓬。采色炫燿，熿⓭炳煇煌。

正陽顯見，覺悟黎蒸⓮。於傳載之，云受命所乘⓯。厥之有章⓰，不必諄諄。依類託寓，諭以封巒⓱。

「非惟雨之」四語，「蓋聞其聲」二語，悠揚生動，不專以古拙勝也。後述祥瑞三段，井井有法。

【注　釋】❶油油　雲行貌。❷滋液滲漉二句　滲漉，水下流貌。何生不育，無生不育。❸嘉穀六穗二句　嘉穀，豐茂的穀子。穡，收穫。❹非惟偏之二句　《史記》作「非唯濡之，氾尃濩之」，《漢書》作「匪唯偏我，氾布護之」。氾，普。布濩，遍佈流散。❺名山顯位　名山，謂泰山。顯位，高位，指山神。❻侯不邁哉　侯，何。邁，往。❼般般　通「斑斑」。文采斑斕貌，指騶虞，似虎而斑紋。❽旼旼穆穆二句　謂儀態平和深遠似君子也。旼旼，平和貌。❾茲亦于舜二句　謂虞舜時代，百獸率舞，其中亦必有騶虞，昭示虞氏興旺。❿濯濯之麟二句　濯濯，嬉遊貌。靈畤，即五時，地名，在今陝西鳳翔南。漢武帝元封元年十月往彼郊祀，於此獲白麟。⓫帝用享祉　謂白麟出現乃上帝享君而降福也。⓬宛宛黃龍二句　《漢書》載：文帝十五年春，黃龍見於成紀。龍為正陽之物，龍而顯見，是覺民使知天子之德。宛宛，屈伸貌。⓭熿　通「晃」。明亮。⓮正陽顯見二句　正陽，南面。陽，明，謂南面受朝。黎蒸，黎民百姓。⓯於傳載之二句　指〈易傳〉所謂「時乘六龍以御天」。⓰章　彰明昭著。所謂「天之所命，表以符瑞，章明其德，不必諄諄然有語言也」。⓱依類託寓二句　謂依事類託寄，以諭封禪。寓，寄。巒，山巒。

【語　譯】蒼天覆蓋著我們，雲彩滾滾湧動。降下了及時甘露，豐沛的積水可以游泳。潤澤的雨水浸透了田壤，更有何生物不茁壯成長？茂盛的穀子結出六穗，我們豐收的果實哪裡不去存放？不單降了及時喜雨，並且有了甘霖滋潤。雨水不僅普遍拋灑，我們廣泛得到了沾溉。大地萬物欣欣向榮，讓人留戀而且歆慕。赫赫泰山上有神祇，期望君王前來祭祀。國君啊國君，為什麼不早早前往！文采斑斕的騶虞，喜歡我們的皇家苑囿。白色底子黑色花紋，它的形象令人讚賞。平和沉靜肅穆持重，像那君子彬彬儀容。曾經聽過牠的鳴聲，今天見牠現身來行。牠的出沒沒有蹤跡，天降祥瑞呈獻兆徵。牠也現身出在舜時，昭示虞氏進入繁興。白色的麒麟嬉戲遊樂，靈畤有牠歡快的身影。孟冬十月深秋時節，君王御駕祭祀郊野。君王車前來回馳騁，是上帝馨享降了福澤。前有三代夏商周朝，這樣的盛景不曾存在。蜿蜒夭矯黃龍出現，橫空出世張揚著美德。異彩紛呈耀人眼目，光明燦爛金光閃閃。南面天際展示真容，黎民百姓感悟君德。《易傳》對此也有記載，稱說受命君王駕乘。符瑞呈現彰明昭著，無須諄諄更多話說。依託事類遙寄深意，昭告封禪前往泰山。

【研　析】司馬相如（西元前一七九年—前一一七年），西漢文學家，字長卿，蜀郡成都（今屬四川）人。初為景帝武騎常侍，以病免。至梁，與枚乘、鄒陽等人遊。以一篇〈子虛賦〉為漢武帝賞識，用為郎，又拜中郎將，出使西南。這首〈封禪頌〉，乃其死前所作，大旨即建議武帝行封禪大典。詩歌全篇，均稱述天地德澤，種種祥瑞。從「自我天覆」至「懷而慕思」，說風調雨順，五穀豐登，天地德澤沾溉，故有「名山顯位」以下四句，曰應當封禪。而稱「望君之來」不言君當前往，既生動形象，亦見神祇平易親切。「般般之獸」下至「虞氏以興」，稱道祥瑞之一騶虞。並稱虞舜，頌揚當今聖上巧妙，不露形跡。「濯濯之麟」至「蓋未嘗有」，說祥瑞之二麒麟。三代之前未見，誇美武帝前無古人，乃一代聖主。「宛宛黃龍」至「云受命所乘」，說祥瑞之三黃龍。既天地和氣，生機勃勃，符瑞競現，一派祥和，即是封禪的朕兆，不言自明，故有結末四句云云。整個詩篇高古典重，亦不乏流宕飄逸之筆，其敘事層層分明，井井有條，洵大家手筆。

卓文君

白頭吟

《西京雜記》：相如將聘茂陵女為妾，文君作〈白頭吟〉以自絕，相如乃止。

皚❶如山上雪，皎❷若雲間月。聞君有兩意，故來相決絕。今日斗酒會❸，明日溝水頭。躞蹀御溝上❹，溝水東西流。淒淒復淒淒，嫁娶不須啼。願得一心人，白頭不相離。竹竿何嫋嫋❺，魚尾何簁簁❻。男兒重意氣，何用錢刀❼為！

【注釋】❶皚　白色。❷皎　皎潔。❸斗酒會　斗酒相會。斗，古代盛酒器具。❹躞蹀御溝上　躞蹀，小步慢行貌。御溝，流經御苑或環繞宮牆的溝渠。❺竹竿何嫋嫋　竹竿，指釣竿。嫋嫋，動搖貌。❻簁簁　猶漇漇，形容魚尾像濡濕的羽毛。❼錢刀　古錢鑄成馬刀形，故稱錢為錢刀或刀錢。

【語譯】我的愛像山上的雪一樣潔白，像雲間的月一樣皎潔。聽說你三心兩意用情不專，所以來與你絕交決裂。今天備下杯酒暫且相會，明天溝水河頭便當訣別。御溝旁各自行一方，正如那溝水東流不停歇。悲戚感傷又悲戚感傷，女子嫁人無須要哭啼模樣。只要能找到情感專一的如意郎君，白頭到老不相分離。釣魚竿是那樣輕輕地搖啊搖，釣起的魚兒啊尾巴濡濕像羽毛。男子漢看重的應該是真情恩義，怎能夠為了金錢薄倖而去！

【研析】晉葛洪《西京雜記》稱：司馬相如將聘茂陵富室女為妾，卓文君聞之，作〈白頭吟〉以示決絕。然沈約《宋書・樂志》云其當為「漢世街陌謠謳」；徐陵編《玉臺新詠》錄載此詩，題作〈皚如山上雪〉；郭茂倩《樂府詩集》列之〈相和歌辭・楚調曲・古辭〉類。這首詩實為漢世民歌無疑。詩為棄婦辭，惟此「棄婦」在知道了丈夫負心後，不是悲悲戚戚，全失主張，而是態度鮮明，主意堅決，沒有絲毫猶豫，要與那負情薄倖的男子分道揚鑣，各奔東西。詩歌首兩句是作者對自己的感情下的定評。既然自己的感情如雪潔白，如月皎潔，自然容不得塵垢的蒙蔽玷汙，所以在她聽說了丈夫的移情別戀後，就顯得那樣決烈。惟有這種決烈，也纔有「今日」以下四句所表現出來的那般從容。好聚好散，置酒相會，是訣別的宴席，宴席後各奔前程，你我東西。「淒淒」四句宕開一筆，寫尋常所見女子嫁人場面，由此引申，說及婚姻要的是雙方的忠誠，是白頭偕老，此也關合詩歌的主題，從反面證其訣別的必要，不可動搖。「竹竿」以下四句，再回頭說及自己的婚姻：以釣竿的輕搖、魚兒尾巴的濡濕，隱語象徵著曾有的歡悅之愛。有這一回縮，結末對負心郎貪戀金錢、負情薄義的質問就更見出力量。詩歌既成功塑造了一位恩怨分明的女子的形象，比興象徵手法的運用，一些自然工整對偶的句型，還有委曲跌宕的敘述，都使其更具有藝術的魅力。

蘇武

蘇李詩一唱三歎，感寤具存。無急言竭論，而意自長，言自遠也。故知靡言繁稱，道所不貴。

詩四首

首章別兄弟，次章別妻，三、四章別友，非皆別李陵也。鍾竟陵俱解作別陵，未必然。

骨肉緣枝葉❶，結交亦相因❷。四海皆兄弟❸，誰為行路人？況我連枝樹❹，與子同一身。昔為鴛與鴦，今為參與辰❺。昔者長相近，邈若胡與秦❻。惟念當離別，恩情日以新。鹿鳴思野草，可以喻嘉賓❼。我有一罇❽酒，欲以贈遠人。願子留斟酌❾，敘此平生親。

盧子諒云：「恩由契闊申，義隨周旋積。」奪胎於「恩情日以新」句，而此殊渾然。○兩「人」字複韻。

【注　釋】❶骨肉緣枝葉　謂兄弟骨肉親情，猶葉之攀枝而生。❷因　親。❸四海皆兄弟　語本《論語・顏淵》子夏曰：「四海之內，皆兄弟也。」❹連枝樹　即連理樹，一種不同根卻枝、幹連生一體的樹。❺參與辰　參、辰，二星座名，分別居於天之西方、東方。❻胡與秦　胡，指外國。秦，當時西域諸國稱中國為秦。❼鹿鳴思野草二句　語本《詩經・小雅・鹿鳴》：「呦呦鹿鳴，食野之苹。我有嘉賓，鼓瑟吹笙。」以鹿得食物呼喚同類喻燕樂嘉賓。❽罇　酒器。❾斟酌　以勺舀酒。

【語　譯】骨肉親情正像那樹葉依枝生長，結交的朋友親切非同尋常。四海之內到處都是骨肉，有誰是毫不相干陌路之人？何況兄弟與我是那連理樹，我與兄弟同氣連枝如一身。從前就像鴛鴦形影隨，現在將要如參與辰東西分。從前的日子長久相親近，現今將遠隔關山如胡秦。心心念念就要相離別，手足情分與日俱增更見深。鹿得肥草呼朋輩，可用比況燕嘉賓。我有一壺醇美的酒，想要把它送行人。望您暫駐再飲幾大杯，敘敘我們平生無盡的骨肉親。

【研　析】《文選》卷二九〈雜詩上〉錄蘇武詩四首；《玉臺新詠》卷一僅錄其一，題〈留別妻一首〉。然經數代學人的研究，已證明此蘇武詩四首以及下文之李陵〈與蘇武詩三首〉，均東漢末年人偽託。託名蘇武詩自然非贈別李陵之作，但其俱寫贈別則實屬無疑。這首「骨肉緣枝葉」，乃贈別兄弟之作。首句點明送別的對象。次句宕開，似斷實粘，既借朋友點出兄弟，又暗示弟兄而兼知己情分，復以朋友相別烘托弟兄分離。「況我」兩句正繼之而來，照應首句，開啟下文。「昔為」以下四句以今昔兩兩對比，愈顯分別之慘楚。「惟念」二句令人鼻酸，惟分離日近，故更見密邇，也為後文罇酒挽留伏筆。用《詩經》典故，起興借喻設宴餞別，再關照手足兼朋友之情誼。結末四句具體寫餞別情狀，於淺顯明白的語言裡，包含了無盡的感情內蘊，值得人再三品味咀嚼。

結髮❶為夫妻，恩愛兩不疑。歡娛在今夕，燕婉❷及良時。征夫懷遠
路❸，起視夜何其❹。參辰❺皆已沒，去去從此辭。行役❻在戰場，相見
未有期。握手一長歎，淚為生別滋。努力愛春華❼，莫忘歡樂時。生當復
來歸，死當長相思。兩「時」字複韻。

【注釋】❶結髮　古代男二十束髮加冠，女十五束髮加笄，謂之成年，稱結髮。❷燕婉　歡好貌。❸懷遠路　惦念著將奔赴的遠方途程。❹夜何其　語出《詩經・小雅・庭燎》：「夜如何其？」其，語助詞，相當於哉。❺參辰　這裡泛指星辰。❻行役　應役遠行。❼春華　喻少壯之時。

【語 譯】成年婚配新結為夫妻，恩愛纏綿親熱無猜疑。今兒晚上歡快又幸福，歡好行樂趁著美好時辰。出征的人難釋懷遙遠途程，披衣起出門看夜到何時。星辰黯都已經隱沒不顯，走啊走從現在就要告辭。應差役遠行去奔赴沙場，再見面是何時沒有準期。手握手相對看長歎悲切，生離別直惹得淚流難止。當留心珍惜那青春貴體，別忘記曾擁有歡樂日子。若活著便應當重返故土，縱犧牲也應該永遠念思。

【研 析】本詩《玉臺新詠》收錄，題作〈留別妻〉。詩為征夫別妻之作。前四句寫夫妻恩愛歡樂，琴瑟和諧，融洽無間，但三、四句已露變徵之音，「在今夕」、「及良時」，幸福的時光已經無多，歡樂中摻進了不諧和的因素。「征夫」四句，首先點出征夫，為上一層作解；「起視」一句透露出，小夫婦度過的是一個不眠之夜。而征夫的不寧，更令人油然生出同情。不寫之寫，一樣感人至深。「行役」四句，具體寫明征夫所去，而凶險的戰場，自然生死難料，相見更不可預期。生離死別，悲莫大於此，恩愛的小夫妻淚眼相望，他們有千言萬語，卻不知講什麼為好。結末四句，為夫妻相互間的臨別贈言。妻子說：戰場雖然環境險惡，你也要設法愛惜自己的身體；戰爭是殘酷的，你不妨想一下我們曾有的歡娛，它能讓你孤寂的心得到溫暖。丈夫說：你的愛我不會忘懷。戰爭過後，我若還活著，會即刻回來，回到你的身邊；死了，也會在另一個世界裡，永久地把你想念。通篇詩歌，語言樸實，情感深摯，以歡樂開始，以離別之悲結束，感人至深。

黃鵠一遠別，千里顧徘徊❶。胡馬失其群，思心常依依❷。何況雙飛龍❸，羽翼臨當乖❹。幸有絃歌曲，可以喻中懷❺。請為〈遊子吟〉❻，泠泠❼一何悲。絲竹厲清聲❽，慷慨有餘哀。長歌正激烈❾，中心愴以摧。欲展〈清商曲〉❿，念子不能歸。俛仰內傷心，淚下不可揮。願為雙黃鵠，送子俱遠飛。

【注　釋】❶顧徘徊　猶顧盼徘徊。❷依依　戀戀不捨。❸飛龍　傳說中神物，能飛翔。或稱鳥名。❹乖違；離。❺喻中懷　宣示心懷。❻遊子吟　琴曲名。《琴操》曰：「〈楚引〉者，楚遊子龍丘高出遊三年，思歸故鄉，望楚而長歎，故曰〈楚引〉。」〈遊子吟〉或指此曲。❼泠泠　音韻淒清貌。❽絲竹厲清聲　絲竹，代指管絃樂器，這裡獨指絃樂。厲，激越。❾長歌正激烈　長歌，樂府有〈長歌行〉、〈短歌行〉，長歌慷慨激烈，短歌微吟低迴。❿清商曲　屬於短歌。曹丕〈燕歌行〉云：「援琴鳴弦發清商，短歌微吟不能長。」

【語　譯】黃鵠振翅高飛遠別，千里程途徘徊顧盼。胡地馬兒迷失伴侶，中心眷眷難以釋懷。何況一對遨遊飛龍，展翅將要分飛離開。幸賴擁有絃歌樂章，可以用來宣釋心懷。請奏一曲〈遊子吟〉吧，音韻淒清何其悲慨。絃樂奏起激越緊促，慷慨激昂間雜餘哀。長歌聲聲激烈超邁，心中悲楚意緒大壞。想要改彈〈清商〉之樂，忽念閣下不能歸來。俯仰之間感懷傷心，淚水漣漣揮擦又來。希望化成一雙黃鵠，伴送閣下浪跡四海。

【研析】這首詩當為客中送客之作。首四句為興為比，黃鵠、胡馬尚知顧念鄉邦，眷戀友情，人之客地別友，其離情別緒，感傷愁苦，更能想見。黃鵠喻友，寫友人之眷眷難捨；胡馬自比，寫自己之依戀難割。「雙飛龍」合比自己與友人，點出其將要分別。「幸有」以下十句，俱藉音樂抒發離別意緒。先奏〈遊子吟〉，長歌慷慨激烈，樂音淒楚，清越哀感，分別的場面越發不堪忍受。詩人不希望把分手弄得太過悲切，想超脫些，扮出點瀟脫，彈奏輕緩的短歌〈清商曲〉，沖淡一下氣氛，但還沒有彈奏，卻先想起了將要的分別。也就在這一念間，淚水盈面，泣下不止，揮之不盡，欲要掩飾，反而陷入更強烈的苦痛中。結末兩句，進一步表達了詩人與朋友難分難捨的深摯情誼，而以「雙飛鵠」「俱遠飛」包含，顯得含蓄別致，韻味無窮。以黃鵠開篇，復以黃鵠收結，照應綿密。

燭燭❶晨明月，馥馥❷秋蘭芳。芬馨良夜發，隨風聞我堂。征夫懷遠路，遊子戀故鄉。寒冬十二月，晨起踐嚴霜。俯觀江漢❸流，仰視浮雲翔。良友遠別離，各在天一方。山海隔中州❹，相去悠且長。嘉會難再遇，歡樂殊未央。願君崇令德❺，隨時愛景光❻。

寫情款款，淡而彌悲，連上首應是贈李作。

【注釋】❶燭燭　光明貌。❷馥馥　香氣。❸江漢　長江與漢水。❹山海隔中州　山海，泛指山川。中州，河南古稱豫州，在九州之中，故稱中州。❺願君崇令德　崇，尚；增益。令德，美德。❻景光　時光；光陰。

【語譯】黎明的月色依然明亮，秋蘭飄溢馥郁的芳香。美好的夜晚芬芳生發，隨風播散流溢廳堂。行人掛念遠方的程途，飄零的人啊懷戀故鄉。嚴寒隆冬十二月天，凌晨行路腳踏凍霜。低頭凝視江漢湍流，抬頭注目浮雲飄蕩。好友分手遠行他方，不能相見天各一方。遠離中州山川間隔，相距遙遠路途漫長。歡會聚合難再擁有，今日的歡樂遠未盡嘗。尚望閣下修身進德，時時珍惜寶貴的時光。

【研析】此詩亦別友而作。凌晨皎潔的月光，風清月白，微風吹動中，秋蘭綻放，空氣裡洋溢著悠悠的芳香。開頭四句，展示了一個美妙宜人的時間空間。但就在這個時候，這個地方，一對情誼深摯的朋友，卻要分手了，「征夫」兩句，即點明送別主題。開頭環境的描寫，愈襯托烘染著離別的悲苦，不言悲而悲盡在其中。「寒冬」以下四句，懸測著朋友遠行的艱辛，與孤寂的途程裡，那份濃郁的落寞惆悵之感。「江漢流」、「浮雲翔」，在行人眼裡，就是一種離愁，一種飄泊無定，一種既往幸福時光的流逝。「良友」以下八句，為送別話語。好朋友要別離了，天各一方，山川間隔，再相會的日子難以預期，而目下的時間又是這樣短暫，雖然餘興未盡，分別卻已成註定。結末兩句，為臨別勉贈語，祝友人進德修身，珍惜時光，寓有祝福友人發達，相會有期之意。

李陵

與蘇武詩三首

良時不再至，離別在須臾。屏營衢路側❶，執手野踟躕❷。仰視浮雲馳，奄忽互相踰❸。風波一失所，各在天一隅。長當從此別，且復立斯須❹。欲因晨風發，送子以賤軀。

一片化機，不關人力，此五言詩之祖也。○音極和，調極諧，字極穩，然自是漢人古詩，後人摹倣不得，所以為至。○唐人句云：「孤雲與飛鳥，相失片時間。」推為名句，讀「奄忽互相踰」句，高下何止倍蓰耶？

【注釋】❶屏營衢路側　屏營，彷徨。衢路，四通八達的大道。❷野踟躕　在郊野徘徊。❸奄忽互相踰　奄忽，急遽。踰，超越。❹斯須　猶須臾。

【語譯】美好的聚會不再來到，離別分手就在瞬間。大道旁邊彷徨無措，野外牽手依依難捨。抬頭注目浮雲奔馳，倏忽之間相互騰越。隨風飄散四處流轉，天涯海角分處一端。長久的分別從此開始，暫且停留再作盤桓。但願憑藉晨起的清風，吹我賤軀與您同前。

【研析】此李陵〈與蘇武詩三首〉，與所謂的蘇武詩四首一樣，俱係東漢末無名氏文人偽託，已經學人辨明。本詩亦送別友人之作。首四句寫郊外送別，就要分別了，一對情深意摯的朋友仍難分難捨，四手緊握，彷徨路邊，眷眷傷感。「仰視」四句，由浮雲的飄蕩離散，暗寫一對朋友的就要離別，天各一方，山川阻隔，難以相見。末四句於描寫朋友深情依依之後，更進一步，表露人雖離開，而情未間斷，自己真摯的感情友誼，也將趁著清風，隨朋友一同遠去。而詩中情隨景轉，由衢路、野、浮雲、風波、晨風，到感情行動上的屏營、踟躕、失所、復留、同行，步步挪移，極為巧妙。

嘉會難再遇，三載為千秋❶。臨河濯長纓❷，念子悵悠悠。遠望悲風至，對酒不能酬❸。行人懷往路，何以慰我愁。獨有盈觴酒，與子結綢繆❹。

【注釋】❶三載為千秋　謂三載友情等於千秋。❷長纓　即馬鞅，為駕車時繫在馬頸上的革帶。❸酬　勸酒。❹綢繆　纏綿不盡的情意。

【語譯】歡會難以再擁有，三年友誼千年久。站在河邊洗馬鞅，想起我友無限憂。遙望遠方悲來風，面對美酒難勸友。行人惦念要去的路，如何慰藉我心中愁。惟獨有這滿杯的酒，奉與我友表情厚。

【研析】這也是一首贈別友人的詩作。離別總不免令人黯然神傷，更何況對於一對感情深摯的朋友，又明知歡會難再，重逢的日子遙遙無期！詩歌前兩句，正表現了這樣的意思。要與朋友分手了，再表表自己的情意吧，於是親手為友人的坐騎洗著馬鞅。而對著一去不回的流水，詩人不覺得又想起了將去的朋友，油然而生出無限惆悵。遠望著風吹楊柳，感覺亦充滿了離情別緒，一片哀愁。「行人懷往路」，真切寫出行人的心理。行人考慮的只是將去的途程，但對於送行人來說，卻有著載不動的愁緒。他總想再表示一下自己的心意，雖面前有酒，卻連端起酒杯勸酒的力量都沒有了。離別不可逆轉，在朋友就要踏上征途的剎那，詩人似乎在混沌狀態裡驚醒，總要為友人壯行吧。滿斟上一杯酒，寄託著祝福，飽含著深情，遞給要出發的朋友，再喝上一杯吧！詩歌寫離情別緒，情深意摯，纏綿悱惻。

攜手上河梁❶，遊子暮何之❷。徘徊蹊路❸側，悢音亮。悢不得辭❹。行人難久留，各言長相思。安知非日月，弦望自有時❺。努力崇明德，皓首以為期。

此別永無會期矣，卻云弦望有時，纏綿溫厚之情也。○「努力崇明德」，正與「願君崇令德」二語相答。

【注釋】❶梁　橋樑。❷何之　何往。❸蹊路　小徑。❹悢悢不得辭　悢悢，惆悵貌。不得辭，不能成辭；說不出話來。❺弦望自有時　謂月有圓缺，人有離合，然有離便有合。弦指月缺，在每月上下旬；望指月圓，在每月農曆十五。

【語譯】手牽手肩並肩跨上橋樑，蒼茫暮色中遠遊的人你要去何方。岔路的小道旁流連徘徊，不知說什麼僅剩下惆悵憂傷。要走的人難以久將他挽留，相互間道一聲永遠思念。怎知道不似那天上月貌，有缺時亦自有團圓日子。努力去修善著自身德操，白頭時就是那歡會之日。

【研析】此詩亦送別友人而作。詩前六句一如前兩首，纏綿悱惻，淒楚哀感。到河梁，再到蹊路側，自然是長亭短亭，送了一程又一程。但一對友人仍不忍分手，徘徊著，神傷著，任何能說的語言都不足以表達他們的這種別緒，他們也找不到恰當的語言來表說此時的心情，「此時無聲勝有聲」，無聲的交流也許是最合適的。送君千里，終有一別，到了分手的時候了，他們能說出的就那麼幾個字：「各言長相思」，「長相思」三個字，包含的內容又是何其的豐富無窮！結尾四句是勸勉語，是自我寬慰語，「皓首以為期」，他們雖也知道重逢的渺茫，但堅定地、固執地以為，他們還會相見。這結尾，卻是與上兩首不同的地方。託名李陵詩三首，誠如明人謝榛所評：「句平意遠，不尚難字，而自然過人。」（《四溟詩話》）頗能中其鵠的。

別歌

《漢書》：昭帝即位，匈奴與漢和親。漢使求蘇武等，單于許武還。李陵置酒賀武，因起舞而歌，泣下數行，遂與武決。

徑萬里兮度沙漠❶，為君將兮奮❷匈奴。路窮絕兮矢刃摧❸，士眾滅兮名已隤❹。老母已死，雖欲報恩將安歸！

【注　釋】❶徑萬里兮度沙漠　徑，經過；行經。度，橫渡；越過。❷奮　奮擊。❸摧　摧折。❹隤　墜；毀。

【語　譯】萬里奔馳啊橫越沙漠，身為帝君的大將啊奮擊匈奴。窮途末路啊刀箭摧折，眾軍覆滅啊聲名如土。老母已死，縱想報恩將往哪兒！

【研　析】李陵（？—西元前七四年），字少卿，隴西成紀（今甘肅秦安）人，西漢名將李廣之孫。漢武帝朝，以騎都衛領兵出征擊匈奴，兵敗投降。這首詩見收於《漢書．蘇武傳》。詩作於漢昭帝始元五年（西元前八二年）冬，時被扣留匈奴十九年的漢朝使節蘇武將回歸祖國，李陵為其設宴餞行，席上慷慨悲歌，有此五句。詩歌首兩句遙想當年，也曾壯志凌雲、氣衝牛斗，渴慕如祖父李廣那樣建不世功勳，帥雄兵直搗匈奴老巢。三、四兩句，則追述著悔恨著兵敗投降、聲名掃地的過程：慘烈的交戰中，手下的將士已所剩無幾，彈盡糧絕，救兵不至，李陵沒有捨身成仁，於是落下了叛將的罵名。李陵投降以後，漢武帝聽說有李某為匈奴練兵，以為是李陵無疑，乃捕殺其母。然此李某實為李緒，並非李陵，這顯然是一起冤獄。末句李陵所唱，尤見淒涼悲哀，朋友將要回歸故土，而自己，卻已是無家可回，只能夠客死異邦他鄉了。此表露出當時李陵痛楚而幾於絕望的那種心緒。李陵的這首詩歌當然是至情之作，形式上由七言一變為末句的十一言，即是其情感演變發展的自然表現。

李延年

歌一首

《漢書》：李延年性知音律，善歌舞，武帝愛之。延年起舞而歌云云。上歎息曰：世豈有此人乎？平陽主因言延年有女弟。上召見之，妙麗善舞，由是得幸。

北方有佳人，絕世而獨立❶。一顧傾人城，再顧傾人國❷。寧不知傾城與傾國，佳人難再得。

欲進女弟，而先為此歌，倡優下賤之技也，然寫情自深。古來破家亡國，何必皆庸愚主耶？

【注釋】❶絕世而獨立　絕世，並世無雙；冠絕一世。獨立，超邁群倫。❷一顧傾人城二句　顧，看。傾，傾覆。再，又一次。

【語譯】北方有位漂亮女子，並世無雙世罕見。她秋波顧盼人城破，再轉秋波令國滅。難道不知她能傾覆人家城池與國家，就因為這樣的美人世上沒有第二個。

【研析】李延年（？—約西元前八七年），西漢中山（今河北定縣附近）人。為樂工，善音律，能歌舞。以妹得武帝寵，官協律都尉。終被殺。這首歌見《漢書・外戚傳》，所寫之「佳人」，即後來為漢武帝寵幸之李夫人。詩首兩句直鋪，極譽佳人的靚麗絕世。三、四兩句，從反面著筆，由其可畏，渲染其可愛之至。末兩句再挑一筆，說出其可畏而實可愛。所謂欲擒故縱，令人魂不守舍，難以釋懷。詩歌在藝術上最大的特點，便是敘議結合，與以往寫美人必狀其美貌者迥異，但其效果，直可逼《詩經・衛風・碩人》之「巧笑倩兮，美目盼兮」。詩成於漢初，以五言為主，其於五言詩之形成，有啟蒙催化之功。

燕刺王旦

《漢書》：旦自以武帝子，且長不得立，乃與姊蓋長公主、左將軍上官桀交通，謀廢立。事覺，昭帝使使者賜璽書，王以綬自絞，夫人隨旦。自殺者二十餘人。

歌

歸空城兮，狗不吠，雞不鳴。橫術何廣廣兮❶，固知國中之無人。

【注釋】❶橫術何廣廣兮　術，道路。廣廣，通「曠曠」。

【語譯】回到了一座空城啊，沒有狗叫，沒有雞鳴。橫著的道路何其空曠啊，因此知道封國內已經無人生存。

【研析】燕刺王劉旦（？—西元前八〇年），漢武帝第四子。武帝死，與蓋長公主、上官桀謀反。事敗，上官桀等已伏誅，旦置酒萬載宮，聚賓客、群臣、妃妾而飲，席上歌此。歌凡二十一字，極蒼涼鬱憤。首句點出空城，狗不吠、雞不鳴，即緣城空無人，是屠殺後的一片死寂，已經了無任何生意。眼前一條條橫著的大道，因了沒人，愈顯遼闊空曠，空曠得令人害怕，讓人窒息。而這一切，都是劉旦對不久之將來的想像。清醒地走向毀滅，在他，該是何等的痛苦！

華容夫人　歌

髮紛紛兮寘渠❶，骨籍籍兮亡居❷。母求死子兮妻求死夫，裴回❸兩渠間兮君子將安居？

杜少陵鬼妾鬼馬等語，似從此種化出。

【注　釋】❶寘渠　填塞溝渠。❷骨籍籍兮亡居　骨，死骨。籍籍，縱橫貌。居，處。❸裴回　徘徊。

【語　譯】黑壓壓紛繁的頭髮填滿了溝渠，死骨累累縱橫遍佈沒有安置之地。母親尋覓著死去的兒子啊妻子找尋著死了的丈夫，在兩條河溝間徘徊躑躅啊大人先生們將在哪裡安居？

【研　析】華容夫人（？—西元前八〇年），燕刺王劉旦嬪妃。這首歌乃上首的和歌，並見《漢書・武五子傳》。作為和歌，本首繼上首內容而來，更進一層，首兩句寫屠戮後的慘狀：溝渠裡滿是黑壓壓的人頭，死骨縱橫多得沒處安置，有觸目驚心之效。第三句母求死子，妻求死夫，妻離子散，家破人亡，傷心慘烈。結末一句，是對不抵抗的大人先生們的質問，也是一種鞭打。紛紛、籍籍疊音，裴回疊韻，此類詞的使用，加強了語言的表達效果。髮紛紛、骨籍籍，母、妻求死子、亡夫與徘徊的君子，相互對照發明，增添了藝術表現的力度。

昭帝

淋池❶歌

《拾遺記》：時穿淋池，中植芰荷，帝時命水嬉，畢景忘歸，使宮人歌曰。

秋素景❷兮泛洪波，揮纖手兮折芰荷。涼風淒淒揚棹歌，雲光開曙月低河❸，萬歲為樂豈云多！

「月低河」句，已開六朝風氣。

【注　釋】❶淋池　池沼名，昭帝始元元年（西元前八六年）建，故址位於今西安市一帶。❷秋素景　古代五行說以秋為金，故稱。❸雲光開曙月低河　曙，曙光，天將亮時的光華。月低河，月光低映於天河。

【語　譯】金色的秋天裡蕩舟在洪大的水波，揮動著纖細的玉手採摘著荷葉。習習的涼風中高揚起閒適的漁歌，燦爛的雲霞裡月亮低低地照射著天河，一萬年快樂啊誰說太多！

【研　析】漢昭帝劉弗陵（西元前九四年—前七四年），漢武帝少子，西漢皇帝，西元前八七年至前七四年在位。這首歌見東晉王嘉撰《拾遺記》卷六，寫的是昭帝與宮人之淋池作樂。首句點出時間（秋季）、地點（水上），又以泛舟洪波之中，寫水上嬉樂。「揮纖手」以下二句，玉手採荷，漁歌競起，具體寫歡樂的內容與場景。「雲光」一句，以月亮低照天河、曙光漸露，交代時間，又暗示遊樂者徹夜未眠，尋歡作樂。末句以直舒胸臆之語，既表達但願此樂如天長地久，亦總揭出淋池遊樂的歡快及令人流連難以忘懷。詩通體七言，一韻到底，婉轉流麗，蓋亦後人偽託。

楊惲

拊缶歌

詳見《漢書》惲答孫會宗書。

田❶彼南山，蕪穢不治。種一頃豆，落而為萁❷。人生行樂耳，須❸富貴何時。

以力田之無年，比仕宦之失志，未嘗斥朝廷也，然竟緣此得禍，哀哉！

【注釋】❶田　耕作。❷萁　豆莖。❸須　等待。

【語譯】在那南山之中耕作，荊棘荒蕪難以拾掇。種上豆子有百畝，收穫卻是豆子葉。人生應該求快樂，等待富貴何時得。

【研析】楊惲（？—西元前五四年），字子幼，華陰（今陝西華陰）人，司馬遷外孫。宣帝朝為郎，以揭發霍氏謀逆，封平通侯，遷中郎將。為官廉潔無私。然以自矜其能，結怨甚多。因與太僕戴長樂失和，遭參劾，免職為庶人。後被誅。這首〈拊缶歌〉見收於《漢書・楊惲傳》。載楊惲答孫會宗書曰：「田家作苦，歲時伏臘，烹羊炮羔，斗酒自勞。家本秦也，能為秦聲；婦趙女也，雅善鼓瑟。奴婢歌者數人，酒後耳熱，仰天拊缶，而乎烏烏。其詩曰：……」詩歌以耕田為比，抒發了自己不遇明時，仕途坎坷的鬱悶情懷。荒莽的南山，土地瘠薄，雜草荊棘叢生，在這裡種豆，收穫的也只能是不多的豆葉。為官亦然，處在昏暗混亂的濁世，自然也難以有什麼作為。於是，詩人唱出了憤激之語：人生就是要即時行樂，等待富貴又到何時！此中頗見出詩人傲岸不羈之鋒芒。

王昭君

怨詩

此將入匈奴時所作。

秋木萋萋❶，其葉萎黃。有鳥處山，集于苞桑❷。養育毛羽，形容生光。既得升雲，上遊曲房❸。離宮絕曠❹，身體摧藏❺。志念抑沉，不得頡頏❻。雖得委食❼，心有徊徨❽。我獨伊❾何，來往變常。翩翩❿之燕，遠集西羌⓫。高山峨峨⓬，河水泱泱⓭。父兮母兮，道里悠長。嗚呼哀哉，憂心惻傷⓮。

若明訴入胡之苦，不特說不盡，說出亦淺也。呼父呼母，聲淚俱絕。下視石季倫擬作，瑣屑不足道矣。

【注釋】❶萋萋　同「淒淒」。寒涼貌。❷集于苞桑　集，止。苞桑，桑樹的本幹。❸曲房　密室。❹離宮絕曠　離宮，正宮以外供皇帝出巡時居住的宮室。絕曠，遠曠。❺摧藏　摧殘。❻頡頏　鳥兒上下翻飛貌。上飛曰頡，下飛曰頏。❼委食　給食；餵食。❽徊徨　恐懼貌。❾伊　是。❿翩翩　往來貌。⓫西羌　西部羌族之地。⓬峨峨　高峻貌。⓭泱泱　深廣貌。⓮惻傷　痛傷。

【語譯】秋天裡的樹木意帶寒涼，樹上的葉子枯萎變黃。有隻鳥兒處於深山，立腳停歇落在苞桑。毛羽生長養育已成，形態容顏熠熠閃亮。已獲允准登上雲層，向上遊歷密室深房。離宮杳遠寥落空曠，遭受摧殘身體被戕。心志憂鬱岑寂孤苦，難以展翅自由翱翔。縱然得到食物餵養，深心落寞驚懼彷徨。偏獨我身算是何物，來往之中改變故常。往來飛翔空中燕子，遠飛歇腳落在西羌。高山巍峨聳立干雲，浩淼河水滾滾流淌。父親啊母親啊都在哪裡，間隔的道路遙遠漫長。嗚呼哀哉歎息不置，心中憂愁痛苦悲傷。

【研析】王昭君，名嬙，西漢南郡秭歸（今屬湖北）人。元帝時選入宮中。竟寧元年（西元前三三年）赴匈奴和親。然此詩經學人考證，乃人偽託而作無疑。詩見收於《樂府詩集・琴曲歌辭》，題〈昭君怨〉。詩歌所寫，為昭君出塞前之感慨與心緒。以「秋木萋萋」開篇，定下了悲怨的基調。自首句至「遠集西羌」，以鳥為比，暗寫昭君的出身良家，資質明豔，選入後宮，抑鬱孤寂，身心交瘁。「遠集西羌」，則比喻其將赴匈奴，辭國遠行。「高山峨峨」下六句，乃實寫。山高水阻，道路遙遠，孤身一人，遠離家鄉父母，相見無期，昭君之痛苦憂傷，難以抑制，盤結在胸，不吐不快，於是發而為言：「嗚呼哀哉，憂心惻傷。」全詩由虛到實，過渡自然，而比喻的妙用，使感情的表達，既深摯真切，也含蓄蘊藉。

班婕妤

怨歌行

婕妤初為孝成所寵，其後趙氏日盛，婕妤恐久見危，求供養太后長信宮，作紈扇詩以自悼焉。

新裂齊紈素❶，皎潔如霜雪。裁成合歡扇❷，團團似明月。出入君懷袖，動搖微風發。常恐秋節至，涼飆❸奪炎熱。棄捐篋笥❹中，恩情中道絕。

用意微婉，音韻和平，綠衣諸什，此其嗣響。

【注　釋】❶新裂齊紈素　新裂，剛從織機上截下。齊紈素，齊地以產紈素著稱。紈，精細的素。素，生絹。❷合歡扇　以絹製成的一種扇子，扇面有象徵男女歡合的圖案。❸飇　大風。❹篋笥　放置衣物的箱籠。

【語　譯】新從織機上扯下塊精細的絲絹，明亮潔白恰如那銀霜白雪。裁製成精美細巧的合歡扇子，圓圓的一方就像天上的明月。在您的衣袖裡拿出裝進，搖動起縷縷柔風相隨生發。常常擔心秋季到來，涼爽的大風會要奪去炎熱。丟棄進那鎖閉的衣箱籠裡，恩愛情意將要半道斷絕。

【研　析】班婕妤，西漢樓煩（今山西寧武）人，史學家班固之祖姑，班況之女。漢成帝朝被選入宮，得寵，封為婕妤。後為趙飛燕奪寵，居長信宮。有〈自悼賦〉、〈擣素賦〉，俱抒寫其失寵後幽居冷宮之哀怨。本詩選入《文選》、《玉臺新詠》、《樂府詩集》等書。詩歌以紈扇的得寵及被棄，表達了舊時代宮廷女子的命運。前六句寫紈扇之盛時，喻女子之受寵。後四句寫紈扇之衰日，喻女子之遭棄。首二句寫紈扇質地之優良，齊產名品喻出身，新、皎潔，喻指年輕貌美，華豔照人，新得寵幸。三、四兩句寫紈扇製作精美，以合歡、明月，喻指美滿幸福。五、六兩句，寫紈扇受寵，喻指兩情相得，正當蜜月。紈扇雖有盛時，卻終為懷袖中之玩物，當其盛期已過，便難免遭棄，故其縱在盛時，也常心懷憂慮，慮時節變遷，慮秋風驟至，慮暑期消逝，所以「常恐」一句，表面上似覺突兀，實際上自然而然。秋涼喻女子色衰，棄置箱籠喻其被打入冷宮。鍾嶸《詩品》稱此詩題〈團扇〉。詩歌詠物，貴在融情其中，既切合物體，處處緊扣，又句句為比，關合言情，物我合一，渾然難分。詩歌所塑造的紈扇意象，反映了封建時代女子的普遍命運，故其產生了廣泛的共鳴。詩歌語言綺麗清簡，抒情抑揚頓挫，鍾嶸《詩品》列之上品，稱其：「〈團扇〉短章，詞旨清捷，怨深文綺，得匹婦之致。」可謂的評。

趙飛燕

歸風送遠操

《西京雜記》：趙后有寶琴，名鳳凰，亦善為〈歸風送遠操〉。

涼風起兮天隕❶霜，懷君子兮渺❷難望，感予心兮多慨慷❸。

【注　釋】❶隕　落；降。❷渺　渺茫。❸慨慷　感慨；激昂。

【語　譯】涼風刮起啊天上降下銀霜，思念君子啊遠望一片茫茫，我心生感觸啊心頭湧起陣陣波浪。

【研　析】趙飛燕，漢成帝時宮人，先為婕妤，後立為皇后，專寵十餘年。哀帝即位，尊為皇太后。平帝朝廢為庶人，自殺身亡。這首詩見於《西京雜記》，為懷人而作。首句以秋風起冰霜降起興。由季候的變化而思念遠方的親人，自然而然。所思之人相隔遙遠，「渺難望」極生動傳神。那人雖不可見，卻不能阻遏對他的懷念，不能不令思念者心潮湧動，情感的波瀾洶湧翻騰。短短三句，一位懷人者（思婦）的形象已經活脫欲出。其語言意境，亦類〈九歌〉，纏綿柔婉。

梁鴻

五噫歌

《後漢書》：鴻東出關，過京師，作五噫之歌。肅宗聞而悲之，求鴻不得。

陟彼北芒兮❶，噫❷！顧瞻帝京兮❸，噫！宮闕崔嵬❹兮，噫！民之劬勞❺兮，噫！遼遼未央兮❻，噫！

【注釋】❶陟彼北芒兮　陟，登；升。北芒，即芒山，在今河南洛陽北。❷噫　歎詞。❸顧瞻帝京兮　顧瞻，回頭看。帝京，指洛陽。❹崔巍　高峻貌。❺劬勞　勞苦。❻遼遼未央兮　遼遼，遠貌。央，盡。

【語譯】登上那芒山啊，哎！回望京城啊，哎！帝室高峻啊，哎！百姓辛勞啊，哎！遙遠無期啊，哎！

【研析】梁鴻，字伯鸞，東漢扶風平陵（今陝西咸陽西北）人。嘗受業於太學。娶妻孟光。

舉案齊眉的故事，就發生在他們夫妻身上。本詩為梁鴻過洛陽而作。詩歌全取直敘，寫自己登高所見所感。以宮室之崔巍與百姓之勞苦對比，揭示了封建朝廷的奢靡享樂，反映了民生疾苦，百姓民瘼。結末一句，「遼遼未央」，既是說百姓勞苦沒有盡頭，更諷刺了統治者的奢侈沒有滿足。詩用騷體，每句後綴一感歎詞「噫」，反覆感歎，不僅別創一格，且使全詩始終籠罩在迴腸盪氣的激蕩情緒中，給人以餘意不盡之感。據《後漢書》梁鴻本傳載，漢章帝讀此詩，氣急敗壞，差人訪拿梁鴻。梁鴻改姓易名，避藏於齊魯間。此足見該詩的分量。

馬援

武溪深行

崔豹《古今注》：〈武溪深〉，馬援南征時作。門生爰寄生善笛，援作歌以和之。

滔滔武溪❶一何深，鳥飛不度，獸不敢臨❷，嗟哉武溪多毒淫❸。

【注釋】❶武溪　當作「五溪」，為雄溪、樠溪、酉溪、潕溪、辰溪的總稱。❷臨　視。❸毒淫　謂瘴氣浸淫。

【語譯】滔滔奔流的五溪何等深，鳥兒展翅飛不過，野獸踟躕不敢看，感慨一聲五溪瘴氣疫癘浸。

【研　析】馬援，字文淵，東漢茂陵（今陝西興平東北）人，官伏波將軍，封新息侯，征武溪，喪於軍。《後漢書．馬援傳》記載：光武帝建武二十四年（西元四八年），馬援統軍征武溪，次年困於河水疫癘，本詩當作於斯時。詩首句開門見山，言滔滔武溪，深不能測。唯困於武溪，纔有如此真切之感受。鳥飛不過，獸不敢臨，極言水勢的險惡。不獨水險，更有瘴氣疫癘瀰漫，其環境愈見惡劣。身為三軍之帥，面對如此環境，馬援一籌莫展，徒喚奈何，末句感歎「毒淫」，正見其無奈之心態。而非身臨其境，也不能有此深切感慨。

班　固

寶鼎詩

〈東都賦〉詩之一。

嶽修貢兮川效珍❶，吐金景兮歊浮雲❷。寶鼎見兮色紛縕❸，煥其炳兮被龍文❹。登祖廟兮享聖神，昭靈德兮彌億年❺。

【注　釋】❶嶽修貢兮川效珍　修貢，奉獻貢品。效珍，貢獻珍品。❷吐金景兮歊浮雲　金景，金色的光芒。歊，氣上升貌。❸紛縕　即紛蘊，盛貌。❹煥其炳兮被龍文　煥，煥發。炳，光華。被，同「披」。

龍文，龍形花紋。❺昭靈德兮彌億年　昭，昭示。靈德，神靈的恩德。彌，滿。

【語　譯】山嶽進獻貢品啊河流進獻奇珍，吐露金色的光華啊蒸騰起浮雲。寶鼎現世啊光彩紛紜，光亮閃爍啊上披龍紋。擺設祖廟裡啊祭享神明，昭示神靈的恩德啊直到億年。

【研　析】班固（西元三二年—九二年），字孟堅，東漢扶風安陵（今陝西咸陽）人，著名史學家、文學家，官蘭臺令使，轉為郎，後從大將軍竇憲伐匈奴，以憲獲罪受牽連，下獄死。本詩為其〈東都賦〉附詩之一。詩歌借寶鼎現世，以詠贊寶鼎，歌頌了所謂的「當今」盛世。首句點題，謂太平盛世，所以山川競相獻寶，於是有寶鼎出世。次句金景祥雲，再寫盛世感應，天現祥瑞。三、四句鋪陳描寫寶鼎，光華氤氳，龍紋雕飾，既誇讚寶鼎之美輪美奐，也譽揚皇家福祉。末兩句祀祖廟，祭神靈，祈求福佑，江山萬代。有《詩經》雅、頌遺風。

張　衡

四愁詩

張衡不樂久處機密，陽嘉中，出為河間相。時國王驕奢，不遵法度，又多豪右并兼之家。衡下車，治威嚴，能內察屬縣，姦猾行巧劫，皆密知名。下吏收捕，盡服擒。諸豪俠遊客，悉惶懼逃出境。郡中大治，爭訟息，獄無繫囚。時天下漸弊，鬱鬱不得志，為〈四愁詩〉。屈原以美人為君子，以珍寶為仁義，以水深雪雰為小人。思以道術相報，貽於時君，而懼讒邪不得以通。其辭曰。

我所思兮在太山，欲往從之梁父❶艱。側身東望涕霑翰❷。美人贈我金錯刀❸，何以報之英瓊瑤❹。路遠莫致倚逍遙❺，何為懷憂心煩勞❻？

我所思兮在桂林❼，欲往從之湘水❽深。側身南望涕霑襟。美人贈我琴琅玕❾，何以報之雙玉盤。路遠莫致倚惆悵，何為懷憂心煩傷❿？

我所思兮在漢陽⓫，欲往從之隴阪⓬長，側身西望涕沾裳。美人贈我貂襜褕⓭，何以報之明月珠。路遠莫致倚踟躕，何為懷憂心煩紆⓮？

我所思兮在雁門⓯，欲往從之雪紛紛。側身北望涕沾巾。美人贈我錦繡段⓰，何以報之青玉案⓱。路遠莫致倚增歎，何為懷憂心煩惋⓲？

心煩紆鬱，低徊情深，風騷之變格也。少陵七歌原於此，而不襲其迹，最善奪胎。〇〈五噫〉〈四愁〉，如何擬得？後人擬者，畫西施之貌耳。

【注釋】❶梁父　泰山下小山名。❷翰　衣襟。❸金錯刀　黃金錯環的佩刀。錯，鍍金。❹英瓊瑤　英、瓊、瑤，皆美玉名，英，同「瑛」。❺路遠莫致倚逍遙　致，送到。倚，通「猗」。語助詞。逍遙，即搖搖，不安貌。❻煩勞　心煩神傷。❼桂林　郡名，約在今廣西。❽湘水　湘江。❾琴琅玕　「琴」原作「金」，《玉臺新詠》、《文選》作「琴琅玕」，《太平御覽》作「翠琅玕」，今從《玉臺新詠》。琅玕，一種似玉的美石。❿煩傷　煩惱至極。⓫漢陽　郡名，約在今甘肅東南部。⓬隴阪　天水郡隴山大坡名。⓭襜褕　直襟單衣。⓮煩紆　煩惱縈繞。⓯雁門　郡名，約為今山西西北部。⓰錦繡段　成段的錦繡。⓱案　盛食品的托盤。⓲惋　怨。

【語　譯】我思念的人啊在泰山，想去追隨她啊梁父阻攔。側身遙望東方衣襟淚沾。美人贈給我金錯刀，如何回報瑛瓊瑤。路途遙遠無法送到心發毛，不知何故心煩意亂受煎熬。

我思念的人啊在桂林，想去追隨她啊湘江水太深。側身遙望南方啊淚水滿衣襟。美人贈給我玉飾弦琴，如何回報她一雙玉盤。道路遙遠無法送到心惆悵，不知何故憂心憧憧好感傷。

我思念的人啊在漢陽，想去追隨她隴阪坡太長。側身遙望西方淚水滿衣裳。美人贈給我貂皮單衣，如何回報她明月寶珠。道路遙遠無法送到心躊躇，不知何故拂不去心中之憂愁。

我思念的人啊在雁門，想去追隨她偏偏遇上雪紛紛。側身遙望北方淚水濕佩巾。美人贈給我錦繡成段，如何回報她青玉托盤。路途遙遠無法送到添悲歎，不知何故心如刀絞意煩亂。

【研　析】張衡（西元七八年——一三九年），字平子，東漢南陽（今屬河南）人。文學家、科學家。歷官郎中、太史令、侍中、河間相，仕至尚書。小序謂張衡鬱鬱不得志於時，思以道術貽時君，懼讒邪不得通，乃為〈四愁詩〉，如屈原以美人比君子，珍寶比仁義，雪霰比小人，亦頗能通。詩歌寫所思在四方，美人有贈，欲回報、相從，卻無處不阻，難以遂願，心中憂愁煩惱蟠曲，鬱結苦痛，拂之不去。然詩之纏綿悱惻，婉曲旖旎，疊章複沓，一唱三歎，又可視其為優美的戀情之什。張玉穀《古詩賞析》稱：「七言詩雖始於〈柏梁〉，然屬聯句，非正體也。溯厥源流，此為鼻祖。」〈柏梁詩〉係後人偽託，應該說，張衡的這首〈四愁詩〉是可考知的最早的一首七言詩，就文體言，其雖未臻於成熟，然意義實不能輕估。

李尤

九曲歌

年歲晚暮時已斜❶，安得力士翻日車❷。闕。

【注釋】❶年歲晚暮時已斜　年歲，年月；歲月。晚暮，歲末。❷日車　太陽。神話中太陽乘六龍所駕之車。

【語譯】年近歲末時光已經在傾斜，如何得大力的人來掀翻時間之車。

【研析】李尤，字伯仁，廣漢雒（今四川廣漢）人。東漢辭賦家。少年即以文章顯，賈逵薦其有司馬相如、揚雄之風。歷官蘭臺令使、諫議大夫、樂安相。享年八十三歲。此〈九曲歌〉乃殘句。由歲暮興感，希望有大力之士掀翻日車，擋住時間的車輪，表達了一種歲不我待的遲暮之感。而穿插神話，對大力神的呼喚，想像詭譎奇幻，匪夷所思，充滿了浪漫主義色彩。

卷三

漢詩

蔡邕

樊惠渠歌并序

陽陵縣[1]東，其地衍隩[2]，土氣辛螫[3]，嘉穀不殖，而涇水[4]長流。光和五年[5]，京兆尹樊君勤恤[6]民隱，乃立新渠，曩之鹵田[7]，化為甘壤[8]。農民怡悅，相與謳談疆畔[9]，斐然成章，謂之樊惠渠云。其歌曰。

我有長流，莫或閼[10]之。我有溝澮[11]，莫或達之。田疇斥鹵[12]，莫修莫釐⑬。飢饉困悴，莫恤莫思。乃有樊君，作人父母。立我畎畝⑭，黃潦膏凝。多稼茂止⑮，惠乃無疆。如何勿喜，我壤既營，我疆斯成。泯泯⑯我人，既富且盈。為酒為釀，蒸⑰彼祖靈。貽福惠君，壽考且寧。

【注釋】❶陽陵縣　地名，位於今陝西高陵西南。❷衍隩　低平潮濕。❸辛螫　毒蟲刺螫人。這裡指土質瘠薄。❹涇水　又稱涇河，渭河之支流，在陝西中部。❺光和五年　西元一八二年。光和，漢靈帝劉宏年號。❻勤恤　憂憫，關懷。❼鹵田　鹽鹼地。❽甘壤　肥沃的土地。❾疆畔　田界；田邊。❿闕　堵塞。⓫溝澮　田間水道。⓬斥鹵　鹽鹼地。⓭釐　治理。⓮畎畝　田地。⓯止　句末語氣詞。⓰泯泯　眾多貌。⓱蒸　祭祀。

【語譯】陽陵縣以東，那裡土地低平潮濕，土壤瘠薄，不長穀子，而涇水漫流。靈帝光和五年，京兆尹樊君關心民瘼，於是修建新的河道，往昔的鹽鹼地，變而成為肥田沃土。農民歡欣愉快，在田邊共同謳歌稱頌，斐然而成詩章，稱其為樊惠渠。那歌道：

我有長長的水流，沒有人將它堵塞。我有田間水道，沒有人把它疏理通達。田地一片鹽鹼地，沒有人來修整治理。饑寒交迫貧困交加，沒有人將百姓考慮與憐憫。待到樊君蒞臨執政，成為這地方百姓父母官員。替百姓修繕了田畝，旱潦之地盡變得流出膏油。成片的莊稼繁茂成長，樊君的恩澤無界無疆。怎能夠不讓人歡喜，我們的田地已有好的經營，我們的田地已經養成。我們黎民百姓，家道富裕殷盛。釀造出甘醇的美酒，祭獻給先祖神靈。祈求賜福樊君，保佑他長壽太平。

【研析】蔡邕（西元一三二年—一九二年），字伯喈，陳留圉（今河南杞縣）人，東漢文學家。歷官議郎、侍御史、左中郎將。董卓被殺，受牽下獄死。作品有明人輯本《蔡中郎集》。這是一首稱頌京兆尹樊某德政的詩作。序稱乃百姓所謳。詩前八句為一層，寫樊某蒞任前陽陵縣苦況：涇水氾濫，溝渠壅塞，地盡為鹽鹼，百姓饑寒貧困，一片蕭瑟荒蕪的景象。「乃有」以下十一句，寫樊君既已到任，為民父母，關懷民瘼，急百姓所急，修建溝渠，治理鹽鹼，旱澇瘠薄之地，盡成沃土膏壤，莊稼茂盛，五穀豐登，萬民稱慶，欣喜歡暢。末四句寫百姓銘感難忘，感恩戴德，祭祀神靈，為樊君祈福。樊君到來前後，於詩中成鮮明對照。故第一層既為頌揚樊君鋪墊，亦鞭笞了其前任官吏的漠視民生。而有了這一參照，頌樊君愈見力度。金杯銀杯，不如百姓的口碑，樊惠渠是樊某的豐碑，有了百姓的口碑，樊某可以不朽了。

飲馬長城窟行 亦作古辭。

青青河邊草，綿綿❶思遠道。遠道不可思，宿昔❷夢見之。夢見在我傍，忽覺音教。在他鄉。他鄉各異縣，展轉❸不可見。枯桑知天風，海水知天寒❹。入門各自媚❺，誰肯相為言❻。客從遠方來，遺我雙鯉魚❼。呼兒烹鯉魚❽，中有尺素書。長跪❾讀素書，書中竟何如。上有加餐食，下有長相憶。

通首皆思婦之詞。纏綿宛折，篇法極妙。○宿昔，夙夜也。《列子・周穆王》篇：周之尹氏，大治產，有老役夫昔昔夢為國君，尹氏昔昔夢為人僕。○前面一路換韻，聯折而下，節拍甚急。枯桑二句，忽用排偶承接。急者緩之，最是古人神妙處。

【注　釋】❶綿綿　綿延不絕，指草，也指思。❷宿昔　即宿夕，昨晚。❸展轉　行蹤不定。❹枯桑知天風二句　謂落了葉的桑樹仍感知風的吹動，不結冰的海水也可以感受到冷天的寒意，比喻所思之人縱然薄情，當也應該感知思婦的孤苦。❺入門各自媚　入門，回家。媚，愛悅。❻言　問訊。❼遺我雙鯉魚　遺，贈與。雙鯉魚，藏書信的函，以上下一雙魚形木版製成。❽烹鯉魚　木魚不能烹，乃形象言之，謂解開函套。❾長跪　古人席地而坐，兩膝著地，坐在腳後跟上，跪時將腰伸直，上身顯長，故稱長跪。

【語　譯】河邊長滿了青青的小草，綿綿無盡令人想起遠方的遊子。渺茫的遠方徒思無益，昨晚夢裡倏忽間見到了你。夢中的人就在我身旁，猛然驚醒他依舊浪跡在異鄉。異鄉各縣全不相同，飄忽輾轉難以跟蹤。落葉的桑樹能夠感知風吹動，不結冰的海水可以感受天寒冷。遠方歸來的人們各自愛悅自家人，更有誰肯代我去把訊問。遠方來客扣動門，將那信函贈給我。呼喚小兒解繩索，內中絹書現出來。長跪將那絹書讀，且看信中意思究竟是什麼。前文勸勉加餐飯，後文訴說長相思。

【研　析】〈飲馬長城窟行〉屬樂府相和歌瑟調曲，又稱〈飲馬行〉。本詩《昭明文選》稱其為樂府古辭，《玉臺新詠》言為蔡邕作。詩乃思婦懷人之作。前八句為一層，寫積思成夢以及夢中光景。春天來了，小河裡的水潺潺地流著，岸上長出了綠油油的草兒，那碧草相連，綿綿延伸開去，一直到望不見的天邊。這視線，也將思婦的情感帶向遙遙的遠方，她不由得想起了浪跡遠方的夫君。她的思緒，也如這碧草一樣綿綿無盡。遠方遙不可及，思念也只能是徒然，但她卻不能阻遏自己的思念。積思成夢，晚上，夢中，她終於見到了朝思夢想的人兒，他就在自己的身邊，與自己相依相偎。但好夢苦短，突然醒來，發現自己仍孤身獨自，丈夫仍飄流異鄉。異鄉有太多的地方，總難以跟蹤到飄零者的行跡。「枯桑」以下四句，乃思婦醒來的感慨：落了葉的桑樹，能夠感知風的吹動；不結冰的海水，能感知天的寒意，沒有生命的物質尚有感知，為什麼作為萬物靈長的人啊，就不能體察我思婦的孤寂與愁懷！遠方來人了，各歸自己的家門，去與自己的親人親熱，有誰能想到去為這孤苦的思婦打聽一個確切的音信呢？就在思婦懊惱，免不了遷怒別人時，來了位遠方的客人，他帶來了思婦焦灼等待的書信。雙鯉魚，形象言之，與「呼兒」的動作，都反映出接信後思婦的喜悅激動。「上言加餐食，下言長相憶」，遊子何嘗不牽掛思婦，兩句裡包含無遺。詩歌一路換韻，急管繁弦，至「枯桑」兩句，以排偶舒緩，「客從」以下，再變急調，流宕曲折，轉掉極靈，抒情也極盡纏綿悱惻。

翠鳥❶

庭陬有若榴❷，綠葉含丹榮❸。翠鳥時來集，振翼修❹容形。回顧生碧色，動搖揚縹青❺。幸脫虞人機❻，得親❼君子庭。馴心托君素❽，雌雄保百齡。

【注釋】❶翠鳥　鳥名，羽毛以翠綠色為主，頭大，體小，嘴強而直，多生活於水邊。❷庭陬有若榴　陬，角落，隅。若榴，石榴。❸榮　花。❹修　修飾；整理。❺縹青　淡青色。❻虞人機　虞人，古時掌山澤苑囿之官。機，弩牙。❼親　至。❽馴心托君素　馴，順。素，真純的心地。

【語譯】庭院一角的石榴樹長得正盛，繁茂的綠葉裡石榴花朵朵火紅。碧綠的翠鳥不時飛來歇足，振動起翅膀修飾著美麗的儀容。顧盼中一樹碧綠色愈濃，跳躍間淡青的顏色如波湧。僥倖擺脫虞人的機弩，得以來到君子的院庭。依託純潔的詩人心情好暢快，雌雄伉儷白頭相依好欣幸。

【研析】這是一首詠物詩，所詠者翠鳥。詩開篇從庭院角落裡的石榴樹寫起，正如畫家之著色，為翠鳥準備了一個和諧的依託背景。「綠葉含丹榮」，綠葉紅花，畫面鮮明，著一「含」字，石榴樹之生機勃勃，可感可知。第三句開始寫鳥，「振翼」一句，寫盡翠鳥形神儀態。「回顧」兩句，綰合翠鳥綠樹，相映生輝，相得益彰。翠鳥的顧盼、跳躍，一「生」一「揚」，賦予了綠樹以生命。「幸脫」以下，以擬人化筆調出之，寫翠鳥逃脫險地，寄託得所，怡然自得，閒適快樂，與一般的結末頌揚誇美故套迥異，饒有趣味，亦別開生面。詩人之錦繡心腸，匠心營構，獨樹一幟，誠詠物詩的佳構。

琴歌

練余心兮浸太清❶，滌穢濁兮存正靈❷。和液❸暢兮神氣寧，情志泊兮心亭亭❹，嗜欲息兮無由生。踔❺宇宙而遺俗兮，眇❻翩翩而獨征。琴理之最深者。唐人王昌齡、李頎時亦得之。

【注釋】❶練余心兮浸太清　練，漂洗；洗滌。太清，天空。❷正靈　純正的性靈。❸和液　人體中的元氣和津液。❹亭亭　孤峻高潔之貌。❺踔　超越。❻眇　通「渺」。

【語譯】淨化澡雪我的心靈啊意寄太空，洗滌盡汙濁穢氣啊獨存純淨的性靈。元氣通暢啊氣定神寧，情志淡泊平和啊意氣高潔清正，嗜欲歇息啊雜念無從生成。凌越宇宙遺棄塵俗啊，飄蕩迴響自由輕靈。

【研析】〈琴歌〉見《後漢書・蔡邕傳》。前五句並寫琴理。如詩，琴也當言志耳。為詩須養氣，有浩然之氣，纔有正大之詩，琴亦如之。澡雪情操，淨化靈魂，有凌雲之志，蕩汙濁之氣，存性靈之正，元氣暢沛，於是能高潔獨標，雜念不生，臻於高妙的化境。氣既養成，發之於外，也便如結末兩句所寫，琴聲超邁脫俗，湯湯乎流水，蕩蕩乎高山，出神入化，響遏行雲。張玉穀《古詩賞析》評其：「歸本一心，視〈伯牙操〉更得要領。」深得此歌三昧。

秦嘉

留郡贈婦詩

嘉為郡上掾❶，其妻徐淑❷，寢疾還家❸，不獲面別，贈詩云爾。

人生譬朝露，居世多屯蹇❹。憂艱常早至，歡會常苦晚。念當奉時役❺，去爾日遙遠。遣車迎子還，空往復空返。省書❻情悽愴，臨食不能飯。獨坐空房中，誰與相勸勉。長夜不能眠，伏枕獨展轉❼。憂來如循環❽，匪席不可卷❾。

【注釋】❶郡上掾　郡國官吏佐屬官。鍾嶸《詩品》有「漢上計秦嘉」，上計，乃指每年終，將郡國一年之經濟、文書、功狀上報朝廷。❷徐淑　秦嘉妻，隴西郡人。秦嘉客死京都，其兄欲嫁之，淑不應，領養一子為嗣。有詩文一卷。❸寢疾還家　臥病還娘家。❹屯蹇　不順利；遭坎坷。❺時役　是役；這差役。❻省書　讀書信。❼展轉　屢次翻身，不能成眠。❽循環　謂愁思環轉不盡。❾匪席不可卷　語本《詩經・柏舟》「我心匪席，不可卷也」，比喻愁思之重。

【語 譯】人生正如那早晨的露水短暫，生活在世間多碰到溝溝坎坎。憂愁困苦常常太早纏身，愉悅的聚會每每太晚來臨。想到我就要去執行這趟差役，離開你一天將比一天更遙遠。派遣車子去把你迎接，空車前往又空車返還。捧讀書信淒楚傷慘，面對飯菜無法下嚥。獨自一人孤寂地坐在空房裡，有誰來把我撫慰並勸勉。長夜漫漫不能夠鼾然入眠，孤枕獨臥翻來覆去形隻影單。憂愁滋生正像環轉連接不間斷，不是蓆子哪裡能夠隨手來收捲。

【研 析】秦嘉，生卒年不詳，字士會，隴西（今甘肅天水）人。東漢桓帝朝為郡上掾，奉命入京，拜黃門郎。數年後，卒於津鄉亭。在秦嘉奉命入京前夕，其妻徐淑因病正在娘家，未能面辭，嘉頗為傷感，作〈留郡贈婦詩〉三首。此第一首言將要奉命赴京，欲面別愛妻而不得，孤苦淒楚，無人撫慰，獨自傷心。首四句以樸實無華的語言，講出了一個警醒世人的事實：人生苦短，屢多磨難，憂愁早至，歡會難見。「念當」以下四句，以一己之所歷，為上四句作解。也正因為將要遠行，妻子臥病娘家，欲面辭而不能，詩人對首四句所講，有了更深切的體悟理解。一句兩「空」字，其失望之非同一般可見。「省書」以下八句，俱言其苦痛狀：見字如面，妻子的回信令他倍覺傷感；面對著飯菜，他如何能夠下嚥；長夜漫漫，空房獨自，不見往日的歡快熱鬧，更沒人勸勉撫慰，詩人翻來覆去，怎樣也無法入眠。蓆子能捲，為其有盡；愁苦無端，又怎能夠像蓆子一樣捲起？結末兩句，有畫龍點睛之妙。

皇靈❶無私親，為善荷天祿❷。傷我與爾身，少小罹煢獨❸。既得結大義❹，歡樂苦不足。念當遠別離，思念敘款曲❺。河廣無舟梁，道近隔丘陸❻。臨路❼懷惆悵，中駕正躑躅❽。浮雲起高山，悲風激深谷。良馬不回鞍，輕車不轉轂❾。鍼藥可屢進，愁思難為數❿。貞士篤終始⓫，恩義不可屬⓬。

【注　釋】❶皇靈　神靈。❷荷天祿　承受天賜之福。❸罹煢獨　罹，遭逢。煢獨，孤獨。❹結大義　指結為夫妻。❺款曲　衷腸；心裡話。❻道近隔丘陸　謂雖相距不遠卻難以相見，如有丘陸阻隔。陸，高平之地。❼臨路　臨當行路。❽中駕正躑躅　中駕，車在中途。躑躅，行不進貌。❾良馬不回鞍二句　首言意欲前往，次言不肯遽行。❿鍼藥可屢進二句　謂針藥疼、苦卻利於病，故當屢用；愁緒萬端繁複，實難忍受。⓫貞士篤終始　貞士，守志不移的真誠之人。篤，厚。⓬屬　委棄。

【語　譯】神靈沒有偏心私好，行善享受蒼天福照。哀歎你我命苦之人，年少遭逢孤苦寂寥。既然得以合巹婚配，歡樂的日子常苦無多。想著便要別離遠隔，希望暢敘衷腸心曲。河水寬廣無船無橋，道路雖近丘陸阻絕。臨當行路心中惆悵，車到中途徘徊瞻顧。浮雲繚繞生在高山，悲歎狂風激蕩深谷。駿馬奮蹄一往直前，輕盈的車輪停下了轂轆。醫病的針藥可以多進，憂愁苦思難以承受。真誠的人啊情篤如山，恩情愛意不能棄捨。

【研　析】本詩乃〈留郡贈婦詩〉第二首。詩歌寫自己與妻子少小孤苦，婚後尚鮮嘗歡樂，故當遠別之時，眷戀傷懷。首四句是議論陳敘，更是反問。好人好報，世人盡知，然詩人怎麼也弄不明白，為什麼像他們這樣善良的一對，卻偏偏多遭苦難，身罹不幸。「念當」以下四句，是對前文的補充闡釋。就要遠別了，想見上一面，敘敘衷曲，這是多簡單正常的一個願望啊！但就是這麼一個願望，也因了妻子的臥病娘家，而未能如願。河廣無船無橋，道近卻被丘陸阻隔，比喻真切生動，詩人的惆悵失望具體可感。抱憾登程，無奈卻實不甘心，將上路時，詩人心懷惆悵；既已上路，半道之上，他仍然徘徊顧瞻。高山浮雲，是詩人此刻心情的寫照；深谷裡呼嘯著的狂風，更增添了他心中的淒楚。馬兒欲行，車輪不轉，這停轉的車輪，難道不也是詩人感情的象徵！以針藥可進，帶出愁思難數，同樣是苦痛，前者給人希望，後者給人絕望，其感覺卻截然相反。末兩句以議論作結，是愛的宣誓，是相互的告慰與保證。詩歌敘議結合，多用比喻，既表達出了深摯的感情，也使所表達感情具體真切。

肅肅僕夫征❶，鏘鏘揚和鈴❷。清晨當引邁❸，束帶待雞鳴。顧看空房中，彷彿想姿形。一別懷萬恨，起坐為不寧。何用敘我心，遺思致款誠❹：寶釵好耀首，明鏡可鑑形。芳香去垢穢，素琴有清聲❺。詩人感木瓜，乃欲答瑤瓊❻。媿彼贈我厚，慚此往物輕❼。雖知未足報，貴用敘我情。末章韻腳複形字。○詞氣和易，感人自深，然去西漢渾厚之風遠矣。

【注釋】❶肅肅僕夫征　肅肅，疾速貌。僕夫，趕車的人。征，行。❷鏘鏘揚和鈴　鏘鏘，鈴聲。和，鈴名，在車前橫木上。❸引邁　啟行。❹遺思致款誠　遺思，遺念；留下東西作念想。款誠，款曲；至誠。❺寶釵好耀首四句　秦嘉〈重報妻書〉：「間得此鏡，既明且好，形觀文彩，世所稀有，意甚愛之，故以相與。並致寶釵一雙，價值千金；龍虎組履一緉，好香四種各一斤。素琴一張，常所自彈也。明鏡可以鑑形，寶釵可以耀首，芳香可以馥身去穢，麝香可以辟惡氣，素琴可以娛耳。」❻詩人感木瓜二句　語本《詩經・木瓜》：「投我以木瓜，報之以瓊琚。匪報也，永以為好也。」❼媿彼贈我厚二句　言彼待我情誼深厚，我之贈物無法與其相稱，令人慚愧。往物，送去之物。

【語譯】車夫行車太匆匆，和鈴揚聲鏘鏘鳴。清晨冒寒將啟程，束好衣帶等雞鳴。回頭眼看空房中，依稀想見妻形容。一別懷抱萬種恨，坐臥不安心難靜。用啥表達我心意，留下紀念表真情：寶釵插帶頭光耀，明鏡用來照顏容。芳香點燃除汙穢，素琴彈奏聲輕盈。我身感贈木瓜意，當要報答玉瑤瓊。慚愧夫人贈我厚，羞澀報物太嫌輕。儘管知道不足報，重要在於表我情。

【研析】本詩乃〈留郡贈婦詩〉第三首。係詩人臨行之前，回首空房，依稀想見妻子的身影音容，惆悵萬千，贈物以表款曲。詩歌欲寫流連難去，劈頭卻從車夫行走太速寫起。車夫駕車又何嘗太速？其無非詩人心情的折射，是經了變色眼睛處理後的產物，所以首句看似突兀，實極其自然。而身未行卻先寫路上事情，意也在突出詩人心情的沉重。「清晨」二句，是按照自然順序的開篇。整裝等待雞鳴，照應第一首的長夜難眠，暗示著詩人在相思裡度過了一個無眠之夜。「顧看」四句，寫詩人臨行回首，由於思之切，望空室之中，彷彿看到了妻子，於是坐臥不寧，離情別緒溢滿心頭。就要遠行卻不能與心愛的妻子作別，詩人心中終覺耿耿難釋，留下寶釵、明鏡、芳香、素琴，他仍然覺得無法盡表自己對妻子的愛戀感激，他以為妻子給予他的是那樣的豐厚，而自己的禮物，又是如此的菲薄。「詩人」兩句化用《詩經》語意，意在表達自己的知情重義，不忘舊情。結末兩句乃中心所在，禮輕情意重，禮物雖輕，卻寄託了詩人深厚的感情，這纔是最重要的。整個〈留郡贈婦詩〉，在語言上都顯得自然明白，而「夫妻事既可傷，文亦淒怨」，這也是其有著較強感染力之根本所在。

孔融

雜詩

遠送新行客❶，歲暮乃來歸。入門望愛子，妻妾向人❷悲。聞子不可見，日已❸潛光輝。「孤墳在西北，常念君來遲❹。」褰裳上墟丘❺，但見蒿與薇。白骨歸黃泉，肌體乘塵飛。生時不識父，死後知我誰？孤魂遊窮暮❻，飄颻安所依？人生圖孠息❼，爾死我念追。俛仰內傷心，不覺淚沾衣。人生自有命，但恨生日希❽。

古嗣字。

少陵〈奉先詠懷〉有「入門聞號咷，幼子飢已卒」句，覺此更深可哀。

【注釋】❶新行客　新近出行之人。❷人　詩人自指。❸日已　日沒，喻兒子夭折。❹孤墳在西北二句　為詩人妻妾所言。❺褰裳上墟丘　褰裳，撩起衣裳；提起衣裳。墟丘，泛指山丘。❻窮暮　晚年，這裡指歲暮。❼孠息　後嗣子孫，指養兒接代。❽希　同「稀」。少。

【語譯】遠道去送新出門的人，歲末方纔把家回。進門尋覓找愛子，妻妾對我聲聲悲。聽說兒子永難見，正如日落藏光輝。「孤墳葬在西北方，常想你為何歸來這樣遲。」提起衣裳登山丘，只見滿地蓬蒿野豌豆。白骨深深埋地下，肌膚化作灰塵飛。生時不認你父親，死去又知我為誰？晚歲孤零魂遊蕩，飄忽簸蕩何所歸？人生圖得代相承，兒死令我好追想。瞬間心情好傷悲，淚水漣漣滿衣襟。人的一生都由命，只是悲歎兒去太匆匆。

【研析】孔融（西元一五三年—二〇八年），字文舉，東漢魯國（今山東曲阜）人。孔子二十世孫。建安七子之一。少得重名，舉高第。歷靈帝、獻帝朝，官侍御史、司空掾、虎賁中郎將、北海相、青州刺史、少府、太中大夫等。作品有明人輯《孔少府集》。本詩乃悼子夭殤而作。詩前八句為一層，敘歲杪歸來，聞兒已死。前兩句交代遠行遲歸，三、四句敘歸來望子，但見妻妾悲傷，為一自然過程的順敘。「聞子」兩句，寫詩人聽到噩耗以及當時的感受，以太陽沉沒、光輝潛藏為比，極寫父子情深與兒子在父親心目中的地位。「孤墳」兩句是妻妾語，是悲切語，亦是怨尤語，又是自然過渡語。「褰裳」以下八句，乃詩人於墓地所見所想。見到的是蓬蒿荒草，想像著兒子屍骨已寒，孤魂無依。「生時」兩句問得酸楚，令人讀之淚下，亦詩人自責語，怨自己遠遊歸遲，沒有給兒子多少關懷照顧。「人生」以下八句，自敘悲切感慨。人家生兒育女，為的是傳宗接代，老來有依，但自己卻是白髮人哭黑髮人，兒子夭折，父親悲憶。此語又何其悲切。末兩句欲放實收，人生各自有命，似乎已想開放下，但兒子這一生又太過短促，詩人終不免憂憤傷歎。陳祚明《采菽堂古詩選》評曰：「〈遠送新行客〉篇，至性，極悲。」一語中的。

辛延年

羽林郎❶

昔有霍家奴❷，姓馮名子都❸。依倚將軍勢，調笑酒家胡。胡姬年十五，春日獨當鑪❹。長裾連理帶❺，廣袖合歡襦❻。頭上藍田玉❼，耳後大秦珠❽。兩鬟何窕窕❾，一世良所無。一鬟五百萬❿，兩鬟千萬餘。不意金吾子⓫，娉婷⓬過我廬。銀鞍何煜爚⓭，翠蓋空踟躕⓮。就我求清酒，絲繩提玉壺。就我求珍肴，金盤膾鯉魚⓯。貽⓰我青銅鏡，結我紅羅裾。不惜紅羅裂，何論輕賤軀。男兒愛後婦，女子重前夫。人生有新故，貴賤不相逾⓱。多謝⓲金吾子，私愛徒區區⓳。駢儷之詞，歸宿卻極貞正，風之變而不失其正者也。○「一鬟五百萬」二句，須知不是論鬟。

【注釋】❶羽林郎　羽林軍中官名。羽林，皇家禁衛軍。❷霍家奴　霍家家奴。霍家，疑指霍光家。霍光在西漢昭帝朝為大司馬大將軍。❸姓馮名子都　馮子都，名殷，為霍光家監奴，甚得寵幸。❹當鑪　賣酒。鑪，放酒罈處，堆土而成，四邊隆起，一面稍高。❺長裾連理帶　裾，衣前襟。連理帶，兩條相連結的帶子。❻合歡襦　繡有合歡圖案花紋的短衣。❼藍田玉　陝西藍田產美玉。❽大秦珠　古羅馬帝國所產明珠。❾兩鬟何窕窕　鬟，將頭髮挽成環形的髻。窕窕，美好貌。❿一鬟五百萬　謂頭飾價值五百萬。⓫金吾子　對將軍家奴的尊稱。金吾，即執金吾，統率禁軍，負責京師巡防的官員名稱。⓬娉婷　儀容婉和美好。⓭煜爚　輝煌耀目。⓮翠蓋空踟躕　翠蓋，用翠色鳥羽裝飾起來的車蓋。踟躕，徘徊不前貌。⓯膾鯉魚　細切鯉魚肉。⓰貽　贈送。⓱逾　逾越。⓲多謝　鄭重告訴。⓳徒區區　白白獻殷勤。

【語譯】從前霍家有家奴，姓馮大名叫子都。倚仗主子將軍勢，挑逗胡人酒家女。漂亮胡女十五歲，春天獨自將酒賣。長襟結著連理帶，寬袖短衣裁合歡。頭飾精美藍田玉，耳後掛著大秦珠。兩隻髮髻嬌媚態，舉世誠然無兩見。一隻髮髻五百萬，兩隻髮髻千萬多。未料將軍家中奴，和顏悅色訪來至。駿馬銀鞍何燦爛，翠蓋車子門前轉。近我討取寡酒飲，盛入絲繩繫玉壺。近我求取美味菜，魚盛金盤細切塊。贈我青銅鏡一面，繫在我的紅羅裙。不惜紅羅裙撕裂，哪裡在意賤身軀。男子喜歡是後婦，女子看重結髮夫。人生相識有新舊，尊貴卑賤不越度。鄭重告訴金吾子，辱愛單戀是徒然。

【研　析】辛延年，東漢人，生平里籍不詳。詩存一首，初見於《玉臺新詠》卷一。本詩被收入《樂府詩集．雜曲歌辭》，然亦僅為用樂府之題，其內容與題目並無關涉。詩歌首四句為一層，總領全詩，整個詩歌內容，含括已盡。首句應題，揭出馮子都身分；三、四句揭出事件性質。「胡姬」以下十句為第二層。頂第四句，分勢描寫酒家胡女之服飾資質美豔華麗。長裾、廣袖、頭上、耳後、兩鬟，不殫辭費，鋪敘誇飾胡女的裝束打扮，「須知不是論鬟」，意仍在凸顯胡姬其人。「不意」以下十句，再接開篇，具體寫霍家奴的倚勢及「調笑」酒家女。「銀鞍」兩句即寫倚勢；「就我」六句，則寫調笑。而紈袴子弟的喜新厭舊，空虛無聊，及骯髒靈魂，在其行為的自畫像裡暴露無遺。而以第一人稱出之，既真切可感，妙趣橫生，也在不寫之寫中烘托了酒家女精神上的居高臨下。「不惜」以下八句為最後一層，是酒家女態度的表白。酒家女的剛烈，是非分明，態度堅決，不卑不亢，柔剛相濟，聰明睿智，畢現眼前。有了中間的外在刻畫，又有了結尾的思想告白，酒家女，一個卑賤而實高貴，弱小而實強大的鮮明形象也凸顯而出。

宋子侯

董嬌嬈❶

洛陽城東路，桃李生路傍。花花自相對，葉葉自相當。春風東北起，花葉正低昂。不知誰家子❷，提籠行采桑。纖手折其枝，花落何飄颺❸。「請謝❹彼姝子，何為見損傷❺？」「高秋八九月，白露變為霜。終年會飄墮，安得久馨香❻？」「秋時自零落，春月復芬芳。何時盛年去，歡愛永相忘❼？」吾欲竟此曲，此曲愁人腸。歸來酌美酒，挾瑟上高堂。大意以花落比盛年之易逝也。婀娜其姿，無窮搖曳。○方舟《漢詩說》云：「『請謝彼姝子』二句，是問詞。『高秋八九月』四句，是姝子答詞。『秋時自零落』四句，又是答姝子之詞。正意全在『吾欲竟此曲』四句。見懽日無多，勸之即時行樂爾。」

【注　釋】❶嬌嬈　妍媚貌。❷子　女子。❸飄颺　飛揚。❹請謝　請問。❺何為見損傷　此句為花向折花女發問。❻高秋八九月四句　折花女答辭。❼秋時自零落四句　花告女之辭。

【語 譯】洛陽城東大路上，桃李生長在路旁。朵朵花兒相對開，片片葉子相對長。春風吹起自東北，花葉高低如波蕩。不知誰家小女子，提著籠兒去採桑。纖纖玉手折樹枝，花兒墜落亂飛揚。「請問那個靚女子，因何要遭你損傷？」「待到深秋八九月，空中白露凝為霜。整年都會飄落下，哪裡能夠長馨香？」「秋季自然要零落，等到春天再芬芳。不似青春年華逝，歡愛永久被遺忘。」我擬唱完此首曲，曲中內容亂人腸。歸來斟上醇美的酒，攜帶琴瑟上高堂。

【研 析】宋子侯，東漢人，生平里籍不詳。《玉臺新詠》卷一存錄其詩一首。詩歌由花落能再開，闡釋了人的青春不再，勸人當即時行樂。首六句為一層，先就洛陽城東路旁花繁葉茂寫起。花花葉葉的相對低昂，也暗喻著男女歡戀，為以下的將花擬人，花人問答，由花及人，做一鋪墊。「不知」四句，遞及採桑少女，少女折花，花落繽紛，為進入正文之過渡。「請謝」二句，花質問詰責，那漂亮的女孩，無緣無故，不該損折盛開的桃李。「高秋」四句，是女孩懵懂語，亦人之普遍心理。花開花謝，自然規律，縱無人摘取，也將凋零，摘之又有何妨？「秋時」四句，為花的再答：花落還有花開時，但人的青春，也能如花再有盛時嗎？詩歌的主題，到此終於千呼萬喚始出來。花不僅擬人，竟是哲學老人，在發明著人生的哲理。此亦頓然將人的常識打破，人們喜歡以花開花謝比人之出生衰老，花的這一發問，出人意料，令人驚出一身冷汗。末四句，順承而下，詩人出來議論，闡發著即時行樂的論調，並以此為結。擬人化，問答體，乃受民歌的影響。而語言的自然本色，也繼承了民歌的傳統。其結構上的層層遞進，意象上的婀娜多姿含蓄蘊藉，都令人擊節歎賞。

蘇伯玉妻

盤中詩❶

山樹高，鳥悲鳴。泉水深，鯉魚肥。空倉雀，常苦飢。吏人婦，會夫希。出門望，見白衣。謂當是，而更非。還入門，中心悲。北上堂，西入階。急機絞❷，杼聲催。長歎息，當語誰。君有行，妾念之。出有日，還無期。結巾帶，長相思。君忘妾，未知之。妾忘君，罪當治。妾有行，宜知之。黃者金，白者玉。高者山，下者谷。姓者蘇，字伯玉。人才多，知謀足。家居長安身在蜀，何惜馬蹄歸不數。羊肉千斤酒百斛，令君馬肥麥與粟。今時人，知四足❸，與其書，不能讀，當從中央周四角❹。

使伯玉感悔，全在柔婉，不在怨怒，此深於情。○君有行，征行也，平聲。妾有行，行誼也，去聲。○似歌謠，似樂府，雜亂成文。而用意忠厚，千秋絕調。

【注釋】❶盤中詩　寫於盤中之詩，由中央以周四角，為迴文詩之一種。❷急機絞　機絲急絞，謂狠命織絲也。❸四足　謂盤之四足。❹當從中央周四角　謂詩之讀法，從中央以周四角。

【語譯】山上樹木高聳，鳥兒盤旋悲鳴。泉水深邃叵測，鯉魚肥大肉多。空倉裡邊麻雀，經常苦於肚餓。身為小吏之妻，與夫相見不易。走出家門張望，見人白衣白裳。心想應該是他，然又分明錯認。回來步入家門，心裡淒楚傷悲。往北踏上廳堂，向西邁上臺階。狠命絞織絲線，梭聲來往急迫。長長一聲歎息，該當與誰傾說。君有應征差役，妾身把你思念。出行定有日子，歸來沒有定時。繫上長長巾帶，將妾永久掛牽。君忘妾身有未？不能具體得知。妾身如若忘君，甘當以罪懲治。妾對你的情誼，應該深有感觸。燦燦黃色是金，潔白無暇是玉。崔嵬高峻是山，深深在下是谷。高姓一字為蘇，名字稱作伯玉。儀表堂堂人才，足智多謀才富。家在長安身子現又在蜀地，為何吝嗇馬蹄不能屢屢歸去。多吃羊肉飲美酒，麥粟飽餵馬兒肥。現在的人啊，知道盤子有四足，給他書本，不能識讀，當從中央開始周邊延伸至四角。

【研　析】蘇伯玉妻，約為東漢初年人，生平事蹟不詳。這首〈盤中詩〉初見《玉臺新詠》卷九，稱：「原注失其姓氏，伯玉被使在蜀，久而不歸，其妻居長安，思念之，因作此詩。」此為詩作之背景。東漢初年，公孫述據蜀稱王，光武帝劉秀遣重兵征討，蘇伯玉或即參加了這場戰爭。詩乃思婦勸夫還家之作。首句至「會夫希」為一層，寫思婦之悲。前六句為興為比，鳥、魚、雀原本自由無拘，然高山之樹令鳥悲鳴，幽深的泉水令鯉魚長出一身肥肉，空蕩無物的糧倉令雀兒無食可覓，而作為吏人之婦，思婦與丈夫團圓的日子十分稀少，正常的夫妻生活沒有任何保障。有了六句比興，思婦的孤寂苦悶，具體可感，又含蓄蘊藉。「出門望」至「當語誰」為第二層，具體描寫思婦思念丈夫之淒苦。十二句畫出了一個生動形象的畫面。思婦盼著想著掰著指頭算著，丈夫該回來了，出門翹望，見到一個身影遠方過來，以為一定是丈夫，但白衣裝扮，不是吏人，希望再次幻滅。一路小跑，回到家裡，上了織機，狠命地織絲，急促的梭聲裡，宣泄著思婦無限的孤獨苦悶，怨恚懊惱，甚而氣急敗壞，但在文字表達上，也是何等的蘊藉敦厚。「君有行」至「宜知之」為第三層，在對丈夫出行的追憶中，表述著對丈夫的繫念牽掛與堅貞。不無怨尤，又溫柔敦厚。「黃者金」至「何惜馬蹄歸不數」為第四層。金比丈夫，喻其高貴；玉以自比，言其貞潔。丈夫是高山，自己為深谷，與黃金、白玉之比，都表達了對丈夫的依戀倚靠，不能離開。「家居」二句，也微致怨辭，說你家在長安，怎麼就如此吝嗇馬蹄，不肯多回來幾次呢！「羊肉」二句是關切語，也是勸諫語，珍重身體，餵肥馬兒，暗示其早日歸來之意。「今時人」至結尾，乃交代盤中詩的讀法，有類啞謎，饒有趣味。整篇詩歌，以三言為主，間雜七言，具有漢代民歌的性質。語言樸質，感情真摯，寫於盤中，屈曲成文，活潑的表達形式，無疑增強了本詩的藝術魅力。

竇玄妻

古怨歌

玄狀貌絕異。天子使出其妻，妻以公主。妻悲怨，寄書及歌與玄。時人憐之。

煢煢❶白兔，東走西顧。衣不如新，人不如故。

【注釋】❶煢煢 孤獨貌。

【語譯】形單影隻的小白兔，邊跑邊向兩邊看。衣服要數新的好，人卻新的不如舊。

【研析】這首歌初見《太平御覽》卷六八九〈服章部‧衣〉，題〈古豔歌〉，今名乃明清人選本改。歌為棄婦之歌。「白兔」兩句，為起興，亦用來自比。其出奔，言自己的被出；其左顧右盼，言自己之顧戀舊人。衣不如新，從反面襯托，人不如故，令人警醒。言簡意深，用筆活脫，語句警策。

蔡琰

悲憤詩

《後漢書》：琰歸董祀後，感傷亂離，追懷悲憤，作詩。

漢季失權柄❶，董卓亂天常❷。志欲圖篡弒❸，先害諸賢良❹。逼迫遷舊邦，擁王以自強❺。海內興義師，欲共討不祥❻。卓眾來東下❼，金甲耀日光。平土❽人脆弱，來兵皆胡羌❾。獵野圍城邑，所向悉破亡。斬截❿無孑遺，尸骸相撐拒⓫。馬邊懸男頭，馬後載婦女⓬。長驅西入關⓭，迥路險且阻。還顧邈冥冥⓮，肝脾為爛腐。所略有萬計，不得令屯聚。或有骨肉俱，欲言不敢語。失意幾微間，輒言：「斃降虜⓯。要當以亭刃⓰，我曹不活汝。」豈敢惜性命，不堪其詈罵。或便加棰杖，毒痛參并下⓱。旦則號泣行，夜則悲吟坐。欲死不能得，欲生無一可。彼蒼者何辜⓲，乃遭此厄禍。

邊荒與華異⓳，人俗少義理⓴。處所多霜雪，胡風春夏起。翩翩㉑吹我衣，肅肅㉒入我耳。感時念父母，哀歎無終已。有客從外來，聞之常歡喜。迎問其消息，輒復非鄉里。邂逅徼時願㉓，骨肉來迎己㉔。己得自解免，當復弃兒子。天屬綴人心㉕，念別無會期。存亡永乖隔，不忍與之辭。

兒前抱我頸，問母：「欲何之？人言母當去，豈復有還時。阿母常仁惻，今何更不慈？我尚未成人，奈何不顧思。」見此崩五內㉖，恍惚生狂癡㉗。號呼手撫摩，當發復回疑。兼有同時輩，相送告別離。慕我獨得歸，哀叫聲摧裂。馬為立踟躕，車為不轉轍。觀者皆歔欷，行路亦嗚咽。

去去割情戀，遄征日遐邁㉘。悠悠三千里，何時復交會。念我出腹子，胸臆為摧敗。既至家人盡，又復無中外㉙。城郭為山林，庭宇生荊艾。白骨不知誰，從橫莫覆蓋。出門無人聲，豺狼嘷且吠。煢煢對孤景㉚，怛咤靡肝肺㉛。登高遠眺望，魂神忽飛逝。奄若㉜壽命盡，傍人相寬大。為復彊視息㉝，雖生何聊賴㉞。託命于新人㉟，竭心自勗勵。流離成鄙賤，常恐復捐廢㊱。人生幾何時，懷憂終年歲。段落分明，而滅去脫卸轉接痕迹，若斷若續，不碎不亂，少陵〈奉先詠懷〉、〈北征〉等作，往往似之。○激昂酸楚，讀去如驚蓬坐振，沙礫自飛，在東漢人中，力量最大。○使人忘其失節，而祇覺可憐，由情真，亦由情深也。世所傳〈十八拍〉，時多率句，應屬後人擬作。

【注釋】❶漢季失權柄　謂漢末朝廷失去權勢。❷董卓亂天常　董卓（？—西元一九二年），東漢隴西臨洮（今甘肅岷縣）人，字仲穎。靈帝時為并州牧。昭寧元年（西元一八九年）廢少帝，立獻帝，挾獻帝遷都長安，為太師。天常，指封建君臣關係。❸篡弒　指殺君奪位。❹先害諸賢良　指殺害朝廷大臣丁原、周珌、任瓊。❺逼迫遷舊邦二句　指西元一九〇年董卓焚燒洛陽，遷都長安，挾君自重。舊邦，指長安。擁，指挾持獻帝。❻海內興義師二句　指初平元年（西元一九〇年）正月關東諸郡起兵，推袁紹為盟主，討伐董卓。不祥，不善，指董卓。❼卓眾來東下　指初平三年（西元一九二年），董卓部下李傕、郭汜率軍出關東，大掠陳留、穎川等地。❽平土　平原，指陳留、穎川等地。❾來兵皆胡羌　李傕軍中之胡羌族兵士。❿斬截　斬殺。截，斷。⓫撐拒　指雜亂堆積，相互支拄。⓬馬邊懸男頭二句　《後漢書・董卓傳》：「嘗遣軍到陽城，適值二月社，民在社下，悉就斷其男子頭，駕其牛車，載其婦女財物，以所斷頭繫在車轅軸，連軫還洛。」⓭西入關　西入函谷關，指董卓軍隊東下掠奪後返回入關。⓮邈冥冥　渺遠迷茫貌。⓯斃降虜　猶言死囚，詈罵之詞。⓰要當以亭刃　要，會。亭刃，謂加刃於人身。亭，通「停」。⓱毒痛參并下　謂毒恨痛苦交並。參，雜；兼。⓲彼蒼者何辜　謂呼天而問，受難者究竟何罪。彼蒼，天。⓳邊荒與華異　謂邊遠之地匈奴與中華不同。⓴人俗少義理　指其風俗野蠻，不講道理。㉑翩翩　翻動不止。㉒肅肅　象聲詞。㉓邂逅徼時願　邂逅，不期而遇。徼，僥倖。時願，平時的願望。㉔骨肉來迎己　作者思念故鄉，見家鄉來人迎接，如見親人。骨肉，本指至親。㉕天屬綴人心　天屬，天然的親屬；血緣之親。綴，連。㉖五內　五臟。㉗恍惚生狂癡　恍惚，指精神迷亂。生狂癡，發狂。㉘遄征日遐邁　遄征，疾行。日遐邁，一天比一天走得遠。㉙中外　謂中表親。㉚孤景　孤影。㉛怛咤靡肝肺　怛咤，因悲痛而驚呼。靡，爛。㉜奄若　忽然。㉝視息　勉強生活。㉞聊賴　依靠。㉟新人　指詩人再嫁的丈夫董祀。㊱捐廢　拋棄。

【語　譯】漢末朝廷大權旁落，董卓廢墮君臣關係。野心圖謀殺君篡位，殘害忠臣先毀屏障。逼迫朝廷遷都長安，挾持君王驕橫跋扈。海內湧出仁義軍旅，希望攜手共伐奸小。董卓惡黨破關東下，日照鎧甲光華目奪。平原百姓生性懦弱，胡羌賊兵兇悍驕奢。如同打獵圍困城鄉，所到之處城破人滅。擄掠斬殺些微不留，屍骸堆積疊相撐持。馬邊懸掛男人頭顱，馬後捆載婦人女子。長途跋涉西入函谷，道路遙遠艱難險阻。回望故鄉渺茫不見，肝腸寸斷化成爛腐。擄掠婦女數以萬計，命令她們不能聚集。間有骨肉巧在一起，想要說話不敢出語。細微惹得心不快活，嘴邊常言罵起：「死囚。活該刀子架你脖上，我輩不要養活你們。」哪裡還敢愛惜性命，無法忍受喋喋辱罵。有時還要施加棍棒，狠毒痛苦交加齊下。早晨哀號啜泣行進，晚上坐地悲痛呻吟。想死不能找到一死，想活沒有任何快樂。喊聲蒼天我們何罪，竟然遭受這般災禍。

蠻荒邊地迴異中華，風俗野蠻不通道理。那種地方霜雪頻繁，春天夏日北風捲地。吹我衣裳凌亂翻動，風聲呼呼直貫我耳。感傷的時候想起父母，唉聲歎氣沒有止息。遇到客人外地過來，聽說以後心常大喜。上前相迎詢問消息，常常並非與我鄉鄰。意外實現平素的心願，骨肉親人來接自己。個人得以脫離苦海，又當捨棄親生兒子。血緣親屬聯繫人心，想起別離沒有會期。生離死別永相乖違，心中難捨與兒相辭。小兒上前抱我脖子，問聲：「母親要往哪兒？別人說道母要離去，莫非還有回來的日子？阿母素常仁慈心軟，眼下為啥便不慈懷？我還沒有長大成人，如何就不顧戀想思！」看這情景五臟迸裂，恍恍惚惚如狂如癡。悲號哭泣雙手摩挲，臨將出發再三遲疑。並有同時落難中人，齊來相送兼話別離。羨慕於我獨得還鄉，哀號哭喊摧人心碎。馬兒因此躊躇徘徊，車兒因此輪子停歇。觀看的人們無不歎息，過路的人也嗚咽哽塞。

走吧走吧割掉戀情，急速快走日行日遠。悠遠的路途隔三千里，什麼時候還能再相聚？想念親生骨肉兒子，五臟六腑都要破碎。回到故鄉家人死盡，又且中表親戚無人。城郭毀滅變成山林，庭院長滿荊棘蒿艾。裸露白骨不知為誰，縱橫暴陳一無覆蓋。走出家門不聞人聲，豺狼嚎叫聲聲淒厲。獨自一身對著孤影，驚詫叫呼肝肺糜爛。登上高地遠方眺望，魂魄倏忽飛向虛寂。忽然就像壽命已盡，旁人前來撫慰寬心。為此重新勉強生活，縱然活著有誰可倚。命運託付給了新夫，盡心竭力自我勉勵。飄零輾轉身成賤軀，常常擔心再遭拋棄。人生能有幾多時日，心懷憂煎度過暮年。

【研　析】蔡琰，字文姬，陳留圉（今河南杞縣南）人。東漢詩人。蔡邕之女。嫁河東衛仲道。夫喪，遭亂軍擄掠，輾轉至匈奴，嫁南匈奴左賢王，生活邊地十二年，生二子。為曹操使者重金贖回，嫁董祀。有五言及騷體〈悲憤詩〉各一首，另有〈胡笳十八拍〉，多以為是偽託。本詩凡一百零八句，總五百四十字，乃我國詩史上第一首文人創作的自傳體敘事長篇。詩分三段。第一段自「漢季失權柄」至「乃遭此厄禍」，敘董卓作亂，中原擾攘，生靈塗炭，以及自己被擄入關，道途所受種種凌辱，悲慘遭遇。第二段自「邊荒與華異」至「行路亦嗚咽」，寫自己飄零入胡以後的淒苦生活，對家鄉的銘心刻骨的懷想，被迎還漢及與兒子生離死別時的悲喜交集之感。第三段自「去去割情戀」至「懷憂終年歲」，敘還漢及還鄉後所見家鄉飽經戰亂的慘敗景象，抒寫了自己歷盡苦難身心迭遭重創以後的淒苦心境。詩題之「悲憤」貫徹詩歌始終：身歷戰亂、被擄的凌辱、胡地的苦寒、懷鄉、別子、親人死盡、「失節」女性再嫁後的惴惴不安，詩人閱歷了太多的悲憤，濃重的悲憤霧霾籠罩著詩人，圍繞著「悲憤」兩個字，層層寫來，有條不紊。而高度的寫實，包括歷史真實與細節的真實，也使得詩歌具有著極高的典型意義。第一段敘董卓作亂，簡直就是歷史的記錄。而詩人的遭遇，在漢末社會，並非個例，有著相當的普遍性。詩中寫及亂兵的詈罵、別子的場面，真切細膩。高度的真實性，也使詩歌具有了強烈的感染力。詩人善於敘事，亦長於描寫，長於在敘事中融入抒情，如敘懷鄉，客來歡喜，問訊，輒非鄉里，希望失望交織中，見出詩人濃郁的思鄉情；敘別子，兒子的神情及催人淚下的問話，馬為踟躕，車不轉轍，觀者、路人的噓唏嗚咽，渲染烘托著離情別緒；敘回鄉再嫁，驚弓之鳥，如履薄冰，表現一個受害者的脆弱無助。清人張玉穀《古詩賞析》謂：「漢五古如蘇、李、〈十九首〉，多用興比，言簡意含，固是正宗。而長篇敘事言情，局陣恢張，波瀾層疊，若文姬此作，實能以真氣自開戶牖，為後來杜老〈詠懷〉、〈北征〉諸鉅製之所祖，學詩者正不可偏廢也。」的確，〈悲憤詩〉在整個中國詩歌史的長河中，都是不可多得的珍品佳作。

諸葛亮

梁甫吟❶

《三國志》曰：諸葛亮躬耕隴畝，好為〈梁父吟〉。

步出齊城門❷，遙望蕩陰里❸。里中有三墳，纍纍❹正相似。問是誰家墓，田疆古治子❺。力能排南山❻，文能絕地紀❼。一朝被讒言，二桃殺三士。誰能為此謀，國相齊晏子❽。

武侯好吟梁父，非必但指此章，或篇帙散落，惟此流傳耳。○韻用二「子」字。

【注釋】❶梁甫吟　古曲〈泰山梁甫吟〉分〈泰山吟〉、〈梁甫吟〉二曲，均為葬歌。梁甫，或作梁父，泰山腳下小山名。❷齊城門　古齊國城門，在今山東淄博。❸蕩陰里　一名陰陽里，在齊城東南。❹纍纍　即壘壘，丘陵起伏貌。❺田疆古治子　略去公孫接，以五言句式限制使然。公孫接、田開疆、古治子，春秋時期齊國景公朝所養三勇士。《晏子春秋・諫下》載，三人同事景公，以勇力知名。某次宰相晏嬰過，三人未起，遂開罪於嬰。晏嬰在景公面前進讒，稱三人乃危國之器，當急除之。並獻計景公，賜二桃與三人，令其品功取桃。公孫接先取桃，田開疆次之，古治子不讓，拔劍而起。公孫接、田開疆以為功不若古治子，卻取桃不讓，為貪；不死是無勇，均還桃自殺。古治子見兩人死，自覺不仁不義，亦自刎。此即歷史上有名的「二桃殺三士」的故事。❻排南山　推倒南山。南山，指齊國牛山。❼文能絕地紀　文，或作「又」，謂又能夠折斷地脈。❽國相齊晏子　國相，一作相國，晏嬰所居官名。晏嬰（？—西元前五〇〇年），春秋時期齊國大夫，字平仲，夷維（今山東高密）人，歷仕齊靈公、莊公、景公三朝。

【語譯】走出齊國東城門，放眼望去蕩陰里。蕩陰里樹三墳冢，高高低低相近同。問聲那是誰人墓，田開疆和古治子。大力能推南山倒，又能折斷大地脈。一朝受到讒言毀，二桃殺死三勇士。誰人能出這謀劃，齊國宰相晏子嬰。

【研析】這首詩為樂府古辭，見收於《樂府詩集・相和歌辭・楚調曲》。或題諸葛亮作，非是。蓋以諸葛亮好吟〈梁甫吟〉，故有此附會耳。詩歌實為詠史之作。首四句寫遙望所見，三墳累累。而遠鏡頭推出，極寫其醒目。三墳相似，特意交代，別有用意，引人思量，亦開啟引出下文。「問是」以問句而出，再做跌宕，有強調突顯的作用。自問自答裡揭出謎底，對上文「相似」作一解答，原來這就是同死於二桃的三士。「力能」兩句，極寫三士的勇武蓋世，無與倫比。「一朝」二句，三士之死，何其容易，與其勇武比，形成巨大反差，令人詫異，又為結末兩句抖出謀劃之人老奸巨滑、神鬼不測，作一鋪墊。而結末的問答句式，再次以醒讀者，作一強調。詩歌如一氣呵成，以「逆捲」層層遞進，渾樸自然，似不加雕飾，實極具匠心。語言樸拙，而實簡潔暢達。

樂府歌辭

練時日

以下七章皆郊祀歌。

練時日，候有望，焫膋蕭，延四方❶。九重開，靈之斿，垂惠恩，鴻祜休❷。靈之車，結玄雲，駕飛龍，羽旄紛❸。靈之下，若風馬❹，左蒼龍，右白虎。靈之來，神哉沛，先以雨，般（音班。）裔裔❺。靈之至❻，慶陰陰，相放悲（同彷彿。），震淡心。靈已坐，五音飭，虞至旦，承靈億❼。牲繭栗，粢盛香，尊桂酒，賓八鄉❽。靈安留，吟青黃，徧觀此，眺瑤堂❾。眾嫭並，綽奇麗，顏如荼，兆逐靡❿。被華文，廁霧縠，曳阿錫，佩珠玉⓫。俠嘉夜，茝蘭芳，淡容與，獻嘉觴⓬。

古色奇響，幽氣靈光，奕奕紙上，屈子〈九歌〉後，另開面目。○「靈之斿」以下，鋪排六段，而變幻錯綜，不板不實，備極飛揚生動。○「眾嫭」四句，寫美人之多，穠麗中則，〈招魂〉之遺也。○此章總敘，下為分獻之詞。

【注釋】❶練時日四句　練，選。候，乃。望，祭祀山川日月。炳，點燃。膋蕭，以牛腸脂與香蒿製成的香。膋，牛的腸間脂肪。蕭，香蒿。延，接納。四方，四方神靈。❷九重開四句　九重，傳說天門九重。斿，旗邊懸掛的裝飾品。鴻，大。祜，福。休，美。❸靈之車四句　玄雲，黑中帶紅之雲彩。紛，紛紛。❹若風馬　如乘風之馬。❺靈之來四句　神，變化。沛，迅疾貌。般，通「班」，布。裔裔，飛流之貌。❻靈之至四句　慶，發語詞，無義。陰陰，言垂陰覆遍下方。相，視。放悲，彷彿。震淡，震動。❼靈已坐四句　五音，指宮、商、角、徵、羽。飭，整齊。虞，通「娛」，樂。億，通「意」。❽牲繭栗四句　牲，牛羊等祭品。繭栗，言犧牲角之大小如繭栗之形狀。粢盛，器實曰粢，在器曰盛。桂酒，桂花泡製而成的酒。賓，敬。八鄉，八方之神。❾靈安留四句　吟，馨香。青黃，指供果。眺，望。瑤堂，以玉瑤裝飾的廳堂。❿眾嫭並四句　嫭，美，指娛神的女樂。綽，多。荼，茅荼，色白而柔。兆，眾。逐，追。靡，猗靡，歎笑聲。⓫被華文四句　華文，華美文采的衣裝。廁，雜。霧縠，輕細如雲霧的絲織品。曳，牽引。阿，細繒。錫，細布。佩，服用。⓬俠嘉夜四句　俠，挾。嘉夜、茝、蘭，均香草名。淡，安靜。容與，閑舒貌。嘉觴，美酒。

【語　譯】選定吉日良辰，乃把神靈祭祀，點燃特製香料，接納四方神祇。九重天門打開，神靈彩旗招展，昭示垂賜恩澤，宏大福祉絢爛。神靈出行車乘，遮天蔽日如雲，駕坐飛龍翔遊，羽旄紛繁聚叢。神靈翩翩飄下，倏然乘風奔馬，左手蒼龍護持，右手白虎侍駕。神靈飄然前來，變化奇出迅捷，先頭降下潤澤，雲彩飛流布團。神靈已經來到，垂蔭遍蓋祭壇，看去彼此彷彿，我心戚戚感染。神靈既已落座，五音鳴奏齊整，歡娛直到天亮，順承神的意志。犧牲如繭如栗，器皿供物馥郁，樽中桂酒滿溢，敬奉八方神祇。神靈安然停歇，快意享受瓜果，周遍巡察一切，欣然眺望廳堂。眾多女樂集聚，個個姿色綺麗，容顏白似茅荼，群相追逐歡笑。身著華彩衣裝，如霧絲絹製作，繒布飄帶牽引，名珠寶玉飾綴。挾著芳草嘉夜，還有茝蘭芬芳，恬適從容逍遙，獻上美酒佳釀。

【研　析】本詩及以下六首並為漢朝郊祀歌，原十九首，這裡乃選其七。《漢書・禮樂志》載：「武帝定郊祀之禮，祀太一於甘泉，就乾位也；祭后土於汾陰，澤中方丘也。乃立樂府，采詩夜誦，有趙、代、秦、楚之謳。以李延年為協律都尉，舉司馬相如等數十人造為詩賦，論律呂，以合八音之調。以正月上辛用事甘泉圜丘，使童男女七十人歌之。」本章乃總敘，所謂「合享眾神之樂章」。前四句為一層，言檢擇時日，禮敬焚香，延請神靈。「九重開」四句，言神從天降，賜福人間。「靈之車」以下十六句，言神之來下，儀仗盛大，威嚴肅穆，飆風疾雨，變幻不測。「震淡心」為過脈，由專寫神靈遞進人事。「靈已坐」八句，寫人間能順承神靈意志，作樂娛神，設供享神，既娛其耳，亦娛其腹。「靈安留」四句，寫人的至誠恭敬，感恪神靈，停留腳步，欣然享樂。結末十二句，寫女樂的姿色美豔，盛裝華服，雅潔華貴，心香禮神，神人晏喜。整個詩篇從遠而近，由天上到地下，由神靈到人間，層次展開，條理分明。沈德潛評謂：「古色奇響，幽氣靈光，奕奕紙上，屈子〈九歌〉後，另開面目。」頗中鵠的。

青陽

青陽❶開動，根荄以遂❷。膏潤并愛❸，跂行畢逮❹。霆聲發榮，壛處❺傾聽。枯槁復產，迺成厥命❻。眾庶熙熙❼，施及夭胎❽。群生啿（徒感切。）啿❾，惟春之祺❿。

四章分祭四時之神，天氣時物，無不畢達，直是胸有造化。○啿啿，豐厚貌。

【注釋】❶青陽　春。❷根荄以遂　根荄，草根。遂，生長。❸膏潤并愛　膏潤，指雨露。並，兼。❹跂行畢逮　跂行，有足而行。畢，盡。逮，及。❺壛處　穴居。謂蟄處岩穴之物。❻枯槁復產二句　枯槁，經冬而零落的草木。迺，因。命，使命。❼熙熙　和樂貌。❽施及夭胎　施，延及。夭，物之生長遲緩。

胎，孕而未生。❾嘒嘒　豐厚貌。❿祺　福。

【語譯】春天開始萌動，草木根芽生長。兼愛如膏滋潤，有足俱受沾溉。春雷發動繁榮，蟄居蟲類傾聽。枯槁植物再生，於是擁有生命。百物和樂欣欣，延及遲長未生。所有生物興盛，都由春來作成。

【研析】本章乃祭祀春季之神青帝之歌。春是一年四季的開始，萬物孕育，草木滋長，大地如同再生，代表著美好的希望。這首春之歌開始便由此著筆，寫草木植物、有足動物，俱得春之沾溉。春沐浴滋潤了大地上所有的生命。「霆聲」四句，乃進一層申說，春雷一聲響，萬物復甦，蟄居的昆蟲蠢蠢欲動，枯槁了的植物再現生命的活力，一個嶄新的蓬勃煥發的世界，又來到世人的面前。末四句，春的德澤，遍及一切，遲長的，孕而未生的，都得沾溉，所以眾庶群生，和樂歡暢，欣欣向榮。最後一句，點醒春的賜福，總結全篇。

朱明

朱明盛長，旉與萬物❶。桐生茂豫，靡有所詘❷。敷華就實，既阜既昌❸。登成甫田，百鬼迪嘗❹。廣大建祀，肅雍❺不忘。神若宥之❻，傳世無疆。

【注釋】❶朱明盛長二句　朱明，指夏。旉與，猶普施。旉，通「敷」。❷桐生茂豫二句　桐，同「通」。茂豫，茂盛豫悅。詘，屈折。❸敷華就實二句　敷，布。華，花。就，成。阜，大。昌，盛。❹登成甫田二句　登成，豐登成熟。甫田，大田。百鬼，百神。迪，進。嘗，歆享。❺肅雍　肅穆。雍，和。❻宥之　容之；佑之。

【語譯】夏季陽氣盛旺，遍施萬物成長。草木欣欣向榮，沒有被抑不養。開花結成果實，既大並且繁多。大田豐登成熟，百神前來歆享。祭祀光大恩澤，肅靜雍和難忘。神靈稱心保佑，世代相承無疆。

【研析】本章乃祭祀夏季之神赤帝之歌。夏季為一年四季中盛時，草木蓬勃生長，大地綠意青蔥，生機盎然，詩首四句即就此著筆。「敷華」四句，專就五穀申說，開花結實，既繁且盛，豐登成熟，一派豐年景象。末四句，光大祭祀，不忘神靈德澤，望其繼續保佑，子孫萬代，享有太平，以為收束。

西顥

西顥沆碭，秋氣肅殺❶。含秀垂穎，續舊不廢❷。叶發。姦偽不萌❸，妖孽伏息。隅辟越遠，四貉咸服❹。既畏茲威，惟慕純德❺。附而不驕，正心翊翊❻。續舊不廢，言肅殺中有生機也。

【注　釋】❶西顥沆碭二句　西顥，西方顥天。沆碭，秋天的白氣，指高爽的秋氣。肅殺，蕭瑟。❷含秀垂穎二句　秀，花。穎，禾穗。續，嗣續。廢，廢絕。❸萌　生。❹隅辟越遠二句　隅，邊遠。辟，通「僻」，荒僻。越遠，遼遠。四貉，猶四夷。❺純德　大德。❻附而不驕二句　附，賓服。翊翊，恭敬謙謹貌。

【語　譯】西方顥天高爽氣白，秋來氣息荒涼蕭瑟。五穀秀穗果實累累，繼自根苗沒有廢絕。詭詐虛假不能萌生，一切邪惡銷聲匿跡。周邊八方荒僻遼遠，邊庭四夷盡都降順。既已畏懼如此威嚴，歆慕折服宏大道德。歸附且能不作驕橫，思想端正恭敬虔誠。

【研　析】此章為祭祀西方秋季白帝之神。秋日天高氣爽，又蕭瑟荒涼，既是收穫的季節，又是草木凋零的開始。而秋之豐收，來自春的萌芽，夏的成長，故秋亦春夏的延續。首四句即由此說開。秋固然肅殺，然也唯因肅殺，奸偽不萌，妖孽匿跡，四方賓服。中四句說秋的肅殺而純言人事，由秋氣延伸及國體，天人合一，也自然而然。末四句述四夷畏威慕德，所以虔敬心服。朝廷祭祀而言及制體，教化政治合一。

玄　冥

玄冥陵陰❶，蟄蟲❷蓋藏。草木零落，抵冬降霜。易❸亂除邪，革正

異俗❹。兆民❺反本，抱素懷樸。條理信義，望禮五嶽❻。籍斂❼之時，
掩收嘉穀。

【注釋】❶玄冥凌陰　玄冥，北方之神，主管冬季，這裡指冬季。凌陰，原指冰室，此謂冰天雪地。❷蟄蟲　蟄伏之蟲。❸易　變。❹革正異俗　革，改。異俗，詭異的風俗。❺兆民　眾民。❻望禮五嶽　望，祭名。五嶽，這裡指五嶽中第五嶽北嶽恆山。❼籍斂　謂收穫籍田作物。籍，帝王親耕之田。

【語譯】冬季裡冰天雪地，蟄伏的蟲兒隱藏。草木枯萎凋零，到了冬令降霜。變更無序除邪僻，詭異風俗要改良。萬民返歸到原本，秉持素樸還真淳。信用仁義須堅持，頂禮祭祀望恆山。正是籍田收穫時，盡收五穀樂開懷。

【研析】此章乃祭祀冬季玄帝之歌。冬季草木枯萎，霜雪紛繁，冰天雪地，嚴寒冰封，首四句也由冬令特徵著筆。冬天也是四季的終結，經歷了春、夏、秋，再度回歸，故中四句由此引申，說及人事，易除亂邪，革正異俗，反樸還真，抱樸懷素，回到原初的真淳。冬主收成，末四句兜轉，言收穫五穀，寓報德感恩之意。

惟泰元

惟泰元尊，媼神蕃釐❶音熙。經緯❷天地，作成四時。精❸建日月，星辰度理❹。陰陽五行，周而復始。雲風雷電，降甘露雨。百姓蕃滋❺，咸循厥緒❻。繼統恭勤，順皇❼之德。鸞路龍鱗❽，罔不肸飾❾。嘉籩❿列陳，庶幾⓫宴享。滅除凶災，列騰八荒⓬。鐘鼓笙竽，雲舞翔翔⓭。招搖靈旗⓮，九夷賓將。泰元，天也。媼神，地也。言天神至尊，地神多福。

【注釋】❶惟泰元尊二句　泰元，指天。媼神，指地。蕃，多。釐，福。❷經緯　這裡有構成之意。縱絲為經，橫絲為緯。❸精　精妙。❹度理　循度數，有條理。❺滋　益。❻咸循厥緒　謂皆順其業。緒，業。❼皇　皇天，神祇。❽鸞路龍鱗　鸞路，即鸞輅，鸞車。龍鱗，有龍鱗之旗。❾罔不肸飾　罔，無。肸，整。飾，治。❿嘉籩　美好的盛供物的竹器。⓫庶幾　表希望之意。⓬列騰八荒　謂威烈聲名騰播於邊遠地區。⓭雲舞翔翔　如雲之舞若欲飛翔。⓮招搖靈旗　招搖，北斗七星之一。靈旗，畫招搖於旗進行征伐。

【語譯】泰元最為尊貴，媼神多有福祉。經緯構成天地，和合形成四季。精妙構置日月，星辰循序條理。陰陽五行支配，周而復始行進。興雲起風雷電，降下及時甘霖。百姓蕃衍日眾，都能順其事業。承繼祖統勤恭，遵循皇天大德。鸞車龍鱗旌旗，莫不修飾整潔。漂亮的祭器排列，希望神靈享樂。滅絕凶禍災患，威烈遠播列國。鐘鼓笙竽奏響，如雲舞蹈似翔。招搖彩旗招展，蠻夷之族歸降。

【研　析】本詩為祭祀泰一之歌。首二句開門見山，點出天地神祇的尊貴無比，至高無上。「經緯天地」以下十句，專就泰一之功而言：締造天地，作成四季，星辰日月周流不息，陰陽和合五行相生，風調雨順，百姓樂業，無一非泰一安排，故泰一該謝，恩德當報，於是有人間朝廷的祭天大典。「繼統恭勤」以下，寫朝廷繼先人之統，順皇天好生之德，感皇天養育恩澤，盛為陳設，舉行盛大祭典，望神靈馨享，亦望其護佑，災凶不生，國泰民安，國力強大，揚威烈之名，令周邊九夷歸順。除災安遠，為全詩之旨歸。謝天德，祈保佑，除災靖遠，於稱頌皇天造化及祭天盛典中娓娓道出，也錯綜得法。

天馬

《漢書》：元鼎四年秋，馬生渥洼水中，作〈天馬〉之歌。太初四年春，貳師將軍李廣利斬大宛王首，獲汗血馬，作〈西極天馬〉之歌。

太一況❶（同貺。），天馬下，霑❷赤汗，沫❸流赭。志俶儻❹，精權奇❺，
籋❻（音業。）浮雲，晻❼上馳。體容與❽，迣❾（即逝字。）萬里，今安匹，龍為友。

【注　釋】❶況　賜。❷霑　漬。❸沫　口流沫。❹俶儻　卓異；不羈。❺精權奇　精，精靈。權奇，動合權宜而奇變不測。❻籋　登。❼晻　通「奄」，匆遽。❽容與　馳騁；放任。❾迣　逾越；超越。

【語　譯】蒼天太一賜與，便有天馬來下，渾身冒著赤汗，口噴赭色水沫。神氣卓異不羈，精

靈神變莫測，騰越登上浮雲，閃電一般奔馳。身體逍遙放任，馳騁縱橫萬里，目今誰能與比，飛龍堪與匹敵。

【研　析】詩為詠獲天馬而作。天馬自非俗世凡馬能比，總有牠的神異超凡之處。本詩首二句，以太一天神所贈，言其出處，已迥異常馬。中間八句，赤汗蒸騰，口噴赭沫，言其形態超凡；卓異不羈，不可預測，言其精神超凡；登浮雲，奔如閃電，放任逍遙，馳騁萬里，言其能力超凡。有諸多不凡、神異，故人間鮮能有物比之，自然而然有末兩句的龍為其匹。以龍為比，既是以上所形容的必然結果，也照應題目的「天馬」的不同流俗。

天馬徠，從西極，涉流沙❶，九夷❷服。天馬徠，出泉水，虎脊兩❸，
化若鬼。天馬徠，歷無皁❹，經千里，循東道。天馬徠，執徐時❺，將搖
舉❻，誰與期？天馬徠，開遠門，竦❼予身，逝昆侖❽。天馬徠，龍之媒，
游閶闔❾，觀玉臺❿。

歷無皁，同草，言歷不毛之地，而來東道也。

【注　釋】❶涉流沙　經歷沙漠。❷九夷　謂眾夷。❸虎脊兩　言馬毛色如虎，脊有兩也。❹無皁　磧鹵之地。❺執徐時　太歲在辰時刻，言得馬之時。❻搖舉　奮搖高舉。❼竦　通「聳」。❽逝昆侖　往昆侖，傳說中神仙居此。❾閶闔　天門。❿玉臺　上帝所居。

【語　譯】天馬飄然到來，從那遙遠的西方，經歷茫茫沙漠，眾多夷族歸降。天馬飄然到來，出自渥窪泉水，毛色如虎兩脊，神鬼變化難忖。天馬飄然到來，經歷磧鹵地帶，行經千里途程，找到東方道路。天馬飄然到來，太歲在辰時段，即將奮搖高舉，誰能與牠約準？天馬飄然到來，開門遠相迎接，攜帶我身高飛，前往仙山昆侖。天馬飄然到來，堪為飛龍介媒，扶搖遊歷天門，觀瞻上帝府宅。

【研　析】本詩為詠「天馬」之第二章。開篇仍言出處，其來自西極，歷經茫茫沙漠，已與凡馬相異。而西極乃歸順大漢之地域，其神馬的到來，更有著不尋常的意義，此其神異之二。繼此之後十二句，再從馬的產處「泉水」，及其形體、變化，經歷不毛之地，到來時辰，進一步述其超凡神異。結末八句，言天馬之用，往昆侖，遊覽閶闔玉臺，可為神仙飛舉、求仙訪道之助，同時照應詩題，言其天馬不虛。本章的眾夷來歸及仙山神殿描寫，投合著漢武帝的銳意拓邊及醉心求仙思想。在今之讀者，可以此加深對歷史的認識。

戰城南

以下四章鐃歌。〇漢鼓吹鐃歌十八曲，字多訛誤，茲錄其可誦者。

戰城南，死郭北❶，野死不葬烏可食。為我❷謂烏：「且為客豪❸，

野死諒不葬，腐肉安能去子❹逃？」水聲激激❺，蒲葦冥冥❻，梟騎❼戰

鬥死，駑馬⑧裴徊鳴。梁築室⑨，何以南，何以北，禾黍不獲君何食，願為忠臣安可得？思子良臣⑩，良臣誠可思，朝行出攻，暮不夜歸。太白云「野戰格鬥死，敗馬嘶鳴向天悲」，自是唐人語。讀「梟騎」十字，何等簡勁。末段思良臣，懷頗牧之意也。

【注　釋】❶戰城南二句　城南、郭北互文見義，言兩地都有戰爭與死亡。❷我　詩人自稱。❸且為客豪　客，指死難者。豪，即譹，舊時為新死者行招魂禮，邊哭邊說，謂之譹。❹子　指烏鴉。❺激激　水清澈貌。❻冥冥　幽暗貌。❼梟騎　即驍騎，善戰的駿馬，代指驍勇善戰之人。❽駑馬　駑鈍的馬，代指不善戰者。❾梁築室　指在橋樑上修築營壘。❿思子良臣　思，懷念。子，戰死者。良臣，國士，對戰死者的美稱。

【語　譯】在城南戰鬥，在城北戰死，橫屍荒野恰為烏鴉美食。替我告知烏鴉：「先請為戰死者哀號，死在野外想來不會被埋葬，具具爛肉怎會離你而逃掉？」河水是那樣的清澈，蒲葦深邃幽暗，善戰的駿馬戰鬥中死去，駑鈍的劣馬徘徊著悲鳴。橋樑上修築著堡壘，如何經過往南，如何經過去北，莊稼沒有收成戰士將斷炊，想去疆場拚殺如何為？懷念你們這些戰死的人，國士忠臣的確值得人紀念，清晨出門去打仗，直到夜晚仍未歸。

【研　析】本詩見收於《宋書．樂志四》、《樂府詩集》卷十六，屬於〈漢樂府．鼓吹曲辭〉，漢鐃歌十八曲之一。鐃歌本軍樂，然其內容既敘戰陣，也有記祥瑞，述武功，更有言男女之情者。本首為民歌，是一首控訴戰爭災難的作品。詩歌劈頭便敘寫戰爭的慘烈，城南郭北，激烈的戰鬥，屍橫遍野，烏鴉亂飛，無人掩埋的屍體，成了烏鴉的口食。「為我謂烏」四句，是詩人對怪叫著的烏鴉的諫說，狀寫的是一幅慘不忍睹的畫面，表現的是一種慘痛欲絕的心情。呱呱鳴叫，本是烏鴉吞食死屍前的習慣性動作，詩人也希望烏鴉能夠再多鳴幾聲，就算是對死者的招魂吧！那暴露荒野的屍體，終究沒人埋葬，遲早也都是烏鴉口中的美食。「作曉烏語，痛極奇極」（張玉穀《古詩賞析》），信然。「水聲激激」四句，是對戰後悲慘場面的正面描寫：河水奔流，依然是那樣澄澈；蘆葦蕩深廣渺冥，在風中依偎；善戰的駿馬死光了，只剩下畏葸不前的劣馬，在曠野荒郊徘徊踟躇，為死去者悲叫嘶鳴。「梁築室」以下五句，是對戰爭的另一種控訴。戰爭阻隔了交通，破壞了生產，農田拋荒，五穀不生，詩人憤怒地質疑，沒有糧食，就是想去捍衛朝廷政權，想去為國捐軀，又如何能夠做到呢？結末四句，則對犧牲者「良臣」，表達了深切的哀惋。

臨高臺

臨高臺以軒❶，下有清水清且寒。江有香草目以蘭，黃鵠高飛離哉翻❷。關弓❸射鵠，令吾主壽萬年，收中吾❹。

劉履曰：篇末「收中吾」三字，其義未詳，疑曲調之餘聲，如《樂錄》所謂「羊無夷」、「伊那何」之類。

【注釋】❶軒　高舉；抬高。❷離哉翻　列陣翻飛。❸關弓　彎弓。❹收中吾　蓋歌曲結尾之餘聲詞，如呀乎嗨之類。

【語譯】登臨高臺遠觀望，臺下奔流清澈冷又寒。江邊生長著香草看是蘭，鴻鵠列陣高空翱翔身飛翻。挽弓箭射飛鴻，保護我們的君主長壽享萬年，呀乎嗨。

【研析】本詩見收於《樂府詩集》卷十六〈鼓吹曲辭・漢鐃歌〉。《樂府解題》曰：「古詞言：『臨高臺，下見清水中有黃鵠飛翻，關弓射之，令我主萬年。』若齊謝朓千里常思歸，但言臨往傷情而已。宋何承天〈臨高臺〉篇曰：『臨高臺，望天衢，飄然輕舉凌太虛。』則言超帝鄉而會瑤臺也。」就這首詩言，當然不是何承天〈臨高臺〉之屬。登高臺以眺望，懷故鄉也。香草蘭花，舒忠誠也。殆羈旅之臣，雖竄遠地，仍耿耿忠心，思念返朝，以報君主，為國建功而作。江水寒冷，喻寫心懷，謂當下愁苦。江蘭自喻高潔不貳，射鵠為志存報國。比喻為本詩最突出的特點。

有所思

有所思，乃在大海南。何用問遺君❶？雙珠玳瑁簪❷，用玉紹繚❸之。

聞君有他心，拉雜摧燒之❹。摧燒之，當風揚其灰。從今已往，勿復相思！

相思與君絕，雞鳴狗吠，兄嫂當知之。妃呼豨❺，秋風肅肅晨風颸❻，東方須臾高❼知之。

怨而怒矣，然怒之切，正望之深。末段餘情無盡。○此亦人臣思君而託言者也。「雞鳴」二句，即「野有死麕」章意。

【注　釋】❶何用問遺君　何用，用何。問遺，贈與。❷玳瑁簪　玳瑁，龜類，甲殼光滑多文采，可製裝飾品。簪，古人用以連結髮髻與冠，簪身橫穿髮髻，兩端伸出冠外。❸紹繚　纏繞。❹拉雜摧燒之　拉雜，折碎。摧燒，折毀焚燒。❺妃呼豨　歎息聲。❻秋風肅肅晨風颸　肅肅，風聲。晨風，雉鳥，常朝鳴以求偶。颸，即思。❼高　即皓，指東方發白。

【語　譯】有那思念的人，在遙遠的大海南邊。拿什麼贈給你？繫著雙珠的玳瑁簪子，用玉將它纏。聽說你有外心，折斷打碎燒了它。打碎燒了它，迎風播揚它的灰。從今以往，不要再相思！想著和你要決絕，雞鳴狗叫約會過，哥嫂應當深知悉。歎氣一聲，秋風瑟瑟雉鳥啼，應知須臾東方便日出。

【研　析】本詩亦為漢鐃歌十八曲之一。詩歌反映的是女主人公對所思之人從愛戀到失戀憤恨再到眷戀難捨的心理活動過程。首五句寫愛戀，所思之人在遙遠的大海南邊，從詩人選擇贈物的精緻考究，表露了其愛戀的深摯。「聞君」以下六句，寫其聞知所思之人貳心不忠、三心兩意後的憤恚之情。將禮物折斷砸碎，加以焚燒，加以揚灰，所謂愛之深其恨也切，小女子對原本愛戀之人，似乎已經恨之入骨，有著刻骨深仇大恨，故如是之惡毒。「相思與君絕」以下，寫眷戀難捨情態，矛盾複雜的心緒。當初的約會，雞鳴狗吠，兄嫂必然知之；今天分手，豈不要被兄嫂譏嘲！秋風懷人，雉鳥啼偶，怕兄嫂譏嘲是假，眷戀難捨是真，小女子好不猶豫！她想著，天亮日出，總該有個明確的決定了吧。詩中寫情，細膩曲折，深摯強烈，是真民歌本色。

上邪

上邪❶！我欲與君相知，長命❷無絕衰。山無陵❸，江水為竭，冬雷震震❹，夏雨❺雪，天地合，乃敢與君絕。

「山無陵」下共五事，重疊言之，而不見其排，何筆力之橫也！

【注釋】❶上邪　猶天啊。❷命　使；令。❸陵　山峰。❹震震　雷聲。❺雨　降下。

【語譯】老天啊！我要和你長相知，永生永世不斷絕。山沒了山峰，江水變得枯竭，冬日雷鳴轟轟，夏日紛紛降雪，天地相合一起，纔敢和你做決裂。

【研析】這是一首民間情歌。表達的是一種海枯石爛心不死的堅貞純潔的愛情。通篇都是誓詞。首三句為正面傾訴，指天為誓，表達著長相知、無絕衰的心願。「山無陵」以下五句，乃從反面申說，以五種自然界裡必無的現象，設為相絕的條件，宣告其必不斷絕的信心。詩歌一氣貫注，雖五事重疊而言，卻不見堆垛重複，筆力奇橫。抒情的熱烈直白，追求愛情的無所顧忌，是本詩突出的特點，也是民歌與文人詩最根本的分野。本詩膾炙人口，對後世文學，產生了深遠的影響。

箜篌引

以下六章相和曲。《古今註》：朝鮮津卒霍里子高，晨起刺船。有一白首狂夫，披髮提壺，亂流而渡。其妻隨而止之，不及，遂墮河而死。妻援箜篌而鼓之，作〈公無渡河〉之曲，聲甚悽愴。曲終，亦投河而死。子高還，語其妻麗玉。麗玉傷之，乃引箜篌而寫其聲，名曰〈箜篌引〉。

公無❶渡河，公竟❷渡河。墮河而死，當奈公何！纏綿悽惻，黃牛峽謠，音節相似。

【注釋】❶公無　公，古時對老年男子的稱呼，即翁。無，同「毋」，表示勸阻。❷竟　終於。

【語譯】請翁不要渡河，老翁你終要渡河。掉落河中淹死，拿你真的沒轍！

【研析】本詩見收於《初學記》卷十六、《樂府詩集》卷二六。整篇低沉哀惋，淒愴悲切。全篇四句，句四言，每句一頓，在簡潔直白的語言裡，以翁妻傾訴的口吻，表達著、哭訴著愛怨交織、悲痛絕望的心情。不讓你渡河，偏要渡河，落水淹死，真讓人對你沒轍！在這如泣如訴的話語裡，翁妻對老翁的深摯的感情，一覽無餘。張玉穀《古詩賞析》評：「逐句停頓，一氣旋轉，尤妙在末四字，拖得意言不盡。」王堯衢《古唐詩合解》謂：「一句一轉，一轉一哭，節短調悲，其音自古。」都頗中肯綮。

江南

梁武帝作〈江南弄〉本此。

江南可採蓮，蓮葉何田田❶。魚戲蓮葉間。魚戲蓮葉東，魚戲蓮葉西，魚戲蓮葉南，魚戲蓮葉北。

奇格。

【注　釋】❶田田　茂密勁秀貌。

【語　譯】江南水鄉最宜去把蓮子採，湖中蓮葉生長模樣何等繁密。活潑的魚兒嬉戲遊蕩蓮葉間。倏然魚兒到了蓮葉東，倏然魚兒到了蓮葉西，倏然魚兒到了蓮葉南，倏然魚兒到了蓮葉北。

【研　析】本詩見收於《樂府詩集》卷二六〈相和歌辭・相和曲〉。詩歌描寫的是江南採蓮的活動及採蓮人的歡快之情。詩歌首兩句即把我們帶入充滿詩情畫意的江南水鄉，這裡有嫵媚的湖泊，無邊的蓮田，婀娜的荷花，茂密的荷葉，生機勃勃，綠意盈盈。「魚戲蓮葉間」，以嬉戲的魚兒，進一步激活了畫面，一個「戲」字，不僅富有動感，更寫出了場面的歡快。魚之樂，乃採蓮人眼中所見，是採蓮人情緒的外化，反映的正是採蓮人的心情，魚之樂即人之樂。接著四句，分寫魚的嬉戲東、西、南、北，簡單的句式裡，也就僅僅變換了一個表方位的字眼，將魚的自在徜徉，無拘無束，輕靈活潑，表現得淋漓盡致，而採蓮人的歡欣喜悅，在這和諧生動、自然清新的環境中，在游魚的快樂裡，得到了鮮明地展示。詩歌所以膾炙人口，最主要的就在於它得天籟之機，天人合一，物我交融。這也是它常讀常新的奧妙所在。

薤露歌

《古今註》：〈薤露〉、〈蒿里〉，本出田橫門人。橫自殺，門人傷之，為作悲歌二章。孝武時，李延年分為二曲，〈薤露〉送王公貴人，〈蒿里〉送士大夫庶人，使挽柩者歌之，亦謂之挽歌。

薤❶上露，何易晞❷！露晞明朝更復落，人死一去何時歸？

【注釋】❶薤　多年生草本植物，葉細長，似韭菜。❷晞　乾。

【語譯】薤草上那露水珠，為什麼就這樣容易乾！露水乾了明天還要落，人死去了何時再能還？

【研　析】本詩凡四句，卻是針對人生的一個深邃的思考。首兩句以薤草上的露水易乾起興，托物喻人，比喻著人的生命短暫易逝。三、四兩句，更揭出人不如露的悲哀。露水雖然易乾，但朝朝降露，乾了再降；人的生命，有露水之易逝，卻不能如露水之再來，人生的憂患感，生的迷惘，油然而生，彰然可見，其悲盡在不言之中。而這人生的思索，也使得本詩充滿了凝重之感。

蒿里曲

蒿里❶誰家地？聚斂魂魄無賢愚。鬼伯一何❷相催促？人命不得少踟躕。

【注釋】❶蒿里　山名，位於泰山南面。❷鬼伯一何　鬼伯，鬼卒。一何，何其。

【語譯】蒿里是誰家的地盤？不分賢愚將魂魄集聚。鬼卒催逼何其急，人命關天不能稍遲疑。

【研析】本詩也是一首針對人的生命的思考。相比較上首詩的比興，本首則用賦體直陳。首兩句寫死後，以問句發起。次句是詩人發問的原因，並不是回答。詩人納悶，人間社會，等級森嚴，有著深不可越的鴻溝阻隔，為什麼這蒿里一地，卻不問賢愚，不論貴賤，一概將魂魄盡加聚集？三、四兩句追寫生前，同樣是問句發起，下句乃發問原因，而非作答。詩人還是納悶，為什麼人的生前，貴賤有別，刑不加大夫，而鬼伯的索魂，卻一視同仁，不因貴而稍加姑息從容？詩歌是對庶人亡靈的撫慰，也是對社會人生的一種追問。

雞鳴

此曲前後辭不相屬，蓋采詩入樂，合而成章，非有錯簡紊誤也。後多放此。

雞鳴桑樹巔❶，狗吠深宮❷中。蕩子❸何所之？天下方太平。刑法非有貸❹，柔協正亂名❺。黃金為君❻門，璧玉為軒堂❼。上有雙樽酒，作使邯鄲倡❽。劉王碧青甓❾，後出郭門王❿。舍後有方⓫池，池中雙鴛鴦⓬。鴛鴦七十二⓭，羅列自成行。鳴聲何啾啾⓮，聞我殿⓯東廂。兄弟四五人，皆為侍中郎⓰。五日一時來⓱，觀者滿路傍。黃金絡馬頭⓲，熲熲何煌煌⓳。桃生露井⓴上，李樹生桃傍。蟲來齧㉑桃根，李樹代桃殭㉒。樹木身相代，兄弟還相忘。

【注釋】❶樹巔　樹頂端。❷宮　垣牆。❸蕩子　遊手好閒之人。❹貸　寬宥。❺柔協正亂名　言以柔和之道，制裁擾亂名教之人。正，制裁。亂名，違反名教國法。❻君　蕩子。❼璧玉為軒堂　璧玉，當為「碧玉」，與上句「黃金」相對。軒堂，殿堂。❽作使邯鄲倡　作使，役使。邯鄲，戰國時期趙國都城，多出美女。倡，倡伎，女樂。❾劉王碧青甓　劉王，漢朝同姓諸侯王。甓，磚。❿郭門王　郭門以外之異姓諸侯王。⓫方　大。⓬雙鴛鴦　鴛鴦雙棲，故稱。⓭七十二　言其多。⓮啾啾　鳥鳴聲，象聲詞。⓯殿　大堂。⓰侍中郎　官名，侍從皇帝左右，出入宮廷。⓱五日一時來　漢朝制度，文武百官每五日得以一下里舍休沐。一時，同時。⓲黃金絡馬頭　言以黃金鑲鍍馬籠頭。絡，縛。⓳熲熲何煌煌　熲熲、煌煌，俱言光耀輝煌貌。⓴露井　沒有覆蓋的井。㉑齧　啃，咬。㉒殭　同「僵」，死。

【語　譯】桑樹梢頭雞鳴喔喔，垣牆深巷狗吠狺狺。放浪子弟要去哪裡？天下正是太平時期。刑法嚴明不稍姑息，柔和之道懲治亂紀。蕩子門庭黃金製成，殿堂修飾概用碧玉。杯盞羅列殿堂之上，役使女樂邯鄲討取。同姓侯王碧磚砌牆，異性王侯後出效尤。房舍後頭建造大池，池中鴛鴦對對成雙。鴛鴦成群嬉戲水上，列隊鳧水自成陣行。啾啾鳴叫響成一片，聲音傳到殿堂東廂。兄弟一輩四五其人，侍奉朝廷居侍中郎。間隔五日一同到來，觀看之人擠滿路旁。黃金製作駿馬籠頭，光彩奪目何等輝煌。桃樹生在無蓋井上，李樹長在桃樹一旁。蟲子過來咬嚙桃根，李樹替代桃樹枯僵。樹木尚能以身相代，兄弟反倒禍起蕭牆。

【研　析】本詩見《宋書‧樂志》及《樂府詩集‧相和歌辭》，乃告誡棒喝蕩子之歌。首六句為一段，以雞鳴桑樹之巔，狗吠深巷之中起興，以雞狗各安其位，反襯蕩子這幫權豪勢要的不守本分，違法亂紀。又正告他們，現在乃太平盛世，政治清明，法律嚴正，希望你們不要自討苦吃。「黃金為君門」至「熲熲何煌煌」為第二段，具體而言權豪勢要們的奢侈腐化，紙醉金迷。黃金為門，碧玉為堂，美酒佳人，靡靡之樂，概言其生活情狀。「舍後」以下六句，以鴛鴦暗喻蕩子們的沉湎聲色情欲，鴛鴦之眾，喻其妻妾成群。「兄弟」以下六句，寫其門庭顯赫，招搖過市，鼎盛一時。此一段為結束一段再做鋪墊渲染。「桃生露井上」至結尾為最後一段，以桃李相傍而生，李代桃僵為比，譏諷蕩子們人不如物，只顧放縱自我，不知其亂紀犯法，亦正為兄弟掘下墳墓，兄弟家族受其牽累，必然一同毀滅。詩歌層次分明，敘議結合，明寫暗比，褒貶譏諷，是一首具有豐富底蘊，卓有建樹的成功之作。

陌上桑 一曰〈豔歌羅敷行〉。

日出東南隅❶，照我秦氏樓。秦氏有好女❷，自名❸為羅敷。羅敷善蠶桑，採桑城南隅。青絲為籠係❹，桂枝為籠鉤❺。頭上倭墮髻❻，耳中明月珠❼。緗綺❽為下裙，紫綺為上襦❾。行者見羅敷，下擔捋髭鬚❿。少年見羅敷，脫帽著帩頭⓫。耕者忘其犁，鋤者忘其鋤。來歸相怨怒，但坐⓬觀羅敷。 一解⓭。

使君⓮從南來，五馬⓯立踟躕。使君遣吏往，問是誰家姝⓰。「秦氏有好女，自名為羅敷。」「羅敷年幾何？」「二十尚不足，十五頗有餘。」「使君謝⓱羅敷，寧⓲可共載不？」羅敷前置辭⓳：「使君一何愚！使君自有婦，羅敷自有夫。」 二解。

「東方千餘騎，夫壻居上頭⓴。何用㉑識夫壻？白馬從驪駒㉒。青絲繫馬尾，黃金絡馬頭。腰中鹿盧劍㉓，可直千萬餘。十五府小吏㉔，二十朝大夫㉕，三十侍中郎㉖，四十專城居㉗。為人潔白晳，鬑鬑頗有鬚㉘。盈盈公府步㉙，冉冉府中趨㉚。坐中數千人，皆言夫壻殊。」

三解。○鋪陳穠至，與辛延年〈羽林郎〉一副筆墨，此樂府體別於古詩者在此。○「但坐觀羅敷」，坐，緣也。歸家怨怒室人，緣觀羅敷之故也。○「謝使君」四語，大義凜然。末段盛稱夫壻，若有章法，若無章法，是古人入神處。○篇中韻腳，三「頭」字，三「隅」字，二「餘」字，二「夫」字，二「鬚」字。

【注　釋】❶東南隅　東方。東南，偏義複詞，即東。隅，方位。❷好女　美女。❸自名　本名。❹青絲為籠係　青絲，青色絲繩。籠，籃子。係，繫物的繩子。❺籠鉤　籃子上提柄。❻倭墮髻　髮髻之一種，其髻偏斜一邊，似欲墮狀，為當時時髦的髮式。❼明月珠　一種大的珠子，用作耳璫。❽緗綺　緗，杏黃色。綺，帶花紋的綾羅。❾襦　短襖。❿捋髭鬚　捋，撫摩。髭鬚，唇上鬍鬚。⓫帩頭　古代男子用以包髮的頭巾。⓬坐　因。⓭一解　謂一章。⓮使君　漢朝太守或刺史的稱呼。⓯五馬　漢朝太守有享受五馬駕車的待遇。⓰姝　美女。⓱謝　問；告。⓲寧　表願望之詞。⓳置辭　致辭。⓴上頭　行列前端。㉑何用　何以；憑什麼。㉒驪駒　深黑色的馬。駒，兩歲之馬。㉓鹿盧劍　指用玉作鹿盧形劍柄的一種劍。㉔府小吏　太守府中的低級官吏。㉕朝大夫　泛指朝廷中級官吏。㉖侍中郎　侍從皇帝左右之官。㉗專城居　即一城之主，如太守、刺史之類。㉘鬑鬑頗有鬚　鬑鬑，鬢髮稀疏貌。頗，略。㉙盈盈公府步　盈盈，與下句「冉冉」，皆緩步從容貌。公府步，猶官步。㉚趨　小步疾走。

【語　譯】東方太陽冉冉升起，照亮我們秦家小樓。秦家有位漂亮的姑娘，本名兩字叫作羅敷。

羅敷能幹善於蠶桑，採桑來到城的南邊。青色線繩編織桑籃，桂枝擰成籃子把柄。頭上偏斜倭墮髮髻，明月寶珠懸掛耳上。杏黃綾羅裁成裙子，紫色綾羅縫製小襖。路人看到羅敷模樣，落擔捋鬚將她端詳。小夥子們看到羅敷，脫下帽子整理頭巾。耕田的人們忘掉犁鏵，鋤地的人們忘記鋤把。回到家中惱怒發火，只因外邊貪看羅敷。

太守車乘從南過來，五馬止步徘徊不前。太守差遣小吏前往，詢問這是誰家嬌娃。「美女出自秦家小院，本名稱呼喚作羅敷。」「羅敷姑娘芳齡多少？」「二十之齡還缺幾歲，十五之齡略有餘頭。」「太守請問羅敷姑娘，能否上車同歸府上？」羅敷上前致辭朗朗：「太守長官何等癡迷！太守家裡自有妻子，羅敷也自有了夫婿！」

「東方駿馬千餘匹，我家夫婿走前頭。憑啥認出夫為誰，黑馬跟從大白馬。青色絲繩馬尾繫，籠頭純用黃金製。腰中掛把鹿盧劍，價值不菲千萬錢。十五歲上做小吏，二十歲上成大夫，三十做到侍中郎，四十之年一城主。他人白皙好儀表，鬢髮稀疏鬍鬚少。緩緩邁著官樣步，從容自信府中走。千萬數人坐一起，都誇夫婿超凡俗。

【研　析】本詩最初見《古今注》著錄，稱名〈陌上桑〉。《宋書・樂志》題〈豔歌羅敷行〉，《玉臺新詠》題〈日出東南隅行〉。為樂府詩中名篇。詩歌採用理想主義創作方法，塑造了一位明豔動人、聰明機智的少女羅敷形象，歌頌了她從外在到心靈的美麗。詩歌分三章。第一章寫羅敷的明豔驚人。首句以日出寫起，接著以日照秦氏樓，將明媚的陽光與少女羅敷綰合在了一起，喻示著羅敷的光彩照人。羅敷之善蠶桑，外出採桑，為其出場登臺過渡。羅敷的美麗，一切辭藻都不敷使用，於是全在側面中渲染烘托之。「青絲」兩句寫其用，「頭上」四句寫其服飾裝扮，穿戴使用的華貴，渲襯其本人的高貴。「行者」以下八句，從行人、少年、耕者、鋤者看到羅敷後的如癡如醉，神魂顛倒，歸家怨妻，羅敷的豔麗絕倫，已經躍然紙上。虛筆實寫，更具有引人的藝術魅力。第二章寫羅敷與太守的較量，寫羅敷的心靈之美。太守見到了採桑的羅敷，一樣為之傾倒。他炫耀著利用著權勢，無理要求，要載羅敷同歸。羅敷不貪他的榮華，不慕他的富貴，不畏他的勢焰，理直氣壯，正氣凜然，答辭擲地有聲：你這太守何等愚蠢！你家裡現有著妻室，還要拈花惹草，貪淫好色，好不知恥！我們都是有家室之人，請你自重。羅敷的答辭，是她優秀品格的一個最好的寫照。而她的各有家室，以此拒絕，亦頗能見其過人智慧。第三章承第二章末句「羅敷自有夫」而來，全出羅敷之口，極力渲染著所謂夫婿的富貴地位、容貌才華。訴者羅敷，聽者太守，羅敷愈作誇耀，太守愈顯尷尬，羅敷的誇飾令原本趾高氣揚自視甚高的太守相形見絀，其結果必然是倉皇逃遁。我們其實大可不必坐實羅敷真否有這樣一位夫婿，文學就是文學，我們需要欣賞的只是作品的藝術效果。當我們看到弱小者勝利後的高大，倚勢欺人者失敗後的狼狽，感受到藝術帶給我們的快慰，已經足夠了。張玉穀《古詩賞析》謂：「前後同一鋪陳濃至，然前屬作者正寫，後乃就羅敷口中說出，故不覺堆垛板重。」信然。

長歌行

連下章平調曲。○古詩云：「長歌正激烈。」魏文〈燕歌行〉云：「短歌微吟不能長。」言聲有長短也。

青青園中葵❶，朝露待日晞❷。陽春布德澤❸，萬物生光輝。常恐秋節至，焜黃❹華葉衰。百川東到海，何時復西歸。少壯不努力，老大徒傷悲。

「陽春」十字，正大光明。謝康樂「皇心美陽澤，萬象咸光昭」，庶幾相類。

【注釋】❶青青園中葵　青青，植物少壯期之顏色。葵，向日葵一類。❷晞　曬乾。❸陽春布德澤　陽春，和煦的春天。德澤，恩惠。❹焜黃　即輝煌，繽紛燦爛貌。

【語譯】園子裡向日葵蒼翠欲滴，待到日出粒粒晨露曬乾去。和煦的春天佈施著恩澤，大地萬物煥發了勃勃生機。常常擔心蕭瑟的秋天來到，繽紛燦爛的紅花綠葉枯萎凋謝。百川奔騰東流歸入大海，什麼時候還能再度西回。青春年少不去發憤努力，年華老大只能徒然歎息更傷悲。

【研析】本詩見《樂府詩集》卷三十〈相和歌辭・平調曲〉，為「古辭」二首之第一首。「長歌」與「短歌」相對，乃指聲調之長短。詩為「警廢學」（張玉穀《古詩賞析》）而作。「青青」兩句，就園中葵花上露水寫起。「青青」展示著勃勃生機，露水的迅疾蒸發喻示著青春、生命的短暫易逝。「陽春」兩句，字面寫春天陽光的沐浴，萬物生長，內裡又蘊含著青春無價，人生的春天一寸光陰一寸金，當珍惜青春時光。「常恐」兩句，表面也說的是自然現象：秋天到來，草木凋零；深層又說的是人生易老，時光流逝。「百川」兩句，則更進一層，由河流的東去不返，喻示人生命的去而難再。有了以上的蓄勢鋪墊，詩人要說的道理，也就順理成章，自然而然地表現了出來：人生要趕著少壯，多多努力，千萬別老大無成，傷悲徒然。詩要用形象思維，這首說理詩所以能膾炙人口、流傳不衰，正在於其講理訴諸形象，而不流於枯燥的說教。

君子行

君子防未然，不處嫌疑❶間。瓜田不納履，李下不正冠❷。嫂叔不親授❸，長幼不比肩。勞謙得其柄❹，和光甚獨難❺。周公下白屋，吐哺不及餐，一沐三握髮❻，後世稱聖賢。

【注釋】❶嫌疑　疑惑難辨的事理。❷瓜田不納履二句　謂經過瓜田不彎腰提鞋子，從李樹下走過不舉首端正帽子，以避免盜瓜偷李之嫌疑。納，提。正，端正。❸授　傳物。❹勞謙得其柄　謂有功處之以謙虛，猶持物而得其柄。❺和光甚獨難　謂才華內斂而不張揚之難得。❻周公下白屋三句　《史記・魯周公世家》：周公戒伯禽曰：「我文王之子，武王之弟，成王之叔父，我於天下亦不賤矣。然我一沐三捉髮，一飯三吐哺，起以待士，猶恐失天下之賢人。」白屋，茅草屋，庶人所居。

【語譯】君子防範事情未發生以前，不會置身似是而非中間。經過瓜田不去提鞋，走在李樹下不伸手正冠。嫂叔之間不親手遞物，長幼之間不並肩站立。有功能夠謙虛得體，含才不露內斂不驕最稱難。周公旦禮賢下士渴慕人才，剛吃飯忙吐出為了禮賢，一次洗澡三次紮起頭髮，後世人稱頌他堪為聖賢。

【研　析】本詩見收於《樂府詩集》卷三二〈相和歌辭．平調曲〉。詩歌內容如題所示，言君子所當行當止。前六句言君子避嫌疑，舉瓜田、李下、嫂叔、長幼四件事例來說。四不，皆為避嫌疑也。瓜田李下例證亦趣甚妙甚，後世為成語典故。「勞謙」以下六句，言君子以謙和為貴，一改前之排比舉證，獨標周公，以為楷模。寫法上顯得錯綜靈動，富於變化。

相逢行

清調曲。○一云〈相逢狹路間行〉，亦云〈長安有狹斜行〉。

相逢狹路間，道隘❶不容車。不知何年少，夾轂問君家❷。君家誠易知，易知復難忘。黃金為君門，白玉為君堂。堂上置樽酒，作使邯鄲倡❸。中庭生桂樹，華燈何煌煌。兄弟兩三人，中子為侍郎❹。五日一來歸❺，道上自生光。黃金絡馬頭，觀者盈道傍。入門時左顧❻，但見雙鴛鴦。鴛鴦七十二，羅列自成行。音聲何噰噰❼，鶴鳴東西廂❽。大婦織羅綺，中婦織流黃❾。小婦無所為，挾瑟上高堂。「丈人❿且安坐，調絲⓫方未央。」

末段後人摘為〈三婦豔〉。

【注　釋】❶隘　狹窄。❷夾轂問君家　夾轂，車轂磨接碰撞。君家，少年之家。❸作使邯鄲倡　作使，役使。邯鄲倡，來自邯鄲的女樂。❹侍郎　漢朝指宮廷中近侍官。❺五日一來歸　漢朝制度，官員五日回家一休沐。❻左顧　回顧。❼噰噰　鳥鳴聲。❽廂　廊。❾流黃　黃黑色相間的絹。❿丈人　對長者的尊稱。這裡指小媳的公公。⓫調絲　調絃。

【語　譯】狹路中間正相逢，路窄迎面車難行。不知少年為何人，車轂擠擦攀問聲。君家果然容易知，易於知曉且難忘。君家大門黃金造，君家殿堂白玉砌。廳堂擺酒宴常滿席，使喚邯鄲女樂伎。庭院長著桂花樹，燦爛燈火亮堂堂。家中兄弟有三個，中間一人做侍郎。五日一次回家來，行走大道有輝光。駿馬籠頭黃金造，觀看之人滿道旁。走進門來回頭看，只見鴛鴦自成雙。鴛鴦對對成群數，兩兩排列自成行。聞聽有音和諧鳴，東西兩廊白鶴聲。老大媳婦織羅綺，老二媳婦織流黃。小兒媳婦無事做，帶著琴瑟進廳堂。「公公請您穩坐了，正在調絃尚未好。」

【研　析】本詩乃樂府古辭，《樂府解題》謂「古辭文意與〈雞鳴曲〉同」。就詩歌語句言，確乎多與〈雞鳴〉多雷同，但其命意，則迥然有別。〈雞鳴〉係諷人之作，此詩則純粹頌揚誇讚。詩歌前六句為一層，敘兩人駕車行路，窄道相逢，既無法通過，則開始攀談。攀談的話題，便是少年的主人。「君家」兩句，以易知、難忘，讚其聲名赫赫，盡人皆知。「黃金為君門」至「鶴鳴東西廂」為第二層。分別從居所、享樂、主人的地位，以黃金為門，白玉砌堂，美酒，女樂，桂香，燈火，主人的休沐，路旁觀者，家中情景，極盡鋪排誇飾，少年主人家的富貴榮華可見，名聲赫赫絕非浪得虛美。「大婦織羅綺」以下為最後一層，由其三婦各司所職，和睦有序，讚其禮樂之家，從而小中見大，誇其主人理家且善能經綸天下。詩歌鋪張而不流於板滯，件件道來而不顯得堆砌，如陳祚明評：「寫繁華甚盛，變宕百出，古雅紛披。」（《采菽堂古詩選》）

善哉行 以下六章瑟調曲。

來日大難❶，口燥脣乾。今日相樂，皆當喜歡。一解

經歷名山，芝草翻翻❷。仙人王喬❸，奉藥一丸。二解

自惜袖短，內❹讀納。手知寒。慚無靈輒，以報趙宣❺。三解

月沒參橫❻，北斗闌干❼。親交❽在門，饑不及餐。四解

歡日尚少，戚日❾苦多。以何忘憂，彈箏酒歌。五解

淮南八公，要道不煩❿。參駕⓫六龍，游戲⓬雲端。六解。○此言來者難知，勸人及時行樂也。忽云求仙，忽云報恩，忽云結客，忽云飲酒，而仍終之以游仙，無倫無次，杳渺恍惚。

【注　釋】❶大難　極不易。❷芝草翻翻　芝草，菌類，中醫可入藥，有滋補作用。翻翻，翻飛貌。❸王喬　即王子喬，好吹笙，作鳳鳴，遊伊、洛間，道士浮丘公接其上嵩山。❹內　納。❺慚無靈輒二句　《左傳》宣公二年載：「初，宣子田於首山，舍於翳桑，見靈輒餓，……為之簞食與肉，寘諸橐以與之。既而與為公介，倒戟以禦公徒而免之。」報，酬報。❻參橫　參星橫現。參星，二十八宿之一。❼北斗闌干　北斗星橫斜。❽親交　親人友好。❾戚日　憂愁的日子。❿淮南八公二句　《列仙傳》載：「淮南王好道，有八公詣門，鬚眉皓白，授以丹經三十六卷，與王白日升天。」要道，成仙之道。煩，煩瑣。⓫參駕　即驂駕，泛指車馬。⓬游戲　遨遊。

【語　譯】未來的日子十分艱難，殫精竭慮口燥唇乾。今日聚會無比快樂，大家都該喜喜歡歡。涉身來到享譽大山，芝草茂盛風中翩翩。山中仙人其名王喬，慷慨奉送仙藥一丸。我自歎息衣袖窄短，不能遮手感到冷寒。慚愧此世靈輒不見，用以報答恩人趙宣。月已沉落參星橫陳，北斗七星已經斜掛。親人故舊來到門下，饑餓窮愁無以餐飯。歡樂的日子很少很少，憂愁的日子苦於太多。以何忘掉身邊的憂傷，飲酒彈箏引吭高歌。淮南門下仙人八公，修仙之道並不煩瑣。六龍駕車白日飛升，自由翱翔彩雲頂端。

【研　析】本詩見收於《宋書・樂志》及《樂府詩集》卷三六〈相和歌辭・瑟調曲〉，乃樂府古辭。沈德潛以為其「無倫無次，杳渺恍惚」，張玉穀的解析最為圓融。詩六章，為寒士飲筵於富貴之家，有感而作。首章言歡會不常有，來日仍艱辛，當此之機，應暫忘憂愁，及時行樂。二章稱頌貴家，言其府邸如名山仙界，其人為不老仙人，其待客殷勤。三章言自己貧寒無力，知恩欲報而不能，又頌主人如趙宣子，肯周濟寒士。四章進一步說自己愁苦，感慨貧寒，雖有親友，卻不能如主人作徹夜之樂，而是饑腸轆轆，苦熬寒夜。五章照應開篇，言歡日之少，憂愁殷多，且拋苦惱於一邊，聽歌聽箏，暢飲取樂。末章言主人周濟寒士，好客慷慨，必如淮南王之招來八公，得道升仙，善有善報。回應題目，頌主人好客善舉。詩歌頗能反映貧士的愁苦，亦見出人窮志短，一飯之恩，念念不置，多般頌德。

西門行

出西門，步念之❶。今日不作樂，當待何時。解一

夫為樂，為樂當及時。何能坐愁怫鬱❷，當復待來茲。解二

飲醇酒，炙肥牛。請呼心所歡❸，何用解愁憂。解三

人生不滿百，常懷千歲憂。晝短而夜長，何不秉燭遊。解四

自非仙人王子喬，計會壽命難與期❹。自非仙人王子喬，計會壽命難與期。解五

人壽非金石，年命安可期。貪財愛惜費，但為後世嗤❺。解六

【注釋】❶步念之　步步念之。之，代指下列內容。❷坐愁怫鬱　坐愁，坐而愁。怫鬱，憂愁貌。❸心所歡　心中歡喜的人。❹計會壽命難與期　計會，計畫；盤算。難與期，難以預期。❺嗤　嘲笑。

【語譯】走出城西門，步步想著這些事。今日不去行樂，應當等到何時。行樂，行樂應當及

時。如何能夠因愁憂傷，還要等待來日。喝杯醇美的酒，烤上整塊肥牛肉。請教心歡的人，拿什麼解憂愁。人生不足百年，常懷千年憂愁。白天短而夜長，為啥不持上蠟燭夜間遊。自非仙人王子喬，盤算壽命難有定。自非仙人王子喬，盤算壽命難有定。人的壽命非金石，壽命哪可去預期。貪戀錢財怕破費，只能為後人嘲譏。

【研　析】本詩見收於《宋書・樂志》及《樂府詩集》卷三七〈相和歌辭・瑟調曲〉，為樂府古辭。詩歌大意謂人生壽命不永，當及時行樂，不可惜費。詩六章，首章即揭示主題，謂及時行樂，不可等待。第二章言坐愁之非，申說當及時行樂。第三章飲美酒，餐肥牛，呼所歡，具體而言行樂忘憂之法。第四章言人生苦短，卻負載著太多的憂愁，言應當行樂之原因。秉燭夜遊，夜以繼日，亦及時行樂之意。第五章反覆而言人非仙人，壽命難測，突出強調旦夕禍福，生命無常，此也為及時行樂之原因。第六章言人非金石，其壽不永，總言不可惜費，當及時行樂，以免為後人恥笑。王夫之《古詩評選》謂：「意亦可一言，而竟往復鄭重，乃以曲感人心。詩樂之用，正在於斯。」正道出了本詩藝術上一大特點。詩中語句與「古詩十九首」〈生年不滿百〉有雷同，全詩大旨亦近似，這既為民歌特點，也反映了當時社會普遍瀰漫著的一種灰色消沉的沒落情緒。

東門行

出東門，不顧❶歸；來入門，悵❷欲悲。盎❸中無斗儲，還視桁上無懸衣❹。拔劍出門去，兒女牽衣啼❺。「他家但願富貴，賤妾與君共餔糜❻。共餔糜，上用滄浪天故❼，下為黃口小兒❽。句中或有譌字。今時清廉，難犯教言，君復自愛莫為非。今時清廉，難犯教言，君復自愛莫為非❾。」「行，吾去為遲。」「平慎行，望君歸❿。」始勸其安貧賤，繼恐其觸法網，餔糜之婦，豈在咏雄雌者下哉？○既出復歸，既歸復出，功名兒女，纏綿胸次，情事展轉如見。○疊說一過，丁寧反覆之意。末二句進以禔身，涉世之道也。○魏文〈豔歌〉「何嘗行，上慚滄浪之天，下顧黃口小兒」本此，而語句易解。

【注　釋】❶顧　念；考慮。❷悵　惆悵；失意。❸盎　口小腹大的瓦缶。❹還視桁上無懸衣　還視，回視。桁，本辭作「架」。❺兒女牽衣啼　本辭作「舍中兒母牽衣啼」。❻餔糜　吃粥。❼上用滄浪天故　用，因；為了。滄浪，《宋書．樂志》、《樂府詩集》均作「倉浪」。倉浪天，即蒼天。故，緣故。❽黃口小兒　幼兒。❾今時清廉六句　《樂府》本辭作「今非咄」。❿平慎行二句　本辭無，本辭末句作「白髮時下難久居」。

【語　譯】走出城東門，不復考慮回；回來再進門，惆悵心酸悲。甕中沒有斗米儲存，回頭看視衣架上邊無裳衣。拔出利劍出門要離去，兒女扯著衣服苦哭啼。「別家只管去富貴，我願與你喝稀粥。與你喝稀粥，上為老天緣故，下為黃口小兒。目下政治清明，不可違背教誨，你還須自愛不要去胡為。目下政治清明，不可違背教誨，你還須自愛不要去胡為。」「走，我走已經太晚。」「謹慎好自為之，盼著你早回。」

【研　析】本詩原作當為收載於《樂府詩集》卷三七〈相和歌辭・瑟調曲〉中的「本辭」。由於其鮮明的反抗性，「晉樂所奏」已作塗飾篡改。《宋書・樂志》、《樂府詩集》、《古詩源》都收錄了篡改後的作品，殊失本意。詩歌所寫，乃一饑寒交迫，衣食無著，終於被逼上梁山，鋌而走險的人。詩前八句為一層，寫其走險情由，通過走險者矛盾重重心理的刻畫，揭示了其走險的實出無奈，情非得已。走險者已經出門，且決意不歸，但他仍不能忘懷家室，不能夠撇捨下妻子兒女，一番惆悵悲酸後，他又回到了家裡。但家裡的苦狀，令他明白，守著家裡，只能是死路一條，出門走險，或許還會有一線生路。於是，他更堅定了走出家門的想法。「他家」以下十句，為妻子勸阻語。妻子的勸阻，道理又何其軟弱無力，上看老天情面，下為兒女想想，丈夫何嘗不是為了兒女，纔決定鋌而走險！「行」兩句，是丈夫語，他已經義無反顧，徹底清醒了走出纔是惟一的路子，所以他的回答何等決絕，何等斬釘截鐵。妻子所謂的「今時清廉，難犯教言」「平慎行」等等，何其不倫！篡改者妄加，實有悖原詩主旨。沈德潛選「晉樂所奏」而不錄本辭，反映了他思想上的局限，也與他論詩主溫柔敦厚有關。本辭句式參差錯落有致，人物語言口吻逼肖，本色自然，乃上乘佳作。

孤兒行

孤兒生，孤兒遇生❶，命當獨苦！父母在時，乘堅車❷，駕駟馬❸。叶滿補切。父母已去❹，兄嫂令我行賈❺。南到九江❻，東到齊與魯❼。臘月來歸，不敢自言苦。頭多蟣❽蝨，面目多塵。大兄言辦飯❾，大嫂言視馬❿。叶上高堂，行取同趨。殿下堂⓫。古屋之高嚴，通呼為殿。孤兒淚下如雨。使我朝行汲，暮得水來歸⓬。手為錯⓭，足下無菲⓮。《左傳》：共其扉屨。扉，草屨也，通作菲。愴愴履霜⓯，中多蒺藜⓰。拔斷蒺藜腸肉中⓱，愴欲悲。淚下渫渫⓲，清涕纍纍⓳。冬無複襦⓴，夏無單衣。居生不樂，不如早去㉑，下從地下黃泉！春風動㉒，草萌芽。三月蠶桑，六月收瓜。將㉓是瓜車，來到還家。瓜車反同翻。覆，助我者少，啗㉔瓜者多。願還我蔕，獨且㉕急歸。兄與嫂嚴，當興較計㉖。亂㉗曰：里中一何譊譊㉘，願欲寄尺書㉙，將與㉚地下父母，兄嫂難與久居。極瑣碎，極古奧，斷續無端，起落無迹，淚痕血點，結綴而成，樂府中有此一種筆墨。○始用麌韻，次用支微齊韻，次用歌麻韻，次用霽韻，末用魚韻，惟中間有雙句不在韻內者，如頭多蟣蝨，面目多塵，上高堂，行取殿下堂等句，故搖曳其詞，令讀者不能驟領耳。○黃泉句乃一韻住處，今不歸入韻內，豈中間或有脫落耶？至多與瓜，本屬一韻，下蔕字乃另換韻也。

【注 釋】❶遇生 偶生。遇，假借為「偶」。❷堅車 完好之車。❸駟馬 四匹馬所拉之車。❹已去 指死去。❺行賈 行商販賣，往來經商。❻九江 郡名，西漢治所在壽春，即今安徽壽縣；東漢治陵陰，在今安徽定遠西北。❼齊與魯 泛指今山東境內。❽蟣 虱卵。❾辦飯 料理飯食。❿視馬 照看馬匹。⓫行取殿下堂 行，復。取，通「趨」。殿下堂，指高堂下別處堂屋。⓬使我朝行汲二句 謂從早到晚挑水。行汲，出去打水。⓭錯 「皵」之假借字，皮膚皸裂。⓮菲 即屝，草鞋。⓯愴愴履霜 愴愴，悲傷貌。履，踏。⓰蒺藜 刺。⓱腸肉中 通於肉中。腸，通「暢」。⓲渫渫 水流貌。⓳纍纍 不斷。⓴複襦 夾襖。㉑早去 早死。㉒春風動 他本作「春氣動」。㉓將 推。㉔啗 吃。㉕獨且 即將。且，語助詞。㉖較計 計較。㉗亂 音樂的最後一段，大約為和唱，其下為亂辭。㉘譊譊 怒叫聲；喧囂聲。㉙尺書 信札。㉚將與 帶給。

【語 譯】孤兒降生，孤兒偶然生世上，命裡偏偏要受苦！父母在世日子，乘坐完好車子，駕著四匹大馬。父母辭別人世，兄嫂令我往來買賣。南邊遠到九江，東邊來到齊魯地。寒冬臘月把家還，不敢訴說辛苦。頭上蝨子蝨卵多，臉上滿布塵土。大哥說教備飯，大嫂教去看馬。剛到大廳去，又跑廳下房。孤兒淚流如雨下。使我清晨去打水，晚上擔水回到家。雙手凍得皸裂，腳下沒雙草鞋。踩著寒霜悲傷，地上滿是蒺藜。拔斷的刺兒通肉中，淒愴心中悲痛。淚流不能止息，清涕不能斷絕。冬天沒有夾襖，夏日缺少單衣。活著實在無樂趣，不如早早死去，追隨已死父母。春天到了，草兒萌芽。三月養蠶採桑，六月收摘西瓜。推著瓜車，趕著回家。瓜車路上翻，幫助之人少，吃瓜人太多。希望把瓜蒂還給我，哥嫂忒嚴厲，回去必然要計較。和唱：巷子裡何等吵鬧，希望寄封書信，帶給地下爸媽，哥嫂暴虐難同長久居。

【研　析】這是一首孤兒控訴哥嫂暴虐盤剝的血淚史，字字帶血，聲聲含淚。起三句以孤兒命苦總領全篇。孤兒何以運命獨苦，下文將做出具體的詮釋。下文自「父母在時」至「孤兒淚下如雨」為一層，以父母的去世為分水嶺，前後恰成鮮明對照。而有了對照襯托，孤兒的被使行商，天南海北，寒冬臘月，苦不敢言，愈見淒苦。哥嫂的不體恤孤兒，心若蛇蠍，昭然若揭。父母的死，成為孤兒受虐待的最直接的原因。「使我朝行汲」至「下從地下黃泉」為第二層，寫孤兒在家所受勞役的慘狀，及非人之待遇。從早到晚汲水，幹不完的活計，衣不蔽體，嚴冬穿不上一件夾襖，盛夏沒有一件單衣，腳上連雙草鞋都沒有，赤腳行走在布滿寒霜與蒺藜的道途上，雙手皸裂，兩腳被刺得鮮血淋漓，孤兒涕淚漣漣。自「春風動」至「當興較計」為第三層，寫孤兒收瓜之苦。收穫了西瓜，孤兒孱弱的身體，實在沒法承受沉重的板車，車倒在路旁，瓜翻出車子，沒有人幫忙，吃瓜者多有。孤兒知道，兇狠的哥嫂不會放過自己，這將又是一場災難。「願還我蔕」一句，何等令人酸楚語。亂辭寫孤兒回家經受凌虐，未正面描寫，僅通過一片「譊譊」聲，以及孤兒無法忍受，欲寄書地下父母寫出，更見慘烈。詩以孤兒自述的口吻出之，「極瑣碎，極古奧，斷續無端，起落無迹，淚痕血點，結掇而成」，有力透紙背的功效，在樂府詩中，堪稱上乘佳作。

豔歌行

翩翩堂前燕，冬藏夏來見。兄弟兩三人，流宕❶在他縣。故衣誰當補？新衣誰當綻❷？賴得賢主人❸，覽取為我綻❹。夫壻從門來，斜柯❺西北眄。「語卿❻且勿眄，水清石自見。」石見何纍纍❼，遠行不如歸。此居停之婦，為客縫衣，而其夫不免見疑也。末云水清石見，心跡固明矣，然豈如歸去為得計乎！賢主人，指居停婦言。○與〈陌上桑〉、〈羽林郎〉同見性情之正，〈國風〉之遺也。

【注釋】❶流宕　流蕩；飄泊。❷綻　縫聯補綴。❸賢主人　借居之家賢慧的主婦。❹覽取為我綻　覽取，即攬取。綻，縫補。❺斜柯　歪斜。❻卿　女主人稱其夫。❼纍纍　通「壘壘」。突出分明貌。

【語譯】屋前燕子翩翩飛翔，夏日來見冬季躲藏。我家同胞兄弟幾個，飄零顛沛流落他鄉。破舊的衣服誰給縫補，要製新衣誰為裁量。幸虧居所賢慧主婦，拿去縫綴全力擔當。賢婦丈夫門外歸來，歪斜倚門側目而望。「告訴夫君切莫乜斜，池水清澈石頭可見。」石頭露出何等分明，飄零人啊不如把家來歸。

【研析】這是一首妙趣橫生別具心裁的精美小詩。詩歌寫遊子思歸，寫法上別具匠心。首兩句以燕子冬去夏來起興，比喻遊子思鄉之苦。遊子從燕子的歸來，想起飄零異鄉，想起家鄉的親人。「兄弟」四句，寫飄泊在外的兄弟們異鄉苦況。異鄉的孤寂是其一，衣服破舊無人縫補，要製新衣無人裁縫，此其二。「賴得」四句，寫好心的主婦熱心幫助，卻招致丈夫的猜疑，「斜柯西北眄」狀摹神情如繪。「語卿」兩句為妻子答丈夫語，水清能見石頭，喻指自己的清白堅貞，清者自清，問心無愧。結末兩句，雖然事實澄清，但遊子終因給賢婦帶來了不必要的麻煩而覺得有愧，思鄉之情再次油然而生。起以比興，結以比喻，構思精巧。戲劇性的場景，饒有趣味。

隴西行 一云〈步出夏門行〉。

天上何所有？歷歷種白榆❶。桂樹夾道生❷，青龍對道隅❸。鳳凰❹鳴啾啾，一母將九雛❺。顧視世間人，為樂甚獨殊。好婦出迎客，顏色正敷愉❻。伸腰再拜跪❼，問客平安不？請客北堂❽上，坐客氈氍毹❾。清白各異樽❿，酒上正華疏⓫。酌酒持與客，客言主人持。卻略⓬再拜跪，然後持一盃。談笑未及竟，左顧敕中廚⓭。促令辦麤飯，慎莫使稽留。廢禮⓮送客出，盈盈府中趨。送客亦不遠，足不過門樞⓯。取婦得如此，齊姜⓰亦不如。健婦⓱持門戶，亦勝一丈夫。

起八句若不相屬，古詩往往有之，不必曲為之說。○卻略，奉觴在手，退而行禮，故稍卻也。寫得婉媚。通體極贊中，自有諷意。

【注　釋】❶歷歷種白榆　歷歷，分明貌。白榆，星座名，《春秋運斗樞》：「玉衡星散為榆。」本篇通以動、植物名星座，乃詩人之幻想。❷桂樹夾道生　桂樹，星座名，《春秋運斗樞》：「椒桂生合剛陽。」注謂：「椒桂，陽星之精所生也。」道，黃道，古人認為太陽繞地球而行進的軌道。❸青龍對道隅　青龍，星座名，《春秋緯》：「春精靈威仰，神為歲星，本東方青龍之宿。」隅，旁。❹鳳凰　星座名，《鶡冠子·度萬》：「鳳凰者，鶉火之禽，陽之精也。」❺一母將九雛　將，率領。九子，九星，《史記·天官書》：「尾為九子。」《索引》引宋均曰：「屬後宮場，故得兼子，子必九者，以尾有九星也。」❻敷愉　和悅美麗。❼伸腰再拜跪　古人坐時雙膝跪地，行禮時當伸直腰板，故曰。❽北堂　古時婦人常處之堂，北向，無牆。❾氍毹　粗毛褥子，即氈。❿清白各異樽　清白，分指清酒白酒。各異樽，不同的杯子分盛，任客取用。⓫華疏　指酒的泡沫隨斟酒而分散。華，通「花」，指酒花。疏，疏散。⓬卻略　稍稍後退。⓭左顧敕中廚　左顧，回頭看。敕，吩咐。中廚，內廚房。⓮廢禮　終禮。⓯門樞　門檻。⓰齊姜　齊國姜姓女子，古代指高貴美好的女子。⓱健婦　指有丈夫氣概的女子。

【語　譯】天上都有些什麼？種植著白榆分明可見。桂樹夾著黃道長，青龍相對臥路旁。鳳凰啾啾聲嘹亮，一母同胞攜九子。回頭看看世間人，行樂作歡尤所好。漂亮女子主待客，容顏和悅好容貌。伸直腰板再行禮，問聲客人平安吧。恭請客人北堂坐，客人坐上粗毛毯。清白酒水有兩種，斟進杯子散泡沫。倒上美酒遞客人，客人謙請主人先。稍稍後退再行禮，然後送上酒一杯。談笑融融正進行，不忘回頭喚廚中。催促備辦宴上飯，謹慎不要有耽擱。禮終送客出廳堂，款款輕盈行庭院。送別客人不遠行，兩腳不越院門檻。娶婦能得如此婦，雖有齊姜也不如。巾幗女豪主家務，勝似男子大丈夫。

【研析】這是一首歌頌女子才幹的詩作。沈德潛謂「起八句若不相屬，古詩往往有之，不必曲為之說」，不無道理。然換而言之，前八句亦非絕不相干，天上之有序，正為映照渲染主婦而設，比喻著主婦之胸次條理井然；所持之家，井并有序。主婦之待客，彬彬有禮，嫻於應酬，自然得體，滴水不漏。見客、行禮、問候、請坐、敬酒，紊絲不亂，落落大方。酒分兩種，考慮及客人的口味不同；言談中不忘喚廚子備飯，心思何等縝密；送客止於門檻，矜持端莊，顧及身分影響。從「好婦出迎客」至「足不過門樞」，由迎到送，次第寫來，通過具體的酬應安排，刻畫著主婦的超群才幹。「取婦得如此」以下四句，以議論出之，從品貌，讚其賽過齊姜；從才能，譽其勝過男兒。《樂府解題》謂：「始言婦有容色，能應門承賓；次言善於主饋；末言送迎有禮。」其為一篇女子頌無疑。

淮南王篇

舞曲歌辭。

淮南王❶，自言尊，百尺高樓與天連。後園鑿井銀作牀❷，金瓶素綆汲寒漿❸。汲寒漿，飲少年，少年窈窕何能賢，揚聲悲歌音絕天。我欲渡河河無梁，願化雙黃鵠還故鄉。還故鄉，入故里，徘徊故鄉，苦身不已。繁舞寄聲無不泰❹，徘徊桑梓遊天外。

此哀淮南王求仙無益，而以身受禍也。措詞特隱。

【注 釋】❶淮南王 這裡指淮南厲王劉長子劉安。劉長於文帝六年以謀反自殺，其子劉安於十六年繼封淮南王。安好文學，廣招門客，喜道術，後也以謀反自殺。❷牀 井上圍欄。❸金瓶素綆汲寒漿 金瓶，精美的瓶狀汲水器具。素綆，汲水桶上的繩索。寒漿，清涼的水。❹繁舞寄聲無不泰 繁舞寄聲，浮靡的歌舞音樂。泰，奢侈；過甚。

【語 譯】淮南王，自標太清尊，高樓巍巍干雲霄。後園鑿井圍欄銀打造，華美的水桶打出清涼水澄澈。打出清涼的水，華貴的少年飲。美麗的少年擅長是什麼，放聲悲歌遏雲天。我要渡河卻無橋樑，但願化作一對天鵝展翅回故鄉。回歸故鄉，步入故里，故鄉徘徊，身心抑鬱。靡靡歌舞莫不奢侈，徘徊故鄉雲遊天外。

【研 析】本詩見收於《樂府詩集》卷五四〈舞曲歌辭・雜舞〉。晉人崔豹《古今注・音樂第三》曰：「〈淮南王〉，淮南小山之作也。王服食求仙，遍禮方士，遂與八公相攜俱去，莫知所往。小山之徒思戀不已，乃作〈淮南王〉之曲焉。」這大約是一種附會，淮南小山謀反自殺，其門人樹倒猢猻散，並不存在其成仙飛升、門徒思戀之說。詩當為民歌，乃諷刺小山的作品。詩歌欲抑先揚，前九句寫其自尊清高，住的是齊天高樓，用的是華貴器皿，飲的是深井寒漿，仙風道骨，超凡脫俗。「我欲渡河河無梁」一跌，暗示其成仙虛幻。願化雙飛鵠，一廂情願耳。繁舞寄聲，奢靡腐化，驕奢淫逸，取禍之源。終於命喪黃泉，其壽不永，正咎由自取。「遊天外」是對其求仙的照應之筆，然卻非真能成仙，而是因罪自殺。沈德潛評其「措詞特隱」，所評極是。

傷歌行　以下雜曲歌辭。

昭昭❶素明月，輝光燭❷我牀。憂人不能寐，耿耿❸夜何長。微風吹閨闥❹，羅帷自飄颺。攬衣曳長帶，屣履❺下高堂。東西安所之❻，徘徊以彷徨。春鳥翻❼南飛，翩翩❽獨翱翔。悲聲命儔匹❾，哀鳴傷我腸。感物懷所思，泣涕忽霑裳。佇立吐高吟，舒憤訴穹蒼。不追琢，不屬對，和平中自有骨力。

【注　釋】❶昭昭　月明貌。❷燭　照。❸耿耿　夜深長貌。❹閨闥　內室。闥，內門。❺屣履　拖著鞋子。❻之　往。❼翻　騰飛。❽翩翩　不息貌。❾儔匹　伴侶。

【語　譯】皎潔的月光璀璨明亮，銀色的輝光映照我床。憂愁的人啊不能入眠，孤寂的夜啊何其漫長。輕風吹拂閨人內室，掀動帳子飄飄蕩蕩。披衣起身拖動長帶，拖著鞋子走下廳堂。東邊西邊要去哪裡，猶豫徘徊心中惆悵。春天的鳥兒騰越南飛，搧動翅膀不停翱翔。悲鳴嘹嚦呼喚伴侶，淒楚鳴啼寸斷柔腸。觸景傷情心生懷想，淚水潸然沾濕衣裳。凝神站立高歌吟唱，抒發鬱憤告訴上蒼。

【研　析】這是一首閨怨詩作。詩前十句為一層。皎潔的月光照進閨室，照在少女的床上，因為失眠難寐，夜便如此的漫長難熬。騷擾少女的不獨月光，還有那柔和的春風，也吹進閨中，掀動著少女的羅帷。無法入眠的少女終於披衣拖鞋而起，走下廳堂，來到了院中。「春鳥翻南飛」以下為另一層。院子裡踟躇徘徊，少女看到了不停飛翔的春鳥，春鳥求偶的哀鳴更令少女心亂，她想起了自己，想到了沒有著落的終身大事，不覺潸然淚下，涕滿衣裳。又不覺高喊上蒼，傾訴焦灼鬱悶的情腸。詩歌情景交融，情由景生，景中著情，以主人公情感的發展為線索，層次遞進深入，條理清晰又入木三分地揭示了人物複雜的心理活動。

悲歌

悲歌可以當❶泣，遠望可以當歸。思念故鄉，鬱鬱纍纍❷。欲歸家無人，欲渡河無船。心思不能言，腸中車輪轉。

起最矯健，李太白時或有之。

【注釋】❶當　代替。❷鬱鬱纍纍　重疊堆積貌。

【語譯】放聲悲歌可以代替哭泣，登高遠望可以代替歸去。銘心刻骨思念著家鄉，心頭鬱積充滿著悲傷。想著回家家裡已無人，想要渡河河邊沒有船。苦苦思念沒法言，九曲愁腸正如車輪轉。

【研析】這是一首征人懷鄉之作。首兩句突兀而起，訴說著一個具有普遍意義的人生體驗。

悲歌當哭，遠望當歸，是聊以自慰語，更是特殊背景下無可奈何語。「思念故鄉」兩句，解釋著開首兩句，詩人刻骨銘心地思念著家鄉，憂愁堆積，無法排解。「欲歸家無人」兩句，進一步解釋上文，作者所以流落在外，一是家中已無人，戰爭奪去了他所有家鄉親人的性命；二是山川阻隔，行路太難，欲歸家而不能實現。末兩句所謂不能言，是愁苦太多無法言，不能用言語窮盡，愁腸百結，如輪轉動，仍是對開篇的解釋。詩歌如題所示，抒寫悲愁，詩中在在圍繞「悲」字而作。而用逆筆敘寫，更突出強調了悲愁的非同一般。

枯魚過河泣

枯魚❶過河泣，何時悔復及！作書與魴鱮❷，相教慎出入。漢人每有此種奇想。

【注釋】❶枯魚　乾魚。❷魴鱮　分別指鯿魚和鰱魚。

【語譯】枯魚過河傷心哭泣，啥時後悔又能來得及。寫封書信遞給鯿魚和鰱魚，互相轉告出入小心莫大意。

【研析】這是一首寓言詩。詩歌以擬人化手法，不僅賦予枯乾的魚兒以生命，更使之具有了人的意識。首句起得突兀奇警，枯魚能夠哭泣，一奇；不知枯魚因何而哭泣，二奇。第二句解釋原因，原來枯魚有著非同一般的傷痛，有著特大的後悔，因悔之已晚而傷心哭泣。第三句枯魚作書尤奇。枯魚作書，是希望告訴自己的同類，謹慎出入，切莫大意，要避免我的覆轍，保全你們的平安。詩歌既構想奇特，意旨也稱精警，簡短的四句裡邊，包含了豐富的社會人生內蘊。

古歌

秋風蕭蕭❶愁殺人。出亦愁，入亦愁，座中何人，誰不懷憂？令我白頭。胡地多飆風❷，樹木何修修❸。離家日趨遠，衣帶日趨緩。心思不能言，腸中車輪轉。

蒼莽而來，飄風急雨，不可遏抑。○離家二句，同〈行行重行行〉篇，然以字渾，趨字新，此古詩樂府之別。

【注釋】❶蕭蕭　風聲。❷飆風　暴風。❸修修　通「翛翛」，鳥之羽毛殘破貌，狀樹木被風吹得乾枯如殘敝之羽毛。

【語譯】秋風瑟瑟人悲愁。出門愁，入門愁，在座還誰人，能夠不悲愁？悲愁讓我愁白了頭。北方胡地多暴風，樹木刮得枝枯朽。距離家鄉日漸遠，腰間衣帶日漸寬。心中愁苦無法言，愁腸百結恰如車輪轉。

【研析】本詩乃遊子胡地思歸之作。通篇言客地愁思。開首劈頭一句，即言蕭瑟秋風令人愁殺，是憂愁積久之言，是大悲愁之言。「出亦愁」至「令我白頭」，均解釋著首句所言。憂愁無所不在，無處不在，強烈濃郁的憂愁，讓詩人愁白了少年頭。「胡地」兩句，言北地荒寒，是自然的寫照，也是詩人心情的寫照。「離家」兩句，衣帶隨離家的漸遠而漸寬，離家多上一步，憂愁便增上一分，人的消瘦，都因了日漸增添的憂愁。末兩句，以愁腸如輪轉，喻心緒的苦痛，難以言表，具有很強的表現效果。

古八變歌

北風初秋至，吹我章華臺❶。浮雲多暮色，似從崦嵫❷來。枯桑鳴中林，絡緯❸響空階。翩翩飛蓬征，愴愴遊子懷。故鄉不可見，長望始此回。

【注　釋】❶章華臺　春秋時期楚靈王所建離宮，在今湖北監利西北。❷崦嵫　山名，位於今甘肅天水西南，傳說中太陽沉沒的地方。❸絡緯　昆蟲名，即莎雞，俗名紡織娘。

【語　譯】初秋時節北風吹來，吹到了我所佇立的章華臺。浮雲呈現蒼蒼暮色，好像來自崦嵫山脈。風吹林中枯桑作響，莎雞鳴唱空寂臺階。蓬草轉動紛飛遠行，客地遊子憂愁忡忡。故鄉遙遠不能看見，深深期望從此回歸。

【研　析】本詩乃遊子懷鄉之作。首句言時間，初秋；次句言地點，章華臺。北風之吹拂，正詩人佇立臺上感知。「浮雲」以下四句，均詩人臺上見聞觀感。初秋的傍晚，浮雲籠罩，暮色蒼茫，瑟瑟秋風中桑樹的枯枝一陣亂響，空寂的臺階下不時有秋蟲啼鳴，烘托出一種蕭瑟淒涼的意象，此中人必然也黯然神傷，莫名惆悵。此寫景，景中更融進了遊子的情緒，故景中有人在。末四句直接抒寫思鄉情懷。萍漂蓬轉，飄零浪跡在外的人們，神經格外顯得敏感，初到的北風，便觸發了詩人思鄉的情懷。「故鄉不可見」，又照應了開頭，補充交代了詩人佇立高臺的具體原因。詩中「浮雲」四句，兩兩屬對，句子極為整飭。

猛虎行

饑不從猛虎食，暮不從野雀棲。野雀安無巢？遊子為誰驕❶！

【語譯】饑餓不從猛虎餐食，天黑不從野雀棲止。野雀哪會無巢穴，遊子為誰而清高！

【注釋】❶驕　謂自重自愛。

【研析】本詩見《樂府詩集》卷三一〈相和歌辭·平調曲〉魏文帝〈猛虎行〉解題所引，乃樂府古辭。詩言遊子自誡自律，潔身自好。首兩句起興，猛虎指代強梁豪橫亂法之徒，野雀指代蕩婦娼女，不從猛虎食喻遊子不做違法之事，不從野雀棲喻遊子不放浪行跡，行為正派。詩歌雙起而單承，下文單言野雀，此為重點。野雀固然有巢，然清白自律行為端正的遊子卻不願混跡其中，他是那樣的自重自愛，是如此地忠誠自己的家室，其品格高尚可見一斑。

樂府

行胡從何方？列國持何來？氍毹毾㲪五木香❶，迷迭艾蒳及都梁❷。

首二句指入貢之人言，本用陽韻，而第二句以來字間之。首句用韻，次句不入韻也。

【注釋】❶氍毹毾㲪五木香　毾㲪，毛毯。五木香，清木香之別名。❷迷迭艾蒳及都梁　迷迭，常綠小灌木，有香氣，可佩帶，或燃燒以驅蚊避邪，亦能製香。艾蒳，又稱艾納，菊科，木質草本植物。都梁，又稱都梁香，香名之一種。

【語譯】奔走的胡人來自何方？列國之人拿了什麼來？貢品獻上毛毯清木，迷迭艾納都梁芳香。

【研析】這首詩簡短四句，寫列國朝貢，進獻貢品。其價值即在於記錄了早期的中外交流。胡人的行商中華，貢品中各色名香，為研究中外交流史提供了寶貴資料。就詩歌藝術論，以兩問句發起，未直面作答；而繼以來人攜帶物品綴合成句，作一貢品展，既側面對首兩句做出回答，更展示了中華聲威。言簡意賅，寓意深邃。

卷四

漢詩

古詩為焦仲卿妻作

漢末建安❶中，廬江府❷小吏焦仲卿妻劉氏，為仲卿母所遣❸，自誓不嫁。其家逼之，乃投水而死。仲卿聞之，亦自縊於庭樹。時傷之，為詩云爾。

孔雀東南飛，五里一徘徊。「十三能織素，十四學裁衣。十五彈箜篌❹，十六誦詩書。十七為君婦，心中常苦悲。君既為府吏，守節情不移。賤妾留空房，相見常日稀❺。雞鳴入機織，夜夜不得息。三日斷❻五匹，大人❼故嫌遲。非為織作遲，君家婦難為。妾不堪驅使，徒留無所施❽。便可白公姥❾，及時相遣歸。」府吏❿得聞之，堂上啟⓫阿母：「兒已薄祿相⓬，幸復得此婦。結髮⓭同枕席，黃泉共為友⓮。共事二三年，始爾未為久⓯。女行無偏斜，何意⓰致不厚！」阿母謂府吏：「何乃太區區⓱！此婦無禮節，舉動自專由⓲。吾意久懷忿，汝豈得自由！東家有賢女，自名秦羅敷。可憐⓳體無比，阿母為汝求。便可速遣之，遣去慎莫留！」府吏長跪答，伏惟⓴啟阿母：「今若遣此婦，終老不復取㉑！」阿母得聞之，槌牀㉒便大怒：「小子無所畏，何敢助婦語！吾已失恩義，會不㉓相從許！」

府吏默無聲，再拜還入戶。舉言㉔謂新婦，哽咽不能語：「我自不驅卿㉕，逼迫有阿母。卿但暫還家，吾今且報府㉖。不久當歸還，還必相迎取。以此下心意㉗，慎勿違吾語。」新婦謂府吏：「勿復重紛紜㉘。往昔初陽歲㉙，謝㉚家來貴門。奉事循公姥㉛，進止敢自專？晝夜勤作息㉜，伶俜縈苦辛㉝。謂言無罪過，供養卒大恩㉞。仍更被驅遣，何言復來還？

妾有繡腰襦[35]，葳蕤[36]自生光。紅羅複斗帳[37]，四角垂春囊[38]。箱簾[39]六七十，綠碧青絲繩。物物各自異，種種在其中。人賤物亦鄙，不足迎後人[40]。留待作遺施[41]，於今無會因[42]。時時為安慰，久久莫相忘。」

雞鳴外欲曙，新婦起嚴妝[43]。著我繡裌裙[44]，事事四五通[45]。足下躡絲履，頭上玳瑁光。腰若流紈素[46]，耳著明月璫[47]。指如削蔥根[48]，口如含朱丹[49]。纖纖作細步，精妙世無雙。上堂拜阿母，母聽去不止。「昔作女兒時，生小出野里。本自無教訓，兼愧貴家子。受母錢帛[50]多，不堪母驅使。今日還家去，念母勞家裡。」卻[51]與小姑別，淚落連珠子。「新婦初來時，小姑始扶牀。今日被驅遣，小姑如我長。勤心養公姥，好自相扶將[52]。初七及下九[53]，嬉戲莫相忘。」出門登車去，涕落百餘行。府吏馬在前，新婦車在後。隱隱何甸甸[54]，俱會大道口。下馬入車中，低頭共耳語：「誓不相隔[55]卿，且暫還家去，吾今且赴府。不久當還歸，誓天不相負。」新婦謂府吏：「感君區區[56]懷。君既若見錄[57]，不久望君來。君當作磐石[58]，妾當作蒲葦[59]。蒲葦紉[60]如絲，磐石無轉移。我有親父兄[61]，性行暴如雷。恐不任我意，逆[62]以煎我懷。」舉手長勞勞[63]，二情同依依[64]。

入門上家堂，進退無顏儀[65]。阿母大拊掌[66]：「不圖子自歸！十三教汝織，十四能裁衣，十五彈箜篌，十六知禮儀，十七遣汝嫁，謂言無誓違[67]。汝今[68]何罪過，不迎而自歸？」「蘭芝慚阿母[69]，兒實無罪過。」阿母大悲摧[70]。

還家十餘日，縣令遣媒來。云「有第三郎[71]，窈窕世無雙。年始十八九，便言多令才[72]。」阿母謂阿女：「汝可去應之。」阿女銜淚答：「蘭芝初還時，府吏見丁寧[73]，結誓不別離。今日違情義，恐此事非奇[74]。自可斷來信[75]，徐徐更謂之[76]。」阿母白媒人：「貧賤有此女，始適[77]還家門，不堪吏人婦，豈合[78]令郎君？幸可[79]廣問訊，不得便相許。」

媒人去數日，尋遣丞請還[80]。說「有蘭家女，承籍有宦官[81]。」云「有第五郎，嬌逸未有婚。遣丞為媒人，主簿通語言[82]。」直說「太守家，有此今郎君。既欲結大義[83]，故遣來貴門。」阿母謝媒人：「女子先有誓。老姥[84]豈敢言？」阿兄得聞之，悵然心中煩，舉言謂阿妹：「作計何不量[85]！先嫁得府吏，後嫁得郎君，否泰如天地[86]，足以榮汝身。不嫁義郎[87]體，其往欲何云[88]？」蘭芝仰頭答：「理實如兄言。謝家事夫壻，中道還兄門，處分適[89]兄意，那得自任專？雖與府吏要[90]，渠會永無緣。登即相許和[91]，便可作婚姻。」媒人下牀去，諾諾復爾爾[92]。還部白府君[93]：「下官奉使命，言談大有緣。」府君得聞之，心中大歡喜。視曆復開書[94]，便利此月內，六合[95]正相應。「良吉[96]三十日，今已二十七，卿可去成婚[97]。」交語速裝束[98]，絡繹如浮雲[99]。青雀白鵠舫[100]，四角龍子幡[101]，婀娜[102]隨風轉。金車玉作輪[103]，躑躅青驄馬[104]，流蘇金鏤鞍[105]。齎[106]錢三百萬，皆用青絲穿，雜綵[107]三百匹，交廣市鮭珍[108]。從人四五百，鬱鬱登郡門[109]。

阿母謂阿女：「適得[110]府君書，明日來迎汝。何不作衣裳？莫令事不舉[111]！」阿女默無聲，手巾掩口啼，淚落便如瀉。移我琉璃榻[112]，出置前牕下。左手持刀尺，右手執綾羅。朝成繡袷裙，晚成單羅衫。晻晻日欲暝⑪³，愁思⑪⁴出門啼。府吏聞此變，因求假⑪⁵暫歸。未至二三里，摧藏⑪⁶馬悲哀。新婦識馬聲，躡履⑪⁷相逢迎，悵然遙相望，知是故人來。舉手拍馬鞍，嗟歎使心傷。「自君別我後，人事不可量，果不如先願，又非君所詳。我有親父母⑪⁸，逼迫兼弟兄，以我應他人，君還何所望！」府吏謂新婦：「賀卿得高遷！磐石方且厚，可以卒千年；蒲葦一時紉，便作旦夕間。卿當日勝貴⑪⁹，吾獨向黃泉。」新婦謂府吏：「何意出此言！同是被逼迫，君爾⑫⁰妾亦然。黃泉下相見，勿違今日言！」執手分道去，各各還家門。生人作死別，恨恨那可論！念與世間辭，千萬不復全⑫¹。

府吏還家去，上堂拜阿母：「今日大風寒⑫²，寒風摧樹木，嚴霜結庭蘭。兒今日冥冥⑫³，令母在後單。故作⑫⁴不良計，勿復怨鬼神！命如南山石，四體康且直⑫⁵。」阿母得聞之，零淚⑫⁶應聲落。「汝是大家子⑫⁷，仕宦於臺閣⑫⁸。慎勿為婦死，貴賤情何薄⑫⁹？東家有賢女，窈窕豔城郭⑬⁰。阿母為汝求，便復在旦夕。」府吏再拜還，長歎空房中，作計乃爾[131]立。轉頭向戶裡，漸見愁煎迫[132]。

其日牛馬嘶[133]，新婦入青廬[134]。奄奄黃昏後，寂寂人定初[135]。「我命絕今日，魂去尸長留。」攬裙脫絲履，舉身赴清池。府吏聞此事，心知長別離。徘徊庭樹下，自掛東南枝。

兩家求合葬，合葬華山[136]傍。東西植松柏，左右種梧桐。枝枝相覆蓋，葉葉相交通。中有雙飛鳥，自名為鴛鴦，仰頭相向鳴，夜夜達五更。行人駐足聽，寡婦起彷徨。多謝[137]後世人，戒之慎勿忘。

共一千七百八十五字，古今第一首長詩也。淋淋漓漓，反反覆覆，雜述十數人口中語，而各肖其聲音面目，豈非化工之筆？長篇詩若平平敘去，恐無色澤。中間須點染華縟，五色陸離，使讀者心目俱炫，如篇中新婦出門時，妾有繡羅襦一段，太守擇日後，青雀白鵠舫一段是也。作詩貴翦裁，入手若敘兩家家世，末段若敘兩家如何悲慟，豈不冗漫拖沓？故竟以一二語了之，極長詩中具有翦裁也。○別小姑一段，悲愴之中，復極溫厚，風人之旨，固應爾耳。唐人作棄婦篇，直用其語云：「憶我初來時，小姑始扶牀。今別小姑去，小姑如我長。」下忽接二語云：「回頭語小姑，莫嫁如兄夫。」 輕薄無餘味矣。故君子立言有則。○否泰如天地一語，小人但慕富貴，不顧禮義，實有此口吻。○蒲葦磐石，即以新婦語誚之。樂府中每多此種章法。

【注釋】❶建安 漢獻帝劉協年號，起西元一九六年，迄二一九年。❷廬江府 東漢郡名，治所初在安徽廬江縣西，漢末徙潛山縣。❸遣　被休棄發回娘家。❹箜篌　古代樂器名，二十三弦，體曲而長。❺賤妾留空房二句　別本無。❻斷　從織機上截下。❼大人　對長者的尊稱，這裡指焦仲卿母親。❽施　用。❾白公姥　告白婆婆。公姥，偏義複詞，指姥。❿府吏　指焦仲卿，其為府中小吏。⓫啟　啟告；稟白。⓬薄祿相　古代相術術語，稱為窮相，一種難致富貴的面相。⓭結髮　男子二十束髮加冠，女子十五束髮加笄，表示成年，通稱結髮。⓮黃泉共為友　謂葬身地下也不分離。⓯始爾未為久　謂剛開始沒有多久。⓰何意　何料。⓱區區　猶壹壹，死心眼。⓲自專由　擅作主張。⓳可憐　可愛。⓴伏惟　下對上表恭敬之詞。㉑取　同「娶」。㉒椎牀　別本作槌牀。㉓會不　當不；決不。㉔舉言　猶發言。㉕卿　古時夫妻間的愛稱。㉖報府　到府；去府裡辦公。㉗下心意　猶低聲下氣。㉘勿復重紛紜　謂不必要再找麻煩。㉙初陽歲　舊謂冬至一陽生，稱冬至後為初陽，約當陰曆十一月。㉚謝　辭。㉛奉事循公姥　謂行事都遵從婆婆意思。㉜作息　操作與休息，偏義複詞，指勤於勞作。㉝伶俜縈苦辛　伶俜，孤單。縈苦辛，辛苦纏身。㉞供養卒大恩　謂侍奉婆婆到老報答她的大恩。㉟腰襦　齊腰短襖。㊱葳蕤　植物茂盛貌，指短襖上的彩繡。㊲複斗帳　斗形夾層帳子。㊳香囊　盛香料的袋子。㊴箱簾　即箱奩，梳妝匣。㊵後人　後娶之婦。㊶遺施　贈送；施與。㊷無會因　沒有會面的機緣。㊸嚴妝　仔細打扮整妝。㊹裌裙　有裡雙層的裙子。㊺事事四五通　每事四五遍，謂其扮裝認真。㊻腰若流紈素　謂腰間所繫白綢閃亮如水波流動。㊼明月璫　鑲嵌明月寶珠的耳墜。㊽指如削蔥根　謂手指白皙纖長，如削出的蔥白。㊾朱丹　紅色的寶石，形容好看的嘴唇。㊿錢帛　聘禮。(51)却　退下。(52)扶將　扶持；保重。(53)初七及下九　初七，指陰曆七月初七，為乞巧節。下九，古人稱二十九日為上九，初九為中九，十九日為下九。下九稱陽會，古時女子歡會的日子。(54)隱隱何甸甸　隱隱、甸甸，均行車聲。何，語助詞，無義。(55)隔　絕。(56)區區　誠摯。(57)見錄　見，被。錄，收留；記取。(58)磐石　巨石。(59)蒲葦　菖蒲與蘆葦。(60)紉　通「韌」，柔韌。(61)親父兄　胞兄。(62)逆　度；料想。(63)勞勞　惆悵貌。(64)依依　不捨貌。(65)進退無顏儀　進退，偏義複詞，指進。無顏儀，無臉面。(66)拊掌　因吃驚而擊掌。(67)誓違　誓，僭之訛。愆違；過失。(68)今　別本作「無」。(69)蘭芝慚阿母　蘭芝，焦仲卿妻名。慚阿母，慚愧面對阿母。(70)悲摧　悲傷。(71)郎　猶公子。(72)便言多令才　便言，口才好。令，美；善。(73)丁寧　叮嚀；囑咐。(74)非奇　不妙。(75)斷來信　斷，回絕。來信，來使。(76)徐徐更謂之　慢慢再談這事。(77)適　嫁。(78)合　配得上。(79)幸可　望可。(80)尋遣丞請還　主語太守省略。尋，不久。遣丞，派遣郡丞。請還，請求回到劉家。(81)說有蘭家女二句　乃郡丞的話。承籍，繼承先人之仕籍。(82)云有第五郎四句　郡丞語。嬌逸，美貌。主簿，官名，掌檔案文書。這裡指府中主簿。(83)結大義　締結婚姻。(84)姥　老婦。(85)作計何不量　作計，拿主意。不量，不思量。(86)否泰如天地　否泰，《易經》中二卦名，分別指壞運和好運。謂先後有天地之別。(87)義郎　對太守之子的美稱。(88)其往欲何云　言過此以往將如何處置。(89)適　順從。(90)要　約定。(91)登即相許和　登即，立即；馬上。許和，答應；應允。(92)諾諾復爾爾　諾諾、爾爾，應和聲，猶好好、就這樣。(93)還部白府君　還部，回到府衙。府君，即太守。(94)視曆復開書　指查看曆書，選擇吉日。(95)六合　月建與日辰相和，即子與丑合，寅與亥合，卯與戌合，辰與酉合，巳與申合，午與未合，此都為吉日。(96)良吉　吉日良辰。(97)卿可去成婚　為太守指使郡丞前往操辦婚事。(98)交語速裝束　交語，交相傳話。裝束，籌辦婚禮所用物品。(99)絡繹如浮雲　絡繹，連接不斷。浮雲，喻人數眾多。(100)青雀白鵠舫　指繪有青雀白鵠的畫舫。(101)四角龍子幡　指船上四角插繪龍旗幟作裝飾。(102)婀娜　指旗幟隨風輕柔飄揚貌。(103)金車玉作輪　喻指車輛的豪華。(104)青驄馬　毛色青白交雜的馬。(105)流蘇金縷鞍　流蘇，下垂的穗子，以彩絲或羽毛製成。金縷鞍，縷或作鏤，用金屬雕花為飾的馬鞍。(106)齎付。(107)雜綵　各色緞匹。(108)交廣市鮭珍　交，交州。廣，廣州。市，買。鮭珍，指山珍海味。(109)鬱鬱登郡門　鬱鬱，人眾多貌。登，當作發。(110)適得　剛剛得到。(111)不舉　不辦。(112)琉璃榻　鑲嵌琉璃的坐具，似床而較床低矮。(113)晻晻日欲暝　晻晻，日色昏暗貌。暝，暮。(114)愁思　內心鬱積的哀愁。(115)求假　告假。(116)摧藏　猶「摧愴」。悽愴；悲哀。(117)躡履　放輕步履，避免聲音。(118)父母　偏義複詞，指母言。下句兄弟同，指兄。119日勝貴　一天比一天富貴。120爾　如此。121千萬不復全　謂無論如何都不想再保全。千萬，表示態度堅決之辭。122大風寒　比喻將有不幸事故發生。123日冥冥　日暮，比喻自己生命將終。124故作　故意做出。125命如南山石二句　祝母之辭，壽比南山，身體康健。126零淚　斷續的淚水。127大家子　高貴門第出身的人。128臺閣　尚書臺，尚書之官署。129貴賤情何薄　謂貴賤有別，分手何薄情之有。130豔城郭　美冠全城。131乃爾　如此。132漸見愁煎迫　越發感到愁苦的壓抑煎熬。133牛馬嘶　牛馬嘶鳴言人車之眾。134青廬　青布幔搭成的婚禮用棚子。135人定初　亥時初刻，約當於晚九點。136華山　廬江郡小山名。137多謝　多多告訴。

【語　譯】孔雀展翅東南飛翔，五里一回顧盼留連。「十三能夠織出絲綢，十四學會裁衣針線。十五可以彈奏箜篌，十六朗朗誦讀詩書。十七做了你的媳婦，心中常常悲傷淒苦。你既出來去做府吏，恪盡職守不為情繫。我身孤獨留守空房，相見的時光越發稀少。雄雞初鳴上機織布，夜夜不得好好歇息。三天裁下絲綢五匹，婆婆刁難仍嫌遲緩。並非因為織工遲緩，你家媳婦實在難做。我身難忍如此使喚，徒然留下沒有益處。可以告訴我家婆婆，趁早休棄將我送回。」府吏聽了蘭芝傾訴，上堂啟告懇請阿母：「兒子既然沒有官相，僥倖娶了這房媳婦。結髮婚配成了夫妻，百年好合到老相繫。相處僅有二三年景，剛剛開始為時不久。女子行事沒有不當，哪裡料到不獲母喜！」母親直白告訴府吏：「為啥愚笨不能開竅！這個女人不懂禮節，自說自話好作主張。我心憤怒時間已久，你又怎能任性自由！東家有位賢慧女子，姓秦名字喚作羅敷。體態動人可愛無比，阿母應當去為你求。應該速速將她打發，送走遣去不要遲留！」府吏筆直跪地回答，恭敬懇求稟告阿母：「現在若要遣還蘭芝，終身到老不再別娶！」母親聽了兒子這話，敲著坐床勃然大怒：「不肖東西膽大妄為，竟敢幫著媳婦說話！我已與她恩斷義絕，決不答應無須考慮！」

府吏默默不再聲言，再拜辭母回到房間。對著媳婦剛要開口，哽咽悲傷又不能言：「我身自然不會棄卿，逼迫休卿阿母主張。你也只是暫且回家，目下我且到府公幹。不久便當重新歸來，歸來之日我去迎還。因此暫受一切委屈，千萬不可忘掉我言。」蘭芝開口說與府吏：「沒有必要再提迎取。從前陽春十一月份，辭別娘家嫁到你門。行事遵從婆婆旨意，舉動之間哪敢自專？白日黑夜辛勤勞作，勞苦纏身孤孤單單。自感本身沒有罪過，侍奉婆婆終身報恩。不料還要遭到驅逐，更談什麼再回家門？我有齊腰繡花短襖，腰上金縷閃閃發光。紅羅製成雙層斗帳，四角垂掛馥郁香囊。大小箱奩六七十個，箱上繫著青絲繩索。各色物品互不相同，種種用度都在其中。人要低賤物也鄙陋，不足用來迎娶新人。留下可以贈送人家，從今會面沒有機緣。時時從中得到安慰，歲月長久不要相忘。」

雞已打鳴天光將亮，蘭芝早起整備梳妝。穿上刺繡雙層裙子，處處整理三番五次。腳下穿著絲製鞋子，頭上玳瑁璀璨光亮。腰間紈素流光溢彩，耳掛大珠明月寶璫。雙手十指如削蔥根，雙唇潤如紅色寶珠。纖纖小步輕盈邁動，精妙絕倫舉世無雙。登堂辭別婆婆大人，婆婆聽任不作勸阻。「往昔身為女兒時候，自幼長在荒僻鄉里。缺乏教訓少受教養，慚愧嫁與貴家子弟。接受婆婆財禮豐厚，不能承受婆婆喚使。今日就要回到娘家，掛念婆婆辛勞家裡。」回頭再與小姑作別，淚水竟如珠子不絕。「蘭芝新嫁來到門中，小姑剛剛扶床習走。今日被休將要離去，小姑長成與我一樣。盡心竭力侍奉母親，好自為之珍重自我。初七下九美好時辰，女伴嬉戲不要相忘。」出門辭別就要離去，涕淚零落不絕流淌。府吏騎馬走在前頭，蘭芝車乘行在身後。車聲轆轆隆隆作響，相會停歇大道岔口。下馬來到蘭芝車中，低頭一齊悄悄耳語：「發誓不和我妻斷絕，暫時先將娘家歸還，眼下我且前往府裡。不久將來便要歸來，對天發誓不相辜負。」蘭芝感慨說與府吏：「感謝郎君情牽不忘。郎君既然還肯收留，希望郎君不久還來。郎君當作不移磐石，卑妾我身如那蒲葦。蒲葦堅韌有如蠶絲，磐石堅牢不能移易。我的娘家有位兄長，脾氣習性爆如驚雷。恐怕不能隨我心意，想起這層心中熬煎。」揮手告別內心惆悵，兩情相依纏綿難捨。

進入家門上了廳堂，舉止進退顏面無光。母親驚駭雙手擊掌：「不想女兒自回家堂！十三教你學習織布，十四能夠裁縫衣裳，十五學會彈奏箜篌，十六熟悉應有禮儀，十七送你嫁人出門，說道不會有何錯失。你若今天沒有過失，不迎接為何自己歸來？」「蘭芝羞赧愧對母親，女兒委實沒有過錯。」阿母聽後莫名傷悲。

回家剛剛十多日子，縣令派媒來到家門。說「有一子排行第三，標緻漂亮世上無兩。年齡也僅十八九歲，能言善辯才華超群。」母親婉言詢問女兒：「你想是否該去應允？」蘭芝含淚回答母親：「蘭芝當初回來之際，仲卿反覆將我叮嚀，相互發誓不願分離。現在若果悖情負義，恐怕這事後果不美。不妨回絕所來媒人，容待日後慢慢商議。」阿母出來告訴媒人：「寒門有這不肖女兒，剛嫁未久遣還家門，不能勝任小吏之婦，又怎合適嫁與郎君？切盼廣泛去做打探，不可草草答應下來。」

縣令家媒離去幾日，太守指使郡丞到來。說道「有位蘭家女兒，承蔭出身門列官宦。」

說是「家有兒子行五，美貌漂亮尚未婚配。派遣小官作為媒人，協同主簿通報言語。」直白說明「太守家庭，有位待婚嬌子郎君。想同你家結為姻親，故爾派人來登貴門。」阿母斷然謝絕媒人：「女兒先前曾有誓言，老身哪敢再去多言？」兄長聽到有這事情，心中失望煩躁難安，發出話來告訴妹子：「所做決斷何其輕率！先前嫁人僅是府吏，轉後再嫁得到郎君，窮蹇通達天地懸殊，足夠榮耀你這一輩。貴家公子卻不嫁與，將來更有什麼打算？」蘭芝抬頭回答家兄：「事理果如兄長所言。辭別家裡侍從夫婿，半路休回兄長家門，處理決斷順從兄長，哪能任憑自己心意？雖與府吏有過約定，和他相聚永無機會。當即應下這門親事，便可與他登堂成親。」媒人下了坐床離去，是是連聲不停話語。回到府上稟報太守：「下官奉命所行事宜，言談結果大有緣分。」太守聞聽如此消息，心中高興好不歡喜。翻看皇曆一本又一本，良辰吉日當月之內，月日干支六合適宜。「吉日良辰本月三十，今天已經二十有七，你可張羅去成婚配。」交相傳達速辦嫁妝，絡繹不絕人眾若雲。青雀白鵠彩繪船隻，四角垂掛盤龍旗幟，飄拂蕩揚風中獵獵。金打車子白玉做輪，青驄駿馬徘徊站立，五彩流蘇金屬雕鞍。支付銅錢有三百萬，一例都用青絲來穿，各色綢緞三百來匹，交州廣州備辦海鮮。辦事人員四五百數，熙熙攘攘府衙門前。

劉母說話同著蘭芝：「剛纔得到太守函書，明日前來迎娶新婦。因何不去縫製衣裳？別讓好事廢荒中途！」蘭芝沉默不言無聲，手巾掩口啜泣不停，淚水零落如雨漣漣。搬動我的琉璃坐榻，移出放置前窗窗下。左手握著剪刀尺子，右手拿著綾羅綢緞。早晨製成繡花夾裙，晚上縫好單層羅衫。暮色灰暗天近傍晚，憂愁苦思出門啼哭。府吏聽說有此變故，於是請假暫且歸來。未到尚隔二三里遠，馬兒嘶鳴慘切悲哀。蘭芝聽出熟悉馬鳴，腳踏珠履前來接迎，遠遠相望心中惆悵，知道故人前來探望。伸手拍著馬的鞍韉，聲聲歎息使人心傷。「自從夫君別我以後，事情變化不可測度，果然不像先前所願，內中情由非您知詳。我身尚有親生母親，凌逼迫使更有長兄，將我許配嫁給別人，夫君還做什麼指望！」府吏直言說與蘭芝：「恭喜愛卿攀升高枝！磐石正大又且厚重，千年萬年不可動遷；蒲葦短淺一時堅韌，不過就那旦夕之間。你當一日貴似一日，我獨一人亡命黃泉。」蘭芝悲切告訴府吏：「為啥要說這等言語！你我同是被人逼迫，你能如此我也一般。黃泉地下再求相見，不要違背今日所言！」緊緊握手分道別去，各自走路回到家門。生離卻作死的告別，憤恨不已哪可言說！心心念念與世訣別，無論如何不再保全。

府吏意決回到家中，登上廳堂拜別阿母：「今天狂風分外寒冷，寒風猛烈摧折樹木，庭院蘭草結上嚴霜。兒今感覺天灰地暗，留下母親日後孤單。自己要作不良打算，不要再將鬼神埋怨！祝願母親壽如南山，身體硬朗又且康健。」阿母聽了兒子話語，淚水應聲不斷掉落。「你是大家出身貴體，為官要做尚書臺閣。千萬別為婦人輕生，貴賤有別說何情薄？東邊人家賢淑女子，美麗動人豔冠全城。阿母為你前往求婚，也就在這旦夕中間。」府吏再拜回到房中，長吁短歎空房孤零，主意已定不可變更。念及母親轉顧房裡，憂愁焦灼不斷熬煎。

成婚的日子牛鳴馬嘶，蘭芝進入成親布幕。日色漸暗黃昏降臨，靜闃一片人定之初。「我的生命亡在今天，魂魄逝去身體長留。」攬起裙子脫下絲履，縱身跳入一泓清池。府吏得知這個消息，深知從此永久別離。孤獨徘徊庭院樹下，自縊東南一根樹枝。

劉焦兩家謀求合葬，雙雙葬在華山一旁。墳墓東西栽種松柏，左右兩邊種植梧桐。枝枝幹幹相互覆蓋，片片葉子相互交通。枝葉深處一雙飛鳥，牠們名字喚作鴛鴦，抬頭相對聲聲啼鳴，夜夜叫到五更時分。路上行人駐足諦聽，寡婦起身彷徨心驚。多多告誡後世人們，引以為戒不要遺忘！

【研 析】本詩最初見於《玉臺新詠》卷一，題〈古詩為焦仲卿妻作〉。又見收於《樂府詩集》卷七三〈雜曲歌辭〉，題〈焦仲卿妻〉。後人以首句為題，這便是今人熟知的〈孔雀東南飛〉。

由詩前小序知，劉蘭芝、焦仲卿的故事，發生在漢末建安中，實有其事，亦傳播甚廣。「時人傷之，為詩云爾」，既透露了詩歌作者的時代，也表明這一故事在當時就已經深深震撼了人們。

詩歌共一千七百八十五字，是中國詩史上一首傑出的五言長篇敘事之作。作者以寫實的手法，描寫了封建社會初期一對善良的青年男女的婚姻愛情悲劇。劉蘭芝、焦仲卿新婚「二三年」，恩愛無間，情投意合，「結髮同枕席，黃泉共為友」，指望著白頭偕老，生生世世為夫妻，永不分離。但因了焦母的懷忿不滿，而「婦有七去：不順父母去，無子去，淫去，妒去，有惡疾去，多言去，盜去」（《禮記・本命》），使得蘭芝無辜被遣，休回娘家；又因了性暴如雷的劉兄的悵然心煩，逼蘭芝再婚另嫁，而「長兄如父」，「處分適兄意，那得任自專」，終於使劉蘭芝、焦仲卿雙雙殉情，一個「舉身赴清池」，一個「自掛東南枝」，一對善良的青年，他們年輕而寶貴的生命，在封建禮教及家長制的迫害下，就這樣活活斷送了，他們美好的愛情，也悲慘的毀滅了。歷史的必然要求——璀璨而美麗的愛情之花，與封建禮教的衝突，現實中這個合理要求的不可能實現，便產生了典型的悲劇。這也是劉蘭芝、焦仲卿愛情悲劇最震撼人心，最淒美感人的源泉所在。

詩歌藝術上的一大特點，便是成功地塑造了人物形象。作者借助於人物對話語言、行為心理描寫，創造了性格鮮明的一組形象。如劉蘭芝的勤勞善良美麗睿智，既富於感情又勇於抗爭：織素裁衣彈箜篌誦詩書，寫其完美的素質；雞鳴織布，三日五匹，寫其勤勞能幹；臨行早起嚴妝，事事四五通，寫其對焦仲卿的眷戀及被迫離去的痛苦；辭別婆婆小姑不同的表現體現出她既剛強又富於感情；應承阿兄、訣別府吏，既表現了她的智慧果斷剛烈不屈，也反映了她的深於情貞於情。又如寫焦仲卿的忠於愛情，善良軟弱，寫了他的長跪告阿母，為蘭芝求情；寫了他的哀求失敗後面對媳婦哽咽不能語，寫了他的送別新婦，車中耳語；寫了他的聞聽變故求假見蘭芝；寫了他的既已拿定殉情主意又無法放心母親，徘徊庭樹下等等。而寫焦母的專橫，用其話語「吾意久懷忿，汝豈得自由」，及其動作「槌牀便大怒」。寫劉兄的霸道勢利，以「阿兄得聞之，悵然心中煩」的表現，及其對蘭芝的訓斥，「作計何不量！先嫁得府吏，後嫁得郎君，否泰如天地，足以榮汝身」。沈德潛謂：「雜述十數人口中語，而各肖其聲音面目，豈非化工之筆？」可稱的評。

而善於剪裁，工於照應，也為此長篇成功的重要保證。沈德潛謂：「作詩貴剪裁，入手若敘兩家家世，末段若敘兩家如何悲慟，豈不冗漫拖沓？故竟以一二語了之，極長詩中具有剪裁也。」該簡則簡，當繁則繁，須要繁簡得宜，如寫新婦出門時「妾有繡羅襦」一段、太守家為迎娶而準備一段，則如潑墨，「點染華縟，五色陸離」。至於照應，如陳祚明《采菽堂古詩選》評曰：「凡長篇不可不頻頻照應，不則散漫。篇中如十三織素云云、吾今且赴府云云、磐石蒲葦云云，及雞鳴之於牛馬嘶，前後兩默無聲，皆是照應法。用之渾然，初無形跡，故佳，乃神化法度者。」

詩歌結末鴛鴦哀鳴一段，以浪漫的筆調，既表明人們對劉、焦事件的態度，對純真愛情的謳歌，同時很好地渲染了悲劇的氛圍，從而對扼殺美好愛情的封建家長制度與封建禮教，做了有力的鞭笞，在形式上的理想主義描寫裡，包含著的，仍然是深刻的寫實主義精神。

古詩十九首

十九首非一人一時作。《玉臺》以中幾章為枚乘，《文心雕龍》以「孤竹」一篇為傅毅之詞，《昭明》以不知姓氏，統名為古詩。從《昭明》為允。

行行重行行❶，與君生別離❷。相去萬餘里，各在天一涯❸。道路阻且長❹，會面安可知？胡馬依北風，越鳥巢南枝❺。相去日已遠，衣帶日已緩❻。浮雲蔽白日❼，遊子不顧反。思君令人老，歲月忽已晚。棄捐❽勿復道，努力加餐飯。

起是俚語，極韻。○陸賈曰：邪臣之蔽賢，猶浮雲之障日月。〈古楊柳行〉曰：讒邪害公正，浮雲蔽白日。○「思君令人老」，本〈小弁〉「維憂用老」句。

【注　釋】❶行行重行行　猶走啊走啊，不停地走。❷生別離　語出《楚辭・九歌》「悲莫悲兮生別離」。❸天一涯　天一方。❹阻且長　語本《詩經・秦風・蒹葭》：「所謂伊人，在水一方，遡洄從之，道阻且長。」❺胡馬依北風二句　《韓詩外傳》曰：「代馬依胡風，越鳥翔故巢，皆不忘本之謂也。」古稱北狄為胡，北狄即匈奴，在漢朝之北方。依，依戀。越，指南方之越族。❻相去日已遠二句　漢樂府〈古歌〉有「離家日趨遠，衣帶日趨緩」。日已遠，一日遠似一日。已，通「以」。緩，寬鬆，指人一天比一天消瘦。❼浮雲蔽白日　比喻遊子在外為人所惑。❽棄捐　拋棄。

【語　譯】走啊走啊走個不停，和您生生相隔分別。遙遙相距一萬多里，各自都在天涯海角。道路阻隔遙遠漫長，會面的日子哪能知曉？胡地馬兒依戀北風，越地鳥兒築巢南枝。離開的日子越來越遠，身上的衣帶越來越寬。飄蕩的雲彩遮蔽了太陽，遊子在外不想返還。思念你啊讓人衰老，時間匆匆已到年關。拋棄煩惱不要再說，珍重自己多加餐飯。

【研　析】「古詩十九首」見收於《昭明文選》卷二九〈雜詩上〉，是一組無名氏的作品。大約作於東漢末年。從其中屢用典故看，應當是文人創作。這組詩標誌著五言詩的成熟，在詩歌史上有著重要意義。本詩乃思婦懷人之作。「行行」二句追憶別離，走了一程又一程，送了長亭更短亭，都為的不忍分手，不忍別離，一個重疊句式，寫盡了離情別緒，無盡纏綿。「萬餘里」四句，寫相聚遙遙，見面為難。「各在天一涯」，互為天涯海角，巧妙寫出了相隔遙遠。道路阻隔，有山川，更有不太平的時事。「胡馬」兩句為比，北馬依戀北風，南鳥鍾情南枝，物亦有情，何況人乎？由此過渡到思婦對遊子的思念。「日已遠」以下四句，寫思婦銘心刻骨的思念，以及在她揣度下遊子的為人所惑，樂不思蜀，這形成鮮明對比，更彰顯思婦懷人的強烈。末四句，又近年關，遊子仍未歸來，思婦似乎覺醒：思念催人衰老，還是珍重自我吧。其好像已經解脫，其實又何嘗解脫，她依然在深深思念著遠方的遊子。詩歌語言古樸渾然，抒情深摯婉轉。

青青河畔草，鬱鬱❶園中柳。盈盈❷樓上女，皎皎當牕牖❸。娥娥❹紅粉妝，纖纖❺出素手。昔為倡家女❻，今為蕩子婦。蕩子行不歸，空牀難獨守。

用疊字，從〈衛・碩人〉「河水洋洋，北流活活」一章化出。

【注　釋】❶鬱鬱　茂盛濃密貌。❷盈盈　體態美好貌。❸皎皎當牕牖　皎皎，白皙明潔貌。牖，窗。❹娥娥　嬌美貌。❺纖纖　細而柔長。❻倡家女　歌舞藝人。

【語　譯】碧綠青翠河畔幼草，鬱鬱蒼蒼園中柳樹。體態嬌美樓上女子，明媚照人對著窗戶。俏麗裝束濃妝豔抹，纖細柔軟雙手十指。從前曾為藝人樂伎，現在身為遊子婆姨。遊子浪遊遠行不歸，寂寞空床孤獨難耐。

【研　析】此亦思婦思夫之作。首二句寫景，以河畔幼草青青，園中柳樹鬱鬱，暗示時光當在暮春。「盈盈」四句，狀思婦容顏體態，樓上，當窗，臨窗眺望，思緒飛揚，寫思婦形象如畫。濃妝豔抹，暗示著思婦的非同常女。「昔為」四句，點出思婦出身及其愁思。藝伎出身，無怪其裝扮異常。由大眾情人到空房獨守，更見其落寞孤寂。詩凡十句，其中六句起首以疊字。自然熨帖的疊字運用，既恰且表達了內容，又富於聲韻音節之美。詩歌語言清新自然，明白如話，如謝榛《四溟詩話》卷三謂：「若秀才對朋友說家常話，略不作意。」不求工而自工。

青青陵❶上柏，磊磊磵中石❷。人生天地間，忽❸如遠行客。斗酒❹相娛樂，聊厚不為薄❺。驅車策駑馬❻，遊戲宛與洛❼。洛中何鬱鬱❽，冠帶自相索❾。長衢羅夾巷❿，王侯多第宅。兩宮⓫遙相望，雙闕⓬百餘尺。極宴⓭娛心意，戚戚何所迫⓮？起言栢與石長存，而人異於樹石也。

【注釋】❶陵　墳墓。❷磊磊磵中石　磊磊，眾石累積貌。磵，山溝。❸忽　匆匆，謂時間短促。❹斗酒　不多的酒。斗，酒器。❺聊厚不為薄　聊厚，聊以為厚。薄，淡薄。❻策駑馬　鞭打劣馬。❼宛與洛　宛，漢南陽郡宛縣，東漢有南都之稱，即今之河南南陽。洛，洛陽，東漢的京都。❽鬱鬱　指繁盛熱鬧的氣象。❾冠帶自相索　冠帶，指富貴之人。索，探訪；交結。❿長衢羅夾巷　衢，大街。夾巷，小巷。⓫兩宮　京都洛陽南北二宮，相隔七里。⓬雙闕　宮門前兩座望樓。⓭極宴　大肆縱情宴樂。⓮戚戚何所迫　戚戚，憂愁貌。迫，心情鬱悶壓抑。

【語譯】陵墓之上蒼翠松柏，山澗石頭磊磊堆垛。世人活在天地中間，匆匆像那遠行之客。

舉起酒杯一起歡樂，聊當醇厚不以淡薄。趕起車子鞭打劣馬，遊樂嬉戲宛城洛都。洛陽帝都何其繁盛，官宦富室相互交結。長街兩旁小巷羅列，多有王侯大院深宅。南北兩宮遙遙相對，兩座望樓高過百尺。肆意宴樂愉悅身心，憂愁驚懼鬱悶緣何？

【研　析】本詩寫人生短促，及時行樂，以及詩人京都所見所感。首二句為興為比，陵上蒼翠古柏及澗中磊磊石塊，都經久不滅，由其堅久，詩人想到了人生的短促匆忙，來去匆匆，就如那遠行的旅人，總是行色匆忙。三、四兩句的生命感悟，自然帶出。既然人生苦短，便當及時行樂，「斗酒」四句，即行樂之具體表現。杯酒雖薄，聊以為厚；駑馬雖劣，且駕遊戲宛、洛。「洛中」以下寫京都氣象。帝都繁華，頂冠束帶的豪門權貴競相交結，編織著護官符（《紅樓夢》中語）；大街小巷，遍佈著豪宅深府；南北兩宮遙遙相對，雙闕高聳百有餘尺。詩人又不覺納悶：達官顯貴縱情宴樂中，因何又隱隱表現出憂愁驚懼呢？是因為宦海叵測，是因為伴君如伴虎，是因為功名得失……詩人沒有說，但卻讓人分明感覺出，人生有太多的苦惱，不僅僅是生命短促，看來，及時行樂是必然的選擇。詩中對於生命的思考是沉重深刻的，而及時行樂，卻不免頹廢消沉。

今日良宴會，歡樂難具陳❶。彈箏奮逸響❷，新聲❸妙入神。令德唱高言❹，識曲聽其真❺。齊心同所願❻，含意俱未申❼。人生寄一世，奄忽若飆塵❽。何不策高足❾，先據要路津❿。無為守窮賤，轗軻⓫長苦辛。

據要津乃詭詞也。古人感憤，每有此種。

【注釋】❶具陳　全部說出。❷彈箏奮逸響　箏，絃樂器，瑟類。奮逸響，發出超乎尋常的音響。❸新聲　時新的曲子。❹令德唱高言　令德，賢者，指作曲之人。高言，高妙之論。❺識曲聽其真　識曲，知音者。真，真義。❻齊心同所願　謂眾心一致，心同此理。❼含意俱未申　含意，含而未吐之意。申，申說。❽奄忽若飆塵　奄忽，迅疾貌。飆塵，狂風捲起的塵土。❾策高足　策，鞭打。高足，快馬。❿先據要路津　據，佔有。要路津，喻指有權勢的地位。津，渡口。⓫轗軻　車行不利，喻指人不得志。

【語譯】今日的宴會十分美好，歡快娛樂難以俱表。彈箏叮咚音樂絕倫，時新曲子美妙入神。賢德唱出高妙讜論，知音聽出曲中義真。心同此理意會相合，心中雖有表達欠準。人生一世形若寄居，匆迫之間猶如飛塵。因何不用鞭打快馬，率先佔有要路渡口。沒有必要長守困頓，人不得志長久苦辛。

【研析】本詩乃聽曲所感，是一首寓意諷刺之作。首兩句總說宴會之樂，美不可言。「彈箏」四句，即所謂宴會的美妙：飄逸的箏曲，美妙的新曲，賢德的高見，知音者的辨別真義，醉心其中。「識曲」二句為過脈，詩人以為，這高論，其實是人人心中皆有，卻一般人無法將它用恰當的語言表述而已。「人生」以下六句，即詩人對真義的把握。所謂人生匆迫，飄如飛塵，幹嘛不鞭打快馬，捷足先登，佔有要路津口，享受富貴榮華，卻偏偏要長期困頓，淹蹇窮愁，受無謂的苦辛呢？由於感憤自嘲，「憤謔已極，妙言若莊」（方東樹語），故其雖盡情傾吐，卻有含蓄蘊藉之妙，無直板之嫌。

西北有高樓，上與浮雲齊。交疏結綺牕❶，阿閣三重階❷。上有絃歌聲，音響一何悲。誰能為此曲，無乃杞梁妻❸。清商❹隨風發，中曲正徘徊❺。一彈再三歎❻，慷慨❼有餘哀。不惜歌者苦，但傷知音稀❽。願為雙鳴鶴❾，奮翅起高飛。

「但傷知音稀」，「與識曲聽其真」同意。

【注　釋】❶交疏結綺牕　交疏，花格子。結綺，連接成花紋。言窗子製作玲瓏工細。❷阿閣三重階　阿閣，四周有簷的樓閣。三重階，階梯三重，言其高。❸杞梁妻　杞梁名殖，春秋時期齊國大夫，伐莒戰死，其妻哀慼，援琴鼓之。曲終投水而死。琴曲有〈杞梁妻歎〉，據說即為杞梁妻所作。❹清商　樂曲名，聲清越。❺中曲正徘徊　中曲，樂曲的中段。徘徊，迴旋縈繞。❻歎　樂曲之和聲。❼慷慨　壯士失志；失意。❽不惜歌者苦二句　謂不惋惜彈奏者心中的苦痛，只是悲歎她沒有知音理解。❾鳴鶴　或作「鴻鵠」。

【語　譯】西北方向有座高樓，高聳直與浮雲攀齊。窗子花格玲瓏工巧，閣樓要上三重梯階。樓上歌唱伴隨樂聲，音聲中間何其悲哀。有誰能夠製作這曲，大概只有杞梁妻子。清商樂曲隨風播散，曲到中段樂音縈繞。一調奏罷和聲迭起，失志情懷哀慼不斷。且不哀憐歌者愁苦，只是哀歎知音稀見。願同你作一雙鳴鶴，振翅騰起高高翱翔。

【研　析】詩寫聽曲所感，抒發的是知音難遇的苦悶。首四句寫歌者所處，齊天高樓，玲瓏的窗子，高高的閣子，此既寫其富貴身分，也喻示著其境界的超越凡俗。正因其高標出眾，纔曲高和寡，難遇知音。中八句寫絃歌之聲，既寫其悲切感人，又寫其餘音繚繞，樂音高妙。結末四句，表達出詩人對歌者深切的理解。他知道，歌者心中的愁苦都在其次，最苦的還是沒人了解，不遇知音。詩人最後希望，既然他能理解歌者，兩人心心相印，志趣相投，完全可以如鴻鵠成雙，比翼高飛，振翅翱翔。詩歌通篇寫的是歌者，其實正是詩人自己的寫照，是詩人發自深心的強烈的呼喚，表達的正是他本人對知音的渴慕，以及不遇知音的痛苦。

涉江採芙蓉❶，蘭澤❷多芳草。采之欲遺❸誰？所思在遠道❹。還顧望舊鄉，長路漫浩浩❺。同心而離居，憂傷以終老。

【注　釋】❶芙蓉　荷花。❷蘭澤　長蘭草的低濕地帶。❸遺　贈與。❹遠道　遠方。❺漫浩浩　無邊無際。

【語　譯】要到江中去採荷花，低窪地中多生蘭草。採了花草要送誰人？思念的人啊那樣遙遙。回頭遙望久別的故鄉，道路漫漫迷迷茫茫。心心相連卻要分離，憂愁悲傷終生到老。

【研　析】本詩以思婦思夫，表達了遊子的思鄉之情。首四句寫思婦對遠方丈夫的思念。起兩句展現了一個風光旖旎的畫面：江畔澤中，長滿了嬌美的荷花與清麗芬芳的蘭草，到處迴蕩著採蓮人的歌聲笑聲。其中一人，則愁眉不展，與這歡歌笑語極不相融，也顯得分外搶眼。她孤獨地思想者遠方那人：我採了花草，又送給誰呢？「還顧」兩句，是思婦幻想裡的丈夫模樣：他一定也在遙望著家鄉，為山川阻隔發愁，為不能見到親愛的人兒憂傷。結末兩句，是思婦的感慨，也是詩人、是遊子們的感慨：既然心心相印，恩愛無間，為什麼卻偏偏要分離，鬱鬱憂傷以終生呢？該詩的妙處，即在於環環相套，是遊子抒發思家愁緒，卻藉著思婦所思，思婦又擬想著遊子，而整個構思，便也顯得匠心獨具，光怪陸離，令人不由不歎為觀止。

明月皎夜光，促織❶鳴東壁。玉衡指孟冬❷，眾星何歷歷❸。白露霑野草，時節忽復易❹。秋蟬鳴樹間，玄鳥❺逝安適？昔我同門友❻，高舉振六翮❼。不念攜手好，棄我如遺跡❽。南箕北有斗，牽牛不負軛❾。良無磐石固❿，虛名復何益？「南箕」二語，言有名而無實也。此興意與「玉衡指孟冬」正用者自別。

【注　釋】❶促織　蟋蟀。❷玉衡指孟冬　玉衡，北斗七星狀似舀酒之斗，其一至四星成勺形，稱斗魁，第五至第七星成柄形，稱玉衡。由於地球繞太陽公轉，於地球上觀北斗星的方位，每月差三十度，每年轉一周。這裡所謂指孟冬，乃指時節已到孟冬。❸歷歷　分明貌。❹時節忽復易　謂季節匆匆已經由秋入冬。時節，季節。❺玄鳥　燕子。❻同門友　同學。❼高舉振六翮　高舉，高飛。振，奮。六翮，鳥翼。翮，羽莖。❽遺跡　遺棄的腳跡。❾南箕北有斗二句　《詩經・小雅・大東》：「睆彼牽牛，不以服箱。」「維南有箕，不可以簸揚；維北有斗，不可以挹酒漿。」箕、斗、牽牛，均星座名。軛，牛車轅前橫木，用以駕牛。二句謂各星座徒有虛名，箕不能簸揚，斗不能舀酒，牽牛星不能負軛拉車。❿良無磐石固　良，誠。磐石，巨石。

【語　譯】明月皎潔夜光亮，蟋蟀朝陽東牆響。玉衡指向孟冬時，眾星閃爍明晃晃。野草沾滿銀露珠，季節匆遽又變樣。秋蟬鳴噪樹叢間，燕子飛去往何方？從前我的同窗友，奮起高飛展翅膀。不記患難曾共度，將我拋棄如腳印。南箕連同北斗星，牽牛不能把牛駕。的確沒有巨石固，徒擔虛名又何用？

【研　析】本詩乃諷刺朋友發跡負義，忘卻故舊之作。前八句為一層，通寫景物。明月皎潔，蟋蟀歌唱，首兩句為人展現的，似乎是一個明淨溫馨的氛圍。季節雖屆孟冬，繁星璀璨的夜色，依然愜人心懷。「白露」四句，已經帶有變徵之音，時節替換，秋蟬底氣不足的哀鳴，燕子已經飛向遠方，喻示著變化。「昔我」以下為另一層。「昔我」四句，正承上寫出變化的具體內容，昔日同窗好友，都已經展翅騰飛，魚躍龍門。而發了跡的朋友，全不顧念昔日的交情，像行人不記得走過的腳印，也早將詩人拋諸腦後。詩歌的主題，到此彰然可見。「南箕」四句，以南箕不能播揚，北斗不能舀酒，牽牛不能駕牛，比所謂的朋友，也徒有虛名，虛名不可能有磐石的堅固，要之無益。詩歌為表達主題，興起以星斗，結束以星斗，從而避免了直露，有波瀾跌宕之致。

冉冉❶孤生竹，結根泰山阿❷。與君為新婚，兔絲附女蘿❸。兔絲生有時❹，夫婦會有宜❺。千里遠結婚，悠悠隔山陂❻。思君令人老，軒車❼來何遲。傷彼蕙蘭花，含英❽揚光輝。過時而不采，將隨秋草萎。君亮執高節❾，賤妾亦何為。

起四句比中用比。○「悠悠隔山陂」，情已離矣，而望之無已。不敢作決絕怨恨語，溫厚之至也。

【注釋】❶冉冉　柔弱下垂貌。❷阿　山坳。❸兔絲附女蘿　兔絲，蔓生植物，夏季開淡紅色小花。女蘿，地衣類蔓生植物。❹有時　有一定的時間。❺會有宜　會合有適當的時間。❻山陂　山坡，泛指山水。❼軒車　有屏障的車，古代大夫所乘。❽英　花。❾君亮執高節　亮，誠心。高節，高尚的節操。

【語譯】柔弱竹子長一棵，根鬚紮在泰山窩。和君牽手結婚姻，兔絲附生女蘿身。兔絲生長有定時，夫婦合疊當適時。相隔千里成婚配，悠悠遠道隔斷人。思念您啊人衰老，軒車遲遲不能來。感傷芳香蕙蘭花，花朵新綻正光鮮。過了時辰不採折，將隨秋草同枯萎。君既心誠節操美，我再要求亦過甚。

【研析】本詩為女子感傷婚遲而作，當是許婚未嫁之女，望未婚夫速速迎娶，慮其遷延耽擱，有誤終身。首二句以冉冉孤竹自比，以結根泰山之阿，喻其許嫁之人。「與君」二句，再以兔絲女蘿作比，喻託為依靠。「兔絲生有時」二句，以兔絲生長有時，喻婚期不可錯過，時間不能等待。「千里」四句，言兩地懸隔，道路悠長，婚期延遲，心情焦灼。「傷彼」四句，以蕙蘭含英，過時將萎為比，再言時不我待。結末兩句為自慰語，代揣彼心，以為忠誠可靠，節操高尚，必不負我。遲暮之感，亦文人期盼發達之心態的折射。詩歌抒情，細膩曲折，反覆作比，意味無窮。

庭中有奇樹❶，綠葉發華滋❷。攀條折其榮❸，將以遺所思。馨香❹盈懷袖，路遠莫致之。此物何足貴，但感別經時。

「何足貴」，《文選》作「何足貢」，謂獻也，較有味。

【注釋】❶奇樹　嘉美之樹。❷發華滋　發，開。華，花。滋，盛。❸榮　花。❹馨香　香氣。

【語譯】庭院有棵嘉美的樹，碧綠的葉中花開盛。攀動枝條折朵花，要把它贈給心上的人。花香芬芳滿懷袖，路途遠隔送不成。這朵小花何足珍，只為感念別日遠。

【研析】本詩亦思婦懷人之作。前兩句寫景，庭院嘉樹，蒼翠蓊鬱，枝繁葉茂，碧綠成蔭，而在綠樹葉中，花兒也開得格外繁盛，鮮花綠葉，交相輝映。面對著綠樹鮮花，孤獨的思婦卻無法平靜，又是一年春來到，終日思君不見君，遠遊的丈夫，仍然沒有歸來。思婦心心繫念著丈夫，用什麼向他表白自己的心情呢？這新綻的花兒，顯然是合適的禮物，它不僅能表達自己的情誼，也能告訴遠方之人出走的時間，三、四兩句，正表述了這樣的意思。「馨香」二句突然一折，道路遙遠，山川阻隔，思婦雖有這樣的想法，但要變為現實，卻顯然無法實現，「盈懷袖」，暗示著花已藏了多時，正因為無法送出，也纔久久藏之袖中。結末兩句是自我寬慰語，思婦轉過去再想，花也不是什麼貴重的東西，無非與丈夫久別，聊表心意而已。詩歌寫思婦之相思，通篇僅說折花贈花，只在最後方纔點出「感」字，然而，其濃烈的相思之情，其對遠方之人的摯愛，已經表現無遺，詩歌寫法上的蘊藉含蓄，可見一斑。

迢迢牽牛星❶，皎皎河漢女❷。纖纖擢❸素手，札札弄機杼❹。終日
不成章❺，泣涕零❻如雨。河漢清且淺，相去復幾許。盈盈❼一水間，脈
脈❽不得語。　相近而不能達情，彌復可傷。此亦託興之詞。

【注　釋】❶迢迢牽牛星　迢迢，遠貌。牽牛星，天鷹星座主星，在銀河南。❷河漢女　織女星，天琴星座主星。河漢，即銀河。❸擢　擺動。❹札札弄機杼　札札，織機聲。杼，梭。❺章　布帛紋理。❻零　落。❼盈盈　清淺貌。❽脈脈　當作「眽眽」，相視貌。

【語　譯】遙遙天際牽牛星，皎潔明亮有織女。擺動纖細一雙手，札札響著機杼聲。整天不能織成匹，眼淚汪汪如雨下。銀河之水清又淺，相距更有多少地。清淺一水相間隔，兩目注視不能言。

【研　析】這是一首淒美的神話詩作。詩歌所寫，是傳說中的牛郎織女故事。而在牛郎織女故

事的流變中，這首作品，應當是較早的一篇，僅從該傳說的形成過程言，其意義便不可低估。詩歌首兩句「迢迢」「皎皎」互文見義，俱為迢迢，也俱為皎皎。「纖纖」四句，寫織女的失魂落魄，怪異舉止，整日織布，卻終日不能成章，不能織出一匹布來，甚且淚水洗面，啼悲不止。為什麼會是這樣呢？「河漢」兩句，更進一步發問：你們中間，不就是如此清淺的河水嗎？又能有多遠的距離？結末兩句，方纔是最終的答案：也就這盈盈一水相隔，但他們卻只能夠彼此相視，不能交言，又有什麼痛苦比這更甚？詩人沒有交代不許他們交言的主子，但對這主子，讀者早已咬牙切齒。學人為此詩作解，多以為詩人藉牛郎織女故事，寫人間夫婦別離之感，此也未嘗不可，但總嫌壞了詩歌本身的美感。

迴車駕言邁❶，悠悠涉❷長道。四顧何茫茫，東風搖❸百草。所遇無故物，焉得不速老？盛衰各有時，立身苦不早❹。人生非金石，豈能長壽考❺？奄忽隨物化❻，榮名以為寶。

不得已而託之身後之名，與託之遊仙飲酒者同意。

【注釋】❶迴車駕言邁　言，語助詞。邁，遠行。❷涉　經歷。❸東風搖　東風，春風。搖，吹動。❹立身苦不早　立身，指事業上有建樹。苦，患。❺考　老。❻奄忽隨物化　奄忽，倏忽。隨物化，與花木同朽，指死亡。

【語　譯】掉轉車頭去遠遊，路途遙遙漫悠悠。四處放眼何茫茫，春風吹動百草搖。所見沒有去年物，人生哪能不速老？盛衰榮枯有定時，建功立業患不早。人生非同金石比，怎能長壽永不老？匆促之間壽命盡，光彩的聲名纔是寶。

【研　析】本詩乃警策自勵之作，也是對生命意義的一個思考。首四句寫出行所見，道路漫長，四顧茫茫，不免有力不從心，又人生迷茫之感。路途所見令詩人警醒：生長著的草木，已經都面目全非，不再是去年所見；自然流轉，一切事物皆然，而人生，也是如此地飛逝。盛衰榮枯，都是自然現象，感傷歎息徒然無益，所不甘心的是，沒能及早地建立功業，於世無補，有愧人生。這正是「所遇」四句所寫。結末四句，詩人進一步思考著人生：人的生命有限，不可能長壽不老，不能夠壽同金石，人生的行程，短也就剎那間，該怎樣度過這短暫的人生呢？雁過留聲，人過留名，取得榮名，這纔不枉生在世上一場。詩歌有遠行到所見所感，層層寫來，紋絲不亂，條理清晰，結尾立意高遠，「收住勁甚」（張玉穀《古詩賞析》）。

東城高且長，逶迤自相屬❶。迴風動地起❷，秋草萋已綠❸。四時更變化，歲暮一何速！晨風懷苦心❹，蟋蟀傷局促❺。蕩滌放情志❻，何為自結束❼？燕趙多佳人❽，美者顏如玉。被服❾羅裳衣，當戶理清曲❿。音響一何悲，絃急知柱促⓫。馳情整中帶⓬，沉吟聊躑躅⓭。思為雙飛燕，銜泥巢君屋。或以「燕趙多佳人」下，另作一首。

【注　釋】❶逶迤自相屬　逶迤，綿長貌。相屬，連續不斷。❷迴風動地起　迴風，旋風。動地起，捲地起。❸萋已綠　萋且綠。萋，繁茂。❹晨風懷苦心　《詩經・秦風・晨風》：「鴥彼晨風，鬱彼北林。未見君子，憂心欽欽。」晨風，鷂鳥。❺蟋蟀傷局促　《詩經・唐風・蟋蟀》：「蟋蟀在堂，歲聿其莫。今我不樂，日月其除。無已大康，職思其居。好樂無荒，良士瞿瞿。」傷局促，指〈蟋蟀〉詩中所傷之拘束態度。局促，言所見不大。❻蕩滌放情志　蕩滌，言消除顧慮煩惱。放，放縱。❼結束　拘束；束縛。❽燕趙多佳人　燕趙，今河北、山西一帶。佳人，指女樂。❾被服　披服；穿著。❿理清曲　練習清商曲子。⓫柱促　柱，琴上支架調弦的木柱。促，扭緊。⓬馳情整中帶　馳情，神往。整，整理。中帶，衣帶。⓭沉吟聊躑躅　沉吟，心裡斟酌盤算。躑躅，徘徊不前。

【語　譯】東城城牆高又長，綿延不絕相連結。旋風迅猛捲地起，秋草茂盛還青綠。季節又到變化時，歲末來到何等急！晨風鳴囀太悲苦，蟋蟀啼鳴忒窘迫。丟卻煩惱任情志，為何自我來拘束？燕趙之地多美人，漂亮容顏可比玉。身上穿著綾羅衣，對著窗子奏清曲。樂聲流轉何淒美，音聲激越為弦緊。思慕整頓衣上帶，心中琢磨暫徘徊。想望變成雙飛燕，銜泥築巢在君屋。

【研　析】本詩抒寫了東漢末期沒有出路的一幫文人的苦悶心懷。詩首句至「何為自結束」為上一層。開首兩句，如電影中特寫鏡頭，推出如是一幅畫面：在京城洛陽東城門外，一位落魄的士子，躑躅徘徊。他的身旁，是高高的城牆，綿延無盡，伸向遙遠，恰如他心中的鬱悶愁苦。「迴風」兩句，乃其所見。一陣旋風驟起，捲起一股煙塵，秋草還是那樣茂盛青綠，但敏感的詩人已經覺察出季節變化的端倪，「四季」兩句，即是他的一種感覺。「晨風」兩句，在詩人的這種心態下，他再聽出了晨風鳴囀的淒苦與蟋蟀啼鳴的窘促，他以為晨風蟋蟀也如他一樣，在為生的短促、生命的短暫而鬱悶焦灼愁苦萬分。既然生命苦短，既然時不我待，為什麼還要束縛自我，還不放任情志，去追求眼前的快活？這是「蕩滌」二句披示出來的中心意思。「燕趙有佳人」以下為第二層，具體寫詩人的放任情志，寫他的白日之夢。燕趙佳人，其美如玉，綾羅衣裳，當窗奏曲。急絃柱促，樂曲何等激越，何其淒美！佳人也神往渴慕與詩人交好，在詩人的感染下，搔首躑躅，整理衣裳，其心緒的蕩漾，婉曲可見。結末兩句，以飛燕成雙築巢，表達了願與詩人比翼齊飛，結成伉儷的心願，如前人所評：「結得又超脫，又縹緲，把一萬世才子佳人勾當，俱被他說盡。」（朱筠《古詩十九首說》）

驅車上東門❶，遙望郭北墓❷。白楊何蕭蕭❸，松柏夾廣路。下有陳死人❹，杳杳即長暮❺。潛寐❻黃泉下，千載永不寤❼。浩浩陰陽移❽，年命如朝露。人生忽如寄❾，壽無金石固。萬歲更相送❿，賢聖莫能度⓫。服食⓬求神仙，多為藥所誤⓭。不如飲美酒，被服紈與素⓮。莊子曰：人而無人道，是謂陳人也。郭象曰：陳，久也。

【注　釋】❶上東門　東漢京都洛陽城最北的東門。❷郭北墓　洛陽城北邙山墓地。❸蕭蕭　風刮樹葉響聲。❹陳死人　久死之人。❺杳杳即長暮　杳杳，幽暗貌。即，就。長暮，長夜，謂人死後長眠地下。❻潛寐　長眠。潛，深永。❼寤　甦醒。❽浩浩陰陽移　浩浩，無盡貌。陰，指秋冬。陽，指春夏。謂四季變遷。❾寄　客寓；暫居。❿萬歲更相送　謂人生代代更遞相送，千秋萬代沒有了時。⓫度　越過。⓬服食　道教術語，謂吞食丹藥，可以長生。⓭誤　為其毒害。⓮被服紈與素　被服，穿著。紈素，精細潔白的絹。

【語　譯】駕車前往上東門，遠望僅見邙山墓。風吹白楊瑟瑟響，大路兩邊松柏佇。下有多年死去者，幽暗地下長眠處。長眠沉睡黃泉下，千載萬年永不寤。四季變遷無盡時，歲月正如早晨露。人生匆匆如行旅，壽命不如金石固。千秋萬代遞相送，聖賢之輩難越度。服食丹藥求成仙，多受丹藥毒耽誤。不如開懷飲美酒，穿著綾羅細絹布。

【研　析】本詩亦漢末文人抒寫人生如寄及時行樂的篇什。前八句寫上東門外所見所感。邙山墓葬壘壘；風中白楊樹瑟瑟作響，如泣如訴；空曠死寂的大路，兩旁松柏挺立，此俱為墓地景物。「下有」四句，為詩人所想所感：不知死去多久的人們，就長眠在幽暗的地下，永遠地睡著，不能再醒，死者長已已。「浩浩陰陽移」以下六句為第二層，更深一步，寫人生如寄，譬如晨露，生也苦短，代代遞嬗，縱聖賢不能避免，概莫能外。結末四句，言服食丹藥企求成仙之誤人，點出穿華服飲美酒及時行樂之為是這一主題。詩歌的頹廢沒落情緒，在板蕩動亂生靈塗炭的東漢末年，成為一種流行的色調；在看不到出路，前景渺茫，朝不保夕的文人圈裡，濃重地瀰漫著。

去者日以疏❶，來者日以親❷。出郭門❸直視，但見丘與墳。古墓犁為田，松柏摧為薪。白楊多悲風，蕭蕭愁殺人。思還故里閭❹，欲歸道無因❺。

【注釋】❶去者日以疏　去者，死者。疏，遠。❷來者日以親　來者，生者。親，近。❸郭門　外城門。❹故里閭　故鄉。❺因　由。

【語譯】死去的人日見遠離，新生的人日見親近。走出外城注目看，只見大小眾墳墓。古墓犁平成耕田，墓地松柏砍為柴。風中白楊聲淒楚，蕭蕭音響愁煞人。朝思暮想還家鄉，想回道阻沒機會。

【研析】本詩寫遊子消沉意緒及思鄉情懷，寫低落情緒為主，思鄉乃情緒消沉之表現。首兩句總領，逝者長已矣，生者日益近，詩人不能不興起白駒過隙、人生倉促的過客之感。「出郭門」以下六句，乃其興感的基礎，是對詩人所以有如此感慨的闡釋。城門之外，墳墓壘壘，不知名的古墓，犁成耕田，墓地松柏，被砍伐用作柴薪，風吹白楊淒苦的蕭蕭聲，令人斷腸，詩人心中的悲楚，對人生的失望，越發加劇。正由於這種情緒，一種孤獨之感，失落無助中，詩人想起了家鄉，自己的根之所在，然而殘酷的現實是，社會動盪，道路遙遠，山川阻隔，回家又何嘗容易！詩人之悲，盡在不言之中。

生年不滿百，常懷千歲憂❶。晝短苦夜長，何不秉燭遊❷？為樂當及時，何能待來茲❸？愚者愛惜費❹，但為後世嗤❺。仙人王子喬❻，難可與等期❼。

【注　釋】❶千歲憂　謂考慮身後及子孫之事。千歲，喻無窮。❷秉燭遊　持燭夜遊。❸來茲　來年。❹費　錢財費用。❺嗤　恥笑。❻王子喬　古仙人名，傳說為周靈王太子，道人浮丘公度之上嵩山而成仙人。❼等期　相等的期望。

【語　譯】人生壽命不滿百，身後事情想不完。白晝太短夜嫌長，因何不能持燭遊？行樂就要趁及時，如何能夠待將來？癡愚的人啊吝錢財，將為後人笑他迂。仙人有那王子喬，凡人難以同希冀。

【研　析】這也是一首思考人生的作品。首二句警策奇響，不啻當頭棒喝。所言誠人生常見，也是許多人都不能走出的一個誤區，所以成為千古名句。「晝長」二句，是徹悟了的表現。因為行樂，白晝不免嫌短，黑夜卻嫌太長。詩人以為，這亦並無妨礙，不妨秉燭夜遊，夜為晝之餘，夜以繼日。「為樂」二句，是對上兩句的進一步申說。末四句，以吝嗇者的被後世恥笑，及成仙夢的虛幻，諷刺了癡迷不化不能腳踏實地，盡作非非想的人們，進一步揭示人生及時行樂的道理，又照應開篇。詩歌渲染的主題，再次見出漢末文人心中的悲涼。詩以議論成篇，總說，分說，復以反面教材兜轉，結構章法，嚴謹有序。

凜凜❶歲云暮，螻蛄❷夕鳴悲。涼風率已厲❸，遊子寒無衣。錦衾遺洛浦❹，同袍與我違❺。獨宿累長夜❻，夢想見容輝❼。良人惟古歡❽，枉駕惠前綏❾。願得常巧笑❿，攜手同車歸。既來不須臾⓫，又不處重闈⓬。亮無晨風翼⓭，焉能淩風⓮飛。眄睞⓯以適意，引領遙相睎⓰。徙倚⓱懷感傷，垂涕沾雙扉⓲。

此相見無期，託之於夢也。「既來不須臾」二語，恍恍惚惚，寫夢境入神。

【注釋】❶凜凜　寒氣襲人貌。❷螻蛄　蟲名，俗稱土狗，又名拉拉古。❸率已厲　疾猛。已，通「以」。❹錦衾遺洛浦　錦衾，錦繡之被。洛浦，洛水之濱。相傳伏羲氏之女宓妃，溺死於洛水，遂為洛水之神。宓妃，後喻美人。❺同袍與我違　同袍，二人共穿一件棉袍，言關係密切。本處指夫婦。違，離。❻累長夜　經歷了許多長夜。❼容輝　丰姿。❽良人惟古歡　良人，女子對丈夫的稱謂。惟古歡，思故歡。❾枉駕惠前綏　枉駕，敬詞，猶屈駕。惠，惠賜，授予。綏，上車時的手拉繩。❿巧笑　指女子俏麗美好的笑容。⓫須臾　片刻。⓬重闈　闈中。⓭亮無晨風翼　亮，同「諒」。晨風，鸇鳥。⓮淩風　乘風。⓯眄睞　顧盼；旁視。⓰引領遙相睎　引領，伸長脖子。睎，望。⓱徙倚　徘徊。⓲扉　門扇。

【語譯】寒氣逼人近年關，夜晚螻蛄聲聲哀。凜冽冷風緊刮起，遊子身缺防寒衣。洛水之濱贈錦被，恩愛卻和我分離。久守空房夜長漫，夢見丈夫俊丰儀。夫君思念舊恩愛，屈駕授我上車帶。希望常見迷人笑，牽手同車一起返。既已回來不稍留，身子也不在閨中。想來沒有晨風翅，哪能乘風飛身去？顧盼愉悅夫君心，延頸遠望尋蹤跡。徘徊之間心感傷，淚水零落雙門濕。

【研　析】這是一首思婦思夫之作。首四句為一層，時近年關歲末，螻蛄悲鳴，寒風凜冽，敏感的思婦由天氣及時序的變化想到了在外不歸的遊子，他身上不知有沒有防寒的衣服，身子凍壞了該如何是好！而由擔心丈夫的受凍，思婦想起了當初丈夫的迎娶贈被，想起了恩愛夫妻的別離，獨守空房，夜不成寐，朝夕相思，積思成夢，終於在夢裡，她見到了丈夫。「良人」以下四句，即寫夢中光景。丈夫與自己一樣忠於愛情，一樣相思兩地愁苦，他駕車來到了自己的身邊，授給車帶，載著自己一同歸去。他說就喜歡看妻子迷人的微笑，他表示再不分離。「既來」四句，寫思婦似醒非醒中的感覺。丈夫既然歸來，怎地就不稍作逗留？深閨之中，也沒有他的蹤影。他不至於插上了晨風鳥的翅膀，展翅飛去了吧？最後四句，是思婦醒來所思。自己的顧盼神飛，含情脈脈，都是為丈夫的歡心，醒後的思婦是如此失落。為跟尋丈夫的蹤影，她已經從床上起來，引頸遠望，又哪裡能看到他的影子？思婦不禁淚水漣漣，泣涕如雨，站在門口，門上都是她抹淚的印痕。「真寫得苦況出」（張玉穀《古詩賞析》），可謂的評。

孟冬寒氣至，北風何慘慄❶。愁多知夜長，仰觀眾星列。三五❷明月滿，四五蟾兔缺❸。客從遠方來，遺我一書札❹。上言長相思，下言久離別。置書懷袖中，三歲字不滅。一心抱區區❺，懼君不識察。置書懷袖，親之也；三歲不滅，永之也。然區區之誠，君豈能察識哉？用意措詞，微而婉矣。

【注釋】❶慘慄　嚴寒貌。❷三五　指農曆每月十五。❸四五蟾兔缺　四五，農曆每月二十。蟾兔，傳說月中有玉兔，故為月之代稱。❹書札　書信。❺區區　癡心忠愛。

【語譯】初冬冷氣來到，北風何等嚴寒。多愁感受夜漫漫，抬頭群星羅列。十五明月圓，二十月亮缺。客人遠方到來，送我一封書函。上面寫著長相思，下文寫著別離久。將信放在衣袖中，三年字跡未磨滅。一心一意情堅貞，擔心夫君不辨察。

【研析】本詩亦思婦之詩。前六句寫初冬之感，冷空氣到了，整日是凜冽的北風，思婦想著遠方的丈夫，愁苦重重，難以入眠。知夜長，眾星列，寫其常常不眠，以及因為難眠而起。月滿月缺，則寫別離之思，當初的團圓，及今日的分離；還有時間的不停流逝，歲月的不斷變遷。「客從」四句，寫丈夫寄書，書信言簡，見出丈夫情薄。「置書」以下四句，寫自己珍視丈夫的來函以及對丈夫的擔心。三歲字不滅，可見思婦對書信的愛惜保護，見出其癡於感情。而三年不復有他信過來，再看出丈夫的情寡。結末兩句，正點出懷拳拳之誠的思婦的隱約之憂，卻出語婉曲。「古詩佳處，一筆當幾筆用」（《古詩賞析》），此詩之謂也。

客從遠方來，遺我一端綺❶。相去萬餘里，故人心尚爾❷。文彩雙鴛鴦，裁為合歡被❸。著❹（掌呂反。）以長相思，緣（以絹切。）以結不解❺。以膠投漆中，誰能別離此❻。

【注釋】❶一端綺　一端帶花紋的綾。端，古時二丈為一端。❷爾　如此。❸合歡被　被面繡有合歡圖案的被子。❹著　通「貯」。指裝進絲絮，寄託相思。❺緣以結不解　緣，飾邊。結不解，緣被四邊，綴以絲縷，表示愛情結而不解。❻別離此　別，分開。離，離間。此，固結之情。

【語譯】客人從遠方到來，送給我二丈綾緞。距離萬里遙遠，夫君感情依然。綾羅繡著鴛鴦對對，裁製成為合歡被子。裝進絲綿寓相思，被緣絲縷不能解。將膠投放進漆中，有誰能夠離間它。

【研析】本詩亦思婦之詩。詩中所寫，也為愛情主題。前四句寫贈綺及由此所興感慨。夫君在外，託人帶回了一端綾羅，寄託著他對妻子的眷念恩愛。妻子感慨萬里寄來的深情，為故人的記念、沒有忘舊驚喜激動難耐。「文彩」以下四句，以綺裁被，以雙鴛鴦為合歡被，內裝絲綿寓相思，縫以不解之結為裝飾喻堅固，都表現了愛情的忠貞不渝。結末二句，以漆投膠，言如膠似漆，纏綿深情，不可間離，不能移易。而思婦對夫君的思念，盼其歸來之意，盡見其中。表達上的含蓄蘊藉，婉曲別致，頗見匠心經營。

明月何皎皎，照我羅牀幃❶。憂愁不能寐，攬衣❷起徘徊。客行雖云樂，不如早旋❸歸。出戶獨彷徨❹，愁思當告誰。引領❺還入房，淚下沾裳衣。「十九首」大率逐臣棄妻朋友闊絕死生新故之感。中間或寓言，或顯言，反覆低徊，抑揚不盡，使讀者悲感無端，油然善入，此「國風」之遺也。○言情不盡，其情乃長，後人患在好盡耳，讀「十九首」應有會心。○清和平遠，不必奇闢之思，驚險之句，而漢京諸古詩皆在其下，五言中方員之至。

【注　釋】❶羅牀幃　羅綺縫製的床帳。❷攬衣　拉過衣裳。❸旋　回轉。❹彷徨　徘徊。❺引領　抬頭遠望。

【語　譯】月兒是如此的明亮皎潔，銀色的月光灑在了我的床帳。憂傷愁苦不能酣然入眠，拉過衣裳披衣起來踱步徘徊。作客的日子儘管也有歡樂，總不如早早回轉把家還。出門室外獨自漫步，憂愁的心思應該向誰人訴說。延頸遠望一無所見無奈再回房裡，不覺得兩眼淚水漣漣沾濕衣裳。

【研　析】本詩亦思婦之作。明月皎皎，照在床幃，如此敏感，是因為不能成眠也。何以不寐，憂愁之故也。既然不能入睡，翻來覆去，心緒焦灼，索性披衣下床，度步室內。以上為前四句所寫，思婦形象呼之已出。「客行」二句，是思婦揣度語，她想著夫君也如是想：客地雖樂，終究離鄉背井；錦城雖云好，那是別人的家鄉，所以不如早還家。「出戶」二句顯示，思婦大約已徘徊了很久，並來到了戶外。度步戶外，是希望能有所見，結末的「引領」披露無遺，原來她是想眺望遠方，但終於沒有所見，一腔愁思，仍然找不到傾訴的對象，失望惆悵中，只能再回到室內，一個人悄悄流淚，發洩心中的苦悶。結末二句，含不盡之意於內，餘味無窮。

擬蘇李詩

晨風鳴北林❶，熠熠❷東南飛。願言所相思，日暮不垂帷。明月照高樓，想見餘光輝。玄鳥夜過庭，髣髴❸能復飛。褰裳路踟躕，彷徨不能歸。浮雲日千里，安知我心悲。思得瓊樹❹枝，以解長渴飢❺。擬詩非不高古，然乏和宛之音，去蘇李已遠。

【注釋】❶晨風鳴北林　《詩經・秦風・晨風》：「鴥彼晨風，鬱彼北林。未見君子，憂心欽欽。」北林，林名。❷熠熠　或作「熠燿」。❸髣髴　所見模糊不清。❹瓊樹　傳說仙山上生長之樹，食其花能夠長生。❺渴飢　喻相思之情。

【語譯】晨風鳥兒北林鳴噪，閃電而過東南飛去。希望告知我相思的那人，天黑不要放下羅幃。明月照在高樓之上，可以想見餘輝所向。燕子夜間掠過庭院，模模糊糊能再飛翔。欲要行路卻又遲回，徘徊難前不能回歸。浮雲飄蕩一日千里，哪裡了解我心傷悲？想要得到瓊樹枝條，用來表達深深相思。

【研析】本詩為遊子思歸之作。起四句為一層，鳴噪北林的晨風鳥，閃電一般地飛去，詩人希望牠能夠作為信使，傳遞自己對家鄉妻子的囑咐，在夜色降臨的時候，不要放下床上的帳子。「明月」二句，緊承上文，解釋著不放帳子的原因，原來他是希望借著月光，能同時照亮你我，共同沐浴明月的光輝，在月光中相親相愛。「玄鳥」二句，由燕子過庭，依稀見其飛翔，表達著詩人也恨不能插翅飛起。「褰裳」二句，寫其徘徊難歸，乃與燕子為比，形其遲緩，急歸心情如畫。「浮雲」四句，再由浮雲的日行千里，以妒忌之語，寫其急欲還家心切；渴求得到瓊樹枝條，「以解長渴飢」，相思之情彰顯無遺。

鳳皇鳴高岡❶，有翼不好飛。安知鳳皇德，貴其來見稀。闕。

【注釋】❶高岡　高的山脊。

【語譯】鳳凰鳴囀山脊上，雖有羽翼不喜飛。哪知鳳凰德操美，珍貴在於見者稀。

【研析】此為殘詩，就此殘存四句揣度，大約是借鳳凰雖有翅翼卻不好亂飛，喻君子之輩，重在操守，雖有才學，卻不肯輕就仕途，亦如鳳凰，居山之高岡，不輕易下山。此也善能用比者。

紅塵❶蔽天地，白日何冥冥❷。微陰盛殺氣❸，淒風❹從此興。招搖❺西北指，天漢❻東南傾。嗟爾穹廬❼子，獨行❽如履冰。短褐中無緒❾，帶斷續以繩。瀉水❿置瓶中，焉辨淄與澠⓫？巢父不洗耳⓬，後世有何稱。

【注　釋】❶紅塵　飛塵。❷冥冥　昏暗貌。❸微陰盛殺氣　微陰，陰氣初生。殺氣，寒氣。❹淒風　寒風。❺招搖　北斗第七星，又指北斗星。❻天漢　天河。❼穹廬　古代遊牧民族所居住之氈房。又代指北方少數民族。❽獨行　謂節操高尚，不隨俗浮沉。❾緒　絲。❿瀉水　傾注水。⓫淄與澠　二水名，在今天山東臨淄附近。二水味異，合則難辨。⓬巢父不洗耳　巢父，傳說為堯時隱士。據說堯讓以天下，不受。又讓許由，也不受。洗耳，指許由不受堯之禪讓，洗耳潁水之濱。晉人皇甫謐《高士傳》有載。

【語　譯】塵土飛揚天昏地暗，白日何其昏黑沉沉。陰氣初生寒氣盛，寒風正從此處生。招搖北斗指西北，天河已向東南傾。感歎氈帳出身人，行操特立如踩冰。粗布短衣內無絲，衣帶斷裂用繩結。將水注進瓶子裡，哪能分辨淄和澠？巢父不知洗耳汙，後世有何好稱頌！

【研　析】本詩頌揚特立獨行，品格高尚之人。前六句寫北部邊方氣候之惡劣，這也是品格高尚的穹廬子生存磨練的自然生存環境。塵煙滾滾，白天如同黑夜；季候尚早，這裡已經滿是蕭瑟之氣。「嗟爾」四句，寫穹廬子的操守，布衣短褐指其儉，獨行履冰寫其操。「瀉水」四句，以淄澠之水相混而難辨，巢父聽濁言貪語而不能洗去耳汙，不足稱頌，欲彰顯穹廬子的薄冰之感為高，較古代高隱巢父更上一層，更值得讚揚。

古詩

上山採蘼蕪❶，下山逢故夫❷。長跪❸問故夫：「新人❹復何如？」

「新人雖言好，未若故人姝❺。顏色❻類相似，手爪❼不相如。」「新人從門入，故人從閤❽去。」「新人工織縑❾，故人工織素。織縑日一匹，織素五丈餘。將縑來比素，新人不如故。」

「手爪」謂手所織。

【注釋】❶蘼蕪　香草名，葉子風乾可作香料，古人認為其可使婦人多子。❷故夫　前夫。❸長跪　挺直腰背而跪，表示敬重。❹新人　新娶之婦。❺姝　好。❻顏色　容貌。❼手爪　指紡織等技巧。❽閤　邊門；小門。❾縑　黃色的絹，較素為賤。

【語譯】上山前去採蘼蕪，下山時候遇前夫。長跪地上問前夫：「新娶夫人好也不？」「新婦雖說也不錯，不如舊婦更賢淑。容貌大致差無幾，手工紡織不能比。」「新婦大門迎進來，舊人小門被休去。」「新婦長於織黃絹，舊人擅長織素絹。黃絹一日織一匹，織素一天五丈餘。將縑去與素作比，新婦難比舊時婦。」

【研析】本詩乃棄婦之詩。詩人選擇了一個斷面，由棄婦採蘼蕪返回，遭逢前夫，通過二人的一番對話，揭示了棄婦的無辜，抨擊了封建禮教，暴露了封建婚姻制度的弊端。詩歌開門見山，即寫棄婦相遇前夫。上山採蘼蕪，既交代棄婦出門原因，也是兩人相見的基本前提。棄婦的恭敬長跪，兩人攀談，足見其感情仍在，而棄婦之遭棄，必然有如焦仲卿之凶母（父）在，是封建家長制拆散了兩人的生活。前夫的答辭，新人既不如舊婦賢淑，也不如舊婦能幹，可見其對舊婦尚眷眷不捨。棄婦話語中，新人堂皇大門而進，自己小門休去，一把辛酸淚。結尾以新人織縑舊人織素作比，縑不如素收束，新人舊人的差別自見，而對封建家長制的控訴，盡在不言中。詩歌以明白樸素的對話成篇，經妙手編織，遂成佳篇。與〈孔雀東南飛〉參讀，更能加深對封建婚姻制度流弊的體認。

悲與親友別，氣結❶不能言。贈子以自愛，道遠會見難。人生無幾時，
顛沛❷在其間。念子棄我去，新心有所歡。結志❸青雲上，何時復來還？

【注　釋】❶氣結　鬱結堵塞。❷顛沛　困頓坎坷。❸結志　寄託志向。結，締結。

【語　譯】淒楚與親友作別，鬱塞而不能言說。祝福你多多保重，道路遠見面為難。人一世歲月無多，困頓也佈滿行途。想著你離我遠去，心裡當別有圖求。志向存青雲之上，何時再故地重遊？

【研　析】本詩乃惜別友人之作。首二句寫別離感傷淒楚場面，氣結而不能言說，唯極度悲傷方纔如此，足見與友人感情之深摯。「贈子」二句，為分別贈言，雖有千言萬語，也無法窮盡惜別之情，「自愛」二字，便包容無限，家常話裡蘊藏了極豐富的內涵。「人生」以下四句，以人生匆促而多艱，言友情之可貴；亦為友人志存青雲，追求功名，送上祝福，並盼其早日歸來。

古詩三首

橘柚垂華實❶，乃在深山側。聞君好我甘，竊獨自彫飾。委身❷玉盤中，歷年冀見食❸。芳菲不相投❹，青黃忽改色。人儻❺欲我知，因君為羽翼。

區區之誠，冀達高遠。通首托物寄興，不露正意，彌見其高。

【注　釋】❶橘柚垂華實　柚，果名，似橘而大，味酸。華，花。❷委身　託身。❸冀見食　希望被食用。❹芳菲不相投　芳菲，香氣。不相投，不合意。❺儻　倘。

【語　譯】橘柚懸掛累累花果，竟然生在深山之阿。聽說您好我的甘美，私下獨個修飾裝扮。託身放到玉盤之中，累年希望被您品嘗。芳香不合您的口味，青黃匆遽顏色改變。別人若要了解到我，靠您捧場代為引薦。

【研　析】本詩寫懷才不遇，期望見用之情。首二句以橘柚累累花果，卻生在深山之中，喻士子滿腹才學，身在草野，不為人知。「聞君」二句，寫砥礪自我，以應徵召。「委身」以下四句，寫渴望見用，然未得欣賞，年華蹉跎。末二句再次表示希望得當道者舉薦，為世所用。詩中寫出了東漢士人渴望見用於世的執著與不得機會的苦悶，暴露了統治者求才尊重處士的虛偽。詩歌通篇以橘柚為比，讓人格化的橘柚剖白其心跡，如王夫之《古詩評選》謂：「一行入比，反覆傾倒，文外隱而文內自顯，可抒獨思，可授眾感。」

十五從軍征，八十始得歸。道逢鄉里人，「家中有阿❶誰？」「遙望是君家，松柏冢纍纍❷。」兔從狗竇❸入，雉從梁上飛。中庭生旅穀❹，井上生旅葵。烹穀持作飯，采葵持作羹。羹飯一時熟，不知貽❺阿誰。出門東向望，淚落沾我衣。

「遙望」二句，乃鄉人答詞，下從征者入門之詞。古人詩每滅去針線痕迹。○通章用支微韻，而「烹穀持作飯，采葵持作羹」二句，不入韻中，最是搖曳之至，非古人不能用韻也。

【注　釋】❶阿　發語詞。❷冢纍纍　冢，墳墓。纍纍，即壘壘，重疊連結貌。❸狗竇　給狗出入的牆洞。❹中庭生旅穀　中庭，庭中。旅，野生。❺貽　送與。

【語　譯】十五從軍去征戰，八十方纔把家回還。近家路上遇見鄉鄰，「家中現在更有何人？」

「遠遠望去便是你家，松柏蒼翠眾墳成堆。」野兔出入自那狗洞，野雞屋中繞樑亂飛。院子長滿野生穀子，井臺長滿野生冬葵。舂出穀子好來做飯，採來野葵可去做湯。湯飯都成拿上前來，不知將它去送與誰。走出大門向東遙望，老淚縱橫沾滿衣襟。

【研析】這是一首反對戰爭、控訴兵役的詩作。開頭兩句即點出人物，十五出征，八十歸來，一極省儉的筆墨，概括寫出應兵役者六十五年的征戰生活。詩歌的側重點，顯然不是主人公的出征經歷，而是其最終的結局。臨近家門，遇上了鄉鄰，老兵最關切的是家中的情況。鄉鄰的回答，饒有趣味，他並沒有直面作答，然其中蘊含，卻更其豐富深刻，這是一個多麼慘烈的答案啊！「兔從」以下四句，正具體描寫家中無人，死無孑遺，一幅蕭條沉寂、荒涼可怕的景象。原本留著為狗出入的牆洞，只有野兔進出；屋子裡野雞橫飛；院子裡井臺上長滿了野生的穀子與冬葵，這裡已經久無人住，了無生的氣息。「烹穀」以下四句，更進一層寫老兵的淒苦。沒有了親人，自然不會再有任何溫暖，老兵只能以野生的穀子與冬葵燒飯。猶令他不堪的是，飯、湯好了，原本應該是熱鬧的天倫之樂沒有了，他形單影隻，又如何能夠下嚥。結末兩句，悲苦的情緒終於達到高潮，老兵吃不下飯菜，走出門來，向東遙望，情不能已，於是老淚縱橫。詩歌最終定格於此，有無窮感慨悲憤繫焉。作品選取老兵歸來所見所感來構思全篇，以其淒楚悲涼的結局，揭出了兵役、戰爭給人民帶來的災難不幸，具有十分強烈的藝術表現效果。

新樹蘭蕙葩❶，雜用杜衡草❷。終朝采其華，日暮不盈抱❸。采之欲遺誰？所思在遠道。馨香易銷歇❹，繁華會枯槁。悵望何所言，臨風送懷抱❺。　韻腳兩用「抱」字。

【注釋】❶新樹蘭蕙葩　樹，種植。葩，花。❷雜用杜衡草　用，栽培。杜衡，香草名，即土細辛，可入藥。❸終朝采其華二句　語本《詩經・小雅・采綠》：「終朝采綠，不盈一匊。」終朝，整個早晨。❹歇　盡。❺懷抱　猶懷想，一腔眷戀相思。

【語譯】新栽蘭蕙開了花，間雜種下杜衡草。整個早晨去採摘，到了天黑不滿抱。採下花草送給誰？想念的人在遠道。芬芳馨香易散盡，繁麗花卉易枯槁。惆悵相思哪裡講，借著順風寄心意。

【研析】本詩乃懷人之作。就詩歌抒寫感情的細膩婉曲言，主人公應當是女性身分。詩由栽種蘭蕙杜蘅寫起，蘭心蕙質，有自我表白之意在。終日採摘，不滿懷抱，乃心有所思，不能專一的緣故。所思為何？要送的人在遙遙遠方。芬芳易盡，花草易枯，道途間隔，自然無法送到。而主人公遲暮之感，也不無寄託。一腔懷抱，無以表達，主人公當然不會甘心，她有太多的相思苦悶要向心愛的人傾訴，「臨風送懷抱」，借著順風，寄去自己的情思。構想空靈，韻味無窮。

古詩一首

步出城東門，遙望江南路。前日風雪中，故人從此去。我欲渡河水，河水深無梁。願為雙黃鵠，高飛還故鄉。

【語譯】漫步出了城東門，遙遙遠望江南路。前日狂風大雪中，友人便從此離去。我想渡過黃河水，河水太深無橋樑。希望化作雙天鵝，展翅高飛回故鄉。

【研析】本詩乃客地送客之作。一個寄居京城尋求出身，而又功名不遂，一無所獲的落拓文人，在凜冽的寒風冰雪中，踽踽獨步，淒惶地在京城洛陽的城東門外徘徊著，遠望著，望著通向江南的道路。詩歌首兩句，便為我們展示了一幅形象鮮明的畫面。「前日」二句，承上而來，既交代季候，也解釋著詩人詭異行為的具體原因：原來就在前天，此地，詩人送別了自己的友人，友人正是從這條路上，踏上了還鄉的征程。「我欲」以下四句，則揭出詩人因故人離去，勾起思鄉情緒，表達了失意落魄中對家鄉親人的刻骨思念，從而亮出詩歌的真正主題。詩歌語言淺近暢達，「得三四語空中形激，便覺局拓意深」（張玉穀《古詩賞析》）。

古詩二首

採葵莫傷根，傷根葵不生。結交莫羞貧，羞貧友不成。

【語　譯】採摘葵菜別傷根，損傷根部葵難生。交結朋友別嫌貧，嫌貧朋友難交心。

【研　析】本詩言交友之道。首二句為比，葵菜堪食，採葵能夠充饑，但採摘葵菜，切莫傷其根部，否則葵將死去，難以生長。交友之道，志同道合的友誼如葵之根，乃其根本，不可勢利之交，因利相聚，利盡而散，如此，則友誼難存，知心難見。詩歌談理，以比喻出之，對舉成文，雖語言淺近，也精警古峭。

甘瓜抱苦蔕，美棗生荊棘。利傍有倚❶刀，貪人還自賊❷。

【注　釋】❶倚　立。❷賊　害。

【語　譯】甜瓜擁著苦蒂長，美棗生在荊棘上。利字旁邊立把刀，貪婪之人害自己。

【研　析】本詩言處世為人之道，亦由比作起。甜瓜蒂苦，美棗生於荊棘，盡人皆知，但「利」之與「刀」相依，貪利生害，則凡人不易領悟，尤其貪婪之徒，更覺莫名其妙。詩歌正是從人都熟知的生活現象切入，自然道來，講出了利害相伴相生的道理。而一經點出，便格外精警，如當頭棒喝，於貪利之人，不啻一副清涼散，於凡俗人生，堪為座右銘。

古絕句

藁砧❶今何在？山上復有山❷。何當大刀頭❸？破鏡飛上天❹。通首隱語。

【注釋】❶藁砧　藁，稻草。砧，砍物時墊在物下的木頭。古人行刑處決犯人，以藁為席，伏於砧上，舉鈇而砍。藁、砧、鈇連帶，舉二物而思及第三物。鈇、夫同音，故為夫的隱語。❷山上復有山　隱「出」字。❸何當大刀頭　何當，何時。大刀頭，刀頭有環，隱語「還」字。❹破鏡飛上天　古鏡圓形，破鏡為二，隱語月半十五（日）當還。

【語譯】藁砧目下在哪裡？山上還有一座山。何時有那大刀頭？破鏡一半飛上天。

【研析】本詩乃思婦之作，採用設問格，自問自答中，傾訴著對遠出丈夫的思念，及其盼夫歸來的心緒。詩歌之妙，在於全用隱語出之，「通體用隱語，古趣盎然。後代〈子夜〉、〈讀曲〉等歌，皆由此出」（張玉穀《古詩賞析》），其對於後世詩歌創作，也產生了重要影響。以隱語為詩，民歌中習見，此詩誠民歌中奇構。

菟絲從長風❶，根莖無斷絕。無情❷尚不離，有情❸安可別？

【注釋】❶菟絲從長風　謂菟絲順風倒伏。從，順。❷無情　指為物之菟絲。❸有情　指人之有情。

【語譯】菟絲順風搖擺不停，根莖沒有相互斷絕。無情之物尚不離開，有情之人哪能分別？

【研析】本詩言不可輕易別離。詩歌以比作起，菟絲作為植物，雖被狂風勁吹，搖擺不停，仍能堅韌經久，根莖不斷。「無情」一句挑起一筆，贊無情之物的依戀難捨，順勢反問，物尚如此，人能不如物嗎？於是點出主題，揭出有情之人，更要珍惜情意，不可輕言離別，從而謳歌了真摯的愛情，鞭笞了負情薄倖。詩歌用語淺顯，然一喻到底，言似盡而意無窮，韻味悠悠，堪稱佳構。

古歌

高田❶種小麥，終久不成穗。男兒在他鄉，焉得不憔悴❷？興意若相關若不相關，所以為妙。

【注釋】❶高田　指丘陵乾旱瘠薄的土地。❷憔悴　憂愁貌。

【語譯】小麥種在丘陵旱地上，最終難以長穗多收糧。男兒飄零流落在他鄉，哪能沒有憂愁與煩傷？

【研析】本詩乃旅客遊子懷鄉思親之作。首二句為比，是喻體。丘陵乾旱瘠薄的土地，任你怎樣播上小麥的種子，終究難以有好的收成，因不得其地，沒有好的土壤。後二句乃中心所在，是主體。人也如之，身在異鄉，舉目無親，孤單無援，猶如浮萍，難免要生懷鄉思親之感。詩歌表達對鄉邦的思念，說得極其直捷，而於思鄉的原因，卻不說破，故又不乏含蓄蘊藉。

淮南民歌

《漢書》：淮南厲王長❶，高帝少子也，廢法不軌，文帝徙之蜀嚴，道死，民作歌云。○下雜錄歌謠。

一尺布，尚可縫；一斗粟，尚可舂；兄弟二人不相容。

【注　釋】❶淮南厲王長　指劉長（西元前一九八—前一七四年），漢高祖劉邦少子，高祖十一年封淮南王。文帝劉恆繼位，其驕橫不法。文帝前元六年（西元前一七五年）謀反事發，被拘，徙嚴道邛郵，途中絕食死。

【語　譯】一尺布，還能把衣縫；一斗穀，還能將米舂；兄弟兩人不能相包容。

【研　析】這是一首諷刺漢文帝殘害兄弟淮南王劉長的民歌。民歌執行的是民間道德標準，它不管政治上的利害得失，只是從普通百姓的眼中看，兄弟相殘，相煎何急！歌謠的寫法上，也是標準的民間口吻。前四句以一尺布尚能縫衣共暖，一斗穀尚可舂米共食，從反面作比，層層鋪墊，結末正寫，抖出主題，譏諷文帝富有國家，卻不能容下弟弟，暴露了高高在上滿口仁義道德的統治階級家反宅亂兄弟鬩牆的醜惡事實，揭露了其關係的冰冷殘酷，沒有人道，缺乏人情。歌謠形象生動，膾炙人口，諷刺也何其辛辣。

潁川歌

《漢書》：灌夫不好文學，喜任俠，重然諾。諸所與交通，無非豪傑大猾。家累數千萬，食客日數十百人。陂池田園，宗族賓客為權利，橫潁川。潁川兒歌之。

潁水清，灌氏❶寧。潁水濁，灌氏族。

【注釋】❶灌氏　即灌夫（？—西元前一三一年），西漢潁陰（今河南許昌）人，字仲孺。漢武帝建元年間，任太僕、燕相。數年後坐法免官，賦閒家居。因侮丞相田蚡，被劾不敬，族誅。

【語譯】潁水清澈，灌家太平。潁水渾濁，灌家滅族。

【研析】《漢書‧灌夫傳》記載：「夫不好文學，喜任俠，已然諾。諸所與交通，無非豪傑大猾。家累數千萬，食客日數十百人。波池田園，宗族賓客為權利，橫潁川。」這便是該童謠的產生背景。童謠表達了地方百姓對於灌家豪橫鄉里的怨憤情緒，是規勸，也是詛咒。潁水清，諫語也，比喻也，謂灌家能夠安分守己，與民平安相處，自家也可以太平無事；潁水濁，咒語也，又比喻也，謂灌家繼續騷擾鄉鄰，欺壓良善，為非作歹，橫行霸道，必然自取滅亡，自食惡果。灌夫的結局，驗證了童謠的預言。

鄭白渠❶歌

《漢書》：漢大始中，趙中大夫白公奏穿鄭國渠，引涇水溉田，民得其饒，歌曰。

田❷于何所？池陽❸谷口。鄭國在前，白渠起後。舉鍤如雲❹，決❺渠為雨。涇水一石，其泥數斗。且溉且糞❻，長我禾黍。衣食京師，億萬之口。

【注　釋】❶鄭白渠　戰國時期，韓國人鄭國為秦國開鑿水渠，引涇水，東注洛，灌溉農田四萬餘頃，稱鄭國渠。漢武帝太始二年，趙中大夫白公，奏准鑿渠，引涇水，首起谷口，尾入櫟陽，注渭中，灌農田四千五百餘頃，名白渠。❷田　活用為動詞，溉田。❸池陽　故城在今陝西涇陽。❹舉鍤如雲　鍤，鐵鍬。如雲，言眾多。❺決　開。❻且溉且糞　謂水能溉田，泥能增肥。

【語　譯】溉田在哪裡？池陽谷口地。鄭國在前頭，白渠開於後。揮鍬如雲集，開渠如雨下。涇河一石水，帶泥有數斗。灌溉又施肥，滋長我禾黍。養活京城中，億萬眾人口。

【研　析】這是一首謳歌鄭國、白公鑿渠澤被百姓的歌謠。鄭、白二渠，為兩人留下了豐碑；百姓的歌謠，更為兩人築起了永不磨滅的紀念之碑。歌謠以質樸平實的語言，開門見山，便敘得二渠沾溉的土地，「鄭國」二句，補敘造福百姓之人。「舉鍤」二句，述鑿渠的熱烈場面，以及百姓憧憬未來，喜悅歡快的心情。「涇水」以下，則述鑿渠帶來的利益及其對社會所具有的重大意義。涇水裹挾著汙泥，莊稼得到灌溉，農田如施糞肥，禾黍茂盛，豐收有了保障，京師重地，億萬人口衣食無憂。歌謠敘述中間，洋溢著明快歡暢的節奏，表現了百姓歡欣親切的心情及其對鑿渠者的真切感德。

鮑司隸❶歌

《列異傳》云：鮑宣，宣子永，永子昱，三世皆為司隸，而乘一驄馬。京師人歌之。

鮑氏驄❷，三人司隸再入公❸。馬雖瘦，行步工❹。

【注　釋】❶鮑司隸　指漢代司隸校尉鮑宣及其子鮑永、孫鮑昱，三世而居司隸之職。司隸校尉，漢武帝朝設，掌糾察京師百官及所轄附近各郡，相當於一州之刺史。❷驄　青白色夾雜的馬。❸公　公門；朝廷。❹工　工穩。

【語　譯】鮑家有匹青驄馬，祖孫司隸三度把官做。青驄馬兒儘管瘦，走起路來卻穩妥。

【研　析】這是一首廉吏的頌歌。表面看整首歌圍繞著青驄馬來寫，其實卻無句不寫騎馬之主人。鮑家祖孫三人都做到司隸校尉，官品稱得上顯赫。但三人共騎一馬，尤其是一匹瘦骨嶙峋的劣馬，足見其儉約清廉。末二句，再以馬寫人，瘦馬行走穩健，喻其主人廉潔而堂堂正正，立身端方。以馬寫人，構思巧妙別致。

隴頭歌❶二首

隴頭流水，流離四下。念我行役❷，飄然曠野。登高望遠，涕零雙墮❸。

【注釋】❶隴頭歌　晉人辛氏《三秦記》謂：「隴渭西關，其阪九回，不知高幾許。上有水，可容百家。上有清水四注下，俗歌云……。」歌謠即出於此。❷行役　傜役。❸涕零雙墮　零，落。墮，下墜。

【語譯】隴山之上有水流，飛奔散落四下墮。想我應征傜役身，流離孤獨在曠野。登上山頭放眼望，眼淚難禁雙行下。

【研析】本詩為魏晉樂府古辭，抒寫服役之人對家鄉的思念之情。首二句是主人公身在隴山所見，也是思鄉情緒產生的誘因。隴山上水流直下，既離開山頭，飛奔四濺，一無方向，這不禁令行役者想到自身，離開家鄉，孤苦零丁。「念我」二句，正抒發了他的這種孤獨飄零之感。「登高」二句，承上文而來，由於孤單，自然想起家鄉的親人，但登高遠望，杳然茫茫，天高地遠，愈添愁苦悲哀。隴山水流，曠野一身，登高遠望，形象鮮明，富有意象之美。

隴頭流水，鳴聲幽咽。遙望秦川❶，肝腸斷絕。

【注釋】❶秦川　今陝西渭水流域。

【語譯】隴山水流潺潺，聲響淒楚哀怨。遙遙遠望秦川，胸中肝腸寸斷。

【研析】這首歌謠進一步抒寫行役者的感傷淒楚心情。孤苦零丁的行役者行進在荒山荒野間，心緒淒苦，於是在他的眼裡，山中溪水潺潺之聲，也不再具有任何美感，倒似乎是唱著輓歌，聲音嗚咽苦澀。首二句似寫景，實寫人，是感情化了的景物。三、四兩句，明白點出鄉關之思，故鄉的千里沃野，使身處瘠薄不毛之地的行役者愈增悲感，柔腸寸斷。結末一句，足見主人公傷痛悲淒的程度。

牢石歌❶

《漢書・佞幸傳》：元帝時，宦官石顯為中書令，與僕射牢梁、少府五鹿充宗結為黨友，附倚者皆得寵位。民歌云云。

牢耶石耶，五鹿客耶，印何纍纍❷，綬若若❸耶。

【注釋】❶牢石歌　《漢書・佞幸傳》：西漢元帝朝，宦官石顯為中書令，與僕射牢梁、少府五鹿充宗結黨，諸依附者，皆得寵位。民歌之，言其兼官據勢也。❷纍纍　重疊累積貌。❸若若　長貌。

【語譯】牢梁啊石顯啊，五鹿充宗啊，官印堆積何其多，綬帶又是那樣的長。

【研析】西漢元帝朝，宦官石顯專權，結黨營私，專橫跋扈，為非作歹，這首〈牢石歌〉正揭露了這一現實，諷刺了當時政治的黑暗。歌謠採用鋪陳筆法，直敘其事。舉出牢梁、石顯、五鹿充宗，不言其結黨而盡人皆知。印纍纍，綬若若，無須評說也人皆知其「兼官據勢」，把持朝政，專斷朝廷。而在直陳之中，雖未加褒貶卻褒貶自見。

五鹿歌

《漢書》：五鹿充宗貴幸，為梁丘《易》。元帝令與諸《易》家辨論，諸儒莫能抗。有薦朱雲者，攝齊登堂，抗首而講，音動左右。故諸儒語曰。

五鹿嶽嶽❶，朱雲❷折其角。

【注釋】❶嶽嶽　長角貌；挺立貌。❷朱雲　字游，魯人，徙平陵，通《易》，以勇力聞。

【語譯】五鹿氣盛如長角，朱雲激昂折其鋒。

【研析】《漢書・朱雲傳》載：五鹿充宗貴幸，治梁丘《易》，元帝也好之，令其與諸《易》家論辯異同，五鹿侍寵依貴，口若懸河，諸儒皆避退。有薦雲者，提衣登堂，昂首而談，音動左右，諸儒因為此歌。兩句九字，寫五鹿充宗囂張及朱雲膽識才情如畫，而五鹿之「嶽嶽」，更襯托出朱雲的無畏。

匈奴歌

《十道志》：焉支、祁連二山，皆美水草，匈奴失之，乃作此歌。

失我焉支山❶，令我婦女無顏色。失我祈連山❷，使我六畜不蕃息❸。

【注釋】❶焉支山　又名胭脂山、燕支山、刪丹山，在今甘肅山丹東十五里。❷祁連山　即天山。❸使我六畜不蕃息　六畜，豬馬牛羊雞犬的統稱。蕃息，繁育生息。

【語譯】丟失我們的焉支山，使我國婦女失去美麗的容顏。丟掉我們的祁連山，使我們的六畜不能生息而蕃衍。

【研析】這首詩歌乃漢武帝元狩二年（西元前一二一年）出征匈奴，佔領焉支山、祁連山後，匈奴部族所歌。焉支、祁連二山，水草豐美，為放牧之地，其地既失，匈奴痛切惋惜，詩歌正表現了其如此心情。詩凡四句，對舉排比成文。先說失焉支山，據載此山多紅藍，北人採其花染緋，取其英鮮者作胭脂，婦女化妝用此顏色。失掉焉支山，女子沒有了化妝的顏料，故失其容顏。再說失掉祁連山，天然牧場既失，六畜沒有了草料，自然無法蕃衍生息。一言人，一言畜，以眼前不可或缺的小事，寫失地以後的苦痛，真切具體，感人至深。

成帝時燕燕童謠

《漢書·五行志》：成帝為微行出遊，常與富平侯張放俱，稱富平侯家人，過河陽主作樂，見舞者趙飛燕而幸之，後宮皇子，卒皆誅死。

燕，燕，尾涎涎❶。張公子❷，時相見。木門倉琅根❸，燕飛來，啄皇孫。皇孫死，燕啄矢❹。

首二「燕」字，一字一句。張公子，謂富平侯也。

【注釋】❶涎涎　光澤貌。❷張公子　即富平侯張放。❸倉琅根　倉琅，銅色青。根，指鋪首銜環。❹矢通「屎」。

【語譯】燕子，燕子，尾巴光彩亮麗。張公子，時時可以相見。木門銅環古青色，燕子飛來，啄食皇家子孫。皇家子孫死，燕子也吃屎。

【研析】這首童謠諷刺了漢成帝的荒淫糜爛，抨擊了趙飛燕的兇狠殘忍。首五句，描寫了趙飛燕的美麗，交代了她得到寵幸的來由。因了富平侯張放的媒介，漢成帝得以見善舞之飛燕，於張放之褒貶，盡在不言中。「木門」三句，寫趙飛燕平步青雲，既得貴幸，肆其毒虐，殘害後宮皇子皇孫。末二句寫既已害人，己身也得報應，未有善終，不得其死。童謠之產生，在趙飛燕身死以前，故閃爍其辭，若隱若現，以諧音寫趙飛燕，以「啄矢」謂其結局，文字音節頗見古奧。

逐彈丸

《西京雜記》：韓嫣好彈，以金為丸。京師兒童，聞嫣出彈，輒隨之。

苦飢寒，逐彈丸。

【語　譯】饑寒交迫的兒童，追逐著飛行的彈丸。

【研　析】這首六字歌謠，包含了深邃的意蘊。歌詞一方面揭露了貴族的奢靡，韓嫣以金為彈丸，足以證之；另方面，也暴露了廣大下層百姓的貧困，食不足以裹腹，衣不足以禦寒，於是有饑寒交迫的兒童，成群結隊，流浪街頭，看到韓嫣打彈，則競相追逐哄搶，以換來抗寒之衣，充饑之食。歌謠沒有任何議論，僅僅抓住兒童追逐彈丸的場面，便力透紙背地表現了豐富的社會意蘊。

成帝時歌謠

見《漢書・五行志》。

邪徑敗良田，讒口亂善人。桂樹華不實，黃爵巢其顛❶。昔為人所羨，今為人所憐。

桂，赤色，漢家象。華不實，無繼嗣也。王莽自謂黃象。巢其顛，篡形已成也。

【注　釋】❶桂樹華不實二句　《漢書・五行志》曰：成帝時歌謠又曰。桂，赤色，漢家象。華不實，無繼嗣也。王莽自謂黃，像黃爵巢其顛也。比喻欲篡奪漢家江山。

【語　譯】小路破壞了良田，讒言坑害了善人。桂樹開花不結果，黃雀築巢樹頂端。從前為人所欣羨，現在被人所可憐。

【研　析】這是一首童謠。首句為比，田間的小路近則近矣，貪便之人走得多了，勢必破壞了莊稼，本是豐收的良田，卻不能有好的收成。次句為賦，讒言之口，巧言令色，正人君子，忠厚善人，往往為其所害。兩句追索致禍興亂的源頭。「桂樹」二句，隱寫漢家江山不久，王莽將要篡漢，亂象已經形成。末二句以今昔對比之反差，表示對漢家命運的惋惜。

投閣

《漢書》：王莽篡位後，復上符命者，莽盡誅之。時揚雄校書天祿閣，使者欲收雄。雄恐，乃從閣自投，幾死。京師語曰。

惟❶寂寞，自投閣❷。爰❸清靜，作符命❹。

【注　釋】❶惟　發語詞。❷閣　指天祿閣。❸爰　發語詞。❹符命　文體名，是一種述瑞應、稱頌帝王功德的文章。

【語　譯】寂寞，自己跳樓閣。清淨，於是寫作符命。

【研　析】這是一首諷刺性的歌謠。王莽以稱符命自立，即位後，擔心別人也以符命篡王位，遂捕殺上符命者。揚雄因其學生劉棻曾上符命，受到牽累。當時其正校書天祿閣，聞獄吏來捕，跳樓自殺，幾死。京城人作此歌以諷之。歌謠諷刺了一邦無行文人，對其反身投靠，有奶便是娘的無恥行徑，進行了無情的鞭笞。寂寞，而投閣；清淨，作符命，是因了國家的皇糧保障，吃飽了飯，酒足飯飽，無所事事，纔有如許無聊可恥的舉止嗎？語言的辛辣，令無行文人們無地自容。

竈下養

《東觀漢紀》：更始在長安，所授官爵，皆群小賈人，或膳夫、庖人。長安語曰：

竈下養❶，中郎將❷。爛羊胃，騎都尉❸。爛羊頭，關內侯❹。

【注　釋】❶養　廚子。❷中郎將　官名，秦置中郎，西漢分五官、左、右三署，各置中郎將以統領朝廷侍衛，隸屬光祿勳。❸騎都尉　西漢時與奉車、駙馬並稱三都尉。❹關內侯　爵位名，秦漢時置，為二十等爵的第十九級，位次徹侯。

【語　譯】灶下廚子，做了中郎將。燉爛羊胃，做個騎都尉。燉爛羊頭，做個關內侯。

【研　析】這首歌謠乃諷刺淮陽王劉玄之作。劉玄於西元二十三年稱帝，王莽滅亡後，其遷都洛陽。妒賢忌能，殺戮功臣，重用身邊群小賈人，膳夫廚子，歌謠正反映了這一真實的歷史。中郎將、騎都尉、關內侯，都可謂顯赫緊要之位，而操縱在一幫文不識者也、武不能用兵的俗人手中，其結局如何，可想而知。劉玄不上三年便滅亡，是最有力的說明。

城中謠

《後漢書》：前世長安城中謠言，改政移風，必有其本。上之所好，下必甚焉。

城中好高髻❶，四方高一尺。城中好廣眉❷，四方且半額。城中好大袖，四方全匹帛。

【注釋】❶髻　挽髮束於頭頂。❷廣眉　寬闊的眉毛。

【語譯】城內喜好梳高髻，城外梳髻高一尺。城內喜好畫寬眉，城外畫眉佔半額。城內喜好衣袖寬，城外裁袖整匹帛。

【研析】這首歌謠見於《後漢書・馬廖傳》，為馬廖闡述其「改政移風，必有其本」的主張時引用。歌謠用直率樸實的語言，連續以三個排比句子，分別從城內城外人在高髻、廣眉、大袖三件事上的態度做法，說明了上行下效其必甚焉的道理。由於其真切具體，所以歌謠在東漢初年，於京城長安甚為流行，傳播極廣，是當時俗諺，產生了相當影響。

蜀中童謠

《後漢書・五行志》：世祖時建武六年蜀中童謠。是時公孫述僭號於蜀，時人竊言王莽稱黃，述欲繼之，故稱白。五銖，漢家物，明當復也。述遂誅滅。

黃牛白腹，五銖❶當復。

【注釋】❶五銖　即五銖錢，錢幣名，漢武帝元狩五年始鑄，重五銖，代指漢家。

【語　譯】黃牛長著白肚子，漢家江山當光復。

【研　析】這首童謠乃東漢光武帝建武六年（西元三〇年）產生。彼時扶風茂陵（今陝西興平）人公孫述據益州稱帝，號成家。因王莽稱黃，述繼之為亂，故稱白，以為一體，於是有此歌。歌凡二句八字，以王莽前車之鑑，公孫述覆亡亦為必然，漢家自當再興。在隱曲的語言中，表達了公孫述將敗，漢朝必收復四川的思想。而人心向背，從中不難見出。

順帝時京都童謠

《後漢書・五行志》：李固爭清河王當立，梁冀立蠡吾侯。固幽斃於獄，而胡廣、趙戒、袁湯等一時封侯。京都童謠云。

直如弦，死道邊；曲如鉤，反封侯。

【語　譯】如弦一般正直，身死拋屍路邊；彎曲如同鉤子，反而受賞封侯。

【研　析】《後漢書・五行志》記載：「順帝即位，孝質短祚，大將軍梁冀貪樹疏幼，以為己功，專國號令，以贍其私。太尉李固以為清河王雅性聰明，敦詩悅禮，加又屬親，立長則順，置善則固。而冀建白太后，策免固，徵蠡吾侯，遂即至尊。固是日幽斃於獄，暴屍道路。而太尉胡廣封安樂鄉侯，司徒趙戒廚亭侯，司馬袁湯安國亭侯云。」這便是該首童謠的創作背景。嗣君之立，關乎國運民生，在古代政治中是十分重要的一件大事。而對待此事的態度，是秉公為國，還是出於私心，為個人打算，是檢驗王公重臣品格操守的試金石。大將軍梁冀之流的作為是令人不齒的，太尉李固是讓人欽敬的。但現實是，令人欽敬的李固忠心耿耿，一片丹心，結果是死於獄中，暴屍道旁；而私心為己，置國家命運於不顧的梁冀及阿諛逢迎之徒胡廣、趙戒、袁湯等封侯尊寵。歌謠以直、鉤兩種品格不同結局的對比，暴露抨擊了封建政治的黑暗腐敗，揭露了血淋淋的醜惡現實。

考城諺

《後漢書》：仇覽，考城人，為蒲亭長。初到亭，有陳元之母，告元不孝。覽親到元家，為陳人倫孝行，諭以禍福，元卒成孝子。鄉邑為之諺曰。

父母何在在我庭，化我鳲梟❶哺所生。

【注釋】❶鳲梟　指鵂鶹，又名桃蟲鳥，愛子及室。

【語譯】父母官在哪兒就在我院庭，感化我的鵂鶹哺育牠所生。

【研析】這首歌謠見《後漢書．仇覽傳》。載陳留考城人仇覽，四十歲選吏，為蒲亭長。初到亭，有陳元寡母，告其子不孝。覽知元非惡人，對其母曰：「母守寡養孤，苦身投老，奈何肆忿於一朝，欲致子以不義乎？」寡母聞而感悔，涕泣離去。仇覽則親到元家，與其母子飲，陳說人倫孝行，陳元終成孝子。鄉邑之人感而為此歌。歌謠歌頌了仇覽的善能教化，深入百姓，使鶹鷅之母醒悟而愛子，未化之子警醒而孝母。歌凡二句，圍繞仇覽來寫，首句賦，次句議，一個循吏好官的形象，活脫而出。

桓帝初小麥童謠

《後漢書・五行志》：元嘉中，涼州諸羌，一時俱反。命將出師，每戰常負。故云云。

小麥青青大麥枯，誰當穫者婦與姑❶。丈夫何在西擊胡。吏置馬，君具車❷，請為諸君鼓嚨胡❸。

鼓嚨胡，不敢公言，私咽語也。

【注釋】❶誰當穫者婦與姑　穫，收割。婦，妻子。姑，婆婆，丈夫的母親。❷吏置馬二句　謂徵調到有官職的人。君，古代大夫以上，據有土地的各級統治者。❸鼓嚨胡　謂悶在喉嚨中而不敢公開大聲說出。鼓，突起。嚨胡，喉嚨。

【語譯】小麥青青大麥已焦枯，誰在收割只有婆和婦。丈夫在哪兒西去打胡人。小吏買了馬，官員備了車，請讓我替各位嗚咽低聲歌。

【研析】這首歌謠產生在東漢桓帝元嘉年間。《後漢書・五行志》記載：「元嘉中，涼州諸羌一時俱反，南入蜀漢，東抄三輔，延及并、冀，大為民害。命將出師，每戰常負。中國益發甲卒，麥多委棄，但有婦女獲刈之也。」歌謠反映的正是這一事件。歌謠首二句突兀而起，敘寫了一個奇怪的場面：麥收大忙的時節，田間收割者都是些老弱的婦女，這不禁要令人發問：男子們都到了何處？「丈夫」一句，即緊承補充交代：都去了西部，那裡發生了曠日經久的戰爭，他們都被徵發，前往參戰去了。不獨平頭百姓，由於戰爭時間之久，連吃敗仗，傷亡嚴重，兵員短缺，連官吏也在應徵之列，買馬備車，準備出發。這披示了戰爭的慘烈，暗示出不知多少生命，葬送在兵燹之中。結末一句，怨憤而不能控訴，不敢言說，只能默默地祈禱祝福，又揭露了政治的黑暗，社會的壓抑。歌謠語言質樸，具有強烈的批判寫實特色。

桓靈時童謠

《後漢書》曰：桓帝之世，更相濫舉，人為之謠。

舉秀才❶，不知書。舉孝廉❷，父別居❸。寒素❹清白濁如泥，（音涅。）高第良將怯如黽❺。（音滅。）

【注　釋】❶秀才　才華秀異者，漢朝定為科目之名。❷孝廉　漢朝制度，郡國舉孝廉。孝指孝順父母，廉指廉潔。❸別居　分居。❹寒素　家境清貧。❺高第良將怯如黽　第，宅。黽，蛙的一種。

【語　譯】被舉薦做了秀才的人，不知詩書為何物。被舉薦做了孝廉的人，父親一人另外住。標榜清貧純潔卻是汙濁如泥，高門良將膽怯恰如田雞。

【研　析】《抱朴子・審舉》說：東漢靈、獻之世，宦官用事，群奸秉權，危害忠良。臺閣失選用於上，州郡輕貢舉於下。夫選用失於上，則牧守非其人矣；貢舉輕於下，則秀、孝不得賢矣。故時人為此歌，蓋疾之甚也。此為本歌謠產生的社會背景。秀才當是才華出眾，然其不知詩書；孝廉本當孝順，然父親自個生活；標榜清貧純潔，卻最為汙濁；高門良將，卻膽小如蛙。歌謠以名與實的背道而馳，巨大落差，鮮明的對比，娓娓道來，無須多說，已成絕妙辛辣的諷刺。社會的黑暗混亂，政治用人制度的敗壞，盡在不言之中。

城上烏童謠

《後漢書・五行志》曰：桓帝初京師童謠。按此刺為政之貪也。「車班班，入河間」，言桓帝將崩，乘輿入河間迎靈帝也。「河間姹女工數錢」以下，靈帝既立，其母永樂太后好聚金錢，教靈帝賣官受錢。天下忠義之士，欲擊懸鼓以陳。而大吏既怒，無如何也。

城上烏，尾畢逋❶。公❷為吏，子為徒❸。一徒死，百乘車。車班班❹，入河間❺。河間姹女工數錢❻，以錢為室金為堂。石上慊慊❼舂黃粱。粱下有懸鼓❽，我欲擊之丞相怒。

歌謠領其大意，不必字字歸著。與其穿鑿，毋甯闕疑。

【注釋】❶尾畢逋　畢，盡。逋，亡。❷公　翁，指父。❸徒　眾從者。❹班班　車行聲。❺河間　諸侯國故治，在今河北河間。❻河間姹女工數錢　姹女，少女。工，巧於。數，計算。❼慊慊　石上舂粱聲。❽懸鼓　封建衙門外懸掛的為百姓聲冤敲擊的鼓。

【語　譯】城牆上落隻烏鴉，尾巴羽毛脫盡。老子做了官吏，兒子相從仕途。一位官員死去，百乘車輛出動。車行隆隆聲響，走進河間侯國。河間少女善數錢，修造居室黃金飾廳堂。石上舂著黃粱聲慊慊。梁下大鼓安然掛，我要敲擊丞相怒擋攔。

【研　析】本歌謠見《後漢書・五行志》，是一首諷刺貪政之歌。首句至「百乘車」為第一層。首二句起興。「公為吏」四句，以父子相承，父子為官，寫官僚制度的腐敗；一官死而百車出動寫官吏奢靡。「車班班」至「以錢為室金為堂」為第二層，有說謂桓帝將崩，乘輿入河間迎靈帝，姹女寫永樂太后好斂錢財，「工數錢」，「以錢為室金為堂」，諷刺奢靡與聚斂搜刮之意明顯。「石上」以下為第三層。「石上」句起興。百姓於官吏之貪斂興起怨憤，但衙門外懸掛的鳴冤鼓卻無非擺擺樣子，丞相的發怒，說明了不會有人去為百姓伸張正義。形式上，以頂針實現內容的轉換，饒有新意。內容上，充滿了強烈的批判精神，是一首寫實主義的作品。

靈帝末京都童謠

《後漢書・五行志》曰：靈帝之末，京都童謠。○獻帝初立，未有爵號，為中常侍段珪等所執，公卿百官，皆隨其後，到河上乃得還。此為非侯非王上北邙者也。

侯非侯，王非王，千乘萬騎上北邙❶。

【注　釋】❶北邙　山名，在洛陽東北。

【語　譯】侯也不是侯，王也不是王，千車萬馬一起上北邙。

【研　析】這是一首具有史詩性質的童謠。記載說，當時獻帝初立，尚未登基，被中常侍段珪所執，公卿百官隨從其後，到河上乃得還。童謠反映的正是這一動盪反常的歷史事變。三句十三個字，寫盡了漢末的混亂，政局的板蕩，歷史的鬧劇。

丁令威歌

《搜神記》：遼東城門有華表柱，忽有一白鶴集柱頭，時有少年欲射之，鶴乃飛，徘徊空中而言云。

有鳥有鳥丁令威❶，去家❷千歲今來歸。城郭如故人民非，何不學仙冢纍纍。

【注　釋】❶丁令威　傳說為漢朝遼東仙人，在靈虛山學道成仙，後化鶴歸來，落於城門華表柱上，有少年欲射之，乃為此歌。❷去家　離家。

【語　譯】有隻鳥兒名叫丁令威，離家千年今又回。城郭依然人已非，為何不去學仙卻要變成墳墓一堆堆。

【研　析】這首歌謠在瑰麗的神話故事中，表現了一種人生如夢，學仙以求長生的思想。只有動亂年代，朝不保夕，人命如草，人們纔會萌生出這種虛無而無奈的渴望。歌謠首二句為一層，寫成仙了的丁令威的逍遙。後二句為一層，以丁令威所見所感，彰示著俗世凡人的悲慘可憐，點出求仙的主題。歌以鳥言人語，既構思奇詭，讓鳥來指點人生，也更顯出人的可悲與值得同情。

蘇耽歌

《神仙傳》：蘇耽仙去後，一鶴降郡屋，久而不去。郡僚子弟彈之，鶴乃舉足畫屋，若書字焉。其辭云云。

鄉原❶一別，重來事非。甲子❷不記，陵谷遷移❸。白骨蔽野，青山舊時。翹足❹高屋，下見群兒。我是蘇仙，彈我何為？翻身雲外，卻返吾居。

連上首，應是後人擬作。詞有可取，取之。

【注　釋】❶鄉原　鄉土；故鄉。❷甲子　泛指歲月。❸陵谷遷移　《詩經・小雅・十月之交》：「高岸為谷，深谷為陵。」喻世事變化之大。❹翹足　舉足。

【語　譯】家鄉一別，再來事全非。歲月都不記，陵谷已變遷。白骨蓋原野，青山仍舊時。舉足落高屋，向下看見群小兒。我是從前那蘇仙，用彈打我為什麼？騰飛雲霄外，回轉我家室。

【研　析】晉人葛洪《神仙傳》記載，蘇耽為蘇仙公，桂陽人，成仙而去。後有白鶴止郡城東北樓上，人或挾彈彈之，乃以爪攫樓板，似漆書。歌謠表現了滄海桑田人生如夢的感慨。蘇耽仙去，待到回來，青山依舊在，白骨蔽原野，世事巨變，一切都面目全非，自己認識家鄉，但家鄉的人早忘記了他的存在，以彈相向，行同陌路，此也流露出人生虛無的思想。「翻身雲外，卻返吾居」，還是忘懷時世，去做仙人為好。神仙之歌及遊仙之歌，總隱約有種無奈，無非是對缺陷之現實的一種補充而已。

卷五

魏詩

武帝

孟德詩猶是漢音。子桓以下，純乎魏響。○沈雄俊爽，時露霸氣。

短歌行

言當及時為樂也。

對酒當❶歌，人生幾何？譬如朝露，去日苦多❷。慨當以慷❸，幽思❹難忘。何以解憂，惟有杜康❺。青青子衿，悠悠我心❻。但為君❼故，沉吟❽至今。呦呦鹿鳴，食野之苹。我有嘉賓，鼓瑟吹笙❾。明明如月，何時可掇❿？憂從中來，不可斷絕。越陌度阡⓫，枉用相存⓬。契闊談讌⓭，心念舊恩⓮。月明星稀，烏鵲南飛。繞樹三匝⓯，何枝可依⓰？山不厭高，海不厭深⓱。周公吐哺，天下歸心⓲。

「月明星稀」四句，喻客子無所依托。「山不厭高」四句，言王者不卻眾庶，故能成其大也。

【注釋】❶當　同「對」。❷去日苦多　去日，逝去的日子。苦，患。❸慨當以慷　即當慨以慷，謂定當感慨萬端。❹幽思　深隱之思。❺杜康　相傳發明造酒的人，這裡為酒的代稱。❻青青子衿二句　語出《詩經・鄭風・子衿》。青衿，周代學子的服裝。子，代詞你。悠悠，情思綿綿。兩句引成句表達對賢才的思念。❼君　指所思慕之賢人。❽沉吟　低吟深思。❾呦呦鹿鳴四句　語本《詩經・小雅・鹿鳴》。呦呦，鹿鳴聲。苹，一種艾蒿。瑟，古代彈撥樂器名。笙，竹管吹奏樂器名。四成句表達招納賢才的熱情。❿掇　採拾。⓫越陌度阡　謂賢才遠道而來。阡、陌均是田間小路。⓬枉用相存　枉，謙辭，猶屈駕。存，存視。⓭契闊談讌　契，投合。闊，疏遠。這裡為偏義複詞，偏用契義。談讌，談心宴飲。⓮舊恩　舊日情誼。⓯匝　周。⓰依　依棲。⓱山不厭高二句　語本《管子・形勢解》：「海不辭水，故能成其大；山不辭土石，故能成其高。明主不厭人，故能成其眾。」⓲周公吐哺二句　《史記・魯周公世家》周公旦自謂：「然我一沐三捉髮，一飯三吐哺，起以待士，猶恐失天下之賢人。」哺，口中咀嚼的食物。歸心，真心歸順。

【語譯】飲酒還要把歌聽，人生壽命有多少？正如早晨那露水，逝去的時日總太多。歌聲激越慨又慷，深隱的思慮難忘懷。憑啥消解心中憂，惟有美酒名杜康。你那青衿讀書人，綿綿相思繫我心。只為你的緣故啊，低吟深思直到今。呦呦是那鹿鳴聲，啃食田野青蒿苹。我有嘉賓來宴會，奏起瑟來又吹笙。皎潔正如天上月，什麼時候可採掇？憂愁從那心中生，綿綿不能將它絕。越陌度阡遠道來，枉勞各位相存問。宴飲投契把心交，心心念叨舊情恩。月色明亮星稀疏，烏雀聲聲向南飛。繞著大樹飛三周，哪根枝條可依棲？高山不會自嫌高，大海不會滿於深。周公一飯三吐哺，天下英才盡歸心。

【研　析】曹操（西元一五五年—二二〇年），字孟德，小字阿瞞。東漢沛國譙縣（今安徽亳縣）人。東漢末年舉孝廉，任洛陽北部尉、頓丘令，後拜騎都尉。在軍閥割據混戰中，勢力逐漸壯大。建安元年（西元一九六年）迎獻帝定都許昌，拜司空，封武平侯。建安十三年拜丞相。赤壁之戰後與孫權、劉備形成三國鼎立局面。詩歌創作慷慨悲涼。其作品有今人整理《曹操集》行世。〈短歌行〉屬於樂府〈相和歌．平調曲〉。短歌與長歌相對，因樂聲長短而區分。本詩抒發了人生苦短，渴慕賢才，希望建功立業的情志。詩分四層。首八句為一層，表達了人生短暫的苦悶。「青青子衿」以下八句為第二層，兩引《詩經》成句，表達了求賢若渴的心情，及求之既得以後，奉若上賓，賓主相得的情景。「明明如月」以下八句為第三層，既以明月不能採掇，寫詩人無法斷絕的苦悶；又懸設賢達才士不遠千里，前來相就，分別照應前兩層內容。最後八句為第四層，以烏雀南飛，繞樹擇枝依棲，寫天下人才擇主而事；以山不滿足太高、海不滿足太深為比，以周公自比，寫自己對天下才士的渴慕，對成就大業的期望。後三層也詮釋了首層詩人人生苦短的內涵，詩人的苦悶，是雄心壯志與人生短暫的矛盾形成的苦悶，他要做一番驚天動地的事業，時間卻如白駒過隙，匆匆而去，這是時不我待的苦惱，是積極而非消極灰色的哀歎。因了這層內涵，詩歌蒼茫悲涼，便成千古絕調，是一首情真意切，催人奮進的不朽佳作。

觀滄海

東臨碣石❶，以觀滄海。水何澹澹❷，山島竦峙❸。樹木叢生，百草豐茂。秋風蕭瑟，洪波❹湧起。日月之行，若出其中；星漢❺燦爛，若出其裡。幸甚至哉，歌以詠志❻。

有吞吐宇宙氣象。

【注釋】❶碣石　山名，在河北昌黎北，或說在東亭西南，今已沉沒海中。❷澹澹　水波蕩漾貌。❸竦峙　聳立。❹洪波　巨浪。❺星漢　銀河。❻幸甚至哉二句　此為合樂時所加，與正文無涉。以下幾首同。

【語譯】凱旋登臨碣石山，藉此眺望煙波海。水波何其浩淼樣，山中之島高偉岸。樹木蓊鬱叢生彼，綠草如茵頗豐茂。秋風蕭蕭聲過耳，巨浪滔天堆湧起。太陽月亮在運行，就像出沒於其中；銀河璀璨綿無際，就像出沒於其裡。慶幸難用言語表，唱首歌來抒情志。

【研　析】本詩乃〈步出夏門行〉組詩之一首，〈觀滄海〉為本篇小題。〈步出夏門行〉又名〈隴西行〉，屬〈相和歌・瑟調曲〉。夏門，漢朝洛陽城北西頭城門，魏晉時名大夏門。曹操這組詩，是「借古樂府寫時事」，內容與樂府舊題無涉。詩作於建安十二年（西元二〇七年）北征烏桓凱旋途中，抒寫了詩人雄偉壯闊的胸懷。首二句開門見山，點出登山觀海。「水何」四句，即寫放眼望去，眼中所見：煙波浩淼，沒有際涯；山島聳立，草木繁盛，生機無限。「秋風」二句，進一步寫秋風中大海的壯闊博大。「日月」四句，乃詩人由壯闊之大海所生的聯想。在詩人看來，她足以包容宇宙，吞吐天下，日月、星漢，都運行於其中，出沒於其裡，她是那樣的博大浩瀚。在這裡，大海已經傾注進詩人的感情，成了一種象徵，喻示著詩人橫絕一世的胸懷，表達著詩人的豪情壯志。沈德潛謂其「有吞吐宇宙氣象」，可謂中的。以全詩狀自然山水，在中國詩史上，前此並不多見。

土不同

鄉土不同，河朔隆寒❶。流澌❷浮漂，舟船行難。錐不入地❸，蘴藾❹深奧。水竭不流❺，冰堅可蹈❻。士隱者貧❼，勇俠輕非❽。心常歎怨，戚戚多悲。幸甚至哉，歌以詠志。

即好勇疾貧亂也之意，寫得蒼勁蕭瑟。

【注釋】❶河朔隆寒 河朔，古代泛稱黃河以北。隆寒，嚴冬。❷流澌 漂浮流動的冰塊。❸錐不入地 謂地面凍得堅硬，錐扎不進。❹蘴籟 當作「蘴藾」。蘴，蔓菁。藾，蔭庇；收藏。謂將蔓菁深藏於地窖之中。❺水竭不流 指河床冰凍水不流淌。❻蹈 踏。❼士隱者貧 謂河朔之士憂慮的是貧瘠。隱，憂患。❽勇俠輕非 勇俠，勇於為俠。輕非，輕於為非。

【語 譯】地域不同氣候有別，河北地帶隆冬嚴寒。冰凌漂浮成塊流動，舟船行進分外艱難。大地封凍錐扎不進，儲藏蔓菁地窖不淺。河流凍結水不流淌，冰凍堅硬可以走踏。有識之士憂患貧寒，勇猛任俠輕易作亂。心中常常悲歎抱怨，憂愁哀傷多生悲切。慶幸難用言語表達，唱首歌來抒發情志。

【研 析】這首詩也為〈步出夏門行〉之一章，小題為〈土不同〉，或作〈河朔寒〉，所寫為河北氣候及剽悍民風。首二句總寫，點出河北風土不同，氣候嚴寒。「流澌」六句，具體描寫其地之嚴寒情狀：河裡漂浮著冰塊，行舟渡船十分艱難；大地冰凍，賴以度冬的蔓菁深深藏在地窖之中；甚至有些地方，河水因冰凍，已經斷流，河上都可以來回步行。正是因了這惡劣的生存環境，形成了剽悍的民風，百姓活人不易，也便容易鋌而走險。「士隱」以下四句，寫有識之士的悲歎憂患，也何嘗不是有志於天下的曹操的擔憂！王夫之《古詩評選》謂「筆銛墨采，所在皆可寓志」，正謂此也。蒼勁蕭瑟，為本詩的評。

龜雖壽

神龜❶雖壽，猶有竟❷時。騰蛇❸成霧，終為土灰。老驥伏櫪❹，志在千里。烈士❺暮年，壯心不已。盈縮之期❻，不獨在天。養怡❼之福，可得永年。幸甚至哉，歌以詠志。

「盈縮之期，不獨在天」，言己可造命也。○曹公四言，於《三百篇》外，自開奇響。

【注釋】❶神龜　傳說龜長壽，可活三千歲，古人以其為長壽的象徵。❷竟　完結。❸騰蛇　傳說中能與龍一樣飛騰的神蛇，飛時騰雲駕霧。《韓非子・難勢》曰：「飛龍乘雲，騰蛇遊霧。」❹老驥伏櫪　驥，千里馬。櫪，馬廄。❺烈士　志在建功立業的人。❻盈縮之期　指壽命的長短。盈，滿；長。縮，短。❼養怡　調養而心志平和。

【語譯】傳說的神龜儘管長壽，尚且還有生命的盡頭。騰蛇飛起能駕雲霧，終有一日化成土灰。衰老的駿馬臥在馬廄，志向遠大馳騁千里。英雄壯士縱然晚年，雄心壯志不會止息。生命的期限有一定時，不全取決上蒼老天。善於調養能致福惠，可以贏得延長天年。慶幸難用言語表達，唱首歌來抒發情志。

【研析】本詩也為〈步出夏門行〉之一章，〈龜雖壽〉為其小題。寫作本詩時，曹操已是五十三歲過了半百之年，詩歌表達的正是他雖垂暮年，仍然雄心不減，胸懷建功立業大志。詩前四句以神龜長壽有竟時及騰蛇神變猶成灰雙比，寫生命終有了結之日。「老驥伏櫪」四句，筆鋒一轉，寫生命雖然有限，但有志之老驥，志向不衰，雄心不減，有志之士，壯心不已，這纔是積極進取的人生，有意義的人生。「盈縮」四句，進一層講，即便人之壽命，亦非全由天定，善能調養，也可延長。詩人之豪邁慷慨，凌雲壯志，充盈流溢於字裡行間，令人振奮鼓舞，感奮激動。

薤　露

惟漢二十世❶，所任誠不良❷。沐猴而冠帶❸，知❹小而謀彊。猶豫不敢斷，因狩執君王❺。白虹為貫日❻，己亦先受殃❼。賊臣執國柄❽，殺主滅宇京❾。蕩覆帝基業，宗廟以燔❿喪。播越西遷移⓫，號泣而且行。瞻彼洛城郭，微子⓬為哀傷。

此指何進召董卓事，漢末實錄也。

【注　釋】❶惟漢二十世　惟，句首語氣詞。二十世，乃舉成數，漢自高祖劉邦至靈帝劉宏計二十二世。❷所任誠不良　靈帝中平元年（西元一八四年）用何進為大將軍，靈帝亡而進擅權，為除宦官招董卓，釀成後患。❸沐猴而冠帶　《史記・項羽本紀》：「人言楚人沐猴而冠耳，果然。」沐猴即獼猴，指何進徒有人樣而無人的智慧德行。❹知　智。❺因狩執君王　指宦官張讓、段珪逼迫少帝及陳留王出奔小平津一事。狩，本指冬獵。❻白虹為貫日　古人認為這是一種凶險天象，以為這象徵人間將有災變或兇殘的事情發生。這裡指少帝被殺。❼己亦先受殃　指光熹元年（西元一八九年）八月何進被殺，在少帝被殺之前。❽賊臣執國柄　中平六年（西元一八九年）九月董卓殺何太后，自為太尉，十一月為相國，專國柄。❾宇

京 指東漢都城洛陽。❿燔 焚燒。⓫播越西遷移 初平元年（西元一九〇年）春，董卓放火焚燒洛陽宗廟人家，強迫百姓西遷入關，遷都長安。播越，遷徙流離。⓬微子 商紂王庶兄，名啟，封於微。《尚書大傳》載，其於商亡後過殷墟，見宮室毀壞，長滿禾黍，感慨作〈麥秀〉之歌，抒寫亡國之痛。這裡乃詩人以微子自比。

【語 譯】漢朝江山二十又二代，所用之人真正非良善。像那獼猴戴著帽子且繫帶，智量短淺卻要謀強權。猶豫猥瑣當斷不敢斷，造成君王被挾離京去逃難。白虹橫貫去把太陽來侵犯，自身先已遭殃掉腦袋。奸臣當道把這國家大權專，殺了君主火燒京城爛。傾覆帝家基業一瞬間，宗室祖廟被火燒成炭。流離遷徙朝廷百姓都搬遷，生靈塗炭悲淒號哭一路喊。看那京城洛陽廢墟一大片，像那微子的我啊悲切興哀歎。

【研 析】本篇屬於〈相和歌・相和曲〉，〈薤露〉本辭乃輓歌，曹操此作乃用樂府舊題寫時事。「漢末實錄」，為本篇最大特徵，稱其為一篇史詩，恰如其分。詩前八句為一層，寫東漢末年朝廷所用匪人，何進沐猴衣冠，才智短淺，卻奢望做大事，謀大權，結果計謀不密，自身被宦官所殺，少帝及陳留王被擄出京，一場動亂由此而興。「誠不良」、「沐猴而冠帶」、「知小謀彊」等等，顯然融進了詩人的評價，或稱之堪為史論，不無道理。「賊臣」以下，則寫董卓作亂，殺帝逼宮，焚燒洛陽，遷都長安，生靈塗炭，此同樣為歷史寫實。而董卓禍害，也何進所致。正是他為殺宦官，招來了賊臣董卓，纔直接導致了這天下板蕩擾攘、漢祚傾覆的局面出現，所以後半段雖寫董卓，仍為進一步闡釋上一段所謂的用人不良。末二句寫詩人目睹舊京廢墟所興悲歎，表達了其於國事民瘼的關懷。悲涼慷慨，在本詩中也為基本格調。

蒿里行

關東有義士，興兵討群凶❶。初期會盟津❷，乃心在咸陽❸。軍合力不齊❹，躊躇而雁行❺。勢利使人爭，嗣還自相戕❻。淮南弟稱號❼，刻璽於北方❽。鎧甲生蟣蝨❾，萬姓以死亡。白骨露於野，千里無雞鳴。生民百遺一，念之斷人腸。此指本初、公路輩討董卓而不能成功也。○借古樂府寫時事，始於曹公。

【注釋】❶關東有義士二句　關東，指函谷關以東。義士，忠義之士，指起兵討伐董卓的眾將領。獻帝初平元年（西元一九〇年）春，關東州郡起兵討伐董卓，公推渤海太守袁紹為盟主。❷初期會盟津　初期，最初的願望。會，盟會。盟津，地名，即孟津（今河南孟縣南），相傳武王伐紂在此會盟並渡黃河，故稱盟津。這裡比喻眾諸侯亦如當年之周武王伐紂。❸乃心在咸陽　乃，代指義士。咸陽，秦朝故都。這裡比喻討卓大軍如當年滅秦的劉邦、項羽。❹齊　一致。❺躊躇而雁行　躊躇，猶豫不前。雁行，本指並行有序，這裡指互相觀望，不肯前進。❻嗣還自相戕　嗣還，此後不久。戕，殺害。❼淮南弟稱號　指袁紹從弟袁術在安徽壽春稱帝。❽刻璽於北方　指初平二年（西元一九一年）袁紹謀立幽州牧劉虞為帝，為之刻印事。璽，皇帝用的玉印。❾鎧甲生蟣蝨　指連年征戰，將士久不解甲，身上滿是蝨卵。

【語譯】關東一幫忠勇義士，起兵討伐奸臣賊子。最初願望大會盟津，他們希望能克咸陽。軍隊聚合卻不協力，躊躇不進無人前行。計較勢利相互爭鬥，隨後不久自相殘殺。弟弟淮南稱帝立號，哥哥北方刻印立王。兵不解甲蝨子滿身，生靈塗炭流離死傷。荒野白骨無人安葬，千里荒原雞聲不聞。活著的人百中剩一，想到此景令人斷腸。

【研析】本詩屬於〈相和歌辭・相和曲〉，亦樂府舊題而製新詞，反映的是時事現實。詩歌所寫，同樣是東漢末年的一段重大史實。董卓作亂，袁紹等關東將領興兵討伐，可謂正義之師，師出有名。首二句即寫此事。關東將領志在鋤奸去惡，如周公伐紂，劉邦、項羽滅秦，志向宏大正氣。此三、四兩句所言。「軍合」以下六句，則抨擊批判了眾人各懷私心，爭權奪利，開始觀望不前，終於刀槍火併，弟弟稱帝，哥哥立王，一場正義的事業，就此土崩瓦解。「鎧甲」四句，寫軍閥混戰，狼煙四起，戰爭不絕，所給戰士百姓帶來的深重苦難，給社會造成的毀滅性破壞。結末二句，表達了詩人對此慘烈情景，所生的悲憫情懷。詩歌純用白描，然雄健的筆力，使其入木三分地畫出軍閥們的自私齷齪，也真切地反映出了百姓遭受的災難，的是一篇傑出的史詩。

苦寒行

北上太行山❶，艱哉何巍巍！羊腸坂詰屈❷，車輪為之摧。樹木何蕭瑟！北風聲正悲。熊羆對我蹲，虎豹夾路啼。谿谷❸少人民，雪落何霏霏❹！延頸❺長歎息，遠行多所懷❻。我心何怫鬱❼，思欲一東歸❽。水深橋梁絕，中路❾正徘徊。迷惑失故路，薄暮無宿棲❿。行行日已遠，人馬同時飢。擔囊行取薪⓫，斧冰持作糜⓬。悲彼〈東山〉詩⓭，悠悠使我哀。

【注釋】❶太行山　這裡指河內（今河南沁陽北）的太行山，曹操征討高幹時經此。❷羊腸坂詰屈　羊腸坂，地名，位於今山西壺關東南。詰屈，蜿蜒崎嶇。❸谿谷　溪澗山谷。❹霏霏　雪密貌。❺延頸　伸長脖子。❻懷　掛牽。❼怫鬱　心情憂鬱。❽東歸　曹操家鄉在沛國譙縣，懷故鄉思欲東歸。❾中路　中途。❿薄暮無宿棲　薄暮，臨近傍晚。宿棲，部隊宿營。⓫擔囊行取薪　指背著行囊去取薪為炊。⓬斧冰持作糜　言鑿冰為粥。斧，名詞活用作動詞。糜，粥。⓭東山詩　《詩經・豳風・東山》，寫征人還鄉之思，詩句頗哀感動人。

【語譯】出兵北征登上太行山，道途艱難何等高峻險！羊腸坂崎嶇多盤旋，車輪顛簸毀壞難完全。風吹樹木蕭瑟何淒涼！北風呼嘯聲音正嗚咽。熊羆當路面對我蹲身，虎豹咆哮道路兩邊攔。溪澗山谷稀見有百姓，大雪紛紛何其迷人眼！伸著脖子顧盼長歎氣，遠征行軍心中多掛念。我心何其憂愁不舒展，想念家鄉希望早歸還。河流水深橋樑已斷絕，半道難進心中多顧瞻。迷路失去來時舊道途，臨近傍晚無處宿營寨。走啊走啊一天更比一天遠，人饑馬餓同時受熬煎。擔著行囊去把柴薪砍，揮斧鑿冰取水煮稀飯。〈東山〉詩作令人生悲感，無盡憂思讓人愈哀怨。

【研　析】本篇屬〈相和歌・清調曲〉，《樂府解題》謂為曹操所創。詩作於建安十一年（西元二〇六年）曹操帥軍北征途中。當時袁紹之甥高幹叛亂，「執上黨太守，舉兵壺關口」，曹操從鄴城（今河北臨漳西）出兵征討。首四句寫太行山中道路崎嶇難行，車輪為摧，足見其坎坷多艱。「樹木」六句，寫苦寒驚險，不僅寒風呼嘯，雨雪紛紛，人煙稀少，而且熊羆擋道，虎豹出沒，環境極其惡劣凶險。「延頸」四句，抒發懷鄉思歸之情。「水深」四句，寫迷失道路之苦。「行行」四句，就人饑馬餓，擔囊取薪，鑿冰作粥，復轉寫苦寒。結末二句，以所謂的周公〈東山〉詩，既以周公自寓，寫其用兵之不得已，也表現出對將士的體恤關切。詩歌融抒情、寫景、敘事為一體，情寓景寓事，格調高古，蒼涼悲壯。

卻東西門行

鴻雁出塞北，乃在無人鄉。舉翅萬里餘，行止自成行。冬節食南稻，
春日復北翔。田中有轉蓬❶，隨風遠飄揚。長與故根絕，萬歲不相當❷。
奈何此征夫❸，安得去四方❹？戎馬不解鞍，鎧甲不離傍。冉冉老將至，
何時返故鄉？神龍藏深泉，猛獸步高岡。狐死歸首丘❺，故鄉安可忘？

【注　釋】❶轉蓬　菊科植物，蓬花球狀，隨風飄蕩旋轉。❷當　遭逢。❸征夫　行旅中人。❹去四方　離開四方飄零的生活，回到家鄉。❺首丘　傳說狐狸將死，其頭必朝向洞穴所在的山丘，比喻對故鄉的懷念。

【語　譯】大雁從塞北飛出，離開荒無人煙的鄉土。展翅翱翔萬里餘，飛行停落均成行。冬季南飛吃稻穀，春來又再回北方。田野飄轉蓬花團，隨風簸蕩遠飄揚。長久離開所生根，萬年時間難遇上。無奈我等行旅人，如何纔能辭四方？征戰馬兒鞍難解，鎧甲不離在身旁。不知不覺年將老，什麼時候回故鄉？神龍藏身在深泉，猛獸走到高岡上。狐狸將死首朝丘，故鄉親人哪能忘？

【研　析】本篇屬〈相和歌・瑟調曲〉，〈東西門行〉乃合樂府〈東門行〉、〈西門行〉的調子，〈卻東西門行〉又其變調。詩寫征夫思鄉之情。首六句，以鴻雁家在塞北，雖然冬去，還有春來，反面起興。「田中」四句，以轉蓬久別本根，隨風播揚，不復相見，再正面作興。「奈何」六句，承此寫出征的將士，戎馬倥傯，轉戰四方，曠日持久，雖老之將至，尚不能還鄉，表達了對家鄉的懷念，對無休無歇征戰的厭倦，對實現和平及歸還故鄉的渴望。末四句，以神龍在淵，猛獸在岡，狐死守丘，動物各得其所，留戀家鄉，寄寓著征夫的不能忘懷故鄉，包含著人不如獸的悲慨。慷慨悲涼，讀之令人盪氣迴腸，有懷鄉詩之深情，無一般懷鄉詩之低迷。

文帝

子桓詩有文士氣，一變乃父悲壯之習矣。要其便娟婉約，能移人情。

短歌行

仰瞻❶帷幕，俯察几筵❷。其物如故，其人不存。神靈倏忽❸，棄我遐遷❹。靡瞻靡恃❺，泣涕漣漣。呦呦遊鹿，銜草鳴麑❻。翩翩飛鳥，挾子巢棲。我獨孤煢❼，懷此百離❽。憂心孔疚❾，莫我能知。人亦有言：「憂令人老。」嗟我白髮，生一何早！長吟永歎，懷我聖考❿。曰仁者壽⓫，胡不是保？此思親之作。

【注釋】❶瞻　仰視。❷筵　竹席。❸倏忽　迅疾。❹遐遷　遠離。❺靡瞻靡恃　語本《詩經・小雅・小弁》：「靡瞻匪父，靡依匪母。」靡，無。瞻，尊仰。恃，依靠。❻鳴麑　呼喚小鹿。❼孤煢　孤單無依。❽離　通「罹」。憂。❾憂心孔疚　語本《詩經・小雅・采薇》：「憂心孔疚，我行不來。」孔，很。疚，痛。❿聖考　指曹操。父死稱考。⓫仁者壽　《論語・雍也》：「知者樂，仁者壽。」

【語譯】抬頭仰視帳幔，低頭審視几席。所有東西如舊，人卻已經不在。神靈逝去迅疾，拋棄我而遠去。失去父親依靠，淚水零落不斷。游走的鹿兒呦呦，銜著美草喚崽。振翅翱翔的鳥兒，挾子築巢樹枝。獨有我身孤零，心中許多憂愁。憂傷慟不欲生，無人能知我痛。前人曾經有話：「憂傷令人衰老。」歎傷頭上白髮，生長何其太早！長長沉吟歎息，懷念亡故父尊。有說仁者能壽，為何不能壽考？

【研析】曹丕（西元一八七年—二二六年），字子桓，曹操次子，廢漢獻帝稱帝，國號魏，即魏文帝。著名文論家、詩人。詩以深婉細緻見長。有《魏文帝集》。本詩屬〈相和歌辭・平調曲〉。詩乃悼亡思親之作。首四句就物是人非，物在人亡說起。「神靈」四句，化用《詩經》中語，點出父親亡故，失所倚靠，心中悲切。「呦呦」四句，以母鹿銜草喚子，母鳥挈雛築巢，借動物舐犢之愛，天倫之樂，烘托自己喪父孤苦。「我獨」八句，正寫其喪父失親之痛，傷心悲痛，而至於白髮早生。末四句再寫對父親的懷念。曹丕此作，傷親之亡，亦情真意切，但似乎總不及乃父言情之沉鬱渾厚，渾然天成。沈德潛謂：「孟德詩猶是漢音，子桓以下，純乎魏響。」不無道理。

善哉行

上山採薇❶，薄暮苦饑。谿谷多風，霜露沾衣。野雉群雊❷，猴猿相追。還望故鄉，鬱何壘壘❸。平聲。高山有崖，林木有枝❹。憂來無方，人莫之知。人生如寄，多憂何為？今我不樂，歲月如馳❺。湯湯❻川流，中有行舟。隨波迴轉，有似客遊。策我良馬，被我輕裘。載馳載驅❼，聊以忘憂。

此詩客遊之感，憂來無方，寫憂劇深。末指客遊似行舟，反以行舟似客遊言之，措語既工復活。

【注　釋】❶采薇　《詩經・小雅》有〈采薇〉篇，寫戍卒之苦。薇，野豌豆，可食。❷雊　野雞鳴叫聲。❸鬱何壘壘　鬱，茂密貌。何，語助詞。壘壘，重疊貌，指高山林木而言。❹枝　諧下文「知」。❺今我不樂二句　語本《詩經・唐風・蟋蟀》：「今我不樂，日月其邁。」❻湯湯　水流不歇貌。❼載馳載驅　語出《詩經・鄘風・載馳》：「載馳載驅，歸唁衛侯。」

【語　譯】攀上山去把薇採，傍晚時分患饑餓。溪澗山谷惡風多，霜露之水濕衣裳。野雞群聚齊啼鳴，猿猴嬉戲相追逐。回頭遙望故鄉地，山上樹木鬱蔥蔥。高山上邊有山崖，林中樹木各有枝。憂愁滋生無邊際，所思那人不能知。人生就如旅寄客，憂愁太多為什麼？現在我心不歡樂，歲月流逝不吝嗇。湯湯河中急水流，水面有那蕩行舟。隨著波浪打旋轉，恰似行人外鄉遊。鞭打我的千里馬，穿上我的輕裘衣。驅使馬兒快快跑，暫時忘卻心中憂。

【研　析】本詩屬〈相和歌辭・瑟調曲〉，寫旅客懷鄉之思。首四句寫客遊之苦。採薇苦饑，寫生活上貧苦；山谷風寒，冰霜露水，寓意精神上孤獨冷落。「野雉」四句，由山景自然而來，又由山雞、猿猴的成雙捉對，呼朋引類，相互追逐，你歡我愛，想起故鄉親人。但鄉關何在，山上鬱鬱蔥蔥的林木遮住了望眼，遊子何其失望乃爾！山高樹繁，「高山」四句，復由此興感。山有崖，樹有枝，人所共見共知，但自己客地無窮的煩惱憂愁，有誰能知呢？遠方的親人，又知道自己深重的思戀嗎？「人生」四句，就「憂」字說起，宕開一筆，似乎想開，人生如行客，去日苦多，不樂而憂，的確沒有道理。「湯湯」四句，由歲月流逝，說到河水之流，流中泛舟，舟隨波轉，正如遊子。不說遊客似舟，卻說舟行似客，逆筆而寫，既妙趣橫生，又境界大開。結末四句，寫忘憂行樂之舉，鞭駿馬，著輕裘，但「聊以忘憂」，又透露出徹底解脫之難，思鄉懷親之情，終無法擺脫。王夫之《古詩評選》稱此詩：「微風遠韻，映帶人心於哀樂，非子桓其孰得哉？但此已空千古。陶、韋能清其所清，而不能清其所濁，未可許以嗣響。」在四言詩的流變史中，本篇的為名篇佳什。

雜詩

漫漫秋夜長，烈烈❶北風涼。展轉不能寐，披衣起彷徨。彷徨忽已久，
白露沾我裳。俯視清水波，仰看明月光。天漢迴西流❷，三五❸正縱橫。
草蟲鳴何悲，孤雁獨南翔。鬱鬱多悲思，綿綿思故鄉。願飛安得翼，欲

濟河無梁。向風長歎息，斷絕我中腸。

【注釋】❶烈烈　風勢強勁貌。❷天漢迴西流　銀河轉向正西，表示夜深。❸三五　星星稀疏貌。

【語譯】秋夜漫漫何其長，北風烈烈天氣涼。輾轉反側難入眠，披上衣裳起徘徊。不覺徘徊時已久，白露打濕我衣裳。低頭看那池中水，抬頭遙望明月光。銀河迴轉指向西，點點星星不成行。草中蟲鳴何其悲，孤雁一隻朝南翔。心中憂愁倍感傷，思緒無盡想故鄉。想要飛起哪得翅，想要渡河沒橋樑。對著北風長歎氣，胸中欲斷是柔腸。

【研析】以「雜詩」標題，初見《文選》所錄，乃實題之詩。本詩乃擬樂府之作，寫遊子思歸之情。首四句為一層，交代時間、季候、人物，漫漫秋夜，蕭蕭北風聲裡，孤獨的遊子，輾轉難以入睡，於是披衣而起，來到戶外。「彷徨」以下八句，寫遊子戶外度步所見。「已久」點出其來到室外時間已長；白露沾裳暗示天氣寒涼。許是露濕衣裳，讓思緒紛紛的遊子驚醒，旁邊的一池清水引起了他的注意。清水碧波，映著寒冷的月亮，又使他不由得舉首望天：寒月當空，星星稀疏，銀河西指，夜已很晚很晚了。靜闃寒冷的夜裡，不時傳來的秋蟲悲鳴聲，還有那失群的孤雁劃過長空留下的嘹嚦聲，使孤寂的寒夜更顯淒涼，遊子竟感覺自己就是這失群的孤雁，孤單無助，孤寂落寞。「鬱鬱」二句，點出思鄉懷人，乃全詩中心所在。「願飛」以下，敘說難歸的愁苦。陳祚明《采菽堂古詩選》謂：「魏文帝詩如西子捧心，俯首不答，而回眸動盼，無非可憐之緒。傾國傾城，在絕世佳人，本無意動人，人自不能定情耳。」本詩便具有這樣的特點。

西北有浮雲，亭亭如車蓋❶。惜哉時不遇❷，適與飄風❸會。吹我東南行，行行至吳會❹。吳會非我鄉，安得久留滯？棄置勿復陳❺，客子❻常畏人。二詩以自然為宗，言外有無窮悲感。

【注釋】❶亭亭如車蓋　亭亭，高遠孤立貌。車蓋，古時車上撐立的傘蓋。❷時不遇　不遇時；不得機會。❸飄風　暴風。❹吳會　分指吳郡和會稽，在今蘇南、浙北一帶。❺棄置勿復陳　謂放置一邊不要再說了。❻客子　客居異鄉的人。

【語譯】西北天空有浮雲，亭亭孤立如車蓋。可惜未能遇良機，偏偏卻遭暴風吹。吹我直往東南行，走著走著到吳會。吳會不是我故鄉，哪能在此久留居？拋擲一旁不提它，遊子在外多忌諱。

【研析】本詩亦寫遊子思鄉之情。詩以浮雲比漂泊的遊子，浮雲的孤立，喻遊子的孤獨無依。浮雲的遭暴風所吹，喻遊子的不能自主，飄零的無奈。「行行至吳會」，行行，表明遊子漂泊已久；吳會，乃其目今客居之地。「吳會非我鄉」二句，點出懷鄉思親之旨，反問一句，更顯出其流離他鄉的無奈。結末二句，「棄置勿復陳」，不是因為想開，而是因為「客子常畏人」，客地舉目無親，人心隔肚皮，不願說，不便說，遊子的孤苦，愈令人同情。詩歌構思巧妙，抒情婉轉，體貼入微，有餘音裊裊之緻。

至廣陵於馬上作

《魏志》：黃初六年，幸廣陵故城，臨江觀兵，戎卒十餘萬，旌旗數百里，因於馬上作詩。

觀兵臨江水，水流何湯湯。戈矛成山林，玄甲❶耀日光。猛將懷暴怒，膽氣正縱橫❷。誰云江水廣，一葦可以航❸。不戰屈敵鹵❹，戢兵❺稱賢良。古公宅岐邑，實始翦殷商❻。孟獻營虎牢，鄭人懼稽顙❼。充國（平聲。）務耕殖，先零（音憐。）自破亡❽。興農淮泗間，築室都徐方❾。量宜運權略，六軍咸悅康❿。豈如〈東山〉詩⓫，悠悠多憂傷。（本難飛渡，卻云一葦可航，此勉強之詞也。然命意使事，居然獨勝。）

【注釋】❶玄甲　鐵甲。❷縱橫　張揚奔放。❸誰云江水廣二句　語本《詩經・衛風・河廣》：「誰謂河廣，一葦杭之。」葦，指葦草紮成的筏子。❹鹵　通「虜」。❺戢兵　息兵；停止軍事行動。❻古公宅岐邑二句　古公，即古公亶父，古代周族的領袖，周文王的祖父，原居豳，率族人遷徙岐山（今陝西岐山東北），築城郭，設官吏，墾田耕作，周遂強盛。❼孟獻營虎牢二句　《左傳》記載，襄公二年，晉國伐鄭，魯卿孟獻子（仲孫蔑）獻計，於虎牢築城防以逼鄭，終使鄭國不戰而屈。稽顙，古代一種跪拜禮節，屈膝下跪，額觸地，表極度虔誠。❽充國務耕殖二句　《漢書・趙充國傳》載，宣帝朝名將趙充國，鎮守邊關，其罷騎兵，合萬人屯田，使先零（羌人的一支）失其盤踞之所，不戰而亂，歸順漢朝。❾興農淮泗間二句　淮泗，淮水、泗水的合稱。徐方，指徐州。❿量宜運權略二句　量宜，權衡；度量；斟酌機宜。權略，謀略。悅康，歡欣愉悅。⓫東山詩　《詩經・豳風》篇名，寫戍卒還鄉之情。

【語　譯】長江之濱大閱軍，長江流水何滾滾。戈矛叢聚如山林，鎧甲耀日閃金輝。勇猛將士胸懷憤，氣勢張揚如長虹。誰說江水太寬廣，一葉扁舟便能航。不戰能讓敵虜屈，休兵最堪稱賢良。古公遷徙家岐邑，實已開始滅殷商。孟獻籌劃虎牢關，鄭國懼怕來歸降。充國從事耕與織，先零自己已滅亡。發起農耕淮泗間，修築宮室在徐方。斟酌機宜運謀略，六軍振奮皆心賞。哪裡似那〈東山〉詩，綿綿無盡多憂傷。

【研　析】本詩或題〈廣陵觀兵〉，乃黃初六年（西元二二五年）十月，身為魏文帝的曹丕幸臨廣陵，在對抗孫吳的前線長江之濱閱兵而作。這首詩，在曹丕慣寫的遊子、思婦、男女柔情之外，給我們展現了另一副筆墨。詩前八句為一層，以宏大的氣勢，渲染了江濱閱兵的場面。滾滾不盡咆哮奔騰的長江流水，是閱兵場面的一個鋪墊、陪襯。戈矛如山林，鎧甲耀日光，猛士氣如虹，長江能飛渡，氣壯如山，勝券在握，有吞吐山河之氣概，視平吳直如等閒。「不戰」以下八句，為第二層。《孫子》曰：「故善用兵者，屈人之兵而非戰也。」兵者，不得已而用之。「不戰」二句，表明了曹丕所推賞的，也正是這一思想。所以，這兩句筆鋒一轉，詩人寫了不戰而屈敵國的「賢良」如古公亶父、孟獻子、趙充國，如數家珍，一一開列，表示著他的欽敬。「興農」以下六句，為最後一層。對照先賢，寫自己在淮、泗流域興農，徐州修建宮室，運籌決策，亦不戰屈敵的實施。也因為有此仁人之心，所以將士同心戮力，同仇敵愾，有大無畏的鬥志，他們效忠魏室，也不復有〈東山〉戍卒的淒苦，曹丕也覺得自己雖較周公，尚可勝之。詩歌氣勢沉雄，境界闊大，有雄渾之美。

寡婦

友人阮元瑜早亡，傷其妻寡居，為作是詩。

霜露紛兮交❶下，木葉落兮淒淒❷。候雁❸叫兮雲中，歸燕翩❹兮徘徊。妾心感兮惆悵，白日忽兮西頹。守長夜兮思君，魂一夕兮九乖❺。悵延佇❻兮仰視，星月隨兮天迴❼。徒引領兮入房，竊自憐兮孤栖。願從君兮終沒，愁何可兮久懷？

潘岳〈寡婦賦・序〉曰：「阮瑀既沒，魏文悼之，並命知舊作〈寡婦〉之賦。」指是篇也。

【注　釋】❶交　並。❷木葉落兮淒淒　木葉，樹葉。淒淒，寒涼貌。❸候雁　雁為候鳥，春分後飛回北方，秋分後飛往南方。❹翩　翻飛貌。❺乖　離別；乖違。❻延佇　久立。❼天迴　天旋；天轉。

【語　譯】冰霜白露紛紛並降，樹葉飄落蕭瑟寒涼。候雁鳴叫雲中響亮，燕子歸來翻飛盤桓。

我心感觸惆悵愁苦，太陽匆匆向西墜落。獨守長夜懷念夫君，一夜魂魄離殼多次。惆悵久立抬頭仰望，星星月亮隨天轉移。隻身伸頸返回房中，私下哀憐孤身獨宿。希望隨君死葬地下，怎能憂愁久久懷思？

【研　析】據小序稱，本詩乃曹丕因友人阮元瑜早喪，感傷其妻寡居而作。從詩的內容來看，曹丕竟是代寡婦而作思夫之詩。首四句寫晚秋季候景致：霜露交下，樹葉零落，候鳥南飛，燕子徘徊。蕭瑟的晚秋之景，最易令人生懷人之思，這四句便描寫一副惆悵懷人的背景。「妾心」八句，寡婦正由此深秋蒼涼的景致，觸景生情，想起了孤苦的自身。獨守空房，最怕漫漫長夜，白天偏偏如此易逝，似乎匆匆之間，太陽就已經落山。「魂一夕兮九乖」，對丈夫的刻骨懷念，寡婦根本不可能穩睡。「悵延」二句，說明她不知什麼時候，已經來到了院中。久久的仰望星空，揭示著寡婦的孤寂，百無聊賴，心有所思，有什麼期盼。但終於她還是回到了不願回的空房，孤孤單單的獨守。結末二句，以愁不堪久，願從地下，進一步表達了寡婦對亡夫銘心的懷戀，其情之深，志之貞，盡含其中，婉曲而深摯。

燕歌行

《廣題》曰：燕，地名，言良人從役於燕，而為此曲。

秋風蕭瑟天氣涼，草木搖落露為霜。群燕辭歸雁南翔，念君客遊思斷腸。慊慊❶思歸戀故鄉，何為淹留❷寄他方？賤妾煢煢❸守空房，憂來思君不敢忘，不覺淚下霑衣裳。援琴鳴絃發清商❹，短歌微吟不能長❺。明月皎皎照我牀，星漢西流夜未央❻。牽牛織女❼遙相望，爾獨何辜限河梁❽？

和柔巽順之意，讀之油然相感。節奏之妙，不可思議。○句句用韻，掩抑徘徊，「短歌微吟不能長」，恰似自言其詩。

【注　釋】❶慊慊　怨恨不滿，若有所失貌。❷淹留　滯留。❸煢煢　孤獨貌。❹援琴鳴絃發清商　援，拿過來。清商，曲調名，音節短促。❺短歌微吟不能長　謂感傷哽咽只能低吟微唱清商曲這短促的樂調。❻星漢西流夜未央　星漢西流，銀河西轉，表示夜已深。央，盡。❼牽牛織女　二星名。❽爾獨何辜限河梁　爾，代詞，指牛郎、織女。何辜，何故。河梁，河上橋樑。傳說牛、女隔天河而居，只有在每年七月七日，烏鵲為他們搭橋，纔能相會。

【語　譯】蕭瑟秋風中天氣轉涼，草木凋殘飄落白露成霜。群燕離去大雁向南飛翔，懷念遠遊在外之人使人斷腸。悵然若失思念歸來戀著故鄉，因為什麼長期滯留漂泊異鄉？小女子形單影隻獨守空房，思念夫君憂從中來不能相忘，不知不覺淚水零落沾濕衣裳。拿琴過來彈撥琴弦奏曲清商，無法長歌且奏短歌低吟微唱。月光皎潔銀輝遍灑照我床上，銀河西轉夜色既深尚未天亮。牽牛織女含情脈脈遙遠相望，究竟為何偏要被這橋樑將你們阻擋？

【研　析】〈燕歌行〉屬於〈相和歌辭．平調曲〉，曹丕此作凡二首，本篇乃第一首。詩寫思婦思夫之情。首四句寫深秋之景，前二句化用宋玉〈九辯〉中名句。秋風蕭瑟，天氣轉涼，草木凋零，白露為霜，燕子歸去，大雁南飛，在淒涼的氛圍裡，思婦由燕子大雁的歸去，想起了遠遊在外，久未歸來的夫君。「慊慊」二句乃思婦揣度之詞，她覺得丈夫同樣懷一腔相思，深深地思念著故鄉親人，但他為什麼滯留異鄉，久久不歸呢？「賤妾」五句，抒寫思婦孤寂難奈，銘心刻骨的相思，淚沾裳，不能長歌發清商，都見出其相思感傷的非同一般。「明月」四句，難以入眠的思婦來到了室外，徘徊了許久，她盼著天亮，借天上牛郎、織女睽隔，發出了強烈的控訴，憑什麼隔離他們，使他們不能常常相會呢？詩歌清麗宛轉，纏綿悱惻，哀怨動人，王夫之《古詩評選》謂其「傾情，傾度，傾色，傾聲，古今無兩」，並非溢美。

甄后

塘上行

蒲❶生我池中，其葉何離離❷。傍能行仁義❸，莫若妾自知。眾口鑠黃金❹，使君生別離。念君去我時❺，獨愁常苦悲。想見君顏色❻，感結❼傷心脾。念君常苦悲，夜夜不能寐。莫以賢豪❽故，弃捐素所愛。莫以魚肉賤，弃捐蔥與薤❾。莫以麻枲❿賤，弃捐菅與蒯⓫。出亦復苦愁，入亦復苦愁。邊地⑫多悲風，樹木何翛翛⑬！從軍致獨樂，延年壽千秋⑭。末路反用說開。漢人樂府，往往有之。

【注　釋】❶蒲　水生植物，即蒲草，又名香蒲。❷離離　繁盛貌。❸傍能行仁義　言旁人以為蒲草承受著仁義恩澤。❹眾口鑠黃金　語本《國語‧周語》引古諺：「眾心成城，眾口鑠金。」鑠，熔化。❺念君去我時　念，想起。去，離開。❻顏色　容顏。❼感結　傷感鬱結。❽賢豪　賢良豪放。❾薤　一種似蔥的蔬菜。❿麻枲　即枲麻，大麻之雄株只開雄花，不結果。⓫菅與蒯　菅，一種生長在南方的草，可擰繩。蒯，叢生在水邊的一種草，可編席。⓬邊地　指北部邊疆。⓭翛翛　寒風吹樹聲。⓮千秋　喻長壽。

【語　譯】蒲草長我池水中，葉子生得何其盛。旁人以為沾德澤，沒有比我知更深。眾人之口熔金屬，使您捨我長別離。想您離開我時候，獨自愁苦常悲戚。想到您的容顏時，憂愁鬱結心脾裂。想起您來常悲切，夜夜愁思睡不著。別以豪放賢良故，拋棄平素所歡愛。別以魚肉價格賤，拋棄連同蔥和薤。別以雄麻不值錢，拋棄連同菅和蒯。出門也自苦憂愁，進門也自苦悲愁。邊疆風惡聲淒惻，刮得樹木何蕭瑟！從軍遠去求快活，望您長壽千秋樂。

【研　析】甄后（西元一八二年—二二一年），中山無極（今河北無極西）人。先嫁袁紹次子袁熙，曹操滅袁紹，太子曹丕納為夫人。生明帝曹叡。黃初二年被讒賜死。明帝朝追封為文昭皇后。這首〈塘上行〉，據說為其臨終之作。詩即抒寫其遭讒被廢後的心緒。首六句以蒲草生長池中，比喻眾人曾受我恩澤，施恩的我，對此再清楚不過。然今日受惠於我的那些人，卻忘恩負義，不僅背叛了我，且讒言詆毀，使夫君離我而去。不平之氣，溢於辭表。「念君」以下六句，言分手時及夫君去後自己的眷戀思念，萬般愁苦哀傷，分三層來寫，極顯其悽楚哀感。「莫以」六句，規諫語，望夫君回心轉意語。不要因為稱賢豪，捨棄自己的所愛；不要因魚肉便宜，拋棄了燒魚的蔥薤；不要因雄麻賤，棄置了同類的菅和蒯，缺點雖有，但素常裡的好處更多，希望夫君別忘記了我曾有的賢德。「出亦」六句，是關切語，祝福語。寫自己無時不思念著夫君，邊地苦寒，風物蕭瑟，望您保重，快樂長壽。詩歌不無哀怨，卻多有眷戀思念，關切祝福，所謂「敦厚得體」，於其身分遭遇若合符節。

明帝

種瓜篇

種瓜東井上，冉冉❶自踰垣。與君新為婚，瓜葛❷相結連。寄託不肖❸軀，有如倚太山。兔絲無根株，蔓延自登緣❹。萍藻託清流，常恐身不全。被蒙丘山惠❺，賤妾執拳拳❻。天日照知之，想君亦俱然。

【注 釋】❶冉冉 蔓延生長貌。❷瓜葛 瓜與葛，皆蔓生植物，這裡比喻夫妻。❸不肖 自謙之辭，不賢慧。❹緣 攀緣。❺被蒙丘山惠 謂沾溉重若山丘一樣的恩惠。被蒙，承受。❻拳拳 不捨貌。

【語 譯】東井一邊種著瓜，生長攀附爬牆上。和君新近結成婚，如同瓜葛相牽連。寄託卑賤的身軀，有如倚靠在大山。兔絲草兒沒枝幹，蔓延倚靠自攀緣。萍藻寄託清水上，常常擔心遭毀殘。沾溉山丘一般恩，卑身心中牢記全。蒼天白日能照見，想來君心更了然。

【研 析】三國魏明帝曹叡（西元二〇五年—二三九年），字元仲，曹丕太子。黃初七年（西元二二六年）曹丕去世後嗣位登基，在位十三年。擅樂府。詩集已經散佚，今人編《先秦漢魏晉南北朝詩》錄其詩十八首。這是一首言情詩，代新婚婦而作。首六句為一層，以種瓜瓜藤攀緣上牆為比，言其與夫新婚；又以瓜葛牽連，寫其夫婦和睦恩愛；復以倚大山為比，表示對丈夫的倚賴感恩。「兔絲」四句，以兔絲無本幹，蔓延而生，喻女子柔弱，得倚靠方能成長；復以萍藻寄身清流，常恐身體受毀，喻自己託身於人，心中惴惴。末四句再表感恩，拳拳不忘，以己度人，揣度丈夫也如自己一樣忠貞重情，揣度中也露心怯不安。詩歌展示心理細膩委婉，真切深刻地揭示了舊時代婦女命運的可憐可悲。

曹植

子建詩五色相宣，八音朗暢，使才而不矜才，用博而不逞博，蘇、李以下，故推大家，仲宣、公幹烏可執金鼓而抗顏行也？

朔風詩

仰彼朔風❶，用懷魏都❷。願騁代馬❸，倏忽北徂❹。凱風永至❺，思彼蠻方❻。願隨越鳥❼，翻飛南翔。

四氣代謝❽，懸景（景同影。）運周❾。別如俯仰，脫若三秋❿。昔我初遷⓫，朱華未希⓬。今我旋止⓭，素雪云飛⓮。

俯降千仞⓯，仰登天阻⓰。風飄蓬飛，載離⓱寒暑。千仞易陟，天阻可越。昔我同袍⓲，今永乖別。

子好芳草，豈忘爾貽⓳？繁華⓴將茂，秋霜悴之㉑。君不垂眷，豈云㉒其誠？秋蘭可喻，桂樹冬榮㉓。

絃歌蕩思㉔，誰與消憂？臨川暮思，何㉕為汎舟？豈無和樂㉖，遊非我鄰㉗。誰忘汎舟，愧無榜人㉘。言君雖不垂眷，而己豈得不言其誠乎？故下接「秋蘭」云云。結意和平夷愉，詩中正則。

【注釋】❶仰彼朔風　仰，發語詞。朔風，北風。❷用懷魏都　用，因。魏都，指魏之故都鄴城，曹操葬於此處。❸願騁代馬　古詩有「代馬依北風」句。代馬，代郡所產之馬。❹徂　往。❺凱風永至　凱風，南風。永，遠。❻蠻方　指吳國。❼願隨越鳥　古詩有「越鳥巢南枝」句。越鳥，越國所產之鳥。❽四氣代謝　四氣，四季。代謝，交替。❾懸景運周　懸景，指日月。運周，周而復始運行。❿脫若三秋　脫，忽然。三秋，三季，言其多。⓫初遷　指徙封浚儀（今河南開封北）。⓬希　即「稀」，指殘落。⓭旋止　歸來。止，語尾助詞，無意義。⓮素雪云飛　素，白。云，語助詞。⓯千仞　言其深。⓰天阻　言其高。⓱載離　載，語助詞。離，遭。⓲同袍　這裡指兄弟。⓳子好芳草二句　子、爾，均代指魏明帝。芳草，喻忠愛之心。⓴繁華　繁花。㉑秋霜悴之　秋霜，喻指小人。悴，枯萎。㉒云　旋；改。㉓秋蘭可喻二句　謂己心可比蘭桂，永不改其芳香榮華。㉔蕩思　蕩滌憂思。㉕何　誰。㉖和樂　和歌；共同唱歌。㉗遊非我鄰　遊，交遊。鄰，志同道合者。㉘榜人　操舟之人。

【語譯】那凜冽呼嘯的北風，因而令人懷念故都。希望馳騁代郡之馬，閃電一般向北奔馳。和煦南風遠處吹來，想起那未伏的荒蠻南國。希望隨同飛翔的越鳥，振翅翻飛向南行去。

四季依次順序更替，太陽月亮周而復始。辭別好像俯仰之間，忽然竟如已歷三季。想我往昔新遷浚儀，花開豔麗尚未疏稀。今日我又重新歸來，皚皚白雪飄飄飛舞。

一時如同降落深淵，一時如同登上天際。狂風捲起飄蓬旋轉，經歷遭遇嚴寒酷暑。千仞深淵容易攀涉，九天險阻能夠翻越。往昔我的同袍弟兄，今天永遠睽隔不遇。

你道喜歡芳香美草，難道忘記將它贈你？花團錦簇開得正盛，嚴酷秋霜將它殘毀。君王不能垂恩眷顧，難道改變心中赤誠？秋日蘭花可以為比，桂樹雖冬生長茂盛。

彈琴放歌滌蕩憂思，誰能為我消除憂愁？身臨河畔渴慕渡濟，誰人為我駕那舟楫？難道無人一起唱歌，交遊人中乏我同志。有誰能夠忘懷蕩舟，慚愧沒有撐船之人。

【研　析】曹植（西元一九二年—二三二年），字子建，曹操子。終封陳王，死謚思，世稱陳思王。少聰穎，以才學為曹操寵愛，曾欲立為太子。曹操死後，備受文帝曹丕及其子明帝猜忌，鬱鬱而終。其文學創作成就在建安文壇，堪稱翹楚。今存詩八十餘首，以五言成就最高。曹植在明帝朝，仍受排擠猜疑，太和元年（西元二二七年）徙封浚儀，次年又回雍丘（今河南杞縣），本詩正作於其回雍丘之時。詩歌表達的正是他這種遭朝廷猜疑，不被重用，流離遷徙，壯志難酬的愁苦之思。全詩凡五章。首章起「仰彼朔風」，迄「翻飛難翔」，用古詩典故，以代馬戀北風，抒寫其因北風而起對故都的懷念；又以南風、越鳥，表達其建功立業，滅吳而統一天下的壯志。「四氣代謝」迄「素雪云飛」為第二章，訴說其橫遭猜疑，輾轉遷徙，顛沛流離的愁苦，化用《詩經・小雅・采薇》：「昔我往矣，楊柳依依；今我來思，雨雪霏霏。」寫其流徙中間的悽愴之感。「俯降千仞」迄「今永乖別」為第三章，繼寫流離轉徙，以及更甚者被禁與弟兄往來，親情隔絕的悲哀。「子好芳草」迄「桂樹冬榮」為第四章，訴說衷懷，雖遭摧殘陷害，不改其忠，如秋蘭冬桂，不變其美質操守。「絃歌蕩思」以下為最後一章，抒寫著沒有知音，沒有同志，不被理解，壯志難伸的愁苦鬱悶。明人鍾惺《古詩歸》謂曹植詩「肝腸氣骨，時有塊磊處」，由本詩正可見其鬱鬱壘塊，耿耿氣骨。清王夫之《古詩評選》謂「四言惟此一篇如濯如刷，亭亭自將其精神」，也道出了其骨氣奇高的特點。

鰕䱇篇

䱇，同鱓，從旦不從且。他本誤作䱟，無此字也。

鰕䱇游潢潦❶，不知江海流。燕雀戲藩柴❷，安識鴻鵠遊？世士誠明性❸，大德固無儔❹。駕言登五嶽❺，然後小陵丘❻。俯觀上路人❼，勢利惟是謀。讎高念皇家❽，遠懷柔九州❾。撫劍而雷音❿，猛氣縱橫浮。汎泊徒嗷嗷⓫，誰知壯士憂？

【注釋】❶鰕䱇游潢潦　鰕，魚之一種，又名班魚，溪澗常見，長數寸。䱇，即黃鱔。潢潦，坑池中積水。❷藩柴　籬笆。❸世士誠明性　世士，有識之士。誠明性，真的明心見性。❹無儔　無雙。❺駕言登五嶽　駕言，駕車。言，語助詞。五嶽，泰山為東嶽，華山為西嶽，衡山為南嶽，恆山為北嶽，嵩山為中嶽，總稱五嶽。❻小陵丘　謂登過五嶽視天下眾山為小。陵丘，土山。❼上路人　喻指仕途上人，官場中人。❽讎高念皇家　謂享受極高的酬賞，應當繫念國家。讎，報酬。或作「高念翼皇家」。❾遠懷柔九州　遠懷，遠大的懷抱。柔，安撫。九州，〈禹貢〉稱冀、兗、青、徐、揚、荊、豫、梁、雍九州，代指全國。❿撫劍而雷音　撫劍，持劍。雷音，雷霆之聲。典出《莊子．說劍》：「諸侯之劍，以知勇士為鋒，以清廉士為鍔，以賢良士為脊……此劍一用，如雷霆之震也，四封之內無不賓服而聽君命者矣。」此乃諸侯之曹植自喻。⓫汎泊徒嗷嗷　汎泊，漂蕩不定，這裡乃指浮薄庸俗之輩。嗷嗷，吵叫；亂嚷。

【語　譯】班魚黃鱔游淺池，難知江海汪洋深。燕雀嬉戲籬笆上，哪裡了解鴻鵠翔？有志之士心性明，大德高智無比肩。駕車攀登五嶽上，以後天下眾山小。藐視仕途官場人，心中只為勢利愁。享受殊遇心繫國，志向遠大在全國。手中持劍作雷霆，意氣豪邁縱橫行。浮薄小人空叫喊，哪能知道壯士憂？

【研　析】本詩屬〈相和歌辭・平調曲〉，所謂「曹植擬〈長歌行〉為〈鰕䱇〉」（《樂府解題》），詩歌正是以長歌慷慨激烈的調子，抒寫著自己壯志難酬，缺乏知音同志的苦悶悲哀。明帝太和二年（西元二二八年），曹植上書朝廷，表達了不願為「禽息鳥視，終於白首」之「圈牢之養物」，希望能「乘危躡險，騁舟奮驪」，建功立業（〈求自試表〉），卻遭到朝廷上下的嗤笑。詩歌前四句，以游淺池的班魚黃鱔不知江海的深廣，遊戲籬笆上的燕雀不知鴻鵠的鵬程萬里，表現了對朝廷庸淺浮薄之人的憤怒。「世士」四句，以國士明性，道德高尚無比，遊歷五嶽，小天下眾山，自喻志存遠大，大音希聲，音高和寡。「俯觀」二句，表達的正是以居高臨下之勢，對庸碌的官場之輩惟權利是圖，不思建樹，眼光短淺，內心卑汙的不齒。「讎高」四句直抒其遠大志向宏偉抱負，心繫國事，懷遠九州，為諸侯之劍，威震天下，名揚四海。結末二句，照應開篇及篇中對小人的描寫，揭示了世上多嗷嗷庸碌之人，在骯髒的環境裡，志士仁人的宏圖大志，難以被人了解，無法實現的憂痛。詩歌以比興手法，化用典故，體現了慷慨多氣，壯懷激烈的藝術風格。

泰山梁甫行

八方各異氣❶，千里殊風雨。劇❷哉邊海民，寄身於草野❸。妻子象禽獸，行止依林阻❹。柴門何蕭條❺，狐兔翔我宇❻。

【注釋】❶八方各異氣　八方，指東、西、南、北、東南、東北、西南、西北八方。異氣，不同的氣候。❷劇　艱難；艱苦。❸寄身於草野　寄身，託身。草野，荒涼之地。❹行止依林阻　行止，出行與居止。依林阻，依山林險阻之地。❺柴門何蕭條　柴門，用荊條編的門。蕭條，冷落荒涼貌。❻翔我宇　翔，翱翔，指隨意出入往來。宇，屋簷；屋宇。

【語譯】八方氣候各自有差異，相隔千里風雨不相同。海濱百姓生活好艱難，託身寄居荒涼郊野外。老婆孩子禽獸般生活，起居活動險山莽林處。荊柴作門淒涼又荒寂，狐狸野兔屋簷任意竄。

【研析】本題屬〈相和歌辭・瑟調曲〉，原為輓歌，這裡是以舊題寫新辭，內容與曲調無關。詩歌反映的是邊海人民生活的艱難，表達了詩人深切的關心與同情。首二句以八方氣候殊異，千里之隔風雨互不相同寫起，有總領的作用。「劇哉」二句，點出八方中之一方，專寫邊海人民的生活。「劇哉」二字，以充滿感情的筆調，揭出其地百姓荒野中生活的艱難困苦。「妻子」

四句，進一步說明邊海百姓的艱難之況。依山林險要而居，表現其生活水平的低下；像禽獸，令人涕淚俱下，肝腸寸斷，這都是魏國的子民啊！柴門蕭條，狐兔出入，更寫其荒涼情態。詩歌在充滿憐憫同情的語言中，表現了曹植作為偉大的詩人，那種仁愛善良、正直寬厚的心懷。

箜篌引

置酒高殿上，親友從我遊❶。中廚❷辦豐膳，烹羊宰肥牛。秦箏何慷
慨❸，齊瑟和且柔❹。陽阿奏奇舞❺，京洛出名謳❻。樂飲過三爵❼，緩帶
傾庶羞❽。主稱千年壽❾，賓奉萬年酬❿。久要⓫不可忘，薄終義所尤⓬。
謙謙⓭君子德，磬折⓮欲何求。驚風⓯飄白日，光景⓰馳西流。盛時⓱不可
再，百年忽我遒。生存華屋⓲處，零落⓳歸山丘。先民⓴誰不死，知命復
何憂㉑？

【注　釋】❶遊　交遊往來。❷中廚　廚中。❸秦箏何慷慨　箏為古代絃樂器名，戰國時期流行於秦地，故曰秦箏。慷慨，指音調激昂清越。❹齊瑟和且柔　瑟為古代絃樂器名，因流行齊國，故稱齊瑟。和且柔，指音調柔和。❺陽阿奏奇舞　陽阿，地名，位於今山西鳳臺西北。《漢書》稱趙飛燕微賤時屬陽阿公主，

習歌舞。❻京洛出名謳　京洛，洛京，指京都洛陽。名謳，唱洛陽出的名歌。❼爵　酒杯。❽緩帶傾庶羞　緩帶，寬衣解帶。傾，盡情吃喝。庶羞，多種美味。❾千年壽　或作「千金壽」，即以千金贈人祝其長壽。❿萬年酬　以萬壽作回敬的贈言。⓫久要　老友。《論語》：「久要不忘平生之言，亦可以為成人矣。」⓬薄終義所尤　謂友情始厚終薄乃道義不容。尤，責難。⓭謙謙　謙讓恭和貌。⓮磬折　彎著身如磬一樣，表示恭敬。磬，石製樂器，八形。⓯驚風　疾風。⓰光景　白日。⓱盛時　少壯年華。⓲華屋　豪華住宅。⓳零落　凋零墜落，指死亡。⓴先民　過去的人。㉑知命復何憂　語本《周易・繫辭上》：「樂天知命故不憂。」

【語　譯】擺酒高堂大殿上，親朋隨同我嬉遊。廚中辦下豐盛宴，烹煮羊肉殺肥牛。奏響秦箏何激昂，彈起齊瑟音和柔。奏起陽阿奇妙舞，唱起洛京著名歌。歡歡喜喜飲三杯，解帶盡情享珍饈。主人千金為贈酬，賓客頌主萬歲壽。故交舊友不可忘，終了薄情義不容。謙和是為君子操，如磬折腰無所求。疾風飄蕩逐白日，太陽奔馳向西走。少壯年華難再來，人生匆迫迫盡頭。居住生活於豪宅，死亡同樣歸山丘。既往的人們誰不死，了知天命又何憂？

【研　析】本詩屬〈相和歌辭・瑟調曲〉，乃以舊題寫新辭，與本辭無涉。詩歌敘宴飲之樂及由此而興人生感慨。前十二句為敘述，描寫宴會繁華熱鬧。設宴高殿，賓朋滿座，寫其王侯高尚門第；豐盛的膳食，羊肉肥牛，寫其宴席齊整；秦箏齊瑟，陽阿舞，京洛謳，寫其聲樂之盛；「樂飲」兩句，寫賓客之樂，曲寫宴席的豪華；「主稱」兩句，賓客相互祝福，再寫宴席之樂。「久要」以下轉入議論。「久要」四句，承上友朋宴樂，由「友」字說起，論朋友貴義，君子貴謙，始厚終薄有悖道義，君子謙恭並非私心有求。「驚風」二句，筆鋒突轉，以下由樂寫憂：疾風裡白日匆匆墜西，時光流逝，年輕少壯不再，生命一天天走向終結，活的時候縱然高堂華屋，死後一樣歸於山丘，一抔黃土。結末二句，筆鋒再轉，回應開頭：死是常理，為自然規律，凡人概莫能免，又有什麼值得憂愁呢？既知命不憂，盡情地享受生命，講究永恆的道義及君子操守，這些眼下的內容纔是最為重要的。於是，詩歌沒有陷入對生命無常的哀歎，不復有消沉低迷的意緒，而是具有了積極向上的精神。悲涼而慷慨，正是建安詩不同於東漢古詩的基本所在。

怨歌行

為君既不易，為臣良獨難。忠信事不顯❶，乃有（音又）見疑患。周公佐
成王❷，〈金縢〉功不刊❸。推心❹輔王室，二叔反流言❺。待罪居東國❻，
泫涕常流連❼。皇靈大動變❽，震雷風且寒。拔樹偃秋稼，天威不可干❾。
素服開金縢❿，感悟求其端。公旦事既顯，成王乃哀歎。吾欲竟此曲，此
曲悲且長。今日樂相樂，別後莫相忘⓫。「忠信事不顯」，言忠信之心，不欲人知也，如周公納祝詞於匱中之類。○末四句竟用成語，古人不忌。

【注　釋】❶顯　彰顯；被人知道。❷周公佐成王　周公旦，周武王之弟，姬姓，西周初年政治家，曾助武王滅商。武王死後，成王立而年幼，周公攝政，平管叔、蔡叔之亂，營建東都。❸金縢功不刊　金縢，《尚書》篇名。武王病篤，周公作策書告天祈代其死，事後策書被放置在金縢（金屬封口的櫃子）中。其後成王開櫃見此策書，知其忠誠。史官記其事為〈金縢〉篇。功不刊，功勳不可削除磨滅。❹推心　指忠誠懇摯。《漢書》有「推赤心置人腹」一語。推，移。❺二叔反流言　二叔，指管叔、蔡叔，均為周武王的弟弟，成王的叔叔。成王立，年幼，周公攝政，二人不服，乃謠言周公將不利於成王，並與武庚一起叛亂。❻待罪居東國　指周公因流言避居東都洛陽，至成王開金縢，始獲理解，並被迎回鎬京（今陝西長安西南）攝政。❼流連　涕淚不斷下流貌。❽皇靈大動變　指周公居東都之次年秋天，鎬京大風雷電，田禾刮倒。皇靈，蒼天。❾干　犯。❿素服開金縢　指災變中成王及群臣著祭天素服，虔誠而開金縢，翻看先人舊曆文檔。⓫吾欲竟此曲四句　為樂府歌辭中常用套語，內容與正文無涉，是為和樂所加。

【語　譯】身為帝王已不易，要做臣子實更難。忠心之事未彰顯，竟然發生被猜嫌。周公輔佐幫成王，〈金縢〉記功難磨刊。忠誠輔助周王室，管、蔡二叔造流言。驚懼待罪住東都，涕淚常常落不斷。蒼天變臉天象險，雷聲震怒大風寒。樹木拔起秋禾翻，上天威嚴不可犯。君臣虔誠開金縢，醒悟感慨知起緣。周公忠義事已顯，成王感歎生悲憫。我要唱完這支曲，這曲悲切辭甚長。今日相互都愉悅，分別以後別相忘。

【研　析】本詩屬〈相和歌辭・楚調曲〉，《技錄》、《樂府解題》以其為古辭，《太平御覽》引作古詩，《北堂書鈔》作魏文帝詩，《藝文類聚》、《文章正宗》、《樂府詩集》作曹植詩，曹植集亦載之，為曹植所作無疑。詩言忠而見疑，不易辯白，然終有被理解的時候。詩前四句即言忠誠卻遭猜疑，先從為君不易說起，以君陪臣，顯為臣的自己尤其不易。不易的體現，在於忠心耿耿，其事沒有彰顯，人不得知，更甚者遭到猜疑，有口難辯，鬱鬱心中。「周公」以下十四句，再以周公旦之遭遇比說。武王既死，成王繼立，因其年幼，為國家社稷考慮，周公攝政，料理天下。此卓著功勳，〈金縢〉記之歷歷，不可磨滅；此精誠赤心，天日可鑒，無絲毫隱曲，但因了管、蔡二叔出自私心的謠言誹謗，周公被疑，待罪東都。蒼天為之震怒，示以災變。成王君臣開金縢而知周公忠義，周公終獲理解。自身不便說，假周公說之；被猜疑的苦悶不能釋放，借周公以自我寬慰；周公的最終得到理解，是同樣身為皇叔的曹植所抱的最後一絲希望。詩歌妙用舊典，相和無間，表達心曲，婉曲蘊藉。蒙冤受屈，卻並不沉淪，堅信著有被理解的一天，可見詩人之骨氣精神。

名都篇

名都者，邯鄲、臨淄之類也，以刺時人騎射之妙，游騁之樂，而無憂國之心也。

名都多妖女❶，京洛出少年❷。寶劍直❸千金，被服❹麗且鮮。鬭雞❺東郊道，走馬長楸❻間。馳騁未能半，雙兔過我前。攬弓捷鳴鏑❼，長驅上南山。左挽因❽右發，一縱兩禽連❾。餘巧❿未及展，仰手接飛鳶⓫。觀者咸稱善，眾工歸我妍⓬。我歸宴平樂⓭，美酒斗十千⓮。膾鯉臇子兗切。胎鰕⑮，寒鼈炙熊蹯⑯。鳴儔嘯匹侶⑰，列坐竟長筵⑱。連翩擊鞠壤⑲，巧捷惟萬端。白日西南馳，光景不可攀⑳。雲散㉑還城邑，清晨復來還㉒。鄭玄《周禮注》曰：凡鳥獸未孕曰禽，不獨鳥也。〇〈名都〉、〈白馬〉二篇，敷陳藻彩，所謂修辭之章也。〇起句以妖女陪少年，乃客意也。

【注釋】❶名都多妖女　名都，郭茂倩《樂府詩集》稱「邯鄲、臨淄之類」，指知名都市。妖女，妖冶豔麗的歌女舞伎，泛稱樂伎。❷少年　指紈綺子弟。❸直　同「值」。❹被服　穿著。被，同「披」。❺鬬雞　以兩雞相鬥為娛樂，始於春秋時期，興盛於漢魏盛唐。❻長楸　道兩旁植楸樹，綿延無盡，故稱。❼捷鳴鏑　捷，抽取。鳴鏑，響箭。❽因　依；靠。❾一縱兩禽連　縱，放箭。兩禽，指雙兔。禽，古時對鳥獸的統稱。❿巧　技巧。⓫仰手接飛鳶　仰手，舉手向上。接飛鳶，迎頭射擊飛著的鷂鷹。⓬眾工歸我妍　眾工，指眾多善於騎射者。歸我妍，稱許我的射法精妙。⓭平樂　觀名，東漢明帝造樓臺，在洛陽西門外。⓮十千　極言酒之價貴。⓯膾鯉臇胎鰕　膾，細切。臇，澆以濃汁羹。胎鰕，有子的魵魚。⓰寒鼈炙熊蹯　寒，醬漬。炙，燒烤。熊蹯，熊掌。⓱鳴儔嘯匹侶　鳴、嘯，均指大呼小叫。儔、匹侶，同伴；朋輩。謂呼朋引類。⓲竟長筵　謂坐滿了長長的筵席。⓳連翩擊鞠壤　連翩，指花樣層出不窮。擊鞠壤，指擊鞠與擊壤，兩種遊戲。鞠為實心毛球，以腳蹴踏為戲。壤乃兩片木塊製成，隔三四十步而以其一擊另一。⑳攀　追攀。㉑雲散　謂客散如雲。㉒復來還　謂又來相聚遊戲取樂。

【語譯】知名都市多聚豔冶歌伎，京城洛陽多有豪奢少年。身上佩帶寶劍價值千金，衣飾穿著漂亮華麗光豔。鬥雞取樂東郊寬廣大道，楸樹夾道馳馬奔騰揚鞭。跑馬半晌尚且沒走一半，一對兔子撒歡跑到馬前。攬弓忙去抽取壺中響箭，遠追緊趕走著上了南山。左手挽弓右手順著放箭，一箭射出命中兩兔串連。多餘技巧儘管沒有伸展，迎頭射擊天空飛翔鷂鳶。周圍觀眾拍手一起稱讚，諸多射手一致推我精湛。我等歸來設筵平樂樓觀，席上美酒醇厚斗價便值十千。細切魚肉濃汁澆羹胎鰕來做餐，醬漬甲魚燒烤熊掌令人只覺垂涎。呼朋引類呼么喊六都去聚歡，賓朋入座盈盈一堂坐滿長筵。蹴鞠擊壤遊戲玩樂花樣翻出，機敏靈巧匪夷所思樣式萬般。不知不覺白日移轉西南，時光流逝看看將晚無法攀緣。風流少年如雲散盡回城中，明日清晨各位兄弟重再過來。

【研　析】本詩屬〈雜曲歌辭·齊瑟行〉，詩歌以一幫京城少年的日常生活片段，諷刺了他們的驕奢放浪，鬥雞走馬，空有一身技藝，於國無補的無聊空虛。開篇兩句，以名都妖女，對舉出京洛少年，京洛少年的意義，已被界定。「寶劍」二句，為第二句作解，千金寶劍，鮮麗服飾，貴家公子，紈綺子弟身分已定。「鬪雞」以下十二句，主要狀摹少年們射技精湛，箭術高妙，以一箭二兔，仰手射鳶，眾人稱善，眾公推戴數層表現，身手的敏捷不凡，活躍紙端，然以鬥雞領起，褒貶之意盡顯。「歸來」八句，寫歸來宴飲，豐盛的筵席，滿座的賓客，遊戲的熱鬧，以誇飾之筆，極寫其樂。結末四句，以白日西馳，歲月不居，遊樂之日復一日，詩人的看法盡寓其中，不作褒貶而褒貶自在，意味無窮。鍾榮《詩品》謂曹植詩作「辭彩華茂」，此詩頗能見其大端。

美女篇

美女者，以喻君子，言君子有美行，願得賢君而事之；若不遇時，雖見徵求，終不屈也。

美女妖且閑❶，採桑歧路間❷。柔條紛冉冉❸，落葉何翩翩！攘袖❹見素手，皓腕約金環❺。頭上金爵釵❻，腰佩翠琅玕❼。明珠交❽玉體，珊瑚間木難❾。羅衣何飄颻，輕裾隨風還❿。顧盼遺光彩，長嘯氣若蘭⓫。行徒用息駕⓬，休者⓭以忘餐。借問女安居，乃在城南端。青樓⓮臨大路，高門結重關⓯。容華耀朝日⓰，誰不希令顏⓱！媒氏何所營⓲？玉帛不時安⓳。佳人慕高義⓴，求賢良獨難㉑。眾人徒嗷嗷㉒，安知彼所觀㉓？盛年㉔處房室，中夜起長歎。

《南越志》曰：木難，金翅鳥沫所成碧色珠也。○「玉帛不時安」，安，定也。○篇中複二「難」字。○寫美女如見君子品節，此不專以華縟勝人。

【注釋】❶妖且閑　豔麗又幽靜嫻雅。❷歧路間　岔路口。❸冉冉　枝條擺動貌。❹攘袖　捋起袖子。❺皓腕約金環　皓，白膩。約，束；套。❻爵釵　即雀釵，雀形。爵，同「雀」。❼琅玕　似玉的美石。❽交　絡；交錯點綴。❾木難　古羅馬所產的一種碧色寶珠，傳說為金翅鳥唾液所成。❿輕裾隨風還　裾，衣襟。還，轉。⓫長嘯氣若蘭　嘯，這裡指吁氣。氣若蘭，言氣息芬芳。⓬行徒用息駕　行徒，行路人。

用，因。息駕，駐足不前。⓭休者　休息的人。⓮青樓　塗飾青漆的樓，漢魏六朝詩中常作女子居住的地方，與後世之青樓涵義不同。⓯重關　兩道閉門的橫木，謂其住在深宅大院。⓰容華耀朝日　謂其容顏如朝日般光輝照人。⓱希令顏　羨慕她的美貌。希，羨慕。令，美好。⓲媒氏何所營　媒氏，媒人。何所營，幹什麼去了。⓳玉帛不時安　玉帛，指珪璋束帛，古時行聘用的物品。不時，不及時。安，下定；送聘禮。⓴高義　道德高尚的人。㉑求賢良獨難　賢，賢士。良，很；實在。㉒嗷嗷　嚷嚷。㉓觀　看中的目標。㉔盛年　少壯年華。

【語　譯】美女豔麗又嫻雅，岔路道口去採桑。柔軟枝條紛紛擺，搖落葉子何紛繁！捋袖露出白嫩手，白膩手腕束金環。頭上插著金雀釵，腰間佩帶翠琅玕。明珠點綴如玉體，珊瑚間之以木難。綾羅衣裳何飄擺，輕薄衣襟隨風轉。顧盼眉目流光彩，長吁氣息芳如蘭。路上行人因止步，休息之人忘餐飯。請問靚妹家在哪？住在城的頂南端。臨近大路有青樓，高高大門雙層栓。神采如那朝日輝，有誰不慕美容顏！媒人整日幹些啥？珪璋玉帛失時安。美人欽慕高尚士，尋覓賢才的確難。眾人嚷嚷不著邊，哪知美人所賞讚？少壯年華尚未嫁，半夜難眠長哀歎。

【研　析】本詩屬〈雜曲歌辭・齊瑟行〉，乃詩人自製新曲。詩歌開篇二句，既寫女子的外美：豔麗；又寫其內美：嫻雅，總領全篇。第二句採桑岔道口，以女子外出，引起下文。「柔條」二句，以婀娜的枝條，宜人的景致，烘托女子的美麗。「攘袖」以下十句，極力鋪陳誇飾女子的服飾扮裝、氣質神韻之美，彰顯其高貴華美，不同凡俗。「行徒」四句，乃側面烘托，取法於民歌〈陌上桑〉，有別於直面寫其服飾神韻，以虛筆寫其光彩容顏，在行人、休者的反應中，突出了女子的驚豔美貌，既給人以想像空間，不落俗套，也很好地凸顯了形象。「借問」四句，從女子居所，具體寫其富貴。「容華」八句，寫女子未嫁待字，不在媒人失職，而在於其追求標準之高，曲高和寡。「媒氏」二句一問一答，眾人的嗷嗷紛雜，都襯托了女子的超凡脫俗。結末二句，以女子盛年待字，夜半長歎，寄寓才士不遇，空懷抱負之意。「骨氣奇高，詞采華茂，情兼雅怨」（鍾榮《詩品》），堪為本詩考評。

白馬篇

白馬者，言人當立功為國，不可念私也。

白馬飾金羈❶，連翩❷西北馳。借問誰家子？幽并❸遊俠兒。少小去鄉邑，揚聲沙漠垂❹。宿昔秉良弓❺，楛矢❻何參差。控弦破左的❼，右發摧月支❽。仰手接飛猱❾，俯身散馬蹄❿。狡捷過猴猿，勇剽若豹螭⓫。邊城多警急⓬，胡虜數遷移。羽檄⓭從北來，厲馬⓮登高隄。長驅蹈⓯匈奴，左顧凌鮮卑⓰。棄身鋒刃端，性命安可懷⓱？父母且不顧，何言子與妻？名編壯士籍⓲，不得中顧⓳私。捐軀赴國難⓴，視死忽㉑如歸。

【注釋】❶金羈　妝飾以黃金的馬絡頭。❷連翩　接連不斷。❸幽并　古代幽州、并州的並稱，兩漢時轄區約相當今河北、內蒙、山西及陝西部分地區，以產生遊俠人物著稱。❹揚聲沙漠垂　揚聲，揚名。垂，邊陲；邊疆地區。❺宿昔秉良弓　宿昔，一向。秉，持。❻楛矢　以楛木造的箭。❼控弦破左的　控弦，拉開弓。破，射碎。的，箭靶。❽月支　箭靶名。❾接飛猱　迎頭射擊飛來之猱。猱，猿類，體矮小，金色尾巴，輕捷，攀樹上下如飛。❿散馬蹄　散，打碎。馬蹄，箭靶名。⓫勇剽若豹螭　剽，輕疾。螭，似龍而色黃的一種動物。⓬警急　危急戰況。⓭羽檄　古代傳送軍事文書，上插羽毛，表示緊急。⓮厲馬　奮馬。⓯蹈　踐踏。⓰左顧凌鮮卑　左顧，回顧。凌，欺凌；進犯。鮮卑，少數民族，東胡種族，東漢末成為北方強族。⓱懷　顧及；念及。⓲籍　花名冊。⓳中顧　心中考慮。⓴赴國難　為國難而奔赴戰場。㉑忽　忽視；輕視。

【語　譯】白馬妝飾金絡頭，接連不斷奔西北。請問哪家少年郎？幽并地方遊俠兒。少小時候離開家，沙漠邊陲名聲揚。一向帶著精良弓，長短參差楛木箭。開弓擊破左手靶，右邊發箭毀月支。仰手迎射飛來猱，俯身彎弓碎馬蹄。輕捷矯健過猿猴，勇猛迅疾像豹螭。邊城警報好緊急，胡虜騷擾屢轉移。羽毛軍書北邊來，奮馬衝鋒上高隄。長驅直入踏匈奴，回顧直衝奔鮮卑。捨棄性命刀鋒口，身家生命哪顧憂？父母尚且不能想，何況妻子與兒女？姓名編在壯士冊，不可心中顧私情。捐棄身軀赴國難，視死輕如回趟家。

【研　析】本篇屬〈雜曲歌辭．齊瑟行〉，詩題又作〈遊俠篇〉。詩歌塑造了幽并遊俠少年形象，謳歌了他們豪俠勇猛、忠勇衛國、身赴國難、視死如歸的愛國精神。詩歌首二句以白馬連翩突起，意在突出，也領起全篇。未寫人而先寫馬，亦故用奇筆，在於引人矚目。「借問」四句，以問答句，補充介紹騎馬者的身分，這是一幫少小離家、建功立業、聲名赫赫的幽并遊俠。

「宿昔」八句，進一步對遊俠少年作具體描繪，寫其不凡的身手射技。但此一幫少年，卻不同於〈名都篇〉裡的紈綺子弟空有一身武藝，他們是獻身國家、忠誠國事、勇於衛國保家的英雄。「邊城」以下六句，正是對他們這種精神動業的刻劃。國家多事之秋，邊庭不寧，「胡虜」屢多騷擾，羽毛軍書雪片飛來，也恰是遊俠少年們建功之時。他們驍勇善戰，所向披靡，衝鋒陷陣，無往不克。最後八句，以飽滿的筆墨，熱情謳歌著他們捨身捨家為國，不顧小我，捐軀赴國難，視死如歸為國家的大無畏英雄主義氣概。詩歌詞采華茂，風骨慷慨，有詩人「乘危蹈險」、「騁舟奮驪」，渴望建功的影子在，謂其自況，信然。

聖皇篇

聖皇應曆數❶，正康帝道休❷。九州咸賓服❸，威德洞八幽❹。三公奏諸公❺，不得久淹留❻。藩位任至重，舊章咸率由❼。侍臣省文奏❽，陛下體❾仁慈。沉吟有愛戀，不忍聽可之。迫有官典憲❿，不得顧恩私⓫。諸王當就國⓬，璽綬何累縗⓭。便時舍外殿⓮，宮省⓯寂無人。主上增顧念，皇母⓰懷苦辛。何以為贈賜？傾府⓱竭寶珍。文錢⓲百億萬，采帛若煙雲⑲。乘輿服御物，錦羅與金銀。龍旂垂九旒⑳，羽蓋參班輪㉑。諸王自計念㉒，無功荷厚德。思一効筋力，糜軀㉓以報國。鴻臚擁節衛㉔，副使隨經營㉕。貴戚並出送，夾道交輜軿㉖。車服齊整設，韡燁曜天精㉗。武騎㉘衛前後，鼓吹簫笳聲。祖道魏東門㉙，淚下霑冠纓。攀蓋因內顧㉚，俛仰㉛慕同生。行行將日暮，何時還闕庭㉜！車輪為徘徊，四馬躊躇鳴。路人尚酸鼻，何況骨肉情。

處猜嫌疑貳之際，以執法歸臣下，以恩賜歸君上，此立言最得體處。王摩詰詩云：「執政方持法，明君無此心。」深得斯旨。○「何以為贈賜」一段，極形君賜之盛，若誇耀不絕口者，然其情愈悲矣。

【注釋】❶聖皇應曆數　聖皇，指魏文帝曹丕。曆數，古時稱帝王代天理民的順序。❷正康帝道休　正康，即政康，政治康泰清明。帝道，朝廷治道。休，美。❸咸賓服　咸，都。賓服，歸順。❹洞八幽　洞，達。八幽，八方幽隱之地。❺三公奏諸公　三公，在朝之三公，謂司徒、司空、太尉。諸公，眾藩王，指曹植及其弟兄曹彰、曹彪等。❻淹留　滯留。❼舊章咸率由　《詩經‧大雅‧假樂》：「不愆不忘，率由舊章。」率，循。由，從。舊章，舊法度。❽侍臣省文奏　侍臣，帝王侍從之臣。省文奏，省察文書而奏進。❾體　性。❿典憲　國家法制制度。⓫恩私　私情；恩情。⓬就國　去往封國。⓭累緤　連綴下垂貌。⓮便時舍外殿　便時，及時；當時。舍，居住。外殿，指封國王之宮殿。⓯宮省　指王宮。⓰皇母　指卞太后。⓱府　庫藏。⓲文錢　錢幣，以上刻所值文字，故稱。⓳若煙雲　形容其多。⓴龍旂垂九旒　龍旂，即龍旗，上繡龍形的旗子。旒，旗上飄帶。魏晉制度，皇帝用九旒，公用八旒，侯七旒，藩王用九旒，表示特別之恩寵。㉑羽蓋參班輪　羽蓋，鳥羽裝飾的車蓋。參，與。班輪，以朱漆塗畫的車輪。㉒計念　忖度。㉓糜軀　碎身。㉔鴻臚擁節衛　鴻臚，官名，掌管諸侯封拜及朝貢行禮贊導等職。擁節，手持節仗。㉕副使隨經營　副使，副職長官，指鴻臚卿。經營，照料。㉖輜軿　輜，重車。軿，輕車。婦人之車，因有屏蔽，亦稱軿。㉗韡爗曜天精　韡爗，光明盛美貌。曜，同「耀」。天精，太陽。㉘武騎　禁衛軍。㉙祖道魏東門　祖道，設宴路上送行。魏東門，魏國京都城東門。㉚攀蓋因內顧　攀蓋，攀住車蓋，表示留戀。內顧，回顧。㉛俛仰　進退之間。㉜闕庭　即闕廷，朝廷，借指京城。

【語　譯】聖明君王順應上天次序，政治太平朝廷政策休美。九州各地都來歸順臣服，龍威聖德遠達八方幽隱。朝廷三公奏稱眾位藩王，不得長久滯留京城不去。藩王職位責任至關重要，舊有法度都要服從遵循。朝廷近侍審查奏進文書，皇帝性情仁德而且慈悲。遲疑斟酌戀舊不忘友悌，心中不忍聽從並且認可。迫於為官規矩制度壓力，不能顧慮私情恩愛友誼。眾位藩王應該前往封地，王印官帶連綴下垂累累。當下就要前往外殿居住，王宮冷清寂寞蕭條無人。皇帝心中憑添懷念之情，太后心中傷感交雜五味。用啥東西作為賞賜禮物？傾盡庫藏拿出所有寶珍。賞給文錢達到百億萬數，華彩綢緞恰如雲煙一般。乘坐車子享有皇帝用度，錦緞綾羅還有金銀製作。龍旗垂下帝用九條飄帶，翠羽車蓋和那文采車輪。眾位藩王心中私下盤算，一無勳勞承受厚重德澤。希望奉獻些微個人勞力，粉身碎骨報答國家大恩。鴻臚手持節杖開道侍衛，副使隨從身後經理照顧。達官顯貴親友一起送行，道路兩邊擺開滿是車乘。車子裝扮齊整華美漂亮，光彩照耀如日輝煌盛偉。禁衛軍卒護衛車子前後，敲鼓奏樂簫笳聲聲動人。

城東門外道上擺宴餞行，淚水零落沾濕頷下帽帶。攀扯車蓋因為情深眷戀，一根同生離別難捨心繫。走啊走啊天色將近黃昏，什麼時候纔能再回京師！車輪因而留連徘徊不前，四匹馬兒遲回猶豫悲鳴。路上行人尚且鼻酸心痛，何況自家兄弟骨肉親情。

【研析】本詩寫諸藩王離京就任封國事，作於曹丕為帝，詩人與諸兄弟將往封國時。首四句點題，寫皇兄曹丕上應天意，順應天則，政治修明，天下賓服，四海歸順，照應題目頌歌「聖皇」。「三公」以下十二句，寫就藩緣起。諸王就藩，是封國任重，法度規定，朝臣奏章促使，皇兄仁慈，雖懷恩愛，卻不能以私廢公。在寫帝王的無奈中，復歌其聖明。「便時」以下十二句，寫將別時骨肉深情，皇兄顧念，太后淒楚。皇兄賞賜之厚，所給諸弟待遇之高，均彰顯其手足情深，與使令諸弟就藩的無奈，心中眷戀不捨。「諸王」四句，以諸藩王荷恩深厚，感激涕零，思圖報效，從就藩諸王，再寫皇兄聖明。「鴻臚」十句，寫臨別餞行，以護送之盛，頌帝王之德，朝廷恩愛。「攀蓋」八句，以垂別難捨，車馬留連，路人悲酸，回京難期，表達對京都的眷戀，對親情的依戀，對朝廷的深情，「慕同生」、「骨肉情」，點醒與聖主的特殊關係。沈德潛評此詩謂：「處猜嫌疑貳之際，以執法歸臣下，以恩賜歸君上，此立言最得體處。」「何以為贈賜一段，極形君賜之盛，若誇耀不絕口者，然其情愈悲矣。」頗能切中要害。詩歌表情達意，婉曲含蓄，詩人頌聖愈烈，讀來感覺愈悲，詩亦苦也。

吁嗟篇

時法制待藩國峻迫，植十一年三徙都，故云。

吁嗟❶此轉蓬，居世何獨然！長去❷本根逝，夙夜❸無休閒。東西經七陌，南北越九阡❹。卒❺遇回風起，吹我入雲間。自謂終天路，忽然下沉泉。驚飆❻接我出，故歸彼中田？當南而更北，謂東而反西。叶先。宕宕❼當何依，忽亡而忽存。飄颻周八澤❽，連翩歷五山❾。流轉無恆處，誰知我苦艱？願為中林草，秋隨野火燔❿。糜滅⓫豈不痛，願與根荄連。遷轉之痛，至願歸糜滅，情事有不忍言者矣。此而不怨，是愈疏也。陳思之怨，為獨得其正云。

【注釋】❶吁嗟　歎詞。❷去　離開。❸夙夜　早晚。❹東西經七陌二句　七陌、九阡，泛指東西南北廣大的地區。❺卒　同「猝」。忽然。❻驚飆　突發的暴風。❼宕宕　蕩蕩。❽飄颻周八澤　飄颻，飛翔不定。八澤，《淮南子》有國內八大澤之說，《漢書》稱八藪。❾連翩歷五山　連翩，飛行貌。五山，《史記・孝武本紀》稱華山、首山、太室、泰山、東萊為五山。❿燔　燒。⓫糜滅　爛毀。

【語譯】悲歎這飄蕩的飛蓬，世間情事為何這樣！長久離開原根飄行，從早到晚沒有休歇。東西經越七陌之地，南北飄過九阡區域。忽然遭遇旋風興起，將我吹到雲天之際。自我感覺終在天上，忽然中間跌下深泉。突起暴風將我接出，何嘗回到那塊耕田？應當南飛反而向北，認為向東反倒朝西。飄飄蕩蕩無所歸依，像要毀滅又再倖存。飛翔不停周遊八澤，飄蕩不歇經歷五山。飄零轉徙沒固定處，我的艱辛誰人知道？希望成為林中荒草，秋來隨著野火燔燒。

爛毀難道沒有痛苦，心願與根相連不斷。

【研　析】本詩屬〈相和歌辭・清調曲〉，《樂府解題》謂其擬〈苦寒行〉而作。詩人「十一年中而三轉徙，常汲汲無歡」（《三國志・魏志・曹植傳》），詩歌以飄蓬的遭遇，借詠物寄託傾訴了自己的流轉無定，屢次轉徙的淒苦心跡。詩首四句，以感歎飄蓬離根，流轉不歇，總寫一筆，領起全篇。「東西」十二句，東西、南北，時而天上，時而幽泉，暴風飄蕩，將死復生，忽起忽落，時悲時喜，極力鋪寫轉蓬的飄零無定，身不由己，難以自主。著一「我」字，物我混融，我之酸楚，溢於字裡行間。「飄颻」四句，是飄蓬的傾訴，更是詩人的傾訴，周八澤，歷五山，無恆處，提心吊膽，驚恐戰慄，這苦衷，更有誰人知曉？對以上描寫轉蓬，乃一收束概括。末四句，願為林中野草，任其野火燔燒，成為灰燼，不復存在，這固然慘烈悲痛，但轉蓬或即詩人看來，它仍然是幸福的，因為它始終沒有離開根原，生於根，死於根，這又是何其令人欣羨！反寫一筆，悲楚尤甚。在對轉蓬的詠寫中，備受朝廷猜疑，四處流徙的詩人，其身的苦艱，心的熬煎，歷歷可見。

棄婦篇

石榴植前庭，綠葉搖縹青❶。丹華灼烈烈❷，璀璨有光榮。光榮曄流離❸，可以戲淑靈❹。有鳥飛來集，拊翼❺以悲鳴。悲鳴夫何為？丹華實不成❻。拊心❼常歎息，無子當歸寧❽。有子月經天，無子若流星❾。天月相終始，流星沒無精❿。棲遲⓫失所宜，下與瓦石并。憂懷從中來，歎息通雞鳴。反側⓬不能寐，逍遙⓭於前庭。踟躕還入房，肅肅帷幕聲。搴帷更攝⓮帶，撫絃彈鳴箏。慷慨有餘音，要妙⓯悲且清。收淚長歎息，何以負神靈⓰？招搖待霜露⓱，何必春夏成？晚穫為良實，願君且安寧。怨而委之於命，可以怨矣。結希恩萬一，情愈悲，詞愈苦。○篇中用韻，二「庭」字，二「靈」字，二「鳴」字，二「成」字，二「寧」字。

【注釋】❶縹青　淺青色。❷灼烈烈　猶灼灼烈烈，形容石榴花開似火。❸曄流離　光華璀璨貌。❹淑靈　美好的精靈。❺拊翼　拍擊羽翼。❻丹華實不成　謂花開嬌豔而不結果實。❼拊心　拍打著胸脯，表示悲傷。❽無子當歸寧　歸寧，舊稱已婚女子回家省視父母，這裡指被休棄還家。舊有七出之條，無子乃其一。婦人以無子，故遭休棄。❾流星　流星隕落沉沒，失去光華，喻指棄婦被逐，離開為天之夫。❿精光華。⓫棲遲　居止。⓬反側　來回翻動身子。⓭逍遙　漫步。⓮攝　牽引。⓯要妙　微妙；精妙。⓰負神靈　辜負精靈。⓱招搖待霜露　招搖，代指桂樹。《呂氏春秋》謂：「招搖之桂，實大如棗，得而食之，後天而老。」待霜露，謂其秋季結實，喻女子晚育，沒什麼不好。

【語譯】庭院前面種石榴，綠葉搖動泛淺青。紅花盛開驕似火，璀璨奪目閃光華。光華輝耀溢光彩，美好的精靈好青睞。有隻鳥兒來棲止，拍著翅膀直悲鳴。淒楚鳴啼為什麼？紅色花兒不結實。拍著胸脯常歎息，不生兒子該遣送。生子如同月在天，無子如同過流星。天與月兒相終始，流星隕落失光亮。歇足的地方沒選好，低賤相類碎瓦石。心中憂愁油然生，歎息直到雞啼曉。翻來覆去睡不著，散步來到庭前院。徘徊之後回房中，只有肅肅帳子聲。揭起帳子還拉帶，撫動琴弦彈起箏。樂曲激越餘音裊，好曲悲楚又淒清。擦把淚水長歎息，為何辜負神精靈？桂樹開花霜露時，何必定在春夏中？晚收必定得好果，希望夫君暫寧靜。

【研　析】建安末年，平虜將軍劉勳與妻王宋結婚二十餘年，宋無子被休，曹丕、王粲、曹植均有作品記之。曹植除本詩外，尚有〈出婦賦〉。詩乃代棄婦所作，抒發的是棄婦的悲苦。詩前十句為一層，以石榴開花，輝光灼灼，沒有果實，鳥兒為之悲鳴，起興兼比喻棄婦儘管有光豔的資質閃光的內美，但因無子，符合七出之條，橫遭休棄。「拊心」以下八句，點出無子被休事實。月在天，月天始終，乃為常例；夫者婦之天，夫婦伉儷，比翼齊飛，白頭偕老，也是常理。但因有子或無子，天壤懸殊，結局大相差異。有子者方能如月掛天，無子者只能是流星在天空劃過，瞬間光華，便即隕落不彰。也因了這點區別，賤者直同瓦石，分文不值。「憂懷」以下十句，敘棄婦被棄將歸未歸時心中的煎熬痛苦。憂傷愁苦，令棄婦徹夜難眠，先是漫步前庭，繼而回房，還不能睡，起而彈箏抒愁，淒美激越的曲子，是那樣悲楚傷感，棄婦的苦痛，有什麼能和這相比！「收淚」六句，自慰語。己身無辜，桂樹開花結子，要到深秋霜露之時，早生早育，未必盡是好事，遲生的桂花，誰能比其芳香！棄婦是多麼地希望夫君明白這層道理，改變主意，收回成命。詩中比喻，及鳥代人言，以比作起，比喻作結，構思精巧，用筆甚奇。

當來日大難

日苦短，樂有餘，乃置玉罇辦東廚❶。廣情故❷，心相於❸。闔門置酒，和樂欣欣。遊馬後來❹，轅車解輪❺。今日同堂，出門異鄉。別易會難，各盡杯觴。

【注釋】❶辦東廚　辦，備辦菜肴食物。東廚，古代廚房設在住宅東邊，故稱。❷廣情故　深廣的情愫。情故，情愫；真摯的感情。❸相於　相親。❹遊馬後來　調遛馬來遲，以為留客之道。❺轅車解輪　轅車，將車豎立，轅木向上。解輪，卸下車輪，亦留客之道。

【語譯】日子總是那樣短，歡樂總是無窮盡，擺設玉杯備辦飯菜廚房裡。深廣真摯感情，心心相印情深。全家設酒筵，愉悅和恰歡欣。放馬歸來遲，豎起車子卸下輪。今天同堂歡娛，出門便在異鄉。別時容易會見難，各自飲了杯中酒。

【研析】本詩屬〈相和歌辭・瑟調曲〉。樂府〈善哉行〉有「來日大難」一篇，本詩即用其調，仿而為擬宴賓之作，「當」即「代」意。詩歌所寫，乃待客留客以及賓主相歡之情。首三句以日子苦短，歡樂無盡，廚中備辦酒席，點出將要待客。「廣情」六句，寫賓主相得甚歡，情深意篤，聚會歡樂，盛情留客。為挽留客人而遛馬遲歸，而豎轅解輪，留客的真切，感情的深摯，斑斑可見。末四句，以今日與出門對比，別易與會難對比，今日相聚的珍貴，值得留戀，不言而喻。王夫之《古詩選評》謂：「於景得景易，於事得景難，於情得景尤難。『遊馬後來，轅車解輪』，事之景也。『今日同堂，出門異鄉』，情之景也。子建而長如此，即許之天才流麗可矣！」

野田黃雀行

高樹多悲風❶，海水揚其波。利劍不在掌❷，結友何須多？不見❸籬間雀，見鷂自投羅❹。羅家❺得雀喜，少年見雀悲。拔劍捎羅網，黃雀得飛飛。飛飛摩❻蒼天，來下❼謝少年。

是遊俠，亦是仁人，語悲而音爽。

【注釋】❶悲風　淒厲勁急的風。❷利劍不在掌　利劍，比喻權勢。掌，手。❸不見　猶難道看不見。❹見鷂自投羅　鷂，鷂鷹，一種猛禽。羅，網羅。❺羅家　張網設羅之人。❻摩　迫近。❼來下　落下來。

【語譯】樹高常遇淒厲風，海水經常翻巨波。利劍不在手中握，結交再多又如何？豈不見那籬間雀，看到鷂鷹自投羅。設網人家得雀喜，少年見雀心酸悲。拔劍砍削毀網羅，黃雀得以展翅飛。飛翔上接蒼穹天，重返下落謝少年。

【研　析】本詩屬〈相和歌辭・瑟調曲〉。曹丕即位之後，猜忌曹植等兄弟藩王，而與曹植友好的如丁儀弟兄，俱為殺害。曹植本詩，即傷悼友人而作。「高樹」二句，以樹大招風、海水揚波這兩種人間常識，開篇即點出世道險惡，風險叵測，以及自己及友人的無辜遭受摧殘。「利劍」二句承上而來，在凶險的社會環境裡，弱肉強食，既然手無利劍，交友再多也是徒然，只能夠被人傷害。「不見」二句，以籬笆間黃雀見鷂鷹即張皇失措，自投羅網，印證著弱者的無助可憐。「羅家」以下六句，詩人塑造了一位少年豪俠，見義勇為，鋤強扶弱，揮劍斬破羅網，救出黃雀，黃雀展翅高飛，心存銘感。處在困境中的詩人，希望有強者出現，解救危難，故而詩中心造了豪俠少年的形象。劉勰《文心雕龍・隱秀》評此詩「格高才勁」、「長於諷喻」，可謂的評。

當牆欲高行

龍欲升天須浮雲，人之仕進待中人❶。眾口可以鑠金❷，讒言三至，
慈母不親❸。憒憒❹俗間，不辨偽真。願欲披心❺自說陳，君門以九重❻，
道遠河無津。

【注　釋】❶中人　指君主左右貴倖之人。❷眾口可以鑠金　指人言可畏，眾人之口，有銷熔金屬的作用。❸讒言三至二句　典出《戰國策》，載孔子弟子曾參，住於費邑。邑有同姓名者殺人，人告曾參之母，母未信，復有人來告，曾母慌亂信之。❹憒憒　昏亂。❺披心　剖露真心。❻君門以九重　語本宋玉〈九辯〉「君之門以九重」。

【語　譯】龍要升天須憑浮雲，人的做官依靠朝中權臣。眾人之口可以銷熔黃金，讒言三次來說，慈祥的母親也會聽信。昏聵迷亂世間人，難能辨別真與偽。希望剖白心跡自陳述，君王居住九重深，道途遙遠河上少渡津。

【研　析】本詩屬《樂府詩集・雜曲歌辭》，乃擬〈牆欲高行〉而作，其古辭不存。詩歌抨擊了奸屑讒言詆毀，離間君臣骨肉之情，反映了自己遭君主猜疑，欲溝通而無門的遭遇。首二句一比一賦，龍之升天須藉雲彩，人之仕進須有朝中權貴作靠山。但自己的遭遇，恰恰是為朝中帝王親信讒言詆毀，將其與帝王的骨肉親情離間。雖然骨肉至親，經不住多人累次的毀謗。舉世渾濁，有誰人清醒，能分辨是非曲直呢！這是「眾口」以下五句所寫。末三句，抒發了想與君主溝通，因君主身在九重，路遠無津，不被了解的鬱鬱苦悶。詩歌長短句參差錯落，節奏時緩時急，淋漓盡致地表達了詩人複雜錯綜的心緒。

贈徐幹

驚風飄白日，忽然歸西山。圓景❶同影。光未滿，眾星粲以繁。志士營世業❷，小人❸亦不閑。聊且夜行遊，遊彼雙闕間。文昌鬱雲興❹，迎風高中天❺。春鳩鳴飛棟，流猋❻激櫺軒。顧念蓬室士❼，貧賤誠足憐。薇藿弗充虛❽，皮褐❾猶不全。慷慨有悲心，興文自成篇❿。寶棄怨何人？和氏有其愆⓫。彈冠俟知己，知己誰不然⓬？良田無晚歲⓭，膏澤多豐年。亮懷璠璵美⓮，積久德愈宣。親交義在敦⓯，申章⓰復何言。文昌，魏殿名。迎風，觀名。○「良田」二句，喻有德者必榮也。

【注釋】❶圓景　指月亮。❷志士營世業　志士，有志於濟世的人。世業，經世不朽的事業。❸小人　曹植戲稱自我。❹文昌鬱雲興　文昌，帝都鄴城皇宮正殿名。鬱雲興，雲彩鬱然而起。❺迎風高中天　迎風，鄴城觀名。高中天，高及天半。❻流猋　流轉的旋風。❼蓬室士　指貧士。蓬室，蓬草編織門戶的簡陋屋子。❽充虛　填飽饑餓的肚子。❾皮褐　皮製短衣。❿慷慨有悲心二句　上句言徐幹《中論》所表現的思想感情，下句言其著成《中論》。⓫寶棄怨何人二句　謂寶物遭棄，識寶之人當負其責。和氏即卞和，楚國人，《韓非子》載其先後獻璞玉給楚國武王、文王，以無人識寶，被刖足。這裡以和氏代指識才之人。⓬彈冠俟知己二句　謂友人等待知己舉薦出仕，然知己也同樣不被人識。彈冠，典出《漢書·王吉傳》，謂將出仕而先彈去冠上塵土。⓭晚歲　指收穫晚遲。⓮亮懷璠璵美　亮，確信。璠璵，美玉。⓯敦　勉勵。

⑯中章　呈上詩篇。

【語　譯】突起暴風飄白日，匆匆墜入西山中。月亮光華尚未滿，群星滿佈光璀璨。志士經營傳世業，小人如我也不閒。姑且夜間作戲遊，遊玩在那雙闕間。文昌臺閣雲紛起，迎風觀高達天半。鳩鳥鳴噪高梁棟，旋風激蕩在廊軒。想起蓬室貧寒士，貧窮困頓確可憐。薇藿野菜難填飽，粗皮短衣也破殘。胸中慷慨懷悲憤，發為文章自成篇。寶物遭棄怨哪個？識寶和氏負罪愆。彈去冠塵待知己，知己誰又不亦然？肥美土地無遲收，膏澤田壤多豐年。誠然胸懷寶玉美，沉積長久德愈燦。知心朋友勉以義，呈上小詩不多言。

【研　析】本詩乃題贈友人徐幹之作。徐幹為「建安七子」之一，一生不仕，貧賤住陋巷。曹植此詩，即傷其不遇，窮愁著述之事。首四句寫眼前景，起筆突兀，也寓日月如梭白駒過隙之意。「志士」八句，承上寫起，在蒼茫夜色裡，不同追求的人各有各的表現，如徐幹這樣的志士，夜以繼日，從事著他著述立說的不朽事功；詩人在秉燭夜遊，及時行樂。其中「文昌」四句，極寫宮廷堂皇富麗，是詩人遊樂的場所，也為以下寫徐幹的幹大業卻窮愁作一鋪墊。「顧念」六句，即由富貴之宮廷，轉而寫貧寒的蓬室陋巷。徐幹的生活，雖野菜尚不足充饑，雖粗衣也還殘破不全難以禦寒，但這並不影響他的經世大業，他依然在潛心撰著，這正閃現著他燦爛的美德。「寶棄」四句，對友人懷才不遇，深致憤慨，對用人者發出了抨擊，對自己的遭遇猜疑而被閒置，也婉曲表達了不滿。結末六句，以良田沒有遲收，膏澤多有豐年，美玉積久愈加璀璨，致以勉勵相互安慰之意，以點出題目贈詩為收束。

贈丁儀❶

初秋涼氣發，庭樹微銷落。凝霜依玉除❷，清風飄飛❸閣。朝雲不歸山，霖雨成川澤。黍稷委疇隴❹，農夫安所穫？在貴多忘賤，為恩誰能博？狐白足禦冬，焉念無衣客❺？思慕延陵子，寶劍非所惜❻。子其寧爾心，親交❼義不薄。

【注　釋】❶贈丁儀　丁儀字正禮，沛郡人。據載曹操曾有意嫁女給他，為曹丕所阻。丁怨丕而近植，曾鼓動立植為太子。曹丕為帝後，丁儀未獲封賞，不久即被處死。本詩當作於曹丕新做帝王之際。❷玉除　玉石臺階。❸飛閣　有飛簷的樓閣。❹委疇隴　枯萎在畦田。疇隴，畦田；田畝。❺狐白足禦冬二句　《晏子春秋》記載：「齊景公時，雨雪三日，公披狐白之裘，謂晏子曰：『雨雪三日，天下不寒，何也？』晏子曰：『賢君飽知人饑，暖知人寒。』公曰：『善。』遂出裘發粟。」狐白，指用狐腋下白皮所縫裘衣。❻思慕延陵子二句　劉向《新序》記載：「延陵季子將西聘晉，帶寶劍以過徐君。徐君不言而色欲之，季子心許之矣。使晉反，則徐君死，於是以劍掛徐君墓樹而去。」二句謂自己不會忘記故交，當始終幫助故人。❼親交　親近的朋友。

【語　譯】初秋時分涼氣生發，庭院樹木葉子漸漸落。玉階之上凝結銀霜，清風飄蕩飛簷樓閣。

早晨興雲不回山中，陰雨連綿地成沼澤。秋稼腐爛田畝之間，農夫還有什麼收穫？身處富貴易忘貧賤，施加恩德誰能廣博？狐白貂裘足夠禦冬，哪裡還想無衣寒客？傾慕記念延陵季子，講究信義寶劍不惜。閣下且請安下心來，親密的朋友義氣不薄。

【研析】本詩乃勸慰朋友之作。丁儀兄弟因與曹植交好，曹丕即位為帝後，未得封賞，又心懷忐忑，曹植乃為此詩以勸慰友人。首四句寫眼前景，寒涼的秋氣，凋零的樹木，玉階結霜，風聲瑟瑟，又與當時政治背景下曹植一派的心境吻合，表現了他們蕭瑟寒冷的心理狀態。「朝雲」四句，雲興於山而不歸山，連陰不開，陰雨綿綿，田間的秋稼霉爛，農夫等待的肯定是顆粒不收，此既是寫實，表現了曹植的關懷民瘼，也折射著特殊時期他的特殊心態。「在貴」四句，由上文水潦之災自然延伸而來。富貴的人，很少想起貧賤人的艱難；身著貂裘衣裳，自然不會想到無衣人的寒凍。此亦勸慰友人，富貴之人想不起我們，也是人之常情，不必去與他們計較。末四句，就自身來說，延陵季子不重寶劍，重的是信義，我曹植同樣如此，無論何時，也不會忘記舊日的朋友。詩歌「工於起調」，起句精警。結構上不求章法而章法自然存在。情感深摯，格調蒼涼。

又贈丁儀王粲一首

從軍度函谷❶，驅馬過西京❷。山岑❸高無極，涇渭揚濁清❹。壯哉帝王居，佳麗殊百城❺。員闕出浮雲❻，承露扢泰清❼。皇佐揚天惠❽，四海無交兵。權家❾雖愛勝，全國為令名❿。君子在末位⓫，不能歌德聲⓬。丁生怨在朝⓭，王子歡自營⓮。歡怨非貞則⓯，中和⓰誠可經。〈西都賦〉曰：「扢仙掌與承露。」扢，摩也，概與扢古字通。〇皇佐，謂太祖也。〇權家，兵家也。〇詩以議論勝，末進以中和，古人規箴有體。〇家令謂子建函京之作，指此。

【注釋】❶從軍度函谷　指西征馬超、韓遂事。度，越。函谷，漢朝置關隘，在今河南境內。❷驅馬過西京　建安十六年（西元二一一年）十月曹操由長安北征楊秋。西京即長安。❸山岑　山峰。❹涇渭揚濁清　涇水濁，渭水清，二水在陝西高陵會合，合流時清濁分明。❺殊百城　謂超出百城。❻員闕出浮雲　極言其高。員闕，即圓闕，在建章宮門北，高二十五丈，上有銅雀臺。❼承露扢泰清　承露，在建章宮，有承露盤，以銅製成，高二十丈，大七圍。扢，摩。泰清，即太清。❽皇佐揚天惠　皇佐，指曹操，時位至丞相。天惠，天子的恩德。❾權家　兵家。❿全國為令名　全國，保全國家。令名，美名。《孫子兵法》曰：「用兵之法，全國為上，破國次之。」⓫君子在末位　君子，指丁儀、王粲。末位，二人俱為丞相掾，地位卑微。⓬歌德聲　頌歌朝廷德聲。⓭丁生怨在朝　謂丁儀在朝心有所怨。⓮歡自營　以經營自己的事業為所樂。⓯貞則　正確的準則。⓰中和　中和之道，不偏不倚，適度恰當。

【語譯】從軍出征越函谷，馳馬北征過長安。山峰高聳不見頂，涇渭揚波清濁明。帝王居所何雄壯，佳麗美女勝百城。圓闕高插浮雲上，承露仙人摩青天。丞相播揚天子德，四海沒有殺伐爭。兵家儘管愛爭勝，保全國家是美名。丁王二人職卑微，不能同歌帝德聲。丁生在朝心有怨，王子為樂自經營。歡怨都非良準則，中和之道確堪行。

【研　析】本詩作於建安十六年（西元二一一年）曹操西征馬超、韓遂，平定關中，北圍安定，招降楊秋之後。詩歌歌頌了父親曹操的勳業道德，否定了朋友丁儀、王粲或怨或歡兩種自我為中心的生活態度，並對他們提出了中和的人生取向。首四句寫實，是從軍西征北伐的眼前景。「壯哉」四句寫帝京宏偉富麗。「皇佐」四句頌父親曹操功德勳業，替天子出征，弘揚天子恩德，仁人之心，不肆殺戮，以全國全城為上，不交兵而盡來歸，贏得美名傳揚。「君子」以下六句，丁、王二位，職位卑微，不能夠做出大的事業，不能夠建功立業驚天動地，於是，各有各的表現：丁生憤世牢騷，發為怨言；王生幹點自己的事情，陶醉其中。曹植以為，這都很狹隘，不合乎中正平和之道，於己於國，有害而無益，還是遵循中和之道為好。這詩反映了少年曹植有志於世，蓬勃向上意氣風發的心態，故而詩歌格調明朗開闊，氣象遠大。

贈白馬王彪❶

序曰：黃初四年正月❷，白馬王、任城王❸與余俱朝京師，會節氣❹。到洛陽，任城王薨❺。至七月，與白馬王還國❻。後有司❼以二王歸藩❽，道路宜異宿止❾。意毒恨❿之。蓋以大別⓫在數日，是用自剖，與王辭焉。憤而成篇。

謁帝承明廬⑫，逝將歸舊疆⑬。清晨發皇邑⑭，日夕過首陽⑮。伊洛⑯廣且深，欲濟川無梁。汎舟越洪濤，怨彼東路⑰長。顧瞻戀城闕，引領⑱情內傷。太谷何寥廓⑲，山樹鬱蒼蒼。霖雨泥⑳我塗，流潦浩縱橫㉑。中逵絕無軌㉒，改轍登高岡。修坂造雲日㉓，我馬玄以黃㉔。

玄黃猶能進，我思鬱以紆㉕。鬱紆將何念？親愛在離居㉖。本圖相與偕㉗，中更不克俱㉘。鴟梟鳴衡軛㉙，豺狼當路衢。蒼蠅間白黑㉚，讒巧㉛令親疏。欲還絕無蹊㉜，攬轡㉝止踟躕。

踟躕亦何留？相思無終極。秋風發微涼，寒蟬鳴我側。原野何蕭條，白日忽西匿。歸鳥赴高林，翩翩厲㉞羽翼。孤獸走索㉟群，銜草不遑食。感物傷我懷，撫心長太息。

太息將何為？天命與我違。奈何念同生㊱，一往形不歸㊲。孤魂翔故域㊳，靈柩寄京師。存者忽復過㊴，亡沒㊵身自衰。人生處一世，去若朝露晞。年在桑榆間㊶，影響㊷不能追。自顧非金石，咄唶㊸令心悲。此章乃一篇正意，置在孤獸索群下，章法絕佳。

心悲動我神，棄置莫復陳。丈夫志四海，萬里猶比鄰。恩愛苟不虧，在遠分㊹日親。何必同衾幬㊺，然後展殷勤㊻。憂思成疾瘧㊼，無乃兒女仁。倉卒骨肉情㊽，能不懷苦辛？此章無可奈何之詞，人當極無聊後，每作此以強解也。

苦辛何慮思？天命信可疑。虛無求列仙㊾，松子㊿久吾欺。變故在斯須51，百年誰能持？離別永無會，執手將何時？王其愛玉體，俱享黃髮52期。收淚即53長路，援筆54從此辭。末章如賦中之亂，幾於生人作死別矣。

【注釋】❶贈白馬王彪　曹彪，曹植異母弟，黃初三年封弋陽王，同年徙封吳王，後又徙封白馬王。白馬，位於今河南滑縣東。❷正月　《文選》諸本作「五月」，以曹丕上年十一月行宛，四年三月方回到洛陽，故以《文選》為是。❸任城王　即曹彰，曹植同母兄，驍勇好兵，封任城（今山東濟寧）王。黃初四年朝京師，在洛陽暴病身亡。❹會節氣　古時制度，逢四節氣之前，諸侯藩王齊會京師，舉行迎氣的典禮活動。❺薨　古代稱諸侯之死。❻還國　返回封國。❼有司　司職專項事務的官員，這裡指監國使者灌均。❽藩　藩國；諸侯王的封國。❾異宿止　住在不同的地方，即不得同行止。❿毒恨　痛恨。⓫大別　永別。⓬謁帝承明廬　謁，朝見。承明廬，漢朝長安宮室有承明廬，這裡是用漢朝故事，非實指。⓭逝將歸舊疆　逝，離去。舊疆，指封地，藩國。⓮皇邑指京師洛陽。⑮首陽　山名，在今洛陽東北。⑯伊洛　二水名，黃河中游兩條支流。⑰東路　指曹植從洛陽返回封國鄄城（今山東濮縣東）的路途。⑱引領　伸頸遠望。⑲太谷何寥廓　太谷，即太谷關，在洛陽東南。寥廓，空曠廣遠。⑳霖雨泥　霖雨，雨下三日之稱，指連綿大雨。泥，泥濘。㉑流潦浩縱橫　潦，路上積水。浩縱橫，流水四溢貌。㉒中逵絕無軌　中逵，中途。逵，通達之路。軌，車轍。㉓修坂造雲日　修坂，漫長的坡道。造，達到。㉔我馬玄以黃　語本《詩經・周南・卷耳》：「陟彼高岡，我馬玄黃。」玄黃，重病，這裡指累倒。㉕鬱以紆　憂愁鬱積。鬱，憂愁。紆，纏繞盤結。㉖親愛在離居　古詩有「同心而離居」，謂兄弟骨肉將要分離。㉗本圖相與偕　圖，打算。諧，同路而行。㉘中更不克俱　更，改變。克，能夠。俱，一起。㉙鴟梟鳴衡軛　鴟梟，俗稱貓頭鷹，舊時認為是不吉祥的鳥。衡軛，車轅前橫木，這裡指代天子乘輿。㉚蒼蠅間白黑　《詩經・小雅・青蠅》「營營青蠅止於樊」鄭玄箋：「蠅之為蟲，汙白使黑，汙黑使白。」比喻小人離間黑白。㉛讒巧　讒言巧語。㉜絕無蹊　絕，斷絕。蹊，徑路。㉝攬轡　手提馬韁繩。㉞厲　奮。㉟索　尋。㊱同生　一母同胞，指任城王曹彰。㊲一往形不歸　指曹彰之死。㊳故域　指曹彰的封地任城。㊴存者忽復過　存者，指自己。忽復過，生命匆匆逝去。㊵亡沒　指生者將死。㊶年在桑榆間　年，年壽。桑、榆，二星名，在西方，桑榆喻人之將老。㊷影響　指光與聲。㊸咄唶　驚歎聲。㊹分　情分。㊺同衾幬　共用被帳。據載東漢桓帝朝姜肱與弟友愛，長枕大被，同床共眠。㊻展殷勤　表示情意。㊼癲　疾病。㊽倉卒骨肉情　謂匆促間生離死別。㊾列仙　諸仙。㊿松子　赤松子，傳說中仙人。(51)變故在斯須　變故在須與之間發生。(52)黃髮　老年人頭髮由白變黃，為高壽的象徵。(53)即　就。(54)援筆　謂握筆作詩。

【語譯】宮殿之中拜見皇帝，辭別將要回歸封地。清晨京師出發上路，天晚行經首陽此地。伊洛二水寬廣又深，想要渡過沒有橋樑。蕩舟渡越洪波驚濤，感歎東行道路漫長。眷戀瞻顧京城宮闕，伸頸遙望內心悲傷。太谷關隘遼闊廣遠，山上林木鬱鬱蒼蒼。連綿淫雨道途泥濘，路上積水四溢氾濫。中途沒了往日車轍，改道轉車攀登高岡。漫長坡道遠接天際，我的馬兒疲累欲倒。

疲憊欲倒還能前進，我心憂傷鬱積盤結。鬱積盤結想著什麼？親愛兄弟就要別離。原本希望同行一起，中間傳令不能相聚。鴟梟惡鳥鳴噪橫木，大道當路豺狼把持。蒼蠅汙亂黑白難分，讒言巧語離間親人。想要回京沒了路徑，手執馬轡徘徊不前。

徘徊不前有啥留戀？相思記念沒有終極。秋風刮來天氣微涼，寒蟬淒厲嘶鳴我旁。原野茫茫何其蕭條，白日匆匆隱沒西方。歸鳥奔赴高林巢穴，振動翅膀翩翩飛翔。孤身野獸跑著尋群，口銜嫩草沒空嚼食。見物興懷心中憂傷，撫摩胸膛長聲歎息。

長聲歎氣又有啥用？天命註定我生乖背。怎不思念同胞兄弟，一去再無返回之時。孤單魂魄飄回封地，靈柩寄放還在京師。活著的人匆匆過去，時日流逝身體衰微。人生來到世上一趟，離去像那晨露易乾。年歲逼近桑榆晚景，如同光聲不能攀追。想著自己非同金石，感歎人生令人傷悲。

心中傷悲傷損精神，拋棄一邊不再去論。男子丈夫志在四海，萬里天涯如同近鄰。親愛情分若不減損，相隔遙遠情誼日近。何必共用長枕大被，然後纔能表示殷勤？憂愁苦思成了疾病，豈不陷於兒女之仁？匆促中間骨肉永別，哪能心裡不生悲恨！

心中淒苦為了什麼？天命的確讓人懷疑。求仙之事虛無縹緲，赤松神仙長久欺人。變故發生須臾之間，百年壽命誰能保持？離別以後永難相見，再會握手要等何時？王弟珍重愛惜玉體，一起享有高壽年紀。擦把眼淚登上路途，提筆寫詩就此告辭。

【研　析】本詩原題〈於圈城作〉，今題大約是蕭統將其選入《文選》時，據小序而改。詩作於黃初四年（西元二二三年）七月。詩之小序明白交代了其創作的緣起。黃初四年五月，為迎立秋，曹植與兄曹彰、弟曹彪等諸侯王來到了京城洛陽，曹彰不明不白地暴亡。七月將還封國，監國使者灌均又傳令不許曹植、曹彪同路行止，朝廷還規定嚴禁諸王來往。生離即同死別，曹植鬱憤在胸，不吐不快，於是製此詩而為別。詩六章（或分七章），首章言迎氣典禮之後，辭京返回封國，洪水遍地，道途泥濘，艱澀難行，以及對京城的流連難捨。史載「是月大雨，伊、洛溢流，殺人民，壞廬宅」（《三國志．魏書．文帝紀》），詩乃寫實，與詩人遭到猜疑排擠，所生活的恐怖驚悸氛圍，亦正吻合，是自然存在，也可視為詩人心態的折射。流連京都而被迫離去，還披露了皇兄曹丕對諸弟的無情迫害。第二章抒寫詩人的苦悶及心中鬱結的憂傷。憂傷的原因，當然不是自然道途的泥濘難行，而是人生之路的坎坷多艱。兄弟被迫分離，想結伴同行，這一微薄的希望也被阻遏。國王身邊多是鴟梟，當道權臣盡是豺狼，蒼蠅汙白為黑，小人離間親情。詩人的傷痛沉重，正在於此。疲憊的馬兒，是重壓下的詩人的真實寫照。第三章寫詩人對兄弟親情的留戀，以及當下的孤獨淒苦。蕭瑟寒涼的秋風，悲鳴不斷的寒蟬，歸林的鳥兒，索群的孤獸，都是自然客觀存在，是途中眼前實景，但這自然景觀，不能不引起詩人的感傷悲楚。鳥兒有家可歸，孤獸知道尋伴，人呢？詩人的京城老家，能回嗎？他的親人，能在一起嗎？第四章寫命運與自己作對，同胞哥哥曹彰，活蹦亂跳的一個人，竟忽然間一命歸西，靈柩寄放京師，孤魂遊蕩封國，自己呢，也在迅速走向衰老，走向死亡，這人生為何去得太過匆匆！詩人這低沉的意緒，是生活在遭擠兌迫害的特殊環境裡所產生的特殊心態，是對害人者的嗚咽控訴。第五章在故作達觀曠放中，進一步抒寫了悲不能已，難以遏制的憂傷。詩人想從苦悶中超脫，他當然明白丈夫志四海，天涯若比鄰，也不願作兒女之態，但骨肉之親，生離死別，這又何嘗是兒女之情能比？在這種情勢下，能夠無動於衷，不懷苦辛嗎？結末一章，詩人從自己的遭遇、親人的遭遇中，對所謂的天命，對世人歆慕的求仙訪道，都發出疑問，進行了否決。什麼都別想了，還是自我珍重吧，希望我們都能夠享有長壽，無疾而終，有一個圓滿的收場。清醒中的無奈，該是何等的痛苦！整個詩篇，抒寫的是被剝奪了的愛戀，是憂傷苦悶，令人喘不過氣來的壓抑，是悲愴淒苦之音，是變形後的憤怒。詩歌以首尾蟬聯的形式，層層寫來，如泣如訴。直抒胸臆，情景交融，比喻寄託，低回掩映，讀來跌宕多姿。

贈王粲

端坐苦愁思，攬衣起西遊❶。樹木發春華，清池激長流。中有孤鴛鴦❷，哀鳴求匹儔❸。我願執❹此鳥，惜哉無輕舟❺。欲歸忘故道，顧望但懷愁。悲風鳴我側，羲和❻逝不留。重陰❼潤萬物，何懼澤不周❽！誰今君❾多念，自使懷百憂。

【注　釋】❶西遊　遊於鄴城（今河北臨漳西南）之西。❷孤鴛鴦　喻指王粲。❸匹儔　伴侶。❹執　接；接近。❺無輕舟　比喻自己手中無權，不能提拔王粲。❻羲和　神話中駕御日車的人，指代白日。❼重陰　密雲，比喻曹操。❽周　普遍。❾君　指王粲。

【語　譯】獨自坐著心中愁苦，披衣起身城西覽遊。樹木蔥綠春花綻放，清澈池水激蕩長流。水中有隻孤單鴛鴦，鳴聲哀苦尋覓配偶。我心想要接近這鳥，可惜身邊沒有快舟。想要歸去迷失道路，瞻顧回看心生憂愁。淒厲之風蕭蕭我旁，白日流逝不肯逗留。密雲生成滋潤萬物，何必擔心不普雨露！誰人讓您偌多思慮，遂使心中愁苦多憂。

【研　析】本詩乃贈友人王粲之作。當是王粲在劉表死後，初歸鄴下，尚未授職，曹植詩以慰之。詩首二句寫自己出遊緣起，在於獨坐苦悶。「樹木」四句，寫西遊所見，借喻王粲渴求知音。春花綠樹，清池長流，一個懷春的季節與場景，寫孤單的鴛鴦求偶，自然而然。又以求偶喻寫求友，亦自然而然。「我願」四句，寫自己希望與王粲交遊，成為他的知音，限於客觀原因，無法實現，但遲迴留戀，依依難捨。「悲風」四句，由自然天氣變化，頌父親曹操會雨露遍施，肯定能對王粲委以重任，人盡其才，勸慰王粲不必有任何顧慮與擔心。末二句，再勸王粲無須多慮，徒生煩惱，是金子總會發光，是人才便不會湮沒。詩歌樸實自然，不事雕飾，懇切真摯。

送應氏詩二首

步登北邙阪❶，遙望洛陽山。洛陽何寂寞，宮室盡燒焚。垣牆皆頓擗❷，荊棘上參天❸。不見舊耆老❹，但覩新少年。側足❺無行徑，荒疇不復田❻。遊子❼久不歸，不識陌與阡。中野❽何蕭條，千里無人煙。念我平常居，氣結不能言❾。

時董卓遷獻帝於西京，洛陽被燒，故詩中云然。

【注　釋】❶北邙阪　北邙，山名，又稱邙山，在洛陽城東北。阪，山坡。❷頓擗　塌壞崩裂。❸參天　高入雲天。❹耆老　老者。❺側足　側身走路。❻荒疇不復田　疇，耕過的熟地。田，活用作動詞，耕種。❼遊子　指應氏兄弟。❽中野　原野。❾念我平常居二句　代應氏設詞。平常居，家園。氣結，因哀傷而哽咽氣堵。

【語　譯】漫步登上北邙山坡，遙遙遠望洛陽群山。洛陽帝都何其荒涼，宮廷殿室都成灰燼。牆壁盡皆坍塌崩壞，荊棘叢莽上與天齊。不見舊時相識老者，只見陌生新長少年。側身抬腳沒有路徑，土地荒蕪無人耕田。遊子在外久未回來，田間小路難以分辨。原野郊外何其蕭條，千里以內沒有人煙。想起我們舊日家園，悲傷氣噎口不能言。

【研 析】〈送應氏詩二首〉，乃建安十六年（西元二一一年）詩人隨其父曹操西征馬超，道經洛陽，送別應瑒、應璩弟兄而作。董卓焚燒洛陽，挾獻帝遷都長安，在初平元年（西元一九〇年），到曹植為此詩作，已二十餘年。由於連年戰爭，軍閥混戰，洛陽城破敗荒涼依舊。〈送應氏〉第一首，即具體描繪了當時洛陽的慘烈景象。前十句為一層，鋪敘登北邙阪所見洛陽景象：宮室焚毀，破敗淒涼。斷壁殘垣，荊棘叢生。熟悉的舊人都已死盡或流離遷徙，眼前所見皆是亂後出生陌生少年。田園拋荒，久已無人耕作，荒草縱橫，行路都難以尋見。「遊子」以下，乃擬寫漂流在外已久的應氏兄弟目下之感受神傷。戰爭的破壞，田園的荒廢，使久不歸來的應氏弟兄對曾經熟悉的家園變得陌生，他們已認不出舊時慣走的田間小路，原野郊外，是如此蕭條荒寂，沒有了往常家鄉的溫暖親切，憶往昔，不禁悲憤氣塞，哽咽傷楚。詩歌第一首的主體部分，寫的是戰爭給洛陽造成的滿目瘡痍，表現了詩人憂國憂民，對民生疾苦的關心。詩為贈人之作，第一首後段點出「遊子」，為第二首寫送客惜別作過渡。

清時❶難屢得，嘉會❷不可常。天地無終極，人命若朝霜。願得展嬿婉❸，我友之朔方❹。親昵並集送❺，置酒此河陽❻。中饋❼豈獨薄，賓飲不盡觴。愛至望苦深，豈不愧中腸❽。山川阻且遠，別促會日長。願為比翼鳥，施翮❾起高翔。

【注　釋】❶清時　政治清平的時代。❷嘉會　歡樂的聚會。❸願得展嬿婉　希望應氏和順適意。嬿婉，安順。❹之朔方　之，往；到。朔方，北方。❺親昵並集送　謂親朋好友聚集送別。並，一起。❻河陽　河之北岸。❼中饋　本指主婦在家中備辦食物，這裡指餞別宴席上的酒菜。❽愛至望苦深二句　謂愛之極至期望也深，但自覺慚愧辜負了朋友的期望。❾施翮　展翅。施，展。

【語　譯】清明政治難以屢得，歡樂聚會不可常見。天地無垠沒有邊際，人生壽命如那晨霜。祝願前途一帆風順，我的朋友去往北方。親朋友好齊集相送，擺下酒宴在河北岸。席上酒菜難道不豐，客人飲酒不能盡量。愛到極至期望太深，怎不慚愧心中感傷。山川阻隔道路遙遠，相別匆促再聚難望。希望化作比翼鳥兒，展翅相諧一起飛翔。

【研　析】此第二首專寫餞行送別。首四句以清明政治難得，歡樂聚會難有，寫今日相聚之彌足珍貴。又以天地無際，反比人生短促，進一步述說相聚的重要。「願得」四句，寫親朋友好齊集相送，所有人都殷切希望應氏兄弟北方之行一路順風，平安適意。「中饋」四句，致歉友人，說友人因情意密切，寄予重望，但自己有負厚望，心中慚愧。末四句表達拳拳情誼，一別之後，山川阻隔，再見為難，心中是那樣不捨，多希望化成比翼鳥兒，與朋友朝夕不離，一起飛翔啊！朋友情篤誼深，表達盡致，語盡而意味無窮。

雜詩

高臺多悲風，朝日照北林❶。之子❷在萬里，江湖迥❸且深。方舟安可極❹？離思故難任❺。孤雁飛南遊，過庭❻長哀吟。翹思❼慕遠人，願欲託遺音❽。形影忽不見，翩翩❾傷我心。

【注釋】❶北林　林名。❷之子　那個人，指所懷念之人。❸迥　深遠。❹方舟安可極　方舟，兩舟並行，古時大夫乘用。極，至。❺離思故難任　離思，離別的悲愁。任，負荷；承受。❻過庭　飛過庭院。❼翹思　翹首思念。❽遺音　送信。❾翩翩　大雁飛行貌。

【語譯】高臺多刮淒厲風，朝日照耀北林中。思念的人兒萬里遠，江湖間隔遠又深。雙舟並行哪可到？離別愁緒難承受。孤單大雁南飛翔，掠過庭院長哀鳴。翹首思慕遠方人，希望借託遞音信。形影倏忽看不見，翩翩飛去我心悲。

【研析】曹植〈雜詩〉一組凡七首，非一時一地所作，內容上也無關聯，各有不同的主題。本詩為第一首，乃懷人之作。一般以為是詩人懷念當時為吳王的異母弟弟曹彪，時間在黃初三年至五年中間。詩首二句以寫景起，高臺悲風，朝日北林，起筆突兀。第二句化用《詩經・

秦風・晨風》成句。原詩的思婦思夫，與悲風意象，與下文之懷人之思，也恰吻合。「之子」四句，點出懷人主旨，及懷念之情熾烈，道途遙遠，難以見面的悲苦。「孤雁」以下為第二層。孤雁南遊，喻所懷之人南國孤寂。願託大雁傳書，但大雁一閃劃過，倏忽不見，音信難通，詩人惆悵萬端，黯然神傷。詩歌前六句用賦，後六句比興。起句精警，結句有餘味不盡之感。

轉蓬離本根，飄颻隨長風。何意迴飇舉❶，吹我入雲中。高高上無極，天路安可窮❷？類此遊客子❸，捐軀遠從戎。毛褐不掩形❹，薇藿❺常不充。去去❻莫復道，沉憂❼令人老。

陳思最工起調，如「高臺多悲風」、「轉蓬離本根」之類是也。

【注釋】❶何意迴飇舉　何意，哪裡料到。回飇，旋風。舉，起。❷窮　盡。❸類此遊客子　謂遊子飄零，類似轉蓬。❹毛褐不掩形　毛褐，粗毛布縫製的短襖。不掩形，無法遮蓋全身；不能遮體。❺薇藿　薇，野菜的一種，可食。藿，豆葉。❻去去　丟去。❼沉憂　沉重的憂慮。

【語譯】飛轉蓬草離開本根，隨著長風飄飄蕩蕩。哪曾想到旋風刮起，吹我進入雲彩之中。浩瀚天空上無盡頭，天際路途哪能盡窮？類似我這遊子之身，捐棄身軀從軍遠行。粗毛短襖難遮身體，野菜豆葉常常不足。丟開一邊不再說它，沉重憂愁令人衰邁。

【研析】本詩為組詩第二首，言自身輾轉遷徙，貧寒憂愁。前六句為一層。轉蓬起句陡絕精妙。轉蓬遭旋風刮起，飄蕩不歇，寄寓自身頻頻遷徙遭際，以及萍飄蓬轉，無家可以歸依的空落之感。「類此」四句，不以人比蓬，而說蓬像人，用筆絕妙，亦酸楚之筆。所謂捐軀從戎，是一種借託。只是寫其貧寒，野菜不夠充腹，粗襖不能遮體，自嗟貧困之意，與其〈遷都賦序〉中所言「連遇瘠土，衣食不繼」可一例看。結末二句，作曠達寬解語。「換韻陡收，更極矯變」（張玉穀《古詩賞析》）。

南國❶有佳人，容華若桃李。朝遊江北岸，夕宿瀟湘沚❷。時俗薄朱顏❸，誰為發皓齒❹？俛仰❺歲將暮，榮耀❻難久恃。

【注釋】❶南國　江南。❷瀟湘沚　瀟、湘，二水名，以瀟水在湖南零陵與湘水匯合，故稱瀟湘。沚，水中小洲。❸薄朱顏　薄，輕賤；藐視。朱顏，美麗的容顏；美色。❹誰為發皓齒　謂為誰而開口唱歌。發，開。❺俛仰　一俯一仰，言時間短促。❻榮耀　花開燦爛。

【語譯】江南有位佳人絕世艷麗，容顏光彩像那桃李花開。早晨遊玩來到江北岸，晚上歇宿瀟湘水中洲。社會風尚輕賤美容顏，卻為誰人開口去歌唱？時光匆促年景已到晚，燦爛之花難以久憑恃。

【研析】本詩為〈雜詩〉其四，以絕世佳人不被世重，紅顏易老，抒發自己不被重用，歲月蹉跎之感。首二句言佳人之美，桃李之花，形其天生麗質，此比詩人才質之美。「朝遊」二句，言美人居無定所，喻自身屢次徙封。「時俗」二句，寫佳人不為世容，身懷絕技，找不到演唱的舞臺，此喻詩人滿腹經綸，受朝廷猜疑，不被重用，無法施展抱負。結末二句，以歲月匆匆，容顏難再，美人遲暮之感，抒寫自己心中的憂愁傷感。詩歌通篇以佳人作比，抒其遭排擠被猜忌的失落惆悵鬱憤愁思，含蓄婉轉，而表意醒豁。

攬衣出中閨，逍遙步兩楹❶。閒房何寂寞，綠草被階庭。空室❷自生風，百鳥翔南征。春思安可忘，憂戚與我并。佳人❸在遠道，妾身獨單煢。歡會難再遇，芝蘭不重榮❹。人皆棄舊愛，君豈若平生❺？寄松為女蘿❻，依水如浮萍。束身奉衿帶❼，朝夕不墮傾❽。儻終顧盼恩❾，永副❿我中情。

【注　釋】❶逍遙步兩楹　逍遙，緩步貌。兩楹，兩柱，其間即戶前。❷空室　空房。❸佳人　指丈夫。❹榮　榮華。❺平生　少年時。❻女蘿　植物名，又名松蘿，纏樹而生。❼束身奉衿帶　謂初嫁時情景。束身，言諸事謹慎。衿帶，古時女子出嫁，由母親為其結上蔽膝之帶，並說幾句含訓誡的話語。❽墮傾　失誤。❾顧盼恩　眷顧之情。❿副　體察。

【語　譯】披了衣裳出閨房，緩步走在兩楹間。空房何等寂寞冷，階庭綠草長一層。空蕩房中自生風，百鳥翩翩南飛行。春日思緒哪能忘，憂愁悲苦和我同。可愛的人在遠方，卑賤我身獨孤單。歡樂聚會難再見，芝蘭不會再華榮。人都慣棄舊時愛，莫非您還如年輕？寄生松樹似女蘿，依託水面如浮萍。謹飭束好蔽膝衿，早晚不掉隨著身。倘若終得眷顧意，永望察知我衷情。

【研析】本詩或題〈閨情〉，乃思婦閨怨之作，也有以思婦自比，望君體察眷顧之意。詩首八句為一層，寫思婦空房寂寞，孤單冷清，及對遠出丈夫的思念。飛鳥南征，思婦也恨不能生出翅膀。飛鳥同懷春思，憂戚與思婦並，思婦即是飛鳥。「佳人」六句，兩地分居，丈夫身在遠方，孤單弱女知相會之難，更由社會習見之現象，深深擔憂夫君的變心薄倖。一句反問，道出了思婦心中的忐忑不安。「寄松」四句，寫思婦的柔弱，對夫君的倚賴，自說其堅貞，也望夫君似之。末二句，近乎哀求乞憐，希望丈夫能夠體察自己的拳拳之誠，終懷眷戀，不忘舊情。論者以為此詩乃曹植抒寫其期望得兄長文帝曹丕眷顧，始終不忘弟兄情誼，不無道理。

僕夫早嚴駕❶，吾將遠行遊。遠遊欲何之？吳國❷為我仇。將騁萬里
塗，東路安足由❸？江介❹多悲風，淮泗❺馳急流。願欲一輕濟❻，惜哉
無方舟❼。閑居非吾志，甘心赴國憂❽。

即自試表中意。

【注　釋】❶僕夫早嚴駕　僕夫，趕車的人。嚴駕，備車駕馬。嚴，作動詞，整理。❷吳國　東吳孫權。❸東路安足由　東路，應指由洛陽返回山東鄄城封國的路途。足，值得。由，行。❹江介　江間；江上。❺淮泗　淮河與泗水，南征孫權必經之地。❻輕濟　輕舟渡河。❼方舟　兩船並行，泛指大船。❽赴國憂　為解國難奔赴疆場。

【語　譯】車夫早已備好車，我將遠道登途程。要到遠方哪裡去？吳國在南是我仇。將要馳騁萬里路，鄄城哪裡值得行？長江之間風淒厲，淮河泗水湍急流。願得輕舟渡河去，歎息沒有大船具。閒居不是我志向，心甘為國解難憂。

【研　析】本詩大約作於黃初四年（西元二二三年）七月迎秋氣典禮後返回封國之際。詩歌抒寫了詩人希望奔赴疆場建功立業的志向。開篇即點出遠遊，首六句言自己志向在於奔赴國難，平東吳仇國，馳騁萬里，大展鴻圖。「將騁」二句，氣勢不凡，咄咄逼人，有吞吐天下的氣概。「江介」四句，筆勢突轉，言壯志受挫。由江上風惡，淮泗流急，乏船渡河，隱喻其不得朝廷信用，未授專征討伐之權，雖有一腔熱情，無以實現。結末二句，點明閒置封國，非自己所願，為國分憂，捐軀赴國，纔是自己的真正志願。詩歌慷慨蒼涼，沉鬱頓挫，反映了詩人胸懷壯志與壯志難酬的苦悶。

七哀詩

《韻語陽秋》：痛而哀，義而哀，感而哀，怨而哀，耳目聞見而哀，口歎而哀，鼻酸而哀，謂之七哀。

明月照高樓，流光正徘徊❶。上有愁思婦，悲歎有餘哀。借問歎者誰？言是宕子❷妻。君❸行踰十年，孤妾常獨棲。君若清路塵，妾若濁水泥❹。浮沉各異勢❺，會合何時諧？願為西南風，長逝❻入君懷。君懷良不開，賤妾當何依？

此種大抵思君之辭，絕無華飾，性情結撰，其品最工。

【注　釋】❶流光正徘徊　流光，指月光如流水般明潔。徘徊，緩慢移動。❷宕子　既蕩子，遊子。❸君　指蕩子。❹君若清路塵二句　路上飄浮的清塵與混水裡的泥巴，本是一物，以或浮或沉而區別。此喻夫妻本一體，今卻地位有了不同。❺異勢　不同的地位。❻逝　往。

【語　譯】皎皎月亮照著高樓，如水月光緩慢遊走。樓上有位思婦愁苦，唉聲歎氣沒有盡頭。請問歎者究竟為誰？說是遊子所撇妻子。遊子外出已過十年，我身一人孤獨空居。夫君像那路上清塵，卑身似那混水中泥。浮沉有別地位差異，歡會相聚何時實現？希望化作西南風去，長途奔行吹進君懷。夫君襟懷真的難開，賤妾應當依憑誰何？

【研　析】詩題〈七哀〉，大約是音樂上的原因。詩歌內容，寫思婦閨怨情思。首四句由月照高樓，引出樓上人愁。月照九州，人異地而月照相同，月光最易引人想到團聚，生發相思。「借問」四句，點出愁者乃思婦，她的丈夫已經離開家庭外出遊蕩超過了十年，思婦獨守空房也超過了十年。「君若」四句，以路上浮塵與濁水中泥巴，分別比喻丈夫及自己，丈夫之高貴，自身的卑賤，雖然有別，但原本一體不分，什麼時候，這浮塵汙泥再能合為一起，再得歡會聚合呢？思婦對團圓的渴盼，盼丈夫歸來的急切，情見乎詞，令人油然生悲憫之心。結末四句，以希望化作陣風，飛入君懷；君懷若不開，將何人可依，表達了思婦對丈夫的依戀及憂慮忐忑的心態，意極哀婉動人。

情詩

微陰翳陽景❶，清風飄我衣。遊魚潛綠水，翔鳥薄❷天飛。眇眇客行士❸，遙役不得歸。始出嚴霜結，今來白露晞。遊子歎〈黍離〉❹，處者歌〈式微〉❺。慷慨對嘉賓，悽愴內傷悲。

【注釋】❶翳陽景　翳，遮蔽。陽景，日光。❷薄　迫近。❸眇眇客行士　眇眇，遠貌。客行，離家遠行。士，成年男子。❹遊子歎黍離　遊子，指行役之人。黍離，《詩經・王風》篇名，為東周大夫行役至陝西故都，歎宗周覆亡之詩，這裡用典取其行役之意。❺處者歌式微　處者，指家中親人。式微，《詩經・邶風》篇名，〈毛詩序〉以為是黎國諸侯被狄人所逐，寄居衛國，臣子勸歸之詩，這裡取勸歸意。

【語譯】微薄陰雲遮蔽日光，清風吹來飄我衣裳。綠水深處魚兒遨遊，迫近雲天鳥兒翱翔。遙遙遠方行役之人，執行差役不能歸去。剛出門時寒霜凝結，眼下白露已經曬乾。遊子在外感歎行役，在家親人盼望歸來。慷慨激越面對嘉賓，心中淒楚傷心難耐。

【研　析】這是一首感歎行役之苦的詩篇。首四句寫景。微陰蔽日，清風飄衣，暗示季節轉換；綠水游魚，藍天飛鳥，狀寫自由無束。「眇眇」四句，分別承前所寫。行役者漂流遠方，不得歸去，逆接魚鳥的自由，反襯中愈顯行役之苦。出門時凝霜，今日白露，順承開首，點明又是一年。結末四句，遊子思歸，家人盼回，對照中揭出行役造成的苦難，化用典故，古今時空的打通，增加了深厚的歷史意蘊。最後二句，直接揭示行役者的淒惶悲傷。詩歌意象鮮明生動，語言精妙自然，其所反映內容，也頗能見出詩人對社會民生的關切。

七步詩

《世說新語》：文帝嘗令東阿王七步中作詩，不成者行大法，應聲云云，帝有慚色。

煮豆持作羹，漉豉❶以為汁。萁在釜中然❷，豆在釜中泣。本是同根生，相煎何太急！至性語，貴在質樸。○一本只作四句，略有異同。

【注　釋】❶漉豉　漉，過濾。豉，熟豆經黴變發酵製成的一種豆製品。❷萁在釜中然　萁，豆莖。釜，古代炊具名，類鍋。然，燃。

【語　譯】熬煮豆子拿來做湯羹，過濾豆豉用來取其汁。豆莖放在鍋下當柴燒，豆子躲在鍋中好悲切。豆莖豆子原本同根生，相互熬煎為何這樣急！

【研　析】本詩初見《世說新語・文學》，不見曹植本集。《世說》記載，曹丕既登帝位，猜忌弟弟曹植，令其當面七步內成詩一篇，不成將「行大法」。曹植應聲而成一首，即為此詩。詩歌通體用比，類似一篇寓言。以煮豆製作豆豉說起，豆子在鍋裡煮熬，燒鍋的乃是豆莖，豆子的哭泣，其對豆莖的控訴譴責，與一母同胞的兄弟卻自相殘殺，何其相似乃爾！所以，與其說這是豆子對豆莖的控訴，毋寧說是弟弟曹植對哥哥曹丕猜疑迫害的控訴。詩歌以樸素的語言，簡單的故事，講出了發人警醒的道理，故末二句在後世流傳甚廣，成為名句，被人們引用，作為對兄弟鬩牆、同室操戈者的箴言。

卷六

魏詩

王粲

贈蔡子篤詩❶

蔡睦，字子篤，為尚書。仲宣與之同避難荊州。子篤還，仲宣作此贈之。

翼翼飛鸞❷，載❸飛載東。我友云徂❹，言戾舊邦❺。舫舟翩翩❻，以泝大江❼。蔚矣荒塗❽，時行靡❾通。慨我懷慕❿，君子所同。悠悠世路⓫，亂離多阻。濟岱⑫江行，邈⑬焉異處。風流雲散，一別如雨。人生實難，願其弗與⑭。瞻望遐路，允企伊佇⑮。烈烈⑯冬日，肅肅淒風⑰。潛鱗在淵⑱，歸雁載軒⑲。苟非鴻鵰，孰能飛翻⑳？雖則追慕㉑，予思罔宣㉒。瞻望東路，慘愴增歎。率㉓彼江流，爰逝靡期㉔。君子信誓㉕，不遷于時。及子同寮㉖，生死固之㉗。何以贈行，言授斯詩。中心孔悼㉘，涕淚漣洏㉙。嗟爾君子，如何勿思？

【注釋】❶贈蔡子篤詩　蔡子篤，名睦，蔡謨曾祖，濟南人，魏尚書。其與王粲曾同避難荊州，後還故里，粲為此詩贈之。❷翼翼飛鸞　翼翼，鳥兒飛翔貌。鸞，鳳凰類鳥。❸載　與下一「載」字同為語助詞，無義。❹云徂　往。云，語助詞，無義。❺言戾舊邦　言，語助詞。戾，至。舊邦，故鄉。❻舫舟翩翩　舫，船。翩翩，形容船行之速貌。❼以泝大江　泝，指向下游而進。大江，指長江。❽蔚矣荒塗　蔚，草盛貌。荒塗，荒野的路途。❾靡　無。❿懷慕　依戀，思念。⓫世路　人生路途。⓬濟岱　分別指濟水、泰山。岱，泰山之別稱。⓭邈　遠貌。⓮願其弗與　願，聚首之願望。弗與，不遂。⓯允企伊佇　允，誠。企，跂腳。伊，語助詞。佇，久立。⓰烈烈　嚴寒貌。⓱淒風　凜冽之風。⓲潛鱗在淵　謂魚潛深水之中。鱗，魚類。⓳軒　飛貌。⓴飛翻　翱翔貌。㉑追慕　思慕。㉒罔宣　不能傳達。㉓率　循。㉔爰逝靡期　爰，語助詞。逝，往。靡期，沒有終期。㉕信誓　信守諾言。㉖及子同寮　與您同僚共事。㉗固之　謂友誼堅固不移。㉘孔悼　大悲。㉙漣洏　漣漣。

【語　譯】鸞鳥展翅飛翔，飛翔朝著東方。我的朋友前往，到那故鄉舊邦。船舟翩翩行速，順流挺進長江。草長道途荒涼，常常行走不暢。慨歎我心眷戀，友人感觸一樣。悠悠人生道路，亂離兵荒險阻。濟泰從此江行，遙遠在那異處。風吹浮雲飄散，一別如雨灑落。人生真的很難，聚首無法如願。望著遙遠道途，的確踮腳良久。嚴寒冰冷冬日，蕭瑟凜冽寒風。魚兒潛游深水，大雁翔飛還家。倘若不是大雕，哪能自由翻騰？儘管思慕拳拳，我的情思難表。遙望向東之路，淒慘傷感悲歎。循那滾滾江水，奔流沒有盡頭。君子信守諾言，不隨時間變遷。與您同僚共事，友誼生死不變。用啥臨別贈與，呈上小詩此篇。心中痛苦難當，涕淚漣漣不斷。歎聲我的朋友，如何能不思戀？

【研　析】王粲（西元一七七年—二一七年），字仲宣，東漢山陽高平（今山東鄒縣）人。「建安七子」之一。曾依附曹操，辟丞相掾，轉軍謀祭酒、侍中。擅詩賦，或譽其為建安七子冠冕。有明人輯《王侍中集》。東漢獻帝初平三年（西元一九二年），詩人躲避兵禍，到荊州依附劉表。在這裡，他遇到了同來避亂的蔡子篤，一起共事中，結下了深厚友誼。蔡子篤還鄉，王粲以此詩贈別。詩首二句起興，以鸞之東飛，興起友人東去還家。「我友」八句言別。友人辭去，沿江東下，返歸故鄉，沿途荒涼，道路時阻，艱險難行。詩人眷戀友人，友人也何嘗不依戀詩人！「悠悠」十句傾訴對朋友的戀戀難捨。人生悠悠歲月，飽經離亂之苦，友情是多麼難得！友人一去，天遠地隔，各天一方，正如風吹雲散，天降雨水，散了難聚，墜而難收。艱難的人生，為什麼就僅有的這點與朋友聚首的願望也不能實現呢？自己能做的，也只有在送行時候，踮著腳尖，久久遙望，暗暗祝福了。「烈烈」十句，言氣候隆冬嚴寒，魚兒潛淵，大雁歸巢，只有勇猛的大雕，纔能翱翔翻飛於雲天，此既寫友人返程的艱難，也頌其卓越不凡的膽識。而於自己的傷感惜別，也再次致意。「率彼」六句，以長江流水沒有盡頭，君子信守誓言，寫自己與友人情誼堅固，不可動搖。「何以」六句，點明送別贈詩，再次表達自己的悲楚傷感，以及對朋友的眷戀。舊評謂此詩「古雅有則，語亦濃厚，第苦無新意耳」（孫月峰語），頗中鵠的。

七哀詩

西京亂無象❶，豺虎方遘患❷。復棄中國❸去，委身適荊蠻❹。親戚對我悲，朋友相追攀❺。出門無所見，白骨蔽平原。路有饑婦人，抱子棄草間。顧❻聞號泣聲，揮涕獨不還。「未知身死處，何能兩相完❼？」驅馬棄❽之去，不忍聽此言。南登霸陵岸❾，回首望長安。悟彼〈下泉〉❿人，喟然傷心肝。

「未知身死處」二句，婦人之詞。○此杜少陵〈無家別〉、〈垂老別〉諸篇之祖也。○隱侯謂仲宣霸岸之篇，指此。

【注　釋】❶西京亂無象　西京，指長安。無象，沒有章法，不成樣子。❷豺虎方遘患　豺虎，指董卓部將李傕、郭汜。遘患，指初平三年（西元一九二年）其在長安作亂。❸中國　本處指地處中原的長安。❹荊蠻　指荊州。古時中原人稱南方民族為蠻，荊州為古楚地，在南方，故稱。❺追攀　攀車依戀。❻顧　回首。❼完　保全。❽棄　離開。❾霸陵岸　霸陵，漢朝縣名，西漢文帝葬處，在今西安東北。岸，高地。❿下泉　《詩經・曹風》篇名，〈毛詩序〉稱其「思治也」，乃曹人「思明王賢伯」之作。

【語　譯】長安混亂沒法章，豺虎惡凶正作亂。再次離開中原地，寄託性命往荊蠻。親戚對著我悲切，朋友攀轅致留戀。走出都門未見人，白骨森森蓋平原。路有饑寒之婦人，抱著兒子扔草間。回頭聽到哭喊聲，淚水揮灑仍不返。「不知自己死哪裡，如何能夠兩保全？」驅馬離開婦人去，不忍聞聽她這言。南登霸陵高地上，回首望一眼長安。領悟詩人〈下泉〉意，知他感慨傷心肝。

【研　析】本詩作於西漢初平三年（西元一九二年），當時董卓部將作亂長安，為避禍亂，詩人離開長安，前往荊州投奔劉表，詩因此而作。詩題〈七哀〉，「七」字大約是音樂上的原因。詩前六句為一層，交代離開長安去荊州的原因，以長安兵亂，亂兵如豺似虎，為禍京都；訴說親戚朋友的依戀難捨之情，「親戚」二句互文見義，親戚朋友都既悲又且追攀。「出門」以下十句，描繪了一幅慘烈真實的亂世圖：都門外曠原一無所見，只有屍橫遍野，森森白骨；行路之上，饑餓的婦人，抱著兒子，棄置在荒草中間，孩子淒厲的哭喊聲讓她頻頻回首，但她終於沒有回去，淚水滂沱，道出了心中的痛：媽媽何嘗想拋棄孩子，只是我自己還不知將死何處，綁在一起，又怎能夠都得保全呢？戰亂給百姓帶來的苦難，對於社會的摧殘，俱可窺出。詩人也聽得傷心，無法再聽下去，趕快逃離。結末四句，弔古傷今，以追慕文帝，期待治世收束全篇。張玉穀《古詩賞析》謂「『出門』十句，敘在途饑荒之景，然臚陳不盡，獨就婦人棄子一事，備極形容，而其他之各不相顧，塞路死亡，不言自顯。作詩解此舉重該輕之法，庶幾用筆玲瓏。」所評極是。詩歌沉鬱悲感，真切動人，其無愧建安七子翹楚之稱。

荊蠻非吾鄉，何為久滯淫❶？方舟溯大江，日暮愁我心。山岡有餘映❷，巖阿增重陰❸。狐狸馳赴穴，飛鳥翔故林。流波激清響，猴猿臨岸吟。迅風拂裳袂❹，白露霑衣襟。獨夜不能寐，攝衣起撫琴❺。絲桐❻感人情，為我發悲音。羈旅無終極，憂思壯難任❼。

【注釋】❶滯淫　淹留。❷餘映　餘光。映，光。❸巖阿增重陰　巖阿，山石高峻迂曲處。重陰，指陰暗的山影。❹迅風拂裳袂　迅風，疾風。袂，衣袖。❺攝衣起撫琴　攝衣，披衣。撫琴，彈琴。❻絲桐　代指琴。琴弦以絲繩製成，琴身以桐木而製。❼壯難任　極難忍受。壯，益。

【語譯】荊蠻不是我家鄉，為啥長在此淹留？大船江上逆流行，日暮黃昏我心愁。山岡太陽餘暉在，山坳裡邊陰影添。狐狸奔馳赴巢穴，鳥兒飛翔舊林間。波浪激蕩聲清越，臨江岸上猿猴鳴。疾風吹拂衣袖飄，白露沾濕衣裳襟。夜間孤獨不能眠，披衣起來去彈琴。琴聲響應人感情，替我發出淒苦音。羈留客地無盡頭，憂愁苦悶更難禁。

【研析】本詩乃詩人羈留荊州，久而懷鄉思親之作。首二句以反問句作起，以荊州非故鄉而淹留於此，表達了對故鄉親人的思念。「方舟」以下，言自己泛舟江中，所見所感。「山岡」八句寫江中景：山岡上落日餘暉，山坳中陰影加重，狐狸匆忙地趕回巢穴，鳥兒盤旋在築巢的林間，江上濤聲激越，岸上猿猴哀鳴，疾風飄動衣袖，夜露沾濕衣襟，蒼茫灰暗孤寂淒清的環境裡，詩人本就容易傷感，而狐狸及鳥兒的回家，使他觸景生情，益添悲楚，他不由得想起了家鄉、親情的溫暖與自己當下的寥落。「獨夜」四句，轉到自身，寫其觸景生情之後的痛楚，夜不能寐，起而彈琴，但琴聲也何其淒苦！琴聲的淒苦，正是詩人心中淒苦的外射。結末二句，以淹留沒有盡頭，憂愁難以忍受收束。詩歌融情入景，情景交融，寫景不落俗套。孫月峰評：「寓悲切於古淡，彷彿蘇、李風調。」（于光華《重訂文選集評》）頗為中肯。

邊城❶使心悲，昔我親更❷之。冰雪截❸肌膚，風飄無止期。百里不見人，草木誰當遲❹？與治同，平聲。登城望亭隧❺，翩翩飛戍旗❻。行者不顧反，出門與家辭。子弟多俘虜，哭泣無已時。天下盡樂土，何為久留茲？蓼蟲❼不知辛，去來勿與諮。

【注　釋】❶邊城　或即金城（今甘肅蘭州西南），建安二十年（西元二一五年）詩人隨曹操西征張魯至此。❷更　經歷。❸截　割裂。❹遲　通「治」。料理。❺亭隧　古代烽火臺。❻戍旗　戍軍的旗幟。❼蓼蟲　食蓼之蟲，蓼為水邊生長的一種味辛辣的草，食此草之蟲不辨辛苦。

【語　譯】邊城使人心生悲，從前我曾親歷臨。冰雪如刀割肌膚，狂風沒有消歇時。百里以內不見人，草木有誰來整治？登城遙望烽火燃，翩翩飄動戍軍旗。應征不想歸來事，出門與家作死別。子弟多成俘虜身，哭泣沒有完了日。天下到處是樂土，為啥長久留在此？蓼蟲不知辛苦味，別去向牠來諮詢。

【研　析】本詩寫邊城苦寒，及百姓飽經戰爭之苦。首二句總領，切膚之感，增強了詩歌所寫的真實性。「冰雪」四句，寫邊城的荒涼嚴寒，冰雪如刀，疾風不歇，人煙稀少，極寫自然環境險惡艱苦。「登城」六句，到處烽火臺，遍地旌旗飄，出門作死別，子弟多俘虜，狼煙四起，戰爭不斷，死傷慘烈，生靈塗炭，此當地社會環境的險惡。結末四句，以天下到處樂土，襯托邊城益不可留，突出當地百姓受苦的非同一般，彰顯其超常之悲。詩歌沉鬱蒼涼，於百姓民生之關切，可見其襟懷。

陳　琳

飲馬長城窟行

飲馬長城窟❶，水寒傷馬骨。往謂長城吏：「慎莫稽留太原卒❷！」「官作自有程❸，舉築諧汝聲❹！」「男兒寧當格鬥❺死，何能怫鬱築長城？」長城何連連❻，連連三千里。邊城多健少，內舍多寡婦❼。作書與內舍。「便嫁莫留住！善侍新姑嫜❽，時時念我故夫子❾。」報書往邊地，「君今出語一何鄙❿！」「身在禍難中，何為稽留他家子⓫？生男慎莫舉⓬，生女哺用脯⓭。君獨不見長城下，死人骸骨相撐拄⓮？」「結髮行事君⓯，慊慊⓰心意間。明知邊地苦，賤妾何能久自全！」

「舉築諧汝聲」，言同聲用力也。○「作書與內舍」，健少作書也。「報書往邊地」二句，內舍答書也。「身在禍難中」六語，又健少之詞。「結髮行事君」四句，又內舍之詞。無問答之痕，而神理井然，可與漢樂府競爽矣。

【注釋】❶長城窟　長城附近的泉眼，可以飲馬。❷慎莫稽留太原卒　慎，留意；小心。稽留，滯留；阻留。太原，秦郡名，約相當今山西中部地區。卒，服役的民夫。❸官作自有程　官作，官府的工程。程，期限。❹舉築諧汝聲　舉築，打夯。築，打夯的工具。諧汝聲，齊聲唱夯歌。❺格鬥　指作戰。❻連連連綿不斷。❼內舍多寡婦　內舍，民夫的家中。寡婦，古代婦女獨居者。❽姑嫜　古代婦人對丈夫父母的稱呼。❾故夫子　原來的丈夫。❿鄙　粗莽，不合情理。⓫他家子　別人家的女子。⓬舉　養育成人。⓭哺用脯　哺，餵養。脯，肉乾。⓮撐拄　縱橫疊積貌。⓯行事君　行，且。事君，侍奉你。⓰慊慊　失意不滿貌。

【語　譯】飲馬長城泉眼邊，泉水寒冷凍傷馬骨。前去告訴築城官吏：「留心不要滯留太原民夫！」「官府工程有期限，打起夯來喊起號！」「男兒寧願沙場戰鬥死，怎能悶悶修長城？」長城綿綿何其長，連綿不斷三千里。邊庭長城多少壯，家中多的是寡婦。修書寄給家中人，「改嫁甭留住！好好侍奉新公婆，經常想到我舊丈夫。」回信送往邊庭去，「您現在發出話來太粗鄙！」「自身陷於災難中，為啥耽擱別家好女子？生了男孩仔細別養育，生了女兒餵養乾肉脯。你難道看不見長城下，死者白骨堆成垛？」「成年結髮侍從您，未久分離心常恨。明明知道邊庭苦，我身如何能夠持久存！」

【研　析】陳琳（西元一五五年？—西元二一七年），字孔璋，東漢廣陵（今江蘇江都東北）人，「建安七子」之一。初為何進主簿，後依袁紹，復歸曹操，為司空軍謀祭酒、管記室、門下督。明人輯其作品為《陳記室集》。本詩題乃樂府〈相和歌〉舊題，詩人以秦朝修築長城為題材，暴露了徭役給百姓帶來的苦難。詩分二層。上一層寫民夫與長城監工官吏的對話，「慎莫稽留」，表現了民夫對遙遙無期徭役的厭惡。「男兒」兩句，披露了築城的無味。「官作」二句，監管官吏的粗橫霸道，蠻不講理，無視民工疾苦之態度畢現。開篇以水寒傷馬骨，揭示了邊地的苦寒險惡生存環境。「長城」四句，以長城的綿延無盡，暗示著民夫無際的苦難；邊城與內舍的對照，揭露了修築長城的為害百姓。「作書」以下為第二層，民夫的勸妻子改嫁，暗示著難以生還；但其勸得何其不忍，令人鼻酸。他無法忘掉妻子，「時時念我」是掩蓋不住的真實心跡。患難夫妻見真情，妻子的回答也何等決絕：你的話太欠考慮。自從嫁你，不久離別，心常悵悵，但感情的堅貞無須懷疑。我知道你的處境，我也不會久活！詩中不說民夫死的結局，但長城下堆垛的白骨，夫妻的生作死別，已經昭示無遺。「生男」四句，用秦時民歌成句，正暗示了民夫普遍的結局。問答對話，是本詩一個突出的特點，詩人主要通過對話，民夫與官吏，與妻子，表現了不同的形象，揭露了不同的靈魂，而徭役給百姓帶來的災難危害，也在這對話中，揭露得淋漓盡致。張玉穀《古詩賞析》謂「此種樂府，古色奇趣，即在漢古辭中，亦推上乘。自魏而降，少嗣音矣」，可稱的評。

劉楨

贈從弟三首

汎汎[1]東流水，磷磷[2]水中石。蘋藻生其涯[3]，華紛何擾溺[4]。采之薦宗廟❺，可以羞❻嘉客。豈無園中葵❼，懿❽此出深澤。

【注　釋】❶汎汎　河水暢流貌。❷磷磷　水中石頭顯露貌。❸蘋藻生其涯　蘋與藻，均水草。涯，水邊。❹華紛何擾溺　華，通「花」。擾溺，紛繁而隨波搖動貌。❺薦宗廟　薦，進獻；祭享。宗廟，祖廟。❻羞　進獻。❼葵　葵菜。❽懿　美。

【語　譯】暢通無阻東流水，清澈水中石頭見。萍藻生長在水邊，紛繁花葉何裊裊！將它採來祭祖廟，還可拿來獻嘉賓。難道沒有園中葵，深澤萍藻更美好。

【研　析】劉楨（？—西元二一七年），字公幹，東平寧陽（今山東寧陽南）人。「建安七子」之一。建安中曾為曹操丞相掾屬。性格倔強不屈。人稱其「真骨凌霜，高風跨俗」。負詩名，長於五言，風格質樸挺勁。明人輯有《劉公幹集》。此詩三首，乃贈其堂弟而作。三首詩各詠一物，以比興手法，寄託了詩人的志向及其對堂弟的勉勵。此第一首詠贊萍藻。首二句寫萍藻生長的環境，潺潺不歇的流水，石頭裸出於水花飛濺之中，碧流清澈，好一塊超塵脫俗的清淨之地。「蘋藻」二句，揭出萍藻生長，及其美麗裊娜的資質。「采之」二句，以其可祭宗廟，可獻嘉賓，渲染其高潔珍貴。結末二句，先反寫一筆，欲揚先抑，在提出葵菜之後，再讚美萍藻較之更顯美好。詩歌收束，餘韻悠悠不盡，令人回味咀嚼。

亭亭❶山上松，瑟瑟❷谷中風。風聲一何盛，松枝一何勁。冰霜正慘悽，終歲❸常端正。豈不罹凝寒❹，松柏有本性❺。

【注釋】❶亭亭　高聳貌。❷瑟瑟　風聲。❸終歲　一年到頭。❹罹凝寒　罹，遭受。凝寒，嚴寒。❺本性　指抗禦嚴寒的性格。

【語譯】山上松樹好挺拔，山谷寒風瑟瑟鳴。風刮聲響何等猛，松枝迎風何堅韌。正是冰霜凜冽時，一年四季總嚴正。難道不曾遭嚴寒，松柏倔強是本性。

【研析】本首詠贊松樹。孔子說：「歲寒然後知松柏之後凋也。」松柏也成為堅貞不屈抵抗邪惡勢力品格的一種象徵。這首詩正表現了這一主題。詩首二句寫松樹在惡劣的環境中屹然挺立。山谷中寒風瑟瑟，高山上松樹巍然屹立，如一個特寫鏡頭，將不屈的松樹形象一下子推出。三、四兩句，兩個「一何」，風愈狂，松愈挺，進一步展示著松樹不屈服的倔強品格。「冰霜」二句，以正慘烈的冰霜，渲染松樹的終年端正，不肯彎腰。結末二句，一問一答，對松樹的不畏嚴寒的本性，作了熱烈的謳歌。

鳳凰集南嶽❶，徘徊孤竹根❷。於心有不厭❸，奮翅凌紫氛❹。豈不常勤苦，羞與黃雀群。何時當來儀❺？將須❻聖明君。　贈人之作，通用比體，亦是一格。

【注　釋】❶鳳凰集南嶽　鳳凰，古代傳說中神鳥。南嶽，指丹穴山。《山海經‧南山經》：「丹穴之山有鳥焉，其狀如鶴，五采而文，名曰鳳凰。」❷徘徊孤竹根　《詩經‧大雅‧卷阿》鄭玄箋：「鳳凰之性，非梧桐不棲，非竹實不食。」孤竹，獨生之竹。❸於心有不厭　於，助詞。厭，滿足。❹淩紫氛　淩，騰；上。紫氛，即高空。❺來儀　來歸。《尚書‧益稷》：「簫韶九成，鳳凰來儀。」古人以為鳳凰來儀是一種祥瑞的徵兆。❻須　待。

【語　譯】鳳凰停落丹穴山，徘徊遲回孤竹根。心中尚有不滿足，振翅騰飛上高空。難道不怕常辛苦，羞與黃雀結成陣。什麼時候當來歸？將要等待聖明君。

【研　析】本首詠贊鳳凰。鳳凰乃高尚祥瑞之鳥，首二句集南嶽、孤竹根，即顯其高尚之志，高蹈的懷抱。「於心」二句，以其不滿足飽食，希望振翅騰飛高空，寫其超凡絕俗，遠大胸懷。「豈不」二句，同樣是一問一答，寫其所以不嫌辛苦，乃志向決定，因為牠不甘與世俗同流，不願與黃雀為伍，太高尚的緣故。結末二句，既寫其對盛世明君的期待，又寫其遠大的志尚抱負。鍾嶸《詩品》列劉楨入上品，稱「其源出《古詩》。仗氣愛奇，動多振絕。貞骨凌霜，高風跨俗」，此〈贈從弟三首〉，正表現了他的這些特點。三首詩通篇用比，分別以萍藻之幽貞、松柏之堅貞、鳳凰之高蹈，寄託著高尚情志的追求，表達著脫俗超凡的懷抱，與從弟共勉，詩人之嶙峋氣骨，歷歷可見。

徐　幹

室思

人靡不有初，想君能終之❶。別來歷年歲❷，舊恩何可期❸？重新而忘故，君子所猶譏❹。寄聲雖在遠，豈忘君須臾？既厚不為薄❺，想君時見思。

此託言閨人之詞也。自處於厚，而望君不薄。情極深至。

【注釋】❶人靡不有初二句　語本《詩經．大雅．蕩》：「靡不有初，鮮克有終。」此希望丈夫能對自己始終如一。❷歷年歲　過了一年又一年。❸期　期待。❹猶譏　譴責譏諷。❺既厚不為薄　厚、薄，均指感情。

【語譯】凡人莫不有開始，想你能夠善終情。自別以後歷年所，舊日恩情哪可期？喜新卻把舊的厭，君子譴責且譏諷。聲音寄託雖遙遠，難道忘你有片時？既已深厚不再薄，想來你也常相思。

【研析】徐幹（西元一七〇年—二一七年），字偉長，北海（今山東樂昌一帶）人。「建安七子」之一。建安中為曹操司空軍師祭酒、掾屬、五官將文學。擅長詩賦。有明人輯《徐偉長集》。〈室思〉乃閨怨之作，凡六首，本篇為第六首。首二句化用《詩經》句子，反其義而用之，言常人多有善始而不能善終，丈夫則應該是既能善始，且能善終。此亦以一己之心揣度之，也一廂情願之辭。「別來」二句，正寫其自己也無法堅信，所以似乎又自我否決，相別既有年所，舊日恩情哪還能夠靠住呢！「重新」二句，轉一話題，說人間常情，喜新厭舊，此君子唾棄，為人所不齒。「寄聲」二句，說到自己，雖然丈夫遠在異鄉，聽不見他的聲音，見不到他的容顏，但卻是沒有片刻將他忘記，忠貞不渝，始終如一。結末二句，由自己忖度丈夫，他大概也如自己，常將家鄉的妻子思念。詩歌抒情真摯婉曲，思念、眷戀、期盼、擔憂、自慰交織一起，不無怨艾，或泛說，或實指，無限深情可見。

雜詩

浮雲何洋洋❶，願因通我詞❷。飄飄不可寄，徙倚❸徒相思。人離皆復會，君獨無返期。自君之出矣，明鏡暗不治❹。思君如流水，何有窮已時？末四句後人擬者多矣，總遜其自然。

【注釋】❶洋洋　舒緩自在貌。❷願因通我詞　因，借；依靠。通我詞，為我傳遞口信。❸徙倚　徘徊流連。❹治　整理。

【語譯】天上浮雲悠然飄蕩，希望借它為我遞信。飄搖倏忽不能寄託，徘徊惆悵白白相思。

人家別離都再相會，偏獨你卻沒有歸期。從你外出離家以後，明鏡蒙塵懶去拂拭。思念你啊如那流水，哪裡又有窮盡之時？

【研 析】本詩原為〈室思〉組詩第三章，寫思婦對丈夫銘心刻骨之思念。首四句乃思婦見天上悠悠白雲而興心思。她看到藍天白雲悠然自得，飄飄蕩蕩，不禁想起遠方瀟灑不歸的丈夫。她多想讓那飄向遠方的白雲，為自己傳遞相思的口信，但白雲飄忽，轉瞬不居，留下孤獨的思婦，只能一個人癡迷惆悵地空想。「人離」二句為過脈，承上啟下。離人何嘗都能復合，但癡心的思婦，只看到歸來之人，她不無怨艾，為什麼偏偏就自己的丈夫不知歸來呢？「自君」四句，以丈夫走後明鏡蒙塵懶去拂拭，具體寫自己心意灰冷，無整容之心，甚至連拭去灰塵的心情也沒有。相思如流水，則以比喻，精妙地寫出了自己相思之情的綿綿無盡，沒有終了。鍾嶸《詩品．序》說：「吟詠情性，亦何貴於用事？『思君如流水』，既是即目……觀古今勝語，多非補假，借由直尋。」沈德潛則說：「末四句後人擬者多矣，總遜其自然。」自然清新，曉暢雋永，情真意切，正為彼詩之特點。

應 瑒

侍五官中郎將建章臺集詩[1]一首

建安十六年，天子命世子丕為五官中郎將。

朝雁鳴雲中，音響一何哀❷。問子❸遊何鄉？戢翼❹正徘徊。言我寒門❺來，將就衡陽棲❻。往春翔北土，今冬客南淮❼。遠行蒙❽霜雪，毛羽日摧頹❾。常恐傷肌骨，身隕❿沉黃泥。簡珠⓫墮沙石，何能中自諧⓬。欲因雲雨會⓭，濯翼陵高梯⓮。良遇⓯不可值，伸眉路何階⓰？公子⓱敬愛客，樂飲不知疲。和顏既以暢，乃肯顧細微⓲。贈詩見存慰⓳，小子非所宜⓴。為且㉑極歡情，不醉其無歸㉒。凡百敬爾位㉓，以副飢渴懷。簡珠，喻君子。沙石，喻小人。《淮南子》曰：周之簡珪，產於垢土。簡，大也。○魏人公讌，俱極平庸，後人應酬詩從此開出。篇中代雁為詞，音調悲切，異於眾作，存此以備一格。

【注釋】❶侍五官中郎將建章臺集詩　五官中郎將，官名，曹丕於建安十六年（西元二一一年）拜此職。建章臺，宮觀名，在鄴城（今河北臨漳西南）。❷朝雁鳴雲中二句　語本《詩經・小雅・鴻雁》：「鴻雁于飛，哀鳴嗷嗷。」音響，指雁鳴。❸子　指大雁。❹戢翼　斂翅。戢，收斂。❺寒門　或作「塞門」，謂邊塞寒冷之地。❻將就衡陽棲　就，往；趨。衡陽，地名，在湖南，傳說大雁南飛的終點。❼南淮　江淮一帶，指南方溫暖之地。❽蒙　蒙受；遭遇。❾摧頹　摧折凋零。❿隕　墜落。⓫簡珠　大珠，喻賢人。⓬自諧　自適；自安。⓭欲因雲雨會　因，憑藉。雲雨會，風雲際會，好的際遇。⓮濯翼陵高梯　濯翼，洗去羽翼上的塵垢。陵，淩；登。高梯，高階，這裡指高空。⓯良遇　良機。⓰伸眉路何階　伸眉，揚眉。路何階，謂路在何方。⓱公子　指曹丕。⓲細微　卑微之人。⓳存慰　存問；關懷。⓴小子非所宜　小子，作者自謙之辭。非所宜，不敢當。㉑為且　或作「且為」。㉒不醉其無歸　語本《詩經・小雅・湛露》：「厭厭夜飲，不醉無歸。」其，將。㉓凡百敬爾位　語本《詩經・小雅・雨無正》：「凡百君子，各敬爾身。」凡百，概括之辭。

【語　譯】清晨大雁雲中啼鳴，發出聲音何等悲哀。請問你要飛往哪裡？收斂翅膀留停徘徊。說道我從邊寒地來，將往衡陽落腳暫居。往日春天翱翔北方，現今冬日暫棲南地。遠道飛來遭逢霜雪，羽毛漸遭摧折疏稀。常常擔心傷毀肌骨，身體墜落跌入黃泥。大珠墜地混進沙石，如何能夠於中安適。希望憑藉雲雨際會，洗濯羽翼登上天際。良機不能僥倖遇到，揚眉吐氣路在哪裡？公子恭敬企慕客人，歡樂宴飲不知困疲。和顏悅色融洽歡暢，竟肯眷顧卑微之輩。贈詩表示存問關切，小子如何擔當得起？為了極盡歡樂之情，不到醉時將不還歸。諸位謹慎履行責任，用以匹配求賢心神。

【研　析】應瑒（？——西元二一七年），字德璉，三國魏汝南（今河南汝南一帶）人。「建安七子」之一。建安中為曹操丞相掾屬，轉平原侯庶子、五官中郎將文學。明人輯有《應德璉集》。本詩大約作於建安十六年（西元二一一年）或稍後。詩乃公宴之作，為詩人在建章臺侍宴曹丕時獻詩。詩分上、下兩段。上段至「伸眉路何階」，代大雁作語。首四句以大雁雲中哀鳴，裹翼不前，起筆矯健，一隻非同尋常的大雁呈現在人們眼前。「言我」以下至上段末，乃大雁答辭。我從塞北邊寒之地過來，春暖花開，就翱翔在北方，目今天寒，將到南方衡陽過冬。路途遙遠，遭逢了霜雪，毛羽日漸摧毀。我常擔心傷了筋骨，墜落黃泥。珠子如何能夠與沙石合汙？一心希望風雲際會，但不得良機，沒有門路。大雁的一番自述，其實也何嘗不是飽經滄桑期待機會希望有番作為的詩人的表白！「公子敬愛客」以下，為下段，寫宴飲場景，知遇之恩。由於主人曹丕的好客延攬，禮賢下士，宴會是歡樂融洽的。詩人為主人的知遇熱情感激涕零，愧不敢當，不僅表示要一醉方休，更表示要大家都兢兢業業，鞠躬盡瘁，盡職盡責，以不辜負主人的敬賢禮士求賢若渴之情。上段通體用比，下段用賦。詩雖公宴之作，卻出語蘊藉得體，並無一味無聊頌歌之語，如張玉穀《古詩賞析》評：「魏人公宴詩，皆累幅頌揚，開後來應酬惡流。獨存此作，未墜古音。」所評極是。

別詩

朝雲浮四海❶，日暮歸故山，行役❷懷舊土，悲思不能言。悠悠涉❸
千里，未知何時旋❹？

【注釋】❶四海　天下。❷行役　外出服役。❸涉　跋涉；歷經。❹旋　歸還。

【語譯】清晨雲彩天上飄散，天色傍晚回歸故山。差役遠涉懷念故土，悲苦鬱結無法訴宣。歷經漫漫千里道途，不知何時能夠歸還？

【研析】本詩乃行役在外，思家望歸之作，大約作於詩人早年。首二句為興為比，朝雲飄蕩，天下散漫，但其晚上，仍要回到興起的地方，如在外跋涉之人，縱然終年飄零，仍然心繫家園。「行役」二句，承上反說己身，行役遊蕩在外的人，卻不如雲彩，早出晚歸，因為對家鄉刻骨的思念，悲苦之極，難以言說。末二句進一步寫悲苦之因，在於千里悠悠，家鄉遙遠，道途阻隔，不知歸期，故而悲苦鬱結，痛苦難當。「得首二反興有勢，便覺節短韻長」（張玉穀《古詩賞析》）。

應璩

百一詩

〈百一詩序〉曰：時謂曹爽曰：今公聞周公巍巍之稱，安知百慮有一失乎？百一之名取此。○璩詩百餘篇，大率諷刺時事。

下流不可處①，君子慎厥初②。名高不宿著③，易用受侵誣④。前者隳官去⑤，有人適我閭⑥。田家無所有，酌醴焚枯魚⑦。問我何功德⑧，三入承明廬⑨。所占⑩於此土，是謂仁智⑪居。文章不經國⑫，筐篋無尺書⑬。用等⑭稱才學，往往見歎譽⑮。避席跪自陳⑯，賤子實空虛⑰。宋人遇周客⑱，慚愧靡所如⑲。

「下流一章」，自侮也。○「問我何功德」至「往往見歎譽」，皆問者之詞，下四句自答。○遇周客，指宋之愚人寶燕石事。

【注　釋】❶下流不可處　語本《論語・子張》：「子貢曰：『紂之不善，不如是之甚也，是以君子惡居下流，天下之惡皆歸焉。』」下流，比喻眾多醜惡聚集的地方，名聲不好的境地。❷厥初　起初；事情開始的階段。❸名高不宿著　名高，聲名顯赫。宿著，久著。❹易用受侵誣　用，因。侵誣，攻擊；誣陷。❺前者隳官去　前者，前時。隳官，罷官。❻閭　里巷；故里。❼酌醴焚枯魚　醴，甜酒。焚枯魚，烤魚乾。❽功德　功業德操。❾承明廬　魏國在建始殿承名門內所設供天子左右侍官值宿的房子。詩人初為侍郎，復為常侍，又為侍中，故曰三入。❿占　隱退。⓫仁智　仁人智士。⓬經國　經邦濟國。曹丕《典論・論文》：「文章者經國之大業，不朽之盛事。」⓭筐篋無尺書　筐篋，儲書的書箱一類。尺書，泛指書籍。⓮用等　憑這般。⓯見歎譽　被人稱譽讚賞。⓰避席跪自陳　言從座席上起來，長跪而自我表白。⓱賤子實空虛　賤子，謙辭，猶鄙人。空虛，言沒有什麼才學。⓲宋人遇周客　《文選》李善注引《闕子》（當為《闞子》）：「宋之愚人得燕石於梧臺之側，藏之以為大寶。周客聞而觀焉。主人齋七日，端冕玄服以發寶，革匱十重，巾十襲。客見，俯而掩口，盧胡而笑曰：『此特燕石也，其與瓦甓不殊。』主人大怒曰：『商賈之言，醫匠之心！』藏之愈固，守之彌謹。」⓳靡所如　不知所往。靡，無。如，往。

【語　譯】下流卑汙之地不可居，有德君子謹慎事之初。聲名顯赫難以長久恃，容易因此招來毀謗誣。前些時候丟官回家來，有人到我故里來訪問。農家沒有希奇東西來招待，斟杯甜酒烘烤乾魚片。問我有啥功業與德操，三次拜官出入承明廬。退隱來到這塊黃土地，這裡堪稱仁人智士宇。文章不能經邦把國濟，書箱之內沒有片尺書。憑藉這等號稱飽才學，往往被人讚美盛誇譽。離開座席長跪自表白，鄙人實在庸碌腹空虛。無知宋人遇到周地客，慚愧慌亂不知何處避。

【研析】應璩（西元一九〇年—西元二五二年），字休璉，三國魏汝南（今河南汝南一帶）人，應瑒之弟。魏明帝朝為散騎常侍，魏廢帝齊王芳即位，為侍中、大將軍長史。有明人輯《應休璉集》。本詩題「百一」，或云「以百言為一篇，或謂之『百一詩』」（《七志》）；或引〈百一詩序〉「時謂曹爽曰：『今公聞周公巍巍之稱，安知百慮有一失乎？』」，云「『百一』之名，蓋興於此也」（李善注《文選》）；或云「意者以為百分有一補於時政」（五臣注《文選》呂向語）。詩歌以自嘲的筆法，在自我設問對答中，發明了他的心跡品格。首四句議論，揭示人生不可不慎，一失足成萬古恨，故君子謹慎行事，步步小心。顯赫聲名難能長久，而樹大招風，高名受謗，似乎高名也成「下流」。「前者」四句，寫丟官歸來，家居田園之樂，斟杯甜酒，烤塊乾魚，簡樸卻恬然自得。「問我」四句，設問語，謂有什麼功業德操，三為帝王近臣？而隱居之地，也是仁人智士所居。「文章」四句乃自嘲答辭，自謂文章不能經國，箱篋沒有片紙，而這等浮薄，卻贏得大名，往往被人稱賞。「避席」四句，再以解嘲語，直言自己腹中空空，本無才學，又以典故，說自己本愚蠢之人，一旦遇到周客，將無地自容。在詩人一味的自我譏嘲中，是其看破了以後的曠達之言，抑或為對於譏謗讒毀者的反諷，顯而易見。沈德潛謂「大率諷刺時事」，庶幾得之。劉勰《文心雕龍‧明詩》謂「應璩〈百一〉，獨立不懼，辭譎義貞」，誠「魏之遺直」，亦頗能中的。

雜詩

細微苟不慎，隄潰自蟻穴❶。腠理早從事，安復勞鍼石❷？哲人❸覩未形，愚夫闇明白❹。曲突不見賓，焦爛為上客❺。思願獻良規，江海倘不逆。狂言雖寡善，猶有如雞跖。雞跖食不已，齊王為肥澤❻。

進言聽言意，愈隱愈顯。

【注　釋】❶細微苟不慎二句　語本《韓非子・喻老》：「千丈之隄以螻蟻之穴潰。」❷腠理早從事二句　《韓非子・喻老》扁鵲見蔡桓公曰：「君有疾在腠理，不治將恐深。」《史記・扁鵲傳》亦載之。腠理，膚理，皮下肌肉間的空隙。鍼石，用以針灸的石針。❸哲人　明達才智有見識之人。❹闇明白　對明明白白的事情仍昏昧無知。❺曲突不見賓二句　典出《漢書・霍光傳》：「臣聞客有過主人者，見其竈直突，傍有積薪，客謂主人：『更為曲突，遠徙其薪，不者將且火患。』主人嘿然不應。俄而家果失火，鄰里共救之，幸而得息。於是殺牛置酒，謝其鄰人。灼爛者在於上行，餘各以功次坐，而不錄言曲突者。」突，煙囪。❻狂言雖寡善四句　典出《呂氏春秋・用眾》：「善學者若齊王之食雞也，必食其跖，數千而後足。」高誘注：「喻學者取道眾多，然後優肥。」

【語　譯】細微倘若不仔細，大堤崩潰從蟻穴。腠理疾病早治療，哪裡需要用石針？聰察哲人防未然，明告蠢人猶然昏。曲突之人不見邀，焦頭爛額為上賓。盤算獻上好計謀，江海或許不拒絕。狂言縱然少高見，仍有美味如雞跖。雞跖吃來不停歇，齊王滋養成肥碩。

【研　析】本詩諷刺愚者不及早納言而致禍端，表達了自己希望建言為上所採用的心跡。首四句用兩個典故，以螻蟻之穴可潰大堤，及腠理之疾，不勞針石，比喻防患未然見機之早的重要。「哲人」四句，就此議論作進一步申說。道理如此，但能見未然之端的只有哲人，凡夫蠢人，即使明白告知，依然昏昧懵懂，不能清醒，歷史上曲突徙薪的故事，就是最好的明證。早早提醒，可以不致損失的人，並沒能引起主人注意，事之既發，主人仍沒有意識到其意見的英明。可見好的建議，並不容易為人採納。「思願」以下，轉到自身，寫自己希望獻計獻策。又以典故中齊王之肥澤，源於能食雞跖不已，比喻自己雖然狂言，亦猶雞跖，納之必有益處而見功效。詩歌隨手援引常見典故，服務其說理，既含蓄蘊藉，生動真切，也增強了說理的力量。

繆襲

克官渡

《晉書・樂志》曰：改漢〈上之回〉為〈克官渡〉，言曹公與袁紹戰，破之於官渡也。

克紹官渡由白馬❶，僵尸流血被原野。賊眾如犬羊，王師尚寡。沙堆傍❷，風飛揚，轉戰不利士卒傷。今日不勝後何望。土山地道不可當❸，卒勝大捷震冀方。屠城破邑，神武遂章❹。音節自佳。

【注釋】❶克紹官渡由白馬　紹，袁紹（？—西元二〇二年），東漢末年汝南汝陽（今河南商水西南）人，字本初，為漢末軍閥之重要一支，建安五年（西元二〇〇年）在官渡被曹操打敗，此即歷史上有名的「官渡之戰」。官渡，地名，在今河南中牟東北。白馬，地名，在今河南滑縣北。袁紹進軍黎陽，遣大將顏良攻東郡太守於白馬，為關羽所斬。❷沙塠傍　《三國志・魏志・武帝紀》：袁紹進軍官渡，依沙塠為屯，東西數十里。沙塠，即沙堆。❸土山地道不可當　《三國志》載：官渡合戰，太祖軍不利，復壁。紹為高櫓，起土山，射營中，眾大懼。太祖乃為發石車，擊紹樓皆破。紹為地道，欲襲營，太祖輒於內鑿長塹拒之。又遣奇兵襲擊紹運糧車，盡焚其穀。❹神武遂章　神武，英明威武。章，顯。

【語譯】官渡敗紹先有白馬一役，屍橫血流遍佈原野。敵方人眾如驅犬羊一大片，朝廷軍隊兵少力單薄。沙堆旁邊，風塵飛揚，轉戰不利兵士多傷亡。今日不勝以後哪還有希望。土山地道不能派用場，終於獲勝大戰告捷威震冀州那一方。屠戮攻克城池下，神武英明大放光。

【研析】繆襲（西元一八六年—二四五年），字熙伯，三國魏東海蘭陵（今山東蒼山蘭陵鎮）人。歷仕曹操及魏文帝、明帝、齊王芳，仕至尚書、光祿勳。《晉書・樂志》載：「魏武帝使繆襲造鼓吹十二曲，以代漢曲。改〈上之回〉為〈克官渡〉，言曹公與袁紹戰，破之於官渡也。」此為本首創作緣起，詩之主旨亦不難得知。袁紹在東漢末年軍閥割據中稱雄，佔據冀、青、幽、并四州。建安四年（西元一九九年），袁紹統十萬大兵，南下伐曹。曹操勢單力薄，兵少糧缺，但在次年春天的官渡大戰中，竟一舉擊破袁紹。此乃歷史上著名的以少勝多的戰例。本詩即描寫了這場戰役，歌頌了曹操的神武功勳。詩首二句先由白馬一戰寫起，此為官渡之戰預演，是曹操神威初展。這一仗，殺得血流遍地，屍橫遍野，足見戰爭的殘酷激烈。白馬一戰，曹操雖勝，但袁紹的隊伍依然十分龐大，力量對比仍十分懸殊，「賊眾」三句，正展示了這一對比。「沙塠傍」三句，描寫了強大的敵人的囂張之勢及曹操軍隊的暫時挫折。「今日」一句，在低沉的格調裡奮然而起，難道就這樣失敗？這是懦夫的表現。神威的曹操不會沉淪，他決心要贏得這場戰爭。「土山」以下四句，即表現了曹操所率領大軍，不畏艱難險阻，有大無畏的精神，土山、地道都嚇不倒他們，他們以一當百，驍勇果敢，終於贏得了大捷。而攻城拔寨，所向披靡，戰無不克，魏武帝曹操的神武英明，威鎮四方，天下盡知。詩歌長短句參差，慷慨激越，境界廓大，有氣勢之美，節奏之美。

定武功

改漢〈戰城南〉為〈定武功〉，言曹公初破鄴，武功之定，始乎此也。

定武功❶，濟黃河。河水湯湯，旦暮有橫流波。袁氏欲衰，兄弟尋干戈❷。決漳水❸，水流滂沱。嗟城中，如流魚，誰能復顧室家？計窮慮盡，求來連和。和不時，心中憂戚。賊眾內潰，君臣奔北。拔鄴城，奄有魏國❹。王業艱難，覽觀古今，可為長歎。

【注釋】❶武功　軍事上的功績。❷袁氏欲衰二句　官渡戰後，袁紹病死，其子袁尚、袁譚等自相殘殺，終致敗亡。❸決漳水　指曹操圍袁尚，決漳水灌城，城中餓死者過半。漳水，源出山西，流經河北、河南，入衛河。❹拔鄴城二句　鄴城在河北臨漳北，原屬袁紹，為曹操所佔。奄，全部。

【語　譯】奠定武威勳名，橫渡黃河北去。河水奔流湍急，日夜急流翻浪波。袁氏家族要衰微，兄弟爭鬥干戈起。決漳水，水流滂沱。歎城中，如同魚游，有誰還能顧家室？計謀心思用盡，乞求相和。求和不得時候，心中憂懼悲戚。賊人內部崩潰，君臣向北逃奔。拔下鄴城，擁有魏國全土。帝王創業艱難，縱觀古今，可為長歎。

【研　析】《晉書・樂志》載：「改漢〈戰城南〉為〈定武功〉，言曹公初破鄴城，武功之定，始乎此也。」此見出本詩立意大旨。詩亦紀實，敘曹操破袁尚，克鄴城事，頌其武功神威。詩首句總提，言曹操武功之定，在此一役，大功告成，擁有魏國之基。「濟黃河」三句，寫眼前景，也興起後文水淹城池事。「袁氏」十五句，述交戰經過，揭出袁氏之敗，由於家族衰微，兄弟內訌，自相殘殺。其中袁氏弟兄同室操戈、決漳水、求和不得、內部生變、棄城逃逸、鄴城攻克，曲折有致，條理清晰。結末三句，以基業創建不易，古今如一，以為鏡鑒。而魏武帝的神武創業，令人景慕。

屠柳城

改漢〈巫山高〉為〈屠柳城〉，言曹公越北塞，歷白檀，破二郡烏桓於柳城也。

屠柳城❶，功誠難。越度隴塞❷，路漫漫。北踰岡平❸，但聞悲風正酸。蹋頓授首，遂登白狼山❹。神武慹❺海外，永無北顧患❻。

慹，音質，怖也。《漢．朱博傳》：豪強慹服。

【注釋】❶柳城　漢朝縣名，在今遼寧朝陽南。❷隴塞　隴地關塞，這裡泛指北方關塞。❸岡平　應作「平岡」，地名，《三國志．魏志．武帝紀》載建安十二年（西元二〇七年）七月「經白檀，歷平剛，涉鮮卑庭，東指柳城」。❹蹋頓授首二句　蹋頓，三郡烏桓首領。白狼山，山名，在柳城附近。〈武帝紀〉載，「八月，登白狼山，卒與虜遇，……斬蹋頓及名王已下，胡漢降者二十餘萬口」。❺慹　同「慴」。慴服。❻北顧患　北方的邊患。

【語譯】血染柳城，功成的確難。北上越過關塞，路途無邊漫漫。向北翻越平岡，耳邊只有淒厲風響嗚咽。蹋頓被砍頭，於是登上白狼山。神威武功慴海外，永絕北部邊患。

【研析】本篇乃改漢鼓吹曲〈巫山高〉而成，亦魏鼓吹曲名。詩歌同樣是紀實之作，敘寫了建安十二年（西元二〇七年）曹操北征三郡烏桓的赫赫戰功。首二句總寫征戰建功之難。「越度」以下四句，越隴塞，路漫漫，逾平岡，沿途淒厲寒風，通過具體過程經歷及環境，寫成功的不易。「蹋頓」以下四句，斬烏桓首領，登上白狼山，是功成的標誌，而魏武神威遠揚，也以此為基礎。詩歌在參差錯落的語句節奏中，體現了沉鬱蒼茫、豪邁自信的基調，這與其主題正密切相關，不可分割。

戰滎陽

改漢〈思悲翁〉為〈戰滎陽〉，言曹公也。

戰滎陽❶，汴水陂❷。戎士憤怒，貫甲❸馳。陣未成，退徐滎。二萬騎，塹壘平。戎馬傷，六軍驚。勢不集，眾幾傾。白日沒，時晦冥。顧中牟❹，心屏營❺。同盟疑，計無成。賴我武皇，萬國❻寧。

【注釋】❶滎陽　漢縣名，在今河南。❷汴水陂　汴水，又稱汴河，在河南，其中滎陽一段稱蒗蕩河，向東稱官渡水。陂，河岸。❸貫甲　身穿鎧甲。❹中牟　漢縣名，在今河南。❺屏營　彷徨，惶恐。❻萬國　各國；天下。

【語譯】滎陽大戰，發生在汴水河岸。將士激昂憤怒，身披鎧甲馳騁。陣勢尚未擺成，徐滎軍隊洶湧。二萬鐵騎踏來，堡壘盡被夷平。兵士軍馬傷殘，六軍感到驚恐。情勢難以聚合，眾軍幾乎覆傾。白日隱光沉沒，時間陰暗晦暝。回顧中牟地，心中彷徨惶恐。同盟諸侯猜疑，滅卓大計無成。倚賴我家魏武，天下得到安寧。

【研析】本篇改漢鼓吹曲〈思悲翁〉而成。詩亦紀實史筆，敘寫了東漢末年群雄討伐董卓，因相互觀望，猜疑不和，大計流產。歌頌了中流砥柱的曹操孤軍奮戰，天下賴其支撐的雄武。

首二句總寫戰爭發生在滎陽。「戎士」二句寫將士勇猛的鬥志。「陣未成」以下八句，寫敵眾我寡，力量懸殊，弱不敵眾，在洶湧的敵軍衝擊下，陣勢未成，堡壘已被踏平，士馬傷殘，遽遭敗績，戰爭之慘烈動人心魄。「白日」二句，以天之慘愁，日隱晦暝，渲染戰鬥的激烈，死傷的慘重。「顧中牟」二句，以戰後人們心理上的驚恐，進一步寫戰爭的恐怖慘絕。結末四句，以諸侯的猜疑不團結，大事難成，在對比中頌揚了曹操的為天下棟樑，正賴其保全，方不致有社稷傾覆之憂。詩歌有沉鬱蒼涼之美。

挽歌

生時遊國都，死沒棄中野❶。朝發高堂上，暮宿黃泉下❷。白日入虞淵❸，懸車息駟馬❹。造化❺雖神明，安能復存我？形容稍歇滅❻，齒髮行當墮。自古皆有然❼，誰能離此者？

【注釋】❶中野　荒野。《周易》：「古之葬者，厚衣，以薪葬之中野。」❷朝發高堂上二句　語本王充《論衡・薄葬》：「親之生也，坐之高堂之上；其死也，葬之黃泉之下。」❸虞淵　神話傳說中日落之處。❹懸車息駟馬　《淮南子・天文訓》：「至於悲谷，爰止其女，爰息其馬，是謂息車；至於虞淵，是謂黃昏。」神話傳說中，太陽有羲和駕車載之而行，黃昏便懸車息馬。懸車，停車；掛車。❺造化　造物主。天地造化，化生萬物。❻歇滅 消亡；消滅。❼然 這樣。

【語 譯】活的時候遊歷京都，死的日子拋屍荒野。早晨高堂之上出發，晚上歇宿黃泉地下。太陽沉沒落於虞淵，懸掛車乘歇息駕馬。上帝造物儘管神明，哪裡能夠讓我再生？身體容顏漸漸衰歇，牙齒頭髮將要脫落。自古以來都是這樣，有誰可以避免這個？

【研 析】挽歌即喪葬之歌，古有〈薤露〉、〈蒿里〉，乃送葬時執紼牽喪車者所唱。詩歌內容即傷逝主題。首四句以生時、死沒，朝發高堂、暮宿黃泉，生之與死兩兩對比，表現了人生苦短，生之匆遽，恍若驚夢的人生感悟。「白日」四句，以太陽運行，時光流轉，造化自然，揭出人的走向死亡的必然，乃客觀規律，不可抗拒，也不可逆轉。「形容」四句，進一步闡發人生苦短的主題，而自古而然，無人違背，表露了既有對生的留戀，也有對死的坦然。既然生老病死乃自然規律，也便超脫了消極悲觀，主題也不再顯得灰色。或謂此詩「亦淡亦悲」（何焯《義門讀書記》），「亦曠達，亦悲痛」（張玉穀《古詩賞析》），質樸平淡中含蘊悲愁，正是本詩藝術上主要的特點。

左延年

從軍行

亦作漢詞。

苦哉邊地人❶，一歲三從軍。三子到燉煌❷，二子詣隴西❸。五子遠鬥去，五婦皆懷身❹。

【注釋】❶邊地人　邊疆地區的人民。❷燉煌　郡名，約相當於今甘肅疏勒河以西及以南地區。❸隴西　郡名，因在隴山以西而得名。❹懷身　身懷有孕。

【語譯】多麼苦難的邊疆人，一年中間三從軍。三個兒子到燉煌，兩個兒子到隴西。五個兒子遠征戰，五個媳婦有孕身。

【研析】左延年，生卒年不詳。三國時期魏國人。太和中為協律中郎將，以改舊樂為新聲而受寵。詩作今存三首。本詩乃樂府歌曲，屬〈相和歌辭・平調曲〉。詩歌反映了頻繁的兵役給邊區人民所帶來的苦難。首二句總領，寫邊區百姓為繁瑣的兵役所苦。「苦哉」二字如聞其聲，如見其人。「三子」以下四句，以一個具體的家庭五子從軍，寫兵役征夫之廣，而結末五婦身孕，暴露了頻繁無休止且大面積的徵兵，破壞了正常的家庭生活，給普通家庭帶來了深重的災難禍患。「直敘其事，難堪處全在一結」（張玉穀《古詩賞析》），所評極是。

阮籍

詠懷

阮公〈詠懷〉，反覆零亂，興寄無端，和愉哀怨，雜集於中，令讀者莫求歸趣，此其為阮公之詩也。必求時事以實之，則鑿矣。○其原自〈離騷〉來。

夜中不能寐，起坐彈鳴琴。薄帷鑒明月❶，清風吹我襟。孤鴻號外野❷，翔鳥鳴北林❸。徘徊將何見？憂思獨傷心❹。

【注釋】❶薄帷鑒明月　帷，幔帳。鑒，照。❷號外野　號，鳥之啼鳴。外野，郊野。❸翔鳥鳴北林　語本《詩經・秦風・晨風》：「鴥彼晨風，鬱彼北林。未見君子，憂心欽欽。」翔鳥，飛鳥。北林，多比喻憂愁的處境。❹徘徊將何見二句　語意雙關，兼寫人、鳥。

【語譯】夜中不能入睡，起來彈奏古琴。明月照著薄帳，清風吹我衣襟。孤鴻郊外鳴叫，飛鳥啼鳴北林。徘徊將見什麼？憂愁獨自傷心。

【研析】阮籍（西元二一〇年—二六三年），字嗣宗，三國魏陳留尉氏（今屬河南開封）人。阮瑀之子。「竹林七賢」之一。初為吏，又為尚書郎，司馬懿引為從事中郎，高貴鄉公時，封關內侯，終步兵校尉。為正始文學的代表性人物。作品《阮籍集》。〈詠懷〉乃詩人生平所作詩歌的總名，其中有五言八十二首，四言十三首。阮籍〈詠懷〉向稱難解，《文心雕龍・明詩》謂「阮旨遙深」；鍾嶸《詩品》謂「厥旨淵放，歸趣難求」，而由其遭際，可覘知大略。《晉書》本傳說：「籍本有濟世志，屬魏晉之際，天下多故，名士少有全者，籍由是不與世事，遂酣飲為常。」崇奉老莊，明哲保身，口不言人過，正可見其無奈。〈詠懷〉八十二首乃隨感而作，非成於一時，本詩為其首章。首二句起筆警峭，夜不能寐，起身彈琴，非為彈琴，必心中有事，心中事妙在不言。「薄帷」四句寫景，明月照在薄薄的幔帳上，清風吹動衣襟，都為詩人所見所感；野外孤鴻哀號，北林飛鳥悲鳴，都為詩人所聞所感，人在景中，情景交融。孤鴻飛鳥的啼鳴，以動襯靜，與清風明月，組合為一個淒清寂寥的環境，而這環境，也是詩人孤獨寥落心境的外化。結末二句，徘徊躊躇者，是鳥，更是人。詩人能看到什麼呢？其期待，失望，惆悵，迷茫，孤寂，愁苦，盡在其中。最後一句點出憂思，而憂思者為何，仍沒有交代，餘味悠悠無盡。

二妃遊江濱，逍遙順風翔。交甫懷環珮，婉孌有芬芳❶。猗靡❷情歡愛，千載不相忘。傾城迷下蔡❸，容好結中腸❹。感激生憂思，萱草樹蘭房❺。膏沐為誰施❻，其雨怨朝陽❼。如何金石交❽，一旦更離傷。即未見好德如好色意。

【注釋】❶二妃遊江濱四句　典出《列仙傳》：鄭交甫於江、漢之濱逢江妃二女，見而悅之，不知其為神人。請其佩，二妃解贈之。交甫懷之，行數十步，不見其佩；回視二妃，亦失所在。逍遙，自由自在貌。婉孌，少年美貌嬌好貌。❷猗靡　情意纏綿。❸傾城迷下蔡　傾城，代指絕色佳人。迷下蔡，語本宋玉〈登徒子好色賦〉：「臣東家之子，嫣然一笑，惑陽城，迷下蔡。」❹容好結中腸　容，容顏。中腸，心中。

❺萱草樹蘭房　萱草，又名忘憂草。蘭房，香閨。❻膏沐為誰施　語本《詩經・衛風・伯兮》：「自伯之東，首如飛蓬。豈無膏沐，誰適為容？」膏沐，女子化妝品。❼其雨怨朝陽　語本《詩經・衛風・伯兮》：「其雨其雨，杲杲日出。」以求雨而有太陽，比喻二妃希望見到鄭交甫，鄭卻不來。❽金石交　金石般堅固的交情。

【語　譯】二妃江畔閑遊覽，順風自在何翩翩！交甫懷揣玉環佩，年少貌美香澤散。纏綿情意相歡愛，千秋萬代不拋閃。傾城姿色迷下蔡，美麗容顏記心上。感念激動憂愁生，忘憂萱草種閨房。脂粉之類為誰妝，祈雨怨那早太陽。如何金石般交情，一旦反成別離腸。

【研　析】本詩為〈詠懷〉八十二首之二，用江妃二女事而反其義，改鄭交甫悅二妃求之不得，為二妃與鄭交甫始則歡悅相得，既而鄭之背女離去，抒發了對世俗之交不能有終、始好終棄的感慨。首二句先出二妃，言其遊戲江濱，悠然自得。「交甫」二句，讚鄭交甫之貌美可愛，言其與二妃定情，而由原典，也令人想起鄭之對二妃的追求。「猗靡」二句，寫彼此相歡，情投意合，誓不相忘。「傾城」二句，謂傾城絕色，迷戀下蔡美男，鄭之容顏，深深紮根於二妃心中。「感激」以下，則形勢突變，二妃的憂思，栽種解憂之草，無心化妝，都暗示著鄭之離她們而去。求雨者抱怨杲杲之日，這一比喻，形象恰切地反映出二妃盼望見到鄭交甫而不能的心情。結末二句，以反問收束，怎麼從前的信誓旦旦，金石之交，一下子說分手就分手了呢？詩人之感慨世風不古，亦依稀可辨。

嘉樹下成蹊❶，東園桃與李。秋風吹飛藿❷，零落從此始。繁華有憔悴，堂上生荊杞❸。驅馬舍之去，去上西山趾❹。一身不自保，何況戀妻子。凝霜被野草，歲暮亦云已❺。

歲暮，隱指時亂也。一結見否終則傾，有去之恐不速意。

【注釋】❶嘉樹下成蹊　嘉樹，美樹，指桃李。蹊，小路。❷藿　豆葉。❸荊杞　兩種帶刺的小灌木。❹西山趾　西山，指商朝末年伯夷、叔齊隱居之首陽山。趾，山腳。❺已　畢。

【語譯】美樹下邊自然成小路，東園桃樹李樹正如此。秋風吹起豆葉的時候，桃李凋零從此也開始。繁華盛景總會有枯萎，高堂上邊他日長荊杞。鞭打馬兒丟開而離去，前往首陽來到山腳地。自個一身難以自保全，怎能眷戀不捨妻與兒。寒霜凝結覆蓋野草上，到了年末一歲將完畢。

【研析】本詩為〈詠懷〉八十二首之三，言世事盛衰之理，即趁早逃世之計。首四句以嘉樹桃李寫起，其雖然因自身之美而下自成蹊，但一樣躲避不了衰落，秋風刮起豆葉亂飛的時候，也就是它們凋零的開始。「繁華」二句，由自然界生物，延伸及社會人事，有繁華就有式微，今日的高堂華屋，明日或許已經是荊杞叢生，荒草滿眼。「驅馬」四句，是驚醒看穿後的對策，即趕快從社會的大染缸中逃離，到伯夷、叔齊隱居的首陽山去，尋找一塊淨土，保全餘生。妻子兒女，也都撇下，自顧不暇的時候，講不了兒女私情了。末二句語意雙關，既寫自然的時間匆匆，人生蹉跎，也寫政治氣候惡劣，人之朝不保夕。詩歌在淡淡的語言裡，包裹著深重的憂患與悲愁，在詩人不免消沉的表述中，不難發現他那顆戰慄痛苦的內心。

平生少年時，輕薄好絃歌❶。西遊咸陽中，趙李❷相經過。娛樂未終極，白日忽蹉跎❸。驅車復來歸，反顧望三河❹。黃金百鎰❺盡，資用常苦多。北臨太行道，失路將如何❻？

漢成帝數微行，近幸小臣，趙李從微賤專寵。此借言游俠之儔也。顏延年註謂趙飛燕、李夫人，恐不可從。

【注　釋】❶輕薄好絃歌　輕薄，輕浮淺薄。絃歌，歌舞彈唱。❷趙李　趙飛燕、李延年。趙原為陽阿公主家舞女，李善歌舞。趙李代指歌人舞女。❸忽蹉跎　忽，倏忽。蹉跎，時光白白流逝。❹三河　秦朝河東、河內、河南為三川郡。❺鎰　古代重量單位，舊制二十四兩。❻北臨太行道二句　典出《戰國策・魏策》：季梁說魏王曰：「今者臣來，見人於太行，方北面而持其駕。告臣曰：『我欲之楚。』臣曰：『君之楚，將奚為北面？』曰：『吾馬良。』臣曰：『馬雖良，此非楚之路也。』曰：『吾用多。』臣曰：『用雖多，此非楚之路也。』曰：『吾御者善。』此數者愈善，而離楚愈遠耳。」失路，走錯了路。

【語　譯】人生正當年輕時候，輕浮淺薄喜歡歌舞。西行遊歷咸陽古都，歌兒舞女從此經過。娛樂歡歌沒有盡時，日子匆忙歲月蹉跎。駕乘車子再次回來，回頭望眼遼闊三河。黃金累千揮灑已盡，財貨費用總患太多。往北行近太行古道，迷失道路又將如何？

【研析】本詩為〈詠懷〉八十二首之五，詩歌表達的是對往昔少年生活的追悔。前六句為一層，敘往昔。少年浮薄，追歡買笑，千金一擲，歌舞嬉戲，日子轉瞬即逝，人生蹉跎浪費。「驅車」以下六句為另一層，及至再來，感覺花費過大，捉襟見肘，頓悟從前之非，遂欲急流勇退。結末二句典故，表達了深沉的人生感觸，對失路之人常常事與願違，深表愧疚。這其實也是詩人對自己早年宦遊經歷的反思與追悔，是對自己曾經「失足」迷路的一種自省。而情詞之迫，可見詩人的痛心自責。

昔聞東陵瓜❶，近在青門❷外。連畛距❸阡陌，子母相鉤帶❹。五色耀朝日❺，嘉賓四面會。膏火自煎熬，多財為患害❻。布衣可終身❼，寵祿豈足賴❽？

【注釋】❶東陵瓜　典出《史記・蕭相國世家》：「邵平者，故秦東陵侯。秦破，為布衣。貧，種瓜於長安城東。瓜美，故時俗謂之東陵瓜。」❷青門　漢朝長安城東面南頭第一門名霸城門，以青磚砌成，俗又稱之青門。❸連畛距　畛，地埂。距，至。❹子母相鉤帶　謂瓜藤上掛滿大小不等的瓜。❺五色耀朝日　形容瓜的花紋色彩斑斕。❻膏火自煎熬二句　典出《莊子・人間世》：「山木自寇也，膏火自煎也。」謂油脂因其可燃而導致被燃，人以財多而招致禍患。❼布衣可終身　布衣，平民。終身，平安老死。❽寵祿豈足賴　寵，指受到朝廷恩寵。祿，做官的俸祿。賴，倚恃。

【語譯】聽說往昔有種東陵瓜，產地近在城東青門外。瓜田廣闊田埂小路縱橫連，瓜果累累大大小小爬滿瓜藤上。朝日映照瓜皮花紋呈五色，嘉賓滿座四面八方紛紛來。油脂可燃引來火種自燃燒，財貨太多招致禍患害自我。一介平民可以平安終一生，恩寵榮祿哪裡能夠終身過？

【研析】本詩為〈詠懷〉八十二首之六，詠史而述懷。《史記・蕭相國世家》載：漢高祖十一年（西元前一九六年），呂后用蕭何計，殺韓信。時高祖征戰在外，聞之，拜蕭何為相國。眾人皆賀，獨邵平弔之。其謂蕭何：「禍自此始也。上暴露於外而君守於中，非被矢石之事而益君封置衛者，以今者淮陰侯新反於中，疑君心矣。夫置衛衛君，非以寵君也。願君讓封勿受，悉以家私財佐君，則上心說。」蕭何受計而行之，高祖果大喜。詩即藉此以抒胸懷。首四句以「昔聞」點出歷史，敘邵平種瓜之事，寫其種瓜面積之廣，產量之豐。「五色」四句，由邵平之瓜美，遞進描寫享有它的主人相國之家。相國之家賓客滿座，享用瓜果，顯示相國之鼎盛。福兮禍之所伏，鼎盛中孕育著衰微，膏火之煎因其能燃所致，財貨之多招致匪盜，從中詩人揭示了一個深刻的令人驚醒的道理。結末二句，以布衣能得善終，寵祿難以久恃，總結前文布衣邵平及相國蕭何事，感慨時事，表達了詩人處在當時社會中所產生的人生思考。「言在耳目之內，情寄八荒之表」（鍾嶸《詩品》），言近旨遠，正是本詩突出的特點。

灼灼西隤日❶，餘光照我衣。迴風吹四壁，寒鳥相因依❷。周周❸尚銜羽，蛩蛩❹亦念饑。如何當路子❺，磬折忘所歸？豈為夸譽名❻，憔悴使心悲？寧與燕雀翔，不隨黃鵠飛。黃鵠遊四海，中路將安歸！

周周，鳥名，銜羽而飲。蛩蛩，亦作邛邛，獸名，相並而行。○此章為知進而不知退者言。末見己非沖天之質，宜相隨燕雀，不宜與黃鵠並舉也，蓋鄙之之詞。○韻用二「歸」字。

【注釋】❶灼灼西隤日　灼灼，鮮明貌。隤，墜落。❷因依　依偎；親倚。❸周周　傳說中的鳥名，頭重尾屈，銜羽而飲，見《韓非子・說林》。❹蛩蛩　傳說中獸名，狀如馬，日行百里。《呂氏春秋・不廣》載其與名蹶之獸比肩而行，蹶常常為蛩蛩取甘草以食之，蹶危急，蛩蛩亦負之而走。❺當路子　位居要津者。❻譽名　虛譽美名。

【語譯】太陽西墜耀人眼，餘暉照我衣襟上。旋風吹到屋四壁，寒凍之中鳥依偎。周周為飲銜毛羽，蛩蛩負蹶為饑餓。因何當道權勢家，如磬折腰忘回家？難道為了虛名聲，心力衰竭又悲切？寧與燕雀共翔遊，不隨大雁一道飛。大雁志在四海遊，半道拋撇如何回！

【研析】本詩為〈詠懷〉八十二首之八，於貪戀名位不知進退之人，乃一棒喝，同時表達了自己寧願卑微以保全其身的感慨。前六句述寒風落照時鳥獸各自為計，或依偎以取暖，或銜羽而飲水，或為填飽肚子而出力，表達了生之本能，動物尚有，人處亂世，亦當首先求其自保。回風落照，也當有政治寓意在。「如何」四句，寫貪戀虛名，追逐功名，不求自保之人，整日做的是官場應酬，折腰上司，心力憔悴，內心苦痛。結末四句，亮明自己遭逢亂世的人生主張，寧可與燕雀為伍，卑微而身在草野中間，不隨鴻鵠翱翔，懼其半道折落，無所依歸。

詩人之自甘「平庸」，可悲也夫！燕雀鴻鵠之比，筆勢健舉，出語精警。

步出上東門❶，北望首陽岑❷。下有采薇士❸，上有嘉樹林。良辰在何許❹？凝霜霑衣襟。寒風振山岡，玄雲❺起重陰。鳴雁飛南征，鶗鴂❻發哀音。素質游商聲❼，悽愴傷我心。

隱侯曰：致此彫素之質，由於商聲用事秋時也。「游」字應作「由」，古人字類無定也。

【注釋】❶上東門　洛陽東城最北的門。❷首陽岑　首陽山，位於洛陽城東北。❸采薇士　指伯夷、叔齊，隱居首陽山，不食周粟而死。❹何許　哪裡。❺玄雲　黑雲。❻鶗鴂　即杜鵑鳥。❼素質游商聲　素質，凋零破敗的景象。游，通「由」。商聲，淒厲之秋聲。

【語譯】漫步走出上東門，遙望北面首陽山。山下葬著採薇人，山上樹林美觀瞻。良辰吉日在哪裡？寒霜沾濕衣襟滿。山岡寒風凜冽吹，黑雲興起天陰沉。大雁啼鳴南飛翔，杜鵑聲聲音傷悲。蕭瑟由於秋風致，淒楚悲愴好感傷。

【研析】本詩為〈詠懷〉八十二首之九。詩歌既表達了對古代高隱的追慕嚮往，也抒發了對自己置身環境的悲哀。首四句，寫洛陽城東門外所見，首陽山是古代賢人伯夷、叔齊的隱居之地，不食周粟，採薇糊口，他們的英魂，就葬於斯，山上美盛的樹林，似乎就是他們品格的寫照，這令詩人多麼景慕神往。然而，詩人何其不幸，他不知道好的日子究竟在哪裡能夠遇到，「良辰」六句，即是詩人所生活其中的真實的環境：嚴霜粘衣，寒風呼嘯，黑雲密佈，大雁啼鳴遷徙，杜鵑聲聲淒厲，一個多麼慘厲令人窒息的氛圍，這也是當時社會在詩人心中的真切投影，看來，詩人要像伯夷、叔齊那樣找到一塊理想的歸隱之地，也不可得。結末二句，蕭瑟之景，以秋風而來，而自己的悽楚，又由蕭瑟之景引發，此景亦不無政治環境的影子在。

湛湛長江水，上有楓樹林❶。皋蘭被徑路，青驪逝駸駸❷。遠望令人悲，春氣感我心❸。三楚多秀士❹，朝雲進荒淫❺。朱華振芬芳，高蔡相追尋。一為黃雀哀，淚下誰能禁❻？ 末四句隱用莊辛諫楚王語意。

【注釋】❶湛湛長江水二句　語本《楚辭・招魂》：「湛湛江水兮上有楓，目極千里兮傷春心。」湛湛，水深貌。❷皋蘭被徑路二句　語本〈招魂〉「皋蘭被徑兮斯路漸」、「青驪結駟兮齊千乘」。皋蘭，水澤邊的蘭草。青驪，黑馬。逝，奔馳。駸駸，馬疾馳貌。❸遠望令人悲二句　語本〈招魂〉「目極千里兮傷春心」。

❹三楚多秀士　三楚，舊稱江陵為南楚，吳為東楚，彭城為西楚，這裡泛指楚地。秀士，文才出眾的人。

❺朝雲進荒淫　宋玉〈高唐賦〉寫巫山神女與楚懷王歡會事，有「旦為朝雲，暮為行雨，朝朝暮暮，陽臺之下」諸語。句謂楚地文才之士以荒淫故事娛樂君王。❻朱華振芬芳四句　典出《戰國策・楚策》莊辛諫楚襄王語，有「(黃雀) 俯啄白粒，仰棲茂樹，鼓翅奮翼，自以為無患，與人無爭也；不知夫公子王孫，

左挾彈，右攝丸，將加己乎十仞之上，以其類為招。……蔡靈侯之事因是以。……君王之事因是以……。」謂楚王尋歡作樂，正如蔡靈侯在高蔡之荒淫，不知有人已經在算計著他。朱華，紅花。振，散發。高蔡，地名，即今河南上蔡。

【語　譯】長江流水何深藍，江岸長著楓樹林。水邊蘭草蓋小路，黑馬奔馳何疾迅。遠望令人生悲愁，春天氣候亂人心。三楚之地多才士，朝雲文誘君王淫。姹紫嫣紅散芳芬，正如高蔡歡樂尋。一旦遭遇黃雀哀，使人悲傷淚難禁。

【研　析】本詩為〈詠懷〉八十二首之十一。詩歌皆詠史事，表達了對現實的感慨。元人劉履以為：「正元元年，魏主芳幸平樂觀。大將軍司馬師以其荒淫無度，褻近倡優，乃廢為齊王，遷之河內，群臣送者皆為流涕。嗣宗此詩其亦哀齊王之廢乎？蓋不敢直陳遊幸平樂觀之事，乃借楚地而言。」《選詩補注》首六句寫眼中楚地春景，江水湯湯，岸上楓林，蘭草茂盛，黑馬疾馳，此景反令詩人生悲楚之情，蓋以春而想到楚國懷王的春夢，想起莊辛諫楚襄王的故事，更由於它們與當下被廢之齊王芳如出一轍。「三楚」以下，正由楚國文士進淫詞以娛懷王，蔡靈侯高蔡尋歡追樂，如黃雀遭人算計而不知，表達了對荒淫誤國君主的譏諷，以及喪國亡身的悲憫。通篇只說楚事，而意旨自超出其外，寄託遙深。

開秋❶兆涼氣，蟋蟀鳴牀帷❷。感物懷殷憂❸，悄悄❹令心悲。多言焉所告，繁辭將訴誰。微風吹羅袂，明月耀清暉。晨雞鳴高樹，命駕起旋歸❺。

「多言」「繁辭」二語，重言之。

【注　釋】❶開秋　初秋。❷蟋蟀鳴牀帷　語本《詩經・豳風・七月》：「七月在野，八月在宇，九月在戶，十月蟋蟀入我床下。」❸殷憂　深憂。❹悄悄　憂愁難解貌。❺旋歸　歸鄉。《詩經・小雅・黃鳥》：「言旋言歸，復我邦族。」

【語　譯】初秋七月涼氣生發，蟋蟀鳴叫在我床下。有感外物心懷深憂，鬱積難解心生愴悲。多少話兒往哪訴說，太多話語向誰傾訴。微風吹拂綢緞袖子，皎潔月亮灑著銀輝。雄雞啼曉高樹鳴唱，駕車動身要歸故里。

【研　析】本詩為〈詠懷〉八十二首之十四，乃傷秋懷鄉之作。首二句交代季候變化，時在初秋，涼氣生發，蟋蟀的鳴叫，更增添了蕭瑟的氣氛。蟋蟀初秋不在野而入床下，似乎昭示著初秋便如十月之嚴寒。「感物」二句，即觸景生情，感秋傷懷，「殷憂」已言憂愁之深，「悄悄」更言愁之深切頑固。「多言」二句，以重言，言憂愁中的孤獨，無處傾訴，愈加鬱悶盤結，痛苦難當。「微風」二句，由於太多的憂愁，太過孤寂，詩人肯定是徹夜難眠，從室內來到戶外，故羅袖被清風吹動，滿眼是明月青輝，寂靜的深夜，孤寂的詩人更加孤寂。末二句，雄雞啼曉，詩人一個夜晚都沒有睡覺，他已經歸心似箭，就等著天亮，立馬駕車歸去。王夫之《古詩評選》謂：「唯此窅窅搖搖之中，有一切真情在內，可興可觀，可群可怨，是以有取於詩。」

……以追光攝景之筆，寫通天盡人之懷，是詩家正法眼藏。」可謂的評。

昔年十四五，志尚好詩書❶。被褐懷珠玉❷，顏閔相與期❸。開軒❹臨四野，登高望所思。丘墓蔽❺山岡，萬代同一時❻。千秋萬歲後，榮名安所之❼？乃悟羨門子❽，噭噭今自嗤❾。

翻「榮名以為寶」句。噭噭，指顏、閔相與期也。

【注釋】❶詩書　指《尚書》、《詩經》等經籍。❷被褐懷珠玉　語本《老子》「是以聖人被褐懷玉」。褐，獸毛或粗麻織成的短衣。珠玉，比喻有美好的才德。❸顏閔相與期　顏回與閔子騫，均為孔子弟子中優異者。期，期望。❹軒　窗。❺蔽　遮蔽；蓋滿。❻萬代同一時　謂千萬年之死者，同為今日之一墳墓。❼安所之　到哪裡去了。❽羨門子　古代傳說中仙人名，一作羨門子高。❾噭噭今自嗤　謂從前因操勞傷神以至痛哭，今以徹悟而破涕為笑。噭噭，哭聲。

【語譯】往昔少年十四五，志向崇尚儒家書。身著短衣才德美，顏回、閔騫相追攀。開窗放眼四野外，登高遙望傾慕人。陵墓累累滿山岡，千萬年人同一墳。人死千秋萬年後，光輝的名譽在哪裡？終於了悟羨門法，痛苦萬狀今破涕。

【研析】本詩為〈詠懷〉八十二首之十五。詩歌追述了自己由崇尚顏淵、閔子騫，到了悟神仙之道，希慕長生，厭棄功名的心裡變化歷程。首四句寫對儒家先賢的追慕，幼好詩書，以顏、閔為期許之榜樣，雖粗褐短衣，以擁有才德自美。中間四句，由開窗瞭望四野，見古往今來，聖賢凡人，同一丘墓，揭出一觸目驚心的事實，振聾發聵，令人警醒。末四句，即由眼中所見所感，再由功名磨滅，不知所之，了悟人生的虛無，神仙長生的可貴，於是乎拋棄了一切煩惱苦痛，昔日之悲，成為今日之樂。但從這詩人的笑聲裡，我們卻分明能聽出些變徵之音，感受到一種深深的無奈，一種自我麻醉的悲哀。

裴徊蓬池❶上，還顧望大梁❷。綠水揚洪波，曠野莽茫茫❸。走獸交橫❹馳，飛鳥相隨翔。是時鶉火中❺，日月正相望❻。朔風厲嚴寒❼，陰氣❽下微霜。羈旅無儔匹❾，俛仰❿懷哀傷。小人計其功，君子道其常⓫。豈惜終憔悴⓬，詠言著斯章。

「君子道其常」，往往憔悴。然豈緣此為惜乎？是真能立志砥節者。○君子道其常，小人計其功，本孫卿子語。

【注釋】❶蓬池　地名，戰國時屬魏地，在今河南開封東北，為沼澤地。❷大梁　戰國魏都，在今河南開封。❸莽茫茫　莽，草。茫茫，荒草無邊貌。❹交橫　紛亂貌。❺鶉火中　古代天文學將天空主要星象分為二十八宿，其中第三、四、五宿分別稱柳宿、星宿、張宿，合稱鶉火。鶉火星位置移至南方正中，即鶉火中，時當夏曆九、十月之交。❻日月正相望　指夏曆每月十五日，這裡指九月十五。❼朔風厲嚴寒　朔風，北風。厲，猛烈。❽陰氣　陰冷之氣。❾羈旅無儔匹　羈旅，寄跡在外。儔匹，伴侶。❿俛仰　低頭抬頭，指動輒之間。⓫小人計其功二句　語本《荀子·天論》：「君子道其常，小人計其功。」謂君子遵循常規行事，小人計較利害得失。⑫豈惜終憔悴　謂不苟於亂世而終身失意，在所不惜。

【語　譯】蓬池旁邊徘徊踟躕，回頭望著魏國故都。綠水翻騰掀起巨浪，原野空曠荒草處處。野獸紛亂縱橫奔馳，天空鳥兒成群翺翔。此時正當鶉火南指，日月恰好相對探望。北風呼嘯天氣嚴寒，陰冷之氣地結凝霜。宦遊漂泊沒有伴侶，動輒心中生出哀傷。小人計較利害得失，君子循規恪守有常。豈能惋惜終身失志，命筆歌詠撰寫本章。

【研　析】本篇為〈詠懷〉八十二首之十六。詩歌表達了身遭亂世，既不肯同流合汙，與世難融，坎坷失志的孤獨苦悶。詩以詠史起，借戰國之魏，寫三國之魏。首十句，即寫徘徊魏之故都大梁外蓬池，眼中所見景物天氣。綠水掀巨波，荒草無邊際，鳥獸紛亂成群，深秋朔風凜冽，陰冷凝霜，好一幅蕭瑟荒涼令人驚悸心寒的景象！這正是當時社會政治混亂，士人墮落，世風敗壞的真實寫照。「羈旅」以下，乃就己身言之。既不能隨波揚濁，與世浮沉，置身官場的詩人，註定沒有同道，缺乏知音，「無儔侶」正揭出其孤寂無伴的心態，而心生哀傷，亦勢所必然。「小人」二句，小人指墮落的一幫官僚士子，詩人在當時所見必多，感慨亦深。君子比自己，不會隨波逐流，只是遵循常道，是君子的品格。君子生逢濁世，自然難行其道，必然淹蹇失志，詩人對此十分清醒，但他矢志不渝。

獨坐空堂上，誰可與歡❶者？出門臨永路❷，不見行車馬。登高望九州❸，悠悠分曠野。孤鳥西北飛，離獸❹東南下。日暮思親友，晤言用自寫❺。

【注 釋】❶歡 或作「親」。❷臨永路 臨，至。永路，漫漫長路。❸九州 古代中國分天下為九州，這裡泛指天下。❹離獸 失群的野獸。❺晤言用自寫 晤言，對坐談心。用，以。寫，除。

【語 譯】獨自坐在空堂上，誰人可與相親近？出門來到大路上，不見車馬與行人。登高眺望九州地，遼闊原野何蒼茫。孤鳥隻身飛西北，失群野獸走東南。日暮黃昏思親友，對坐傾訴來排遣。

【研 析】本詩為〈詠懷〉八十二首之十七。詩歌抒寫了蒼茫暮色裡，詩人的孤寂淒涼，及其對家鄉親友的思想懷念。首二句開門見山點出孤身獨自，無人親近的孤寂落寞。「出門」以下六句，為排遣苦悶，解除孤獨，詩人從空堂走出，來到門外大路之上，但漫漫長路，竟然不見車馬人影；登高而望，茫茫原野，又是何等空曠淒清，能見到的，只有東西南北紛亂而行的孤鳥以及失群尋伴的野獸。「孤鳥」二句互文見義，孤鳥西北也東南，離獸東南也西北，牠們的尋伴，寄託了詩人對知音同道的渴慕，孤鳥、離獸也成了詩人的象徵。結末二句，直揭出日暮黃昏裡，詩人心中難耐的孤獨寂寞，以及希望見到親人，傾吐懷抱，宣洩鬱悶的情懷。詩歌以豐富的意象，鮮明的形象，孤寂蒼涼的情調，婉曲地表達了自己的心懷。

懸車在西南，羲和將欲傾❶。流光耀四海，忽忽❷至夕冥。朝為咸池❸暉，蒙汜❹受其榮。豈知窮達❺士，一死不再生。視彼桃李花，誰能久熒熒？君子在何許？歎息未合并❻。瞻仰景山❼松，可以慰吾情。

【注釋】❶懸車在西南二句　懸車，掛車；停車。羲和，神話中駕車載太陽的人，借指太陽。❷忽忽　倏忽；匆促間。❸咸池　東方大澤名，為神話中日浴之處。❹蒙汜　這裡指日出之地。❺窮達　困頓及顯達。❻合并　相聚。❼景山　高山。

【語譯】日車掛在西南方，太陽將要墜入山。光芒遍灑照四海，倏忽之間已傍晚。早晨咸池生光輝，蒙汜承受其光華。哪知困頓或顯達，一死不能復活來。看那桃李花芬芳，有誰可以久鮮豔？世上君子在哪裡？感慨不能相聚合。抬頭仰望高山松，可以慰我心中情。

【研析】本詩為〈詠懷〉八十二首之十八。詩歌抒寫的是詩人對歲月匆匆逝去，自己又落落寡合，難見同調的鬱悶情懷。前四句以眼前景寫心中情，太陽轉瞬又到西南，光芒四照轉眼就將日落西山，夜幕降臨，時間總是這樣匆匆忙忙。「朝為」六句，由那初生的朝暾，燦爛的陽光照耀蒙汜，說及人生，太陽有升有落，落而再升，但人卻無論困頓顯達，一死不可再生。正如那嬌豔的桃李花，哪個能夠持久不衰，始終鮮豔呢？生命有限，在有限的生命中，更應該活得像個樣子。像個樣子的標誌，不是官品的高低，而是節操品格的高下，就是要做一位堂堂君子。結末四句，正表現了這個意思。詩人苦悶於難見同調，歎息著君子難覓，但那高山懸崖上昂首挺立的蒼松，令他砰然心動，他感到雖生濁世，自己已不再孤單。

西方有佳人❶，皎若白日光。被服纖羅衣❷，左右珮雙璜❸。修容❹耀姿美，順風振❺微芳。登高眺所思，舉袂當朝陽❻。寄顏雲霄間❼，揮袖凌虛❽翔。飄颻恍惚中❾，流盼❿顧我傍。悅懌未交接⓫，晤言⓬用感傷。

【注　釋】❶西方有佳人　《詩經・邶風・簡兮》：「云誰之思？西方美人。彼美人兮，西方之人兮！」佳人，美人。❷被服纖羅衣　被服，穿著。纖，精細。羅衣，絲綢衣裳。❸雙璜　璜為半圓形佩玉，古代婦人妝飾品，上以青色之玉為橫樑，兩端絲帶各懸一隻佩璜，故稱雙璜。❹修容　打扮過的儀容。❺振　散發。❻登高眺所思二句　宋玉〈高唐賦〉：「揚袂障日而望所思。」謂舉袖遮陽眺望所思念之人，盼其歸來。當，遮擋。❼寄顏雲霄間　寄顏，猶托跡。雲霄，天際。❽凌虛　升於天空。❾飄颻恍惚中　飄颻，風動物貌。恍惚，隱約不清。❿流盼　目光流動。⓫悅懌未交接　悅懌，喜悅。交接，交往接觸。⓬晤言　面敘。

【語　譯】西方有位絕世美人，靚麗宛如太陽光輝。穿著精細絲綢衣裳，身上佩帶左右雙璜。裝扮得體姿態優美，隨風飄散縷縷芳香。登高眺望思念之人，舉起袖子遮擋陽光。好像託身雲霄以上，揮舞袖子淩空飛翔。飄搖恍惚隱約閃爍，徘徊回顧在我身旁。兩心歡喜沒能交接，沒有面敘因而感傷。

【研　析】本詩為〈詠懷〉八十二首之十九。詩歌表達著理想難以實現的鬱悶情懷。劉履謂：「此嗣宗思見賢聖之君而不可得，中心切至，若有其人於雲霄間，恍惚顧盼，而未獲際遇，故特為之感傷焉。」（《選詩補注》）可備一說。詩前六句極寫西方美人光彩奪目的姿容，華貴精美的服飾打扮，如太陽光彩照人，芬芳宜人。「登高」六句，寫漂亮的美人如在雲中，閃閃爍爍，恍恍惚惚，似近又遠，迷離惝恍，難以捉摸，把握不定。結末二句，正寫不可交接，不能有更深之接觸的傷感遺憾，表露了理想無法實現的惆悵迷惘。孤獨失志的詩人的心跡，在朦朧飄渺之中，仍可見其尾巴。

於心懷寸陰❶，羲陽❷將欲冥。揮袂撫長劍，仰觀浮雲征。雲間有玄鶴，抗志揚哀聲。一飛沖青天，曠世不再鳴❸。豈與鶉鷃❹遊，連翩戲中庭！

「曠世不再鳴」，猶王仲淹獻策後，不復再出也，為高士寫照。後鳳凰一章，有子欲居九夷意。

【注　釋】❶於心懷寸陰　《淮南子》：「聖人不貴尺之璧而重寸之陰，時難得而易失也。」❷羲陽　太陽。❸雲間有玄鶴四句　《戰國策》：「此鳥不飛則已，一飛沖天；不鳴則已，一鳴驚人。」玄鶴，黑色之鶴。抗志，高尚其志。曠世，久歷年代。❹鶉鷃　均小鳥名。

【語　譯】心中留連寸光陰，太陽匆匆將西墜。揚袖長劍握在手，抬頭仰看浮雲行。雲間有隻黑色鶴，志尚遠大啼悲聲。振翅飛起越青天，經久以後不再鳴。哪能伴伍鶉鷃遊，飛翔嬉戲在院庭！

【研　析】本詩為〈詠懷〉八十二首之二十一。詩歌表達了詩人高尚不同流俗之志向。首四句歎時光流逝，壯志不遂，有慷慨激烈鬱勃不平之氣。「浮雲征」，寄託著詩人的凌雲之志。歲月消逝而詩人志向難磨，反跌而起，聲勢雄傑。「雲間」以下六句，化用成句，表達了志向不能實現的鬱悶，以及高尚其志，不願隨波逐流的情懷。道不同不相為謀，生逢亂世，決意不用於世，寧可終身不遇，也不甘混跡燕雀鶉鷃，與世浮沉。「善於用比，觸手玲瓏」（張玉穀《古詩賞析》），所評極是。

駕言發魏都❶，南向望吹臺❷。簫管有遺音❸，梁王❹安在哉？戰士食糟糠，賢者處蒿萊❺。歌舞曲未終，秦兵已復來❻。夾林❼非吾有，朱宮❽生塵埃。軍敗華陽下❾，身竟為土灰。

【注　釋】❶駕言發魏都　駕，駕車。言，語助詞。魏都，戰國魏都城大梁，在今開封市。❷吹臺　即鼓吹臺，相傳為春秋時期師曠吹樂之臺，戰國時為魏王宴飲之地，在今開封市東南。❸遺音　指戰國流傳下來的音樂。❹梁王　戰國魏王嬰。❺處蒿萊　處於草野之間，閒置不用。❻秦兵已復來　指戰國末年，秦國部隊侵魏，占其土地。❼夾林　魏王所建供遊樂的園林。❽朱宮　朱紅色的宮殿。❾軍敗華陽下　西元前二七三年，秦兵圍大梁，破魏軍於華陽。華陽，古地名，在今河南新鄭東。或云山名，在河南密縣。

【語　譯】駕車從大梁出發，南行去探望吹臺。簫管吹奏魏國樂，梁王自身又何在？戰士糟糠來充饑，賢達人才居蒿萊。歌舞行樂曲未終，秦國軍隊又打來。夾林不再為我有，朝廷宮殿蒙塵埃。華陽一戰軍潰敗，身子成灰如煙散。

【研　析】本詩為〈詠懷〉八十二首之三十一。詩歌借古諷今，以戰國之魏君主荒淫逸樂，終於亡國，警戒三國魏之君主，殷鑑不遠，前車之鑑。首四句言憑弔梁之吹臺所感，簫管聲聲，仍吹奏著魏國傳下來的音樂，但當時作樂的魏王，卻早已蹤影全無，無尋覓處。「戰士」四句，將士不養，賢才不求，戰士以糟糠為食，賢人被閒置草野不用，朝廷則尋歡作樂，荒淫無度，有這些原因，便有秦兵打來之結果。「夾林」四句，是兵敗亡國後的慘象。修建園林，營造宮室，本為享樂，然皮之不存毛將焉附，國家既破，自身也灰飛煙滅，一切都無從談起。「非吾有」、「生塵埃」、「為土灰」，不啻當頭棒喝。

朝陽不再盛，白日忽西幽❶。去此若俯仰，如何似九秋❷？人生若塵露，天道邈悠悠。齊景升丘山，涕泗紛交流❸。孔聖臨長川，惜逝忽若浮❹。

去者余不及❺，來者吾不留❻。願登太華山❼，上與松子❽遊。漁父知世患，乘流泛輕舟❾。

【注釋】❶西幽　指太陽西落而天色變得幽暗。❷去此若俯仰二句　謂離開盛時就在瞬息之間，如何卻說一日似九秋呢？九秋，指秋季九十天。這裡用《詩經・采葛》「一日不見，如三秋兮」語意。❸齊景升丘山二句　典出《晏子春秋》：「景公遊於牛山，北臨其國而流涕曰：『若何滂滂去此而死乎！』」齊景，春秋齊國君主景公。涕泗，鼻涕眼淚。❹孔聖臨長川二句　典出《論語・子罕》：「子在川上曰：『逝者如斯夫！不捨晝夜。』」孔聖，孔子。長川，大河。❺去者余不及　謂過去的時日不能追回。❻來者吾不留　謂未來的日子留它不住。❼太華山　西嶽華山主峰名。❽松子　赤松子，傳說中神仙名。❾漁父知世患二句　《楚辭・漁父》中，隱士漁父勸屈原「聖人不凝滯於物，而能與世推移」，而後「莞爾而笑，鼓枻而去」。世患，時世禍患。

【語譯】朝陽光芒不再強盛，太陽倏忽西墜天暗。離開盛時如在瞬間，如何卻說似那九秋？人生短促如塵似露，自然宇宙悠悠難求。齊國景公登上牛山，淚水汪汪縱橫交流。孔子聖人走到河畔，歎息逝去如同水流。過去日子難以追回，未來時日不能挽留。希望攀登太華山上，隨同仙人赤松子遊。漁翁看清世上禍患，順流蕩舟尋求保全。

【研析】本詩為〈詠懷〉八十二首之三十二，抒寫的是憂生傷世的感慨。首二句寫眼前景，太陽光芒漸弱，白日匆匆西墜，天地轉瞬幽暗，寫時光流逝，飄忽而過。「去此」四句，為議論之筆。古人說一日如三秋，詩人對此提出質疑。一天之內，白日的由盛到衰，也就在俯仰剎那之間；不獨一天，人的一生，也如浮塵、朝露，極易消失，與悠悠自然恆久宇宙比，一切都顯得太過短促。「齊景」四句，以齊景公登牛山傷生命之促及孔子臨川歎逝者如水流兩個典故，進一步印證生命時光的流逝不再。「去者」以下六句，既然醒悟了去者不可追，來者無法留，於是詩人決意或者學仙，或者歸隱，去追求生命的持久或快意。結末二句，還暗示出了詩人對險惡政治、混亂時事的態度。

儒者通六藝❶，立志不可干❷。違禮不為動，非法不肯言❸。渴飲清泉流，饑食并一簞❹。歲時無以祀❺，衣服常苦寒。屣履詠〈南風〉❻，縕袍笑華軒❼。信道守詩書，義不受一餐。烈烈❽褒貶辭，老氏❾用長歎。

儒者守義，老氏守雌，道既不同，宜聞言而長歎也。魏晉人崇尚老莊，然此詩言各從其志，無進退兩家意。

【注釋】❶儒者通六藝　儒者，尊崇儒家通習經籍的人。六藝，儒家六部經典《詩》、《書》、《禮》、《樂》、《易》、《春秋》的統稱。❷干　侵犯。❸違禮不為動二句　語本《論語》「非禮勿動」及《孝經》「非先王之法言不敢言」。❹渴飲清泉流二句　《論語・雍也》：「子曰：『賢哉，回也！一簞食，一瓢飲，在陋巷，人不堪其憂，回也不改其樂。』」簞，古代盛飯用的圓形竹器。❺歲時無以祀　歲時，每年一定的季節或時間。無以祀，沒有東西用來祭祀。❻屣履詠南風　屣履，拖著鞋子走路，多形容走路急忙。南風，即〈南風歌〉，《孔子家語》稱「舜彈五弦之琴，歌〈南風〉之詩」。❼緼袍笑華軒　緼袍，用亂麻絮做襯裡的袍子。華軒，高大華美的車子。❽烈烈　剛正嚴峻貌。❾老氏　即老子，道家學派的創始人。

【語　譯】尚儒學人精通六藝，志向堅定不可侵犯。違背禮儀不願去行，不合法言不肯去言。口渴飲瓢清澈泉水，饑餓只吃一桶粗飯。歲時貧困無物祭祀，衣服單薄常常慮寒。拖著鞋子歌詠〈南風〉，敗絮爛袍笑話高軒。信守道義遵循詩書，有悖道義不受一餐。慷慨嚴正褒貶社會，老子為此興發長歎。

【研　析】本詩為〈詠懷〉八十二首之六十。詩歌以道家老莊的眼光，描敘了儒者的形象。首四句寫儒者精通六藝，講求志尚，遵循禮法，非禮不行，非先王法之言不言，循規蹈矩，墨守成規。「渴飲」八句，寫儒者甘於清貧，困頓不改其志，窮愁尚懷濟世之心，恪守道義，鄙視不義而富貴，有背道義一餐而不受。結末二句，儒者烈烈剛正之辭，總堂而皇之，義正詞嚴，一副正義不可侵犯的樣子，但在老子看來，卻顯得滑稽而悲哀。詩中對於儒者的態度，不無憤世之意在，有敬重，有悲憫，於儒者的固執拘謹，也不無調侃。

林中有奇鳥，自言是鳳凰。清朝飲醴泉❶，日夕棲山岡。高鳴徹九州，延頸望八荒❷。適逢商風❸起，羽翼自摧藏❹。一去崑崙❺西，何時復迴翔？但恨處非位❻，愴悢❼使心傷。

鳳凰本以鳴國家之盛，今九州八荒，無可展翅，而遠去崑崙之西，於潔身之道得矣。其如處非其位何？所以愴然心傷也。

【注釋】❶醴泉　甘泉。❷八荒　八方邊遠之地。❸商風　秋風。❹摧藏　摧折；毀壞。❺崑崙　山名，在西北部，古代傳說中的神仙之山。❻非位　不合適的位置。❼愴恨　悲憤憂傷。

【語譯】林中有隻奇異鳥，自稱名字叫鳳凰。清晨飲用甘泉水，天晚棲息在山岡。啼鳴聲高傳九州，伸長頸項望八方。偏偏遭遇秋風起，翅膀羽毛被毀傷。振翅飛往崑崙西，何時再能往迴翔？只恨位置不合適，心中淒楚生悲傷。

【研析】本詩為〈詠懷〉八十二首之第七十九。詩歌以詠寫鳳凰，抒發了自己以高潔之身，不得其志的鬱悶酸楚。首二句點出鳳凰奇鳥。「清朝」四句，飲甘泉，棲山岡，聲嘹亮，望八荒，言其高尚之操，志向之宏，資質的超凡。「適逢」四句，寫不得其時，遭受摧殘，避世隱退。末二句點出所處非位，志向不遂，蹉跎人生，心生悲楚。詩人以鳳凰自喻，表達了自己懷高尚之操，卻生不逢時，壯志難酬的悲傷之感。

出門望佳人，佳人豈在茲？三山招松喬❶，萬世誰與期？存亡有長短，慷慨❷將焉知？忽忽朝日隤，行行❸將何之？不見季秋❹草，摧折在今時。

顏延年曰：說者謂阮籍在晉文代，常慮禍患，故發此詠。看來諸詠非一時所作，因情觸景，隨興寓言，有說破者，有不說破者，忽哀忽樂，俶詭不羈。○「十九首」後，復有此種筆墨，文章一轉關也。○詠懷詩當領其大意，不必逐章分解。

【注 釋】❶三山招松喬　三山，傳說中的三座神仙居所，分別為蓬萊、方丈、瀛洲。招，訪求。松喬，赤松子、王喬，傳說中的兩位仙人。❷慷慨　感歎。❸行行　不停的走。❹季秋　晚秋。

【語 譯】走出門去探望美人，美人哪能就在這裡？前往三山訪求神仙，萬世不老誰能期待？生存死亡各有長短，感歎壽命如何能知？匆促中間朝陽落山，走啊走啊將去哪兒？晚秋不見綠草生長，摧殘凋零就在今時。

【研 析】本詩為〈詠懷〉八十二首之第八十。詩歌表露了詩人看不見出路的苦悶與迷惘，以及遭逢亂世心靈上的憂患不安。「出門」四句，探望佳人而不見佳人，喻示知音同道難求；三山訪仙，而成仙幻滅，揭示不僅現實中沒有希望，就連求仙也只能是一種幻想。清醒的詩人何其苦痛哀傷！「存亡」二句，承上寫出壽命難由人自主，有傷生之嗟。「忽忽」二句，以朝日倏忽沉沒，時光流逝之速，前途茫茫，不辨去向，寫生之苦悶。結末二句，以季秋草木凋零，生物摧折，寓意社會黑暗，政治險惡，具體展示出一顆驚悸顫慄的靈魂。苦悶出詩人，社會政治人生的苦悶，孕育了阮籍的誕生。

大人先生歌

天地解兮六合開❶，星辰隕兮日月頹，我騰而上將何懷？

【注釋】❶天地解兮六合開　解，分裂。六合，天地四方，宇宙空間。

【語譯】天地分裂啊宇宙離析，星辰隕落啊日月墜毀，我身騰越升起又將想甚？

【研析】阮籍〈大人先生傳〉虛構了「大人先生」作為自己理想的化身，這首〈大人先生歌〉中的「超人」形象，同樣有自寓的色彩，表達了詩人不僅要超脫自我，甚而超脫自然宇宙的一種奇想。三句文字，令人自然想起創世紀的神話，而劫後餘生者不再是女媧，而是超自然的「大人先生」。宇宙毀滅，人類社會不復存在，詩人由社會而生的所有憂患鬱悶，都自然消失，自然無所懷。但這只是詩人的幻想，所以其所懷「又何能已哉」。張玉穀《古詩賞析》稱其：「即以當〈詠懷〉諸作總收也可。」可謂別具隻眼。

嵇康

叔夜四言，時多俊語，不摹倣《三百篇》，允為晉人先聲。

雜詩

微風清扇，雲氣四除❶。皎皎亮月，麗于高隅❷。興❸命公子，攜手同車。龍驥翼翼，揚鑣踟躕❹。肅肅宵征，造我友廬❺。光燈吐輝，華幔長舒❻。鸞觴酌醴，神鼎烹魚❼。絃超子野，歎過綿駒❽。流詠太素，俯讚玄虛❾。孰克英賢，與爾剖符❿？

言詠讚道妙，游心恬漠，誰能以英賢之德，與爾分符而仕乎？

【注釋】❶微風清扇二句　清扇，《嵇康集》作「輕扇」，指微風輕拂。四除，四散。❷麗于高隅　麗，附麗。高隅，指城樓，因在城牆之角落，故名。❸興　起身。❹龍驥翼翼二句　龍驥，駿馬。翼翼，行列整齊貌。揚鑣，提起馬嚼子；驅馬。❺肅肅宵征二句　肅肅，迅疾貌。宵征，夜行。造，到訪。廬，室。❻光燈吐輝二句　光燈，華燈；明燈。華幔，華麗的幔帳。舒，展開；張開。❼鸞觴酌醴二句　鸞觴，繪有鸞鳳圖案的精美酒器。酌醴，斟酒。神鼎，大鼎。❽絃超子野二句　絃，琴絃，代指所奏樂曲。子野，春秋時期晉國著名樂師師曠的字。歎，詠歎，指唱歌。綿駒，春秋齊國善歌者。❾流詠太素二句　流詠，縱聲吟詠。太素，樸素。玄虛，玄遠虛無之道。❿孰克英賢二句　孰，誰。克，能。剖符，分符。符，符節，古代帝王賞賜功臣的憑符，以竹製成，一分為二，君臣各執一半。

【語譯】微風輕輕吹拂，雲氣四方飄散。皎潔月光明亮，照在城樓之上。起身招呼公子，攜手同車出訪。駿馬行進整齊，提起馬嚼徘徊。夜行奔馳迅疾，造訪我友所居。花燈吐露輝光，華麗幔帳舒展。鸞鳳酒杯斟酒，碩大炊具烹魚。琴樂勝過師曠，歌唱賽過綿駒。吟詠太素之境，讚歎玄虛妙道。誰能英賢才德，與你分符出仕？

【研析】嵇康（西元二二三年—二六二年），字叔夜，譙國銍縣（今安徽宿縣西南）人。「竹林七賢」之一。正始文學的代表作家。與魏宗室婚，拜中散大夫，世稱嵇中散。少孤，有奇才，博學無不該通。長好老莊，常言養生服食之事。反對名教，蔑視虛偽的禮法之士。因拒絕與司馬氏集團合作，終遭誣陷被殺。詩長於四言，作品有魯迅輯本《嵇康集》等。本詩《文選》題《雜詩》，他本或題《燈詩》，或徑稱《四言詩》。詩歌敘月夜訪友及燈下宴會之樂，表現了對道家太素玄虛之境的神往。前十句為一層，微風輕拂，雲氣散盡，一個皎潔明亮的月夜，詩人來了外出訪友的興致，於是呼朋引伴，攜手同車，一道起身。「龍驤」四句，寫行程，駿馬的步伐整齊，行進的迅疾，與前之清風明月，共同表露了詩人輕鬆歡欣的心情。「光燈」以下為第二層，寫花燈之下筵飲之恣情適性，縱情肆意。友人待客，可謂殷勤熱情，璀璨的燈火，舒張的華幔，精美的酒器，大鼎烹魚，俱見出朋友對來客之鄭重。「絃超」四句，寫宴會之上音樂之盛，琴勝師曠，歌賽綿駒，極讚歌樂之妙。詠太素，讚玄虛，表現了對老莊守樸養素玄妙之道的追慕。結末問句收束，流露了對功名利祿的鄙棄。劉勰《文心雕龍．體性》：「叔夜俊俠，故興高而采烈。」用於此詩，也稱恰當。

贈秀才入軍

從兄秀才公穆，即熹也。

良馬既閑❶，麗服❷有暉。左攬繁弱❸，右接忘歸❹。風馳電逝，躡景追飛❺。凌厲❻中原，顧盼生姿。

攜我好仇❼，載我輕車。南凌長皋❽，北厲❾清渠。仰落驚鴻❿，俯引⓫淵魚。盤于游田⓬，其樂只且⓭。

《新序》曰：楚王載繁弱之弓，忘歸之矢，以射兕於雲夢。

【注釋】❶閑　熟悉；訓練有素。❷麗服　指漂亮的戎裝。❸繁弱　古代良弓名。❹忘歸　箭矢名。❺躡景追飛　躡，追。景，影。飛，指飛鳥。❻凌厲　奮行直前貌。❼好仇　好逑；良朋。❽南凌長皋　凌，登。長皋，高丘。❾厲　度；越。❿驚鴻　驚飛的鴻雁。⓫引　釣。⓬盤于游田　盤，娛樂；歡樂。游田，田獵。⓭只且　語助詞。

【語譯】駿馬訓練有素，戎裝華麗光彩。左手操著繁弱，右手搭上忘歸。奔馳快若風電，追過影子飛鳥。縱橫奮進中原，顧盼展現英姿。

良朋不忘帶我，載我用那快車。往南登上高丘，向北度越清河。抬頭射落驚鴻，俯首垂釣淵魚。沉湎打獵之樂，快樂無法形容。

【研析】〈贈秀才入軍〉凡十九首，其中四言十八首，五言一首，乃詩人送別哥哥嵇喜從軍出征之作。嵇喜字公穆，舉秀才。在漢魏薦舉科目中，秀才一科地位頗高，有著相當的身分。嵇康與熱中仕途的哥哥志趣有別，詩中表現，更多的是詩人自己的理想境界。本篇原分為二首，「良馬既閑」至「顧盼生姿」原列第十首，「攜我好仇」一首原列第十一首，沈德潛乃從《文選》合二首為一。從詩歌內容言，還是分二首為宜。

「良馬既閑」一首，塑造了一位風流瀟灑、善能騎射馳騁的英雄形象。訓練有素的駿馬，華麗光彩的戎裝，首二句以駿馬戎裝開篇，一位軍旅英雄的形象已經呼之欲出，而強調馬之「良」及裝之「麗」、「暉」，體現了魏晉風流的一個方面：對於儀容裝扮的重視。「左攬」以下四句，左手張名弓，右手搭箭矢，奔馳如風馳電掣，似乎能夠追過光影飛鳥，形象展現了主人公騎射之術的高超絕倫。「凌厲」二句，馳騁曠野平原，顧盼風姿綽約，為這位能騎善射的英雄做了最後的聚焦定位描寫，一個英姿雄健、風流飄逸，帶有魏晉審美觀念的英雄形象，終於完成。

「攜我好仇」一首，敘寫友朋之樂。首四句，友朋一道，坐乘快車，攀登高丘，度越清河。「南凌」二句互文見義，指南北東西，四處遊樂，遇丘則登，逢河則渡。「仰落」四句，上射驚飛之鴻，下釣淵中之魚，沉湎田獵，不亦快哉！具體揭出友朋一道四處遊樂的內容。

兩首詩歌，都將人物活動的背景，放置在遼闊的大自然中，人物都活躍其中，陶醉其中，體現了詩人對自然的情有獨鍾，青眼相加。就格調講，二首都視閾開闊，境界雄大，氣勢勃勃，邵長蘅《文選評》謂：「神思峻骨，別開生面」，「脫去風雅陳言，自有一種生新之致」，頗中鵠的。

輕車迅邁❶，息彼長林❷。春木載榮❸，布葉❹垂陰。習習谷風❺，吹我素琴❻。咬音交。咬❼黃鳥，顧儔弄音❽。感悟馳情，思我所欽❾。心之憂矣，永嘯❿長吟。

【注釋】❶迅邁 迅疾行進。❷長林 大片樹林。❸載榮 開花。載，語助詞。❹布葉 密佈樹葉。❺習習谷風 習習，和煦舒緩貌。谷風，東風。❻素琴 未加修飾的琴。❼咬咬 鳥鳴聲。❽顧儔弄音 顧儔，顧看同伴。弄音，鳴叫。❾所欽 所敬之人。❿永嘯 長嘯。

【語譯】車子輕快行進迅疾，大片樹林停下歇息。春天樹木繁華似錦，葉子密佈樹陰濃鬱。和煦東風輕輕吹拂，吹拂我的隨身素琴。交交悅耳黃鳥鳴唱，呼朋引伴調弄喉音。有感外物心緒激蕩，思念我所欽敬的人。心中惆悵憂愁萌生，長嘯高吟抒發情懷。

【研析】本篇寫春遊之樂及觸景所生思親之情。首二句交代輕車出遊，歇足長林。「春木」六句，描繪林中春景，鮮花綻放，綠葉成蔭，東風和煦，黃鳥競歌，詩人的心情是輕快愉悅的，而清風吹拂素琴，以詩人隨身所帶與春的交融，暗示著詩人亦融入春景。「感悟」四句，則由鳥的呼朋引伴，想到自己欽敬的人，詩人的心情也從愜意歡快，變得憂愁陰鬱，但長林廣闊之地，他盡可以長嘯高吟，排遣愁思，「永嘯長吟」正表現了詩人的脫略行跡，善於調養。詩歌風格清俊超逸，自然雋永。

浩浩洪流，帶我邦畿❶。萋萋❷綠林，奮榮揚暉❸。魚龍瀺灂❹，山鳥群飛。駕言出遊，日夕忘歸。思我良朋，如渴如饑。願言不獲❺，愴矣其悲。

【注釋】❶帶我邦畿　帶，環繞。邦畿，皇城及其所屬周圍千里的地域。❷萋萋　繁盛貌。❸奮榮揚暉　花朵綻放，吐露華彩。榮，花。❹瀺灂　魚禽出沒游動貌。❺願言不獲　願望不能實現。言，語助詞。

【語譯】浩浩蕩蕩激流奔騰，環繞我國京畿重地。綠樹成林茁壯茂盛，花兒綻放華彩四映。魚龍水族游動出沒，山中鳥兒結伴飛翔。駕車出門到外遊覽，天色已暗忘記歸來。思念我的親密友朋，如同乾渴也像肚餓。相見願望不能實現，悽楚憂愁心中悲傷。

【研析】本篇寫出遊及睹物懷人之思。首六句寫景，江河如帶，綠樹萋萋，百花競放，魚龍翔游，鳥兒群飛，一幅山川秀麗圖畫，生動真切。而浩浩、帶、萋萋、奮、揚、瀺灂、群飛，系列動詞，使畫面充滿盎然生機；洪流之白，樹之綠，花之豔，色彩豐富鮮明。「駕言」以下六句，寫出遊及所思所感。嬌美如畫的自然景觀，令詩人陶醉留連，日夕忘歸，寫盡了詩人對大自然讚賞之情。如詩如畫的春景，鳥兒的結伴飛翔，引起詩人對良朋知音的思念，如渴如饑，極寫其思念的深切，深切思念卻不能相見，於是乎悽愴愁苦，不能自已。詩歌如泉之湧，水之奔流，不加雕飾，自然而下。

息徒蘭圃，秣馬華山❶。流磻平皐，垂綸長川❷。目送歸鴻，手揮五絃❸。俯仰自得，游心太玄❹。嘉❺彼釣叟，得魚忘筌❻。郢人逝矣，誰與盡言❼。

【注釋】❶息徒蘭圃二句　息徒，讓部隊休息。徒，步卒；軍隊。蘭圃，生蘭草的野地。秣馬，飼馬。華山，相對蘭圃，指長滿花草的山。❷流磻平皐二句　磻，用生絲繫在箭上叫弋，箭繩另端所繫石塊叫磻。流磻即射箭。皐，草澤地。綸，釣魚竿上繫釣鉤的線。❸五絃　樂器名，似琵琶而略小。❹游心太玄　謂心中對道有深切領悟。太玄，大道。❺嘉　讚美。❻得魚忘筌　語本《莊子・外物》：「筌者所以在魚，得魚而忘筌。……言者所以在意，得意而忘言。」謂事物只求得其本質，而不在乎行跡。筌，捕魚所用的竹器。❼郢人逝矣二句　典出《莊子・徐无鬼》，載郢人將白灰抹在鼻上，如蒼蠅之翅，有石匠揮斧成風，砍而去之。郢人死，石匠的絕技也不再表演。這裡比喻不得知音，無人傾談所妙悟之理。

【語譯】部隊歇息蘭草地，花開滿山將馬餵。平坦草澤將射獵，垂釣在那大河邊。目光遠送大雁歸，手上彈著五弦琴。舉動蕭閑又自在，心靈暢遊大道內。讚美那位釣魚翁，既得魚兒忘了筌。郢人逝去不復在，和誰暢談道中言。

【研　析】本詩是詩人想像中哥哥嵇熹的軍旅生活。首二句交代詩歌所寫，是行軍休憩的一段時間，蘭圃、花山，美麗的環境象徵著理想中人的高妙德操。「流磻」四句，蘭澤射獵，長川垂釣，眼觀飛鴻，手彈琴弦，寫出了一位蕭閑從容，自在自得，瀟灑儒雅的軍官形象。「目送」

二句，因其天籟之筆，意蘊深邃，為千古名句。「俯仰」四句，點評了詩中形象的遊心道妙，超凡脫俗；頌揚了他的得其自然，脫略形跡，超然物外，與天為徒。結末二句，懸想著高妙脫俗之人，其對妙道的深刻領悟理解，大概無人可以為伍，無人能夠聽懂，是對理想人物的讚美，也表露了自己沒有知音的遺憾。「直會心語，非泛然為佳句者」，是對本詩極中肯的評價。

閑夜肅清❶，朗月照軒。微風動袿❷，組帳❸高褰。旨酒❹盈樽，莫與交歡。鳴琴在御❺，誰與鼓彈？仰慕同趣❻，其馨如蘭。佳人不存，能不永歎。

首章贈入軍，以下皆相思之詞。〇共十九章，此係節錄。

【注釋】❶肅清　蕭條冷清。❷袿　衣袖。❸組帳　懸掛著的帷帳。組，繫帷帳的繩子。❹旨酒　美酒。❺御　近旁。《詩經・鄭風・女曰雞鳴》：「琴瑟在御，莫不靜好。」❻同趣　指情趣志向相同之人。

【語譯】靜寂的夜晚真冷清，明亮的月兒照窗上。微風吹動衣袖子，幃帳揭起高掛懸。美酒佳釀斟滿杯，無人一同歡樂飲。琴弦擺在身旁邊，和誰一起來奏彈？欣慕志趣相投人，他的芳香美如蘭。美人不在難能見，豈不感傷長興歎。

【研析】本篇乃靜夜懷人之作。首二句點出朗月靜夜，並暗示主人難寐，故知月照窗戶。「微風」二句，明白寫出主人難眠，高搴帳子，披衣起身，纔有風動袖子。「旨酒」四句，具體寫主人不眠的原因，在於懷人之思，孤寂之情，雖有盈杯美酒，無人對飲，雖有琴弦在旁，無人一同欣賞。「仰慕」二句，寫懷思之人，芳馨如蘭，與自己情趣投合，所以令其懷念思戀。結末二句，以佳人不在，傷懷悲歎作結，令人讀來惆悵無限。詩寫懷人，而所懷之人更側重在於知音同趣，這卻是本詩與前之懷人詩有別的地方。

幽憤詩

《晉書》：康與呂安善，安後為兄所枉訴，以事繫獄，詞相證引，遂收康，康乃作此詩。

嗟余薄祜，少遭不造❶。哀煢靡識，越在繈緥❷。母兄鞠育❸，有慈
無威。恃愛肆姐（子豫反。），不訓不師❹。爰及冠帶，憑寵自放❺。抗心希古❻，
任其所尚。託好老莊，賤物貴身❼。志在守樸，養素全真❽。曰余不敏，
好善闇人❾。子玉之敗，屢增維塵❿。大人含弘，藏垢懷恥⓫。民之多僻，
政不由己⓬。惟此褊心，顯明臧否⓭。感悟思愆，怛若創痏⓮。欲寡其過，
謗議沸騰。性不傷物，頻致怨憎。昔慚柳惠⓯，今愧孫登⓰。內負宿心，
外恧良朋⓱。仰慕嚴鄭，樂道閑居⓲。與世無營，神氣晏如⓳。咨予不淑，

嬰累多虞⑳。匪降自天，實由頑疎㉑。理弊患結，卒致囹圄㉒。對答鄙訊，縶此幽阻㉓。實恥訟冤，時不我與㉔。雖曰義直，神辱志沮㉕。澡身滄浪㉖，豈曰能補！嗈嗈鳴雁，奮翼北遊。順時而動，得意忘憂。嗟我憤歎，曾莫能儔㉗。事與願違，遘茲淹留㉘。窮達有命，亦又何求！古人有言，善莫近名㉙。奉時恭默，咎悔不生㉚。萬石周慎，安親保榮㉛。世務紛紜，祗攪㉜予情。安樂必誡，乃終利貞㉝。煌煌靈芝，一年三秀㉞。予獨何為，有志不就。懲難思復㉟，心焉內疚。庶勗㊱將來，無馨無臭。采薇山阿，散髮巖岫㊲。永嘯長吟，頤㊳性養壽。

通篇直直敘去，自怨自艾，若隱若晦。「好善闇人」，牽引之由也；「顯明臧否」，得禍之由也。至云「澡身滄浪，豈云能補」，悔恨之詞切矣。末托之「頤性養壽」，正恐未必能然之詞。華亭鶴唳，隱然言外。○肆姐，恣肆也。○季札謂叔孫穆子曰：子好善而不能擇人。「好善闇人」，悔與呂安交也。○孫登謂嵇康曰：子才多識寡，難乎免於今之世也。○嚴鄭，謂嚴君平、鄭子真。○「萬石周慎」，指萬石君奮子郎中令建。周，至也。

【注釋】❶嗟余薄祜二句　薄祜，福分淺薄，指幼年喪父。不造，家道未成。《詩經・周頌・閔予小子》：「閔予小子，遭家不造。」❷哀煢靡識二句　哀煢，悲苦孤單。靡識，無知。越在，遠在；尚在。❸鞠育　養育。❹恃愛肆姐二句　肆姐，肆嬌；嬌縱。姐，嬌。師，從師。❺爰及冠帶二句　冠帶，成年。束髮加冠行成年禮。自放，自我放縱。❻抗心希古　抗心，心高。希，企慕。古，古人，指老莊。❼託好老莊二句　託好，喜好。賤物貴真，輕視外物而珍貴自身。❽志在守樸二句　守樸，守其樸拙本性。養素全真，保養純真自然本性。❾曰余不敏二句　曰，語助詞。不敏，不聰明。好善，喜好與人為善。闇人，暗昧於人事，不能識人。❿子玉之敗二句　典出《左傳》，僖公二十七年，楚國令尹子文薦子玉代替其職，率軍與晉交戰敗北。屢增維塵，每每增添塵垢，指常受小人蒙蔽。⓫大人含弘二句　謂大人物胸懷寬廣，能夠藏納垢恥。⓬民之多僻二句　僻，邪僻不正。政不由己，謂大權旁落。⓭惟此褊心二句　褊心，心胸狹窄不寬。顯明，辨明。臧否，善惡。⓮感悟思愆二句　愆，過錯。怛，疼痛。創痏，創傷。⓯柳惠　柳下惠，春秋時期人，直道而行，數黜而不怨。⓰孫登　詩人同時代的隱士。《魏氏春秋》載，嵇康嘗從其遊，臨別孫登言：「子才多識寡，難乎免於今之世矣。」⓱內負宿心二句　宿心，平素所懷「養素全真」的心願。恧，慚愧。⓲仰慕嚴鄭二句　典出《漢書・王貢兩龔鮑傳》：「谷口有鄭子真，蜀有嚴君平，皆修身自保，非其服弗服，非其食弗食。成帝時，元舅大將軍王鳳以禮聘子真，子真遂不詘而終。君平卜筮於成都市，以為卜筮者賤業而可以惠眾人，……日閱數人，得百錢，足以自養，則閉肆下簾而授《老子》。……年九十餘，遂以其業終。」⓳與世無營二句　營，謀求。晏如，安詳貌。⓴咨予不淑二句　咨，嗟歎。淑，善；好。嬰累，為世事牽累，指被執下獄。虞，憂患。㉑頑疎　頑鈍粗疏。㉒理弊患結二句　理弊，真理遮蔽。弊，通「蔽」。患結，禍患結成。囹圄，牢獄。㉓對答鄙訊二句　鄙訊，粗鄙的審訊。縶，拘繫。幽阻，幽暗阻隔之地，指牢獄。㉔實恥訟冤二句　訟冤，申辯冤枉。時不我與，謂不遇清明之時。㉕雖曰義直二句　義直，正義無辜。神辱志沮，精神受辱意志沮喪。㉖澡身滄浪　澡身，洗滌自身；潔身。滄浪，水名，《孟子・離婁》：「滄浪之水清兮，可以濯我纓。」㉗嗟我憤歎二句　憤歎，憤激傷歎。曾，竟。儔，比。㉘遭茲淹留　遭，遭逢。茲，此。淹留，被拘執。㉙善莫近名　語出《莊子・養生主》：「為善無近名，為惡無近刑。」㉚奉時恭默二句　奉時，隨和時代。恭默，謙恭寡言。咎悔，災禍。㉛萬石周慎二句　典出《漢書・石奮傳》，西漢石奮及其四子均食祿二千石，合稱萬石君。其家以小心謹慎著稱。周慎，細緻謹慎。㉜祇攪　是亂。㉝利貞　《周易》兆辭，表示吉利。㉞煌煌靈芝二句　煌煌，茂盛光彩貌。秀，開花。㉟懲難思復　懲難，以過去的災難為借鑑。思復，再三思考。㊱庶勗　庶，或許。勗，勉勵；努力。㊲采薇山阿二句　採薇用伯夷、叔齊首陽山隱居採薇而食事。散髮，披頭散髮。巖岫，山洞。㊳頤　養。

【語譯】悲歎我福分淺薄，少小遭家道不成。可悲孤單無知識，尚在襁褓為孤兒。母親兄長將撫養，只有慈愛缺威嚴。仗恃溺愛多嬌縱，缺乏教誨未從師。到了冠帶長成人，憑仗寵愛自放馳。心高企慕古賢哲，隨心所欲定好尚。傾心愛好老莊學，輕賤外物重身心。志向在於守樸質，保養根本全性真。我這人生好糊塗，與人為善不識人。春秋子玉潰敗事，令人心中每添塵。大人先生胸懷大，能夠藏垢納羞恥。世風不正多邪僻，政令不由朝廷出。只因我這心胸窄，是非善惡必辨明。醒悟過來思過失，疼痛如同受創傷。想要少些犯錯誤，譭謗誣陷沸騰起。稟性不好傷犯人，頻頻招致人憎怨。往古慚愧柳下惠，今人羞愧比孫登。內自有悖我本心，對外有愧好友朋。仰慕君平鄭子真，安貧樂道身閒逸。與世無爭不爭競，精神蕭閑氣坦然。歎息我自性不好，遭逢牽累多憂患。災禍不從天空降，實緣頑鈍與粗疏。真理蒙蔽禍患成，終於招致陷牢獄。對答粗鄙亂審訊，拘禁身陷幽暗地。實在恥於辯冤枉，清明朝代我不遇。儘管理直身無辜，精神凌辱志喪沮。洗澡潔身滄浪水，是否能夠將過補！嗈嗈聲響是鳴雁，振翅奮飛北翔遊。順應時機起身行，恬適自得無憂愁。感歎我好憤世俗，竟然無人能同流。事情發展違初衷，遭遇冤枉牢獄投。困頓顯達命註定，也還別有何企求！古代賢人曾說過，行善不要出名頭。與世浮沉謙寡言，災難禍患不形成。萬石一家講謹慎，親人平安榮華存。世事紛紜好複雜，因此攪亂我心情。安樂必須極小心，纔能始終保太平。燦爛奪目靈芝草，一年中間三開花。偏獨我自為什麼，立下志向不實現。經受苦難屢思索，心中痛苦極內疚。希望努力在將來，無香無臭身不顯。採薇為食山坳中，披頭散髮岩洞內。長嘯高吟自快意，頤養性情延壽年。

【研　析】本詩乃詩人身陷囹圄之中所作。《晉書・嵇康傳》載：「東平呂安，服（嵇）康高致，每一相思，輒千里命駕，（嵇）康友而善之。後（呂）安為兄所枉訴，以事繫獄，辭相證引，遂復收（嵇）康。（嵇）康性慎言行，一旦縲紲，乃作〈幽憤詩〉。」〈幽憤詩〉正是遭到牽累，拘繫牢獄中的詩人，反思總結自身，所作述懷之作。詩分四段，第一段首句起，至「養素全真」止。在這段中，詩人追敘了自己襁褓喪父，母兄寵愛，沒有受過嚴格的儒家教育，自任性情，接受了老莊思想，貴身賤物，志在養素，葆有本真。而這一思想，影響了詩人一生，在他的為人創作中，多有表現。第二段起「曰余不敏」，迄於「豈曰能補」，總結反思了自己致禍投獄的原因，有追悔自責之意，更有憤激之情。詩人說自己與人為善，卻少知人之明。他以歷史上子文薦子玉之失，比自己早年曾經交好呂安的哥哥呂巽，今反受其害。他說大人先生們都能心胸寬宏，藏垢納恥，自己則憤激於世風不淳，邪僻橫行，缺乏隱忍，善惡是非，必加明辨。性不喜傷人，而多招致怨憎。既已醒悟，決心痛改，卻謗議紛起，樹欲靜而風不止。他覺得自己較古人，自慚形穢於柳下惠；於今人，愧對高隱孫登的教誨；在內心，有悖自己崇尚的思想；對朋友，羞愧不能有實質的幫助。他仰慕漢人鄭子真、嚴君平的好道自守，神定氣閑，與世無爭，享其天年。而自己今天這一切，詩人反覆思之，以為非天上無辜降下，都怪自己不好，太堅持真理，講究是非！身在牢獄，面對無理取鬧的審訊，詩人身心受到了嚴重戕害。他清醒地看到，面對蓄意的迫害，有理也講不清楚，所以他索性不辯。他希望跳進滄浪水中，一洗汙穢，潔淨身心，但他不知道是否於事有補。詩人崇尚老莊，要養素全真，貴身賤物，但他太講本真、良知，眼中揉不得沙子，於是招致「外物」對自身的摧折。詩人的內心是多麼的矛盾痛苦！「嗈嗈鳴雁」至「心焉內疚」為第三段，乃詩人對於其今天局面的悲歎。大雁的順時而動，自在翱翔，適意無憂，是詩人多麼神往的一種境界。古人古事，他所知道了解也不在少數，如莊子的為善莫出名，謙恭寡言少禍端，石奮謹慎而有萬石君之譽，但自己卻總是憤激時事，以致今天之禍。燦爛的靈芝可以一年三次開花，而自己卻身陷牢獄，有志難成，這都是自己頑疏造成，心中的痛，揮之不去。「庶勗將來」至結束為第四段，詩人設計著自己的將來，他要避開人間是非之地，隱居深山洞穴，採薇而食，長嘯高吟，頤養性情，益壽延年，但詩人能有未來嗎？他不久便被司馬氏送上了斷頭臺，他們不希望他再去薄湯武周公、抨擊名教，因為這是他們統治的基石。鍾嶸《詩品》謂嵇康：「過為峻切，訐直露才。」陳祚明《采菽堂古詩選》曰：「叔夜倖直，所觸即形，集中諸篇，多抒感憤，召禍之故，乃亦緣茲。」在此詩都有體現。透過詩中的訴說，一位感傷、自責、憤激、痛苦、自怨自艾的詩人形象，鮮明地擺到了我們面前。

吳謠

附○《吳志》：周瑜精意音樂，三爵之後，有闕誤，瑜必知之，知之必顧，時人語曰。

曲有誤，周郎顧。

【語　譯】曲中有疏誤，周郎便指顧。

【研　析】這支歌謠見於《三國志・吳書・周瑜傳》載：「瑜少精意於音樂。雖三爵之後，其有闕誤，瑜必知之，知之必顧。故時人謠曰……。」所謂周瑜雖幾杯老酒下肚，醉眼朦朧中，仍能識辨樂曲之錯誤，並加以指出，乃誇美其多才多藝，精擅音樂曲律。兩句六字，將周瑜的儒雅風彩寫得淋漓盡致。「顧曲周郎」在後世成為人所熟知的成語，用來讚美人之精通戲曲音樂，也足見其影響之深遠。

孫皓天紀中童謠❶

《晉書・五行志》：孫皓天紀中童謠，晉武聞之，加王濬龍驤將軍。及征吳，江西眾軍無過者，而濬先定秣陵。

阿童❷復阿童，銜刀游渡江。不畏岸上虎❸，但畏水中龍。

【注　釋】❶孫皓天紀中童謠　孫皓，孫權之孫，繼孫休位為帝，是三國吳的末代皇帝。天紀中，天紀年間（西元二七七年—二八〇年）。❷阿童　西晉大將王濬小字。王濬（西元二〇六年—二八六年），字士治，小字阿童。弘農湖縣（今河南靈寶西南）人。兩任益州刺史。晉武帝咸寧六年（西元二八〇年）克武昌，旋取吳都建康（今江蘇南京），孫皓投降。仕至撫軍大將軍。❸虎　《晉書》兩引歌謠均作「獸」。

【語　譯】阿童還是阿童，口銜刀子渡長江。不怕岸上老虎，只怕水中游龍。

【研　析】本童謠見《晉書・五行志》及〈羊祜傳〉。〈五行志〉如沈德潛所引。〈羊祜傳〉曰：「咸寧初，(羊祜)除征南大將軍，開府儀同三司，得專辟召。初，祜以伐吳必藉上流之勢，又時吳有童謠曰……祜聞之曰：此必水軍有功，但當思應其名者耳。會益州刺史王濬徵為大司農，祜知其可任。濬又小字阿童，因表留濬監益州諸軍事，加龍驤將軍，密令修舟楫為順流之計。」而最終，也由王濬所率水師克建康而滅孫吳。銜刀渡江，水中龍，暗示龍驤將軍所部水軍；岸上虎，陸路軍隊，〈五行志〉謂江西眾軍。童謠反映了民心的向背，殘暴荒淫的孫皓政權覆滅，勢在必然。

卷七

晉詩

司馬懿

讌飲詩

《晉書》：高祖伐公孫淵，過溫，見父老故舊，讌飲累日，作歌。

天地開闢，日月重光❶。遭逢際會❷，奉辭遐方❸。將掃逋穢❹，還過故鄉。肅清萬里，總齊八荒❺。告成❻歸老，待罪武陽❼。

【注　釋】❶重光　再放光明，比喻累世盛德，輝光相承。❷際會　遇合；時機。❸奉辭遐方　指奉旨出使遠方。❹逋穢　貶指流寇，這裡指公孫淵，公孫康子。魏明帝即位，拜遼東太守，再拜大司馬，封樂浪公。自立為燕王，置百官有司。司馬懿奉命征討，斬其父子，傳首洛陽。❺總齊八荒　總齊，一統。八荒，八方。❻告成　大功告成。❼待罪武陽　待罪，古代官吏謙稱，謂不稱職而獲罪。武陽，《晉書》本紀作「舞陽」，位於今河南，漢朝舊縣名，司馬懿曾封舞陽侯。

【語　譯】天地開闢有人間，日月光輝再呈現。遭逢清明機會好，恭奉朝命遠出征。將要掃除悖逆賊，還從故鄉順道過。肅清萬里陰霾雲，一統天下得太平。大功告成來養老，待罪舞陽度晚景。

【研　析】司馬懿（西元一七九年—二五一年），字仲達，三國河內溫縣（今河南溫縣西）人。初為曹操主簿。又為太子中庶子，得曹丕信重。明帝時為大將軍。齊王曹芳即位，為太傅，與丞相曹爽共同輔政，後殺曹爽，任左丞相，專斷大權。其孫司馬炎代魏稱帝，建晉朝，追尊為宣帝。本詩之作，《晉書・宣帝紀》有載：「景初二年，帥牛金胡遵等步騎四萬，發自京都，車駕送出西明門，詔弟孚子師送過溫，賜以穀帛牛酒，敕郡守典農以下皆往會焉。見父老故舊，讌飲累日。帝歎息悵然有感，為歌曰……遂進師，經孤竹，越碣石，次於遼水……大破之。」此詩乃明帝景初二年（西元二三八年）出征討伐遼東公孫淵，行次家鄉，宴飲父老故舊之作。首二句以天地開闢，日月再放光芒敘起，既有頌聖之意，更寄託其重整乾坤蕩平天下的遠大心志，起筆雄莽。「遭逢」二句，點出奉旨出征，表達了欲有作為的心願。「將掃」二句，交代經過故鄉的原因。「肅清」二句，流露出對敵人的藐視，必勝的信念，強烈的自信。結末二句，言其凱旋歸來後的打算，告老而回封邑，安度晚年，圓滿結束一生。仲達多謀略，善戰陣，多為魏室朝廷猜忌，此亦其障眼一法，愈見其老謀深算，藏而不露。詩歌辭氣肅穆，氣象格局亦稱宏大。

張華

茂先詩，《詩品》謂其兒女情多，風雲氣少，此亦不盡然。總之筆力不高，少凌空矯捷之致。

勵志詩

太儀斡運，天迴地游❶。四氣鱗次，寒暑環周❷。星火既夕，忽焉素秋❸。涼風振落，熠燿宵流❹。

吉士思秋，實感物化❺。日與月與，荏苒代謝❻。逝者如斯，曾無日夜❼。嗟爾庶士，胡寧自舍❽。

仁道不遐，德輶如羽。求焉斯至，眾鮮克舉❾。大猷玄漠，將抽厥緒❿。先民有作，遺我高矩⓫。

雖有淑姿，放心縱逸⑫。田般于遊，居多暇日⑬。如彼梓材，弗勤丹漆。雖勞朴斲，終負素質⑭。養由矯矢，獸號于林⑮。蒲盧縈繳，神感飛禽⑯。末技之妙，動物應心⑰。研精耽道⑱，安有幽深！

安心恬蕩，棲志浮雲⑲。體之以質，彪之以文⑳。如彼南畝㉑，力耒既勤。藨蓘致功，必有豐殷㉒。

水積成淵，載瀾載清。土積成山，歊蒸鬱冥㉓。山不讓塵，川不辭盈㉔。勉致含弘，以隆德聲㉕。

高以下基，洪由纖起㉖。川廣自源，成人在始。累微以著㉗，乃物之理。纆牽之長，實累千里㉘。

復禮終朝，天下歸仁㉙。若金受礪，若泥在鈞㉚。進德修業，輝光日新。隰朋仰慕，予亦何人㉛！

養由基撫弓而盼，猨乃抱木而號。何者？誠在於心，而精通於物。見《淮南子》。〇蒲盧，即蒲且也。蒲且子見雙鳥過之，其不被弋者亦下。見《汲冢書》。〇纆牽，索也。千里之馬，繫以長索，則為累矣。見《國策》。

【注 釋】❶太儀斡運二句 太儀，太極；天道。斡運，斡旋調動。天迴地游，言天地運轉。❷四氣鱗次二句 四氣，四季；四時。鱗次，如魚鱗櫛比排列有序。環周，周而復始。❸星火既夕二句 星火，即火星，《文選》李善注引鄭玄《毛詩箋》：「火星中，寒暑退。」素秋，秋天，古代五行說以金配秋，其色白，故稱素。❹涼風振落二句 振落，吹動落葉。熠燿，指螢火蟲。❺吉士思秋二句 吉士，古代對男子的美稱。《詩經．召南．野有死麕》：「有女懷春，吉士誘之。」思秋，悲秋。物化，外物的變化。《淮南子》：「春女悲，秋士哀，而知物化矣。」❻日與月與二句 與，同「歟」。語助詞。荏苒，時間漸進貌。❼逝者如斯二句 語本《論語．子罕》：「子在川上曰：逝者如斯夫，不捨晝夜。」曾，乃。❽嗟爾庶士二句 庶，眾。胡，何。寧，肯。自舍，自棄。❾仁道不遐四句 仁道不遐，語本《論語．述而》：「仁遠乎哉？我欲仁，斯仁至矣。」德輶如羽，語本《詩經．大雅．烝民》：「德輶如毛，民鮮克舉之。」輶，輕車。求焉，求此仁德。鮮，少。克，能。舉，辦到。❿大猷玄漠二句 大猷，大道。玄漠，寂靜；淡泊。抽，尋繹。厥緒，它的頭緒。⓫先民有作二句 先民，先人，指古之賢哲。有作，有所作為。遺，留。高矩，崇高的標準法度。⓬雖有淑姿二句 淑姿，美好的姿容。放心縱逸，任情玩樂。⓭田般于遊二句 田，通「畋」。打獵。般遊，盤遊；遊樂。居，居家。⓮如彼梓材四句 語本《尚書．梓材》：「若作梓材，既勤樸斲，惟其塗丹雘。」這裡乃反其義而用之。梓材，梓木為製造琴瑟的優良用材，比喻人美好的資質。丹漆，紅漆，指有油彩裝飾。樸斲，砍斲加工原木。素質，本質。⓯養由矯矢二句 典出《淮南子》：「楚恭王遊於林中，有白猿緣木而矯，王使左右射之，騰躍避矢，不能中。於是使由基撫弓而眄，猿乃抱木而長號。何者？誠在於心，而精通於物。」養由，即春秋楚國神射手養由基，據說其能百步之外箭穿楊葉。矯矢，矯正箭矢。號，哀鳴。⓰蒱盧縈繳二句 蒱盧，即蒲且，楚國善射者。《列子．湯問》：「蒲且子之弋也，弱弓纖繳，乘風振之，連雙鶬於青雲之際。」縈繳，牽引弓繳。繳，繫在箭矢上的絲繩。神，神妙。感，指震懾。⓱末技之妙二句 末技，小技。動物應心，動於物而應於心，得心應手。⓲研精耽道研精，精深地鑽研。耽道，沉迷於規律精髓的探討。⑲安心恬蕩二句　恬蕩，恬靜散淡。棲志浮雲，謂志向高潔脫俗。⑳體之以質二句　言保持本質真性，精進德業文采，文質彬彬。彪，虎身之斑紋，指文采煥然。㉑南畝　南向開隴的農田，泛指農田。㉒藨蓘致功二句　語本《左傳》昭公元年：「譬如農夫，是穮是蓘。雖有饑饉，必有豐年。」藨，鋤草。蓘，為植物培土。致功，獲得成效。㉓水積成淵四句　語本《荀子・勸學》：「積土成山，風雨興焉；積水成淵，蛟龍生焉；積善成德，而神明自得，聖心備焉。」歊蒸，雲氣蒸騰貌。鬱冥，雲氣濃重幽深貌。㉔山不讓塵二句　語本《管子・形勢解》：「海不辭水，故能成其大；山不辭土石，故能成其高。」㉕勉致含弘二句　勉勵情致。含弘，廣博地包容吸納。隆，崇。德聲，美好的聲譽。㉖高以下基二句　《老子》：「高以下為基。」纖，細小。㉗累微以著　累，累積。以，而。㉘繮牽之長二句　語本《戰國策・韓策》：「馬，千里之馬也；服，千里之服也。而不能取千里者，何也？曰：子繮牽長。」繮牽，牽馬的韁繩。㉙復禮終朝二句　語本《論語・顏淵》：「顏淵問仁，子曰：克己復禮為仁。一日克己復禮，天下歸仁焉。」終朝，整日。㉚若金受礪二句　礪，磨刀石。鈞，陶範，製陶器的模具。㉛隰朋仰慕二句　典出《莊子・徐无鬼》，載管仲病重，桓公問誰能頂替，曰隰朋。「其為人也，上忘而下畔，愧不若黃帝而哀不己若者。」謂管仲尚仰慕隰朋，我為何人，能不仰慕嗎？

【語譯】太極大道斡旋調動，天地周轉遊而不停。春夏秋冬四季更替，自寒到暑輪番生成。火星已經偏斜垂沒，倏忽中間已到金秋。涼風習習吹起落葉，螢火閃爍夜間飛動。

好男兒啊悲傷秋來，有感外界自然變化。日復一日月復一月，時光冉冉更相替換。流逝如那川中之水，竟然日夜沒有停歇。感歎一聲廣大學人，怎麼可以蹉跎人生！

仁這大道距離不遠，進德亦如羽毛輕易。追求仁德便可學來，芸芸眾生少能去習。大道靜寂淡默自存，將去整理它的端緒。先輩賢哲已有作為，留下崇高學習楷模。

儘管具備美好資質，放蕩任性恣意遊樂。沉湎田獵盤遊嬉鬧，在家也多閒暇無聊。如那梓木精美材料，不能勤加油漆增華。縱使勞苦將它斫削，終於辜負良好質素。

養由基來校正箭矢，鳥獸林中發出哀鳴。蒲且牽引箭矢繩線，神妙技藝震懾飛鳥。細小技藝其道精妙，得心應手隨意馳騁。精心研究癡迷學問，哪裡更有幽密深邃！

安心恬淡神志蕭閑，志向寄託浮雲之間。保持自身良好質素，進業增添文采光鮮。正如所見田間農事，耕耘辛勤用力不輟。鋤草培土所有成效，最終獲得豐收酬勞。

流水匯聚積成深淵，波瀾翻騰水深清湛。黃土堆積成為高山，雲氣蒸騰濃鬱渾厚。高山不辭細微塵土，大川不嫌積水太滿。勉勵苦學海納百川，崇高道德聲譽播散。

崇高須以根作基礎，洪大也由細微而起。河流寬廣來自細源，人才成就在於起始。累積細末而成顯著，此為事物普遍道理。牽馬韁繩所用太長，這卻限制馬行千里。

克己復禮一日中間，天下由此養成仁義。正如金屬磨刀石打，又如泥經陶範中矩。精進道德修習學業，輝光燦爛日新月異。隰朋其人管仲仰慕，我是何人能不欽仰！

【研　析】張華（西元二三二年—三〇〇年），字茂先，西晉范陽方城（今河北固安）人。少年孤貧，曾牧羊為生。嘗得盧欽、劉放、阮籍賞識。學業優異，博聞強記，乃至圖緯方伎之書，莫不詳覽。注重修養，勇於赴義，篤於周急，器識弘達。晉武帝時因伐吳有功，累任要職。有《張司空集》、《博物志》傳世。本詩凡九章，如詩題彰示，乃勵志勸學之作。詩首章言大道無極，天地周轉，四季更迭，寒來暑往，又是一個令人傷懷的秋天。涼風落葉，流螢閃爍，讓人警醒時光的飛逝，時不我待。次章言歲月更替，吉士懷秋，先聖孔子都感歎歲月不居，我們還有什麼理由蹉跎光陰，浪費時間。第三章言仁之距離我們不遠，修德亦如羽毛輕易，但現實中，卻偏偏少人能夠去求仁習德。大道靜寂無邊，自己將步武先哲，理其端緒，研求妙理。第四章言人縱有美好資質，如果耽於逸樂，不能勤學進德修身，則如梓材不加油漆，終不能文質彬彬，成為大材，而白白浪費辜負先天美質。第五章以楚之神射養由基、蒲且為比，說射箭固然雕蟲小技，但其道精妙，只有步入化境，纔能超神入妙；學習亦然，沉潛其中，精心研討，沒有不可通的道理。第六章復以農事正比，果能明淨虛心，不戀浮華，加強本質，進以德業，必能文質彬彬，學有所成，大獲豐收。第七章言學問之道，以山川為比，積水而成淵，積土而成山。山不棄微塵，固能成其高；川沒有滿足，固能成其大；學問亦當海納百川，纔能取得崇高的道德修養。第八章進一步言學問之成，再以山川為比，山之高，始於根基；川之廣，源於小流，人亦如之，大材都有起步的時候，但不能進德修業，好的資質卻如過於長的馬韁，反倒會成為人的負累。結末一章，以《論語》顏淵與孔子談仁，仁之修習，談進德修身，乃人之必需。金屬因打礪而鋒利，泥因就於陶範而成器，比人之學習必不可少。子淵問仁，管仲傾慕隰朋之德，凡人更沒有不慕仁德而進學的道理。詩歌九章，層層遞進，正說反說，引事用比，縱橫開闔，都圍繞進德修身之必須必要來申論，弘肆的議論，有著很強的說服力。

答何劭

吏道何其迫❶，窘然坐自拘❷。纓緌為徽纆❸，文憲❹焉可踰？恬曠❺苦不足，煩促❻每有餘。良朋貽新詩❼，示我以遊娛❽。穆❾如灑清風，奐若春華敷❿。自昔同寮寀⓫，於今比園廬⓬。衰夕近辱殆⓭，庶幾並懸輿⓮。散髮重陰下，抱杖臨清渠。屬耳⓯聽鶯鳴，流目玩儵魚⓰。從容養餘日，取樂於桑榆⓱。

【注釋】❶吏道何其迫　吏道，吏治之事。迫，忙碌。❷窘然坐自拘　窘然，困迫貌。坐，因。❸纓緌為徽纆　纓緌，士大夫的冠帶。徽纆，繩索。❹文憲　法律條令。❺恬曠　閒適恬靜。❻煩促　煩瑣緊張。❼良朋貽新詩　良朋，好朋友，指何劭，字敬祖，陳國陽夏人，官散騎常侍、侍中尚書、左僕射。貽，贈。新詩，指〈贈張華〉。❽示我以遊娛　指何劭詩中「私願偕黃髮，逍遙綜琴書。舉爵茂蔭下，攜手其躊躇」等句。❾穆　溫和。❿奐若春華敷　奐，通「煥」。光彩煥發。春華敷，春天的花兒綻放。⓫同寮寀　同僚共事。寮寀，官署。《晉書》載，惠帝即位，何劭為太子太師，張華為太子少傅。⓬比園廬　比鄰而居。⓭衰夕近辱殆　衰夕，指暮年晚景。辱殆，語本《老子》：「知足不辱，知止不殆。」⓮懸輿　掛車，言辭官告老還家。《漢書・薛廣德傳》：「薛廣德乞骸骨，賜安車駟馬。懸其安車，傳子傳孫也。」⓯屬耳專心傾聽。⑯流目玩儵魚　流目，遊目。玩，賞玩。儵魚，游動迅速的小魚。⑰桑榆　傳說日落處，喻指晚景。

【語　譯】官場做官何其匆忙，困迫都因自我束縛。飄飄冠帶就是繩索，律令條規哪能逾越？恬靜從容常患不夠，煩瑣緊張常常有餘。良朋贈我新詩一首，表達相攜共同神遊。和穆如同灑來清風，光燦如同春花放綻。從前一起為官同僚，今天築屋比鄰而居。衰暮晚年尚盡辱殆，希望同時掛車歸田。濃蔭樹下散髮隨意，拄持拐杖來到河邊。側耳傾聽黃鶯鳴囀，遊目觀賞小魚游蕩。剩下日子自得自在，桑榆晚景取樂開懷。

【研　析】本詩乃酬答之作。朋友何劭送其〈贈張華詩〉，詩人唱和三首作答，此為第一首。詩歌由朋友詩中希望結伴遊樂的內容興發，表達了對官場拘束的厭倦，以及辭官歸田、告老還鄉，優遊晚景的心願。詩前六句為一層，在其位不能不謀其政，案牘勞神是其一，種種條規律令束縛是其二，多的是煩瑣緊張，少的是閒適自得。冠帶即繩索，自求為官即自找拘束，繩索之比，亦稱恰切。「良朋」八句，撮述朋友詩中內容，交代二人由昔至今非凡之交。詩人獨於此遊樂內容會心，可見其對於閒適自得的神往。共同掛車，告老歸田，一起娛樂晚景，是朋友意，亦詩人之心懷。結末六句，乃詩人懸設告老歸田後優遊自得開懷適意的生活理想。綠蔭樹下歇涼攀話，拄杖漫步清流河畔，聽黃鶯唱歌，看游魚嬉戲，有此晚年，於願足矣。

情詩

清風動帷簾❶，晨月照幽房❷。佳人處遐遠❸，蘭室無容光❹。襟懷擁虛景❺，輕衾覆空牀。居歡❻惜夜促，在慼❼怨宵長。拊枕獨嘯歎❽，感慨心內傷。

【注釋】❶帷簾　幔帳簾幕。❷晨月照幽房　晨月，黎明的月亮。幽房，深閨。❸佳人處遐遠　佳人，此指丈夫。遐遠，遙遠。❹蘭室無容光　蘭室，香閨，對閨房的美稱。無容光，黯淡失色。❺襟懷擁虛景　襟懷，懷抱。虛景，虛影，指月光。❻居歡　歡樂的時候。❼在慼　處於悲傷的時候。❽拊枕獨嘯歎　拊，輕拍。嘯歎，撮口噓氣而歎。

【語譯】清風吹拂幔帳上，黎明月兒照閨房。美人還在遙遠處，香閨黯淡失榮光。懷抱空擁虛幻影，輕柔被子蓋空床。歡樂之際歎夜短，悲戚時候恨夜長。輕拍枕頭自長歎，感慨心中好悲傷。

【研析】張華〈情詩〉一組五首，均寫夫婦別離相思情苦。本詩為第三首，所敘為空閨女子，月夜對遠地丈夫的思念。詩首二句清風拂動幔帳，晨月映照閨房，有情人對無情風，對無意月，益添愁苦傷悲，不言情而情盡在其中。晨月者，黎明的月色，思婦徹夜未眠，可以知悉。「佳人」二句，點出主題，演繹開頭。因了丈夫遠行不歸，本該溫馨歡樂喜慶的閨房，黯淡沒有光彩，寂寥荒落冷清。「襟懷」二句，月光照入閨房，射入羅帳，鑽進思婦懷中，但這只是虛幻之影，無意而來，所思之人，遙遠而不能見其容顏，相思而不可得到溫情，輕柔的被子所覆，只是寬大空曠的一床，思婦的刻骨相思，深深的孤寂，溢於辭表。「居歡」二句堪稱名言，歡娛嫌夜短，寂寞恨更長，用在此處，恰如其分，一「惜」一「恨」，尤為傳神寫照，畫龍點睛。結末二句，以輕擊枕頭，撮口而歎，感慨傷悲收束，形象真切，畫面生動。詩歌情景交融，寓情於景，纏綿婉轉，哀感淒惻，真「兒女情長」（鍾嶸《詩品》語），亦真善狀兒女之情也。

游目❶四野外，逍遙獨延佇❷。蘭蕙緣清渠❸，繁華蔭綠渚❹。佳人
不在茲，取此欲誰與？巢居知風寒，穴處識陰雨❺。不曾遠別離，安知慕
儔侶❻？

穠麗之作，油然入人，茂先詩之上者，與葛生蒙楚詩同意。

【注　釋】❶游目　目光流動，指任意觀覽。❷逍遙獨延佇　逍遙，自由自在地。延佇，久立。❸蘭蕙緣清渠　蘭蕙，兩種香草。緣，沿。❹繁華蔭綠渚　繁華，紛繁的鮮花。渚，沙洲。❺巢居知風寒二句　《漢書・翼奉傳》：「猶巢居知風，穴處知雨，亦不足多，適所習耳。」❻儔侶　伴侶。

【語　譯】郊野外任意觀覽，自在地獨個久站。蘭蕙草沿生清渠，紛繁花覆蓋沙洲。美人她不在這裡，採摘來將要贈誰？結巢居深知風寒，穴洞住辨察陰雨。不經過別離遠行，哪知道欣慕伴侶？

【研析】本詩為〈情詩〉第五首，寫遊子懷鄉思念妻子。詩首四句寫郊外觀覽所見，遊目、逍遙，何其自得。沿清流而生的蘭蕙，沙洲上開滿了爭奇鬥妍的鮮花，芬芳馥郁，滿目春光，也是何等愜意快心。「獨延佇」，詩人當然要陶醉其中了。賞美景如對佳人，眼前多姿多彩的春景，極自然讓詩人想起家鄉的妻子，他多想採摘幾枝，但妻在遙遠的家鄉，折來以後，又能送給誰人呢？「巢居」四句，詩人以古諺所謂的鳥因巢居知風寒，獸因穴居識陰雨，比況只有別離遠行之人，纔能深切體味分別的痛苦，自然而然，水到渠成，極巧妙地表達了對妻子的濃烈相思之情。《文心雕龍・才略》謂「張華短章，奕奕清暢」，沈德潛評「穠麗之作，油然入人，茂先詩之上者」，都頗能言中〈情詩〉肯綮。

雜詩

晷度❶隨天運，四時互相承。東壁正昏中❷，涸陰寒節升❸。繁霜❹降當夕，悲風中夜❺興。朱火❻青無光，蘭膏坐自凝❼。重衾❽無暖氣，挾纊❾如懷冰。伏枕終遙夕❿，寤言⓫莫予應。永思慮崇替⓬，慨然獨拊膺⓭。

【注　釋】❶晷度　日晷的刻度，古人以日影移動來觀察時間的一種儀器。❷東壁正昏中　《文選》李善注引《禮記》：「仲冬之月，日昏東壁中。」東壁，星座壁宿的別稱。夏曆十月，黃昏時分東壁星見於天空正南。❸涸陰寒節升　涸陰，猶窮陰，這裡指隆冬寒氣凝結。升，到。❹繁霜　濃霜。❺中夜　半夜。❻朱火　炷火。❼蘭膏坐自凝　蘭膏，加香料的油脂，用來燃燒照明。坐，因。❽重衾　多層厚被子。❾挾纊　裝在被中的絲綿。❿遙夕　長夜。⓫寤言　醒著。言，語助詞。⓬永思慮崇替　永思，長思。崇替，滅亡。崇，終。替，廢。⓭拊膺　拍打胸脯。

【語　譯】日晷刻度隨天移動，四季依次更迭相承。黃昏東壁星現於正南，寒氣凝結嚴冬來臨。濃霜當晚便已降落，淒厲寒風半夜刮動。炷火青色失去光亮，蘭香油脂因而凝凍。多層厚被沒有暖意，內裏絲綿如包凍冰。俯伏枕上長夜難眠，醒著沒人陪話答應。長思久慮死滅道理，感歎悵恨以手捶胸。

【研　析】張華〈雜詩〉凡三首，本篇為第一首。詩歌寫大寒冬夜及寒冷難眠中的傷生之歎。首四句由日晷刻度移動寫起，描寫了時光的更替，季節嬗變，黃昏東壁星現於正南，轉瞬又是一個冬季來到。「繁霜」六句，極寫夜之嚴寒。濃霜遍降，北風慘烈，由於氣溫太低，燈火泛著青光，失去了往日的光亮，燈盞裡的油脂凍得凝成一塊，厚厚的被子沒有任何暖氣，被子裡夾的似乎不是絲綿而是一塊塊冰磚，分別由眼視、耳聽、心感多個方面，渲染刻劃了隆冬寒夜天地一大冰窟般之畫面。結末四句，以終夜伏枕不能成眠，承上寫寒冷，啟下寫不眠孤寂中的人生思索。詩人思考著生命和生命的毀滅，不由得捶胸感歎，惆悵萬端。

傅玄

休奕詩，聰穎處時帶累句，大約長于樂府，而短于古詩。

短歌行

長安高城，層樓亭亭❶。干雲四起，上貫天庭。蜉蝣❷何整，行如軍征。蟋蟀何感，中夜哀鳴。蚍蜉❸愉樂，粲粲其榮❹。寤寐❺念之，誰知我情？昔君視我，如掌中珠。何意一朝，棄我溝渠。昔君與我，如影如形。何意一去，心如流星。昔君與我，兩心相結。何意今日，忽然兩絕。

後三段筆力甚橫。

【注釋】❶亭亭　高聳貌。❷蜉蝣　蟲名，似甲蟲，有角，大如指，長三四寸，甲下有翅，能飛，夏月陰雨時地中出。❸蚍蜉　大螞蟻。❹粲粲其榮　粲粲，鮮明貌。榮，繁盛。❺寤寐　睡臥。

【語譯】長安舊都城牆高，上有層樓亭亭立。四方崛起聳雲霄，向上直插到天庭。蜉蝣飛動何齊整，行如軍隊在出征。蟋蟀感觸為什麼，半夜哀鳴聲不停。蚍蜉歡悅而高興，隊伍龐大極鮮明。睡臥床上想那人，有誰知我深深情？從前夫君看待我，如那掌心夜明珠。哪裡料想有一天，將我拋棄到溝渠。從前夫君與我間，如那影子緊追形。哪裡料到人一去，心就像那流星逝。從前夫君與我間，兩顆心結成一顆。哪裡料到在今天，突然隔絕情誼滅。

【研　析】傅玄（西元二一七年—二七八年），字休奕，西晉北地泥陽（今陝西耀縣東南）人。仕魏，歷參軍、太守、散騎常侍，入晉，為侍中、御史中丞、司隸校尉。詩長於樂府。有《傅鶉觚集》、《傅子》傳世。本詩為樂府體，擬魏〈相和歌辭・平調曲〉。首四句寫所思之人在處，其遊都城，大約是為了謀得一官半職，長安城高聳雲霄的城樓，寓不可攀附之意，已暗寫夫君的離自己而去，將其忘卻。「蜉蝣」八句，以三層比喻，蜉蝣齊整、蟋蟀哀鳴、蚍蜉愉悅，比自己夫妻別離孤零一身，比自己夜半懷思心中悲傷，比自己孤獨淒苦心中憂愁，「寤寐」二句，已是水到渠成瓜熟蒂落。「昔君」以下十二句，三層排比，一氣貫注。以今昔對比，昔之視己如掌上明珠，今而棄溝渠；昔之如影隨形，今如流星消逝；昔之兩心如一，今卻忽然決絕，在三層排比對照中，譴責了夫君的負心薄倖，見異思遷，喜新厭舊，品德敗壞。沈德潛評曰「後三段筆力甚橫」，張玉穀《古詩賞析》謂：「此種四言，真是變風遺調。潘、陸同時，卑靡不足數矣。」所言頗是。

明月篇

皎皎明月光，灼灼❶朝日暉。昔為春蠶絲，今為秋女❷衣。丹脣列素齒，翠彩❸發蛾眉。嬌子多好言❹，歡合易為姿。玉顏盛有時，秀色隨年衰。常恐新間舊，變故興細微。浮萍本無根，非水將何依？憂喜更相接，樂極還自悲。

【注　釋】❶灼灼　燦爛貌。❷秋女　秋娘，喻美女。❸翠彩　青綠色。❹嬌子多好言　嬌子，少女。好，美貌。言，語助詞。

【語　譯】皎潔月光好明亮，清晨太陽特輝煌。往昔為那春蠶絲，今天成了美女裳。紅唇下列碎玉齒，蛾眉閃著青綠光。少女多有美容顏，歡樂聚合嬌媚樣。玉顏美貌不多時，秀美顏色隨年降。常恐新人離間舊，變故起於細微處。浮萍原本沒有根，離水將要倚靠誰？憂與喜也相遞結，快樂到頭還生悲。

【研　析】本詩為晉雜曲歌辭。詩題或作〈怨詩〉，又作〈朗月篇〉。詩歌寫美人遲暮之感。首四句以月光皎潔到晨日璀璨，春天蠶絲成今日女裝，為興為比，既喻指少婦尚在盛時，又以時光變遷暗示青春流逝。「丹唇」四句，寫少婦今日美貌，唇丹齒白，嬌媚模樣。「玉顏」四句，寫少婦心懷隱憂，儘管歡樂之時姿態美好，但如玉容顏也僅在數年之間，秀美的姿色隨著年齡漸大而衰老，少婦常常擔心丈夫有了新歡，新歡將隔斷她與丈夫的感情。有此憂患，少婦仔細著任何細微的變化，她清楚，變故都萌生於細微之處。結末四句，以浮萍離水難生，比自己失去丈夫將無法生存，而憂喜相依，樂極生悲，這些人生的常理，更讓少婦憂心忡忡，寢食不安。詩歌深刻反映了舊時代女子命運的悲苦，表現了詩人對女子命運的深切關心。

雜詩

志士惜日短，愁人知夜長。攝衣❶步前庭，仰觀南雁翔。玄景❷隨形運，流響❸歸空房。清風何飄颻，微月出西方。繁星依青天，列宿❹自成行。蟬鳴高樹間，野鳥號東廂。纖雲時髣髴❺，渥露❻霑我裳。良時無停景❼，北斗忽低昂❽。常恐寒節至，凝氣結為霜。落葉隨風摧，一絕如流光❾。

清俊是選體，故昭明獨收此篇。

【注釋】❶攝衣　提起長衣的下襟。❷玄景　黑影。❸流響　指大雁飛過時啼鳴的聲音。❹列宿　眾星。❺纖雲時髣髴　纖雲，薄雲。髣髴，若隱若現。❻渥露　濕露。❼良時無停景　良時，美好的時光。景，日光，這裡指光陰。❽北斗忽低昂　北斗星在不同的季節不同的時間，其出現在天空的位置也各不相同，這裡指時間過得極快。忽，倏忽。低昂，高低變化。❾一絕如流光　絕，樹葉落盡。流光，光陰之逝如流水。

【語 譯】有志之人歎息日短，憂愁中人深知夜長。提起前襟散步前院，抬頭看那歸雁南翔。黑影隨著雁飛移動，傳來叫聲飄進空房。清風何其飄飄蕩蕩，淺月露出在天西方。繁星依貼青天之上，眾星自然排成隊行。蟬鳴叫於高樹中間，野鳥啼號在那東廂。稀薄雲彩若隱若現，濕濕露水沾我衣裳。美好時光無法留住，北斗七星上下低昂。常常擔心寒季到來，冷氣凝結成為嚴霜。落葉隨風摧折飄蕩，滿樹落盡如同流光。

【研 析】本題凡三首，此為其一。詩歌寫秋夜所見所感，表達了有志之士的人生苦短之感。首二句對偶而起，起句精警，亦為全詩中心所在，「愁人知夜長」既為常情常理，也是志士歎息晝短的進一步表現，正因其超越一般相思之愁的範圍，立意也自超凡脫俗。「攝衣」以下，具體寫走出房間，徘徊前庭所見所感。南歸的大雁飛過，留影留聲；清風習習，殘月在西方顯露；繁星點點，似乎有意識的排列成行；高樹上傳來秋蟬嘶鳴，東廂那頭送來幾聲野鳥鳴叫；幾縷雲彩，若隱若現，時有時無；濃重的露水打濕了人的衣裳；北斗星低昂上下，方位的變化，昭示著時間的飛逝，美好的光陰總是匆匆而過；落葉在風中，凋零殆盡，滿樹綠葉落盡似乎如光陰流逝，人生又何嘗不是如此！由秋來轉寒，自然變化，詩人不由得想起了人生，想起要做的事業需要很多的時間，這也照應了開頭的日短之歎。王夫之《古詩評選》評此詩謂：「休奕以遒勁多得浮響，此為蘊藉矣。」沈德潛評：「清俊是選體，故昭明獨收此篇。」都對本詩給予了較高評價。

雜言

雷隱隱，感妾心，傾耳清聽非車音。點化〈長門賦〉中語，更覺敏妙。

【語譯】雷聲隱隱轟響，觸動小女子深心，側耳傾聽，不是行車聲音。

【研析】本詩本司馬相如〈長門賦〉「雷隱隱而響起兮，聲像君之車音」而來。〈長門賦〉寫宮女望君王寵幸之心切。此詩則不獨寫宮女，也寫思婦。夫君外出不歸，思婦刻骨思念，朝思夢想，故有聽雷聲為車聲的幻覺。而細聽不是車音，流露出多麼深重的失望！此既較〈長門賦〉摹寫心理更邃深曲，意蘊也更顯豐富深厚。

吳楚歌

燕人美兮趙女佳❶，其室則邇兮限層崖❷。雲為車兮風為馬，玉在山兮蘭在野。雲無期兮風有止，思多端兮誰能理？

【注釋】❶燕人美兮趙女佳　語本「古詩十九首」〈東城高且長〉詩「燕趙多佳人」句。❷其室則邇兮

限層崖　語本《詩經・鄭風・東門之墠》：「其室則邇，其人甚遠。」邇，近。限，阻隔。

【語譯】燕地女子美啊趙地女子好漂亮，她的居室不遠啊卻為層層山崖阻隔。要以雲彩當車啊以風當馬，美玉在山中啊蘭草生荒野。雲彩難以期待啊風有停歇，愁思多端啊誰人明白？

【研析】本詩或題〈燕人美篇〉，屬於《樂府詩集・雜歌謠辭》，題目為傅玄新創。詩歌抒寫了對美人的傾慕思戀之情。燕趙多美人，詩首句以燕趙之女代稱所傾慕之人，其人之美麗漂亮，值得傾慕，不言而喻。次句一轉，相距不遠卻為山崖阻隔，雖然思慕卻難以見到，詩人的惆悵失望可見。「雲為」一句，難見而不能阻遏詩人想見的希望，他突生奇想，若能以雲為車，以風為馬，任何層崖，都將無法阻擋。「玉在」一句，以玉之埋藏深山，蘭的生長僻野，既寫相見之不易，更渲染著玉及蘭的高潔脫俗，益滋長相見之想。結末二句，以雲的飄渺難以把捉，風的時起時歇，再做一跌，幻想破滅，詩人的苦痛無以言說，滿腹的心裡話，一廂思慕眷戀之情，無法向所思之人表達，不被理解的苦惱，深深折磨著詩人。詩歌宛轉纏綿，清麗雋永，餘音嫋嫋，有無窮餘味在。

車遙遙篇

車遙遙兮馬洋洋❶，追思君兮不可忘。君安遊兮西入秦，願為影兮隨君身。君在陰❷兮影不見，君依光❸兮妾所願。樂府中極聰明語，開張、王一派。然出張、王手，語極恬熟。

【注釋】❶車遙遙兮馬洋洋　遙遙，遠貌。洋洋，緩慢。❷陰　背陰處。❸光　太陽光照的地方。

【語譯】車子走向遠方啊馬兒漸漸消逝，追憶你的音容啊不能暫時遺忘。你到哪兒去啊向西進入秦地，希望化作影子啊伴隨你身。你到那背陰之地啊影子不見，你到光照之下啊是我心願。

【研析】本詩《樂府詩集》列之〈雜曲歌辭〉，署梁代車轂作，《玉臺新詠》題傅玄作。詩歌寫思婦思夫。首二句乃思婦追憶往昔與夫君的別離情景，車子駛向遙遙遠方，馬兒漸漸消逝了蹤影，這別離的一刻，令思婦銘刻心中，難以忘懷，而隨著時間的流逝，愈發變得清晰，思婦心中的相思之苦，其感情的折磨，斑斑可見。第三句自問自答，以設問格，強調了夫君的離別及其去向。「願為」一句，以作夫君的影子伴隨其身，如影隨形，永不相離，表現了對丈夫的依依眷戀，純潔熱烈之感情，想像奇譎又真切生動。結末二句，就作影子深進一層。影子只有在光照下纔會出現，背陰處則便消失，思婦是連這片刻都不願與丈夫別離，所以她希望丈夫總能在光照之下，這是她最大的心願。而今之別離，又何止暫時，思婦心中的苦痛，當然是不一般的強烈。沈德潛讚其為「樂府中極聰明語」，信然。

束皙

補亡詩六章

序曰：晳與同業疇人❶，肄修鄉飲之禮❷。然所詠之詩，或有義無詞，音樂取節❸，闕而不備。於是遙想既往，存思在昔，補著其文，以綴❹舊制。

南陔❺

南陔，孝子相戒以養也。

循彼南陔，言采其蘭。眷戀庭闈，心不遑安❻。彼居之子，罔或游盤❼。馨爾夕膳，潔爾晨餐❽。循彼南陔，厥草油油❾。彼居之子，色思其柔❿。眷戀庭闈，心不遑留。馨爾夕膳，潔爾晨羞⓫。有獺有獺，在河之涘⓬。凌波赴汩，噬魴捕鯉⓭。嗷嗷林烏，受哺于子⓮。養隆敬薄，惟禽之似⓯。勗增爾虔，以介丕祉⓰。

「彼居之子」，居，謂未仕者。○「色思其柔」，即色難註腳。「養隆敬薄」，即不敬何以別註腳。○首言養，次言色，末言敬。

【注釋】❶同業疇人　同業，共同受業。疇人，同類的人。❷肄修鄉飲之禮　肄修，即肄習，學習。鄉飲之禮，周代鄉學薦德行道藝優異者於諸侯，將行，由鄉大夫設酒宴以賓禮相待，稱鄉飲酒禮，歷代承襲不衰，也指地方官按時在儒學舉辦的一種敬老儀式。❸取節　節取其善。❹綴　補。❺南陔　《詩經・小雅》篇名，有目無詩。六笙詩之一。前三篇即〈南陔〉、〈白華〉、〈華黍〉，寫燕饗之樂。〈南陔序〉謂此三篇是「有其義而亡其辭」。《儀禮・鄉飲酒禮》：「笙入堂下，磬南北面立。」後以為奉養與孝敬雙親之典。陔，田埂。❻眷戀庭闈二句　眷戀，思慕。庭闈，父母居所，代指雙親。不遑，不暇。❼彼居之子二句　居，不仕居家。罔或，沒有。游盤，游樂。❽馨爾夕膳二句　馨，芳香，活用作動詞。夕膳，晚餐。潔，鮮淨。❾油油　隨風倚伏貌，比喻和悅恭謹。❿色思其柔　謂柔順以承望父母顏色。⓫羞　珍饈；美食。⓬有獺有獺二句　獺，水獺，動物名。《禮記》載其捕魚後先置水邊，行祭魚禮。涘，水邊。⓭凌波赴汨二句　汨，深水處。噬，咬。魴，鯿魚。⓮嗷嗷林烏二句　嗷嗷，烏鳴聲。受哺于子，謂子烏反哺其母。⓯養隆敬薄二句　謂若僅能供養父母而不知禮敬，則與禽鳥無別。⓰勗增爾虔二句　勗，勉力。虔，恭敬。介，助。丕祉，大福。

【語　譯】小序說：束皙與同學業中人，學習鄉飲禮儀。然而所歌詠詩作，有的有義沒有文詞，音樂節取，短缺而不能完備。於是遙想從前，思路寄託在那往昔，補寫它的文字，用來補綴它們的體制。

沿著那南邊田埂，採摘那生長蘭草。眷戀思慕父母，心中無暇安寧。那沒有做官的兒子，沒有逸樂遊玩。為您備上噴香的晚餐，替您準備潔淨的早飯。沿著那南邊田埂，那生長的草兒順風搖搖。那沒有做官的兒子，一心想著使父母開懷。眷戀思慕父母，一顆心沒空滯留。為您備上噴香的晚飯，替您準備潔淨的美餐。水獺啊水獺，在那河水之畔。踏著水波進深水，咬捉鯿魚鯉魚。嗷嗷鳴叫的林中之鳥，反受子鳥的孝敬哺育。衣食飽暖禮敬欠缺，與這禽鳥雷同相似。勉力增加您的虔敬，用來獲取上天福佑。

【研析】束晳（約西元二六五年—三〇六年），字廣微，陽平元城（今河北大名）人。西晉惠帝朝為著作郎，遷尚書郎。趙王倫為相國，辟為書記。以病辭官。本篇《詩經》有題佚詩，此為依義補寫，為燕饗之作。詩分三層。首句至「潔爾晨餐」為第一層。首二句為興為比，蘭草芬芳，採蘭喻其好善愛美，亦指獻父母以心香。「眷戀」二句，寫仁孝之子，人身在外，一心掛念著雙親，乃至於沒有片刻安寧。「彼居」二句，寫其尚未做官，謀取一官半職，但並沒有放浪縱歡，沉湎逸樂。「馨爾」二句，寫自己朝暮所思，乃是孝敬父母，侍奉雙親。第二層再以「循彼南陔」起，結束於「潔爾晨羞」。在重章複沓的形式中，以田野中草之隨風搖搖，柔順起伏，寫自己思慕眷戀父母，想要承歡跟前，使父母既得豐衣美食，也得心情歡暢，精神愉悅。第三層自「有獺有獺」至結束。水獺捕魚，有水濱祭禮；林中鳥兒，子鳥反哺母鳥，有此兩層作比，揭出人子僅知贍養父母遠遠不夠，此動物亦然，只有再添以虔敬恭奉，周到的禮儀，纔稱得上盡善盡美。這也是本篇的主題所在。

白華

白華，孝子之潔白也。

白華朱萼，被于幽薄❶。粲粲門子，如磨如錯❷。終晨三省，匪惰其恪❸。白華絳趺，在陵之陬❹。蒨蒨士子，涅而不渝❺。竭誠盡敬，亹亹忘劬❻。白華玄足，在丘之曲。堂堂處子，無營無欲❼。鮮侔晨葩，莫之點辱❽。

《周禮》曰：正室謂之門子。鄭玄曰：正室適子，將代父當門者。處子，即處士也。

【注釋】❶白華朱萼二句　華，通「花」。朱萼，紅色的花萼。幽薄，深草叢中。❷粲粲門子二句　門子，嫡出之子。如磨如錯，語本《詩經・衛風・淇奧》：「如切如磋，如琢如磨。」磨，用物磨光。錯，通「磋」。用銼銼平。比喻君子進德修身。❸終晨三省二句　三省，本《論語・學而》：「曾子曰：吾日三省吾身：為人謀而不忠乎？與朋友交而不信乎？傳不習乎？」惰，懈怠。恪，恭敬。❹白華絳趺二句　絳趺，朱紅色的花萼。陵陬，山腳。❺蒨蒨士子二句　蒨蒨，鮮明貌。涅，染。渝，變。❻亹亹忘劬　亹亹，勤勉不倦貌。劬，辛勞。❼堂堂處子二句　處子，處士。營，謀求。無欲，淡泊名利。❽鮮侔晨葩二句　侔，比。點，通「玷」。汙。

【語譯】白色花朵紅色蕊，遍長荒莽深草內。光明無瑕嫡生子，切磋琢磨好人品。整個早上三自省，不敢懈怠其謙恭。白色花朵朱紅蕊，長在山陵的腳跟。光明純潔讀書人，環境薰染色不變。竭盡心誠與虔敬，勤勉不倦忘疲困。白色花朵黑色腳，長在山丘深坳內。堂堂正正做隱士，不去鑽營無私心。清晨花鮮少能比，無人能將她玷損。

【研析】本篇亦《詩經》存題佚詩，而依義補寫其詞。詩歌寫孝子孝敬父母，如白花之純潔，沒有瑕疵。詩分三層。起句至「匪惰其恪」為第一層。首二句為比，白花喻孝子純潔，生在莽草叢中，喻其身在三教九流社會裡。「粲粲」四句，正面頌揚其進德修身，自我要求嚴格，品格高尚，不廢謙恭之志。「白華絳趺」至「亹亹忘劬」為第二層。前二句比，生在山腳，寫其高潔。「蒨蒨」四句，正面頌揚其竭盡誠敬，不知疲倦，孝心無盡，不受周圍環境影響汙染。「白花玄足」以下為第三層。前二句為比，其後再正面稱頌，寫其堂堂正正，淡泊明志，結末以純潔鮮豔之晨花，比其潔白無瑕。

華黍

華黍，時和歲豐，宜黍稷也。

黮黮重雲，輯輯和風❶。黍華陵巔，麥秀丘中❷。靡田不播，九穀斯豐❸。奕奕玄霄，濛濛甘霤❹。黍發稠華❺，亦挺其秀。靡田不殖，九穀斯茂。無高不播，無下不殖。芒芒其稼，參參其稷❻。稸我王委❼，充我民食。玉燭陽明，顯猷翼翼❽。

玄霄，玄雲也。○稸，畜同。〈蔡澤傳〉：力田稸積。○《爾雅》曰：四氣和謂之玉燭。

【注釋】❶黮黮重雲二句　黮黮，雲色昏黑貌。輯輯，習習，風聲。❷黍華陵巔二句　鄭玄曰：「高田宜黍稷，下田宜稻麥。」華，通「花」。麥秀，麥子吐穗。❸靡田不播二句　靡，無。九穀，稷、黍、秫、稻、麻、大小豆、大小麥等九種農作物。❹奕奕玄霄二句　奕奕，光。玄霄，黑雲。甘霤，甘雨。霤，水下流貌。❺稠華　繁花。❻芒芒其稼二句　芒芒，多貌。參參，長貌。❼稸我王委　《公羊傳》：「君子之為國也，必有三年之委。」稸，同「蓄」。積蓄。委，積累。❽玉燭陽明二句 玉燭，四氣和順。陽明，光明。顯猷，大道彰顯。翼翼，明貌。

【語 譯】濃雲密佈昏暗陰沉，和風習習陣陣吹拂。黍子開花山陵頂峰，麥子吐穗山丘中間。沒有田地不可播種，各類莊稼都獲豐收。黑色雲彩閃著金光，甘霖喜雨紛紛來下。黍子開出花兒繁多，穗子長得何其堅挺。沒有田地不可種植，各類莊稼都很茂盛。沒有高地不能播種，沒有窪地不可繁殖。莊稼莊稼長得豐茂，穀子吐穗又長又大。為我國君多備積蓄，豐富我民生活飲食。四氣和順光明璀璨，大道彰顯多麼明媚。

【研 析】本篇亦《詩經》題存詩佚，依義補寫之作。「華黍，時和歲豐，宜黍稷也。」詩歌即寫風調雨順，九穀豐登。詩分三層。「黮黮重雲」六句為第一層。陰雲密佈，和風習習，從山陵之黍子花開，到丘陵地帶麥子吐穗，原本瘠薄之地都成膏壤，可見出豐年光景。「奕奕」以下十句為第二層。好雨知時節，本層在首層基礎上，由興雲起風，到天降甘霖。黍子花繁，穗子累累，進一步驗證著祥順年景，任何土地都能耕種，什麼土壤都可豐收。莊稼的繁盛，穀子的長長穗子，是豐年的最好說明。「稸我王委」以下四句為第三層，揭出盛世國家糧庫充盈，百姓溫飽，大道彰顯，為本詩之中心主題。

由庚❶

❶由庚，萬物得由其道也。

蕩蕩夷庚❷，物則由之。蠢蠢庶類，王亦柔之❸。道之既由，化之既柔❹。木以秋零，草以春抽❺。獸在于草，魚躍順流。四時遞謝，八風代扇❻。纖阿按晷，星變其躔❼。五緯不愆，六氣無易❽。愔愔我王，紹文之跡❾。庚，訓道也。夷庚，即王道蕩蕩意。

【注釋】❶由庚　《詩經・小雅》佚篇名，序謂：「〈由庚〉，萬物得由其道也。」由，從。庚，道。❷蕩蕩夷庚　蕩蕩，平坦貌。夷，常。❸蠢蠢庶類二句　蠢蠢，雜亂紛動貌。庶類，眾生。柔，安。❹道之既由二句　謂萬物既循常道，百姓也安於教化。❺抽　生長發芽。❻四時遞謝二句　四時，春生夏長秋收冬藏。八風，八方之風。❼纖阿按晷二句　纖阿，神話傳說中駕御月亮運行的人。晷，日影。躔，指日月星辰運行的軌迹。❽五緯不愆二句　五緯，指雨、陽、燠、風、時。不愆，沒有差錯。六氣，陰、陽、風、雨、晦、暝。易，改。❾愔愔我王二句　愔愔，安和貌。我王，指周成王。紹，繼承。文，周文王。

【語譯】常道何其平坦寬廣，萬物從此化育生成。雜亂紛動黎民百姓，君王也能教化懷柔。萬物生長既由常道，教化作育已經安撫。樹木因為秋天凋零，草兒由於春天抽芽。野獸奔馳在那草野，魚兒跳躍順著水流。春夏秋冬四季更替，八方來風輪番播揚。月亮運行接著日影，星辰變化有其軌迹。五緯和諧沒有紊亂，六氣正常沒有變異。平和慈祥我朝成王，步武先祖文王德政。

【研　析】本篇亦《詩經．小雅》名存詩佚，據文義而補作。詩歌以萬物各由其道，頌朝廷為政的清明和順。「蕩蕩」四句，由常道坦蕩，萬物化生，引出朝廷教化，百姓安樂。「道之既由」二句，萬物既已循道，百姓安於教化，成效已顯。「木以秋零」四句，以秋之草木凋零，春之草木抽芽生長，野獸馳騁於草莽，魚兒順水飛越，具體寫地上萬物之各循常道，得其自然之樂。「四時」四句，復由天上時序，季節更替，八方風來，日沉星現，寫自然常道，條理不紊。結末四句，由五緯六氣的不改常道，頌揚成王能夠步武先祖文王，治政得自然妙道，社會因之安定。

崇丘

崇丘，萬物得極其高大也。

瞻彼崇丘，其林藹藹❶。植物斯高，動類斯大。周風既洽，王猷允泰❷。

漫漫方輿，回回洪覆❸。去聲。何類不繁？何生不茂？物極其性，人永其壽。

恢恢大圜，茫茫九壤❹。資生仰化❺，于何不養？人無道夭❻，物極則長❼。

《莊子》曰：終天年而不中道夭者，是智之盛也。

【注　釋】❶藹藹　茂盛貌。❷周風既洽二句　周風，王風。周，周室。洽，和洽。王猷，王道。允泰，平和。❸漫漫方輿二句　方輿，地。回回，廣大。洪覆，指天。❹恢恢大圜二句　恢恢，寬廣貌。大圜，天。茫茫，遼闊貌。九壤，九州。❺資生仰化　言取生者，皆仰德而化。資，取。❻人無道夭　語本《莊子》：「終天年而不中道夭者，是智之盛也。」年未三十而死曰夭。❼物極則長　語本《周易》：「小人道消，君子道長。」言物極則歸長也。

【語譯】望那高高山丘，那裡樹林茂盛。植物高高生長，隨風搖動洪大。國家風俗融洽，朝廷政治清明。無邊無際大地，廣闊浩瀚天際。哪種生物不盛？何物生長不茂？萬物極盡本性，人民壽命長久。寬廣無際天空，遼闊無垠地域。生命仰德化育，什麼東西不長？人無半道夭亡，物盡天性久長。

【研析】本篇亦《詩經．小雅》存題佚詩，據文義補寫。詩歌寫萬物各盡暢其本性，乃有高大長久。首四句由高山茂林寫起，生長於高丘，隨順其性情，而有了高大景觀。「周風」八句，由此一比，周室和洽的風氣氛圍，王道允泰，和平安定，也為百姓生存，盡其情性，不可或缺。而遼闊之大地，無物不盡其性，無物不生長茂盛，人之壽永，自在情理之中。「恢恢」六句，作進一步昇華，資生者仰德化育，德之所在，無處不生，無處不得歡樂，心情歡暢，自然得長壽之期。

由儀❶

由儀，萬物之生各得其儀也。

肅肅君子，由儀率性❷。明明后辟❸，仁以為政。魚遊清沼，鳥萃平林❹。濯鱗鼓翼，振振其音。賓寫❺爾誠，主竭其心。時之和❻矣，何思何修？文化內輯，武功外悠❼。

時既和矣，何所思慮，何所修治，惟以文化輯和于內，武功加于外遠也，寫由儀意極正大。○六章不類周雅，然清和潤澤，自是有德之言。

【注釋】❶由儀 《詩經・小雅》佚篇名。儀，宜。❷肅肅君子二句 肅肅，恭敬貌。率性，《禮記》：「率性之謂道。」❸明明后辟 明明，明察。后辟，君王。❹平林 平原上的林木。❺賓寫 賓，群臣。寫，發抒。❻和 和平。❼文化內輯二句 輯，和。悠，遠。

【語譯】恭敬平和君子，順從自然適性。明察秋毫君王，仁德治理朝政。魚兒優遊清池，鳥兒聚集平林。濯洗魚鱗振翅，振振發出音聲。群臣發抒誠敬，君主竭盡心力。時代和平安寧，何須思慮修治？內以文化輯和，武功施加外邊。

【研析】本篇亦《詩經》篇佚名存，據遺義補寫之作。詩寫萬物各由其道，得其所宜，頌政治清明，君王清察。首四句寫君子誠敬，從道適性，國君明察，仁義治國。「魚遊」四句，以魚鳥之順性自得，渲染襯托社會的清平，人民的樂得其所。「賓寫爾誠」二句，承上魚之濯鱗鳥之鼓翼，振振鳴音，寫臣子竭誠，君主盡心，君臣相得融洽。「時之和矣」以下四句，以內修文化，外施武德，歌頌仁德之世收束。沈德潛曰：「惟以文化輯和于內，武功加于外遠也，寫由儀意極正大。」束晳的補《詩經・小雅》佚篇六首，雖不如《詩經・小雅》之作厚樸，

「然清和潤澤，自是有德之言」（沈德潛語）。為人們了解《詩經》所佚六笙詩，也提供了一個很好的文本。

司馬彪

雜詩

百草應節生，含氣❶有深淺。秋蓬獨何辜❷，飄颻隨風轉。長飆一飛薄❸，吹我之四遠。搔首望故株❹，邈然❺無由返。

【注　釋】❶含氣　含有氣息，指有生命之物。❷何辜　何罪。❸長飆一飛薄　長飆，遠風；大風。飛薄，飛騰蕩薄。❹故株　本根。❺邈然　遙遠貌。

【語　譯】百草順應節令生，含有氣息不相同。偏獨秋蓬有何罪，隨風飄搖不得閒。大風一起來激蕩，刮著我身到邊遠。撓頭遙望本生根，渺茫無從再回返。

【研　析】司馬彪（約西元二四二年—三〇四年），字紹統，河內溫縣（今河南溫縣西）人。晉朝皇族。歷仕祕書丞、散騎侍郎等。著作有《莊子注》、《九州春秋》、《續漢書》等。詩歌抒發了羈旅之士萍漂蓬轉隨意東西無所著落的心跡。通篇用比。首四句，以百草含氣不同，皆應節令而生概寫，而後獨拈出秋蓬，提出為何惟獨它要隨風飄轉，難以安定，分外警策。「長飈」四句，著一「我」字，蓬即人，人即蓬，飄蓬的擬人已經彰明昭著。「搔手」進一步擬人化，「望故株」而「無由返」，飄零人的苦惱溢於言表，情見乎辭。

陸機

士衡詩亦推大家，然意欲逞博，而胸少慧珠，筆又不足以舉之，遂開出排偶一家。西京以來，空靈矯健之氣，不復存矣。降自梁陳，專工隊仗，邊幅復狹，令閱者白日欲臥，未必非士衡為之濫觴也。茲特取能運動者十二章，見士衡詩中，亦有不專堆垛者。〇謝康樂詩，亦多用排，然能造意，便與潘、陸輩迴別。〇士衡以名將之後，破國亡家，稱情而言，必多哀怨，乃詞旨敷淺，但工塗澤，復何貴乎？〇蘇、李十九首，每近於風，士衡輩以作賦之體行之，所以未能感人。〇〈文賦〉云：「詩緣情而綺靡。」殊非詩人之旨。

短歌行

置酒高堂，悲歌臨觴。人壽幾何，逝如朝霜。時無重至，華不再陽❶。蘋以春暉，蘭以秋芳。來日苦短，去日苦長。今我不樂，蟋蟀在房❷。樂以會興❸，悲以別章❹。豈曰無感？憂為子忘。我酒既旨❺，我肴既臧❻。短歌有詠，長夜無荒❼。

詞亦清和，而雄氣逸響，杳不可尋。

【注　釋】❶陽　光鮮。❷今我不樂二句　語本《詩經・唐風・蟋蟀》：「蟋蟀在堂，歲聿其莫。今我不樂，日月其除。」❸興　起。❹章　顯。❺旨　醇美。❻臧　善。❼荒　廢。

【語　譯】酒宴擺設高堂上，舉起酒杯悲聲唱。人的壽命有幾許，逝去如那早晨霜。時光不能再來到，花兒不能再鮮亮。浮萍因為春輝光，蘭草秋天吐芳香。未來日子總嫌短，消逝光陰總太長。今日我心不快樂，蟋蟀年末進了房。歡樂因為聚會起，悲愁因為別離彰。怎能說是無感觸？憂愁因為您而忘。我酒既然味醇美，我菜也稱夠豐盛。短歌作來以詠唱，漫漫長夜不虛度。

【研　析】陸機（西元二六一年—三〇三年），字士衡，西晉吳郡吳縣華亭（今上海松江）人。三國丞相陸遜之孫，大將軍陸抗之子。吳時嘗官牙門將。晉武帝太康末年入洛陽，為張華賞識，官國子祭酒，累仕至殿中郎。趙王司馬倫篡位，為中書郎。倫敗下獄幾死，為司馬穎救免，為大將軍參軍、平原內史。再為後將軍、河北大都督，統軍征討長沙王司馬乂，兵敗，被仇家所誣見殺。廁身洛陽文人集團「二十四友」。詩歌創作技巧嫻熟，形式華美，或流於刻鑿板滯。作品有今人整理本《陸機集》行世。本詩見收於《樂府詩集・相和歌辭》，抒寫的是傷生之歎。首二句高堂置酒，舉杯悲歌，起筆突兀，令人驚詫莫名，亦扣人心弦，使人急於想了解其原因。「人壽幾何」以下十句，便具體作出說明。原來，詩人也是在悲傷生命的不永，轉瞬即逝，光陰難再，來日苦少，去日苦多。花的不能再盛，萍的僅在春暉，蘭草只有秋芳，都是彈指中間。蟋蟀入房，又是歲暮，這裡用《詩經》成句，表露了歲月匆忙，功業未建的苦惱。而這一層意思，也使本詩超越漢末文人的消沉，其生命之短的感歎，有了積極進步的意義。「樂以會興」以下八句，寫友朋聚會之樂。歡聚傷別，人之常情。朋友的到來相聚，美酒佳餚，歌詩唱和，有此歡樂，詩人也自然從傷生的苦惱中擺脫，要與朋友作竟夜之飲。這也不同於及時行樂，而是享受人生，品評友情。詩歌文辭清綺，文氣從容，王夫之《古詩評選》評此詩曰：「平原別構一體，務從雅正，使被之管弦，恐益魏文之臥耳。顧其回翔不迫，優餘不儉，於以涵泳志氣，亦可為功承。」此評頗堪中的。

隴西行

我靜如鏡，民動如煙。事以形兆，應以象懸❶。豈曰無才，世鮮興賢❷。

【注　釋】❶事以形兆二句　謂凡事必有形之先兆，應之則如象的自懸於鏡，初並無成心。❷興賢　舉薦賢才。

【語　譯】我自鎮靜如明鏡，黎民紛雜如雲煙。凡事都有先兆顯，響應如同象自懸。莫非世上無賢才，世人少將賢舉薦。

【研 析】本詩亦樂府體，抒寫的是懷才不遇之感。首二句，以我、民對舉雙提，我之明察平靜如鏡，民之紛雜喧囂散亂，以動寫靜，造語奇特別致。中二句，凡事都有先兆，其象之自懸於鏡，斑斑可見，再顯鏡的神妙不凡。末二句，揭出才不見用的主題，表其慨歎。張玉穀《古詩賞析》評曰：「陸詩四言，多平實鋪排，惟此簡峭，取之。」「簡峭」二字，為本詩的評。

猛虎行

渴不飲盜泉❶水，熱不息惡木陰。惡木豈無枝，志士多苦心❷。整駕肅時命❸，杖策將遠尋❹。飢食猛虎窟，寒棲野雀林❺。日歸❻功未建，時往歲載陰❼。崇雲臨岸駛❽，鳴條❾隨風吟。靜言❿幽谷底，長嘯高山岑⓫。急弦無懦響⓬，亮節⓭難為音。人生誠未易，曷云開此衿⓮！眷我耿介懷⓯，俯仰⓰愧古今。《尸子》曰：孔子至於勝母，莫矣而不宿；過於盜泉，渴矣而不飲，惡其名也。○江邃文釋引《管子》曰：士懷耿介之心，不蔭惡木之枝。○起用六字句，最見奇峭，此士衡變體。

【注 釋】❶盜泉 水名，在今山東泗水東北。《水經注・洙水》：「洙水西南流，盜泉水注之。」《尸子》：

「孔子至於勝母，莫矣而不宿；過於盜泉，渴矣而不飲，惡其名也。」❷苦心　指志士全其節操的苦心。❸整駕肅時命　整駕，整備車馬。肅，恭敬。時命，時君之命。❹杖策將遠尋　杖策，拄杖。遠尋，遠行尋求機遇。❺飢食猛虎窟二句　語本樂府〈猛虎行〉「飢不從猛虎食，暮不從野雀棲」，乃反其意而用。❻日歸　日落。❼歲載陰　歲陰，指一年將盡，又到秋冬。載，語助詞。❽崇雲臨岸駛　崇，高。駛，行。❾鳴條　隨風嗚咽鳴響的枝條。❿靜言　靜思。本《詩經・邶風・柏舟》「靜言思之」句。⓫岑　山頂。⓬急弦無懦響　謂急促的弦樂不會發出柔弱的聲音。⓭亮節　高節。⓮衿　襟懷；懷抱。⓯眷我耿介懷　眷，顧念；想到。耿介，正直。⓰俯仰　指隨俗應變。

【語　譯】乾渴不飲盜泉中的水，大熱不在惡木蔭下歇。惡木難道無樹枝，志士全節心良苦。整備車馬恭應君王招，拄著手杖遠行找機遇。饑餓就食猛虎的巢穴，寒冷依棲野雀居住林。天色已晚功勳還未建，時光流逝轉眼到歲末。高高的雲彩岸邊迅疾飛，樹上枝條風中嗚咽發聲音。深谷中間獨自靜思想，高山頂端長嘯舒胸襟。急促弦樂沒有柔弱聲，高風亮節難以有知音。人生確實不容易，如何反說開胸懷！念及自身耿直情，委蛇隨俗愧古今。

【研　析】本篇屬《樂府詩集・相和歌辭・平調曲》，古辭今存，凡四句。本詩抒寫違背初衷，又功業未建的苦惱。首四句用樂府古辭例，謂君子慎於出處，盜泉之水，雖渴而不飲；惡木之蔭，雖熱而不肯歇涼，因其名惡，君子不就也。「整駕」四句，謂迫於時命，既不能守身如玉，亦難守自己的初衷，混跡於猛虎之窟、野雀之林。「日歸」以下六句，儘管隨波逐流，與世浮沉，終也沒有建樹，歲末寒凍，聽著蕭蕭枝鳴，望著岸邊雲湧，詩人感慨良多，心亂如麻。他是多麼希望徜徉深谷之中，獨自靜思；攀上高山之頂，仰天長嘯！詩人的苦悶彷徨，情見乎辭，溢於言表。「急弦」以下六句，直吐胸臆。急促的琴弦，不會發出柔弱之音；高風亮節之士，他的耿直快語，難以討人歡心，自己的不得其志，正在情理之中。人生本就是這樣不易，怎能說稱心快意呢！而自己最大的遺憾，就是不該違背初衷，輕易出山，有損名節。愧對古今高士，這纔是詩人最感痛苦的事情。詩歌表情達意，一波三折，盪氣迴腸，以古題為新辭，抒發了屬於他自己獨有的意緒。其中諸多工穩的對仗，辭藻的精煉，亦稱出色。劉熙載《藝概・詩概》謂：「士衡樂府，金石之音，風雲之氣，能令讀者驚心動魄。雖子建諸樂府，且不得專美於前，他何論焉？」用於本篇，頗為的當。以其為詩人之代表詩篇，良有以也。

塘上行

江蘺生幽渚❶，微芳不足宣❷。被蒙風雲會❸，移居華池❹邊。發藻
玉臺下❺，垂影滄浪❻泉。霑潤既已渥❼，結根奧且堅。四節逝不處❽，
繁華難久鮮。淑氣與時殞❾，餘芳隨風捐。天道有遷易❿，人理無常全。
男懽智傾愚⓫，女愛衰避妍⓬。不惜微軀退，但懼蒼蠅前⓭。願君廣末光⓮，
照妾薄暮年。亦是平韻，而音旨自婉。

【注釋】❶江籬生幽渚　江籬，香草名，即蘼蕪。幽渚，幽僻的水中小洲。❷微芳不足宣　微芳，淡淡的芳香。宣，播散。❸被蒙風雲會　被蒙，遭遇；際遇。風雲會，好的機會。《易・乾》：「雲從龍，風從虎，聖人作而萬物睹。」原指物之以類相聚，後喻好的際遇。❹華池　傳說中神仙之山崑崙上的仙池，後指華美的水池。❺發藻玉臺下　發藻，發出華彩。玉臺，臺觀名，泛指宮廷臺觀。❻滄浪　碧青貌。❼渥　厚。《詩經・小雅・信南山》：「既優既渥，既霑既足。」❽四節逝不處　四節，四季。處，居；留。❾淑氣與時殞　淑氣，溫馨的氣息。殞，落；消失。❿天道有遷易　天道，自然規律。遷易，推移變化。⓫智傾愚　智者傾軋欺負愚者。⓬衰避妍　色衰者避讓美妍者。⓭但懼蒼蠅前　語本《詩經・小雅・青蠅》：「營營青蠅，止于樊。豈弟君子，無信讒言。」蒼蠅，比喻顛倒黑白搬弄是非的小人。⓮廣末光　廣大餘光；將原本微末之光耀放大。

【語譯】江籬生長在幽僻的小洲上，稀薄淡微的芳香不足以遠播。時來運轉遭遇好的機會，移動載植到了華麗的池邊。宮廷臺觀之下煥發迷人光彩，影子投射進那碧青湛湛泉水。浸潤青泉已經厚重良多，結根沃土深長並且牢堅。春夏秋冬四季逝去難留，似錦繁花難以持久鮮豔。溫馨的氣息隨著時光消逝，剩餘的殘香隨風飄散淨盡。自然規律推移變化不停，人間事理沒有常常圓滿。男人喜歡智者欺負愚笨，女子總是色衰避讓美妍。不懼怕卑賤的身軀要退避，只擔心小人撥亂是非在跟前。希望君王放大微薄的光輝，照耀卑賤弱女殘暮晚景年。

【研析】本篇屬《樂府詩集・相和歌辭・清調曲》，詩歌以美人遲暮之感，寄託其遭逢動盪時局，對個人前途命運的擔憂。前十二句通以江籬為比。原本生長幽渚，後乃遷移華池之畔，比女子由寒微出身，遭遇良時，得入宮闈。璀璨臺閣之下，垂影滄浪之水，浸潤青泉也厚，根殖既深，比其盛時光景，風光無限，寵渥無窮。四時遷移不居，繁華難再，鮮豔不久，芬芳漸逝，殘香吹盡，寫其色衰失寵，美人遲暮之悲。「天道有遷易」以下八句，先二句寫天道周轉，人事難全，為過脈，由寫江籬，到進入主題，抒寫人生感慨。「男懽」二句，承上寫人間常理，男人們喜歡以智欺愚，女子們衰老避讓少妍，都不足以大驚小怪。以此襯托，最後拈出不怕色衰避退，但恐小人撥亂，讒言離間。結末提出希望，期盼夫君能夠鑑察自己的衷情，放大微光，照其暮年，婉曲可憐。王夫之《古詩評選》謂：「『願君廣末光，照妾薄暮年』，其聲其情，自然入人者甚。」

擬明月何皎皎

安寢北堂上❶，明月入我牖。照之有餘輝，攬之不盈手。涼風繞曲房❷，寒蟬鳴高柳。踟躕感物節❸，我行永已久。游宦會無成❹，離思難常守。

【注　釋】❶安寢北堂上　寢，臥。堂，正室。❷涼風繞曲房　涼風，北風。曲房，帶曲廊之室。❸踟躕感物節　踟躕，猶豫不定。物節，或作節物，一個季節的景物。❹游宦會無成　游宦，遠遊仕宦。會，當。

【語　譯】安然睡臥北堂上，明月光輝照進窗。輝光照耀分外亮，伸手攬捉不滿掌。北風環繞在曲房，寒蟬嘶鳴柳梢上。季候景觸心彷徨，我這一行久又長。遠遊仕宦當無成，離愁折磨難久留。

【研析】陸機擬「古詩十九首」為〈擬古詩〉十二首，本篇乃其中之一。詩歌寫遊子懷鄉思親之情。首四句描寫出遊子夜晚孤寂，難以入眠，雖然安臥，而無法入睡。月光如水，是那樣的皎潔明亮；月光透過窗戶，照進室內；不能成眠的遊子百無聊賴，伸手攬取明月，月光總是溜走逃逸，不能盈手。「涼風」四句，寫遊子的耳聽心感。北風環繞房間，是聽是感；寒蟬嘶鳴，是聽，卻與北風一起，作為深秋的象徵，引發了遊子心中的悲楚彷徨。結末二句，點明其彷徨感傷的原因，是因為久已離家，遊宦無成，離愁別緒，折磨著他的靈魂。對陸機的擬古之作，鍾嶸《詩品》贊為「五言之警策者也」，王夫之稱：「平原〈擬古〉，步趨若一，然當其一致順成，便爾獨舒高調。一致則淨，淨則文，不問創守，皆成獨構也。」（《古詩評選》）都有著很高的評價。

擬明月皎夜光

歲暮涼風發，昊天肅❶明月。招搖❷西北指，天漢❸東南傾。朗月照閑房，蟋蟀吟戶庭。翻翻❹歸雁集，嘒嘒寒蟬鳴。疇昔同宴友，翰飛戾高

歲暮涼風發，昊天肅[1]明月。招搖[2]西北指，天漢[3]東南傾。朗月照閑房，蟋蟀吟戶庭。翻翻[4]歸雁集，嘒嘒寒蟬鳴。疇昔同宴友，翰飛戾高

冥❺。服美改聲聽，居愉遺舊情。織女無機杼，大梁❻不架楹。《爾雅》曰：大梁，昴星也。末二句總言有名無實，與漢人原詞意同。

【注釋】❶肅 蕭瑟。❷招搖 北斗第七星，在北斗杓端。❸天漢 天河。❹翻翻 翻飛貌。❺翰飛戾高冥 翰飛，高飛。戾，達。高冥，高天。❻大梁 即昴星。

【語譯】歲末北風刮起來，蒼天明月也蕭瑟。招搖星座指西北，天河傾斜向東南。皎潔月光照空房，蟋蟀鳴叫在室中。翩翩歸來大雁落，嘒嘒鳴響寒蟬聲。往昔宴會酒肉友，騰飛上達到蒼冥。服飾既美口氣變，生活愉悅丟舊情。織女星座無機杼，大梁不能架柱楹。

【研析】本詩亦〈擬古詩〉之一篇。詩歌寫遊子客地的孤寂及其對朋友負心的譴責。首句至「寒蟬鳴」為第一層。歲末光景，北風瑟瑟，已經給人以日暮途窮之感；肅殺的月亮，顯然已染上了詩人主觀的情感色彩，是傷感悲戚的月亮。「招搖」二句，點出季節時間。空房本已寂靜，朗月之照，蟋蟀的斷續鳴叫，更襯托出夜的靜寂。南來的大雁停了下來，寒蟬在明亮的月光下不時啼鳴。這第一層，描繪了一幅肅殺淒清的冬夜圖畫。「疇昔」以下為第二層，而上一層遊子的孤寂，其主要的一個原因，就是這裡所要寫的遭朋友背棄，孤立無援，心靈上的孤獨。往昔同桌共飲，曾經信誓旦旦的朋友，今天已經發跡。人一闊臉就變，他早改換了口氣，忘記了舊情，全不記得還有過自己這樣一個朋友。結末二句，以織女星不能織布，大梁星難以架梁，寫徒有這樣的朋友，有名而無實，與〈明月皎夜光〉原作的簸箕星不能簸，牽牛星難負軛同一意趣，對薄情之人給予了強烈抨擊。

招隱詩

明發心不夷❶，振衣聊躑躅❷。躑躅欲安之，幽人在浚谷❸。朝采南澗藻❹，夕息西山❺足。輕條象雲構❻，密葉成翠幄❼。激楚佇蘭林，回芳薄秀木❽。山溜何泠泠❾，飛泉漱鳴玉❿。哀音附靈波⓫，頹響赴曾曲⓬。至樂非有假⓭，安事澆淳樸⓮。富貴苟難圖⓯，稅駕⓰從所欲。必富貴難圖而始稅駕，見已晚矣。士衡進退，所以不無可議。

【注釋】❶明發心不夷　明發，天亮時；早晨。夷，悅。❷振衣聊躑躅　振衣，抖動衣裳上的灰塵。聊，且。躑躅，彷徨；猶豫不定。❸幽人在浚谷　幽人，指隱者。浚谷，深谷。❹朝采南澗藻　本《詩經・召南・采蘋》：「于以采蘋？南澗之濱。」藻，水草名。❺西山　指首陽山，商末伯夷、叔齊隱居處，伯夷、叔齊歌：「登彼西山兮，采其薇矣。」❻雲構　高聳入雲的建築。❼翠幄　翠綠的幃帳。❽激楚佇蘭林二句　激楚、回芳，均舞名，借指風。佇，停留。蘭、秀，形容林木之美。❾山溜何泠泠　山溜，山溪。泠泠，水聲。❿漱鳴玉　漱，蕩。鳴玉，瓊瑤，此指山石。⓫哀音附靈波　哀音，指低微哀怨的流水聲。靈波，神奇靈妙的水波。⓬頹響赴曾曲　頹響，餘響。曾曲，深谷。⓭至樂非有假　至樂，極樂。假，借。

⑭安事澆淳樸 《莊子・繕性》：「及唐虞始為天下，興德化之流，澆淳散樸。」澆，薄，作動詞用。⑮富貴苟難圖 苟，誠。圖，求。⑯稅駕 解開車駕。稅，脫；解開。

【語 譯】清晨心情不快活，抖動衣裳且彷徨。彷徨想往哪裡去，隱士在那深山谷。早晨南澗去採藻，晚上歇腳西山下。輕柔樹枝像大廈，茂密樹葉作翠帳。清風吹拂蘭林中，和風蕩漾秀木叢。山溪清流泠泠聲，飛泉激蕩山中石。靈波流出哀怨曲，餘音梟梟奔深壑。最大的快樂非假借，哪裡需要變風俗？富貴功名誠難求，解駕歇車隨心欲。

【研 析】淮南小山有〈招隱士〉篇，呼喚著隱士出山，迄於晉朝，文人亦多招隱士之作，或承淮南小山意脈，或反其意而稱道山林之美，抒發歸隱之志，本篇屬於後者。詩歌首四句，寫自己晨起心情不快，猶豫彷徨，心嚮往那山谷隱者，欲往從之。「朝采」以下十句，正寫山林隱逸之樂。早採山澗藻類而食，晚歇西山腳下，蓊鬱的高樹，就像那自然大廈，繁茂的枝葉，似天生的幔帳，習習清風吹拂著蘭林秀木，山溪淙淙，飛瀑激打著亂石，清波流動出哀怨纏綿之音，溪流奔向遠方的深壑，帶去了嫋嫋餘音，這是一幅何等美妙的山水圖畫！這就是山林隱逸棲居生活的地方！何其賞心悅目，令人欣羨！「至樂」以下四句，直抒胸臆。至樂全在清靜無為中得來，靠改變社會，靠追求功名富貴，來尋取至樂，都是捨本逐末之舉，結果將徒勞無功。明白乎此，詩人終於不再彷徨，決定要解駕歇馬，辭去榮華，歸隱山林，去過隱士的生活。詩歌摹寫山林景觀，真切生動，曲盡其妙，優美逼真，遣詞造句，刻意求新，此也反映了詩人的藝術追求。

贈馮文羆❶

昔與二三子，游息承華南❷。拊翼❸同枝條，翻飛各異尋。苟無凌風翮，徘徊守故林。慷慨誰為感，願言懷所欽。發軫清洛汭❹，驅馬大河陰❺。佇立望朔塗❻，悠悠迥且深。分索❼古所悲，志士多苦心。悲情臨川結，苦言隨風吟。愧無雜佩贈❽，良訊代兼金❾。夫子茂遠猷❿，款誠寄惠音。

【注釋】❶馮文羆　詩人之友，官太子洗馬，遷斥丘令。❷游息承華南　游息，行止。承華，太子宮門名，詩人曾為太子洗馬，與馮文羆共事。❸拊翼　拍打翅膀，比喻將要奮起。❹發軫清洛汭　發軫，出發。軫，車子。洛汭，洛水入黃河處。汭，水流彎曲處。❺大河陰　黃河南岸。❻朔塗　北去的路。馮在斥丘，故云。❼分索　離散。❽愧無雜佩贈　《詩經・鄭風・女曰雞鳴》：「知子之來之，雜佩以贈之。」雜佩，古代富貴之人腰間佩帶的珠玉等飾物。❾兼金　價值倍於劣金的精金。❿茂遠猷　鴻圖；嘉謀。

【語譯】從前與幾位先生，共事在承華門南。拍翅在同根枝條，騰飛起各奔前程。確實無乘風羽莖，守原處徘徊不前。慷慨因為啥感觸，心想那素所欽敬。自洛入黃河處出發，策馬在黃河南岸。久立遙望那北去路，渺茫而且漫長深遠。離散為古來悲歎，志士心多有悲苦。悲傷臨大河鬱結，苦衷隨風吹歌吟。慚愧無佩玉相贈，佳訊能代替那精金。先生您鴻圖遠大，我真誠寄上祝願。

【研 析】本詩為題贈友人之作。首四句追憶往昔共事相處的日子，說自己有幸與幾位同事，曾經共棲一枝，後來便各自奮飛。「苟無」四句，寫自己未能展翅騰飛，但留戀友情，思念朋友。「發軫」四句，從洛水入河處出發，徘徊在黃河南岸，這裡曾經是與二三子共遊之地，而今各奔東西，詩人遙望北去的路途，這是友人前往就職所必經，漫漫途程，遙遙無邊，既是隔絕的距離，也是詩人對友人思念的表徵。「分索」四句，說抒發離愁別緒，離別之苦況，乃古今相同，亦貫穿著古今；而志士仁人，有濟世之想，有保全節操之志，心中尤多悲苦。對著嗚咽的大河流水，詩人心中的悲緒鬱結了；隨風長吟，宣洩苦悶，詩人期盼尋找著知音。結末四句，寄託著對朋友真誠的問候，良好的祝願，希望朋友鵬程萬里，大展鴻圖。詩歌抒寫鬱悶及對友人的思念，也都情真意切，「情繁詞隱」，矜重含蓄，是本詩特點。

為顧彥先❶贈婦

辭家遠行遊，悠悠三千里。京洛多風塵，素衣化為緇❷。修身❸悼憂
苦，感念同懷子❹。隆思❺亂心曲，沉歡滯不起❻。歡沉難尅興，心亂誰

為理？願假歸鴻翼，翻飛浙江汜❼。

【注釋】❶顧彥先 名榮，吳人，為尚書郎。❷緇 黑色。❸修身 修養身心；涵養德性。❹感念同懷子 感念，心存想念。懷，思念。子，代指妻子。❺隆思 濃重的相思。❻沉歡滯不起 沉歡，深沉的歡愛。滯，滯塞。❼浙江汜 浙江，錢塘江。汜，水邊。

【語譯】辭別家鄉遊遠方，漫漫途程三千里。京都洛陽風沙多，白衣染作黑色服。修養身心傷憂苦，心心相繫把你思。濃烈相思亂心扉，歡愛滯塞不能遇。低沉歡樂難生成，心如亂麻誰為理？希望借得歸雁翅，騰飛到那浙江邊。

【研析】兩首詩乃代顧氏夫婦作。此第一首代顧彥先，次首代其妻。本篇首四句寫辭家遠赴京洛，在外宦遊的艱難，僅舉兩事：一者離家遙遠數千里；二者京洛多風沙，白衣染成黑。有此兩端，宦遊人的不易，可以見出。「修身」以下六句，承上辭家及外地不易而來，從憂苦到思親。由於思念的強烈，心情淤塞，難以成歡，心亂如麻，難能理清。解鈴當需繫鈴人，誰為理，不言而喻，此妻子也。結末二句，歸去之願，是了結相思的最好藥方，於前文之京城不易，思念妻子，作一收束。詩中「素衣化為緇」一句，造語新異，生動傳神。寫顧氏心亂歡沉，也反覆詳盡。

東南有思婦，長歎充幽闥❶。借問歎何為？佳人眇天末❷。遊宦久不歸，山川修且闊。形影參商乖❸，音息曠❹不達。離合非有常，譬彼絃與筈❺。願保金石軀，慰妾長饑渴。

上章贈婦，下章婦答，古有此體。

【注釋】❶充幽闥　謂歎息之聲充滿深閨。❷佳人眇天末　佳人，指丈夫。眇，遙遠貌。天末，天邊。❸參商乖　參、商均星座名，不同時出現在天空。乖，乖違；分離。❹曠　遠。❺絃與筈　絃，弓絃。筈，箭的末端。

【語譯】東南之地有位思婦，長吁短歎深閨愁思。請問悲歎為了什麼？丈夫遠在天邊難見。宦遊為官久久不回，山川阻隔漫長寬闊。形影如同參商乖違，音信疏遠不能傳達。離合沒有一定規律，譬如箭梢與那弓弦。希望保有金石身軀，寬慰我的長久思慕。

【研析】本篇為代妻答夫之作，表達了思婦對遠遊夫君的刻骨思念與殷殷關愛。首四句點出家中思婦思念丈夫之愁，充滿幽閨的長歎，寫盡思婦之愁苦，設問句交代思念的對象，別有妙趣。中間四句，就所思一方著筆。丈夫為宦遊而出，因宦遊不歸，山川阻隔，相距遙遠，音信斷絕，猶如參商二星，互不能見。末四句，以箭離弦之頻頻，寫人間離合的難料，自我寬慰；保重金石之軀，是對丈夫的祝願，也由慰饑渴，流露出自己濃重的相思，表達了對丈夫歸來的盼望。用語簡括，表情深婉。

赴洛道中作

總轡❶登長路，嗚咽辭密親❷。借問子何之？世網嬰我身❸。永歎遵北渚❹，遺思結南津❺。行行遂已遠，野途曠無人。山澤紛紆餘❻，林薄杳阡眠❼。虎嘯深谷底，雞❽鳴高樹巔。哀風中夜流❾，孤獸更❿我前。悲情觸物感⓫，沉思鬱⓬纏綿。佇立望故鄉，顧影悽自憐。

【注釋】❶總轡　總，握持。轡，馬韁繩。❷密親　關係親密的人。❸世網嬰我身　世網，喻世事如網。嬰，纏繞；束縛。❹永歎遵北渚　永歎，長歎。遵，循；沿著。渚，水中沙洲。❺結南津　縈繞在南津。結，鬱結；縈繞。津，渡口，別離分手之地。❻紛紆餘　紛，紛雜沒有頭緒。紆餘，迂曲回折。❼林薄杳阡眠　林薄，草木叢生之處。杳，深遠貌。阡眠，草木茂密蔓延貌。❽雞　野雞。❾中夜流　半夜吹起。❿更　經過。⓫感　感發。⓬鬱　鬱積。

【語譯】手握馬韁登上遠路，哽咽淒楚辭別親人。請問閣下要去哪裡？如網世事羈勒我身。長歎聲聲沿著北渚，南津別愁縈繞我心。走啊走啊路途已遠，野外道路空曠無人。山重水複道路曲折，草木叢生滿目無際。深谷之中老虎咆哮，高樹頂上野雞鳴啼。慘烈之風半夜刮起，失群野獸跟前跑去。觸景感發悲傷情緒，深沉思緒鬱結無限。久久站立遙望家鄉，顧看身影悲戚自憐。

【研析】〈赴洛道中作〉二首，為太康十年（西元二八九年）詩人赴洛陽途中所作。身為東吳世家子弟的詩人，國亡之後，曾退居舊里，閉門讀書十年。這時候，他迫於時命，不得不再度出山，赴京宦遊。此詩二首，即表現了他道途之中的種種感受。此第一首寫途中所見所感。首四句寫辭家別親及因由。別親之苦，見於「嗚咽」；「借問」二句，設問句中，寫出詩人辭家緣時事所迫的無奈。「永歎」四句，寫辭家別親之苦。沿著沙洲而行，日行日遠，但南津作別的場景令詩人不能忘懷，仍縈繞糾結在他的心中。野途無人，更襯托出離開親人後的孤寂。「山澤」以下六句，承野曠無人，具體寫沿途的荒涼艱險。山水逶迤，坎坷曲折，草木叢生，滿眼荒寂，山谷中虎嘯聲聲，高樹巔野雞啼鳴，夜半悲風四起，野獸不時在身前逃過，令人戰慄驚悸，心神不寧。這恐怖的畫面，與詩人對自己前途未卜的擔心，正相吻合，其中大概也多融進了詩人的心緒在，是有情之景。結末四句，詩人由眼前景，更生慘厲悲切之情，孤獨的詩人太流連家鄉的親情，但眼下他也只能夠顧影自憐，形單影隻，淒惶神傷。詩歌辭藻華美，句式整飭，但缺乏建安風骨的慷慨激昂，此太康詩的典型反映。

遠遊越山川，山川修且廣。振策陟崇丘❶，案轡遵平莽❷。夕息抱影寐❸，朝徂銜思往❹。頓轡❺倚嵩巖，側聽悲風響。清露墜素輝，明月一何朗。撫枕不能寐，振衣獨長想。二章稍見淒切。

【注釋】❶振策陟崇丘　振策，揚鞭驅馬。陟，登。崇丘，高岡。❷案轡遵平莽　案轡，即按轡，放鬆馬韁，任其慢行。遵，循。平莽，草木叢生的平地。❸抱影寐　抱著影子睡覺，形容形單影隻，只能與自己的影子為伴。❹朝徂銜思往　徂，往。銜思，懷著心事。❺頓轡　駐馬。頓，捨。

【語　譯】遠行翻山又渡川，山川悠悠長且廣。揚鞭驅馬登高岡，按轡緩行沿平莽。夜宿抱著影子睡，晨發心中懷悲涼。捨韁駐馬山巖下，側耳聞聽悲風響。露水點綴晶瑩光，月亮皎潔何其朗。撫摩枕頭難入眠，穿衣獨自心懷想。

【研　析】本篇亦寫途中所見所感，與前首各有側重。首四句寫道途，點明題目。時而高丘，時而平莽，不復具體寫途中之景，然旅途艱辛可知。「夕息」四句，寫悲苦孤獨心情。晚上孤身獨自，惟有影子相伴；晨起出發，心中猶含悲思；駐馬巖下，耳中只有悲風瑟瑟，愁人眼中之景，景中融化了詩人彼時的心態。結末四句，孤獨彷徨的詩人夜不能眠，晶瑩的露珠，皎潔的明月，俱不眠中所見，撫枕難眠的詩人輾轉反側後，披衣而起，獨自冥想。既回應孤單，亦照應悲思。詩歌情景交融，詞句精工，「夕息」二句，尤具經典意味。

陸雲

詩與士衡亦復伯仲。

谷　風

閒居外物❶，靜言❷樂幽。繩樞增結❸，甕牖綢繆❹。和神❺當春，清節❻為秋。天地則爾，戶庭已悠。

「和神」二語，即《莊子》「煖然似春，淒然似秋」意。

【注釋】❶閒居外物　閒居，避人獨居。外物，置外物於身外。❷靜言　安靜地。❸繩樞增結　繩樞，以繩栓門。增結，多結。❹甕牖綢繆　甕牖，以破甕之口當窗。綢繆，深奧。❺和神　神態平和。❻清節　高尚的節操。

【語譯】隱居置身物外，靜靜享受幽閒。繩子栓門多結，破甕當窗深幽。心神平和是春，高尚節操是秋。天地也就這樣，門庭以內悠然。

【研析】陸雲（西元二六二年—三〇三年），字士龍，吳郡吳縣華亭（今上海松江）人。陸機之弟。嘗官清河內史、大將軍右司馬等。與陸機同被司馬穎所害。作品有後人輯本《陸士龍集》。本詩寫貧居之樂。首二句由閒居寫起，認為能夠置身物外，便有幽靜可樂。此為精神上的享受。「甕牖」二句，寫貧居之貧，繩子作門閂，破甕當窗戶，真可謂窮困潦倒。結末四句，說明貧居能樂的道理。心神平和，便如春之和煦；高尚節操，亦如秋天爽潔。此與天地之道合一，自我就是宇宙，戶庭之內，其樂悠然無窮。詩之命意超拔空靈，用語雋永，餘韻悠悠。王夫之謂：「陶公終年高坐，正復未能辨此何物。吳趣公子以遜志得之餓爾。」（《古詩選評》）於其玄言，推賞有加。

為顧彥先贈婦

我在三川陽❶，子居五湖陰❷。山海一何曠，譬彼飛與沉。目想清慧姿❸，耳存淑媚❹音。獨寐多遠念，寤言撫空衿❺。彼美同懷子❻，非爾誰為心？

【注釋】❶三川陽　三川，指黃河、洛水、伊水交匯地帶，戰國秦始置三川郡。陽，北岸。❷五湖陰　五湖，太湖。陰，南岸。❸目想清慧姿　目想，閉目凝想。清慧，清秀慧美。❹淑媚　柔和嫵媚。❺寤言撫空衿　寤，醒來。衿，衣襟。❻同懷子　同袍子，指妻子。

【語譯】我在三川北岸地，你在太湖南邊居。山海何等曠遠隔，譬如飛升與沉淵。閉目凝想秀美姿，耳中留存柔媚音。獨臥相思遠地人，醒來撫摩空衫襟。我那賢淑美麗妻，非你誰能亂我心？

【研析】本詩乃陸雲代顧彥先贈婦之作。詩中抒寫了宦遊京洛的顧彥先對家鄉妻子刻骨銘心的思念。首四句交代兩地隔絕，天各一方，以騰飛與淵沉比喻相隔遙遠，音信渺茫，造語新奇別致。「目想」以下六句，寫其對妻子的思念之情。閉上眼睛，想到的是妻子清秀慧美的姿容；耳朵中時時響起妻子柔和嫵媚的妙音；晚上獨眠，常常神遊數千里外的家鄉；醒來後，撫摩著妻子縫製的衣襟，心心念念，滿腦子裝的都是妻子，妻子佔據了他整個的感情世界，其思念的強烈，昭然可見。末二句以反問收束，更肯定了妻子在自己心中的位置，其思念的程度，不言而喻。《文心雕龍・才略》稱：「士龍朗練，以識檢亂，故能布彩簡淨，敏於短篇。」此正為陸雲詩突出的特色。

悠悠君行邁❶，煢煢妾獨止。山河安可踰，永路❷隔萬里。京室❸多妖冶，粲粲都人子❹。雅步擢纖腰❺，巧言發皓齒。佳麗良可美，衰賤焉足紀❻。遠蒙眷顧言，銜恩非望始❼。（亦上章贈婦，下章婦答。）

【注釋】❶邁　遠。❷永路　漫長路途。❸京室　王室，這裡指京城人家。❹粲粲都人子　粲粲，明媚貌。都人子，美貌女子。❺雅步擢纖腰　雅步，優雅的步子。擢，折。❻紀　錄。❼非望始　非始望，出乎起初所料。

【語譯】君行遠遊去路遙，煢煢孤身我獨留。山河阻隔怎騰越，路途漫漫萬里隔。京城人家多嬌豔，靚麗青春美女子。腳步優雅細腰身，言語動聽白玉齒。佳麗美人真動人，衰殘醜貌何足記？蒙您遠方思念語，恩寵非前敢所思。

【研析】本詩乃代顧妻答夫之作。首四句言夫君宦遊遠行，山河阻隔，相距遙遠，以及思婦獨守空房的孤單寂寥。「京室」以下四句，言京都繁華之地，五色目迷，美女如雲，表達了思婦深深的憂慮，惴惴不安的心情，真切反映了封建時代婦女的命運。結末四句，前二句承上，寫佳麗可戀，色衰被棄，都是必然。後二句反結，寫夫君沒有忘記自己，遠方寄書，拳拳相戀，出乎自己初料，感動涕零。前文所寫，正成結末二句之鋪墊。詩歌描寫，亦稱真切，然也不免輕豔浮靡之嫌。

潘岳

安仁詩品，又在士衡之下。茲特取〈悼亡〉二詩，格雖不高，其情自深也。○安仁黨於賈后，謀殺太子遹與有力焉。人品如此，詩安得佳！○潘、陸詩如翦綵為花，絕少生韻，故所收從略。

悼亡詩

荏苒冬春謝❶，寒暑忽流易❷。之子歸窮泉❸，重壤❹永幽隔。私懷
誰克從❺？淹留❻亦何益？僶俛恭朝命❼，迴心反初役❽。望廬❾思其人，
入室想所歷❿。幃屏無髣髴⓫，翰墨有餘跡⓬。流芳未及歇，遺挂猶在壁⓭。

悵怳如或存，周遑忡驚惕⑭。如彼翰林鳥⑮，雙棲一朝隻。如彼遊川魚，比目中路析⑯。春風緣隙⑰來，晨霤⑱承簷滴。寢息⑲何時忘？沉憂日盈積。庶幾有時衰，莊缶猶可擊⑳。

「周遑忡驚惕」五字，頗不成句法。○「如彼翰林鳥」四語反淺。

【注釋】❶荏苒冬春謝　荏苒，形容時光漸漸流逝。謝，代謝；更替。❷流易　消逝；變化。❸之子歸窮泉　之子，那人，指妻子。窮泉，深泉；地下。❹重壤　層層土壤。❺私懷誰克從　私懷，指內心的哀傷。克，能。❻淹留　指滯留在家。❼僶俛恭朝命　僶俛，勉力。恭，敬從。朝命，朝廷的任命。❽迴心反初役　迴心，轉念。反初役，返回原任差事。❾廬　屋舍。❿入室想所歷　室，內室。所歷，指與妻子共同生活的經歷。⓫幃屏無髣髴　幃，帳子。屏，屏風。髣髴，相似的形影。⓬翰墨有餘跡　翰墨，筆墨。餘跡，指筆墨遺跡。⓭流芳未及歇二句　流芳、遺挂，指妻子留下的墨蹟尚掛在牆上，還殘存餘香。⓮悵怳如或存二句　悵怳，神志恍惚。周遑，或作回遑，惶恐。忡驚惕，憂慮驚恐。⓯翰林鳥　樹林中飛動之鳥。翰，羽，活用作動詞，飛翔。⓰比目中路析　比目，比目魚。析，分開。⓱緣隙　順著縫隙。⓲霤　從屋簷上流下的水。⓳寢息　睡覺。⓴莊缶猶可擊　典出《莊子．至樂》，載莊子喪妻，惠施前往弔喪，見他箕踞坐地，敲瓦盆而唱。怪而問之，說：人本無生、無形，由無到有，再從有到無，不過如四季循環，也何必悲傷呢？這裡表示希望自己能放達超脫。

【語譯】由冬到春荏苒更替，嚴寒暑熱匆匆變易。伊人歸去黃泉之下，層層黃土深深隔離。心中悲傷能向誰說？滯留在家又有何益？勉勵遵從朝廷任命，轉換心情返回差使。回望居室懷念那人，走回房間想前經歷。內室沒有相似身影，所存只有筆墨遺迹。墨迹如新芳香尚在，留下紀念掛在墻壁。恍惚之中似還活著，內心惶恐驚懼難息。像那林中飛翔之鳥，成對棲息今為一隻。像那河中優游魚兒，比目之魚半道離析。春風順著縫隙吹進，清晨雨水順簷滴瀝。睡夢中間何時能忘？深沉哀愁與日增積。希望有日能夠淡忘，莊子擊缶值得學習。

【研　析】潘岳（西元二四七年—三〇〇年），字安仁，西晉滎陽中牟（今河南中牟東）人。少以才慧知名。歷仕河陽令、著作郎、散騎侍郎、給事黃門侍郎等。趙王倫輔政，為其親信孫秀所殺。作品有明人輯本《潘黃門集》。潘岳〈悼亡詩〉凡三首，為悼念其妻楊氏而作，時在楊氏亡故週年後，即晉惠帝元康九年（西元二九九年）。本篇為第一首。詩前八句為一層，春秋代謝，轉瞬間妻子已經亡故一年，詩人將要回到朝廷，這時候他的心情是十分矛盾痛苦的。陰陽懸隔，心愛的妻子就這樣永遠與他訣別了。他有滿腹的悲愁，無人可以傾訴。他不願意離開家中，但死者不能復生，留在家中又有何用呢？還是遵從朝命，回到任職的好。「望廬」以下八句，為第二層，具體寫其對妻子的銘心懷念，以及愛妻亡故對他精神上的打擊。在將要離開家鄉的時候，他回頭望了眼自家的房屋，這可是他與妻子朝夕相處，恩愛歡聚的地方，睹物懷人，他不由得又想起了妻子。進入室內，一切都是那樣的熟悉，他情不自禁，再想起了與妻子的種種往事。妻子留下的翰墨還懸掛在牆上，墨蹟的餘香尚存，帷屏依舊，但物是人非，人已永遠地逝去。心神恍惚，惶恐驚懼，如驚弓之鳥，心有餘悸，詩人其實一直沒有從妻子亡故的陰影中走出。愛妻亡故給予詩人的打擊，在這描寫中斑斑可見。「如彼」

以下十句，為第三層，以雙棲鳥的一旦成隻，比目魚的半道離析，比喻其喪妻的苦痛；又以春風的從隙而入，屋簷雨水的滴答淅瀝，比喻其哀傷的無時不在，無休無歇。「寢息」二句，直訴悲愴。結末二句，希望如莊周的放達，正說明其難以放達，心中悲傷的沉重，化不開的鬱積。陳祚明《采菽堂古詩選》謂：「安仁情深之子，每一涉筆，淋漓傾注，宛轉側折，旁寫曲訴，刺刺不休。」而由於感情表達的深摯感人，悼亡詩也成為後世對悼念亡妻之作的專稱，可見其影響的深遠。

皎皎窗中月，照我室南端。清商❶應秋至，溽暑隨節闌❷。凜凜涼風升，始覺夏衾單。豈曰無重纊❸，誰與同歲寒？歲寒無與同，明月何朧朧❹。展轉眄❺枕席，長簟竟牀空❻。牀空委❼清塵，室虛來悲風。獨無李氏靈，髣髴覩爾容❽。撫衿長歎息，不覺涕霑胸。霑胸安能已，悲懷從中起。寢興❾目存形，遺音猶在耳。上慚東門吳❿，下愧蒙莊子⓫。賦詩欲言志，此志難具紀⓬。命也可奈何，長戚自令鄙⓭。

《列子》曰：魏有東門吳者，子死而不憂。

【注釋】❶清商　古人以四季配五音，商聲配秋，清商指秋氣。❷溽暑隨節闌　溽暑，濕熱的夏天。節，季節。闌，殘盡。❸重纊　夾層的絲綿被。❹朧朧　微明貌。❺眄　看。❻長簟竟牀空　簟，竹席。竟，全。❼委　積。❽獨無李氏靈二句　用漢武帝〈李夫人歌〉典實。《漢書・外戚傳》記載，李夫人亡，武帝思之，方士齊少翁為其招致魂魄。這裡是說其不如武帝。❾寢興　就寢與起床。❿東門吳　《列子・力命》：「魏國人有東門吳者，其子死而不憂。……曰：吾常無子，無子之時不憂，今子死，乃與向無子同，臣奚憂焉？」⓫蒙莊子　即莊周，指其喪妻擊缶事。⓬具紀　一一寫出來。⓭長戚自令鄙　長戚，長久的哀傷。令，使。鄙，狹隘。

【語　譯】窗口的月亮分外明，照在我的室南端。蕭瑟秋氣伴秋到，濕熱夏日隨彫殘。凜冽涼風刮起來，開始感覺被子單。難道沒有夾綿被，有誰和我共度寒？天冷無人與我共，月兒微光好朦朧。展轉反側看枕席，長長竹席整床空。空床積下一層灰，慘烈風吹空房中。偏獨沒有李氏魂，隱約看見你顏容。摩挲衣襟長歎息，不覺之中淚濕胸。淚水沾胸哪能止，悲愁從那心中起。臥起都似見身影，聲音還在耳畔縈。於上慚愧東門吳，於下不如莊周子。寫詩希望抒情志，此情難以一一敘。命中註定能奈何，長悲使人愈鄙淺。

【研　析】本詩為〈悼亡詩〉第二首。詩歌首八句寫季節更替，秋季到來，溽暑消退，秋氣與起，寒風刮，秋夜涼，夏日的被子嫌薄了，但一個問句「豈曰無重纊」，由自然氣候之涼，延伸及心中的淒涼，使人知道，詩人對天涼的感覺，更多的是由於心中的寒冷。「歲寒無與同」以下八句，敘妻子亡故後，自己的形單影隻，孤單淒惶，以及對妻子刻骨的懷念相思。在沒有妻子陪伴的日子裡，月亮也暗淡失去了光華。展轉難眠，大床顯得格外空曠，室中也顯得極為虛寂。長長的竹席，因少了人臥用，蒙上了積塵；空落的房子，也似乎少了一人，就寒風颸颸。書上說方士少翁能致亡靈魂魄，但自己怎地就不能有這樣的運氣福分，去依稀一睹亡妻的容顏呢？「撫衿」以下十二句，寫自己深深的悲傷，對妻子的眷戀。以東門吳、莊子二典，似自我解脫，實襯托其與妻子感情的深摯濃厚，以及自己傷心的非同一般。結末歸之於命，實是對命運不公的抗議。詩歌以頂真手法，聯絡而下，與其不能自己的悲情的表達，極為吻合，讀來也有讓人迴腸盪氣的感覺。

張翰

雜詩

暮春和氣應❶，白日照園林。青條若總❷翠，黃花❸如散金。嘉卉亮有觀❹，顧此難久耽❺。延頸無良塗，頓足託幽深❻。榮❼與壯俱去，賤與老相尋❽。歡樂不照顏❾，慘愴發謳吟❿。謳吟何嗟及⓫，古人可慰心⓬。

唐人以「黃花如散金」命題試士，士多以黃花為菊，合式者不滿其數。

【注釋】❶暮春和氣應　暮春，農曆三月。和氣，和暖之氣。❷總　聚。❸黃花　菜花。❹嘉卉亮有觀嘉卉，美麗的草木。亮，通「良」，誠。有觀，可觀。❺顧此難久躭　顧，念。躭，久留。❻頓足託幽深　頓足，跺腳，形容情緒悲傷。幽深，幽僻之處。❼榮　榮華；富貴。❽相尋　相伴而來。❾歡樂不照顏　言沒有歡樂形之於臉上。❿慘愴發謳吟　慘愴，淒惻悲傷。謳吟，歌吟。⓫何嗟及　嗟何及，感歎又有什麼用呢？⓬古人可慰心　語本《詩經・邶風・綠衣》：「我思古人，實獲我心。」句謂古人之德操，使我心獲得慰藉。

【語　譯】暮春三月天氣和暖，燦爛太陽照耀園林。碧青枝條猶如聚綠，滿地菜花如撒黃金。美麗草木確值一看，想到此景難以久駐。伸脖探望沒有好路，悲傷失望託跡林山。榮華盛年一併都失，貧賤衰老相繼到來。沒有歡樂顯在臉上，悲切淒愴發為歌唱。歌吟感歎又能怎樣，古代賢德慰我心懷。

【研　析】張翰，生卒年不詳。字季鷹，西晉吳郡吳（今蘇州）人。恃才不拘，人比阮籍，稱「江東步兵」。惠帝朝入洛陽，仕齊王冏大司馬東曹掾。因見政治險惡，托言因東風起而思故鄉，棄官歸里。本詩表達了對人生的醒悟，以及在紛亂社會形勢下，對於人生前途的虛無渺茫之感。首六句寫暮春美麗的景色。春意融融，麗日當空，綠樹凝碧，黃花如金，的是一幅絕妙的春景圖。「嘉卉」以下四句，詩人固然欣賞流連這春的美景，但他情不自禁地又想起這眼前的一切，必難久駐。他聯想及人生、仕途，似乎也看不見有什麼好的出路，悲傷中，他決定要隱遁山林。「榮與」四句，直抒人生感悟，最終的一切，榮華、盛壯都將逝去，貧賤與衰老會緊跟而來。因為沒有歡樂，臉上也就沒有歡顏。慘愁悲愴，在詩人，可以發為歌吟。結末二句，反起一筆，發為歌吟，又有什麼用處？古代先哲已經發我想發而發，他們纔是真正的知音，於是在古人這裡詩人終於得到了慰藉。鍾嶸《詩品》稱「季鷹『黃花』之唱」，「雖不具美，而文采高麗，並得虯龍片甲，鳳凰一毛」，可謂的評。

左思

鍾嶸評左詩，謂野於陸機，而深於潘岳，此不知太沖者也。太沖胸次高曠，而筆力又復雄邁，陶冶漢魏，自製偉詞，故是一代作手，豈潘、陸輩所能比埒！

雜詩

秋風何冽冽❶，白露為朝霜。柔條旦夕勁❷，綠葉日夜黃。明月出雲崖，皦皦❸流素光。披軒❹臨前庭，嗷嗷晨雁翔❺。高志局四海❻，塊然❼守空堂。壯齒不恆居❽，歲暮常慨慷。

【注釋】❶冽冽　凜冽嚴寒貌。❷勁　硬；老。❸皦皦　明亮貌。❹披軒　推開門。❺嗷嗷晨雁翔　嗷嗷，鳴聲。晨雁，野鴨。❻高志局四海　高志，崇高的志向。局四海，受狹小四海的限制感到局促。❼塊然　孤寂獨處貌。❽壯齒不恆居　壯齒，壯年。恆居，永駐。

【語譯】蕭瑟秋風何等凜冽，晶瑩露水成為晨霜。柔弱樹枝一朝枯硬，碧綠葉子一天衰黃。明月一輪湧出雲際，皎潔燦爛流動銀光。開門走到庭院之中，嗷嗷音響晨雁翔鳴。遠大志向局促四海，寂寞孤身守在空房。年輕力壯不能長在，晚年心中常常悲涼。

【研　析】 左思（約西元二五〇年—約三〇五年），字太沖，西晉齊國臨淄（今屬山東）人。出身寒微，不喜交遊。以妹左芬入宮為晉武帝司馬炎貴嬪，遂移家京師。嘗追隨權貴賈謐，名列「二十四友」。賈謐誅，不復出仕。其〈三都賦〉名重一時，洛陽紙貴。本詩寫暮年壯志難酬的落寞之感。前四句通寫秋景。秋風凜冽，白露為霜，樹上的枝條似乎旦夕間變硬變枯，滿樹的綠葉也好像日夜間突然發黃。此四句寫秋季自然景觀的變化。「明月」四句，則是詩人不寐之夜，來到庭院，所見所聞秋夜氣象。「高志局四海」以下直抒胸臆，由上文的自然之秋，寫自己人生的秋天，少年壯志未酬，事業無成的感慨。滿懷凌雲壯志，然偌大的天地間又似乎十分狹小，竟沒有詩人施展抱負的舞臺，他只能塊然獨守，感歎人生。詩歌慷慨蒼涼，頗具建安之風。

咏史八首

弱冠弄柔翰❶，卓犖❷觀群書。著論准〈過秦〉❸，作賦擬〈子虛〉❹。

邊城苦鳴鏑❺，羽檄❻飛京都。雖非甲冑士❼，疇昔覽穰苴❽。長嘯❾激清風，志若無東吳❿。鉛刀貴一割⓫，夢想騁良圖⓬。左眄澄江湘⓭，右眄定羌胡⑭。功成不受爵⑮，長揖⑯歸田廬。東吳，孫吳也。此章自言。

【注　釋】❶弱冠弄柔翰　弱冠，二十來歲。柔翰，毛筆。❷卓犖　才華英特。❸准過秦　以漢朝賈誼〈過秦論〉為標準。❹擬子虛　模擬學習司馬相如〈子虛賦〉。❺鳴鏑　一種響箭。❻羽檄　上插羽毛的緊急戰報。❼甲冑士　武夫。❽疇昔覽穰苴　疇昔，從前；過去。穰苴，春秋時期齊國大夫，姓田氏，精通兵法，官司馬，戰國齊威王整理古司馬兵法，輯為《司馬穰苴兵法》。這裡泛指兵書。❾長嘯　撮口作聲，指豪氣衝天。❿東吳　孫吳政權。⓫鉛刀貴一割　語本《東觀漢紀》班超語：「臣乘聖漢神威，冀效鉛刀一割之用。」以鉛刀之鈍，比喻雖無大才，也願為國效力。⓬騁良圖　騁，施展。良圖，美好的理想抱負。⓭左眄澄江湘　左眄，左視，有蔑視意。澄，清。江湘，江南一帶，代指孫吳。⓮羌胡　泛指當時北方異族。羌，古代西北游牧民族。⓯爵　朝廷封賜的爵祿。⓰長揖　拱手禮，表示辭讓。

【語　譯】年少喜歡舞文弄墨，才華卓特博覽群書。撰著文章看齊〈過秦〉，製作大賦效法〈子虛〉。邊疆城池苦於戰爭，緊急文書飛傳京都。儘管自身不是武夫，從前曾經觀看兵書。長嘯一聲清風激蕩，壯志凌雲輕蔑東吳。鉛刀雖鈍貴在於割，朝思夢想施展鴻圖。左邊一看澄清江南，右邊一看平定羌胡。大功告成不受封賞，長辭君王歸隱田廬。

【研　析】左思〈詠史〉凡八首，雖亦詠史，更主要的在於抒寫自身懷抱。本篇為第一首，自敘才志，表達了建功立業的理想，及功成不受封賞的高節。詩歌首四句，弱冠作文，博覽群書，文比賈誼，賦攀司馬相如，言其卓犖大才。「邊城」四句，由邊疆戰事，寫到自己飽覽兵書，言其韜略。「長嘯」以下六句，述其掃清邊患，滅吳平胡，為國建功之理想大志。結末二句，表達了他立功為國而不為封賞爵祿的高尚情操。《文心雕龍・才略》謂：「左思奇才，業深覃思，盡銳於〈三都〉，拔萃於〈詠史〉。」由本篇的豪邁奔放，慷慨激昂，縱橫捭闔，已可見其一斑。

鬱鬱❶澗底松，離離山上苗❷。以彼徑寸❸莖，蔭❹此百尺條。世胄❺躡高位，英俊沉下僚❻。地勢使之然，由來非一朝。金張藉舊業，七葉珥漢貂❼。馮公豈不偉，白首不見招❽。

荀悅《漢紀》曰：馮唐白首，屈於郎署。

【注　釋】❶鬱鬱　繁盛貌。❷離離山上苗　離離，柔細下垂貌。苗，初生的草木。❸徑寸　直徑一寸。❹蔭　遮蓋。❺世胄　世家子弟。❻下僚　小吏。❼金張藉舊業二句　漢宣帝朝金日磾、張安世，家族累世顯貴。《漢書・金日磾傳贊》稱金家「七世內侍，何其盛也」。戴逵〈釋疑論〉說張安世之父「張湯酷吏，七世珥貂」。舊業，先世功業。葉，世。珥漢貂，漢朝侍中、中常侍等官冠旁插貂尾為飾。❽馮公豈不偉二句　漢文帝朝馮唐，暮年仍居郎官微職。

【語　譯】山澗松樹繁茂生長，柔弱纖細山上小苗。小苗以它一寸細莖，遮蓋百尺松樹枝條。世家子弟登居高位，英才俊士沉淪下僚。地勢決定這種情勢，由來已久非是一朝。舊家子弟憑藉祖業，七世顯宦冠上插貂。馮公豈不大才高尚，白頭到老不被徵召！

【研　析】本詩為〈詠史〉八首之二，表達了對西晉社會門閥制度不能量材用人，俊彥沉淪的憤慨譴責。自三國曹魏實行九品中正制度以來，到西晉，已形成「上品無寒門，下品無世族」的政治局面。用人只看門第，不論才華，出身寒微的詩人，深有感觸。詩歌首四句以山澗松與山上苗對舉，山上小苗雖然柔弱纖細，但山澗百尺高松卻始終被其遮蓋。「世胄」以下四句，承此而來，進一步挑明，人世間的事情，當今的官場，就是如此。世家子弟，縱然無才無德，卻照樣佔據高位，英才俊士出身低微，也只能屈居小吏之位。社會就是這樣不公，出身決定了一切，由來已久，非止一日。「金張」以下四句，復以具體事例，更進一步說明這種情況。豈不見金、張家族，世代榮顯，七世高官！而馮唐這樣的傑士，到老也只是郎官微職，不被重用，這難道不是最好的說明嗎？詩歌詠史，無非借人家酒杯，澆自己心中磊塊，所有史實，均服務於詩人抒發懷抱之需要，其鬱勃不平之氣，情見乎辭。託物比喻，對比舉示，生動鮮明。

吾希段干木，偃息藩魏君❶。吾慕魯仲連，談笑却秦軍❷。當世貴不羈❸，遭難能解紛❹。功成恥受賞，高節卓不群。臨組不肯緤❺，對珪❻寧肯分。連璽❼曜前庭，比之猶浮雲。秦欲攻魏，司馬唐諫曰：段干木賢者，而魏禮之，毋乃不可乎？秦君以為然，乃止。見《呂氏春秋》。○〈幽通賦〉曰：干木偃息以藩魏。

【注　釋】❶吾希段干木二句　希，仰慕。段干木，戰國魏人，賢德之士，隱居不肯為官，魏文侯對他禮敬有加。《呂氏春秋・期賢》記載：秦國欲伐魏國，司馬唐諫秦王曰：「段干木賢者也，而魏禮之，天下莫不聞，無乃不可加兵乎！」秦王於是罷兵。偃息，安臥。藩，屏蔽。❷吾慕魯仲連二句　慕，企慕。魯仲連，戰國齊人，策士。《戰國策・趙策》記載：秦圍趙之邯鄲，魯仲連適在趙，由於其說服魏國派來勸趙尊秦的使者，秦將聞知而兵退五十里。趙之平原君欲賞其千金，魯仲連不受而別。❸當世貴不羈　當世，面對社會。不羈，不受籠絡。❹解紛　排憂解難。❺臨組不肯紲　組，用來繫官印的絲織綬帶。紲，繫掛。❻珪　上圓下方的瑞玉，古代帝王分封爵位，以不同的珪分別等類。❼連璽　成串的玉印。

【語譯】我仰慕欽敬那段干木，高臥可以屏蔽魏國君。我企慕欽敬魯仲連，談笑風生將秦兵退。人生貴在不受籠絡，遭遇困難能夠排解。大功告成恥於受賞，高風亮節卓爾不群。面對綬印不肯繫掛，面對玉珪豈肯受封！成串玉印前庭閃耀，將它看作天上浮雲。

【研析】本詩為〈詠史〉八首之三，頌揚了段干木、魯仲連功成不受賞的品節，寄託了自己的理想情操。詩歌首四句雙句而起，敘寫了段干木高臥為君屏障，魯仲連談笑退卻秦兵。「當世」四句，單承魯仲連著墨，禮讚了他的為人排難解紛，不受籠絡，不要封賞，卓爾不群的高風亮節。「臨組」四句，具體描寫其面對封官授爵，面對成串的玉印，表現出的淡泊情懷，彰示其高尚的品格操守。而這些描寫，其實也正是詩人自己「功成不受爵，長揖歸田盧」的心跡表白。

濟濟❶京城內，赫赫❷王侯居。冠蓋蔭四術❸，朱輪竟長衢❹。朝集金張❺館，暮宿許史❻廬。南鄰擊鐘磬❼，北里❽吹笙竽。寂寂揚子宅❾，門無卿相輿。寥寥❿空宇中，所講在玄虛⓫。言論準宣尼⓬，辭賦擬相如⓭。悠悠百世後，英名擅八區⓮。

【注釋】❶濟濟　美盛貌。❷赫赫　雄偉壯麗。❸冠蓋蔭四術　冠蓋，達官顯貴的冠戴與車蓋。蔭，遮蔽。術，道路。❹朱輪竟長衢　朱輪，塗成朱紅色的車輪，漢朝兩千石以上官員得乘朱輪之車。竟，整。長衢，大道。❺金張　金日磾、張安世，泛指世家舊族。❻許史　許伯、史高，漢宣帝朝顯貴，泛指顯貴世家。❼磬　一種石製的打擊樂器。❽里　居舍。❾寂寂揚子宅　寂寂，寥落空寂。揚子，揚雄，西漢文學家、語言學家、哲學家。貧居著書，門少賓客。❿寥寥　空寂貌。⓫玄虛　指揚雄著《太玄經》，講玄遠虛無的哲學道理。⓬準宣尼　指揚雄仿孔子《論語》著《法言》。宣尼，西漢平帝朝追謚孔子為褒城宣尼公。⓭辭賦擬相如　指揚雄擬司馬相如〈子虛〉、〈上林〉作〈甘泉〉、〈羽獵〉、〈長楊〉、〈河東〉四篇賦。⓮擅八區　擅，專據。八區，八方。

【語譯】長安京城美麗繁華，王侯府第雄偉壯麗。冠戴車蓋遮蔽道路，朱紅車輪充斥大道。早晨聚集金張館閣，晚上歇腳許史高第。南宅敲打鐘磬音樂，北府吹奏有笙有竽。寥落空寂揚子宅內，門前沒有顯貴車乘。空蕩寂寞屋舍之中，闡發所講在於玄虛。著書立說模仿孔子，辭賦製作效法相如。悠悠歲月百世以後，英名傳揚流播八方。

【研析】本詩為〈咏史〉八首之四，詠讚揚雄窮愁落寞著書立說，聲名傳世，寄託其以揚雄為楷模的思想。詩歌前八句寫西漢京都長安的畸形繁榮與達官顯貴的沉湎逸樂，醉生夢死。繁華的京城，雄壯的王侯宅第，街道上遍佈的衣冠車蓋，大道上川流不息的權宦車乘，他們朝朝暮暮，忙於應酬聯絡，鐘磬笙竽，歌舞昇平。這八句描寫，為下文刻劃揚雄，作充分的鋪墊，襯托著揚雄甘於寂寞著書的高尚可貴。「寂寂」以下八句，進入主題，揚雄的門無車馬，空寂宅院，與上寫達官顯貴之熱中交往應酬，音樂之聲不絕，形成天壤反差，他的甘於寂寞，雖不入主流，卻顯得彌足可貴。比其著述於孔子、司馬相如，讚揚其人格事業的偉大不凡。流芳百世，傳名千古，是對其生前不倦追求的公正回報。詩人即揚雄，揚雄亦詩人，為出身限制，仕途不得意的左思，以前輩揚雄相期許。

皓天舒白日❶，靈景耀神州❷。列宅紫宮裡，飛宇❸若雲浮。峨峨❹
高門內，藹藹❺皆王侯。自非攀龍客❻，何為欻❼來游？被褐出閶闔❽，
高步追許由❾。振衣千仞❿岡，濯足萬里流。俯視千古。

【注釋】❶皓天舒白日　皓，明亮。舒，呈現。❷靈景耀神州　靈景，陽光。神州，即赤縣神州，指中國。❸列宅紫宮裡　列，成行。紫宮，即紫微宮，星座名，喻指帝都皇城。❹飛宇　屋簷，以翹起如鳥翼，故云。❺峨峨　高貌。❻藹藹　眾多貌。❼攀龍客　指追隨帝王求取仕進的人。❽欻　倏忽之間。❾被褐出閶闔　被褐，穿著粗布短衣。閶闔，宮門。❿許由　傳說唐堯時的隱士，堯欲讓帝位給他，不受而逃遁。

⓫仞　古代長度單位，七尺為一仞。

【語譯】明朗的天空現出一輪白日，燦爛的陽光照耀神州大地。皇城京都排列著成行的高門大宅，翹起的屋簷凌空高聳雲集。高大壯觀的大宅府邸，居住的都是王侯顯貴。我身並非那攀龍附鳳之人，因為什麼忽然到此遊歷？穿上粗布短衣走出宮門，健步如飛前去追尋許由高隱。站在千仞高的山岡上抖動衣裳，坐在萬里長河邊洗濯汙塵。

【研析】本詩為〈詠史〉八首之五。詩歌抒寫了與皇城帝都的不能和諧，自己將追隨許由高蹈隱逸的志尚。前六句寫皇城氣象。晴天白日，光耀神州，起句蒼莽雄渾。「列宅」四句，描寫了晴天麗日下的京城，成行的高門大宅，高聳雲集的飛翹屋簷，豪門府邸中居住的盡是王侯將相，達官顯貴。「何為」以下六句，寫自己不是攀龍附鳳之人，便與這環境不能和恰，此處雖云好，卻不是適宜自己生存的土壤，於是決定追隨許由，避世隱退，到那千仞高岡上振衣，在那萬里長流中濯足，尋求屬於自己的精神樂園。整首詩氣勢雄渾，水到渠成，自然和諧，如一氣呵成，所謂詠史，僅提及許由，更主要的是抒發懷抱。

荊軻飲燕市，酒酣氣益震。平聲。哀歌和漸離，謂若傍無人❶。雖無壯士節，與世亦殊倫❷。高眄邈❸四海，豪右❹何足陳？貴者雖自貴，視之若埃塵。賤者雖自賤，重之若千鈞❺。

【注釋】❶荊軻飲燕市四句　荊軻，戰國末期齊國人，遊俠之士。與高漸離友善，常飲酒於燕市，高漸離擊筑，荊軻哀歌相和。後為燕國太子丹行刺秦王，事敗被殺。燕市，燕國的鬧市。❷殊倫　不同於一般的人。❸邈　小。❹豪右　豪門世族。右，右姓，指世家大族。❺鈞　古代重量單位，三十斤為一鈞。

【語譯】荊軻飲酒在那燕國鬧市，飲到酣暢意氣越發振奮。悲歌哀聲和著漸離擊筑，就像旁邊不再另有他人。雖然還不具備壯士操行，與那俗人比也不可並論。高視雄居天下不在心中，豪門右族哪裡值得掛齒？顯貴之人儘管自視尊貴，在我看來他們如同埃塵。卑賤之人雖然自以為卑微，我卻看重他如同具有千鈞。

【研析】本詩為〈詠史〉八首之六。詩歌詠戰國遊俠荊軻，不是寫他的行刺秦王，而是寫他的燕市暢飲酣歌，旁若無人，藐視權貴的意氣。在詩人看來，荊軻在操行上也許還不能稱作完美，但他也足以稱得上不同凡俗。你看他燕市豪氣，惟我獨尊，雄視天下；還有他的不放豪右於眼底，你雖尊貴，我視你為無物，而擊筑者高漸離，雖然卑微，我卻以你有千鈞之重，這些，都酣暢淋漓地表現了詩人對世家大族的輕蔑，表現了他處在門閥士族社會裡的一肚皮骯髒不平之氣。詩人筆力的傲岸不羈，雄邁千古，於此可見一斑。

主父宦不達，骨肉還相薄❶。買臣困樵採，伉儷不安宅❷。陳平無產業，歸來翳負郭❸。長卿還成都，壁立何寥廓❹。四賢豈不偉，遺烈光篇籍❺。當其未遇時，憂在填溝壑❻。英雄有迍邅❼，由來自古昔。何世無奇才，遺之在草澤❽！

【注　釋】❶主父宦不達二句　本《史記‧主父偃傳》主父偃曰：「臣結髮遊學四十餘年，身不得遂。親不以為子，昆弟不收，賓客棄我，我阨日久矣。」主父偃為漢武帝時人。宦不達，仕途不通暢；求仕無果。薄，輕賤。❷買臣困樵採二句　《漢書‧朱買臣傳》載漢武帝朝朱買臣「家貧，好讀書，不治產業。常艾薪樵，賣以給食。擔束薪行，且誦書」。其妻感到羞恥，遂離他而去。樵採，打柴。伉儷，配偶；夫妻。❸陳平無產業二句　《史記‧陳丞相世家》載漢朝開國功臣陳平尚未發跡時，「家乃負郭窮巷，以弊席為門」。翳負郭，以背靠城牆的破屋遮身，言其居住陋巷之中。❹長卿還成都二句　《史記‧司馬相如列傳》載卓文君私奔司馬相如，回相如成都老家，「家居徒四壁立」。❺遺烈光篇籍　遺烈，遺業。光篇籍，光耀史籍。❻當其未遇時二句　言其未發跡之時，都有流亡凍餒而死的憂患。填溝壑，指凍餒而死，暴屍荒野。❼迍邅　指艱難的處境。❽草澤　草野山澤，喻淹沒不彰，不為朝廷所用。

【語　譯】主父偃求官不通達，骨肉也將他輕賤。朱買臣困於打柴中，結髮妻子將他棄。陳平沒有固定產業，歸來居住蓬門陋巷。司馬相如回到成都，徒有四壁何其荒寂。四賢誰說不算偉大，名標史冊光耀烈烈。還在他們未發達時，都有餓死暴野憂患。英雄遭遇困厄處境，自古到今不乏先例。哪個朝代沒有奇才，淹沒草野埋沒不顯！

【研　析】本詩為〈詠史〉八首之七，詩人以英雄自寓，表達了懷才不遇的慨歎。前八句列舉了主父偃、朱買臣、陳平、司馬相如四位傑出人才，寫了他們寒微尚未發達時的窘迫困頓，為下文抒發感慨作充分鋪墊。「四賢」以下八句，承此而來，由他們的不凡之才，光耀史冊，卻都曾經歷了艱難困苦的落魄時期，說明英雄的不遇於時，由來已久，不獨今天，也不單自己。詩歌的主題，在結末二句，彰顯無遺。詩人並不是要表彰四賢的由寒微而至於顯達，而是要揭露代有遺才，才人賢達不受重用的用人制度，尤其是他所遭逢的西晉門閥社會。詩歌以古例今，自傷沉淪，託於泛說，蘊藉無窮。

習習❶籠中鳥，舉翮觸四隅❷。落落窮巷士❸，抱影❹守空廬。出門無通路，枳棘❺塞中塗。計策棄不收，塊❻若枯池魚。外望無寸祿❼，內顧無斗儲❽。親戚還相蔑，朋友日夜疏。蘇秦北游說❾，李斯西上書❿。俛仰⓫生榮華，咄嗟⓬復彫枯。飲河期滿腹，貴足不願餘。巢林棲一枝，可為達士模⓭。言蘇秦、李斯，始不遇而繼遇，終不得死所也，故有俯仰咄嗟之歎云。○太沖詠史，不必專詠一人，專詠一事，詠古人而己之性情俱見，此千秋絕唱也。後惟明遠太白能之。

【注釋】❶習習　屢飛貌。❷舉翮觸四隅　舉翮，振翅起飛。四隅，指鳥籠四周。❸落落窮巷士　落落，孤獨少友。窮巷士，貧士。❹抱影　形影相對。❺枳棘　兩種多刺灌木。❻塊　獨處貌。❼寸祿　微薄的俸祿。❽斗儲　一斗糧食的存儲。❾蘇秦北游說　戰國時期洛陽人蘇秦，遊說之士，先說秦不見用，再遊說燕、趙等六國，掛六國相印，後在齊國遇刺死。事見《史記・蘇秦列傳》。❿李斯西上書　李斯為戰國時期楚國上蔡人，西至秦國說秦王，得為客卿，秦統一天下後為丞相，秦二世時被殺。事見《史記・李斯列傳》。⓫俛仰　低頭抬頭之間，極言時間短暫。⓬咄嗟　呼吸應允之聲，指時間短促。⓭飲河期滿腹四句　本《莊子・逍遙遊》：「鷦鷯巢林，不過一枝；偃鼠飲河，不過滿腹。」貴足，貴於滿足。達士，曠達之士。模，法；楷模。

【語　譯】反覆飛起籠中之鳥，舉起翅膀碰到四壁。落落寡歡那位貧士，形影相弔靜守空房。出門沒有暢通道路，多刺枳棘塞滿道途。獻上計策棄置不用，孤苦像那旱池中魚。外邊沒有些微俸祿，回顧家中斗糧也無。親人骨肉也將輕賤，朋友日漸疏遠不顧。蘇秦北上遊說列國，李斯往西去獻策書。短暫中間獲得榮華，瞬息片刻又再零枯。河裡飲水只求滿肚，貴在知足不望多餘。結巢樹林棲息一枝，應該成為達士楷模。

【研　析】本詩為〈咏史〉八首最後一首。詩歌抒寫了雖在貧賤，能夠安貧樂賤的情懷。首二句以籠中之鳥比興，鳥之局促籠中，難以展翅起飛，喻士之不達，難展鴻圖。「落落」二句，順承點出貧士落拓，形影相弔，落落寡和。「出門」八句，寫貧士沒有出路，獻策無門，如同乾涸的池中之魚，困頓窘迫；窮愁潦倒，無寸祿之進，無斗米之儲，親戚朋友也相輕賤疏遠。「蘇秦」四句，反起一筆，寫蘇秦遊說掛六國相印，李斯獻策為秦之丞相，然榮也短暫，衰亦瞬間。結末四句，跌落鷦鷯築巢林中，僅占一枝；偃鼠飲河中之水，只求滿腹，達士貴在知足，寄託了自己身處門閥社會，既不能顯達，應當皈依老莊，知足而樂，安守貧賤的懷抱。

王夫之《古詩評選》謂：「三國之降為西晉，文體大壞。古度古心，不絕於來茲者，非太沖其焉歸？」陳祚明《采菽堂古詩選》評：「太沖一代偉人，胸次浩落，灑然流詠，似孟德而加以流灑，仿子建而獨能簡貴，創成一體，垂式千秋。其雄在才，而其高在志。」沈德潛云：「太沖胸次高曠，而筆力又復雄邁，陶冶漢魏，自製偉詞，故是一代作手，豈潘、陸輩所能比埒！」都給予左思詩作以極高的讚譽。

招隱二首

杖策招隱士❶，荒塗橫古今❷。巖穴無結構❸，丘中❹有鳴琴。白雲停陰岡❺，丹葩曜陽林❻。石泉漱❼瓊瑤，纖鱗❽或浮沉。非必絲與竹❾，山水有清音。何事待嘯歌❿，灌木自悲吟。秋菊兼餱糧⓫，幽蘭間重襟⓬。躊躇足力煩⓭，聊欲投吾簪⓮。

【注釋】❶杖策招隱士　杖，拄杖。策，樹木的細枝。招，招尋。❷荒塗橫古今　言荒莽的道途阻塞，如同從古至今不曾通行。橫，塞。❸結構　房舍建築。❹丘中　深山之中。❺陰岡　北山坡。❻陽林　山南坡的樹林。❼漱　激蕩。❽纖鱗　小魚。❾絲與竹　絃樂和管樂。❿嘯歌　吟唱。⓫兼餱糧　兼作乾糧。⓬間重襟　間，雜綴；佩帶。重襟，兩片衣襟相疊處。⓭煩　疲乏。⓮聊欲投吾簪　聊，且。投簪，拋棄冠簪，指掛冠棄職歸隱。簪，古人用來連結頭髮與冠。

【語　譯】拄著樹枝招尋隱士，荒莽道途古今堵塞。山崖洞穴沒有建築，深山之中琴聲悠揚。白雲繚繞山之北坡，紅花點綴山南叢林。山泉飛流激蕩碎石，小魚水中時浮時沉。不必絲竹絃管音樂，山中溪水鳴奏清音。何必等待吟詠長嘯，風吹灌木嗚咽悲吟。秋菊英花兼作乾糧，幽香蘭草綴在衣襟。駐足不前身體困乏，姑且掛冠欲投高隱。

【研　析】本詩題名〈招隱〉，詩歌所寫，乃招隱反為隱士所感，欲要掛冠隱遁。首二句點題，寫其杖策入山，欲招隱逸，荒莽阻隔的道途，既寫隱逸所居之地荒僻，也喻示其超塵脫俗。「巖穴」六句，寫山中所見，此為隱逸居住環境。沒有房屋，依洞穴而居，鳴琴錚鏦，恬然自得，與自然合一，的是高隱。山坡白雲繚繞，紅花點綴閃耀，飛泉激石，小魚碧水之中浮沉，純是天然景觀，風光旖旎，令人陶醉，樂而忘返。「非必」以下六句，寫隱逸的生活狀貌。無須絲竹聒耳，但聞山水清音，不必吟詠歌唱，灌木嗚咽悲歌，道地的天籟之聲。以秋菊作乾糧，幽蘭佩衣襟，餐英飲露，足見其高潔，不為世俗玷汙。結末二句，寫其山中聞見後所感，照應題目，本為招隱，而今自己也留連忘返，萌生了掛冠辭職，歸隱山林中的念頭。詩歌風格清簡淡泊，氣韻悠悠不盡。

經始東山廬❶，果下自成榛❷。前有寒泉井，聊可瑩❸心神。峭蒨青蔥間❹，竹柏得其真❺。弱葉棲霜雪，飛榮流餘津❻。爵服無常玩❼，好惡有屈伸❽。結綬生纏牽❾，彈冠去埃塵❿。惠連非吾屈⓫，首陽非吾仁⓬。相與觀所尚⓭，逍遙撰⓮良辰。

惠連，柳下惠、少連也。

【注　釋】❶經始東山廬　經始，開始經營。東山，指洛陽城東郊山名，王隱《晉書・左思傳》載：「左思徙居洛陽城東，著『始經東山廬』詩。」❷果下自成榛　下，落。榛，指小灌木叢林。❸瑩　明。❹峭蒨青蔥間　峭蒨，色彩鮮明貌。青蔥，翠色。❺得其真　保有其自然本性。❻飛榮流餘津　飛榮，飛花；落花。餘津，山溪殘餘的細流。❼爵服無常玩　爵服，爵位官服，指官位。玩，貪愛。❽好惡有屈伸　言仕進、退隱各有好惡，屈與伸追求各異。❾結綬生纏牽　結綬，繫官印。綬，繫印的絲帶。生纏牽，引出諸多糾紛煩惱。❿彈冠去埃塵　言辭官擺脫塵累。⓫惠連非吾屈　惠連，柳下惠、少連的省稱。柳下惠為魯國士師三次被黜而不離去。少連為周代東夷人，事蹟不詳。《論語・微子》孔子曰：「柳下惠、少連降志辱身。」句謂自己不以為柳下惠、少連所處地位為屈辱。⓬首陽非吾仁　言不以伯夷、叔齊首陽山隱居，不食周粟，終於餓死為仁義。⓭相與觀所尚　相與，結交。觀所尚，察看相交之人的情趣志尚，物以類聚。⓮撰　選擇。

【語　譯】開始營建東山茅廬，果子自落榛莽遍生。前邊有眼寒泉井水，姑且明潤我的心神。周圍高山蔥翠圍繞，竹子松柏保其本真。柔弱葉子落滿霜雪，飛花漂流殘細澗水。官祿沒有常貪不厭，屈伸好惡因人而別。為官仕宦煩累糾纏，彈冠歸隱擺脫俗牽。惠、連的選擇不為屈辱，伯夷、叔齊未必仁賢。結交觀察情趣志尚，選擇吉日逍遙散誕。

【研析】本詩承上首，寫其既隱之後的逍遙自適。首八句寫既隱山林，經營廬舍，以及山中景致。荊棘叢生，寫其斷絕俗世來往，決意高隱；寒泉水清，足以明眸清心，寫其自得；山林蔥翠，竹子松柏保其本色真性，弱葉落霜雪，飛花落英淺水飄蕩，寫其環境清幽，歸樸反真，兼明自己高潔志向。「爵服」以下四句，寫榮華的不能久長，人各有志，官職累人，自己選擇退隱，表明其追求的無怨無悔。結末四句，以惠、連未必辱身，首陽未必為仁，點醒人的所尚有別，為下二句與志尚相同者結交，擇吉逍遙作一鋪墊。詩歌於歸隱仕進反覆致意，也流露了詩人人生的無奈，對門閥士族社會的深深絕望。

左貴嬪

啄木詩

南山有鳥，自名啄木❶。飢則啄樹，暮則巢宿。無干❷於人，惟志所欲。性清者榮，性濁者辱。學問語，無蒙腐氣。

【注　釋】❶啄木　鳥名。❷干　求。

【語　譯】南山上邊有種鳥，本名喚牠叫啄木。饑餓時候啄樹蟲，天黑歸巢去歇宿。對人沒有別所求，只做自己所歡喜。心性清淨得榮光，心性卑汙自取辱。

【研　析】左棻（？—西元三〇〇年），字蘭芝，西晉齊國臨淄（今山東淄博）人，左思的妹妹。晉武帝時入宮，後封貴嬪。少好學，善屬文。本詩有疑為他人之作。詩歌前六句均就啄木鳥而寫，其饑則啄樹食蟲，夜則歸巢歇宿，隨順性情，無求於人，純任自然本性。結末二句，自然引出主題，性情心思單純淨潔，如啄木鳥者，無心插柳柳成蔭，偏能獲取榮耀；而心地卑劣，或工於心計，刻意營求者，既違背自然，也終將受辱。詩歌汲取民歌特點，自然真純，清新質樸，如沈德潛所說：「學問語，無蒙腐氣。」

張載

七哀詩

北芒何壘壘❶，高陵❷有四五。借問誰家墳，皆云漢世主❸。恭文遙相望❹，原陵鬱膴膴❺。季世❻喪亂起，賊盜如豺虎。毀壞過一坏❼，便房啟幽戶❽。珠柙❾離玉體，珍寶見剽虜❿。園寢⓫化為墟，周墉⓬無遺堵。蒙蘢⓭荊棘生，蹊逕登童豎⓮。狐兔窟其中，蕪穢⓯不復掃。頹隴並墾發⓰，萌隸⓱營農圃。昔為萬乘君，今為丘中土。感彼雍門言⓲，悽愴哀往古。

《後漢書》曰：葬孝安皇帝於恭陵，葬文帝於文陵，葬光武皇帝於原陵。○〈董卓傳〉：使呂布發諸帝陵，及公卿以下冢墓，收其寶玉。

【注　釋】❶北芒何纍纍　北芒，即邙山，在洛陽市北。纍纍，疊積貌。❷陵　土山。❸漢世主　漢朝帝王。❹恭文遙相望　恭，恭陵，東漢安帝劉祜墓。文，文陵，東漢靈帝劉宏墓。前者在洛陽城東北，後者在洛陽城西北，二陵遙遙相對。❺原陵鬱膴膴　原陵，東漢光武帝劉秀之墓。鬱，木草叢生貌。膴膴，肥美貌。❻季世　末世。❼毀壞過一坏　《後漢書・董卓傳》載：「卓使呂布發諸帝陵及公卿以下冢墓，收其寶玉。」毀壞，指破土毀墓。一坏，指一座陵墓。❽便房啟幽戶　便房，古代帝王權貴陵墓內與外界相通供祭奠用的房間。幽戶，幽邃的墓門。❾珠柙　珠寶金縷衣裳，死者所穿。❿見剽虜　被擄掠。⓫園寢　帝王陵墓前供祭祀用的祠廟。⓬周墉　四周的牆垣。⓭蒙蘢　草木覆蓋貌。⓮蹊逕登童豎　蹊逕，這裡指通往陵墓頂端的小路。童豎，指砍柴放牧的孩童。⓯蕪穢　髒亂之物。⓰頹隴並墾發　頹隴，指坍塌的陵墓。隴，土丘。墾發，開墾耕作。⓱萌隸　即氓隸，百姓。⓲感彼雍門言　桓譚《新論》載：「雍門周以琴見孟嘗君。孟嘗君曰：『臣竊恐千秋萬歲後，墳墓生荊棘，狐兔穴其中，樵兒牧豎躑躅而歌其上，行人見之淒愴，孟嘗君之尊貴，如何成此乎！』孟嘗君喟然歎息，淚下承睫。」

【語　譯】邙山丘陵堆積何其多，高大陵墓也有四五個。請問那是誰家的墳墓，都說埋葬漢家帝王骨。恭文二陵遙遙相對壘，原陵草木盛茂真肥美。末世戰亂頻仍接連起，盜賊反叛如同豺狼老虎。破土毀墓多座被挖掘，經由便房開啟壙室門。金縷玉衣剝離帝王身，珍珠寶貝一並遭擄掠。祭祀廟宇焚毀成廢墟，周圍牆垣一無完存。雜草叢生荊棘長滿地，陵上小路樵兒牧童踩。狐狸野兔挖穴在其中，垃圾雜物不再得清掃。坍塌陵墓一起被耕耘，百姓經營農田與菜圃。從前身為萬乘尊貴君，今日成為陵丘下邊土。有感雍門周之一番言，悲切淒楚哀傷古人事。

【研　析】張載，生卒年不詳，字孟陽，西晉安平（今河北安平）人。與弟張協、張亢齊名，並稱三張。歷仕佐著作郎、肥鄉令、著作郎、太子中舍人、樂安相、弘農太守，官至中書侍郎。後因亂世，稱病告歸，死於家。作品有明人輯《張孟陽集》。本詩弔古傷今，由東漢皇陵的廢壞，抒發了白雲蒼狗，歷史浮沉，興衰不常的感慨。首六句寫東漢皇陵之「今」貌。起句突兀，「借問」二句不獨詩人驚詫，讀者亦感驚詫莫名。「恭文」二句，益發確鑿無疑，具體指明其就是東漢光武帝及安帝、靈帝之冢。驚詫者，為其荒敗不堪，也不過百年之隔，實在令人不能置信。「季世」以下十四句，揭出所以破敗的原因，與今天破敗的具體情形。東漢季世，社會板蕩，董卓作亂，毀墓掘寶，帝王身上的金縷玉衣被剝掠而去，墓室中珍寶擄掠一空，何其觸目驚心，傷心慘烈！祭廟成為廢墟，牆垣盡皆崩塌，荒草離離，樵兒牧豎任意在陵墓之上戲耍，狐兔作窩其中，蕪穢無人清掃，坍塌了的陵墓成為耕田，令人不忍目睹。

曾幾何時，這裡可是何等威嚴肅穆的地方！「昔為」以下四句，點醒今昔巨變，萬乘之君與丘中塵土，這是多麼不倫的兩種對象，但今天竟然合二為一。詩人想起了戰國雍門周的一番話來，似乎戰國就是西晉，西晉就是戰國，歷史與今天融合成為一體，而其靈魂，則是對人生歷史的思索。詩歌寫得蒼茫深沉，悲愴感人。

張協

雜詩

秋夜涼風起，清氣蕩暄濁❶。蜻蛚❷吟階下，飛蛾拂明燭。君子從遠役，佳人守煢獨。離居幾何時？鑽燧忽改木❸。房櫳❹無行跡，庭草萋❺以綠。青苔依空牆，蜘蛛網四屋。感物多所懷，沉憂結心曲❻。

【注釋】❶蕩暄濁　蕩，蕩滌。暄濁，蒸熱混濁之氣。❷蜻蛚　蟋蟀的一種。❸鑽燧忽改木　鑽燧，古代取火之法。改木，古時鑽木取火，因季節不同，所用樹木有別，故以之代指季節變化。❹房櫳　屋室。❺萋　茂盛。❻心曲　內心深處。

【語譯】秋夜裡涼風刮起，涼氣將蒸熱蕩滌。蟋蟀臺階下鳴叫，飛蛾撲打著亮燭。丈夫應差去遠地，美人獨守好孤寂。分離有多長時間？取火木改了品類。屋室內沒他蹤影，庭院裡草茂且綠。青苔爬滿了空牆，四壁結遍了蛛網。外物多令人感觸，深憂鬱結在心頭。

【研析】張協（？—西元三〇七年），字景陽，西晉安平（今河北安平）人。張載之弟。少有雋才，由公府掾，數轉至中書侍郎，終河間內史。以世亂棄官屏居草澤，吟詠自娛。晉懷帝永嘉初年，徵為黃門侍郎，託病不就。作品有明人輯《張景陽集》。〈雜詩〉凡十首，沒有固定集中的主題。本篇寫思婦感懷思夫之情。首四句寫景，秋天到來，夜裡起了涼風，一天暑熱蒸悶的混濁之氣被蕩滌一空。蟋蟀鳴叫，飛蛾撲燈，是秋天景觀。「君子」四句轉為抒情。擺脫了蒸熱難熬的天氣，涼爽下來，閨中少婦又不禁思念起遠行的丈夫來。她已經空房獨守了不少日子，鑽燧取火之木的改換便是見證。「房櫳」以下四句，再轉而寫景。寂寥空蕩的房子，不見了丈夫的蹤跡；庭院中長滿了碧綠茂盛的青草；青苔爬上了空牆，蜘蛛在四壁結滿了絲網，這些景象，既渲染著荒寂落寞，也暗示出由於丈夫遠行已久，少婦慵懶沒有心情，無人清理打掃。結末二句，再轉而抒情。興感之物，總括上文描寫；憂愁鬱結，回應深化思夫苦衷。鍾嶸《詩品》評張協詩作「詞采蔥蒨，音韻鏗鏘」，多「巧構形似之言」，從本篇之詞采用韻，雕章琢句，結構轉換，可以得到印證。

朝霞迎白日，丹氣臨暘谷❶。翳翳❷結繁雲，森森散雨足❸。輕風摧勁草，凝霜竦高木。密葉日夜疎④，叢林森如束⑤。疇昔歎時遲，晚節⑥悲年促。歲暮懷百憂⑦，將從季主⑧卜。

【注釋】①丹氣臨暘谷　丹氣，即朝霞。暘谷，古代神話中的日出之地。②翳翳　濃雲蔽日貌。③森森散雨足　森森，繁密貌。雨足，雨點。④疎　驚懼。⑤森如束　森，枝條眾多貌。束，捆縛。⑥晚節　老年。⑦歲暮懷百憂　歲暮，喻晚年。百憂，憂愁繁多。⑧季主　即司馬季主，漢初長安有名的賣卜者，載《史記・日者列傳》。

【語　譯】朝霞升起迎接白日，紫氣氤氳生在暘谷。濃雲密佈遮蔽太陽，繁密灑落如注雨絲。輕風摧折挺立茂草，凝霜驚懾高大林木。繁密葉子日漸稀疏，叢林濃密如同捆縛。往昔感慨時光遲緩，老年傷悲歲月匆促。暮年心中多生憂愁，將從季主卜問前途。

【研　析】本篇感慨時光匆遽，老年無成，表達了對於人生前途的渺茫，看不見希望的苦悶。詩歌以主要的篇幅用於寫景。首二句狀摹日出景象，朝霞映照，紫氣照臨，千呼萬喚始出來，一輪紅日終於噴薄湧出，氣象何等輝煌雄偉。「翳翳」二句，天氣突變，陰雲密佈，遮蔽了太陽，急雨如注，似步履匆促，形象真切。「輕風」四句，寫秋冬之景。根根勁草在輕風中伏倒，嚴霜使高樹也覺驚竦，樹葉的日漸稀疏，使叢林棵棵樹木如同捆縛的乾柴，有工筆描摹之細。「疇昔」以下四句抒情，少年不知愁滋味，盼望著長大、成熟，嫌惡著時光太過遲緩，而到老年，卻深感到時光的急促，來日的無多，碌碌無為的人生，未能建功立業的惆悵，對於未來的困惑茫然，總有著太多太多的憂愁。末尾一句，從善卜者占問，暗示著詩人心中蘊藏了解不開的謎團，和對於前途的迷惘無助。詩歌文體華淨，工於摹寫，精於煉字，巧於遣詞，為山水詩之模山範水，積累了成功的經驗。

昔我資章甫❶，聊以適諸越❷。行行入幽荒❸，甌駱從祝髮❹。窮年非所用，此貨將安設？瓴甋夸璵璠❺，魚目笑明月❻。不見郢中歌❼，能否居然別❽。〈陽春〉無和者，〈巴人〉皆下節❾。流俗多昏迷，此理誰能察！

《莊子》曰：楚人資章甫而適諸越，越人敦髮文身，無所用之。注云：敦，斷也。○漢立騶搖為東海王，都東甌。騶，一作駱。祝髮，祝亦斷也。

【注釋】❶資章甫　資，販賣。章甫，冠名，本為殷朝玄冠名，春秋宋國人亦戴之。《莊子．逍遙遊》：「宋人資章甫而適諸越，越人斷髮文身，無所用之。」詩前六句本《莊子》寓言，比喻人的懷才卻不被流俗所賞。❷諸越　百越，秦漢以前分佈在長江中下游以南地區的古部族。❸幽荒　幽深荒蠻之地。❹甌駱從祝髮　古越族部落名，相當於漢朝的交阯、九真二郡。祝髮，斷髮。❺瓴甋夸璵璠　瓴甋，磚瓦。璵璠，美玉。❻明月　明月珠，寶珠的一種。❼郢中歌　宋玉〈對楚王問〉：「客有歌於郢中者，其始曰〈下里〉、〈巴人〉，國中屬而和者數千人。其為〈陽春〉、〈白雪〉，國中屬而和者不過數十人。是其曲彌高者，其和彌寡。」郢，楚國之都，位於今湖北江陵附近。❽居然別　明確地分別。❾下節　擊節；打拍子。

【語　譯】從前我出賣章甫，且將它帶到百越。走啊走踏入蠻荒，甌駱有斷髮風俗。整年間不戴帽子，這東西將往哪擺？磚頭向美玉誇耀，魚目取笑明月珠。豈不見郢人之歌，還能夠明確判別！〈陽春〉曲無人應和，〈巴人〉歌都來擊節。流俗人昏暗蒙昧，這道理誰會明察！

【研　析】本詩言流俗昏暗，曲高和寡，才人不獲賞用，賢德遭遇冷落。前六句化用《莊子》典故，章甫玄冠，不為不美，也不為無用，但在百越蠻荒之地，風俗斷髮紋身，帽子又有何用？「瓴甋」六句，詩人再用宋玉郢中歌的典故，說明曲之彌高，和者彌寡，世人擊節欣賞的，只能是〈下里〉、〈巴人〉，如此，磚瓦的誇耀美玉，魚目的嘲笑明月寶珠，是非顛倒，香臭不分，都勢在必然。結末二句，詩人直抒憤慨之情，世人皆昏，無人能明白曲高和寡的道理，高才賢人不獲重用，更沒什麼好說的。詩歌化用典故，取譬說理，觀點鮮明，議論透徹。

大火流坤維❶，白日馳西陸❷。浮陽映翠林，迴飆扇綠竹。飛雨灑朝蘭，輕露棲叢菊。龍蟄暄氣凝❸，天高萬物肅❹。弱條不重結❺，芳蕤❻豈再馥。人生瀛海內❼，忽如鳥過目。川上之歎逝，前修以自勖❽。

【注　釋】❶大火流坤維　大火，星名，即心宿，又名熒惑。坤維，西南方。《淮南子》：「坤維在西南，斗指西南維為立秋。」❷白日馳西陸　《續漢書》：「日行西陸謂之秋。」西陸，古代稱太陽運行在西方七宿的區域。❸龍蟄暄氣凝 《禮記》：「仲秋之月，蟄蟲壞戶。」龍為陽物，龍蟄則陽氣潛藏。暄氣，暑熱之氣。凝，結；止。❹肅 肅殺。❺結 屈曲，引申為柔弱。❻蘙 草木花。❼瀛海內 天地間。古代認為天下九州，瀛海環繞。❽川上之歎逝二句 典出《論語》子在川上曰。前修，古代品德高尚之人。

【語譯】大火星流向西南方，太陽運行西方七宿。飄蕩光輝映照綠林，突起旋風搖盪青竹。驟雨飛下灑向朝蘭，輕盈露珠落在叢菊。龍蟄之時暑熱凝滯，天空高潔萬物肅殺。柔弱枝條不復柔弱，花草怎能再吐芬芳？凡人生在天地中間，匆促如同鳥過眼前。川上感慨時光如水，前賢用此自我勖勉。

【研析】本詩感物興懷，感慨時光易逝，時不我待，並以前賢自勉。詩歌前十句，寫時光匆遽，轉瞬即是仲秋，剛纔還是陽光照耀，轉眼疾風驟起，秋雨飄落，飛雨抽打著朝蘭，露水綴滿了叢菊，龍藏而蒸熱暑氣全消，天高氣爽，瑟瑟秋風中萬物凋零，枝條開始枯乾，花卉不再散發芬芳。「人生」四句，由節氣季節的變化，說到人生匆匆，鳥過眼前，極寫其倏忽易逝，引孔子歎逝，以古聖人來自我勖勉。詩歌寫景精細，匠心綿密。王夫之《古詩評選》謂：「但以聲光動人魂魄，若論其命意，亦何迥別！始知以意為佳詩者，猶趙括之恃兵法，成擒必矣。」

述職❶投邊城，羈束❷戎旅間。下車❸如昨日，望舒❹四五圓。借問此何時？蝴蝶飛南園❺。流波戀舊浦❻，行雲思故山。閩越衣文蛇，胡馬願度燕❼。土風安所習，由來有固然❽。

【注　釋】❶述職　本指諸侯朝見天子，這裡指供職，忠於職守。❷羈束　羈絆；受約束。❸下車　到任。❹望舒　月亮。❺蝴蝶飛南園　指春夏花開季節。❻浦　河灘。❼閩越衣文蛇二句　語本蘇武「越人衣文蛇，代馬依北風。君子於其國也，愴愴傷其心」。閩越，古越族的一支。衣文蛇，以帶花紋的蛇皮為衣。願度燕，言北地的馬喜歡在幽燕大地上馳騁。❽土風安所習二句　土風，風土習慣。安所習，安於所習慣的。固然，理所當然。

【語　譯】供職遠到邊防城，軍旅中間受束縛。到任似乎在昨天，月亮又圓四五遍。請問現在是何時？蝴蝶翻飛在南園。奔騰浪花戀舊灘，飄蕩雲朵懷舊山。閩越人穿蛇皮衣，胡馬喜奔在越燕。風土習慣安於舊，從來理所亦當然。

【研　析】本詩言邊城供職，思念故鄉之情。前六句點出邊城供職，羈束軍旅，不覺中已經近於半年。說到任時間而言月亮四五圓，說現在時間而稱蝴蝶飛南園，得含蓄不平之妙。王夫之謂其「蝴蝶」一句「真不似人間得矣」（《古詩評選》），給予極高讚譽。「流波」以下四句，連用四比，寫羈留邊地之人懷歸之思，貴於不明說而人盡知。結末二句，以安於風土習慣乃理所當然收束，堂堂正正，超邁高曠。王夫之說本詩：「風神思理，一空萬古，求其伯仲，殆唯『攜手上河梁』、『青青河畔草』足以當之。」（《古詩評選》）張玉穀謂：「一若止論物理，

不關己事者然。解此用筆，那得復有平實之患？」（《古詩賞析》）

結宇窮岡曲❶，耦耕幽藪陰❷。荒庭寂以閒，幽岫❸峭且深。淒風起東谷，有渰❹興南岑。雖無箕畢期❺，膚寸❻自成霖。澤雉登壟雊❼，寒猿擁條❽吟。溪壑無人跡，荒楚❾鬱蕭森。投耒循岸垂❿，時聞樵採⓫音。重基⓬可擬志，迴淵⓭可比心。養真尚無為⓮，道勝貴陸沉⓯。游思竹素園⓰，寄辭翰墨林⓱。

陸沉，譬如無水而沉也。見《莊子》。○東觀書見竹素。

【注釋】❶結宇窮岡曲　結宇，結廬。窮岡，幽隱的山岡。曲，山坳處。❷耦耕幽藪陰　耦耕，二人並耕，泛指耕種。幽藪，草澤幽僻之地。陰，水南岸。❸幽岫　幽邃的山洞。❹渰　雲起貌。❺箕畢期　降雨的徵兆。箕、畢，二星名，《尚書大傳》：「箕星好風，畢星好雨。」❻膚寸　古代長度單位，一指寬為寸，四指為膚。這裡指些微之雲。❼澤雉登壟雊　澤雉，草澤中的野雞。壟，高坡。雊，野雞鳴。❽擁條　抱著樹枝。❾荒楚　榛莽灌木叢。❿投耒循岸垂　投耒，放下農具。岸垂，岸邊。⓫樵採　砍柴。⓬重基　高山。⓭迴淵　深流。⓮養真尚無為　道家言，謂涵養本真，崇尚清淨自然，無為而治。⓯道勝貴陸沉　勝，優。陸沉，指隱居。⓰游思竹素園　游思，指思想活動所在。竹素，竹簡與白絹，古代代紙用，這裡指書史。⓱寄辭翰墨林　寄辭，寫文章。翰墨林，筆墨之林。

【語 譯】幽僻山坳建造茅廬，荒僻草澤耕田種地。庭院荒落寂靜無聲，山洞峭拔幽深遙遠。淒厲風起東面山谷，雲彩興起在南山頭。儘管沒有降雨徵兆，些雲變成連綿陰雨。山澤野雞登坡啼叫，高寒猿猴抱枝哀鳴。山壑荒寂沒有人跡，榛莽灌木鬱鬱蔥蔥。拋下耕具沿著澤畔，不時聞聽砍柴聲音。高山可以比擬志尚，深水可以比擬心跡。保養真性崇尚自然，大道深湛貴在能隱。寄託神思在於書史，寫作詩文留意文字。

【研 析】本詩寫山林隱逸情懷。詩歌首二句點出結廬山林，躬耕隱居。窮岡曲、幽藪陰，寫其隔絕人煙，無人世擾攘。「荒庭」十二句，描畫山林中自然景象。荒落的庭院靜寂無聲，山中洞穴峭拔幽邃，谷中風聲慘烈，雲彩生於山頭。並沒有下雨的徵兆，但些微薄雲，突然間成為密佈的濃雲，竟然成連綿大雨。山澤一片汪洋，野雞登到高坡上啼叫，猿猴在樹枝上哀鳴。山澗溝壑，榛莽叢生，看不到任何人的蹤跡。只有在沿著澤畔漫步的時候，纔聽到斷續的砍柴伐木之聲。而這叮噹的伐木聲，更增添了大山深處的幽靜。十二句就眼前所見，耳中所聞，極寫山林寂寥，深邃遠離塵俗，靜謐安詳的本色。結末六句，抒發其志之所尚，超邁如同高山，清純如深淵般的人格理想，表達了對道家歸樸反真主張自然的服膺，也堅定了自己寄志書史翰墨，隱跡山林的志向。王夫之《古詩評選》極讚本詩化工之筆，謂其「讀前一句真不知後一句，及讀後一句方知前句之生，此猶天之寒暑、物之生成」。詩中摹寫景物的深細，真所謂「巧構形似之言」（鍾嶸《詩品》）。

孫楚

征西官屬送於陟陽侯作詩

征西扶風王駿。

晨風飄歧路，零雨被秋草。傾城遠追送，餞我千里道。三命❶皆有極，咄嗟❷安可保？莫大于殤子，彭聃猶為夭❸。吉凶如糾纏❹，憂喜相紛繞❺。天地為我鑪，萬物一何小❻！達人垂大觀❼，誡此苦不早。乖離即長衢❽，惆悵盈懷抱。孰能察其心，鑒之以蒼昊。齊契❾在今朝，守之與偕老。

黃帝曰：上壽百二十，中壽百年，下壽八十，是謂三命。○隱侯謂子荊零雨之章，指此。○送別詩以齊物作主，古人用意，不專粘著，此亦一體。

【注　釋】❶三命　《養生經》黃帝曰：「上壽百二十，中壽百年，下壽八十。」指人壽的三等。❷咄嗟　呼吸之間，形容時間短促。❸莫大於殤子二句　語本《莊子》：「天下莫大於秋毫之末，而泰山為小；莫壽於殤子，而彭祖為夭。」殤子，未成年而亡的人。彭聃，彭祖、老聃。傳說彭祖壽七百餘歲，老聃壽二百餘。❹糾纏　繩索。❺紛繞　纏繞。❻天地為我鑪二句　言天地為一大熔爐，陶鑄萬物，居其中者，何其微小。❼達人垂大觀　達人，通達天命之人。大觀，洞察人生根本。❽乖離即長衢　乖離，分離。即，就。長衢，大道。❾齊契　志趣相投的人。

【語　譯】晨風吹刮在岔道，雨水零落打秋草。合城人出遠相送，與我餞別千里道。上中下壽都有限，呼吸之間哪能保？壽命沒有大於殤，彭祖、老聃也稱夭。吉凶如同繩索絞，憂喜彼此相纏繞。天地是座大熔爐，萬物居中何渺小！看透之人留醒言，告誡養生苦不早。分離走上漫長道，惆悵若失滿懷抱。誰能鑒察我心情，蒼天在上可相告。知心朋友在今天，真情相守直到老。

【研　析】孫楚（西元約二一八年—二九三年），字子荊，西晉太原中都（今山西平遙）人。歷著作郎、驃騎參軍，仕至馮翊太守。才藻卓絕，超邁不群，能詩賦。作品有明人輯《孫馮翊集》。詩人與征西將軍、扶風王司馬駿交好。本詩乃詩人遠行，司馬駿屬官餞行，留題贈別之作。詩歌前四句寫餞別，風雨飄搖，雨打秋草，極寫相別淒楚場面。傾城相送，遠追不捨，寫殷殷深情。「三命」四句，寫人生壽夭，無一定之理，壽也夭，夭也壽，本沒有什麼分別，此莊子齊生死萬物思想的具體闡說。「吉凶」二句，寫禍福相依，憂喜相生，此也老莊思想的演繹。「天地」四句，天地一大洪爐，陶鑄萬物，生在其中之人，亦何其渺小，不足稱道。而先哲留下如此醒豁通達之論，我們知道得太晚太晚。以上十句，作達觀語，沖淡著別離的悲切。「乖離」以下六句，再寫惜別之情，想能想通，但真摯的友情，別離的傷感，總無法排遣，上天可以明鑑，自己衷心希望與友人的情誼天長地久，永遠不衰。垂別敘悲，為古詩通例，本詩卻著以齊物之論，別樹一格。

曹攄

感舊詩

富貴他人❶合，貧賤親戚離。廉藺門易軌❷，田竇相奪移❸。晨風❹集茂林，棲鳥❺去枯枝。今我唯困蒙❻，群士❼所背馳。鄉人敦懿義❽，濟濟蔭光儀❾。對賓頌〈有客〉❿，舉觴咏露斯⓫。臨樂何所歎？素絲與路歧⓬。

殷浩坐廢，韓康伯詠首二句，因而泣下。

【注釋】❶他人　別人；不相干之人。❷廉藺門易軌　廉，指戰國時期趙國名將廉頗。藺，指趙國名臣藺相如。《史記・廉頗藺相如列傳》載，廉頗長平罷官，故客先後離去；再度起用，客也復來。本句寫廉頗事。❸田竇相奪移　田蚡、竇嬰為西漢景帝朝外戚，二人傾軋，田得寵，竇失勢，竇之門下離開而趨田家。《史記・魏其武安侯列傳》有載。❹晨風　鳥名。語本《詩經・秦風・晨風》。❺棲鳥　棲宿之鳥。❻困蒙　處境困窘。❼群士　眾士人。❽敦懿義　敦，厚；重。懿義，美好的情義。❾濟濟蔭光儀　濟濟，眾盛貌。蔭，庇。光儀，容光、儀表。❿對賓頌有客　典出《詩經・周頌・有客》，詩寫對客人的盛情挽留。⓫舉觴咏露斯　典出《詩經・小雅・湛露》，有句：「厭厭夜飲，不醉無歸。」⓬素絲與路歧　典出《淮南子・說林》：「楊子見逵路而哭之，為其可以南可以北。墨子見練絲而泣之，為其可以黃可以黑。」路歧，岔路。

【語　譯】富貴別人來聚合，貧賤親戚遠離去。廉頗門前車改轍，田竇門下亦勢利。晨風落在茂密林，棲息鳥兒離枯枝。目今我僅困頓身，亦為眾士所背棄。鄉村農人重義氣，盛情蔭蔽光我儀。迎賓歌詠〈有客〉篇，舉杯詠唱〈湛露〉詩。面對歡樂歎什麼？人情冷暖深感知。

【研　析】曹攄（？—西元三〇八年），字顏遠，西晉譙國譙（今安徽亳縣）人。歷官臨淄令、尚書郎、洛陽令、中書侍郎、襄城太守。永嘉二年（西元三〇八年）為征南司馬，戰死。本詩歎世情澆薄，頌鄉風淳樸，有禮失求諸野之意。首二句總提，寫其所處上流社會，風氣不古，人心勢利。「廉藺」以下四句，先以兩個典故驗證之，再以鳥之落於茂林，離開枯枝，似乎進一步說明此也人之常情，不足為怪。「今我」兩句，己之困頓，遭人背棄，在情理之中，此乃承上；同時，又啟下鄉人對於自己的態度。在鄉人那裡，詩人受到了盛情款待。鄉人並不因詩人的落魄而鄙棄他。「鄉人」四句，正描寫了鄉人的重於義氣，厚道淳樸，熱情待客。引用《詩經》為典，正說明了古禮存於民間。結末二句，以歡樂中感歎世風作結，含蘊無限。首二句精警典型，故為名句。

王讚

雜詩

朔風❶動秋草，邊馬有歸心❷。胡寧久分析❸，靡靡❹忽至今。王事離我志❺，殊隔過商參❻。昔往鶬鶊❼鳴，今來蟋蟀吟❽。人情懷舊鄉，客鳥❾思故林。師涓❿久不奏，誰能宣我心。

起得雄傑。隱侯謂正長朔風之句，指此。

【注釋】❶朔風　北風。❷邊馬有歸心　邊馬，由內地到邊地的馬。歸心，思歸之心。❸胡寧久分析　胡寧，為何。分析，分離。❹靡靡　遲遲。❺王事離我志　王事，公務。離，背離。❻殊隔過商參　殊隔，遠隔。商、參，二星座名，不同時出現。比喻人不得相見。❼鶬鶊　鳥名，即黃鸝，春季求偶而啼鳴。❽蟋蟀吟　指秋季。❾客鳥　離開故巢遠徙他鄉的鳥。❿師涓　春秋時期衛國樂師。《韓非子・十過》載其為衛靈公撫琴事。

【語譯】北風凜冽搖動秋草，邊疆戰馬萌生歸心。為何長久遭受分離，遲遲拖延一下到今。公務纏身悖我心志，遠隔不見如同商參。從前離家黃鸝啼鳴，眼下正是蟋蟀悲吟。人之常情懷戀故鄉，客地鳥兒思念舊林。師涓已死久不彈琴，誰人能夠表達我心。

【研析】王讚（?—西元三一一年），字正長，西晉義陽（今河南新野）人。歷官太子舍人、侍中、陳留內史，加散騎侍郎。為石勒所殺。本詩乃邊地行役，思鄉望歸之作。首二句以北風搖盪秋草、邊馬思歸而起，邊馬亦詩人，馬且思歸，何況乎人！「胡寧」以下六句，寫出離家已久，是因王事纏身；遠離親人，這卻違背心願；自黃鸝鳴唱出發，到今天蟋蟀悲吟，多半年時間滯留邊地已明。「人情」以下四句，思鄉人之常情，以客鳥作比，益發補足思鄉的令人煎熬。有此一比，綴以收束的化用故實，空靈跳脫，搖曳多姿。該詩多受人褒讚，鍾嶸《詩品》特舉之，沈約《宋書・謝靈運傳論》稱其「直舉胸臆」，劉勰《文心雕龍》謂其「氣寒而事傷，此羈旅之怨曲也」等，都有極好的評價。

郭泰機

答傅咸

皦皦❶白素絲，織為寒女❷衣。寒女雖妙巧，不得秉杼機❸。天寒知

運速❹，況復雁南飛。衣工❺秉刀尺，棄我忽若遺❻。人不取諸身❼，世

事焉所希❽？況復已朝餐，曷由知我饑！通體喻言，諷傅之不能薦己也。○老杜「白絲行」本此。

【注釋】❶皦皦　潔白貌。❷寒女　寒門女子。❸秉杼機　親操機杼。❹運速　時令變化迅速。❺衣工　裁縫。❻棄我忽若遺　語本《詩經．小雅．谷風》：「將安將樂，棄我如遺。」忽，輕忽。❼取諸身　本《周易》：「近取諸身，遠取諸物。」❽希　希冀。

【語　譯】白絲顏色好潔白，理當織成寒女衣。寒女雖然手巧妙，不能親身操機杼。天寒知道時光快，何況大雁已南來。裁縫掌握刀與尺，丟我如同扔破爛。人不根據身見聞，世事哪還有希冀？何況已經吃飽飯，如何知道我饑腸！

【研　析】郭泰機，生平不詳，西晉河南郡（今河南洛陽一帶）人，出身寒門，與傅咸交，才而不得其志。本詩通篇用比，以寒女的遭遇，寄託了自己不被賞識，才不得其用的怨憤。前二句寫光潔的素絲，最需要、最應該製成寒女身上衣。「寒女」二句突轉，心靈手巧的寒女，連機杼也不得操持，未明說但已否定了前邊的兩句。「天寒」二句，寒女衣單，最易感知天寒，南飛的大雁更是天寒的表徵。寒女受凍，但掌握刀尺的裁縫眼中不見、熟視無睹，他從來就沒有去為寒女裁過衣裳，在他眼中，靈巧的寒女，直如拋棄的破爛，不值得一顧。「人不」四句，詩人引《周易》成句，揭露了談玄說易自詡的豪門世族、達官顯貴，他們從來不去「近取諸身，遠取諸物」，世事的沒有希望，顯而易見。詩人是徹底的絕望了。結末比喻反問，詩人的怨憤情見乎辭，溢於言表。古樸短峭，為該詩主要風格。

◎新譯千家詩

邱燮友、劉正浩／注譯

《千家詩》匯集唐宋兩代淺顯易懂的詩歌於一冊，是舊時民間教導兒童讀詩的課本，也是詩學入門的第一本書。自南宋成書以來，便廣受人們喜愛，可說是一本家弦戶誦的詩歌讀本。它對兒童或青少年的教育，無論在古典文學的奠基或性情的陶冶上，都有著深遠的影響。本書每首詩皆以「作者」、「韻律」、「注釋」、「語譯」、「賞析」等五項進行詮釋，幫助讀者閱讀理解。

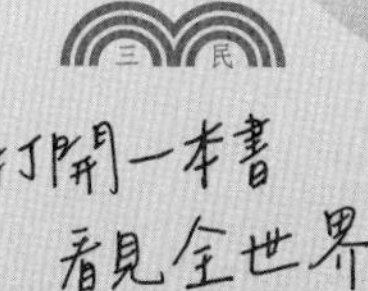

國家圖書館出版品預行編目資料

新譯古詩源(上)／馮保善注譯.——三版一刷.——臺北市：三民，2024

面；　公分.——(古籍今注新譯叢書)

ISBN 978-957-14-7746-6 （平裝）

831　　112021517

古籍今注新譯叢書

新譯古詩源(上)

注譯者｜馮保善
創辦人｜劉振強
發行人｜劉仲傑
出版者｜三民書局股份有限公司(成立於1953年)

三民網路書店
https://www.sanmin.com.tw

地　址｜臺北市復興北路386號　(復北門市)　(02)2500-6600
臺北市重慶南路一段61號(重南門市)　(02)2361-7511

出版日期｜初版一刷2006年5月
二版三刷2019年7月
三版一刷2024年2月
書籍編號｜S032660
ISBN｜978-957-14-7746-6